달빛조각사

달빛 조각사 8

ⓒ 남희성, 2007

발행일 2024년 12월 10일 초판 2쇄 | 발행인 김명국 | 발행처 주식회사 인타임 출판 등록 107-88-06434 (2013년 11월 11일) 주소 서울시 구로구 디지털로31길 38-21 이앤씨벤처드림타워 3차 507호 전화 070-7732-2790 팩스 02-855-4572 이메일 in-time@nate.com | ISBN 979-11-03-33045-3 (04810) 979-11-03-32686-9 (세트) | 이 책은 주식회사 인타임이 저작권자와의 계약에 따라 발행한 것이므로 내용의 전부 또는 일부를 사용하려면 반드시 양측의 동의를 받으셔야 합니다. 잘못된 책은 구매처에서 바꿔 드립니다.

달빛조각사 8

남희성 게임 판타지 소설

The Legendary Moonlight Sculptor

INTIME

contents

바드레이와의 악연

엠비뉴 교단 11지파의 파멸은 난이도 B급의 의뢰였다.

"우와아!"

"우리, 엠비뉴 교단의 전투부대와 싸우는 거야?"

"너무 위험한 거 아닐까?"

"정말 재밌겠다."

위드는 퀘스트를 팔아먹고 무려 13만 골드나 벌어 버렸다.

모라타에서 연락을 받고 뒤늦게 온 사람들에게, 저녁까지 퀘스트를 팔아먹었다.

철저한 현금 장사!

누렁이가 질펀한 엉덩이를 실룩실룩 흔들면서 기뻐했다.

음머어어어어어어!

주인이 부자면 쑥이라도 한 뿌리 쉽게 해 줄 거라는 기대에서였다.

그러나 위드는 매정했다.

"보리빵도 비싸서 명절이나 되어야 겨우 부스러기나 주워 먹을 판에… 쑥? 먹고 죽으려고 해도 없어. 나중에 고기에 섞어 줄게. 한우 쑥 야채 비빔밥!"

큰 눈동자를 끔뻑이며 서러워하는 누렁이였지만, 하루 이틀의 일도 아니다.

그래도 위드가 건초는 항상 잘 준비해 주었고, 유린이나 화령으로부터 약초도 얻어먹었다. 따로 불만은 없지만 일부러 배고픈 듯이, 굶주려서 힘이 없는 것처럼 늘어졌다.

막 생명을 얻고 나서는 건장한 체격과 힘을 가져서 얼마나 많은 일들을 해야 했던가.

누렁이에게도 삶의 지혜가 쌓이고 있었던 것이다.

"이제 이걸 감정해 봐야 할 때로군."

위드는 용병 스미스로부터 받은 도장을 꺼냈다.

생김새로 보아서 대충 용도는 짐작이 간다.

조르디아의 직인처럼, 영주나 귀족 들이 자신을 증명하는 도장이리라.

위드는 드래곤이 있는 부분을 어루만지며 조각품의 특별한 점들을 살폈다.

"감정!"

알 수 없는 황제의 옥새
베르사 대륙의 역사와 함께한 귀한 옥새. 실력의 한계를 짐작하기 어려운 조각사가 만들었다. 파손되어 완전한 상태는 아니다.
내구도: 3/20
예술적 가치: 39,600

띠링!

위드도 명작이나 대작의 조각품을 많이 만든 실력 있는 조각사다. 그의 조각품이 완성될 때마다 베르사 대륙이 떠들썩하게 달아오르지 않았던가.

"커억!"

그런 위드조차도 경기를 일으킬 정도로 굉장한 작품!

옥으로 된 넓적한 도장 면과 하늘로 날아오를 것 같은 황금빛 드래곤은 생동감과 조형미를 갖추고 있었다.

"낡아서… 정말 많이 만져서 닳은 느낌은 있지만 굉장히 뛰어난 작품이야."

손이 닿는 부분은 심하게 때가 타고 무늬들도 많이 사라졌다. 긴 세월이 흐르면서 자연스러운 품격까지 더해졌다.

옥과 황금.

재료의 특성을 완벽하게 이해하고 만든 도장이다.

손상되지 않은 부분은 위드조차도 세공하지 못할 정도의 기술력으로, 세밀했다.

멀리서 보면 때가 탄 황금빛 드래곤이었지만, 눈에 가까이 대고 보면 금방이라도 살아 움직일 듯한 느낌이다.

"보통 작품이 아닌 건 알았지만 이 정도의 조각품을 과연 누가 만들 수 있었지?"

어렴풋이 짐작이 가는 사람은 있었다.

황제의 옥새라면 귀하게 간직될 것은 두말할 필요도 없는 일
이었다.

그럼에도 이렇게 닳을 정도로 긴 세월을 버텨 온 옥새.

위드에게 어떤 영상이 흘러들었다.

조각품에 간직된 추억이었다.

평범한 천 옷을 입은 노인이 조각을 하고 있었다.

드넓은 대전에 기사들과 마법사들이 지극히 공손하게 부복
하여 있다.

사각사각.

노인의 조각칼 아래에 황금 드래곤의 형상이 만들어지고 있
다. 시간조차도 숨을 죽인 듯이 서서히 조각칼이 움직인다.

더할 곳은 더하고, 뺄 곳은 뺀다.

그저 평범한 손놀림으로밖에 보이지 않았지만, 만들어지고
있는 황금 드래곤은 눈을 뗄 수 없을 정도의 존귀함을 가지고
있었다.

조각칼이 움직일 때마다 자칫 실수라도 해서 이 위대한 작품
이 훼손되지는 않을지 걱정이 된다.

하지만 조각칼이 지나가고 나면, 그 소심함조차 비웃어 줄
정도로 점점 완전에 가까운 조각상으로 바뀌어 가고 있다.

보물!

찬연한 아름다움으로, 소유하고 있는 이의 품격조차도 높여 줄 것 같은 황금빛 드래곤과 인장.

옥새의 탄생이었다.

"이것이 나를 상징하는 물건이 되리라."

도장을 만든 노인이 그렇게 선포했다. 그러자 기사들과 마법사들이 외쳤다.

"폐하의 뜻을 받듭니다!"

그뿐만이 아니었다.

대전 너머에 있는 수많은 조각품들!

인간과 비슷하지만 우월한 신체 조건을 가지고 있는 조각품, 짐승들의 조각품, 새들의 조각품, 몬스터들을 닮은 조각품 들이 동시에 입을 열었다.

"주인님의 뜻을 받듭니다!"

～❈～

검치는 깊은 숨을 내쉬었다.

"내가 나이를 먹어도 너무 먹었어. 여자를 만나는 것도 늙으니 힘들구나."

사범들이나 수련생들은 오크들이나 다크 엘프, 인간들을 만나서 그럭저럭 어울리고 있었다. 여자 친구도 만들고, 파티 사냥도 했다.

"검십육치도 여자 친구와 손을 잡았다는데."

"언제?"

"삼십칠 일 만이래."

"우와, 빠르다! 그렇게 빨리 진도를 나가도 되는 거야?"

"정말 빠른 놈은 따로 있지. 검사백일치는 벌써 팔짱 끼고 영화관도 갔어."

"커허, 영화관까지! 유별나게 영화 같은 거 싫어하던 녀석이잖아. 영화 보다가 코 골면서 잠들지는 않았나?"

"액션 영화를 봤다더군. 영화가 끝나고 나서 벽돌 깨기랑 2단 돌려 차기를 보여 주니까 여자애가 든든하다고 좋아했대."

수련생들 사이에서 흘러나오는 전설 같은 연애담들은 희망을 주었다.

몇 번 만나지도 않아서 연락이 끊어지거나 친구 등록이 취소되거나 아니면 미안하다는 문자가 오는 경우도 많았지만.

"휴, 그런 것도 다 젊을 때의 일이지."

검치는 수련생들의 열정이 부러웠다.

사범들 정도만 되어도 어떻게 여자를 만나 볼 수 있었으리라. 아저씨에서 오빠가 되는 것은 요즘 세상에서는 금방이었으니까.

하지만 검치는 어엿한 중년이라서 어린 소녀들이나 여자들과 많이 어색했던 것이다.

물론 검치의 레벨은 200대 후반에 불과했지만, 전투 능력만큼은 가공할 수준이라서 어떤 파티에서든 환영을 받았다. 검치가 광장에 가기만 하면 서로 영입하려고 들었다.

단지 사냥터에서의 분위기가 곤란했을 뿐이다.

"저기, 검치 님."

꼬박꼬박 붙여 주는 존댓말.

젊고 어린 파티원들은 서로 반말을 하면서 친근하게 지내고 있었지만 검치가 그들과 어울리기는 쉽지 않았던 것.

검치는 본인과 연령대가 비슷한 여자를 찾아보려고 했다.

"〈로열 로드〉의 세계에는 온갖 사람들이 다 모여드니까 어려운 일은 아닐 거야."

30대나 40대 초반도 물론 많이 있었다. 도시나 마을에 가면 매우 흔히 만날 수 있다.

남자들이 낚시를 하면, 아마도 그 아내로 보이는 사람이 매운탕을 끓여 주었다.

"여보, 매운탕 드시고 하세요."

무척이나 훈훈한 광경이었다.

상점을 차려서 장사를 하는 경우도 있었는데, 어린 자식들이 가끔 무기나 방어구, 잡동사니 들을 사러 온다.

"아들아, 화살 20골드에 사 줄래?"

"엄마, 무슨 그런 심한 농담을 하세요?"

"여보, 우리 아들 집 나간대요."

"그래, 부모로서 이삿짐센터 정도는 불러 주는 게 마땅한 도리겠지?"

부모로서 과감하게 자식들에게 바가지를 씌워 주는 다정한 모습들.

검치는 마을과 도시를 돌아다니면서 방랑했다.

황야에서 덤비는 몬스터들을 도륙하기도 하고, 검 한 자루를 들고 몬스터들의 소굴에도 뛰어들었다.

"젊었을 때는 이런 짓도 참 많이 해 보았지."

검을 입에 물고 강물 속으로 뛰어들었다.

배가 고프면 맑은 강의 깊은 곳에서 생선들을 베었다.

물의 흐름과 힘을 이기고 검을 휘둘러서 고기를 잡기란 정말로 어렵다. 하지만 검치는 오히려 쉽게 성공시켰다.

억지로 밀어내지 않고, 급류의 흐름을 따라가서 생선들을 잡았기 때문이다.

띠링!

> 검술 스킬의 숙련도가 향상되었습니다.

생선을 잡으면서도 검술 스킬이 올라간다.

레벨이 높은 몬스터는 아니었지만, 장소의 특성상 검술 스킬을 얻을 수 있는 모양이었다.

검술 스킬도 조각술처럼 다양한 경험을 바탕으로 성장했다.

"이렇게 된 바에야……."

검치는 물 위로 떠올라서 크게 숨을 들이마시고 다시 강물로 들어갔다.

파라라라라라라!

검치가 한 호흡에 휘두르는 검이 생선의 몸을 스치고 지나간다. 잘게 저미어서 회를 뜨는 검술!

생선은 산 채로 눈을 끔뻑이면서 회가 되고 있었다. 그것도 수중에서!

검치의 눈빛에 미안함이 어렸다.

'잔인해서 못 할 짓이로군.'

검술 실력을 제대로 발휘한 적이 언제였던가.

삶과 죽음을 일수유에 가르던 그때 이후로는 최선을 다한 적이 없다.

〈로열 로드〉조차도 여흥에 불과하였을 뿐이다.

녹슬지 않은 검술 실력을 시험해 보기 위해서였는데, 생선들에게는 미안한 일이었다.

검치는 토끼나 다람쥐, 사슴 같은 초식동물은 베르사 대륙에서도 거의 사냥하지 않았다.

'먹지도 않을 것을… 무의미한 살생을 할 필요가 없겠지.'

검치는 미안한 마음에 생선들 하나하나에다 붕대를 감아 주었다.

신기에 달한 검술로 인해서 아직 살아 있는 생선들이었다.

"푸하!"

그리고 강물 위로 올라와서 하류로 발걸음을 옮겼다.

목적지를 정해 놓은 게 아니라, 정처 없이 떠돌아다니는 발걸음이었다.

강의 하류에도 사람들이 있었다.

낚싯대를 들어 올린 중년 남자와 부인의 대화가 들렸다.

"여, 여보."

"왜요?"

"우리 지금… 회를 낚았어!"

붕대가 거의 떨어져 나간, 살아 있는 메기가 그들의 낚싯대의 미끼를 물고 올라오고 있었던 것이다.

"세상이 참 어렵구나."

검치는 큰 고목나무 아래에 주저앉았다.

검술 스킬은 고급 6레벨 89%.

믿기지 않는 속도의 성장으로, 검술 스킬의 마스터도 그리 머지않은 단계였다.

하지만 레벨을 올리고 검술 스킬을 연마한다고 해서 무슨 보람이 있겠는가.

"나이 먹은 게 죄지. 혼자서 돌아다니는 아줌마는 없을까?"

처음 보는 여자에게 친한 척 말을 붙여 보기도 어색했다.

말을 걸어도 되는지 고민하면서 관찰하고 있으면 남편이 와서 데리고 가는 경우를 두어 번 당하고 나니 의욕도 안 생길 정도였다.

검치가 자책하고 있을 때, 십 대 후반쯤 되어 보이는 여자애가 다가왔다.

"아저씨, 여기서 뭘 하세요?"

"……."

검치는 대답도 하지 않고 가라는 뜻으로 손을 휘휘 저었다.

유저로 보이는 여자아이는 상당히 귀엽고 예쁜 편이었다.

'사냥터나 물어보거나 하겠지.'

평소라면 친절하게 대답을 해 주었으리라.

깜찍하고 어린 여자애를 어떻게 해 보려는 나쁜 의도가 아니라, 작은 도움이라도 주기 위해서였다.

'제피도 조언을 했었지. 여자와 대화를 많이 나누는 게 중요하다고.'

사실 여자애가 먼저 말을 걸었던 게 검치의 인생에서 몇 번이나 되었던가.

덩치가 있어서 여자들이 쉽게 접근할 수는 없는 외모다.

하지만 그보다는 눈빛이나 기세가 정상인과는 차원이 달랐기 때문에 폭력배들이라고 해도 알아서 피해 간다.

지금은 다 그만두고 싶은 심정이라서 혼자 있고 싶었다.

하지만 여자아이는 다른 장소로 갈 생각이 없는지 검치의 앞에 앉았다.

"저기 아저씨, 혼자세요?"

검치는 살짝 고개만 끄덕였다.

'일부러 계속 묻는 걸 보니 뭐라도 팔아 보려는 상인인가? 아니면 도움을 바라는 거? 대충 쓸 만한 무기 정도 남는 게 있으면 줘야겠군.'

여자아이가 잠시 머뭇거리다가 다시 물었다.

"저희와 함께 사냥하실래요?"

짐작했던 것과 다른 이야기에 검치가 약간의 호기심을 드러냈다.

"지금 파티에 초대하는 거니?"

수련생들을 향해서는 짧고 엄격한 말투만을 고집했다.

여자아이가 놀라지 않게 하려고 했지만, 이성과 대화를 나눈 경험이 많지 않아서 더욱 낮게 깔리는 중후한 목소리.

나쁘지 않은 반응에 여자아이의 목소리에 힘이 실렸다.

"함께 사냥해요, 네?"

"글쎄다. 귀찮은데……. 사냥터 추천 정도는 해 줄 수 있다."

"로자임 왕국에서 여기까지 왔는데요, 저희끼리만 사냥하기에는 좀 벅차거든요."

"허어."

결국 검치는 이 귀여운 여자아이의 부탁을 거절하지 못하고 자리에서 일어섰다.

'그래. 뭐 따로 할 일도 없으니 잠깐 같이 싸워 주는 것도 나쁘지 않을 테지.'

여자아이가 도움을 바라고 와서 일부러 친근하게 굴었다 해도 그 정도는 봐줄 작정이었다.

검치가 별생각 없이 물었다.

"다른 일행은?"

"2명이에요. 우리 엄마랑 막내 이모요. 엄마 직업은 정령술사고 이모 직업은 소환술사예요."

여자들은 정령이나 소환물들이 귀엽다고 선택하는 경우가 많았다.

'정령술사, 소환술사. 그리고 이 아이의 직업은 마법사 정도 되나? 3명이서 사냥하기가 어렵긴 하겠군.'

일행이 있는 장소로 걸어가면서도 여자아이의 수다는 계속 이어졌다.

"아빠는 일하느라 바빠서 같이 못 놀아 줘요. 막내 이모는 대학교 졸업하고 유학 다녀오느라 아직 남자 친구가 없어요."

왠지 막내 이모에 대해서 상세히 설명하고 있는 여자아이.

"직업은 회계사거든요. 올해 서른두 살인데 공부에 빠져서 남자 친구 사귀어 본 적도 없어요. 예쁘고 날씬하고 성격도 좋아요. 우리 엄마랑은 나이 차가 많이 나서 저랑은 어릴 때부터 언니처럼 같이 놀기도 했어요."

"그랬구나."

"근데 눈이 높아서… 선 자리에도 몇 번 나갔는데요, 웬만한 남자들은 남자로 보이지도 않는다면서 바로 일어났어요."

"높겠지."

검치는 무덤덤하게 말을 받아 주었다. 그리고 여자아이의 일행이 있는 장소에 도착했다.

큰 개를 닮은 정령을 데리고 있는 차분해 보이는 중년 여성 1명 그리고 단아한 얼굴의 30대 초반의 여성.

여자아이가 생긋 웃으며 말했다.

"이모는 사내다운 남자를 좋아해요. 격투기도 좋아하고요."

"……!"

⟞⟊⟝

헤르메스 길드의 정보 담당 암살자 스티어.

광범위하게 퍼진 연락 조직들을 바탕으로 베르사 대륙의 동향을 주시하는 게 그의 임무였다.

"북부의 모라타 영주가 전신 위드일 가능성이 높다라……."

스티어는 상부에 보고할 필요성이 있는 사안이라고 여겼다.

바드레이는 현재 하벤 왕국의 쥬벨린 던전에 있다. 몬스터가 쏟아진다고 해도 과언이 아닐 정도의 사냥터였다.

하벤 왕국뿐만이 아니라, 베르사 대륙의 어디를 뒤져 보더라도 유저들에게 최악의 사냥터로 손꼽히는 곳.

바드레이는 귓속말이나 길드 채팅 창도 꺼 놓고 쥬벨린이라는 거구의 주술사를 사냥하기 전에는 나오지 않겠다고 했다.

"어떻게 할까요, 스티어 님."

정보 담당 부하가 물었다.

바드레이는 대부분의 시간을 동료들과 함께 던전 안에서 보냈다. 사냥이 언제 끝날지는 아무도 알지 못한다.

스티어는 한숨을 쉬었다.

"어쩔 수 없이 직접 가야겠지. 길드 병단에 인원 요청을 해. 총수 바드레이 님을 만나기 위해서 던전에 들어간다."

스티어와 30명의 헤르메스 길드원은 던전으로 들어갔다.

모두 레벨이 360이 넘었지만, 몬스터의 수준이 너무도 높은 쥬벨린의 던전이라서 움츠러들지 않을 수 없었다.

5명이 사망하는 우여곡절 끝에 겨우 바드레이가 있는 장소에 도착했다.

바드레이는 12명의 친위대와 함께 무기를 정비하고 쉬고 있었다.

휴식을 취하는 장소 주변에는 몬스터의 사체들이 널려 있고 악취가 풍겼다.

"바드레이 님."

"무슨 일로 스티어 자네가 여기까지 왔지?"

"보고드릴 일이 있습니다."

바드레이는 흥미롭다는 얼굴이었다.

최상급의 아이템들로 전신을 무장하고 있는 그는 베르사 대륙에서 최강자로 군림하는 이답게 여유가 넘쳤다.

"전신 위드의 일입니다."

"위드라⋯⋯."

바드레이는 고개를 끄덕였다.

"그의 이야기라면 자네가 여기까지 찾아올 만도 하겠지."

"위드의 정체가 드러났습니다. 모라타의 영주인 것 같습니다. 물론 아직은 이해가 안 되는 부분도 많습니다만."

"어떤 점이지?"

"로자임 왕국에서 시작한 유저로 추정되는데, 〈로열 로드〉를 시작한 지 1년 6개월도 지나지 않았다는 겁니다. 이게 좀 이해가 안 됩니다. 그리고 더 황당한 것은 조각사가 부업이라는 겁니다."

"부업?"

"그의 전투 능력을 감안한다면 조각사라는 직업은 사실이 아닐 거라 생각됩니다. 그런데도 취미로 한 조각술이 대작을 만들고, 대륙을 떠들썩하게 할 수준이라는 겁니다."

취미로 만든 조각품이 피라미드에 빛의 탑, 여신상이라고 판단했던 것!

"호오, 대단한데?"

"조각사가 부업이었어? 이야! 나 그 녀석이 만든 조각품 보고 완전히 감탄했는데."

바드레이의 동료들이 한마디씩 떠들었다.

"그러고 보니 위드라면 우리의 후배라고 할 수도 있지."

"아, 〈마법의 대륙〉에서?"

"우리가 떠나고 6개월 정도 후에 지존의 자리에 올랐으니까 말이야."

"우리가 〈마법의 대륙〉에서 지존이었던 적이 있지. 그것도 꽤 오랫동안."

친위대는 반가운 듯이 대화를 나누었다.

그들은 〈마법의 대륙〉에서부터 서로 아는 사이였다.

〈마법의 대륙〉에서 유명한 성들을 지배하고 있던 성주 출신들이었던 것이다!

바드레이는 〈마법의 대륙〉에서도 최고의 성주였다.

"그때가 그립기도 하군."

"뭘. 나는 별로 돌아가고 싶지는 않아. 이 베르사 대륙의 맑은 공기와 직접 몸을 움직이면서 싸울 수 있는 장점을 놓치고 싶지 않거든."

"나도 돌아가고 싶지는 않지만… 그래도 꽤 재미있던 시간들이었어."

잦은 전쟁과 다툼으로 미운 정이 들게 된 성주들은 〈로열 로드〉가 생긴다는 말을 듣고 한자리에 모였다.

〈마법의 대륙〉의 인기는 정점을 지났고, 명백하게 쇠락하는 중이었다. 한 지역의 패자들이었던 그들은 그 부분을 매우 민감하게 받아들였다.

성주들에게는 실질적으로 매달 엄청난 양의 아이템과 골드가 들어온다. 일반 직장인으로서는 상상도 하지 못할 거금을 벌어들였다.

성주들은 단체를 유지하면서 수입을 올리는 다크 게이머의 대부들이었다.

그들은 회합을 통해서 하나의 결론에 이르렀다.

〈로열 로드〉로의 이전.

성주들은 세력을 그대로 이끌고 〈로열 로드〉로 넘어왔다.

이것이 헤르메스 길드의 탄생 비화였다.

"우리가 떠나고 나서 위드가 엄청나게 유명해졌어."

"우리도 포기한 퀘스트나 던전들을 정복했다지? 이반포르테 섬의 미궁까지 파헤쳤다는 소식을 듣고 얼마나 놀랐는데!"

"정말 굉장한 유저야. 물론 바드레이가 그대로 〈마법의 대륙〉에 남아 있었다면 호락호락하게 자리를 넘겨주었을 리는 없겠지만 말이야."

바드레이는 친위대의 대화를 들으면서 웃기만 했다.

헤르메스 길드의 서열에 따른 명령 체계는 엄격하지만, 친위대에만은 통용되지 않는다.

바드레이와 성주 출신의 친위대는 헤르메스 길드를 설립한 장본인들이었다.

그들은 협약을 통해 가장 강한 사람이 총수의 자리에 올라서 다른 이들을 다스리도록 했다.

율법은 친위대 중에서 언제라도 바드레이보다 강한 사람이 나타나면 그가 곧 총수가 되는 것.

그래서 〈로열 로드〉 초창기에 헤르메스 길드의 총수는 몇 번 바뀌었다.

바드레이나 친위대나, 선의의 경쟁을 통해 더 빨리 강해질 수 있는 계기가 되었다.

물론 경쟁을 하는 중간 과정에서 완전히 도태된 성주들이 없는 것도 아니었다.

〈로열 로드〉는 직접 몸을 움직여야 하고, 매우 빠른 판단력과 감각을 가져야 한다. 낙오된 성주들은 대리인을 통해서 길드의 영향력을 유지했다.

헤르메스 길드는 〈마법의 대륙〉에 기원을 두고 있는 최고의 길드였다. 위드에 대해서도 여러 경로를 통해서 정보를 입수하고 있었다.

"〈마법의 대륙〉과 위드라……."

바드레이는 상념에 젖은 듯한 얼굴이 되었다. 그에게는 흔히 찾아볼 수 없는 표정이었다.

"스티어."

"예, 총수님."

"북부를 계속 주시하라."

"알겠습니다."

"그러나 필요 이상으로 일을 키울 필요는 없다."

"그 말씀은?"

스티어가 고개를 번쩍 들었다.

평소 헤르메스 길드는 조금이라도 반항의 기미가 보이는 상대들은 처참하게 짓밟아 주었다.

암살자들을 파견해서 중요 요인들을 척살하거나 매수한다. 전투 병단을 파병해서 마을과 성을 불태우는 등 잔혹한 일도 서슴지 않았다.

"그럴 가치도 없다. 우리가 나서기도 전에 먼저 먹이를 노리는 하이에나들에게 잡아먹히게 될 테니까."

스티어는 잠시 생각해 보다가 고개를 끄덕였다.

"총수님의 말이 맞습니다. 데이몬드가 이끄는 부활의 군대도 곧 그쪽으로 향하게 될 겁니다."

부활의 군대의 세력은 크게 약화되었다.

결국 오데인 요새를 넘지 못하고 후퇴를 결정, 중앙 대륙에서의 영토는 급격히 위축되고 있었다.

부활의 군대는 더 이상 중앙 대륙에서 버티지 못한다.

북부에는 아직 강한 왕국이 없으니 그곳을 노리기 위해 철수하는 것이다.

위드와는 원한 관계도 있었다.

마탈로스트 교단의 퀘스트를 통해서 부활의 군대를 저지한 큰 공로를 세운 게 바로 위드였기 때문이다.

바드레이가 말했다.

"위드가 유명하기는 하지. 하지만 가지고 있는 명성은 패배를 겪으면 그만큼이나 빨리 사라지게 될 것이다. 몰락도 한순간이지."

사냥을 통한 스킬 상승과 레벨 업 그리고 세력 확장!

바드레이는 퀘스트와 방송 출연에 대해서는 보여 주기 위한 것에 불과하다고 생각하고 있었다.

높은 레벨과 세력이야말로 다른 유저들을 두렵게 만들고, 명령에 복종하게 만들기 때문이다.

바드레이는 친위대와 함께 사냥을 마치고 나서 휴식 시간 동안 과거에 대한 생각에 잠겼다.

"〈마법의 대륙〉이라."

뜻을 함께하는 성주들과 함께 〈마법의 대륙〉을 접었다.

〈로열 로드〉에 대한 정보들을 일찍 입수하면서 미리 몸을 만들고 준비를 하여야 했다. 하지만 간간이 심심풀이로 〈마법의 대륙〉에 몰래 접속했다.

캐릭터는 그대로 남아 있었으니 어려운 일도 아니었다.

〈마법의 대륙〉은 그의 청춘을 바친 게임이었다.

쇠락하고는 있었지만 깊은 정이 들어서 그만둘 수 없었다.

그러던 차에 위드에 대한 소문을 게임 내에서 접하게 되었다. 바드레이가 떠나고 난 이후 최강의 자리에 등극했다는 소문이었다.

"전쟁의 신 위드. 〈마법의 대륙〉에서는 그가 최고지."

"바드레이가 접속을 안 하니, 여우가 날뛰는 건가?"

"그 반대야. 바드레이보다도 훨씬 뛰어나다고 봐야 해. 바드레이는 사냥하지 못했던 드래곤도 혼자 잡을 뿐만 아니라, 던전들도 혼자서 탐험하거든."

"누구의 도움도 없이 혼자서 말이야?"

"바드레이는 절대 못하던 일이지."

바드레이는 자존심이 상했다. 소문을 곧이곧대로 믿는 성격은 아니라서 넘겨 버렸지만, 그래도 기분은 더러웠다.

그리고 얼마 지나지 않아 운명의 장난인지, 혼자서 던전에서 사냥을 하던 와중에 위드를 만나게 되었다.

바드레이는 그의 장비와 이름을 보자마자 소문의 위드임을 직감했다.

〈마법의 대륙〉은 키보드로 말을 쳐야 되는 게임이었다.

"네가 위."

위드냐라는 말을 미처 다 치기도 전이었다.

상대가 공격 스킬을 발동시켰다.

던전에서 만나면 가차 없이 공격을 하는 위드였기 때문!

바드레이는 허겁지겁 방어 스킬을 활용하고 도망쳐야 했다.

생명력을 300 정도 남기고 간신히 도주할 수 있었다.

절대 최강자로 군림하던 바드레이에게는 씻을 수 없는 치욕의 날이었다.

바드레이는 생명력과 마나를 완전히 회복하고, 최고급 장비들의 손질까지 마치고 나서 다시 위드에게 도전했다.

"나는 바드레이다. 위드, 너의 목을 베어 주마."

미리 쳐 놨던 대사를 재빨리 입력했지만 상대는 반응이 없었다. 그는 바드레이가 누구인지도 몰랐고, 관심조차 없었기 때문. 위드는 평범하게 공격 스킬을 발동시킬 뿐이었다.

그렇게 벌어진 전투에서 바드레이는 말할 수 없는 벽을 느꼈다. 현재의 그로서는 절대 오를 수 없을 만큼 높고 두꺼운 요새를 대하는 느낌이었다.

위드는 그가 사용한 연계 스킬들을 모조리 풀어 헤쳤다.

장비와 레벨에서는 큰 차이가 없는데 스킬의 운용에서 지고 들어갔다.

바드레이가 어떤 공격을 시도하든 간에 빠르게 대응하고 역습을 가한다.

망망대해를 대하는 것 같은 절망감 속에서 패배를 경험했다.

바드레이는 그 사실을 인정할 수 없었다.

〈마법의 대륙〉 최강자라는 자부심이 산산조각이 난 것이다.

잠깐 쉬었던 기간이 있기는 했어도, 〈마법의 대륙〉을 한 경력을 따지면 절대 질 수가 없다고 생각했었다.

바드레이는 다섯 번이나 몰래 위드를 쫓아가서 다시 싸움을 걸었다.

하지만 결과는 매번 똑같았다.

스킬의 운용이나 전투법을 바꾸어 보아도 너무 쉽게 파훼해 버린다.

위드의 레벨은 점점 오르고, 장비는 만날 때마다 좋아졌다.

격차가 심한 몬스터들은 사냥을 해도 경험치를 거의 주지 않는다. 바드레이는 한계라고 생각했던 레벨을 넘어, 그는 스스로 사냥터를 개척해서 궁극의 경지에 다다르고 있었다. 퀘스트와 미궁, 〈마법의 대륙〉에 있는 드래곤들을 혼자 사냥하면서 장비들까지 비교할 수 없을 만큼 높아졌다.

바드레이에게는 전투의 패배보다도 그러한 점들이 더 큰 충격이었다.

좌절과 모욕감을 안겨 주었던 것이다.

"위드라……."

바드레이는 그의 이름을 곱씹었다.

그날의 치욕을 잊은 적이 없다. 〈로열 로드〉에 더욱 전념하게 만들어 준 당사자가 위드였다.

"아직은 봐주겠다. 여기서 짓밟기에는 내 원한이 너무 크니까. 좀 더 성장해라. 사람들에게 관심과 존경을 받으면서 친구와 동료들도 사귀어라. 그리고……."

바드레이는 그날을 상상했다.

헤르메스 길드와 동맹 길드들.

실질적인 지역의 패자들이 그와 뜻을 함께하기로 약속했다.

"철저히 짓이겨 주겠다. 너뿐만이 아닌, 네가 아는 모두를. 이 베르사 대륙에 다시 발붙일 수도 없도록!"

"게이하르 폰 아르펜!"

위드가 퀘스트의 보상으로 얻어 낸 황제의 도장은 조각술 마스터의 작품이었다.

베르사 대륙을 최초로 통일한 제국의 황제.

아르펜 제국의 옥새!

위드의 눈가에 살짝 눈물이 맺혔다. 악어가 배부르게 먹고 졸려서 하품을 할 때 맺힌다는 기쁨의 눈물이었다.

"과연 하늘은 스스로 노력하는 자를 돕는구나. 세상의 정의는 어긋나지 않았어. 역시 착하게 산 보람이 있었어."

일찍이 베르사 대륙에 출현한 적이 없었던 세기의 골동품이라고 할 만하다.

아르펜 제국의 옥새는 옵션만 보더라도, 조각품으로서 완전한 상태가 아니어도 누구나 탐낼 만한 물건이었다.

"완전한 상태가 아닌데도 이 정도의 작품이라니……."

지금 시점에서도 보석보다 백배는 가치가 큰 조각품이다.

마법 저항력을 가지고 있는 신성한 물건이라서 누구나 다 원할 것이기 때문이다.

여기에 조각품을 복원하여서 완벽한 상태로 만들어 버린다면 진정한 아르펜 제국 옥새의 권능이 눈을 뜰 것이다.

띠링!

고전 시대 아르펜 제국의 건물 양식을 감상하였습니다.
조각사로서 새로운 건물들을 관찰하게 됨으로써 소유하고 있는 마을과 성, 지역 등에 고전 시대의 건물을 지을 수 있습니다. 고전 시대의 건물들은 매우 장엄하고 우아한 것이 특징이며, 많은 인구를 수용할 수 있을 정도로 넓습니다. 건축비는 제법 비싼 편이지만 마법적인 효과가 부여되며 지역 내의 출생률을 높입니다. 특수 건물을 건설할 수 있습니다.

아르펜 제국의 황궁
전 대륙에 단 1개만 건설되는 건물. 정치적인 영향력을 대륙 전체로 확장할 수 있다. 병사들의 사기가 가장 높이 오르며, 기사들의 충성심이 증가한다. 휘하의 귀족들이 배반할 가능성을 낮추고, 많은 시녀들을 거느릴 수 있다. 매우 넓은 영토가 필요하지만, 논이나 밭을 황궁을 지을 터로 개발한다면 영주민들의 불만도가 급격하게 증가할 것이다.
건축 비용: 최소 8백만 골드.
특수 효과: 소재한 도시의 발달 속도를 최대로 만든다. 방랑 기사들이 충성을 바칠 확률이 높아진다. 외교적인 효과가 생긴다.

조각품의 추억 스킬을 통해서 퀘스트만 얻을 수 있는 것이 아니었다. 관찰을 통해 역사적인 고전 시대의 건물들도 지을 수 있게 되었다.

기대하지도 않았던 소득이었다.

아르펜 제국의 황궁은 사치의 결정판!

위드에게는 물론 건설할 마음이 조금도 없었다.

영주 성 근처의 잡초를 뽑기 위해 고용하는 인부에게 드는 비용조차도 아까운 마당이었다.

대형 콜로세움

검투사들을 위한 공간. 용맹한 이들이 이름을 날리고, 관객들은 이를 보면서 스트레스를 해소할 수 있게 된다. 관람 수입을 거둘 수 있으나 유지비도 만만치 않게 들어간다. 대형 콜로세움을 건설하는 것만으로도 영주의 명성이 높아진다. 콜로세움을 통해서 용감한 검투사들이 많이 생길 것이다.

건축 비용: 최소 30만 골드.

특수 효과: 검사들의 검투사 전직 가능. 병사들의 훈련도가 빠르게 높아진다.

암벽으로 된 성채

마을을 보호하는 성채. 절벽이나 높은 산에만 지을 수 있고, 필수적인 상점들과 군대가 머무를 공간이 마련되어 있다. 천혜의 지형을 바탕으로 한 방어 능력으로 대량의 몬스터들이 출몰하는 지역의 전초기지로 활용할 수 있다. 몬스터 퇴치 및 원정 퀘스트의 발생 빈도가 현저하게 증가하고, 몬스터의 사체에서 나온 부산물을 거래하는 시장이 크게 열릴 것이다. 성채가 함락되면 치안과 영주에 대한 신뢰도가 급격하게 하락한다.

건축 비용: 최소 50만 골드

특수 효과: 영토의 확장.

아르펜의 특수 곡물 창고

매우 특별한 건물. 하늘을 향해 우뚝 솟은 초대형 건물로, 아르펜 제국은 이 곡물 창고의 내부에 여러 개의 층을 만들어 곡식을 저장했다. 방대한 양의 곡식을 오랫동안 저장할 수 있으며, 지하에 술이나 나무 열매 등을 신선하게 보관하는 것도 가능하다. 굶주리는 주민이 줄어들고, 식료품의 가격이 일정하게 유지된다. 주민들은 이 초대형 곡물 창고를 보는 것만으로도 식량에 대한 걱정을 덜고 아이를 가질 것이다. 아르펜 제국이 대륙을 통일했을 때의 핵심적인 건물로, 치안과 경제, 출생률을 높인다. 도시 전체에 축제를 일으킬 수 있다.
건축 비용: 최소 4만 골드.
특수 효과: 인근의 굶주리는 주민들의 이주를 촉발한다.

요정의 신비한 연못

매우 작은 요정들이 좋아하는 맑은 물이 흐르는 연못. 고요하고 소란스럽지 않은 장소에 지어야 한다. 연못이 만들어지고 나면 요정들이 찾아오게 되는데, 장난기 많은 그들은 사건들을 일으킬 것이다. 요정들의 장난은 악의가 없고 도움이 되는 경우가 대부분이며, 요정들의 여왕이 뜻하지 않은 선물을 줄 수도 있다.
건축 비용: 1,000골드.
특수 효과: 자연이 깨끗해지고 신비한 사건들이 많이 발생한다.

아르펜의 연립주택

돌로 만든 4층 주택. 견고하여 쉽게 허물어지지 않는다. 중산층 여러 세대가 함께 살 수 있다. 강가나 호수 주변에 건축하면 크게 인기를 끌 것이다. 거주하는 주민들의 삶의 만족도와 치안을 높여 준다.
건축 비용: 최소 2,000골드.
특수 효과: 기상 악화나 자연재해에 대한 피해를 경감시켜 준다.

복잡한 조각사 동굴

조각사들이 대규모로 모여서 기술을 발전시키고 협력해 예술품을 만들 수 있는 공간, 문화를 발전시키고 도시를 가꾸는 데 매우 큰 도움이 될 것이다.
건축 비용: 최소 3만 골드.

폐허의 성

문화와 예술, 기술이 고르게 발달해야 지을 수 있는 건축물. 아르펜 제국 시절에
는 스펙터들이 살아가는 특별한 공간이 존재했다. 아이들을 좋아하는 스펙터들
이 영지 내에 살게 되면 몬스터에게 희생당하는 어린이들이 대폭 줄어들 것이
다. 이 건물은 또한 마법의 발달을 촉진한다.
건축 비용: 최소 7만 골드.

아르펜 상인 회관

자유 상인들이 휴식을 취하는 장소. 아르펜 제국은 상인들과 예술가들을 우대
했다. 치안이 좋은 장소에만 지을 수 있으며, 마차들을 보관할 수 있다. 미술품
의 거래가 가능해지고 마차들의 이동속도를 정해진 날짜만큼 올려 준다.
건축 비용: 최소 25,000골드.

기울어진 탑

비정상적으로 기울어진 이 탑은 자연에 대한 탐구력을 길러 줄 것이다. 원소 계
열 마법사들이 전직할 수 있는 장소.
건축 비용: 최소 15만 골드.
특수 효과: 소재한 지역의 자연환경에 따른 마법의 개발이 이루어진다.

가죽 제품 전시장

가죽 재료와 완성품들을 매매하는 장소.
건축 비용: 최소 1,200골드.

아르펜 제국의 건물 양식은 군사, 경제, 교육 관련 건물들까지 합치면 총 300여 개나 되었다.

물론 기본적인 필요 요구치로는 돈만 보았지만, 석재나 귀금속, 보석 등을 별도로 요구하는 경우도 많았다.

위드의 영주 성이나 영주 전용 창고에는 꽤 많은 양의 광물과 석재, 그보다 더 많은 양의 나무 그리고 약간의 은이 쌓여 있었다.

그것들을 바탕으로 건축을 하는 것이다.

다만 문화나 기술, 경제력 수치가 낮으면 건설을 하더라도 형편없는 건물이 나올 가능성을 배제할 수 없다.

아르펜 제국의 황궁 같은 경우는 귀금속이 부족해서 지을 수도 없을 정도였다.

위드가 목록을 다 확인하기도 전이었다.

대장장이 스킬이 아르펜 제국의 무기와 갑옷에 대한 정보를 습득하였습니다.
아르펜 제국은 끊임없는 정복 전쟁을 벌였습니다. 그들은 영토를 안전하게 하기 위하여 인간들뿐만 아니라 대형 몬스터들도 전문적으로 사냥해야 했습니다. 아르펜 제국의 갑옷은 묵직한 무게를 가지고 있지만 낮은 기술력에도 불구하고 가죽을 덧대어서 방어력이 높았습니다. 제국 기사복, 근위병 갑옷, 황궁 기사 갑옷을 만들 수 있습니다.

재봉 스킬이 아르펜 제국의 복장들을 파악했습니다.
황제의 복장에서부터 마법사의 로브, 귀족들의 연회복, 궁중 요리사와 시녀의 의복까지 다양한 옷들을 재봉할 수 있습니다.

조각품의 추억 스킬이 알 수 없는 황제의 옥새를 완전하게 읽어 내지 못했습니다.
훼손 정도가 심해서 조각품의 복원이 필요합니다.

예술이 경지에 이른 노가다야말로 진리!

위드가 다양하게 올려놓은 스킬 덕분에 조각사의 추억 스킬을 통해 얻는 소득이 더욱 컸다. 대장일과 재봉 스킬에 대한 장비 제작법까지 함께 습득할 수 있었다.

위드가 입꼬리를 올렸다.

"역시… 요즘 세상에 한 우물만 파면 금방 말라비틀어져서 죽어 버리는 거지."

살아온 인생, 노가다의 방식이 잘못되지 않았다는 환희!

알 수 없는 황제의 옥새는 정말 오래된 역사적 아이템이다. 이렇게 엄청나게 다양한 소득을 얻었음에도 불구하고 아직도 완전하게 읽어 낸 것이 아니라니!

"크흐흐흐."

위드에게서 비열한 웃음이 자꾸만 흘러나왔다.

사냥을 해서 검이나 갑옷 같은 고급품을 얻었을 때 터지는 진득한 웃음!

"이 정도 물건이라면 고대의 방패나 데몬 소드보다도 훨씬 좋은 거로군."

견적 계산도 끝났다.

조각사로서는 구명줄이라고 할 수 있는 예술 스탯까지 올려 주었으니 더없이 귀중한 보물인 셈.

아르펜 제국이 몰락하고 난 이후로도 어딘가로 흘러들어 갔으리라. 조각품에 담겨 있는 남아 있는 추억들을 읽으려면 훼손된 부분의 복원이 필요하기는 했다.

위드의 조각술 복원 스킬은 별로 사용한 적이 없어서 현저히 낮은 상태!

"걸작 몇 번 부수고 고치면 될 거야."

S급 난이도의 퀘스트를 찾아내기 위해서도 복원 스킬을 올려야겠지만 남아 있는 기대감이 커서 즐거운 작업이었다.

⚜

"그럼 나는 이만 가 보겠네."

은퇴한 늙은 용병 스미스의 말에 위드는 금세 착잡한 표정을 지었다.

통곡의 강에서 비싼 술을 얼마나 많이 마셨던가. 심지어는 술에 취해서 주정을 부리기까지도 하였다.

하지만 그를 돌보느라 했던 고생들은 말끔히 사라지고 난 후였다.

용병패에, 제국의 옥새까지 받았다.

줄 것을 다 주고 떠나가는 늙은 용병의 뒷모습이란 얼마나 아름다운가.

위드의 눈빛이 예리해졌다.

'더 얻어 낼 것은 없겠지.'

빈털터리 은퇴 용병이니 당장은 더 뜯어내기 어려울 것이다.

물론 나중에 언젠가 한번 확실하게 털어낸 것인지 확인은 해 봐야겠지만.

위드는 늙은 용병의 손을 두 손으로 잡고 흔들었다.

"함께해서 영광이었습니다. 이렇게 이별을 하면 또 언제 다시 보게 되지요? 술 너무 많이 드시지 마시고 살펴 가세요. 그리고 안주 꼭 챙겨 드세요."

이별을 아쉬워하며 다정다감한 말을 한마디라도 더 해 주면서도 흐뭇하게 올라가는 가식적인 입꼬리.

"늙은 나를 보살펴 주느라 고생이 많았네."

"전혀 그렇지 않습니다. 많은 경험을 배울 수 있는 유익한 시간이 되었습니다."

"수르 왕국까지 돌아가려면 서둘러야겠군. 이제 놓아주게."

"이렇게 보내도 되는 건지 모르겠습니다. 아직도 용병 생활에 대해서 듣고 싶은 게 참 많은데요."

은퇴한 용병들이 늘어놓는 이야기는 의외로 정확하다. 베르사 대륙의 역사서를 보는 것보다도 실감나고, 퀘스트와 연결되는 경우도 많다는 것을 위드는 알고 있었다.

"허허허."

스미스는 기분이 썩 나쁘지 않은 듯 너털웃음을 지었다. 용병들에게 옛날 이야기를 해 달라고 하는 것처럼 친밀도를 올려 주는 일도 없는 것이다.

물론 어느 정도 친해지고 나서야 들려주는 경우가 많지만.

"내 단골 술집에 찾아오면 언제든지 환영하지. 이제 가겠네."

"살펴 가세요. 다음에 만날 때는 조카처럼 편안하게 대해 주세요."

늙은 용병 스미스를 떠나보내고, 위드는 주위를 둘러보았다.

통곡의 강 주변에는 위드에게 엠비뉴 교단 11지파의 파멸 퀘스트를 공유받으러 오는 사람들이 줄을 섰다.

퀘스트 마감 판매!

그들에게도 의뢰를 공유해 주고 돈을 받아 챙긴 뒤에 모라타로 돌아왔다.

~~~~

베르사 대륙 최고의 조각사로서 명성을 날리고 있는 위드!

그에게도 조각술에 대해 숨기고 싶은 과거는 있었다.

"와이번들. 그놈들을 제대로 조각해 주지 못했던 게 아쉬워."

불사의 군단과의 전쟁에 앞서서 시간에 쫓기어 허겁지겁 만들었다. 오죽하면 와이번들에게 생명을 부여하고 나서도 발로 조각한 게 아니냐는 의혹을 받았겠는가.

"그래도 손으로는 조각했는데……."

위드에게는 아쉬움이 많이 남는 와이번들이었다.

최초로 조각품에 생명을 부여한 녀석들을 볼 때마다 속이 쓰렸다. 뾰족하고 각진 얼굴에, 공중을 날 때에는 바람의 저항도 컸다. 그럼에도 그 자존심 강하고 오만하던 녀석들이 위드의 명령에는 끔뻑 죽는 시늉도 한다.

"야, 갔냐?"

"주인 갔어?"

"갔다. 완전 자유다!"

와이번들이 얍삽하다거나 배반을 잘한다는 평가는 수정해야 될 것 같았다. 위드가 만든 와이번들은 생명을 부여받은 맏이로서 제 역할을 다하고 있었기 때문이다.

놀고먹는 비만 와이번이었던 시절도 있지만, 북부에서 금인이와 함께 몬스터들을 충실하게 사냥하면서 성장하고 있었다.

위드는 모라타에 돌아온 후, 그들을 뒷산으로 불러 모았다.

6마리의 와이번들이 날개 간격으로 좌우로 도열하고, 번쩍번쩍 빛나는 금인이는 목욕을 마친 후인지 유난히 깔끔한 모습이었다.

"너희… 잘 지냈지?"

위드가 조금 미안한 투로 말했다.

전쟁에만 동원하고 평소에는 관심도 별로 주지 못한 것에 대해서 약간은 마음에 두고 있었던 것이다.

"주인, 우리는 매우 잘 지내고 있었다."

"행복하다."

"우리에게 아쉬운 부분이 있다면 주인을 자주 못 본다는 것뿐이다. 보고 싶었다, 주인."

갸르르르륵.

와일이가 대표로 나와서 얼굴을 비벼 대었다.

그러는 사이에 위드가 들을 수 없도록 비밀리에 와이번들의 논의가 이어지고 있었다.

"왜 우리에게 잘해 주는 거지?"

"무슨 트집을 잡으려고……."

"조심하자."

위드는 와일이의 머리를 쓰다듬었다.

"녀석들. 내가 돌아오니까 그렇게 좋으냐."

사실 매우 끈끈한 정으로 엮여 있는 위드와 와이번들이었다.

"오늘 모이라고 한 것은 너희의 얼굴을 오랜만에 보고 싶어서였다."

"……."

와이번들은 그저 침묵을 지켰다.

날개를 활짝 펼치고 하늘을 날아다니는 자유로움을 즐기는 그들에게 위드란 존재는 가끔 구속이었던 것이다.

위드가 이어서 말했다.

"그리고 너희 힘이 좀 약하지 않으냐. 사냥하면서 좋은 음식들을 좀 얻은 김에, 너희 몸보신이나 시켜 주려고 부른 거다."

아껴 놓았던 킹 히드라와 이무기의 고기!

딱 와이번들과 금인이가 나눠 먹을 만큼만이 남아 있었다.

"사랑한다, 주인."

"고맙다."

와구와구.

와이번들이 고기에 주둥이를 틀어박고 게걸스럽게 뜯어 먹었다. 금인이는 우아하게 작은 칼을 꺼내어서 썰어 먹었다.

먹는 장면에서도 상당히 차이가 나는 모습이었다.

맛있는 음식을 먼저 먹고 나서 와이번들은 어울리지 않는 애교를 부렸다. 시험을 잘 본 아이가 부모에게 자랑을 하듯이 이야기하기도 했다.

"우리 며칠 전에 곰 기병대를 잡았다."

"곰 기병대?"

"모라타에서는 상당히 먼 곳에, 곰 부족이 있다. 그들을 잡아먹었다. 다음에 주인에게도 그 맛을 알려 주고 싶다."

인간의 유사 종족들이 있다는 뜻이다.

베르사 대륙의 북부가 워낙에 넓은 지역이기에 탐험대도 대충이나마 지나가며 들렀을 뿐 세부적으로는 알려지지 않은 장소가 많다.

그런 장소에서 사냥을 했다는 이야기이리라.

"너희 레벨은 얼마나 되지?"

"376이다."

다른 와이번들의 레벨도 370대를 넘었다.

위드가 레벨 300이 안 될 때에 생명을 부여한 녀석들이었으니 그럭저럭 잘 성장한 셈.

금인이가 식사를 마치고 나서 다가왔다.

"주인!"

금인이는 위드를 어려워했다. 금덩어리로 만들어 놓은 이후로 아까워서 자주 괴롭혔기 때문이다.

"그래, 잘 먹었느냐."

위드는 오늘은 잘해 주리라 결심했다.

금인이가 수줍음이 많아서 그렇지 전투 능력은 쓸 만한 정도를 넘어서 뛰어났다.

양손으로 검을 휘두르며 빠르게 달린다. 약한 몬스터들은 순식간에 도륙을 해 버릴 뿐만 아니라, 궁술에서도 탁월한 솜씨를 뽑냈다. 와이번에 탑승한 채 활을 쏠 줄도 알았다.

대작 조각품 출신!

20%의 추가적인 효과를 가지고 태어나서 레벨도 420부터 시작한 엘리트였던 것이다.

위드가 생명을 부여했던 그 어떤 조각품보다도 탄생부터 우월한 존재였다.

누렁이는 바위의 재질이 약했고, 불사조들의 레벨은 간신히 400에 도달한 정도에 불과했었다.

"주인, 내 레벨이 446을 넘었다. 골골골."

"잘했다. 정말 수고가 많았다."

금인이는 와이번들이 노는 동안에도 혼자 던전에 들어가서 사냥 등을 하면서 열심히 했다고 했다. 생명을 부여해 준 위드에게 도움이 되기 위해서 쉬지 않았다는 것이다.

"잡을 만한 몬스터들이 근처에 없을 때에는 광산에 들어가서 일을 했다."

모라타 인근의 폐광들!

위드가 개발을 하지 않아서 몬스터의 소굴이 되어 있는 광산들이 많았다. 금인이는 몬스터들을 제압하고 곡괭이질을 해서 광물을 캤다는 이야기였다.

영주 직속 소유의 광산에서 나온 광물들은 팔지 않으면 그대로 창고에 보관된다. 위드가 건축물을 세우거나 대장장이 스킬을 이용해서 물품을 만들 때에 그 광물들을 이용할 수도 있었다.

"광물을 캐다가 새로운 스킬도 습득했다. 골골."

"오오오."

위드는 자식을 키우는 보람이 이런 것이구나 생각했다.

금인이처럼 기특한 녀석이 어디에 또 있단 말인가!

'딱 금인이 같은 놈으로 100명만 있으면 조각사의 팔자도 나쁘지 않겠구나.'

광산에서 획득한 스킬이라면 경제적으로 많은 도움이 되리라. 광물 발견, 초급 곡괭이질. 어떤 스킬이라도 반길 만한 일이었다.

"무슨 스킬이지?"

"놀라지 마라, 주인. 마법이다."

"마법!"

금인이의 지성이 높은 편이기는 했다.

대장장이 스킬로 만들어서 불에 대한 속성도 절반쯤 있고, 금속과 물의 속성도 가지고 있다. 머리가 나쁘지는 않았지만 마법까지 쓸 수 있다니 감격이었다.

"잘했다, 금인아. 근데 마법에도 종류가 꽤 많이 있잖아. 어떤 마법인지 확인 좀 해 보자. 금인이 스킬 창!"

위드는 자신이 만든 조각품들의 스킬 창을 열어 보았다.

초급 검술 9 (26%)
검을 휘두르는 기술. 레벨이 높아질수록 위력이 강해진다.

중급 궁술 7 (88%)
화살의 정확도가 높아지며 긴 사정거리를 가진다. 빨리 장전할 수 있게 된다.

중급 화염 제어 기술 4 (16%)
불을 일으킬 수 있다. 탄생의 근원에서 얻은 무제한의 힘이지만 일정 수준 이상

의 화염은 자기 몸도 녹게 만든다.

초급 액체 변환술 3 (15%)
불의 힘을 이용하여 자기 몸을 액체화할 수 있다. 손상된 육체를 복구하는 데 유용하다. 하지만 신체의 일부를 영구히 잃어버릴 수도 있다.

금인이가 가진 독창적인 여러 스킬들과, 검술과 궁술이 떴다. 그리고 기대하던 마법 스킬의 등장!

초급 보석 파괴 마법 6 (69%)
보석에 잠재된 힘을 끌어내서 마법을 사용할 수 있다. 마법의 위력은 시전자의 마법 활용 능력과 보석의 가치에 따라 달라진다. 마법을 쓸 때마다 일정한 양의 보석을 소모한다.

보석의 힘을 이용하여 마법을 사용한다.

일반적인 마법보다 시전 속도도 빠르고 광범위한 위력을 자랑한다.

하지만 결정적인 단점으로 보석을 소모한다.

레벨이 446이나 되는 금인이는 민첩과 힘처럼 육체적인 전투력뿐만 아니라 지혜와 지식이 굉장히 높았다. 매우 뛰어난 수준의 마법사의 소질을 가지고 있었다.

자신의 특성들을 살릴 수 있는 마법 능력을 개발한 것이다.

이것이야말로 럭셔리 프리미엄의 결정판!

재룟값만 7,000골드가 넘게 들었던 금인이에게 적합한 기술이었다.

"사용 금지."

"네? 골골골."

"앞으로 이 기술 쓰고 싶으면 액체 변환술부터 사용해. 금괴로 변하고 나서 써라."

금괴로 변신한 후에는 스킬을 사용할 수 없다.

즉, 팔아 치울 테니 몸값을 받기 편하게 변하라는 뜻이었다.

"주인."

금인이가 울상을 지었다.

화사하고 잘생긴 남자아이의 외모를 가진 금인이는 더없이 귀여웠지만 위드의 취향은 아니었다.

청춘의 황금기라고 할 수 있는 고등학교 때 여자애들과 떡볶이 먹을 돈도 아꼈던 위드다.

위드가 금인이를 무시하고 있을 때였다.

와삼이가 한 걸음 앞으로 걸어 나왔다. 동료이며 동생이라고 할 수 있는 금인이를 변호해 주기 위해서는 물론 아니었다.

"주인."

"왜."

"주인이 다스리고 있는 마을 부근이 심상치 않다."

위드의 목소리가 심각해졌다.

"무슨 일인데?"

와이번들은 모라타 주변에서 사냥을 하면서 주변 지역에 대한 정찰까지 하고 있었다.

위드는 모라타에 투자한 돈만 해도 30만 골드가 넘을뿐더러, 조각품까지 다수 만들어 놓았다.

프레야 교단이 정해진 기간 동안은 보호를 약속했지만 방심할 수는 없는 까닭이었다.

　은행이나 증권사도 믿지 못하는 마당에 프레야 교단의 기사들에게만 의존할 수는 없는 노릇.

　"최근에 다른 마을 근처에서 사냥감이 줄어들고 있다."

　와삼이는 자기 방식대로 설명을 했다.

　정신연령이 비슷하지 않고서야 알아듣기 힘든 화법이었다.

　위드는 그대로 이해했다.

　"병사들을 늘리고 있는 모양이로군."

　병영을 건설하고 병사들을 징집한다.

　모라타 인근의 마을들은 주민의 숫자가 그리 많지 않았다.

　북부의 거친 사내들이 이주민으로 와서 정착을 하더라도, 숫자가 별 볼일 없어서 큰 힘은 되지 못한다. 하지만 용병이나 다른 전사들을 모집하면 이야기는 달라진다.

　와이번들의 먹잇감이 줄어든다는 뜻은, 그 근처에 사냥하는 사람들이 많아졌다는 이야기일 수밖에 없었다.

남자의 여행

안현도가 슬며시 말했다.

"이번에 막내의 수행에는 누가 따라가겠느냐?"

원래는 안현도가 직접 동행하려고 했다.

젊어서는 방랑벽이라고 해도 좋을 만큼 많은 나라들을 돌아다녔던 그였다. 한국을 떠나서 외국에 갔던 게 꽤 오래되었으니 이참에 해외여행을 다녀오려고 했다.

그런데 〈로열 로드〉에서 만난 여인과 좋은 분위기의 만남을 이어 가고 있었기 때문에 빠질 수가 없었다.

사범들은 침묵만 지켰다.

검을 익히기 위한 많은 수행들이 있지만, 더 넓은 세상을 보게 하는 '견문의 수행'만큼 반가운 게 없다.

서로 가고 싶었지만 먼저 나섰다가는 역으로 불리할 수 있었기 때문에 잠자코 있었다. 다만 앉은 자세에서 어깨를 펴고 든든한 가슴을 쑥 내밀었다.

형형하게 빛나는 눈빛은 서로 시켜 달라는 애원이나 다름없는 것.

안현도는 사범들의 눈을 1명씩 마주쳤다.

정일훈은 대사형답게 대범하면서도 인자한 면모가 있었다.

검술에서도 도장을 이끌어 나가는 핵심 인재.

어디에 내놓아도 모자람이 없고, 차후 도장을 더욱 크게 발전시킬 수제자였다.

'이놈이 가면 내가 할 일이 많아질 게야.'

안현도는 사범들을 가르치는 정도면 충분하다고 생각했다. 아까운 시간을 빼서 도장 운영에 적극적으로 다시 나서고 싶지 않았다.

더운 여름에 〈로열 로드〉에서 최근에 만나고 있는 그녀와 해변에라도 한번 가 보고 싶은 게 그의 소망이었다.

'이놈은 안 되겠고.'

안현도는 미안한 마음에 고개를 휙 돌려서 역순으로 넷째 사범을 보았다.

막내인 이인도는 최근 한창 검의 성취가 두드러지게 나타나고 있었다.

가상현실인 〈로열 로드〉라고 해서 크게 기대하지 않았는데 그곳에서 무언가 발전의 계기를 찾았던 것이리라.

도전하는 의지, 나약한 자신에 대한 분노, 아니면 새로운 검의 활용법.

검술만 가지고 살아가기에 〈로열 로드〉는 만만치는 않은 세계였다.

독도 있고, 마법도 있다.

숲에서 날아 들어오는 기습, 날아다니는 몬스터도 있어서 무작정 검술만 믿고 안이하게 덤빌 수는 없다. 죽어도 곧 되살아나는 〈로열 로드〉에서 무수히 많은 도전을 하고, 실패도 겪었으리라. 그리고 어떤 각오를 했는지 도장에서 개인 수련에 힘쓰고 있었다.

'상범이도 쓸 만한 구석이 많지.'

마상범은 수련생들을 가르치는 시간이 가장 길었으니 빠지면 역시 도장 운영에 걸림돌이 된다.

"종범아."

"예, 스승님!"

"이번에는 네가 막내를 데리고 가라."

"알겠습니다."

도장에서의 삼인자.

〈로열 로드〉에서의 닉네임 검삼치에게 임무가 맡겨졌다.

"비행기 티켓은 이미 끊어 놓았고, 필요한 장비들은 현지에 다 준비되어 있을 거다. 그냥 대충 하고 싶은 대로 돌아보면 될 거야."

"언제 출발하면 됩니까?"

"내일이다."

"막내에게는 뭐라고 말을 하지요?"

"사실대로 말할 필요 있겠느냐? 내가 적당히 제주도나 간다고 해 놓겠다."

"잘 다녀오겠습니다!"

한국 대학교의 가상현실학과에서는 매년 특이한 방학 과제를 내놓기로 유명했다. 돌발적으로, 미처 준비하지 못한 상태에서 갑자기 내준다.

이현과 동기들은 학기말의 마지막 전공 시험을 치르는 중이었다.

이현은 맹렬히 문제를 풀었다.

'이건 3번이군. 아는 문제야. 예전에 〈로열 로드〉를 공부할 때 어떤 박사의 논문에 있었어.'

논문의 주제나 박사의 이름은 깨끗하게 잊어버렸다.

한국 대학교의 교수가 쓴 논문도 있었고 유니콘 사에서 내놓은 발표물들도 상당수였지만, 중요한 건 이름이 아니라 내용.

기억에 남아 있는 부분들이 나온 문제는 손쉽게 풀었다.

'이건 모르는 거군. 3번이 지금까지 많이 나오고 2번이 적었으니 이건 무조건 2번이다!'

확실히 아닌 답을 제외하고 찍었다.

주관식이나, 해설이 필요한 부분들도 아는 한도 내에서 정확하게 서술했다.

이현은 자신이 있었다.

'과제는 안 했어도 출석은 착실하게 했어. 교수들 눈도장도 잘 찍어 주었고, MT에서도 나름 나쁘지 않게 활약을 했으니 F는 뜨지 않겠지!'

학사 경고만 받지 않으면 만족이었다.

학점이 다소 나쁘더라도 F만 안 나와 주면 재수강을 할 계획은 추호도 없다.

　'졸업만 하면 돼.'

　목적을 달성하기에는 그리 어렵지 않은 상황!

　이현이 시험지를 다 풀었을 때에는 제한 시간이 다 되어 있었다.

　마지막 전공 시험이라서 이제부터는 방학이다.

　대학생들의 여름방학은 두 달이 넘는다.

　'유일하게 마음에 드는 부분이지!'

　방학 동안에는 〈로열 로드〉에서 본격적으로 레벨을 올려 보리라.

　이현이 필기도구를 챙기고 가방을 싸고 있을 때였다.

　강의실의 문이 열리더니 주종훈 교수와 조교들이 들어왔다.

　조교들이 들고 오는 장비들은 디지털 캠코더였다.

　촬영하는 장면을 동영상으로 저장할 수 있는 장비!

　디지털 저장 매체의 발달로 최대 열흘 정도도 연속 녹화가 가능했다.

　단상에 오른 주종훈 교수가 말했다.

　"올해 여름방학에는 여러분이 꼭 해 오셔야 할 숙제가 있습니다."

　마지막 시험을 마치고 나서 방학만 잔뜩 기대하던 학생들은 늘어진 표정을 지었다.

　"아, 뭐야. 귀찮게……."

　"또 과제야? 복잡한 수학 공식을 풀어 오라거나 물리 엔진을 만들어 오라는 과제는 안 내주겠지?"

학생들은 우려하며 작게 속삭여 댔다.

이현도 슬며시 걱정이 되었다.

'과제들은 거의 빠졌었는데…….'

강의 시간에 내놓는 과제나 리포트는 하지 않았다. 하지만 왠지 이번 과제는 범상치 않을 것 같았다.

주종훈 교수가 시범으로 캠코더를 작동시켜 보이며 설명을 했다.

"가상현실을 멋지게 만들기 위해서는 우리의 현실이 어떤지, 우리가 어떻게 살고 있는지부터 잘 알아야 하지 않을까요? 방학 동안에 여러분의 특별한 생활을 캠코더로 촬영해 오는 게 과제입니다. 수영장에 가거나 아르바이트를 하는 모습, 여행을 떠나는 것. 무엇이든지 좋습니다. 어떤 방학을 보냈는지 캠코더로 촬영해 오세요."

"……."

강의실은 쥐 죽은 듯이 조용해졌다.

이현은 짧은 순간 눈치를 봤다.

'만약 안 하면 어떻게 되는 거지?'

그런 생각을 하는 학생이 있을 것을 짐작이라도 한 듯이 주종훈 교수가 이어서 말했다.

"이번 방학 과제 제출은 필수입니다. 개강하면 서로를 잘 알기 위해서 학과생 전원이 모여서 함께 시청하게 될 것이고, 다음 학기 필수 전공 수업도 이 과제를 바탕으로 진행할 예정이니 만약 빼먹는 학생이 있다면 전공 수업 수강 신청을 취소해야 될 겁니다."

무사히 졸업하려면 절대 빼놓아서는 안 될 과제!

어렵다고 하면 매우 어려운 과제였다.

이현에게는 방학 때 도장에서 체력을 키우고 〈로열 로드〉에서 레벨을 올릴 생각밖에는 없었기 때문이다.

주변은 금세 시장통처럼 시끌벅적해졌다.

"가족 여행으로 푸켓 가기로 했는데, 거기서 찍으면 되겠다."

"우린 남해 리조트에서 쉴 거야."

"모델 수업 받기로 했는데, 그걸 촬영해야지."

여름방학을 보낼 계획을 이미 짜 놓은 학생들이 많았다.

스무 살이 되어서 대학생으로 맞이하는 첫 여름방학인데 허술하게 보낼 수가 없는 것이다.

⁂

드디어 기다려 온 방학 날의 저녁!

위드는 통닭을 시켜 놓고 기다리는 어린아이처럼 가슴이 설레었다.

"드디어 오매불망 기다리던 방학이로군."

어떤 화려한 휴가도 필요하지 않다.

베르사 대륙을 탐험하고, 레벨을 올리고, 스킬 숙련도를 향상시키는 데에 모든 걸 바쳐 볼 작정이었다.

"일단 조각품부터 복원하고……."

아르펜 제국의 옥새를 복원하려면 약간 귀찮은 스킬 노가다가 필요했다.

이미 만들어진 조각품들 중에 쓸모가 덜한 걸작 조각품들을 추려 내서 일부러 파손한 후에 고쳐야 되는 것이다.

정확한 기억력과 솜씨가 없다면 시도하기 어려운 기술!

위드는 자잘한 조각품을 만들 때에도 늘 정성을 쏟았으니 자신이 있었다.

"처음에는 조금만 부수고, 나중에 점점 크게 부숴 보면 더 잘 고칠 수 있겠지."

조각품 복원 스킬은 조각술의 하위 스킬에 불과하다. 스킬의 숙련도야, 번거롭기는 해도 금방 늘어날 것이다.

위드의 목표는 중급 5레벨 정도였다.

"그쯤이면 아르펜 제국의 옥새를 고칠 수 있겠지. 그런 데……."

위드는 가슴 한구석에 불안한 기분이 들어서 조각품을 복원하는 일에 집중할 수 없었다.

마탈로스트 교단의 퀘스트야 많은 사람들이 하고 있으니 망칠 가능성이 거의 없다.

아르펜 제국의 옥새 또한, 아직 복원도 시도하지 않았으니 괜찮다.

"어제 마을버스를 타면서 카드를 두 번 긁었나? 아닌데. 갈치도 신선한 놈으로 샀고, 화장실에 불도 안 켜 놨는데……."

불현듯, 갑자기 드는 생각!

"그러고 보니 프레야 교단이 지켜 주기로 했던 날짜가 거의 다 되지 않았나?"

1년이라고 하니 굉장히 길고 거창하게 느껴지지만 현실을 기준으로 하면 겨우 4개월밖에 되지 않는다.

"슬슬 끝날 때가 된 것도 같은데… 군사 현황 정보."

위드가 정보 창을 띄웠다.

모라타 지방의 군사력

초급 기사: 10인, 평균 레벨 219
제멋대로인 병사: 1,187인, 평균 레벨 45, 충성심 98%, 훈련도 79%

기사들의 수준이 매우 낮다. 엄격한 규율에 길들지 않은 기사들은 언제라도 이탈할 수 있다. 병사들의 모라타에 대한 충성심은 대단하다. 하지만 소수의 병사들을 제외하고 전체적인 수준이 열악하며, 규모가 적어 치안을 유지하는 데 자경대의 도움을 받아야 한다. 공성 무기를 가지고 있지 않다. 성벽은 완전한 상태를 유지하고 있다. 프레야 교단의 약속된 보호 기간이 닷새 남았다.

딱 닷새의 낮과 밤만 지나면 모라타 지방에 대한 프레야 교단의 보호가 종료되는 것.

위드는 프레야 교단에 쌓아 놓은 공적치가 있기 때문에 알베론을 만났다.

"교황 후보 폐하, 부탁이 있습니다."

예법에도 맞지 않는 극존대!

알베론과는 퀘스트를 하면서 친밀도를 상당히 쌓아 놓은 상태였다. 알베론이 친구를 대하듯이 반갑게 맞이했다.

"대륙을 떠들썩하게 만드는 위드 님께서 저 같은 일개 사제를 찾아 주시다니요. 무슨 일이십니까?"

"이곳 모라타가 어떤 곳입니까? 알베론 님이 저와 뱀파이어들을 물리치고 사람들을 구해 함께 이룩한 마을 아닙니까?"

좋은 것은 함께 나눈다.

몇 마디 말과, 같이 고생했던 퀘스트를 구실 삼아 한데 묶어서 동질감을 형성했다.

"한 발자국도 앞이 보이지 않는 북부에서 이 모라타는 희망의 등불이라고 할 수 있습니다. 프레야 여신님이 이 땅을 평화롭게 하시고 번영시키기 위하여 얼마나 많은 노력을 하고 계십니까? 모라타야말로 여신님의 소망을 가장 잘 받드는 마을입니다."

"위드 님, 저도 매우 감사하게 생각하고 있습니다."

"저도 여러 거추장스러운 말을 하기 싫어하니 단도직입적으로 말하지요. 프레야 교단이 모라타를 더 오랫동안 지켜 주기를 바랍니다."

위드는 그렇게 말해 놓고 조금 덧붙였다. 아쉬운 것은 알베론이 아니라 자신이었다.

"우리가 남입니까? 알베론 교황 후보 폐하와는 모라타로 엮인 사이이고……."

일단 끌어들인 지연!

"피를 함께 나누면서 싸운 사이이지 않습니까?"

혈연.

"프레야 교단의 교리를 매일 읽으면서 삶을 대하는 자세를 배우고 있습니다."

학연.

대한민국에서 떼려고 해도 뗄 수 없는 혈연과 지연, 학연을 구실로 삼아서 청탁을 넣는 위드!

알베론이 지나칠 정도로 정직하지 않았다면 뇌물까지 꺼낼 기세였다.

"죄송합니다. 프레야 여신님께서는 더 많은 이들을 구휼하기를 바라십니다. 더 어려운 곳에서 고통 받고 있는 사람들을 구하기 위하여 기사단과 사제들은 약속된 기일이 되면 다른 곳으로 떠나야 합니다."

친구들에게 밥을 사 달라고 부탁을 하다가 모두 거절을 하면 그때에야 자기 주머니에서 돈을 꺼내서 밥을 사 먹던, 바로 그 어쩔 수 없는 상황이었다.

"프레야 교단에 제가 쌓은 공적을 생각해서라도 모라타를 더 오랜 기간 동안 지켜 주기를 바랍니다."

공적치는 수치에 따라서 장비나 희귀한 보물을 얻는 데에도 사용이 가능하다.

위드는 아까워서 피눈물이 날 지경이었지만 결국 남겨 놓았던 최후의 보루를 쓰기로 한 것이다.

발전도가 낮던 모라타에 군사력까지 함께 성장시키기란 무리였다.

전투 계열 길드가 다 만들어지지 않았고, 대충 영입한 방랑 기사들의 자질이 모자라서 병사들을 잘 이끌어 주지도 못했을 것이다.

공적을 이야기하자 알베론이 성호를 그으며 고개를 숙였다.

"위드 님께서는 우리 프레야 교단에 많은 헌신을 하셨습니다. 위드 님의 부탁이라면 교단에서도 어떤 어려움이 있더라도 들어 드려야 할 것입니다. 위드 님, 얼마나 더 긴 기간 동안 모라타가 보호받기를 원하십니까?"

띠링!

프레야 교단의 공적치: 13,290

프레야 교단의 보호를 위해 하루에 110의 공적치가 소모됩니다.

프레야 교단에서 모라타에 파견해 놓은 기사단이나 사제들의 병력이 엄청난 것을 감안하면 공적치의 소모가 큰 것도 어쩔 수 없다.

위드의 눈가가 촉촉하게 젖었다.

공적치를 무기나 방어구로 바꾸고 싶은 마음도 컸지만, 참아야만 했다.

"알베론, 내가 프레야 교단에 헌신적인 도움을 주었던 만큼, 최대한 긴 기간을… 보호해 다오."

금방 되살아난 반말!

"프레야 교단에 세운 모든 공적을 모라타 지역을 지키는 데 쓰시겠습니까?"

"어. 그래."

"그럼 120일을 더, 기사단과 사제단이 머무르도록 하겠습니다. 그리고 위드 님의 요청이니 저 개인적으로도 부탁을 해서 30일 정도는 더 머무르도록 해 보겠습니다."

알베론이 베푼 호의로 30일의 추가적인 증가!

위드가 그를 끌어안았다.

"형제여!"

프레야 교단을 끌어들이는 군사력 돌려 막기 방법.

최후의 기간이 다가오고 있었다.

───※───

다음 날 아침, 이현은 부푼 기대를 안고 캠코더를 가방에 넣었다.

"제주도라… 꿈의 섬이지. 최고의 휴양지! 내가 제주도를 갈 일이 다 생기다니."

안현도가 직접 전화를 해서 설명했다.

제주도에 새로 문을 연 도장이 있는데, 그곳에 하루 일정으로 가서 보고 오라는 부탁이었다.

이현에게는 잘된 일이었다.

"방학 때 뭘 촬영해야 될지 걱정이었는데 제주도를 촬영하면 되겠군."

제주도라면 남들에 비해서 그리 꿀리지 않으리라.

맑고 푸른 자연환경, 한라산에서는 말들이 뛰어놀고, 파도치는 해안가에서도 촬영할 게 있을 것이기 때문이다.

"역시 사람은 출세를 하고 봐야 해. 제주도가 아무나 갈 수 있는 섬도 아니고 말이야. 일단 여권부터 챙기고……."

이현은 가방에 여권도 넣었다.

안현도는 공항에서 비행기를 탈 때에는 반드시 여권이 필요하다고 했다. 사진과 서류들을 작성해서 제출하니 도장의 해외

업무 팀에서 알아서 만들어 준 것이었다.

평소라면 돌다리도 두들겨 본다고 약간은 의심하는 마음이 들 수도 있었지만, 공짜 제주도 여행이라는 생각에 추호도 의혹을 품지 못했다.

비행기값, 숙박비, 식대 일체 무료!

"오빠, 잘 다녀와."

"집 잘 보고 있어. 기념품 꼭 사 올게."

이현은 여동생의 배웅을 받으면서 집을 나와 인천국제공항으로 향했다.

공항 청사에는 제복을 입은 여승무원들이 보이고, 짐 가방을 꾸린 외국인들이 분주히 돌아다니고 있었다.

"과연……."

이현에게는 완전히 새로운 세상이었다.

최종범은 약속 시간보다 30분이나 먼저 도착해서 기다리고 있었다.

"이제 왔느냐."

"예, 사형. 일찍 오셨군요."

"출국 수속을 해야 되지 않느냐."

"출국 수속요?"

이현이 고개를 갸웃했다.

출국이라면 대한민국을 떠난다는 소리 아니던가.

"제주도에 가는데 출국 수속도 같이해야 되는 건가요?"

최종범은 얼른 둘러댔다.

"비행기를 타려면 꼭 해야 되는 거다."

비행기에 대해서 잘 알지 못하는 이현은 대충 넘어갔다.

영화나 드라마에서도 비행기를 탈 때에는 꼭 무슨 수속을 했던 것 같다.

"그런 것이군요. 역시 버스랑은 좀 다르네요. 교통 카드로 그냥 타면 안 되나 봐요."

"이건 비행기니까."

이현과 최종범은 작은 가방 하나씩만 들고 와서 짐이 많지 않았다.

간단한 탑승 수속을 마치고 나서 이현이 티켓을 보니 이집트의 카이로행이었다.

"사형!"

"왜?"

"이 비행기 카이로로 가는데요?"

이현도 이집트가 어디에 붙어 있는지 대충 들어 본 기억이 났다.

"그럼 이거 동남아시아 가는 비행기인 거 아닌가요?"

"······."

옆자리에 앉아 있는 손님들이 한심하다는 눈빛을 보냈다.

'무식한 놈.'

'이집트가 어디에 있는지도 모르나?'

최종범은 이런 질문이 나올 것을 이미 알고 있었기에 심드렁하게 대꾸했다.

"사제야, 우린 제주도 가는 거잖냐."

"그렇죠."

"이 비행기, 제주도 들렀다 가는 거야. 원래 직행이 더 비싸잖아."

"그런 거였군요. 저는 그런 것도 모르고 괜히… 버스처럼 중간에 들렀다 가는 거네요."

탑승 게이트 근처에 있던 손님들은 황당해할 수밖에 없었다.

대한항공 이집트 직행 비행기가 왜 제주도를 들렀다 간단 말인가!

하지만 최종범의 위압감 가득한 눈빛과 거친 외모에, 진실을 말할 만용을 가진 사람은 없었다.

그렇게 이현은 카이로행 비행기에 탔다.

─❦─

비행기가 이륙하고 난 이후에 여승무원들은 자리를 돌아다니면서 식사와 음료수들을 나누어 주었다.

하지만 최종범과 이현의 자리는 그냥 지나쳤다.

비행기에 타자마자 두 사람 다 깊은 잠에 빠졌기 때문이다.

두 사람이 잠들어 있는 비행기는 바다를 건너고 중앙아시아를 지나서 카이로로 향하고 있었다.

─❦─

카이로 공항.

한국도 뜨거운 여름이 되었지만, 이집트와는 비교할 수가 없었다.

무덥고 텁텁한 공기, 작열하는 햇볕으로 인해서 등과 이마에 땀이 줄줄 흘렀다.

공항에는 들려오는 한국어라고는 흔적도 찾기 힘들었고, 온통 터번을 둘러쓴 이집트인들만 돌아다닌다.

이곳이 제주도가 아님은 바보라도 알 수 있었다.

"사형! 우리 잘못 온 거 같은데요."

이현의 눈초리는 깊은 의구심을 가득 담고 있었다.

비행기에서 깊이 잠들었다고 해도 제주도에서 미처 내리지 못했다는 건 말이 안 된다.

또한 이집트에서 다른 외국인들과 함께 입국 수속을 할 때부터 어딘가 많이 이상했던 것이다.

최종범이 말했다.

"우리 도장에는 전통이 있다. 일정한 수준이 되면… 진짜 세계를 보기 위해서 거쳐야 하는 과정이지."

"……."

"너를 위해서 일부러 오래전부터 계획한 여행이란다."

믿는 도끼에 발등을 찍힌 격이었다.

하지만 최종범의 설명에 화를 낼 수 없었다.

그저 체력만을 위하여 검술을 배우는 건 아니다.

검을 휘두를 때면 몸의 세포 하나하나가 생생하게 살아 있는 것만 같았다.

제대로 검을 배우기 위해서는 반드시 거쳐야 되는 해외여행!

여행은, 떠나기 전에 고민도 하고 갈등도 많지만 막상 떠나고 난 후에는 후회되지 않는다.

더구나 이것은 해외여행이었다. 대한민국을 넘어서 세계를 볼 기회가 생길 줄이야.

이현이 확인을 받기 위해서 질문했다.

"이거… 다 공짜죠?"

"물론이지. 무료란다."

"휴우."

안도의 한숨을 내쉬는 이현!

귀찮고 짜증이 나도, 공짜라는데 화를 낼 수는 없는 것이다.

"이 모든 게 공짜니까 마음 편히 즐기면 된다. 크하하하하! 남들은 돈 주고도 못 즐기는 여행이거든!"

"그럼 이제 어디로 가야 됩니까?"

"이번에는 헬리콥터를 타야지."

카이로 공항 근처에서 기다리고 있던 헬리콥터를 타고 다시 이동했다.

돌과 벽돌로 지은 이집트의 아기자기한 건물들을 지나서 건조한 공기와 모래바람이 불어오는 사하라 사막에 도착했다.

북아프리카.

최종범과 이현을 위해서 사륜구동 지프차가 두 대 준비되어 있었다.

천장이 천막처럼 가죽으로 덮여서 쉽게 열고 닫을 수 있는 개방형 구조의 지프차였다.

"사제야."

"예, 사형."

"운전할 줄 아냐?"

"해 본 적이 없습니다. 오토바이 운전은 조금 해 봤지만……."

자동차 운전면허증도 물론 없었다. 중국집 배달을 하면서 오토바이를 타 본 정도가 전부였던 것이다.

"그러면 안 되는 건가요?"

"뭐, 상관없다. 여기에는 교통경찰도 없고, 어디 부딪칠 곳도 없으니까."

최종범이 자동차 키를 던졌다.

"시동부터 걸어 봐."

이현은 자동차의 운전석에 앉았다. 그리고 열쇠를 꽂고 시동을 거는 순간.

콰아아아아아아앙!

자동차의 엔진이 울부짖는 소리를 내면서 시동이 걸렸다.

사륜구동의, 사막 횡단이 가능한 오프로드 랠리카!

허술해 보이는 외관이었지만 엄청난 힘을 가지고 있는 지프차였던 것이다.

운전석의 뒷자리는 식수와 음식, 기름통과 텐트 등으로 가득 채워져 있었다. 아프리카를 돌면서 나누어 줄 책과 의약품이 들어 있는 흰색 상자도 쌓여 있었다.

"그럼 달려 보자!"

최종범도 시동을 걸고 먼저 사막으로 달려 나갔다.

자동차의 바퀴가 돌면서 흙먼지를 일으키며 뛰쳐나간다.

"저도 갑니다!"

이현도 브레이크를 깊게 밟았다.

정확하게 미동도 하지 않는 자동차!

"액셀러레이터가 왼쪽이 아니라 오른쪽이었던가?"

이현은 브레이크에서 발을 떼고 오른쪽의 액셀을 밟았다. 그러자 튕겨 나가듯이 자동차가 앞으로 나아갔다.

초보 운전자에게는 환상적인 장소였다.

차선을 지킬 필요도 없었으며, 원하면 어디에든 주차할 수 있다.

모래 언덕을 넘고, 사막의 전갈을 지나고, 작은 오아시스들이 이정표였다.

모래가 뒤섞인 건조한 바람을 뚫고 두 대의 자동차가 나란히 전진했다.

───※───

타아앙!

두두두두두.

총을 쏘고, 말을 타고 돌아다니는 부족들!

이현과 최종범이 타고 있는 지프차를 나란히 따라왔다.

이현이 무전기에 대고 물었다.

"사형, 이들이 누구죠?"

—도적단이거나 민병대쯤 되겠지.

"우리를 공격하지는 않을까요?"

—괜찮다. 이쪽에도 우리 도장의 인맥이 조금 있거든. 차에 걸어 놓은 깃발이 있으니 함부로 못 덤벼들 거야.

이현의 자동차에도 붉은 문양이 그려진 깃발이 올라와 있었던 것이다.

최종범의 말대로 총을 든 기마병들은 가까이 따라올 뿐 공격하지 않고 철수했다.

두 대의 지프차는 사막을 따라서 낙타를 타고 짐을 나르는 상단과 여행자들을 지나쳤다.

이현은 차에 타면서부터 캠코더를 틀어 놓고 있었다.

첫 번째 마을에는 흙과 지푸라기로 지어진 집들이 있었고, 깡마른 아이들을 만났다.

검은 피부를 가진 아이들이 공을 가지고 놀고 있는데, 그들의 표정에서 느껴지는 생명력!

최종범과 이현은 마을의 의사를 만나서 의약품과 책을 전달했다.

"여기… 좋은 일에 써 주세요."

"……."

의사는 고마워하면서 약상자를 받았다.

일을 도와주는 아주머니들이 돌 조각과 나무로 만든 목걸이를 선물로 걸어 주었다.

이현이 천막을 나오면서 물었다.

"이런 일은 언제부터 했던 거죠?"

"15년 전 스승님이 아프리카 도보 여행을 하신 이후부터 매년 하고 있지."

"약상자 1개가 몇 명 정도를 구할 수 있을까요?"

"600명 정도쯤?"

"그렇게나 많아요?"

"여기에는 의약품이 절대적으로 부족해서, 한국이라면 아무것도 아닐 병에 걸려서 죽는 아이들이 많거든."

금방 마을의 작은 병원 천막이 있는 곳에 아이들이 줄을 섰다. 의사가 주사를 접종해 줄 때마다 아이들은 고마워하면서 돌아갔다.

옆 마을 그리고 그 옆 마을의 아이들도 와서 접종을 하고 돌아갔다.

두 번째 마을, 세 번째 마을.

약상자를 나눠 주러 마을로 들어갈 때마다 환대를 받았다.

외부인들이 많이 오지 않는 사막, 그들은 침입자를 경계하기 위해서인지 오랜 옛날부터 높은 절벽 근처에 살고 있었다.

"사형, 사막인데 땅이 단단한데요."

"원래 여기는 바위 지형이었는데 깨져서 사막처럼 되었다는구나. 사하라 사막 중에 완전히 모래가 되어 버린 지역은 전체 넓이에 비하면 얼마 안 되지."

최종범은 세상에 대해서 아는 게 많았다.

사하라 사막은 모래들로 한없이 이어졌을 거라는 일반적인 예상과는 많이 달랐다. 땅은 모래가 깔려 있기는 했지만 걸어도 발목이 빠지지 않을 정도로 단단했고, 자갈과 돌이 널려 있었다.

거대한 바오바브나무와 얼마 안 되는 수풀들 그리고 빌딩 크기의 바위들이 많아 가까운 곳도 멀리 돌아가야 했다.

수천 명을 살릴 수 있는 아프리카 방문!

사막을 돌아다닌 지 사흘 되는 날부터는 접근하는 무장 민병
대들과도 익숙해져서 손을 흔들며 인사를 나눌 정도가 되었다.

지평선을 보면서 달리고, 언덕을 자동차로 넘을 때는 몸이
격렬하게 흔들린다.

밤에는 기온이 급격하게 떨어져서 두꺼운 속옷을 몇 겹이나
입어야 했다.

이현은 버너를 켜고 냄비에 물을 넣어서 끓였다.

밤하늘의 은하수 아래 사막에서 마시는 따뜻한 커피 한 잔!

"역시 설탕은 세 스푼이야."

이현이 커다란 전파수신기를 달고 있는 라디오를 틀었다.

알 수 없는 언어로 진행자들이 이야기를 나누더니, 곧이어
음악이 흐른다.

이현도 한국에서 몇 번 들었던 정효린의 노래 〈눈빛 대화〉가
영어로 흘러나오고 있었다.

날개

사막을 지나서 남쪽으로, 강과 초원이 있는 지대로 접어들었다. 아프리카의 다른 나라로 국경을 넘어갈 때에는 꽤 비싼 입국 수수료를 내고 통과해야 했다.

사막의 경계를 확실히 넘었음을 알려 주기라도 하듯이 흐르는 강줄기를 따라 동물들이 물을 마셨다. 임팔라, 얼룩말, 치타, 자칼, 리추에, 버펄로, 벨벳원숭이 등 동물의 왕국에서나 봤던 동물들이 있었다.

하늘에는 여러 색을 가지고 있는 새들과 물오리들이 떼를 지어 날아다녔다.

최종범이 시큰둥하게 말했다.

"놀랄 것 없다. 조금 큰 동물원이라고 생각하면 돼."

동물에 대한 메마른 감성!

이현도 고개를 끄덕였다.

"어차피 다 그놈이 그놈이죠."

전봇대에 앉아 있는 참새나 몸이 분홍빛을 띠는 홍학이나 차이점을 두지 않는 동물 평등정신.

강철로 보강되어 있는 지프차는 동물들의 습격에 대해서도 안전하게 되어 있었지만 뒤집어질 수도 있으니 항상 조심해야 했다. 이현과 최종범은 차를 몰고 길도 없는 험로를 달렸다.

동물들은 그야말로 질릴 정도로 볼 수 있었다.

한국에서처럼 철망에 갇혀 있는 온순한 동물들이 아니라, 사방을 경계하면서 풀을 뜯어 먹는 초식동물들.

기린은 목을 길게 빼어서 주변을 두리번거리며 위험한 맹수가 다가오지 않는지 경계를 한다.

배고픈 사자들은 어슬렁거리면서 먹이를 찾았다.

강물 속에는 악어들이 헤엄을 치고 있었다.

밤에는 잠도 차 안에서 잤다.

쿠우웅! 쿠우웅! 쿵! 쿵! 쿵! 쿵!

키야아아아!

동물들이 우는 괴성과 뛰어다니는 진동으로 인해서 여간 소란스러운 게 아니었다. 아프리카의 야생의 밤은 위험한 면도 있었다.

초원의 아프리카 마을에서도 책과 의약품 전달은 계속되었다. 초원 지역의 대도시에서 미리 보급품을 준비해 놓고 다른 곳으로 전해 주는 것이다. 그들이 기뻐하는 것을 보면서 보람도 있었지만 이현의 마음은 착잡했다.

동물들이 있고 자연이 있는 아름다운 곳에서 사람들은 병과 뿌리 깊은 가난으로 너무나도 힘겹게 살고 있었다.

아프리카에 세계 최대의 빈민가가 있고, 굶주리는 아이들이 이렇게 많다는 것을 아는 사람이 몇이나 되겠는가.

한국에서는 아이들이 사는 신발 한 켤레로 아프리카에서는 10명의 아이들 목숨을 구할 수 있다니.

'그동안 내가 했던 고생은 아무것도 아니야. 반성하자. 더 열심히 노가다를 하면서 살아야지.'

불평만 했던 과거에 대한 감사와 함께 미래에 대한 의욕을 다졌다.

삶과 자연 그리고 운명, 꿈.

아프리카의 자연을 접하면서 정리되지 않은 많은 생각들이 일어났다.

세상은 공평하지 않다. 내가 텔레비전을 보면서 웃고 있을 때, 어딘가에서는 병들고 굶주려서 죽어 가는 사람이 수없이 많다.

초등학교, 중학교, 고등학교, 대학교.

앞서 나가기 위해서 공부를 하다 보면 정말 원하는 일이 무엇인지, 꿈이 무언지 알지도 못하고 어른이 되어 버린다.

여행!

다른 곳에 가서 자기 자신을 돌아볼 수 있기에, 어디든 떠나고 나면 후회하지 않는 것.

〜〜〜

열나흘에 걸친 아프리카 횡단.

마지막에는 밤낮을 가리지 않고 달려서 목적지인 도시에 들어올 수 있었다.

이현이 얼굴을 가리고 있던 마스크를 벗자 모래가 우수수 쏟아졌다. 머리카락과 몸도 먼지로 엉망이었다.

"사형, 여기가 어딥니까?"

"아프리카 한복판이지."

아프리카 한복판에 고층 빌딩과 상점들이 있었다.

손님들이 많거나 경제가 활황이라는 생각은 들지 않았지만, 다국적기업들이 영업을 하고 있었다.

"의약품 나누어 주는 일은 끝났으니 오늘 하루는 자유 시간이다. 뭐부터 하고 싶냐."

"몸부터 좀 씻어야겠습니다."

이현과 최종범은 호텔에 들어가서 깨끗하게 목욕을 하고 나왔다.

그리고 아프리카의 도시를 돌아다녔다.

흑인들이 서성이고 있는 골목도 들어가 보고, 슬럼가에도 방문했다.

아프리카에 놀러 온 세계 각지의 여행객들을 볼 수 있었다.

치안이 그리 좋지는 않았기에 조심해야 했지만 누구도 섣불리 최종범과 이현을 건드리지는 않았다.

그들이 주렁주렁 목에 걸고 있는 목걸이와 옷에 붙어 있는 장식품들은, 사막 부족의 용사를 가리키는 것이었기 때문이다.

그다음 날에는 다시 비행기를 탔다. 일반적인 비행기가 아니라 군용수송기처럼 생긴 비행기였다.

아프리카를 지나서 다시 유럽이 있는 북쪽으로 올라갔다. 바다를 건넌 후였다.

"이번에는 어디로 가죠?"

이현이 물었을 때에, 최종범은 등에 낙하산 배낭을 메고 있었다.

"여기야."

"네?"

"남자라면 스카이다이빙 한 번은 해 봐야 되지 않겠냐?"

이현은 비행기의 창문을 통해서 아래를 내려다보았다.

유럽의 집들이 작은 점들로 보이고, 도로는 줄을 그어 놓은 것처럼 흐릿하게 보일 정도로 높았다.

"스카이다이빙을 해 본 적이 없는데요."

"그냥 하다 보면 익숙해져."

뛰어내리기 전에 프랑스인 교관으로부터 간단한 설명을 들었다.

다행히 그도 도장에서 검술을 배웠던 사람이라서 짤막하게나마 한국어로 설명해 줄 수 있었다.

"오픈!"

비행기의 격납고 문이 열리고, 몰아치는 바람으로 인해서 몸전체가 흔들린다.

최종범이 고함을 질렀다.

"나 먼저 간다!"

격납고의 문을 통해서 뛰어내린 최종범이 아찔한 대지를 향해서 떨어지는 게 보인다.

이현도 힘껏 달려서 비행기 격납고를 통과했다.

그 순간.

푸른 하늘의 중심에 있었다.

바람에 몸이 날아가는 듯한 느낌으로 지상을 향해서 내려간다. 천공의 도시 라비아스에서 떨어질 때 겪었던 것과 비슷한 체험!

몸이 하늘을 날면서, 어디든 갈 수 있을 것 같은 자유로움을 느꼈다.

⚜

프랑스 파리의 특급 호텔.

이현과 최종범은 펜트하우스에 숙박했다.

남자 둘이 펜트하우스에 숙박을 하니 벨보이부터, 호텔 직원들의 눈빛이 썩 좋지는 않았다.

동성애자가 많은 유럽이었던 만큼, 한국에서는 거의 받을 일이 없는 오해를 얻어야 했다.

"술이다!"

프랑스 호텔이라는 것을 말해 주고 싶기라도 한 듯이 객실에는 와인이 준비되어 있었다.

최종범은 배낭을 던져 두고 비치되어 있는 고급 와인을 손날로 쳐서 열었다.

코르크 마개를 빙빙 돌려서 여는 것 따위에는 흥미가 없었던 것이다.

와인도 컵에 따라서 숭늉 들이켜듯이 시원하게 마셨다.

"캬, 시원하다! 그런데 보드카나 위스키 말고 소주는 없나?"

와인 냉장고에 있는 술들을 마시면서 소주를 그리워하는 전형적인 한국 남자.

"술은 소주가 최고죠."

"암! 술맛은 어릴 때 가장 솔직하지. 어디 중학생, 고등학생들이 와인 마시는 거 봤어? 자고로 소주가 최고야."

와인의 그윽한 향과 풍미를 느낄 필요는 없었다.

그냥 떫은 맛! 깡소주를 즐겨 마시던 최종범에게 와인은 입맛에 맞지 않았다.

"비싸기만 하고 잘 취하지도 않아. 진짜 최악의 술이지."

세계 와인 애호가들을 서글프게 만드는 표현! 요리와 함께하는 깊은 맛보다는, 친구들과 동료들과 삼겹살에 소주를 나누며 이야기하는 분위기가 훨씬 좋은 최종범이었다.

"라면 국물에 소주 한 병 마셨으면 좋겠군."

이현과 최종범은 에펠탑이 보이는 테라스에서 간단히 와인을 두 컵씩만 마셨다. 두 사람 모두 술을 그리 즐기는 성격은 아니었기 때문이다.

창 너머로 파리의 센 강과 유서 깊은 건축물들이 보였다.

유럽에서도 아름답기로 소문이 나 있는 파리.

머물고 있는 호텔도 로비부터 조각상이 있고, 밝고 부드럽게 채색한 명화들이 복도마다 걸려 있을 정도였다. 와인이 들어 있는 통에서마저도 세련된 느낌이 물씬 풍겼다.

와인으로 목을 축이고 나서 최종범은 자리에서 일어났다.

"사제야, 기분도 꿀꿀하고 텔레비전도 볼 게 없는데 밤 여행 어떠냐. 프랑스의 밤은 어떤지 돌아다녀 봐야지."

"좋습니다."

"낙하산 챙겨라."

"예."

텔레비전 방송을 틀어도 유럽이나 미국의 방송만 나왔다.

특급 호텔인 만큼 중국과 일본 방송도 나오기는 했지만, 한국의 버라이어티 오락 프로들은 방송되지 않았던 것이다.

이현은 낙하산 가방을 메면서 캠코더도 작동시켰다.

모든 기록들을 캠코더를 통해서 녹화하고 있었던 것!

"후후후."

최종범이 캠코더 앞에서 음흉한 웃음을 짓더니 테라스로 걸어갔다.

"특급 호텔이라더니 놀 것도 없네. 가자, 사제."

엘리베이터 이용은 필요하지 않았다.

과감하게 테라스 너머로 뛰어내려 버린 최종범. 투신자살을 하기 위해서는 당연히 아니었다.

파리의 밤하늘 여행의 일부였다.

"어떤 여행 패키지에서도 경험할 수 없는 그런 건가."

이현도 재빨리 뒤를 따랐다.

테라스의 난간에 올라가서 지상으로 뛰어내렸다.

그리고 곧바로 낙하산을 펼치고 유유히 파리의 밤하늘을 날아다닌다.

머물고 있는 호텔이 매우 높은 편이었기에 낙하를 하면서 파리의 경관을 조금은 살필 수 있었다.

그러면서 서서히 가까워지는 지상!

이미 한 번의 경험이 있기에 낙하산을 조종하면서 먼저 도착한 최종범이 있는 장소 근처로 내렸다.

행인들이 갑자기 공중에서 떨어진 그들을 둘러싸고 손가락질을 하며 말하고 있었다.

프랑스의 미녀들이 신기한지 다가오기도 했다.

그녀들이 자기 나라의 말로 물었다.

"Tu es d'où(어디서 왔어요)?"

최종범은 프랑스어를 잘하지 못했다. 물론 영어도 할 줄 모른다.

이현을 향해서 눈짓으로 무슨 뜻인지 물었지만, 그도 마찬가지였다.

"……!"

비행기에서 낙하를 할 때보다도 얼어붙은 표정.

검정고시를 치르고 대학교까지 들어가면서, 기초적인 영어 실력 정도는 있었다.

프랑스 여자들이 하는 말이 눈치로는 이해가 갔지만, 한국인이라면 누구나 가지고 있다는 외국어 울렁증!

이현은 외면하기로 했다.

"사형, 핫도그나 먹으러 가죠."

최종범은 곤경에 빠져 있다가 구원이라도 받은 것처럼 기뻐했다.

"그럴까. 그게 낫겠지?"

두 사람은 깔끔하게 프랑스 미녀를 무시하고 핫도그 가게로 향했다.

짝짝짝!

뒤늦게 구경하던 행인들이 치는 박수 소리가 들렸다.

낙하산을 타고 내려오는 멋진 모습을 보여 준 것에 대한 답례였다.

<hr/>

파리에서의 하루는 평범한 관광객처럼 보냈다.

콩코르드 광장, 베르사유 궁전, 뤽상부르 정원, 바스티유 오페라극장.

명소들을 배경으로 최종범이 먼저 팔뚝의 근육을 드러내며 자세를 잡았다.

"찍습니다. 하나. 둘. 셋!"

찰칵!

"이번엔 네가 가서 서."

"예."

"됐다. 이제 가자."

전형적인 사진 찍는 여행!

다른 여행객들이나 프랑스인들에게 둘이 함께 있는 사진을 찍어 달라고 부탁할 수가 없어서 각각 독사진 한 장씩만 찍었다. 그리고 파리의 우아하고 고풍스러운 성과 거리에서 핫도그를 사 먹기에 바빴다.

"역시 핫도그는 파리에서 먹어야 제맛이야."

"맛있기는 한데요. 저녁에는 돈가스나 먹어 볼까요?"

"돈가스도 역시 파리지."

저녁에도 푸짐한 식사를 마치고, 안내인을 통해 독일로 이동했다.

그곳에서는 도장의 관계자를 통해서 최신형 오토바이를 임대했다.

"독일에 왔으면 아우토반 정도는 달려 봐야지."

오토바이로 아우토반을 질주!

"여기도 고속도로 휴게소는 있겠죠? 우동이랑 삶은 감자는 꼭 먹어 줘야 되는데."

네덜란드에 가서는 모터보트를 타면서 속도를 즐기고, 잠수복을 입고 바닷속에도 들어갔다.

해저를 탐험하면서 물고기들을 구경한다.

영국에 건너가서는 축구도 관람했다. 한국인 여행객들이나 유학생들이 많아서 한국어도 가끔 들을 수 있었다.

영국의 해변가 크로이드 베이에서는 폭풍이 몰아치려는지 강한 바람이 불었다.

"딱 좋은 날씨에 왔군."

"이런 날씨가 좋은 건가요?"

하늘에는 짙은 먹구름이 끼어서 금방이라도 빗물이 떨어질 것만 같았다. 천둥 번개가 치더라도 이상할 것 같지 않은 날씨였다.

"그럼. 제대로 맞춰 온 거야. 스승님이 다른 건 몰라도 서핑은 꼭 해 보라고 하시더구나.”

최종범과 이현은 서핑복으로 갈아입었다.

해변가에는 파도를 기다리는 많은 사람들이 구경을 하고 있었다.

폭풍이 몰아쳐 올 때가 될수록 파도가 높아진다.

갑작스럽게 부는 이번 폭풍은 10년에 한 번 올까 말까 한 규모였다. 파도도 그에 걸맞게 크고 높게 해변가를 강타하고 있었다.

최종범이 서핑 보드를 들고 바다로 걸어가며 물었다.

“서핑은 해 본 적 없지?”

“예.”

“나도 처음인데, 편하게 놀아 보자. 고작해야 물놀이인데, 다른 사람들이 하는 것처럼 하면 되겠지.”

바다에서는 몇 명의 사람들이 파도를 타고 있었다.

최종범과 이현은 그들이 하는 행동과 자세들을 꼼꼼하게 머릿속에 기억해 두며 걸어갔다.

서핑 보드를 들고 해변으로 걸어가는 동양인 두 사람은 시선을 끌었다.

서핑복은 몸에 완전히 밀착되어 저항을 줄여 주는 복장이었다. 그나마도 상체는 고스란히 드러내고 있다.

근육질의 상체, 한 점의 군더더기도 없이 필요한 부분만 잘 발달되어 있었다.

동양인이었지만 최종범의 몸매는 영국 사람들의 눈길을 사로잡기에 충분했다.

"먼저 간다."

최종범이 서핑 보드를 배 아래에 깔고 헤엄을 치며 먼바다로 나아갔다. 하지만 파도가 치면 감당하지 못하고 형편없이 나동 그라졌다.

용기를 내기에는 절대 무리인 광경이었지만 이현도 뒤를 따랐다.

대한민국에서 가장 유행하는 수영법.

동네 뒷산에 사는 강아지도 할 줄 안다는 개헤엄!

보드를 몸 아래 깔고 팔다리를 맹렬히 움직였다.

"역시 개헤엄은 영국에서도 통하는군!"

심한 바람과 조금씩 떨어지는 빗물 그리고 파도로 몸은 출렁 거렸다. 몇 미터나 되는 파도가 몸을 덮칠 때마다 보드가 통째 로 뒤집어져서 짠 소금물을 먹어야 했다.

실제로 바다에 들어가니 파도의 압박감으로 정신을 차리기 어려웠다. 겨우 보드를 찾아서 붙잡으면 저 멀리에 있던 파도 가 어느새 다가와서 다시 덮쳤다.

파도가 칠 때마다 몇 미터씩 무참하게 나동그라지는 일이 반 복되고 있었다.

"젠장."

이현은 화가 솟구쳤다.

"폭풍 치는 날 동네 저수지에서 목욕도 했던 나인데!"

어릴 때 돈을 들이지 않고 놀 수 있는 유희가 몇 개나 되었겠 는가.

도랑에서 가재나 개구리를 잡으면서 어릴 때를 보내다가, 좀 더 나이를 먹은 후에는 큰물로 옮겼다.

근처 저수지!

매년 3명에서 5명까지 익사자가 발견된다는, 악명이 자자한 곳이었다.

비가 쏟아지는 날 그 저수지에서 맨손으로 물고기도 잡았던 이현인데 겨우 영국 바다에 굴복할 수는 없었다.

"우리 대한민국은 해운대에 10만 명도 넘게 모여서 해수욕을 즐기는 나라야! 이까짓 영국 바다쯤이야."

기네스북에도 올랐다는 해운대의 정기!

이현은 다시 시도하고, 또 시도했다.

파도가 점점 커지고 거세지면서 보드 타기는 갈수록 어려워졌지만 해안가로 돌아가지 않았다.

"파도라는 게 어디서 감히… 나 최종범이야!"

최종범의 눈동자가 살기로 번들거렸다.

파도나 타며 가볍게 즐기자던 서핑이, 이제는 죽기 살기가 된 것이다.

바닷물과 땀에 젖어서 번들거리는 상체의 근육들. 서핑 보드를 힘으로 잡아서 누르고 날듯이 뛰어오른다.

파도에 부딪쳐서 쓰러지기를 반복했다.

그런 실패 속에서 이현은 원리를 깨달았다.

'혼란 속에서 균형을 잡는 것만으로는 안 돼.'

큰 파도가 밀려올 때, 보드에서 균형을 잡고 잠깐 선다고 성공하는 게 아니다. 힘으로 버티려고 하면 반드시 뒤집어졌다.

'파도가 밀어 올리는 힘에 맡기고… 그걸 타는 건가?'

파도가 몸을 뒤집어 놓기 전에 솟아오르고 밀어내는 부력이
있었다.

'할 수 있다. 여기가 와이번의 등이라고 생각하면…….'

이현의 감각들이 살아났다.

계곡의 틈을 빠르게 날아다니는 와이번처럼, 파도도 규칙성
이 있었다.

자연에 버티려고 하면 성공할 수 없다.

적응하는 것이다.

좌우로 흔들리고, 솟구치는 와이번의 등에 앉아서 비행을 했
던 게 며칠이던가.

와이번의 등 위에서 전투도 했었다.

이현은 몸과 서핑 보드가 파도와 함께 떠올랐을 때, 재빨리
서서 균형을 잡았다.

벽처럼 솟아오른 파도에 보드와 함께 서 있었다.

"끼야하하하하하아아하아하아하!"

이현이 커다랗게 웃었다.

드디어 파도를 미끄러져 내려오고 있었던 것!

"나는 저수지의 폭풍을 정복한 사람이다!"

이현은 신이 나서 괴성을 지르기를 반복했다. 완전하게 몰입
한 것이다.

최종범도 천부적인 운동신경과 후천적으로 갈고닦은 훈련으
로 이미 파도를 타고 있었다.

영국의 폭풍우에서 파도를 타는 사나이들!

해변가에서는 영국인 여자가 캠코더를 들고 그 광경을 찍고

있었다.

이현이 파도를 타기 전에 손짓과 발짓으로 부탁을 해 놓았기 때문이다.

밤이 되었을 무렵에는 해변가의 상점들에서 맥주 파티가 벌어졌다.

"영국 핫도그도 괜찮네."

"소시지가 맛있네요."

이현과 최종범은 실컷 맥주를 마시고 잠이 들었다.

"유럽에 왔으면 스키 정도는 타 봐야지."

둘은 알프스 산맥에 올라서 스키도 탔다.

정식으로 문을 연 스키장의 코스도 아니고, 눈이 깔려 있는 장소에서의 무모한 도전!

밑으로 내려오고 나니 숙소로 돌아가는 길을 찾을 수 없어서 한참을 헤매야 했다.

러시아에서는 붉은광장을 방문했다.

"광장이 참 넓네."

"얘들은 땅이 남아도니까요."

역사적인 명소에 대한 짤막한 감상이었다.

모스크바에서 대륙 횡단 기차를 타고 중국까지 이동하기로 했다.

중국에서 잠깐 구경을 하고, 비행기로 한국으로 귀환한다는 계획이었다.

"달걀도 사고… 김밥은 어디 없나?"

기차 여행에 절대 빠뜨릴 수 없는 필수품인 삶은 달걀도 준비했다.

침대칸까지 있는 기차는 광활한 대지를 달렸다.

얼어붙은 동토와 들판, 산들을 지나서 철로가 한없이 이어진 것 같은 착각에 빠뜨린다.

창밖을 보는 이현의 말수가 부쩍 줄어들었다.

중앙아시아와 아프리카에서 만나 본 사람들은 말은 통하지 않았지만 순수하고 맑았다. 뜨거운 햇볕과 모래바람, 동물들이 있는 세상이다.

유럽의 문화와 박물관에 보관되어 있는 작품들도 대단했다. 조각품이나 그림 들은 시대를 거슬러서 살아 있는 듯한 느낌이었다.

좁은 동네만을 생각하고 살아온 이현에게 세계를 본 것은 큰 충격이었다.

'이 넓은 땅.'

대한민국과는 비교도 할 수 없는 국토를 가진 러시아. 경제 활황으로 도시 인근의 부동산 가격이 꽤 오르고 있었다.

'땅 투기하면 대박일 텐데……!'

아르펜의 건축물

이현은 23일 만에 유럽 여행에서 집으로 돌아왔다.

여동생은 아침 일찍 도서관에 간 듯 집에 없었고, 방이나 거실은 매일 청소를 한 듯이 깨끗했다.

이현은 피곤함을 이기지 못하고 방바닥에 그대로 누웠다.

'집에서 빈둥거리면서 놀면 되는데 굳이 피곤하게 여행을 다니는 사람들을 이해할 수 없어.'

매 휴가철마다 외국으로 향하는 관광객들을 이해할 수 없을 정도였다.

집 떠나면 고생이라는데 휴양은 무슨 휴양인가!

아침에 밥 먹고, 점심에 탕수육 시켜 먹고, 저녁에는 통닭 시켜 먹고 선풍기 틀어 놓고 자면 그게 최고의 여름휴가였다.

"으으… 그래도 이대로 누워 있을 수만은 없지."

살짝 몸살 기운도 있는 것 같았다.

중앙아시아, 아프리카, 유럽 등을 돌아다녔으니 철혈 체력이라고 해도 피곤하지 않으면 이상할 노릇.

하지만 돈을 벌어야 된다는 생각이 그를 쉴 수 없도록 만들었다.

여름방학이라는 황금기!

다른 경쟁자들이 레벨을 올리고 스킬 숙련도를 쌓는 동안 그는 완벽하게 쉬었던 것이다.

벌어 놓은 돈이 상당량 있다고는 하지만, 한 달의 가계부를 적자로 기록하는 일은 유서를 쓰는 것만큼이나 끔찍한 기분이었다.

"모라타나 베르사 대륙에 변화가 있을지도 모르고……."

23일이라는 날짜는 〈로열 로드〉에서 상당히 긴 시간이다.

네 배나 되는 시간을 고려한다면 92일이나 되는 시간이 흘렀으니 많은 변화가 있었을지도 모른다.

여행에서도 내내 걱정했던 부분이었다.

"모라타가 멀쩡할지나 모르겠군. 설마 폐허만 남은 것은 아니겠지."

이현은 짐 가방부터 열었다. 그러자 와르르 쏟아지는 기념품들. 유럽에 다녀왔다는 것을 증명할 만한 물품들이었다.

베르시안 호텔, 힐튼 호텔, 파리 유스호스텔 등등 숙박업소의 수건들, 칫솔, 치약, 비누, 샴푸! 비행기에서는 담요도 몇 벌 챙겨서, 가방 안이 미어터질 정도였다.

다른 1개의 대형 가방에는 프랑스와 이탈리아 등에서 산, 여동생에게 줄 옷과 지갑, 목걸이 등이 들어 있었다. 유럽에서의 바가지요금을 감수하고서라도, 혼자서 집에 있을 여동생을 위해서 산 것이다.

이현은 물건을 구입했을 때의 실랑이를 잊지 못했다.

"90유로? 노, 노, 노, 노. 40유로. 플리즈."

"노 셀. 굿바이."

"40유로. 40유로. 40유로!"

명품 상점에서 거침없이 깎아 내는 가격.

이현은, 설명할 수는 없어도 물건의 재질을 알 수는 있었다. 유럽의 높은 인건비를 감안하더라도 완전한 바가지였다.

나름대로 합리적인 가격인 40유로를 고집하다가, 아프리카에서 구한 예쁜 돌멩이를 주면서 52유로에 살 수 있었다.

"완전 도둑놈들."

외국 여행객들이라고 더 비싸게 받아먹으려는 게 확실하다.

물건에 흠이 있더라도 반품이나 AS도 안 되는 마당에, 뻔뻔하기 짝이 없는 일이었다.

이현은 덜덜 떨리는 손으로 지불을 마치고 나서 그들을 향해서 불쾌하게 인사했다.

"곤니찌와!"

이것이야말로 한국 여행객의 자부심!

여동생의 선물뿐만 아니라 정효린과 오동만, 최지훈 등에게 줄 것도 샀다.

"딱히 줄 건 없고, 이런 거면 괜찮겠지."

유럽 명품 브랜드의 티셔츠들!

물론 유럽에서 구매한 게 아니라, 중국의 시장에서 산 물건들이었다.

한국 돈으로 전부 해서 80만 원 달라고 하는 것을 깎아서 6만 원에 샀다.

일단 열다섯 배를 후려쳐 보고, 의미심장한 눈빛을 교환한 뒤에 흥정으로 가격을 합의한 것이다.

이것이야말로 여행에서의 길거리 쇼핑의 참맛!

이현은 물품들을 대충 정리한 뒤에 일단 텔레비전부터 켰다.

때마침 〈베르사 대륙 이야기〉가 방송되고 있을 시간이었다.

〈로열 로드〉를 하지 못하는 동안 어떤 변화가 있었는지 확인하기 위해서 텔레비전을 시청했다.

⊱⋆⊰

—오주완 씨, 하벤 왕국과 칼라모르 왕국의 전면전이 소강상태에 접어들었다면서요?

—그렇습니다. 연전연승을 거두던 칼라모르 왕국의 기사 콜드림이 드디어 진격을 멈추었다는 소식입니다. 시스타인 요새까지 파죽지세로 점령하면서 노예군과 투항한 적 병사까지 합쳐 무려 20만이나 되는 대군을 가졌지만, 보급의 문제는 어쩔 수 없는 것 같습니다.

하벤 왕국과 칼라모르 왕국의 전쟁은 이현이 풀어 놓은 콜드림에 의해서 벌어진 국가 간의 전면전이었다.

하벤 왕국의 영토가 심각하게 잠식당하면서 일반 유저들도 검을 들고 나섰다.

중앙 대륙의 유저 숫자는 엄청나게 많다. 공성전에서는 큰 전력이 되었지만, 기사 전력이 뛰어난 칼라모르 왕국을 물리칠 수는 없었다. 헤르메스 길드를 비롯하여 다른 대형 명문 길드들이 침묵을 지켰기 때문이다.

　　하벤 왕국의 성주들과 유저들의 피해가 극심한 와중에도 헤르메스 길드는 사냥터들을 빼앗고 길드원을 모집하면서 몸집을 불렸다.

　　겁을 먹고 몸을 사린다는 비난과 손가락질을 받았지만, 실리를 택한 것이다.

　　물론 사람들의 욕은 바드레이가 아니라 대외적으로 알려져 있는 길드장인 라페이가 먹었다.

　　바드레이가 헤르메스 길드뿐만 아니라 다른 명문 길드까지 다스리고 있다는 사실은 아직까지 비밀인 것이다.

　　바드레이는 〈로열 로드〉에서 여러 길드들을 창설하고 영향력을 강화하느라 뒤처진 적도 있지만, 길드들이 안정권에 접어든 이후로 길드 연합의 총수 자리를 놓친 적이 없다.

　　"헤르메스 길드. 하벤 왕국을 대표하는 길드로서 무책임한 거 아니야?"

　　"헤르메스 길드만 욕할 게 아니야. 다른 길드들도 똑같은 놈들이잖아."

　　하벤 왕국의 다른 명문 길드들까지 같은 선택을 해서 비난의 분산 효과까지 있었다.

칼라모르 왕국이 하벤 왕국의 영토를 심각하게 점령하고, 군대가 날로 강해지고 있을 때였다.

"우리가 함께 싸워서 키운 하벤 왕국을 이렇게 적들에게 넘겨줄 수 없다."

바드레이는 직속 친위대와 함께 전쟁에 참여하겠다는 결정을 내렸다.

헤르메스 길드장 라페이의 명령을 따르지 않고 이탈해서 독단적으로 저지르는 일이라고 대외적으로 알렸다.

바드레이와 친위대는 전면전이 아닌 칼라모르 왕국군의 후방에 등장했다.

헤르메스 길드의 비밀 부대 그리고 친위대로 식량과 보급 마차들을 습격하는 전략은 제대로 먹혀들었다. 공적을 세우고, 약탈한 식량들을 인근 마을에 나누어 주는 동영상들이 명예의 전당에 연속으로 올라왔다.

하벤 왕국의 유저들은 동영상이 등록될 때마다 어마어마하게 환호했다.

"진짜 바드레이밖에 없어."

"하벤 왕국의 수호신!"

동영상에 달린 댓글의 개수가 수십만 개에 이를 정도였다.

방송사들의 취재 경쟁까지 따라붙으면서, 그렇잖아도 베르사 대륙의 최강자였던 바드레이의 명성은 더욱 높아졌다.

단순히 검술과 레벨이 높은 강한 유저가 아니라 베르사 대륙 전체에 걸쳐 무시할 수 없는 영향력을 행사하게 된 것이다.

위드가 오크 카리취로 변신해 불사의 군단과 싸울 때 그리고 본 드래곤을 사냥할 때처럼 방송을 통해서 힘을 과시했다.

인근 왕국의 명문 길드들도 최상위권 랭커들을 보유하고 있었지만 배 아파하면서 그의 활약을 지켜볼 수밖에 없었다.

칼라모르 왕국군의 보급선은 유지하기 버거울 정도로 길어졌고, 원래는 하벤 왕국 내에 속해 있던 땅에서의 습격이라서 방비하기도 어려웠다. 결국 콜드림과 칼라모르 왕국군은 시스타인 요새까지의 퇴각을 택했다.

국가 간 전면전에서 결정적인 역할을 해내면서 바드레이와 친위대의 평가가 더욱 높아진 사건이었다.

하지만 헤르메스 길드에서는 오히려 그런 바드레이에게 징벌을 내렸다.

헤르메스 길드의 결정을 따르지 않았으므로, 바드레이와 그의 동료들에게 200일간 대외 활동을 금지하는 벌을 내린다.

헤르메스 길드의 대표 라페이의 징벌은 하벤 왕국 유저들의 엄청난 공분을 자아냈다. 헤르메스 길드의 홈페이지는 당장에 욕설과 비난으로 가득 찼고, 바드레이에 대한 징벌을 취소하라는 시위까지 벌어질 정도였다.

반면에 베르사 대륙 최강의 유저 바드레이에 대한 동경심과 평가는 급속도로 좋아지고 있었다.

달빛 조각사

—우트라는 유저가 고위 던전을 발견했습니다. 혼자서 찾아냈지만 많은 사람들과 함께 모험을 하고 싶다고 공개했으니 관심 있는 분들은 체이스 왕국으로 가 보세요.

—벨벳과 사향의 시세가 폭등하고 있다는 급한 소식입니다. 상인 분들의 발이 빨라져야 되겠는데요. 이미 벨벳을 사 놓으신 분들은 지금쯤 아주 행복하시겠죠?

—혜민 씨, 재봉사가 벨벳을 만들 수 있다는 사실을 알고 계세요?

—어머, 그게 가능해요?

—초급 6레벨을 넘으면 특정 재료들을 조합해서 원단을 만들어 낼 수 있습니다. 직물이나 모직물, 벨벳 등을 만들 수 있으니 상인들은 재료들을 가지고 재봉사를 찾아가 보는 것도 좋을 것 같네요.

베르사 대륙의 각종 소식들이 알려지고 있었다.

유저들이 많아지고 왕국들이 발전하면서 뉴스거리들도 다양했다.

따로 〈로열 로드〉의 뉴스 전문 방송까지 문을 열 정도인 것이다.

—북부에 있는 유저분들은 가급적 최대한 조심하셔야 되겠습니다.

—오주완 씨, 북부에 무슨 일이 벌어지고 있나요?

—북부 각 마을들의 긴장감이 날로 높아지고 있다는 소식입니다. 중앙 대륙에서 용병들이 대규모로 북쪽으로 향하고 있고, 병사들도 모집되고 있다고 합니다.

신혜민이 걱정스러운 표정으로 말했다.

—북부에서 전쟁이 일어난다면 목표가 어디일까요?

—모라타밖에 없을 겁니다.

―모라타라면 전쟁의 신 위드가 다스리는 지역인데요.

―북부의 교역과 모험의 중심지이니까요. 영주가 오랫동안 자리를 비운 모라타를 노린다고 볼 수밖에 없죠. 화면으로 직접 보시죠.

방송 화면은 북부의 마을들을 비췄다.

1,000명, 2,000명 단위의 병사들이 훈련을 하고, 대장간에서는 찍어 내듯이 병장기들을 만들어 내고 있다.

10명이 넘는 대장장이들이 연합해서 공성추 등의 대형 무기를 제작하는 것도 보였다.

영주와 기사들의 명령에 따라 군사훈련이 실시되는 일은, 나름 장엄하다면 장엄한 광경이었다.

북부의 거대도시로 성장하려 하는 모라타를 그냥 놔둘 세력은 없는 것이다.

이현은 텔레비전을 껐다.

"내 모라타를 노리다니!"

아무리 화가 나더라도 텔레비전을 켜 놓고 화를 낼 수는 없다. 전기세는 아껴야 될 것이 아닌가!

쉽게 고장 나는 리모컨을 던진다거나 벽을 주먹으로 친다는 건 상상도 할 수 없는 일이었다.

"감히 내 밥그릇을……."

절대로 용납할 수 없었다. 비싼 값에 팔아먹어야 하는 모라타를 공짜로 넘겨줄 수는 없으니까.

개도 밥 먹을 때 건드리면 성격이 더러워진다.

온순하고 귀엽게 생긴 치와와라고 해도, 주인이 상습적으로 밥그릇 가지고 장난치면 성질을 내기 마련이다.

그런데 이현이 숟가락도 올리기 전에 밥그릇을 뺏겠다는 게 아닌가!

"나처럼 선량한 사람의 등을 치려고 하다니… 역시 세상은 착하게만 살면 손해를 보기 마련이라니까."

─────※※※─────

위드는 영주 성으로 돌아와서 창가에 섰다.

중앙 광장 부근에는 상인들이 빼곡하고, 멀리 프레야 여신상이 있는 호수 근처에도 사람들이 많았다.

살기 좋은 지역이라는 소문이 돌아 초보자들이 하루가 다르게 늘어나는 중이었다.

어린 송아지들이 길가에 한가롭게 드러누워 있는 모습들도 보인다. 위드가 없는 동안에 누렁이가 새끼를 많이 쳐 놓은 모양이었다.

"내 피땀이 들어간 마을이야."

위드가 만든 조각품과 막대한 액수의 자금 투자가 아니었다면 이토록 빠른 개발은 어려웠으리라.

멀리에는 인부들이 개미 떼처럼 달라붙어서 무언가를 만드는 모습도 보였다.

파보가 총지휘하는 랜드마크 건물.

모라타 예술 회관!

피라미드를 건설할 때처럼 활력에 차 있는 광경이었다.

공사는 빠르게 진행되어, 방대한 면적의 정원에 꽃과 나무도 심고 있었다.

자랑거리가 될 만한 위대한 건물들까지 지어지고 있으니 영주라면 모라타를 보면서 뿌듯함이 들 수밖에 없었다.

"처음 영주의 자리에 올랐을 때가 떠오르는군."

위드가 맨 처음 영주 자리에 올랐을 때는 맨밥에 물을 말아 먹는 수준이었다.

그런데 사람들이 늘어나고 북부로의 모험 열풍이 불었다. 자장면이나 짬뽕밥 수준이 되었다.

유저들이 더 많이 늘어나고 개발이 이루어지면서 탕수육, 깐풍기 수준으로 발전했다.

그리고 지금은 멋진 코스 요리의 냄새를 물씬 풍기고 있다.

숟가락도 올리기 아까울 정도로 발전하고 있는 모라타!

위드의 밥그릇에 대한 애착은 기사들의 소속감이나, 국가에 바치는 병사들의 충성심과는 차원이 달랐다.

"그런데 내 밥그릇을 빼앗으려고 하다니……."

위드가 지금껏 모아 놓은 돈은 39만 골드나 되었다.

사냥과 킹 히드라, 이무기 고기를 바가지 씌워 팔고, 퀘스트를 공유해 주면서 자린고비처럼 모은 돈이었다. 남들처럼 비싼 요리와 술을 즐기거나, 외모를 꾸미기 위해서 귀금속을 산 적도 없다.

그렇게 모아 놓은 목돈을 투자하기로 했다.

"내정 모드!"

화면이 영주의 내정 모드로 전환됩니다.

모라타 전체를 관장할 수 있는 기능이었다.

현재 있는 장소가 영주 성이니 즉시 사용할 수 있었다.

군사력: 51   경제력: 989   문화: 1,512
기술력: 338   도시 발전도: 121   위생: 41
치안: 65%   부패: 3
현재 소유 자금: 518,642골드.

모라타는 끊임없이 확장되고 있는 시기다.

도로를 새로 만들거나 수로를 확대하는 데에도 지속적으로 돈이 필요하다. 그리고 문화와 경제 발전, 기술력 증강에 상당수의 자금이 운용되고 있는 점을 감안한다면 꽤 많은 여유 자금이 쌓여 있는 셈이었다.

상업이 발달하면서 부패도 생겼지만 근면한 주민들의 특성 덕에 아직 심한 편은 아니다.

"수입 내역 확인."

매달 모라타 총수입(단위: 골드)

주민들에 대한 세금: 12,166
주택 세금: 958
상점에서의 물품 판매에 따른 세금: 22,889
상인들의 교역세: 57,901
상인과 용병들의 통행세: 3,051
자리 임대료: 6,373
광산에서의 흑자: 9,230
상점들의 흑자: 49,749
식량 판매 수익: 35,461

북부의 주민들이 몰려오고 있다. 다른 마을에서도 여러 종류의 주민들이 이주하고 있으나, 낮은 세율로 인해서 이주민들이 납부하는 세금은 많지 않다. 기술자들의 숫자가 부족하다. 직업을 가지지 않고 노는 주민이 2만 명이 넘는다. 주택들은 광장 부근과 외곽 지역의 별장들을 제외하면 많은 사람들로 북적거린다. 특히 판자촌에서는 주택 세금이 매우 낮다.

상인들은 낮은 교역세를 내고 있다. 중앙 대륙에서 상단을 이끌고 온 교역상의 비율이 절대적이다. 낮은 품질의 저렴한 물건들을 가져오지만, 운송 때마다 많은 물품들이 거래된다. 모라타의 특산품인 섬유와 직물은 높은 가격에 팔린다. 상인들이 거래한 상품들은 북부의 다른 지역으로 팔려 나가기도 한다.

사람들이 광장에서 장사를 할 때 임대료를 낸다. 상인들과 용병들이 모라타에 매우 자주 찾아오고 있다. 많은 사람들이 장사를 하려고 하기 때문에 광장의 자리가 비좁은 편이다. 상점에서 싸구려 물품들의 구매가 폭발적으로 증가하고 있다. 물품의 제작과 진열이 판매량을 따라가지 못한다. 상점에는 밤늦게까지도 구매를 원하는 사람들이 줄을 서 있다.

광산에서 질 좋은 철광석들이 채굴되고 있다. 구리와 은도 채굴되어 인근 대장간에서 가져간다. 채굴하는 양이 부족하고, 더 많은 광산들을 개발할 필요가 있다. 술집과 여관의 사업이 활황을 이루고 있다. 무기 상점, 방어구 상점, 대장간도 밀려드는 손님들을 간신히 받고 있다.

모라타의 경제는 늘어나는 유저들로 인해서 건실한 편이었다.

위드는 소유한 돈을 2골드만 남기고 모조리 투자했다.

띠링!

모라타 지방의 대규모 투자
모라타의 백작이 자신이 다스리는 지역에 천문학적인 자금을 투자하였다.
*2개월간 생산력 45% 증가. 마을 영역 확장. 인구 증가 속도 향상.

모라타의 자금은 이제 90만 골드도 넘게 늘었다.

"먼저 광산 개발과 농지 확대부터 해야겠군."

32만 골드를 전격적으로 투입! 농업 지역을 무한 확대하고 인근 산의 광산들을 개발하기로 했다.

황무지를 개간합니다.

아르펜 제국의 지식을 알고 있는 덕분에 개간 능력이 13% 확대되었습니다.

황소들을 구입해서 농업에 사용합니다.

3개의 폐광에 기술자와 인부 들을 파견합니다.

모라타 인근의 산에 조사단을 보냅니다.

프레야 여신의 축복이 있는 모라타였으니 베르사 대륙의 시간으로 3개월이면 식량 생산이 이루어질 것이다.

주민들에게 일자리를 주기에도 농사만큼 유용한 게 없다.

"경제력이 가장 핵심이라고 할 수 있어."

곡식 생산량과 광물 생산이 늘어나면 그만큼 월수입도 증가한다.

위드는 다른 전략 게임을 할 때도 압도적인 돈을 버는 것을 선호했다.

"뭘 하더라도 돈이 없으면 안 되니까."

무조건 많은 돈과 자원!

영주 개인의 사치나 과시를 위한 유흥 시설의 개설보다는 최대한 아껴서 기반 시설에 투자했다.

모라타의 주민이 늘어나고 수준 높은 유저들이 많이 올수록, 벌어들이는 돈은 기하급수적으로 늘어날 것이기 때문이다.

마을 주민들이 내는 퀘스트도 그냥 일어나는 것이 아니다.

유저들은 자리를 비우고 있을 때도 많지만, 베르사 대륙의 주민들은 항상 돈을 벌거나 사냥을 한다. 주민들이 가지고 있는 돈이나 아이템, 정보 등에 따라서 퀘스트의 수준과 보상도 달라지는 것이다.

부유한 주민들이 많아질수록 경제에도 활력이 생기고 퀘스트도 다양해진다.

다행히 북부의 주민들은 유랑민들이 많아서 사냥터나 퀘스트에 대해 알고 있는 정보의 폭이 넓었다. 니플하임 제국이 몰락하면서 유물들을 가지고 있는 경우도 다반사였다.

다행히 퀘스트의 질이나 양은 훌륭한 수준이었다.

성이나 도시를 다스리는 영주는 주민들의 성장까지도 고려해야 되었다.

"마법사의 탑도 만들어야지."

마법사의 탑 가격은 무려 10만 골드!

지난번에는 돈이 없어서 짓지 못했지만 이제는 건설할 수 있었다.

"북부는 그래도 중앙 대륙보다는 추운 편이니까 빙계 마법사의 탑을 지어야겠군."

추울수록 빙계 마법사들이 우대를 받는다.

위드는 마땅한 자리를 물색해 보려고 했다.

마법사의 탑은 굉장히 아름답다. 도시의 미관을 위해서라도 위치를 잘 선정할 필요가 있었다.

모라타의 광장 부근에는 집들과 상업 건물들이 많다. 프레야 여신상 주변이 신도시처럼 구획정리도 잘되어 있고 빈 땅도 많았다.

"여기에 지으면 되겠군."

위드의 내정 모드에 프레야 여신상과 이무기, 킹 히드라 조각상을 관람하기 위하여 움직이는 유저들이 보인다.

위드는 프레야 여신상 인근에 마법사의 탑을 건설했다.

얼음의 탑!

거꾸로 된 고드름처럼 생긴 탑이 20여 미터 정도의 높이로 세워졌다.

"영주다!"

"모라타의 영주가 돌아왔다!"

마법사의 탑이 완성되었다면서 환호하는 주민들과 유저들이 보였다.

실종된 줄만 알았던 모라타 영주의 귀환인 것이다.

전쟁의 신 위드, 그에 대한 주민들과 유저들의 존경심은 절대적이었다.

"마법사의 탑에는 다음에 좀 더 투자하도록 하고."

모라타에서는 아직 초보자들이 선택할 수 있는 직업이 제한적이었다.

마법사의 탑을 만들었으니 마법사의 직업도 이제는 선택할 수 있다.

하지만 정령술사를 바라는 유저들도 많은 편이었다.

몸싸움에 익숙하지 않은 유저들에게 정령술사는 꽤 인기 있는 직업이다.

초보자들이 선뜻 모라타를 택하지 못하는 큰 이유 중 하나가 직업 선택이 다양하지 못하기 때문.

정령술사 길드는 화돌이와 흙꾼이를 성장시키기 위해서도 필요했다.

"정령의 집 건설!"

위드가 보고 있는 화면에 정령들이 등장했다.

수십여 개의 인기 있는 정령들!

오만하게 생긴 정령들이 의기양양하게 약간씩 거리를 두고 서 있었다.

"통과. 통과······."

위드는 그 정령들은 그냥 지나쳤다. 그리고 구석에서 쓸쓸하고 외롭게 땅을 긁고 있는 흙꾼이와, 불장난하면서 궁상을 떨고 있는 화돌이를 발견했다.

"이 두 녀석의 집을 짓겠다."

정령의 특성에 따라 건축 비용은 최소 2만 골드부터 시작됩니다. 얼마의 예산을 투입하겠습니까?

"2만 골드."

화돌이의 정령의 집이 완성되었습니다.

흙꾼이의 정령의 집이 완성되었습니다.

조각술로 형체를 만들어 준 정령들이 편하게 쉬고 놀 수 있는 공간 창설!

정령의 특성에 따라서 집도 정해졌다.

화돌이의 집은 화재가 난 것처럼 불타오르고 있었고, 흙꾼이의 집은 마치 황토방처럼 아늑한 분위기였다.

정령의 집

정령술사들이 정령과의 친화력을 높일 수 있는 장소. 정령들이 휴식을 취하는 공간으로, 많은 장난감들이 있어…야 하지만 최소한의 원가 절감으로 인해서 삭막함이 감도는 장소이다. 정령들이 모여서 계약자를 기다리고 있다.

화돌이와 흙꾼이의 집은 넓은 사육장처럼 놀이 기구나 장난감이라고는 눈을 씻고 찾아봐도 없었다. 정령의 집치고는 매우 검소하게 지었기 때문이다.

"정령술사 길드 건설!"

정령술사 길드도 개설.

8만 골드의 비용이 들었지만 앞으로 모라타에서 시작하는 초보자들은 정령술사도 택할 수 있게 되었다.

보통 일반적인 정령술사들은 친화력에 따라서 바람의 정령이나 물의 정령을 소환할 수 있다. 하지만 근처에 정령의 집이 있다면 직접 보고 계약을 맺기가 훨씬 쉬웠다.

"착한 녀석들이니까 계약을 많이 맺을 수 있을 거야."

다른 정령들은 성격이 까다로웠다.

툭하면 정령술사를 무시하거나, 변덕이 심하고, 명령 수행을 거부한다. 쓸데없는 활동으로 인하여 마나의 소모도 심한 경우가 많다.

오죽하면 정령술사들의 불만 1위가, 정령들의 비위 맞춰 주기가 지친다는 이야기이겠는가.

하지만 화돌이나 흙꾼이는 명령 수행에 있어서는 철저했다.

시키면 한다.

군인 정신으로 무장한 건실한 정령들인 것이다.

어디에서도 이런 정령들은 찾을 수 없으리라.

"다 창조주인 내가 잘 가르친 덕분이지."

아직 다른 정령들보다 발휘할 수 있는 힘은 덜하더라도, 매우 유용한 정령들이 될 것은 틀림없다.

오는 계약은 거부하지 않는다.

손님을 왕처럼 대하라.

휘하의 정령들이 계약을 맺고 자주 소환되면 위드에게도 혜택이 생긴다.

정령들의 활동이 왕성해지면 그들이 지상계에서 발휘할 수 있는 힘이 강성해진다.

화돌이나 흙꾼이와는 무한한 친밀도를 가지고 있으니 마나만 허용된다면 정령들을 마음껏 부릴 수 있는 것.

정령들은 창조주인 위드를 향해 알아서 봉사하고, 보호하려고 할 것이었다.

"일단 당장 필요한 투자들은 했고⋯⋯."

이제 남은 것은 특별한 건물들!

아르펜 제국의 황궁은 당연히 짓고 싶은 생각이 없었다.

돈과 귀금속도 없지만, 겨우 먹고살려고 하는데 사치의 극을 달리는 황궁을 지어서 파산할 수는 없는 것이다.

"아르펜의 특수 곡물 창고 건설."

곡물 창고의 건설이 이루어집니다.
방대한 양의 곡식을 상하지 않게 저장할 수 있습니다. 식료품 가격 변동이 줄어들고, 경제 발전과 출생률 증가 등에 기여합니다. 경제력이 7 올랐습니다. 모라타 외의 굶주리는 주민들의 이주를 촉발합니다.

정령의 집 근처에 대형 곡물 창고까지 세워졌다.

마천루처럼 우뚝 솟아 있는 석조 건물이었다.

모라타의 흑색 거성보다도 훨씬 높고 큰 건물.

영주의 창고에 있는 석재의 95%를 투입해서 지은 장대한 곡물 창고였다.

"이건 무슨 건물이야?"

"뭐지?"

정령술사 길드와 정령의 집이 막 만들어져 사람들이 근처에 몰려들어 있는 상황이었다. 모라타에도 이제부터는 정령술사가 생길 수 있을 것이라는 기대감 때문에 다들 상기된 얼굴이었다.

"마법사나 정령술사가 많이 생기겠네."

"이럴 줄 알았으면 조금만 기다렸다가 정령술사로 전직할 걸 그랬어!"

정령의 집에도 방문객들이 많았다.

화돌이와 흙꾼이는 독특한 생김새로 인해서 집중적인 관심을 받았다. 콧대 높은 정령들에 비해서 착하기도 했다.

"절대 충성을 다해서 모시겠습니다, 손님."

"땅에 묻어 줘야 할 몬스터가 생각나시면 언제든 34번 흙꾼이를 찾아 주세요."

정령의 집을 찾아온 유저들을 상대로 해서 호객 행위를 하는 정령들!

정령의 집에서 나오고 나니 어느새 아르펜 제국의 대형 곡물 창고가 세워져 있었다.

"아르펜 제국의 곡물 창고?"

"아르펜 제국이라면 어디지? 내부에 곡식이 가득 채워져 있네. 판매도 하잖아."

베르사 대륙에서는 처음 보는 건물 양식이었다.

식료품들을 대량으로 사고팔 뿐만 아니라 창고에 저장할 수 있는 식료품의 양도 엄청났다.

"영주가 위드니까 만들 수 있는 건물인가?"

"이거 캡처해서 게시판에 올리자!"

"모라타에 새로운 건물들이 올라오고 있다는 소식이 전해지면 난리가 날 거야."

모라타는 이미 대륙에서 열 손가락 안에 꼽히는 아름다운 도시다. 명예의 전당에도 여행기가 자주 올라오고, 모라타를 배경으로 찍은 커플의 사진들이 인터넷상에 많이 퍼져 있을 정도였다.

이 장대한 규모의 곡물 창고의 등장도 다른 영주들에게나 유저들에게 심심찮은 화제가 될 것이 틀림없다.

"요정의 신비한 연못 건설."

> 영주 성의 지하에 요정의 연못을 짓습니다.
> 말썽쟁이 요정들이 찾아오게 됩니다.

건축은 이제부터 시작인데 어느새 위드가 접속을 종료할 시간이었다.

여동생이 저녁은 꼭 집에 와서 먹었다. 그녀가 돌아올 때까지 1시간도 남지 않은 것이다.

"준비해 놓은 것들을 차리려면 서둘러 나가야겠군."

≈≈≈≈≈

집에 돌아오는 이혜연의 눈에 골목에서부터 촛불이 하나씩 밝혀져 있는 모습이 보였다.

"오빠가 돌아왔구나."

유럽 여행을 다녀와서 미안한 마음에 벌인, 여동생을 위한 이벤트였다.

이혜연은 촛불이 켜진 길을 걷다가, 하나씩 촛불을 끄고 신문지로 싸서 가방에 담았다.

양초들을 그대로 놔두기에는 아까웠고, 화려한 이벤트보다는 현실적인 부분들에서 감동을 주는 편이 훨씬 좋다는 것을 아는 그녀였다.

'이런 거 하지 않아도 되는데. 정말 미안할 게 없으니까.'

이혜연이 학교에 가지 않고 어긋나던 시절이 있었다.

사채업자에게 시달리면서 하루에도 수십 번씩 자살 충동을 느꼈고, 학교도 다닐 수 없었다.

학교에서 소문은 아주 금방 퍼진다.

친구들의 벌레 보는 듯한 눈빛도 한없이 수치심을 느끼게 만들었다.

왜 이런 집안에서 태어났는지, 살아 있는 것만으로도 소름 끼치도록 싫었다.

나중에 사채업자들의 빚을 청산하고 겨우 한숨 돌리고 살 만해졌을 때였다.

그녀가 다시 학교에 나가기로 한 날, 이현이 일찍 어딘가로 향했다.

'어딜 가지?'

이혜연은 가방을 등에 멘 채로 몰래 뒤를 따라갔다.

이현이 간 곳은 그녀의 담임선생님 집이었다.

"죄송합니다. 정말 다시는 이런 일이 없도록 하겠습니다."

담임선생님을 만나서 허리를 숙여 가면서 용서를 구하는 이현의 모습.

정작 자신은 공부할 돈이 아깝다고 학교를 자퇴하고 닥치는 대로 일을 하면서도 여동생을 위해서 애원하고 있었다.

이현이 동생을 봐 달라고 사정하면서 울었을 때를 이혜연은 잊지 못했다.

여동생의 마음을 돌려놓았던 건 이현의 지극한 정성이었다.

그런 진심을 보았기에, 누구에게도 꿀리지 않는 동생이 되기 위해서 공부를 했다.

집의 대문을 열고 들어갔을 때에는 음악 소리도 들렸다.

근사한 분위기의 재즈가 아니라, 여성 그룹의 댄스 음악!

너무 예뻐, 귀여워, 깜찍해

짧은 치마를 입어 주면 좋겠니

소매가 없는 옷은 네 앞에서만 입을게

난 네 영원한 여자 친구야

솔로들의 기분을 대변해 주는 듯한 노래!

음악과 함께 작은 마당의 파라솔에는 조촐한 요리들이 마련되어 있었다.

이현이 유럽 여행을 하면서 먹었던 음식 중에서 그녀가 가장 좋아할 만한 것을 골라 재료를 사서 직접 요리해 놓은 것이었다.

파스타에 막걸리!

한국의 서정적인 맛과 이탈리아 요리의 정수가 들어간 조합이었다.

풀죽신교의 창설

　이현은 그다음 날부터 방학으로 인해 본격적으로 〈로열 로드〉를 개시할 수 있었다.

　여동생의 아침 식사와 도시락을 싸 놓고 나면 완전한 자유 시간이었다.

　유럽 여행으로 잃어버린 시간을 만회할 수 있도록, 집중해서 〈로열 로드〉에 빠져들 수 있다.

　물론 여동생은 도서관에서 혼자 공부하는 게 아니라 최지훈과 같이 있었다.

　그 점이 심히 불만이었지만 오빠가 참견할 수 없는 여동생의 인생이었다.

　"어린애도 아니고… 성인인데 좋아하는 남자 정도는 만나도 돼. 그럴 권리가 있어."

　먼저 도서관에 출입하는 동네 꼬마들을 매수했다.

　"두 사람이 중간에 어딘가로 빠져나가거나 하면 연락해. 어깨에 손을 올리거나 그윽한 시선으로 쳐다보거나 하면 즉시 알려 줘야 된다."

또랑또랑한 눈만 빛내고 있는 어린아이들.

요즘 아이들도 영악하기 짝이 없는 것이다.

하지만 이현의 적당한 협박에 의해 수고비 1,000원에 스파이가 되어야 했다.

"내 부탁 무시하면… 이 동네에서 살아남기 어려울 거야. 우철 초등학교 6학년의 신상기 알지?"

"허억!"

핏기 없이 하얗게 탈색되는 어린아이들의 표정!

"그 애들한테 너희 이름 쫙 뿌린다."

초등학교 일진의 이름을 팔아먹는 치사한 수법이었다.

신상기는 안현도의 도장에 막 가입한 초등부 학생이었는데, 미리 핫도그를 사 주면서 언젠가 써먹을 수 있는 밑밥을 깔아 놓은 것이다.

도서관 인근의 숙박업소나 DVD방, 노래방 등에도 두 사람의 사진들을 쫙 깔았다.

"둘이 들어오면 즉시 전화 주세요."

현상금 50만 원.

이렇게 조치를 해 놓고도 마음이 놓이지 않아서 최지훈의 휴대폰에 문자를 보냈다.

'섣부른 수작 부리면 죽인다. 죽여 버린다. 반드시 끝까지 추적해서 죽인다.'

이렇게 해 놓고서야 이현은 편안히 〈로열 로드〉에 접속할 수 있었다.

"여동생의 인생이니까. 정말 사랑하는 남자를 만나서 행복하게 데이트를 했으면 좋겠군!"

아르펜 제국 곡물 창고에 대한 소식은 모라타 전체로 퍼져 나갔다.

아르펜 제국의 건물들, 베르사 대륙의 역사서에서도 유일하게 대륙을 통일한 제국의 건물이 세워졌기 때문이다.

"전신 위드가 언제 아르펜 제국의 퀘스트를 했던 거야?"

"통곡의 강 퀘스트가 다소 밋밋하다고 생각했는데… 그건 위장이었어. 진짜는 아르펜 제국 퀘스트였어."

"킹 히드라와 이무기를 소환할 때부터 알아봤지. 보통 배포로 할 수 있는 일이야? 정상인이라면 1마리만 만나더라도 완전히 얼어붙어 버릴 수밖에 없는 몬스터인데… 혼자서 그냥 다 사냥할 수 있는 여유가 되니까 소환했던 걸 거야."

끊임없이 확대 재생산되는 소문들!

위드가 아르펜 제국의 특수 곡물 창고를 지은 것으로 인한 파장은 대단했다. 어디를 가도 그에 대한 이야기를 들을 수 있었으며, 방송사의 생중계에서도 갑작스럽게 화제가 바뀔 정도였다.

아르펜 제국에 대한 이야기야말로 그 누구의 호기심이라도 자아낼 수 있는 이야깃거리인 것이다.

전설의 달빛 조각사.

위드가 게이하르 폰 아르펜 황제의 대를 잇는 후예라는 사실까지 공개된다면 이 베르사 대륙이 뜨겁게 달아오를 것은 분명한 사실이었다.

다만 더 많은 사람이 경계하게 될 것이다.

조각술의 비기, 혹은 다른 직업의 비기를 터득한 건 위드뿐만은 아닐 것이기 때문이다.

최고 수준의 유저들 사이에는 남들이 모르는 직업의 비밀들도 알려져 있다고 봐야 된다.

"그런데 왜 특수 곡물 창고밖에 짓지 않은 걸까?"

"엄청난 돈이 들어서가 아닐까? 아니면 퀘스트로 얻은 정보가 이 건물밖에 없을지도 몰라."

유저들이 추측을 하며 떠들고 있었다.

석재 소모량이 매우 많은 편이기는 했지만, 다른 건물을 지을 수 없을 정도는 아니다.

위드는 다시 내정 모드를 발동했다.

"선구자들의 계단 건설."

현자들이 앉아서 학문에 대한 토론을 할 수 있는 장소.
도시의 지적인 수준을 높입니다. 마법사들의 지혜를 영구적으로 5 증가시킵니다. 학자 길드의 탄생을 촉발합니다. 기술력과 문화가 3씩 오릅니다.

광장에서 통곡의 강으로 향하는 이동 포탈 앞에 널찍한 계단이 생겼다.

모라타에는 현자들이 없었으므로 노인들이 와서 낮잠을 자거나 수다를 떨었다.

"천문 관측소 건설."

정밀하게 건설된 석조 건물.
밤하늘을 관찰할 수 있습니다. 기후의 변화를 미리 알아차릴 수 있으며 마법의 발달에 도움이 됩니다. 최초로 발견한 별자리들은 행운을 가져다줄 것입니다. 모라타로 향하는 불길한 기운을 사전에 감지할 수 있습니다. 기술력이 8 오릅니다.

석재는 드디어 완전히 고갈!

아르펜 제국의 건물에는 대개 대량의 석재가 소모된다.

이제 나무로 지을 수 있는 건물들만 건설해야 했다.

"아르펜 상인 회관 건설."

상인들을 위한 편의 시설.
교역로와 다른 지역의 물품 가격 정보를 모을 수 있습니다. 부유한 상인들을 대상으로 특별한 음식들을 제공할 수 있을 것입니다. 미술품 거래를 활발하게 만듭니다.

"가죽 제품 전시장 건설."

가죽으로 만든 물건들을 거래할 수 있는 특별 전시장.
일반 가정에서 만든 가죽 제품이나 소량의 가죽을 거래할 수 있습니다. 숙달된 재봉사들의 숫자를 늘려 주며, 관련 산업을 발전시킵니다. 재봉이 발달된 모라타의 특성에 따라 경제력이 10, 기술력이 15 오릅니다.

"아르펜의 소형 계단식 정원 건설, 낮잠을 잘 수 있는 과일나무 그늘 개설, 산책길 개설, 중급 마차 대여소 개설."

도시 내에 500골드 이하의 쉼터들을 집중적으로 건설.

다른 어떤 지역에도 없는 아르펜 제국의 건물들이 모라타를 훨씬 풍요롭고 부강하게 만들고 있었다.

"액세서리 상점 개설, 소형 극장 개설, 보석 세공소 개설, 가구 제작소 개설, 목재소 개설, 조미료 상점 개설, 포도주 양조장 개설, 닭 사육장 개설, 양 사육장 개설."

모라타의 유저들을 상대로 하는 돈벌이용 건물들도 잊지 않았다.

"돈이란 돌고 돌아서 결국 나에게 와야 되는 거야."

각종 편의 시설들을 지어서 모라타 유저들의 돈을 뜯어낸다.

포도주 양조장을 세워 놓으면 술집이나 여관에 좋은 품질의 포도주를 공급하는 게 가능하다.

닭이나 양도 키워서 공급할 수 있었다.

농사나 광산업을 핵심으로 하는 영주도 있지만 이런 사업체들이 중요한 수입원이 되기도 했다.

물론 적자를 낼 수도 있었기에 조심스러웠지만, 모라타의 유저들이 이만큼 늘어난 이상 운영해 볼 가치는 충분히 있었다.

"이렇게 되고 나니 광장이 조금 좁은 것 같은데……."

모라타에 사람들이 유입되고 건물들이 세워지면서부터 광장이 많이 협소한 느낌이 들었다.

분수대를 중심으로 상인들과 유저들이 좌판을 벌이고, 퀘스트와 파티를 구하는 사람들도 날로 늘어난다.

모라타에서 새로 시작하는 유저들의 숫자가 기하급수적으로 증가하고 있기 때문에 상점 앞에서 줄을 서서 기다려야 할 정도였다.

"이번에 모라타를 더 크게 확장해야겠어."

위드는 도시의 외곽, 상당히 멀리 떨어진 장소에 4개의 광장을 짓기로 했다.

"와이번 광장 건설, 빙룡 광장 건설, 빛의 광장 건설, 황소 광장 건설."

4만 골드를 들여서 번듯한 분수가 있는 광장들을 지었다.

바닥은 흙을 고르고 자갈을 깐 정도에 불과했지만 정말 넓은 공간이었다. 로자임 왕국의 수도인 세라보그 성에 비교해도 훨씬 넓은 수준. 프레야 여신상을 중심으로 하여, 5개의 광장이 다이아몬드형으로 둘러싸는 형태였다.

"서로 연결되는 길을 만들도록 하고……."

길을 건설하도록 지시하고, 상업 건물들과 주택가의 위치도 지정했다. 도시가 지금보다 무려 5배나 커지더라도 끄떡없을 정도의 규모였다! 하늘에서 보면 5개의 광장이 여신상을 중심으로 둘러싸고 있는 모습.

인공 호수까지 있는 여신상 부근이 이른바 땅값의 노른자위라고 할 수 있는 여의도였다.

"여기는 모조리 영주의 땅이니까 나중에 분양해서 팔아먹어야지."

⚜

각 방송사에서는 취재기자들을 북부로 파견했다.

하벤 왕국과 칼라모르 왕국의 전쟁도 소강상태였고, 데이몬드의 부활의 군단은 웬일인지 움직임을 보이지 않았다.

모라타를 중심으로 전운이 들끓고 있는 북부야말로 사람들의 관심을 집중적으로 받고 있는 지역이었다.

"이번에야말로 위드도 패배의 쓴맛을 보게 될 거야. 혼자서 여러 길드와 싸운다는 자체가 무모한 짓이니까."

"아닐걸. 북부의 길드들이 과연 진정으로 연합을 이룰 수 있을까? 일시적으로 동맹을 맺었다고는 해도 결속력이 단단하지는 못할 거야."

대형 퀘스트를 주로 하던 위드에게 맞서는 도전자들의 등장.

방송사에서 북부에 집중하고 있는 만큼, 인터넷의 여론도 북부에 대한 관심이 뜨거웠다.

다가올 전쟁의 승자가 누가 될지는 모르지만, 모든 상황이 방송으로 생중계가 될 것은 틀림없는 사실이었다.

전쟁의 신 위드가 지휘하는 군대를 본다는 기대감에, 그리고 길드들이 연합을 이루어서 대공세를 취하는 장관을 보기 위해 기다리고 있었다.

CTS미디어에서는 발 빠른 여성 모험가 네일을 트리반 마을로 보내서 인터뷰를 했다.

트리반 마을은 훈련받고 있는 병사들로 인해서 전시를 방불케 할 정도였다.

"스티렌 길드에서도 모라타를 침공하실 겁니까?"

"물론입니다."

길드 마스터 스티렌은 자신만만하게 대답했다.

병사들의 훈련도는 나날이 높아지고, 중앙 대륙에서 구입한 무기와 방어구의 보급도 원활하게 이루어지고 있었던 것.

막대한 자금을 풀어서 용병 유저들과 다크 게이머들도 영입하는 중이었다.

CTS미디어에서 생중계하는 인터뷰는 최소한 수백만 명의 시청자들이 보고 있을 것이고, 뉴스를 통해서 수천만 명까지도 알게 되리라.

북부의 유저들 그리고 모라타를 노리는 다른 길드 마스터들에게는 가장 중요한 선전의 시간이었다.

"전쟁 준비는 어느 정도나 이루어졌는지 물어봐도 될까요?"

"병사들의 무장은 대충 끝났고, 중앙 대륙에서 섭외한 대장장이들로 공성 병기들도 만들고 있습니다. 프레야 교단의 보호만 끝나면 모라타로 쳐들어가게 될 것입니다."

스티렌 길드에서는 엄청난 규모의 전쟁 준비를 하고 있었다.

트리반 마을을 지배하는 스티렌 길드뿐만이 아니라, 북부의 거의 모든 길드들이 모라타를 차지하기 위해서 군대를 확장하는 중이다.

북부의 길드들은 총인원 10만 명 이상의 압도적인 군대를 만들어서 모라타를 점령할 작정이었다.

⁂

페일이 활을 정비하고, 수르카는 장갑을 끼었다. 제피는 낚싯대를 휘두르면서 줄이 잘 늘어나는지를 점검했다.

그들도 모라타에서 사냥을 하면서 주위의 분위기를 느끼지 못할 정도로 둔하지는 않았다.

"큰 전쟁이 되겠군요."

페일이 평온하게 말했다.

궁수에게 어쩌면 전쟁이란 가장 크게 활약할 기회가 되기도 했다. 전사처럼 정면 대결만 고집하다가 쓰러질 일은 없을 테니까.

몬스터들의 침입에도 페일과 일행은 많은 활약을 했다.

성벽을 뛰어다니면서 화살을 쏘고, 중형 몬스터의 등에 떨어져서 머리를 노리기도 한다.

페일의 전투 경험이나 관록도 만만치는 않은 수준이 되었다.

화령은 드레스와 액세서리들을 착용했다.

"멋진 무대가 될 것 같아요!"

로뮤나도 한마디 했다.

"이번에 마법으로 싹 쓸어버려야지!"

공성전이 벌어지면 돈을 받고 용병으로 참전할 수 있다. 죽으면 레벨이 하락하고 아이템을 잃어버릴 수도 있지만, 승리하기만 하면 많은 것을 얻을 기회가 되기도 한다.

하지만 페일과 일행은 그런 차원을 떠나서 모라타를 지키기로 결심했다. 위드와는 동료라고 생각했기 때문이다.

어떤 어려운 싸움이라도 함께한다면 겁나지 않았다.

"다인 님도 싸우실 겁니까?"

"물론이죠. 위드 님과는 친…구인데요."

"그런데 마판 님은 어디에 있죠?"

이리엔이 물었을 때에, 메이런은 어깨만 으쓱했다.

"몰라요. 통곡의 강 쪽으로 무역을 하고 나신 이후로 한동안 보이지 않으시던데요."

상인 마판이 모라타에 차려 놓은 상점들은 잘 운영되고 있었다. 하지만 정작 본인은 어디로 간 것인지, 전혀 종적을 드러내지 않았다.

위드에게 남아 있는 돈은 고작 26만 골드!

다른 길드와 영주들이 모라타를 침략하겠다고 하니 방어 시설을 갖추고 군대를 모집하지 않을 수가 없었다.

"착하게 살아 보려고 하는 내 밥그릇을 건드리다니……."

위드는 지그시 입술을 깨물었다.

원하지 않는 지출에 대한 끓어오르는 분노!

어려운 결정을 내려야 하는 순간이었다.

"구, 군사훈련소 개설."

모라타 외곽 지역에 7만 골드를 들여서 전문적인 군사훈련소를 만들었다. 보병과 궁병, 창병 등을 편성하고, 집단 진형을 가르칠 수 있는 훈련소였다.

병사들의 훈련도와 레벨을 어느 정도 높여 줄 수 있다.

기병들을 뽑기 위해서는 기병 훈련장과 말 사육소를 따로 지어야 한다.

물론 20만 골드가 넘는 엄청난 비용은 필수!

"크흐흑."

위드는 영주의 방에서 홀로 쓰라린 속을 달랬다.

〈로열 로드〉를 하면서 조각사로 전직한 이후로 가장 서럽고 가슴 아픈 순간이었다.

"병사들을 8,000명 징병하라."

8,000명의 병사들을 징병합니다.
한창 일할 시기에 청년들을 강제로 징병하여 주민들의 불만도가 높아지게 될 것입니다. 징병된 병사들의 사기는 낮습니다. 징병에 1인당 10골드가 소모됩니다. 매달 3골드씩의 월급이 소모됩니다.

"후욱후욱."

위드는 가쁜 숨을 내쉬었다.

호흡이 곤란할 정도의 연속적인 괴로움과 고통!

"도, 돈이 마구 나가고 있어."

병사들은 유지하는 데에도 정말 많은 돈이 들었다.

병사 1인당 월급 3골드였고, 마법사는 월급이 최소한 600골드나 되었다.

기병들은 따로 말을 사 주고 갑옷을 입히는 데에만 3,000골드는 든다.

중급 정도의 기병대로 무장하려고 하면 1인당 1만 골드도 넘는 지출이 필요했다.

군사훈련소를 만드는 데에만 7만 골드, 그에 더해 징병에 8만 골드!

돈을 주고 병사들을 고용하는 모병 방식을 취했다면 주민들의 불만도가 오르지 않겠지만, 그러려면 병사 일인당 모집비용이 100골드 이상 들었다.

돈을 모으기는 어려워도 쓰기는 쉽다.

비행기에서 낙하를 할 때보다도 더 떨리는 순간이었다.

그들의 말을 충심으로 따르는 병사들을 늘리고 기사들을 양성하는 걸 보람으로 느끼는 영주들도 있다고 한다.

병사들과 기사들이 늘어날수록 영주의 권력과 영향력이 커지게 되니 일리는 있는 말이다.

하지만 위드에게는 그저 돈벌레들을 늘렸다는 생각밖에는 들지 않았다.

"영주님이 병사들을 모집하신다."

"어서 가자. 모라타를 우리의 손으로 지켜야 한다!"

내정 모드에서는 모라타의 상황을 관찰할 수 있는데, 건장한 남자 주민들이 자원해서 훈련소로 달려가는 모습들이 보였다.

주민들의 충성도가 상당히 높았기에 징병은 매우 빠르게 종료되었다.

하지만 위드는 그다지 기대하지 않았다.

제대로 된 병장기를 보급받지도 못하고 훈련도 오래 받지 않은 일반 병사들은 수성용으로 머릿수를 채워 주는 역할 정도에 불과했다.

전쟁이 벌어져서 불리해지면 매우 빠르게 사기가 하락해 버린다.

물론 뛰어난 지휘관이 있다거나 전쟁이 유리하게 전개되고 있다면 그럭저럭 싸우지만, 8,000명의 병사들로 달라질 것은 별로 없었다.

여기서 예상치 못했던 추가적인 상황이 발생했다.

페로이 마을에서 중장갑 보병 훈련을 받은 160명의 주민들이 병사로 지원했습니다.

트리반 마을의 궁수 197명이 전향하려 합니다.

숙달된 사냥꾼 출신 351명이 모라타가 위험하다는 소문을 듣고 자원해서 레인저가 되겠다고 합니다.

군사훈련소를 만들어서 대규모 모병을 하니, 추가적으로 입대를 하겠다는 병사들만 자그마치 2,680명!

스스로 착취를 선택한 갸륵한 인생들이었다.

통닭을 먹고 싶은데, 털을 뽑고 몸에 기름을 바르고 라이터를 들고 눈앞에 나타난 닭을 보는 것과 무엇이 다를 것인가!

"역시 내가 인생을 헛살지는 않았구나."

위드는 그들 모두를 기꺼이 받아들였다.

"모두 모라타의 병사가 되는 것을 허가한다."

모라타의 병사가 총 10,680명 늘어났습니다.
평균 레벨: 17
훈련도: 12%
신입 병사들의 훈련도나 레벨은 전투 경험에 따라 약간의 차이가 있습니다.

막 소집된 신병들은 집에서 대충 꺼내 입은 것 같은 구질구

질한 가죽 옷에 창 하나를 들고 있는 수준으로 훈련소에서 창술을 배웠다.

다른 마을 출신들은 훨씬 훈련 상태가 좋았지만, 소수씩 모여서 제멋대로 행동하느라 군기는 엉망이었다.

병사들의 사기나 훈련도, 레벨, 무기 숙련도 등 모든 부분에서 낮았다.

프레야 교단이 모라타를 보호해 주기로 한 남은 시간은 고작 36일!

"이런 병사들로는 마음이 놓이지가 않는데……."

수성전임을 감안한다면 3배의 병력까지도 버틸 수 있다지만 위드는 안심이 안 됐다.

다른 길드들에는 고레벨 유저도 많을 것이다.

그들에게 모집한 지 얼마 안 된 병사들은 허수아비나 다를 바가 없다.

성벽에서 활과 같은 원거리 무기를 들고 수성을 하더라도 적들의 마법 공격에 의해 초토화될 수도 있다.

무기도 갑옷도 형편없는 병사들의 숫자가 많다고 해서 프레야 교단만큼 든든하지는 않았던 것이다.

"콜 데스 나이트 반 호크!"

시커먼 연기와 함께 데스 나이트가 소환되었다.

"불렀는가, 주인."

"네 후배 좀 불러와야겠다."

"후배?"

"콜드림 말이다. 콜드림에게, 칼라모르 왕국에 내가 기여한 공헌도를 전부 바칠 테니 기사단을 데리고 여기로 오라고 해."

칼라모르 왕국 최고의 기사 콜드림은 하벤 왕국을 상대로 연전연승을 거둔 무적의 기사였다.

뱀파이어 왕국에서 콜드림을 해방시키면서 획득한 국가 공적치가 23,000이나 됐다.

"콜드림을 싸우게 하고, 그 전에도 훈련 교관으로 하면 병사들의 성장이 좀 더 빨라지겠지."

일석이조의 효과로 콜드림에게 병사들의 훈련을 맡길 생각까지 했다.

"와일이를 타고 당장 다녀와라."

"즉시 떠나겠다."

위드는 내정 모드로 여러 건물들을 지은 김에 영주 성의 다른 직위도 임명했다.

"세금을 거두는 핵심 부서인 재무청에는 금인이를 대표로 하도록 하고……."

비싸고 품격이 느껴지는 금인이 외에 다른 조각 생명체는 생각할 수도 없었다.

조세1차장에는 와일이, 조세2차장에는 와둘이, 조사국에는 와삼이, 감찰국에는 와오이. 특별징세국에는 와육이와 와칠이를 임명했다.

"군사청에는 빙룡이를 넣어야겠다. 불사조와 함께 협력해서 하라고 하면 되겠지."

상업청에는 누렁이, 도시미화청에는 프리나를 임명했다.

권력 분산이란 있을 수 없는 일.

모라타의 핵심 직책에는 철저히 자기 부하들만을 중용하는
인사였다.

<hr />

모라타에는 유난히 길드들이 적은 편이었다.

초보자들도 적은 돈으로 판잣집에서 길드 사무소를 임대할
수 있었지만, 그런 시도조차 드물었다.

어두운 모라타의 이른 새벽!

거리를 돌아다니는 유저들이 있었다.

멀리서 빛의 탑이 마지막 남은 달빛을 은은하게 반사하고 있
었다.

모라타의 새벽은 해가 뜨기 전보다 훨씬 아름다웠다.

"소르반, 거의 다 와 가고 있지?"

"그래, 후터. 조금만 가면 돼."

소르반과 후터는 토끼 가죽 갑옷을 입고 있는 초보자였다.
그나마도 아껴 입느라 여러 부위를 꿰맨 흔적이 남아 있다.

모라타의 장점은 재봉 기술이 극히 발달해서 초보자들이 입
는 방어구들의 수준이 상당히 좋은 편이라는 것이다. 모라타의
재봉 장인들이 만든 옷들은 고가에 거래되며, 대대로 물려 쓰
곤 했다.

"정말 아무도 안 따라오는 거겠지?"

후터는 불안한 듯이 걸음을 멈추고 계속 뒤를 돌아보았다.

"그만 돌아봐. 우리가 확인하지 않더라도 다른 사람들이 감

시하고 있으니까."

"무슨 말이야?"

"판잣집들을 봐."

대충 지어진 것 같은 판잣집의 창문들이 빠끔히 열려 있었다. 그리고 창문 안에서 번뜩이는 날카로운 눈동자들!

누군가 몰래 소르반과 후터를 따라온다면 절대 발각되지 않을 수가 없었다.

감시자가 수백 명도 더 되는 것이다.

소르반이 작게 속삭이듯이 이야기했다.

"오늘의 일은 절대 발설하면 안 돼. 만약에 한마디라도 잘못 입을 놀리는 순간에는… 너나 나나 모라타에서는 끝이야."

꿀꺽.

후터의 목울대에서 긴장감으로 침이 넘어가는 소리가 크게 들렸다.

"장소는 물론이고, 모임 자체에 대해서도 절대 이야기하면 안 된다고 했지?"

"그래. 만약에 우리가 말했다는 이야기가 퍼지게 되면 더 이상 어떤 퀘스트나 파티에도 참여하지 못하게 될 거야."

"모라타에서는 정말 말 한마디도 조심해야겠군."

"모라타만이 아니야. 그들의 세력은 점점 확산되어 가고 있어. 북부는 물론이고 베르사 대륙 어디에서도 버틸 수 없게 되겠지. 최악의 경우 〈로열 로드〉를 접어야 할지도 몰라!"

후터는 이미 〈로열 로드〉의 매력에 흠뻑 빠져든 후였다.

하루라도 〈로열 로드〉를 하지 않으면 안 된다.

신입 직장인으로서 연수와 인턴 과정을 거치느라 남들보다 빨리 시작을 못 한 게 천추의 한이었다.

　"정말 굉장한 단체로군. 그 풀……."

　"쉿! 성소가 아닌 곳에서 함부로 그 이름을 꺼내선 안 돼."

　"아차!"

　후터는 급히 입을 다물었다.

　그리고 소르반과 후터는 목적지에 도달할 때까지 한마디도 하지 않았다.

　목적지는 언덕에 밀집한 판잣집 중의 한 장소였다.

　겉보기에는 평범한 판잣집이었지만, 실제로 내부로 들어가게 되면 엄청나게 넓은 지하 광장이 나온다.

　스팽커의 던전!

　모라타에서 판잣집이 조성되던 자리에 원래는 던전이 있었다. 대규모의 던전이었는데, 발견자들은 몬스터들을 사냥하고 나서 특정 단체에 헌납했다.

　던전 입구에서 안으로 들어가기 위해서는 간단한 절차를 거쳐야 했다.

　"취익."

　경비하는 유저들이 내는 콧소리에 소르반과 후터는 더 크게 답했다.

　"취이이이이익!"

　"들어가시오."

　어느새 소르반과 후터의 뒤로도 사람들이 많이 밀려 있었다. 미로 같은 판자촌에서 다른 길로도 꾸역꾸역 사람들이 오고 있었기 때문이다.

"고맙습니다. 그럼……."

소르반과 후터는 던전 안으로 들어갔다.

집회의 장소로 쓰이는 던전 내부에는 벌써 2만 명도 넘는 인원이 모여 있었다.

모라타에서 매우 많은 유저들이 비밀리에 동참하고 있다는 증거다.

벽마다 횃불들이 밝혀져서 뜨거운 열기를 퍼트렸다.

"여기 그분이 사냥한 이무기의 고기가 있습니다."

"오오, 이무기!"

"그분에게서 받은 잔돈입니다."

"잔돈. 잔돈!"

광신교의 무리라고 해도 지나치지 않을 열정을 보이는 사람들. 초보자들이 대부분이었지만, 고레벨 유저들도 상당수가 있었다.

〈마법의 대륙〉에서부터 위드는 부러움의 대상이었다.

바람처럼 자유롭고, 그 무엇도 부숴 버릴 만큼 파괴적이다. 거대 길드의 억압에도 굴하지 않았으며, 불가능하리라던 퀘스트들을 완수하는 모습에 광범위한 지지자들이 생겨났다.

〈마법의 대륙〉에서부터 쌓아 온 위드의 명성과 모라타의 살기 좋음이 고레벨 유저들도 속속 끌어들였다. 그리고 지하 단체까지 결성하게 만든 것이다.

구석에서는 무료로 음식을 나누어 주고 있는 모습도 보였다.

후루룩 마셔 버리면 금방 끝날 것 같지만 감로수처럼 아껴 먹고 있는 사람들.

그들이 마시고 있는 음식의 정체는 풀죽이었다.

소르반과 후터가 가입하려는 단체의 이름은 바로 풀죽신교였던 것이다.

현재 회원 수만 32만.

북부 최대의 단체라고 할 수 있는 풀죽신교를 창설한 것은 레몬이라는 유저였다.

로자임 왕국에서 세례를 받은 성녀 레몬. 그녀는 피라미드 제작에 사용된 석재를 나르면서 풀죽을 처음 접했다.

"아, 시원해."

황홀할 정도로 맛있었다.

실제로 그렇게 뛰어난 요리는 아니었지만 초보자 시절에 먹어 본 음식은 별로 없었다. 게다가 엄청난 노역을 감당하느라 배가 고팠고 체력도 떨어져 있었다.

이럴 때에 마시는 소화가 잘되는 풀죽은 그야말로 산해진미가 부럽지 않았다.

그녀는 석재를 서른아홉 번이나 운반했고, 결국 피라미드와 스핑크스가 완성되는 모습을 보았다.

그 감동적인 순간을 잊지 못했다.

그때 쌓은 명성 덕분에 로자임 왕국에서 퀘스트를 받기도 수월했고, 초보를 벗어나는 데에도 큰 도움이 됐다.

레몬은 그 후 여행과 사냥을 하다가 모라타에 도착했다.

위드는 그녀를 정확하게 기억하고 있었다.

노동자를 착취하는 악덕 업주, 위드가 그보다 나은 점은 마지막 잠재력까지 이끌어서 쓰게 한다는 점이다.

그리고 이어지는 화끈한 보상!

프레야 여신상의 대공사가 진행되면서 풀죽은 모라타에도 들불처럼 퍼지게 되었다.

초보 시절을 제대로 경험하려면 반드시 눈물 어린 풀죽
을 마셔 봐야 한다.

사냥 후에 마시는 풀죽 한 사발!

초보자들은 풀죽과 함께 시련의 시간을 감내했다.

풀죽의 장점은, 재료도 거의 필요하지 않고 간단하게나마 포만감을 때울 수 있다는 점이다.

모라타에 고급 식당들이 없는 것도 이유가 되겠지만, 설탕과 인삼, 적당한 양의 고기 등으로 점점 개량된 풀죽은 그대로 먹어도 충분히 맛이 있었다.

초보자 시절에는 누구나 어려움을 겪게 마련이다.

위드의 지휘 아래에 이루어졌던 공사에 참여한 초보자들은 끈끈한 유대 관계로 뭉쳤다.

로자임 왕국에서 고생했던 레몬과 다른 유저들은 배고픈 이들에게 무료로 풀죽을 나누어 주면서 풀죽신교를 창설했다.

판자촌과 풀죽이 모라타의 초보자들의 힘겨움을 달래 주고 있을 때였다.

영주인 조각사 위드의 정체가 전쟁의 신 위드라는 사실이 알려지게 되었다. 그러자 고레벨 유저들도 모라타에 와서 풀죽신교에 몸을 의탁했다. 거대 길드의 텃세나 정의롭지 못한 행동에 염증을 느끼고 있었기 때문이다.

전쟁의 신 위드는 자유와 힘을 상징했다.

풀죽신교는 모라타에서 가장 빠르게 세력을 늘렸다.

레벨이 50도 되지 않는 초보자 312,000명과 고레벨 유저 8,000여 명!

모라타에서 시작해서 퀘스트를 위해 인근 지역으로 떠나더라도 그들은 자신의 본분을 잊지 않았다.

풀죽신교의 특징이라면 맹목적으로 위드를 믿고 지지한다는 점이었다.

"그럼 잠시 카리취의 영상을 보시겠습니다."

"오오오!"

비밀 집회의 분위기는 더욱 열광적으로 변해 갔다.

허가를 받지 않은 음성적인 집회였지만 축제나 다름없었다.

중급 요리사까지 죽을 쑤는 일에 참여를 해서, 나누어 주는 죽의 맛도 좋았다.

한쪽에서는 모닥불을 피워 놓고 춤을 추고 있기도 했다.

"죽순죽이 나왔다."

"둘이 먹다가 같이 죽는다는 독버섯죽을 나누어 준다!"

죽을 먹으면서 즐거워하는 풀죽회원들.

완전 초보들이 많았지만 기쁨을 함께 나누고 있었다.

시간이 많이 흘러서 밖에서는 해가 뜨려고 할 무렵이었다.

중앙에서 행사를 진행하던 유저가 고함을 질렀다.

"여러분! 여러분도 아시다시피 북부의 많은 세력들이 여기 모라타를 노리고 있습니다!"

그는 두꺼운 로브를 머리에 눌러쓴 채로 완벽하게 신분을 숨기고 있었다.

찬물을 끼얹은 듯, 집회의 분위기가 차갑게 가라앉았다.

초보자들의 눈에 어린 것은 적대감과 분노!

"그들은 막대한 돈으로 용병들을 구입하면서 모라타를 점령하려고 합니다. 좋습니다. 그들이 모라타를 점령하거나 말거나 우리에게는 알 바가 아니라고 할 수 있습니다. 하지만 그들이 모라타를 차지하면 당장 세금부터 올리게 될 것입니다."

투자한 비용을 뽑아내기 위해서라도 세금을 올릴 수밖에 없는 것이다.

더더구나 어느 한 길드나 세력이 모라타를 차지한다고 해도 전쟁이 끝나지는 않을 수도 있다. 욕심을 버리지 않은 길드들이 계속 공격을 한다면 모라타는 전란의 소용돌이에 휩쓸리게 된다.

초보자들이라고 해도 눈멀고 귀가 들리지 않는 것은 아니었으므로, 그러한 상황이 오게 될지도 모른다는 걱정을 하게 되었다.

"우리의 터전인 판자촌을 잃게 될지도 모릅니다. 토끼 1마리 사냥에도 허가를 받아야 될지도 모릅니다. 막아야 됩니다. 우리의 힘으로 모라타를 지킵시다!"

"우와아아아아아!"

초보자들이 목검과 녹슨 검을 휘두르며 함성을 질렀다.

"더 많은 사람들을 우리 풀죽신교에 가입시킵시다. 우리는 자유와 힘, 정의를 믿습니다. 모라타를 수호할 것입니다.”

이른바 초보자들의 대란이라고 불리는 사태가 벌어지게 되는 시작점이었다.

로브를 둘러쓰고 선동을 하던 사내가 음모의 눈빛을 빛냈다.

‘역시… 위드 님께 배웠던 수법은 확실하게 먹혀.’

풀죽과 선동!

행사를 진행하던 유저의 정체는 바로 마판이었다.

위드가 모라타의 모직 원단 생산 공장의 독점 판매권을 넘겨주기로 하고 풀죽신교에 일찌감치 배치해 놓았던 것이다.

최소한의 투자로 최대한의 효과를 낸다.

위드는 이미 물밑에서 전쟁 준비를 진행하고 있었다.

~~~~~

“흠.”

“에헴.”

“에췻!”

각양각색의 헛기침을 하면서 어색하게 앉아 있는 검치 들. 그들은 오크 숙녀들과 단체로 미팅을 하고 있었다.

세에취가 어렵게 만들어 준 자리였다.

“이쪽은 메르취.”

“멜취라고 부르세요, 취익!”

“검삼치라고 합니다.”

“제 이름은 하에취예요, 취칫.”

"참 예쁜 이름이군요. 저는 검칠치입니다."

검치 들은 오크들과 미팅을 하면서 저마다 자신을 소개하기에 바빴다.

검치 들에 대한 소문이 상당히 호의적으로 퍼져 있어서 적극적으로 나서는 오크 암컷들 덕에 화기애애한 분위기가 만들어졌다.

하지만 미팅 자리에 나온 검치 들에게 갑자기 검사백삼십치의 귓속말이 전해졌다.

> ─위드가 다스리는 모라타에 전쟁이 일어난다고 합니다. 적들이 쳐들어온다고 하는데요.

대표로 자리를 차지하고 있던 검삼치의 굵은 눈썹이 꿈틀거렸다.

> ─뭐라고?
> ─위드가 우리 몰래 공성전을 하려고 하나 봅니다.
> ─공성전? 그렇게 재미있는 걸 우리한테 말도 안 하고 독차지해?
> ─그러게요. 텔레비전 중계도 한다는데, 완전히 자기 혼자 떠 보려는 흑심을 품고 있는 거 아니겠습니까?
> ─텔레비전 중계까지!

검삼치가 벌떡, 자리를 박차고 일어났다.

"죄송합니다. 급한 일이 생겨서… 이만 물러가야 될 것 같습니다."

"취이익, 그게 무슨… 제가 잘못한 거라도 있나요. 췻!"

"아닙니다. 막내가 싸움에 휘말린 것 같아서요. 나중에 연락

드려도 될까요?"

세상에서 가장 재미있다는 불구경, 그리고 싸움 구경.

직접 참여할 수도 있는 기회였다.

"취칫, 꼭 귓속말 주세요."

오크들과 미팅을 하던 검치 들은 자리에서 일어나서 모였다.

"막내가 텔레비전에 또 나와요?"

"본 드래곤을 잡을 때 벌써 텔레비전에 나와 놓고는, 양심도 없이 우리도 모르게 하고 혼자만 또 나오겠다는 거 아닙니까?"

검삼치가 군침을 다셨다.

"공성전이라니 나도 해 본 적이 없는 건데. 정말 끝내주겠지?"

"저는 무사 수행 도중에 해 봤습니다."

"어땠는데?"

"끝내줍니다. 최고였습니다. 영화처럼, 끝없이 밀고 들어오는 적들을 베어 버리는 거죠."

"크으."

"그리고 모라타는 여기보다 훨씬 좋다던데요."

"어떤 면에서?"

"거기는 남자 반, 여자 반이라고 합니다."

"여자들이 그렇게나 많아?"

아무래도 외모가 돼지를 많이 닮은 탓에, 여성 유저들은 오크를 그다지 선호하여 택하지 않았다.

반면 모라타에 있는 초보 유저들은, 당연히 여성의 비율이 절반 정도는 되었다.

검오십구치가 말했다.

"본 드래곤과의 전투에서 검십육치 사형도 여자 친구가 생겼 잖습니까."

"굉장히 충격적인 일이었지."

검치 들 중에서는 첫 번째로 여자 친구가 생긴 대사건이었 다. 검치 들을 완전히 바꾸어 놓은 핵심 계기가 된 일.

"그게 다 여성 유저를 지키면서 본 드래곤과 싸웠더니 그렇 게 된 거 아닙니까."

검삼치가 무릎을 쳤다. 기가 막힌 방법이 아닐 수 없었다.

"희망이 있구나. 가자!"

"공성전을 위하여!"

유로키나 산맥과 로자임 왕국에서 활동하던 검치 들. 그들이 소식을 전해 듣고 말을 타고 모라타로 향했다.

검치 들의 제자들도 그 뒤를 따르고, 오크들까지 함께 이동 했다.

위드의 노래

스티렌 길드와 푸렌 길드, 드레인 길드에서는 군대를 이끌고 평원으로 나왔다.

북부의 멀리 있는 다른 마을들에서는 이미 유저들과 군대가 출발해서 기다리고 있었다.

북부동맹군.

총인원 128,000명의 거대한 군세가 만들어졌다.

물론 이 중에서 9만 명 이상은 유저가 아닌 NPC 부대였다.

북부의 유랑민에게 훈련을 시키고, 검과 활, 방패 등을 들게 해서 전쟁에 참여시킨 것이다.

콰르르르르.

공성 무기만 40개를 앞세우고, 북부동맹군의 진격이 개시되었다.

"모라타로 가자. 모라타를 우리의 것으로 하자."

"약탈을 허용한다. 먼저 가지는 사람이 주인이다."

"기름진 모라타의 땅을 가지고 싶은가. 검을 들어라!"

길드 마스터들은 자신들의 군대의 사기를 끌어올리기 위해서 노력했다.

아무래도 이런 큰 규모의 전쟁에서 NPC 병사들의 사기는 무시하지 못할 요인이기 때문이다.

북부동맹군은 모라타와는 불과 8시간 정도의 거리밖에 떨어져 있지 않았다.

⚜

KMC미디어, CTS미디어, 신규로 등장한 CHN방송국에서는 이번 전쟁을 생중계하기로 했다.

인터넷 사이트, 커뮤니티 게시판에서도 관련 글들이 폭주하고 있었다.

> ─전신 위드가 보여 주는 전쟁입니다, 여러분!
> ─완전 기다렸어요.
> ─족발 시켜 놓고 시작하기만 기다리고 있습니다.

전쟁의 신 위드.

그 거대한 명성 때문에 텔레비전 앞에 모여 있는 사람들은 긴장과 흥분을 억누르기 힘들었다.

위드가 보여 주는 싸움이란 과연 어떤 것일까.

　인터넷 커뮤니티의 여론은 팽팽하게 맞섰다.

　위드의 명성을 생각하면 패배를 떠올리기 어렵다. 불사의 군
단과의 전쟁 등이 그만큼 큰 충격을 주었기 때문이다.

　위드가 나오기 전까지만 하더라도, 오크나 다크 엘프를 지휘
하여 그렇게 큰 전쟁을 한다는 것을 누구도 상상해 본 적이 없
었다.

　방송사에서는 압도적으로 북부동맹군의 승리를 전망했다.

　"모라타의 병사들은 대부분 얼마 전에 급조된 것이라는 정보
가 있습니다. 군대의 숫자와 질에서 상대가 되지 않습니다."

　"전쟁에선 규모가 중요한데요, 이번 싸움에서는 위드가 최초
로 패배할 것이라고 생각됩니다."

　실시간으로 생중계되는 동안에 진행자들이나, 고레벨 유저
들이 포함된 참석자들은 불리한 전망만 쏟아 냈다.

　하지만 실제로 북부동맹군에 참여한 유저들의 부담도 만만

치 않게 컸다.

전쟁의 신 위드!

베르사 대륙에서 절대적인 명성을 쌓고 있는 위드와의 싸움이었다. 퀘스트에서 보여 준 각종 모습들이나, 그가 부하로 부리는 아이스 드래곤, 와이번, 피닉스까지, 어느 것 하나 만만한 대상이 없다.

그 낌새를 눈치챘는지 스티렌이 목에 핏대를 세우며 외쳤다.

"우리가 조심할 것은 위드다. 위드 한 사람만 잡으면 된다. 이길 수 있다고 생각하면 반드시 이긴다. 우리의 전력이 모라타보다 몇 배는 위이기 때문이다. 나머지는 오합지졸이니 신경 쓰지 마라. 금방 무너뜨릴 수 있을 것이다."

"우와아아!"

"위드의 부하들이 무서운가? 대형 몬스터일 뿐이다! 여기에는 대형 몬스터를 사냥한 경험이 많은 길드들이 수두룩하다. 평소에 하던 것처럼만 사냥하면 된다. 대형 몬스터를 잡기만 하면 전리품을 얻고 영웅이 될 수 있을 것이다."

진격하는 북부동맹군!

모라타의 빛의 탑과 여신상이 어렴풋이 보일 정도의 거리까지 다가왔다.

빠르게 걸으면 불과 30분 정도의 거리만이 남아 있었다.

─────※─────

모라타의 군대 11,867명은 활로 무장한 채 대기하고 있었다.

칼라모르 왕국 기사들에 의해 훈련을 받은 그들의 눈에서는 정광이 뿜어 나왔다.

"저기다. 공격을 준비해라!"

"와아아!"

북부동맹군은 다른 곳을 노리지 않고 정확하게 성벽을 향해 공격 준비를 갖췄다. 위드와 모라타 군대만 잡으면 끝이라고 생각했기 때문이다.

공성 무기들을 착착 세우고, 서서히 다가왔다.

상대가 위드가 아니었다면 이 정도의 경계도 하지 않았을 것이다.

성벽이 발석기 등의 사정거리에 거의 가까워졌다.

"발석기를 쏘기만 하면 된다. 놈들은 독 안에 든 쥐나 다름없다. 우리의 승리다!"

그렇게 북부동맹군의 기세가 한창 오르고 있을 때였다.

성문이 활짝 열렸다.

말들이 질주하는 소리와 함께 기사들의 진격 나팔 소리가 울렸다.

뿌우우우우우우우!

성문을 뛰쳐나오는 칼라모르 왕국 기사단의 돌격!

선두에는 콜드림이 있었다.

"이, 이게 뭐냐."

"들고 있는 깃발과 방패의 문양을 보니… 칼라모르 왕국 기사단이다!"

하벤 왕국과의 전쟁을 통해서 방송에서 자주 보았던 칼라모르 왕국 기사단.

개개인이 이름을 가지고 있는 기사들이었다.

레벨은 최소 350에서 450 사이!

연령대에 따라, 그리고 사나운 몬스터를 때려잡았거나 하는 특수한 경우에 따라 기사들도 유명한 정도나 레벨에 차이가 있었다.

1,000기의 기사들이 돌격을 개시하자 선두 진열이 공성 무기들을 내버려두고 도망치는 사태가 벌어졌다.

공성 무기를 다루는 것은 모두 유저들이었다.

어느 한 길드의 소속이었다면 혼란이 덜했겠지만 유저들은 여러 길드로 나뉘어 있었다. 어느 한 길드에서 먼저 도망을 치자, 손해를 보지 않기 위해서 너도나도 서둘러 달아났다.

"피하자!"

"자비를 모르는 칼라모르의 기사들이다!"

북부동맹군의 본진에서는 마법을 사용하고 화살을 쐈다.

"뜨거운 화염이여, 적을 불태워라. 파이어 블래스터!"

"트리플 샷!"

"체인 라이트닝!"

갑작스러운 돌격을 막기 위해서 무작위로 퍼부어진 공격이었다.

"산개!"

콜드림의 지휘가 떨어지자마자 기사단은 50기씩 무리를 나누었다.

마법 공격의 절반 정도는 빠르게 쇄도하는 기사단의 속도를 미처 가늠하지 못하여 한참 뒤쪽으로 떨어졌다.

크콰콰쾅!

벼락이 치고, 대지가 흔들리며, 화염이 치솟았다.

북부동맹군의 마법사들이 놀란 나머지 성벽을 파괴하기 위해서 아껴 놨던 마법을 마구 사용했기 때문!

청석을 깔아 놓은 도로가 파괴되고 지면이 깊게 파일 정도의 위력이었다.

마법이 중첩되어서 폭발했던 지역을 뚫고 칼라모르의 기사들은 계속 달렸다.

150여 기 정도의 기사들이 더 이상 돌진을 할 수 없는 상태가 되었지만, 하벤 왕국과도 자웅을 겨루었던 칼라모르 왕국 최고의 정예 기사단이었다.

기사들이 입고 있는 막강한 풀 플레이트 아머가 마법 공격의 대부분을 흡수해 버렸고, 방패를 앞세워서 돌파해 버렸다.

더구나 위드는 칼라모르의 기사들이 무력하게 쓰러지기를 바라지 않았다.

계절이 바뀔 때마다 프레야 여신에게 할 수 있는 기원!

여신의 축복을 칼라모르의 기사들에게 해 주었던 것이다.

말과 함께 쓰러졌던 150여 기의 기사들 중에서도 130명 정도는 금방 다시 일어났다.

"돌격!"

콜드림의 명령이 떨어졌다.

다시 마법 공격을 준비할 시간은 없었기에, 전장의 악몽이라고 불리는 칼라모르 왕국 기사단이 들이닥치는 것은 순식간이었다.

"크아악! 살려 줘!"

"어서 피하자."

칼라모르의 기사들은 저항할 수 없는 속도로 적진을 파고들었다.

중장갑 기사들이 대규모 전투에서 보여 줄 수 있는 위용을 여지없이 발휘했다.

선두가 처참하게 유린되고 있을 때였다.

북부동맹군의 마법사들은 다시 마법을 준비했다.

"워터 스톰."

"트리플 그래비티!"

"인시너레이트!"

아군이 밀집한 지역을 대상으로 마법들이 사용되었다.

마법사들의 입장에서는 칼라모르의 기사들을 잡기 위해서 같은 길드원이 아닌 장소라면 망설이지 않고 마법을 쓰는 것이었다.

마법사들이 전쟁을 좋아하는 이유가, 적들이 밀집한 곳에 마법을 날릴 수 있다는 점 때문이었다.

칼라모르의 기사들만 잡을 수 있다면 오르게 될 경험치와 명성 때문에 마법 사용을 주저하지 않았다.

대규모 마법이 북부동맹군의 선두를 무참히 타격했다.

"미친 마법사들!"

"그만해!"

그러나 마법사들은 마법을 멈추지 않았다.

레벨이 올랐습니다.

레벨이 올랐습니다.

아군이 마법의 파편에 맞아서 큰 부상을 입었습니다.

아군을 살해하였습니다.
악명이 350 늘어납니다.

레벨이 올랐습니다.

엄청나게 오르고 있는 레벨!

북부동맹군에 소속된 유저들의 전반적인 수준은 레벨 250에서 300대 초반 사이였다.

칼라모르의 기사가 죽건 다른 길드의 유저가 죽건, 관심사가 아니었다.

"영겁의 수호."

칼라모르의 기사들은 얼마 죽지도 않았다.

무기와 방어구에 저장된 보호 마법을 발동시킨 덕분이었다.

50기씩 흩어진 기사들이 각자 다른 방향으로 돌진한다.

기동력을 바탕으로 북부동맹군 유저들 사이에 있었기 때문에, 기사 1명을 잡기 위해 수십 명의 유저들이 죽어야 했다.

차라리 마법을 쓰지 않았다면 유저들도 죽음을 각오하고 싸울 수 있었으리라. 하지만 기사들이 다가오기만 하면 마법 공격이 연달아서 작렬을 하니 허겁지겁 도망치기에 급급했다.

여러 길드에 각자 배속된 마법사들이라서 통솔이 어려워 마법 공격을 중단시키기도 힘들었다.

"일단 물러나라!"

"칼라모르의 기사들이 갑자기 어디서 나온 거야!"

비명과 고성이 오가는 전장에서 북부동맹군은 오합지졸이나 다름이 없었다.

지휘 체계도 마련되어 있지 않았고, 마법사들의 눈먼 공격에 맞지 않기 위해서 도망치느라 아비규환이었다.

칼라모르 왕국 기사들은 먼지와 화염을 뚫고 돌진하는 전장의 사신이었다.

하지만 북부동맹군도 군대를 추스를 수 있는 약간의 시간만 만든다면 상황을 반전시킬 수 있었다. 기사들이 지치거나 돌격이 끝났을 때, 모라타 성으로 돌아가는 순간을 노려서 반격을 가할 수 있기 때문이다.

그런데 모라타 성에서 상상도 할 수 없을 정도로 대규모의 군대가 등장했다.

"진격! 진격! 진격하라!"

"가자! 모라타를 우리의 손으로 지키자!"

가죽 옷에, 낡은 철검을 들고 있는 무리.

전쟁이 시작되기도 전부터 초보자들은 기다리고 있었다.

명문 길드의 탄압과 폭정이 어떻다는 이야기는 지긋지긋할 정도로 들었다.

모라타, 그리고 나아가서는 북부를 그들에게 넘겨주지 않기 위해서 격문을 띄웠다.

거칠고 험한 베르사 대륙을 모험하려고 하는 여행자여!

나는 보스급 꽃사슴 1마리 사냥하기 힘든 초보자다. 넓은 평원을 지나서 작은 토굴이라도 발견하면, 혹시 던전이 아닐까 해서 가슴이 두근거리는 그런 초보 유저다.

난 중앙 대륙에서 사람들이 말하는 좋은 사냥터에서는 한 번도 사냥해 본 적이 없다. 명문 길드의 영역에서 우리 같은 초보들은 그들의 심기를 거스르지 않기 위해서 고개를 숙여야 한다.

사냥터에 들어갈 때도 돈을 내야 한다. 갑자기 사냥터의 입장료가 오르는 부당한 경우를 당하더라도 말 한마디 할 수 없다. 단검 하나, 횃불 하나 사려고 해도 세금이 물품 가격의 50%, 심하면 70%도 내야 한다.

우리도 자유를 누릴 권리가 있다.

우리가 대륙을 여행하는 목적은 각자 다를 것이다. 하지만 지금은 싸워야 될 때다.

내가 가진 것은 가죽 갑옷에 검 1개뿐이지만, 보리빵을 아껴 먹으면서 지금 북부로 걸어가리라.

사연이 담긴 격문들이 몇 주 전부터 초보자들의 커뮤니티에 올랐다.

돈을 벌기 위해서 토끼 가죽 벗기느라 낑낑대는 경험을 겪은 지 얼마 안 된 초보자들이라면 눈물 한 방울 흘리지 않을 수 없는 내용이었다.

이런 글들이 초보자들을 뭉치게 만들었다.

여기에 어떤 소문까지 같이 흘러나왔다.

"모라타에서는 초보자들에게 풀죽을 무제한으로 지급한다!"

"영주 위드가 비밀리에 후원하고 있는 단체다."

"피라미드, 빛의 탑, 여신상 등을 만든 영주는 우리 초보자들을 착취하지도 않고 일거리도 자주 준다."

모라타에는 베르사 대륙의 시간으로 4주 전부터 초보자들의 규모가 엄청나게 늘었다.

하루에 몇만 명씩 급증할 정도였고, 허수아비가 있는 수련장은 미어터질 정도가 되었다.

"우리도 싸울 수 있다."

"자유를 지키기 위해서 일어나자!"

전투를 앞두고 모라타의 시내에 독한 분위기가 흘렀다.

모라타의 주민들도 영주에 대한 충성심이 최상이라서 적극적으로 그들을 지원했다.

초보자들의 가죽 옷을 무료로 수선해 주고, 음식도 싸서 가져다주었다.

수련장에서 집요하게 허수아비만 때리면서 강해진 유저들. 검치 들은 초보자들을 대상으로 검술 강의도 했다.

수련장에서 일주일, 이 주일 이상을 버틴 유저는 십분의 일도 안 됐다. 하지만 그들은 오늘 이 순간만을 기다려 왔다.

"가자!"

"우리가 싸울 시간이다."

모라타의 성문을 통해서 쏟아지는 초보자들의 군대!

1만, 2만, 3만⋯⋯.

10만을 넘고, 20만도 가뿐히 돌파했다.

그러고도 성문을 통해서 나오는 숫자가 줄어들 기미를 보이지 않았다.

베르사 대륙의 초보자들이 모라타로 모였다.

중앙 대륙에서 먼 길을 걸어온 유저도 있었으며, 모라타에서 캐릭터를 만들고 기다리기도 했다.

모라타 성에서 그들은 갑갑함을 참으면서 기다리고 있었다.

대형 컨테이너에 가득 담긴 콩나물 머리들을 연상시키는 초보자들!

초보자들의 대군이 칼라모르 왕국 기사단의 뒤를 이어서 북부동맹군을 공격했다.

마판이 어느새 달려와서 발석기 위에 올라 부대를 지휘하고 있었다.

"인삼죽 부대 전면 돌파! 대추죽 부대가 측면에서 지원한다. 죽순죽! 망설이지 마라. 너희가 죽더라도 120만 풀죽회원들이 뒤를 따를 것이다."

풀죽신교의 32죽부대가 전면 공세를 퍼부었다.

초보자들의 검에 담긴 공격은 보잘것없었다. 갑옷을 긁어내는 정도에 불과했지만, 유저가 아닌 북부동맹군에 포함된 일반 병사들에게는 만만치 않은 적수였다. 레벨이 30에서 50에 이르는 초보자들이 목숨을 돌보지 않고 덤비고 있었기 때문이다.

병사들의 레벨도 딱히 높은 편은 아니기 때문에 초보자들의 상대가 되었다.

"내가 가슴을 베었다!"

"다리를 쳐라."

"도끼로 머리만 노려!"

공격이 한 번 성공할 때마다 큰 소리로 외치면서 죽어 가는 초보자들!

죽어도 여한이 없다는 듯이 맑은 눈이었다.

북부동맹군의 유저들도 심히 당황했다.

초보자들이라면 발톱의 때 정도로도 여기지 않았던 게 사실이다.

레벨 차이가 심하게 나면 100명이라고 해도 어렵지 않게 죽일 수 있다.

하지만 지금은 1명을 죽이고 숨 돌릴 틈도 없이 2명, 3명을 상대해야 했다.

잔뜩 몰려 있는 탓에 피하거나 휴식을 취할 수가 없었다.

칼라모르의 기사들만 하더라도, 일반 병사들을 제외하면 북부동맹군 전력의 절반 정도라고 해도 된다.

조직적으로 대항하고 싸워야만 승리를 거둘 수 있을 판에 초보자들이 막무가내로 밀어붙이고 있었다.

"풀죽! 풀죽! 풀죽!"

"침입자들을 죽여라."

"우리의 목숨은 아깝지 않다. 저들을 하나라도 죽여서 떨어지는 아이템을 얻기만 하면 이득이다!"

초보자들의 몸을 사리지 않는 광란의 돌격!

하늘 높은 곳에서 보면 한 덩어리로 뭉쳐 있는 북부동맹군이 달콤한 케이크 덩어리라면, 개미 떼가 온통 뒤덮고 몰려들고 있는 것처럼 소름 끼치는 광경이었다.

대형 컨테이너에 가득 담긴 콩나물이 엎어졌다!

"화살을 쏴라!"

초보 궁수들의 화살도 성직자나 마법사에게는 매우 큰 위협이었다.

다른 유저들도 경황이 없어 지켜 주지 못해, 방어력이 약한 이들은 고개도 들지 못했다.

"파이어 볼!"

"아이스 볼트."

"파이어 볼!"

초보 마법사들의 마법 공격!

모라타의 성벽에서 일어난 마법사들은 북부동맹군 진영을 향하여 무자비한 마법 공격을 했다. 마법사들은 초보라고 해도 무시할 수 없는 위력이 있었다.

그런 마법 공격에 시달리고 있을 때에 초보 정령사까지 대규모로 등장했다.

"충직한 화돌이여, 저들을 무찔러라."

"흙꾼아, 일어서라. 흔들어라!"

화돌이들이 불의 비를 내리게 하고, 검과 갑옷에 달라붙어서 공격력과 방어력, 내구력을 낮췄다.

궁수들의 화살통도 불태웠다.

대지가 흔들거려서 싸움에도 지장이 많았고, 작은 균열들이 발생해서 북부동맹군의 유저들을 집어삼켰다.

물론 흙을 뚫고 다시 튀어나올 수는 있었지만 체력의 소모가 상당히 컸다.

더군다나 흙꾼이는 굉장히 말을 잘 듣는 땅의 정령이었다.

갑자기 대지가 늪처럼 변하거나, 흙으로 된 손이 나타나서 발목을 잡는 등의 활약을 했다.

북부동맹군 유저들은 욕을 퍼부으면서 싸우고 있었다.

"이 건방진 초보들이!"

"쓰레기들이다. 모두 베어 버려!"

"너희가 모인다고 해서 뭐라도 된 것 같냐?"

레벨의 차이는 어쩔 수 없었기에 초보자들은 낙엽처럼 떨어져 나가고 있었다. 초보자 60명이 죽더라도 북부동맹군 유저 1~2명을 잡기가 어려웠다.

일부 전장에서는 북부동맹군의 유저들이 파죽지세로 뚫고 나오기도 했다.

그러나 모라타에 초보 유저들만 있는 것은 아니었다.

중앙 대륙에서 명문 길드의 텃세를 지켜보다 못해서 떠나왔던 자들!

북부에서는 높은 레벨로 분류될 수도 있는 사람들이 함께 싸웠다.

초보자들이 대거 결집하면서 그들도 함께 싸워야 되겠다는 의식이 생겼다. 초보자들이 육탄 돌격을 하면서 방패막이가 되어 주니 기회이기도 했다.

모라타에 있는 대부분의 유저들이 함께 싸우기로 함으로써, 북부동맹군 유저들의 발을 묶어 놓았다.

검치 들도 초보자들의 틈에 섞였다.

"왜 이렇게 허점이 많아?"

검사백오십칠치는 초보자들을 따라다니면서 적이 보일 때마다 공격했다.

빈틈이 보일 때마다 정확하게 찌르는 검술!

> 치명적인 일격이 터졌습니다!

북부동맹군 유저가 화를 내며 검을 휘둘렀지만 검사백오십칠치에게는 닿지도 않았다.

"검술 처음부터 다시 배워야 되겠다."

> 치명적인 일격이 터졌습니다!

페일 일행도 함께 움직였다.

"아저씨, 안녕?"

화령이 상큼한 미소를 지으면서 다가가면 유저들의 눈이 커졌다.

보라색 드레스 아래 늘씬하게 드러난 각선미는 아찔한 매력 그 자체였다.

"부비부비!"

화령이 매혹의 춤을 추면서 지나가면 유저들의 몸은 그 자리에서 얼어붙었다.

'말도 안 돼.'

'이럴 순 없어!'

억울했다.

몸이 마비된 것은 어쩔 수 없다고 쳐도 심하게 화가 났다. 부비부비라고 해 놓고는 스치지도 않았기 때문이다.

화령이 남기고 간 희미한 꽃향기를 맡으면서 우두커니 서 있어야 했다.

페일과 메이런은 적진을 헤집으면서 화살을 쏘았다.

"포이즌 애로우."

독화살로 저격을 하는 실력.

움직이면서 화살을 쏘는데도 백발백중의 명중률이었다.

메이런은 오늘의 전투에 직접 참여하기 위해서 방송 프로그램 진행에서도 빠졌다.

─여기는 KMC미디어의 모라타 전쟁 프로그램입니다. 신혜민 씨!

캡슐에 연결시켜 놓은 설비들을 통해 그녀가 보고 듣는 것들을 방송국에 중계할 수 있었다.

"여기서는 메이런이라고 불러 주세요."

─네, 메이런 씨. 지금 화면을 전송해 주실 수 있을까요?

메이런은 활시위를 당기면서 대답했다.

"물론이죠!"

방송국에서는 그녀의 허락을 받고 캡슐로부터 전송되는 영상을 화면에 띄웠다.

KMC미디어의 방송을 보는 사람들은 아리따운 여자 레인저가 활시위를 당기는 장면을 볼 수 있었다.

시위를 떠난 화살의 촉 끝이 뱀처럼 꿈틀거리더니 철퇴를 휘두르던 거구의 유저의 이마에 적중했다.

거구의 유저는 이미 생명력이 많이 손실된 상태였던지, 그대로 회색빛으로 변했다.

"스물아홉! 방금 보셨죠?"

─지금 전투에 참여 중이신 건가요?

"네. 모라타를 지키는 쪽에 가담해서 싸우고 있어요."

메이런이 새로운 화살을 겨냥했을 때, 그곳에 화염의 폭풍이 일어나는 게 보였다. 로뮤나가 긴 주문을 외워서 마법을 성공시킨 것이다.

잠시 후, 메이런이 있는 쪽 머리 위에 시커먼 구름들이 몰려들었다.

그녀는 재빨리 옆으로 몸을 던졌다.

콰지지지직, 콰과광!

낙뢰가 떨어지는 것을 피하면서 동시에 전방을 훑어보았다.

마법사의 로브를 입은 유저 하나가 고개를 내밀고 공격이 성공했는지를 보고 있었다.

메이런이 연속으로 활시위를 당겼다.

쏘아진 화살들이 마법사의 상체에 연달아서 박혔다.

"서른! 이번에는 마법사였네요."

가쁜 숨을 쉬면서 전투에 참여하는 메이런의 움직임에 스튜디오에서는 화색이 돌았다.

모라타 전쟁은 여러 방송국이 동시에 생중계하고 있었다.

다른 방송국과의 시청률 승부에서 유리한 고지를 점할 수 있게 된 것이다.

대혼전에서 검치 들은 북부동맹군의 유저들 중 워리어나 팰러딘처럼 방어력이 좋은 사람들만 우선해서 사냥했다.

일대일로도 상대하기 불가능한 보스급 몬스터 칼라모르 기사들에 검치 들까지 모두 가세!

북부동맹군 유저들은 경황이 없어서 전체적인 상황을 파악할 수는 없었지만 점점 불리해지고 있다는 정도는 깨달을 수 있었다.

전쟁으로 인해 길드 채팅 창이 폭주할 정도였는데, 점점 대답이 없는 유저들이 많아졌던 것이다.

칼라모르 왕국 기사들은 1기, 1기가 가히 보스급 몬스터라고 할 수 있어, 전장에서 대살육을 벌이고 있었다.

레벨 50도 안 되는 초보자들이 이렇게 신경 쓰이는 적은 처음이다.

초보자들과 싸우다 보면 어느새 암살자들처럼 활동하는 상대 유저들 때문에 목숨을 잃곤 했다.

심지어는 레벨 1의 초보자들까지 겁 없이 덤볐다.

"모라타 군대 출진!"

모라타의 병사들도 전쟁에 뛰어들었다.

화살을 주로 쏘면서 원거리에서 북부동맹군을 요격하는 데에 치중했다. 아직까지 적은 많이 남아 있었던 것이다.

비명 소리가 점점 커지고 있을 무렵이었다.

둥, 둥, 둥, 둥, 뿌아아아아아!

모라타의 성에서부터 음악 소리가 들렸다. 바드들의 연주가 한꺼번에 개시된 것이다.

바드들의 연주는 아군의 지친 체력을 보조해 주고 사기에도 많은 도움이 된다.

모라타에서 공연과 퀘스트로 먹고사는 바드들에게 영주의 입김은 강하다.

'전력을 다해서 연주하라!'

바드들이 북을 두들기고 뿔피리를 불었다.

연주는 시작되자마자 급격히 분위기를 고조시켰다.

거대한 무언가가 등장할 것 같은 느낌!

크롸라라라라라라라라라라라라라!

그들이 들어 본 것 중에 가장 커다란 포효 소리.

북부동맹군의 일반 병사들은 다리에 힘이 풀려서 바닥에 주저앉았다.

드래곤 피어는 약한 생명체들을 죽음으로 몰 수도 있다.

북부동맹군의 유저들도 몸이 저릿저릿하고, 신체에 약간씩 이상이 발생했다.

"뭐야?"

"뭐가 나타난 거지?"

하늘을 올려다보니, 성처럼 거대한 빙룡이 유유자적 날아다니고 있는 것을 볼 수 있었다.

너무 큰 몸집으로 인하여 민첩함이 떨어지고, 체력이 금방 줄어들고, 힘이 약하다는 단점은 있었지만 시각적인 충격과 위압감은 최상이었다.

"아이스 드래곤!"

"전쟁의 신 위드가 데리고 다니는 아이스 드래곤이다!"

빙룡의 머리 위에는 위드가 앉아 있었다.

와이번들이 주위를 호위하듯이 날개를 펼치고 날아다니고, 불사조까지 너울거리면서 뒤를 따라온다.

"위드다!"

"전쟁의 신 위드가 강림했다!"

싸움에 참여한 유저들의 눈빛이 흔들리고 있을 때였다.

위드의 카리스마로 인하여 북부동맹군 병사들이 갑자기 괴로움을 토로했다.

"저렇게 유명한 모험가와 싸워서 이길 수 있을 리가 없다."

"본 드래곤도 잡은 위드야. 우리로서는 이기지 못할 거야."

위드의 어마어마한 명성과 투지 덕분에 병사들이 싸울 의욕을 집단적으로 잃어버리고 있는 것이다.

추락하는 적의 사기야말로 전장에서 명성이 작용하는 위력이었다.

위드는 만족스러운 미소를 지었다.

"멋진 사냥터로군."

수만 명과의 전쟁!

전쟁에서 이긴 영주는 명성과 칭호를 얻을 수 있지만 위드의 흥미를 끄는 부분은 아니었다.

이보다 더 큰 명성을 얻어서 받게 될 퀘스트라니, 도대체 얼마나 위험할 것인가.

안 그래도 S급 퀘스트에 허덕이고 있는 판에, 퀘스트들이 줄줄이 밀리는 일은 사양하고 싶었다.

위드는 북부동맹군이 착용하고 있는 장비들을 보고 군침을 흘렸다.

아이템 경매 사이트의 판매 가격으로 75만 원, 90만 원, 106만 원, 290만 원, 더 높은 가격으로는 천만 원이 넘어가는 검과 갑옷을 장비하고 있는 유저들이 많다.

"좋아, 좋아. 훌륭해!"

칼라모르 기사들로 정신을 쏙 빼 놓고, 초보자들을 대거 동원해서 몰아치듯이 단시간에 싸웠다.

북부동맹군은 지칠 대로 지쳤고, 생명력도 많이 줄어들었다.

가장 경계해야 되는 마법사들의 마나도 바닥이라서 슬슬 수확만 하면 되는 것이다.

"클클클클."

위드가 간악한 웃음을 지었다.

이 순간을 위해서 전쟁의 초반부터 싸우지 않고 비겁하게 기다려 왔다.

그럼에도 당당했다.

"보이는 족족 죽여서 아이템을 얻으리라."

다크 게이머에게는 1년에 하루 있을까 말까 한 특별 상여금 지급의 날이라고 해도 과언이 아니다.

대박이 땅에 널려 있었다.

언제 이렇게 합법적으로 전투를 해서 장비들을 거두어들일 수 있을 것인가.

위드는 목청을 가다듬고 준비를 했다.

바드들이 연주하고 있는 음악에 맞춰 노래를 부르리라.

진정한 전쟁의 시작을 알리는 환희의 노래를!

연주가 격렬해질 때, 위드가 빙룡의 머리 위에 서서 사자후를 연속해서 터트렸다.

전장에 음악이 흐른다

따라라랑 띵띵띵

나는 죽음의 순간을 노래하네

여기까지는 가사를 미리 연습해 놨던 부분이다.

위드의 눈길이 지상을 향했다.

네필드의 투구를 가지고 있는 전사여

죽을 때가 되었다

파호만의 창을 가지고 있는 기사여

많이 지쳐 있는가?

이만 쉬게 해 주지

제베의 앞치마

요리사에게는 매우 좋은 물건이라네

내가 가지고 싶구나!

고급 아이템을 가지고 있는 자들이여

나 위드가 너희와 싸운다

지상을 보며 즉흥적으로 견적을 뽑아내어 쓸 만한 아이템들만 집어내는 라이브!

레벨이 300대에서도 중반이 넘는 이들만 샅샅이 훑었다.

보다 효과적인 수확을 위해 어젯밤 모라타의 두 존재에게 미리 생명을 부여해 놓았다.

킹 히드라와 블랙 이무기.

모라타에 작용하는 조각품의 효과가 아깝지 않은 것은 아니었지만, 비상사태를 대비해서 조각품에 생명 부여 스킬을 사용했다.

그 결과 위드의 예술 스탯이 늘어난 만큼 레벨이 429, 441이나 되는 초대형 몬스터들이 탄생했다.

위드의 카리스마와 통솔력에도 불구하고 매우 난폭하고 말을 잘 듣지 않는 새 생명체들이었다.

모라타 방어전

킹 히드라와 블랙 이무기는 불만이 쌓이고 울화통이 터질 지경이었다.

조각품 출신으로서 그냥 가만히 있는 것은 지긋지긋했다.

생명을 갖게 된 이후로도 전투의 시기를 기다리면서 가만히 참고만 있으라고 하니 미칠 노릇.

'다 잡아먹어야 되는데.'

'진정한 드래곤이 되기 위해서는 이놈들을 다 쓸어버려야 해. 하지만 주인의 명령 때문에 움직일 수가 없군.'

킹 히드라는 종족 특유의 잔인함과 흉포함을 그대로 가지고 있었다.

북부동맹군이 근처를 스쳐 지나갈 때마다 킹 히드라의 커다란 눈동자들이 뒤룩뒤룩 굴렀다.

'먹고 싶다. 먹고 싶다.'

'먹어야 되는데.'

'일곱 번째 머리, 넌 왜 말이 없냐.'

'너, 너무 맛있는 냄새가 난다.'

굶주린 킹 히드라의 머리에서 굵은 침이 뚝뚝 떨어졌다.

강한 산성 침은 여신상 부근에 만들어진 호수로 섞여 들어가서 물고기들을 떼죽음시킬 정도.

북부동맹군은 전투에 정신이 팔려서 눈치채지 못했지만, 킹 히드라의 몸통은 몇 번이나 슬금슬금 미동을 보였다.

위드가 등장하자, 킹 히드라의 인내심이 한계에 달했다.

카아아아아아아아!

킹 히드라가 호수의 물을 첨벙첨벙 걸어서 건너오더니 북부동맹군의 유저들을 잡아먹었다.

9개의 머리가 큰 입을 벌리고 유저들을 집어삼켰다.

"간식이다. 맛있는 간식이다. 별미다."

오도독 소리를 내면서 씹히는 유저들!

블랙 이무기는 화염구를 소환하며 공격 준비를 했다.

공중에서 대형 마법들을 퍼부을 태세를 갖추는 것이다.

엠비뉴 교단과 맞서 싸웠던 킹 히드라, 블랙 이무기와는 엄연히 다른 존재였다.

그들을 추억하면서 조각했지만 레벨도 훨씬 낮았고, 블랙 이무기와 킹 히드라의 피부는 전에 비해서 비교도 할 수 없을 정도로 취약했다.

미숙한 마법, 무한하지 않은 생명력, 덜한 독성.

모든 면에서 부족함이 있었지만, 북부동맹군의 유저들에게는 그런 판단을 할 수 있는 냉정함이 없었다.

"피해라!"

칼라모르의 기사들이 등장했을 때부터 마음속에 자리 잡았던 불안감이 밖으로 뛰쳐나왔다.

킹 히드라의 머리들이 유저들을 닥치는 대로 잡아먹고, 블랙 이무기가 소환한 화염구가 지상으로 떨어졌다.

싸우려고 하지 않고 도망치려고만 하니 킹 히드라가 짧은 순간에 수십 명을 먹어치웠다.

블랙 이무기가 떨어뜨린 화염구에 의해서 땅이 크게 파이고, 100명도 넘는 유저들이 몰살을 당했다.

화염 파편들이 주변으로 넓게 퍼졌다.

방어 마법을 펼쳐야 하는 마법사들도 자신들이 살기에 급급했고, 견제를 해야 되는 궁수들도 불리하다는 생각에 화살을 아끼고 도망칠 생각만 하고 있었다.

북부동맹군 중에서 공성전의 경험이 있는 유저들은 2할도 되지 않았다.

경험이 있더라도 전투에서는 순간순간 당황할 수밖에 없는 일들이 일어난다. 더군다나 지금은 예측 가능한 정상적인 전력끼리의 싸움이 아니었다.

공포 그리고 불안감, 믿을 수 없는 동료들로 인하여 북부동맹군이 와해되고 있었다.

하지만 몇몇 호전적인 길드들로부터 위드를 향한 마법 공격이 개시되었다.

"버스트 파이어!"

"프로스트 서클!"

"선더 스톰!"

지상에서 시전된 마법 공격들.

기사들은 전력을 다해서, 지니고 있던 창을 던졌다.

궁수들은 화살을 쏘았다.

목표는 위드!

전쟁의 신이 나선 만큼, 위드를 사냥하기 위해서였다.

'전투의 승패가 어느 쪽으로 되든 상관없다.'

'위드만 죽이면 나도 그만큼 유명해질 수 있어.'

레벨 300이 넘는 유저들, 북부동맹군에서 핵심적인 전력인 유저들이 위드를 향한 공격을 개시했다.

아예 위드만을 노리고 마나를 아끼고, 전투가 불리해져도 두 손 놓고 기다리고 있었던 유저도 상당수였다.

카아아아아아.

헌신적인 불사조가 주인을 지키기 위해서 위드의 앞으로 날아왔다.

37개나 되는 마법과 물리적인 공격들이, 날개를 펼친 채로 가로막는 불사조에게 하나도 빼놓지 않고 적중되었다.

> 버스트 파이어가 흡수되었습니다.

> 프로스크 서클에 의하여 생명력이 4,269 소실됩니다.

> 선더 스톰이 불사조의 신체를 마비시키지 못했습니다.
> 생명력이 3,210 사라졌습니다.

물과 얼음을 매개체로 한 마법들이 불사조의 생명력을 갉아먹었지만, 불을 지배할 수 있는 권능에 의해 화염 마법은 역으로 흡수해 버렸다.

창과 화살 들도 그대로 몸에 꽂혔다.

공중에서 마법과 물리적인 공격을 당해 이리저리 밀리고 휘청거리면서도 꿋꿋하게 자리를 지키고 있는 불사조!

키에에에에!

불사조가 고통을 호소하며 괴로워했다.

엄청난 레벨과 생명력을 가지고 있었지만 연속된 타격으로 인해 충격이 가중되어 막대한 타격을 입었다.

연속 공격이 치명적인 일격들이나 다름없었다.

총생명력의 24%가량이 사라질 정도의 피해였다.

위드는 곧바로 비난했다.

"이런 무식한 놈!"

키에에엑?

"역시 새들은 다 똑같아. 도무지 머리를 쓸 줄을 모르니!"

극악한 잔소리가 시작되려고 할 무렵, 괜히 찔리고 있는 빙룡이나 와이번들!

불사조가 나서지 않았다면 자신들이 대신 막았을 것이기 때문이다.

'안 나서길 잘했다.'

'역시 주인 혼자 알아서 하게 내버려둬야 돼.'

'후배가 고생하는군!'

일단 혼자 잘 먹고 잘 살자는 이기주의를 퍼트리고 있는 조각 생명체 군단!

위드는 하나밖에 남지 않은 불사조마저 죽기를 바라지 않았다. 다른 조각 생명체들도 마찬가지였다.

전쟁에서 승리하더라도 조각 생명체들을 모두 잃어버리면 전력의 큰 손실이다. 조각품에 생명 부여를 다시 하려면 걸작이나 명작을 만들어야 되고, 레벨도 10개 이상 잃어버린다.

하지만 그 전에 와이번이나 빙룡 등에게 정도 많이 들어 있었다.

"죽지 마라, 다들."

위드의 착 가라앉은 목소리가 어딘가 촉촉하고 다정하게 들렸다.

감격의 눈물이 흐르려는지, 빙룡의 얼어붙은 눈동자에서도 언뜻 물기가 보이려고 할 때였다.

"아직 본전도 못 뽑았는데."

"……."

"한 20년은 더 부려먹어야 되는데 벌써 죽으면 내가 손해잖아, 안 그래? 이런 위험한 행동 하기 전에, 그동안 먹은 밥값은 해 줘야 될 거 아냐."

밥값을 다하기 전에는 죽고 싶어도 죽을 수도 없다.

"다시 마법 공격을 준비하자. 위드는 아직 하늘에 있다."

"한꺼번에 공격하자!"

전장에서의 잠깐의 여유는 적에게 기회를 준다.

이미 패색이 짙은 북부동맹군이었지만, 많은 유저들이 위드를 죽일 수 있는 지금의 기회를 놓치지 않으려고 들었다.

"불사조, 빙룡. 시작이다. 막내들에게 지지 마라."

이미 킹 히드라와 블랙 이무기는 위드의 안위에는 상관도 하지 않고 주변을 공격하고 있었다.

새로 만든 조각품들이 강력하기는 했지만, 이렇게 레벨 300이 넘는 유저들이 상당히 많은 전장에서는 위험하기도 하다.

칼라모르의 기사들이나 검치 들이 전공을 세우고는 있었지만, 그들의 공격을 개의치 않고 킹 히드라와 블랙 이무기만 공격한다면 의외로 쉽게 죽일 수도 있는 것.

키야아아아아.

불사조가 길게 울면서 먼저 전장의 중심으로 날아갔다. 그리고 녀석이 지나간 곳에서부터 화염의 비가 떨어지기 시작했다.

불사조가 가지고 있는 권능, 플레임 레인!

지상에 떨어진 화염의 비는 기사들과 병사들의 몸을 불태우고 주변으로 급속히 옮겨붙었다.

개별 공격력은 한정되어 있지만 화염으로 휩쓰는 범위는 엄청나게 넓었다.

지상은 불바다나 다름없었다.

물론 마법사들이 물과 관련된 마법을 쓰고, 성직자들이 화염을 제거하고 있기는 하다.

하지만 더욱 자기 세상을 만난 듯 날뛰는 화돌이에, 워낙 넓은 범위에 화염의 비가 떨어지고 있었기에 북부동맹군 전체로 보면 막대한 피해가 쌓이는 중이었다.

"와이번들은 알아서 싸워라. 크게 욕심을 내지는 말고!"

"알았다, 주인."

와이번들은 약한 편이라서 레벨 300대 초반 정도의 마법사 10명 정도만 모여 전력을 다해 각개격파한다면 금방 제거할 수도 있다.

급강하에, 회전을 하면서 피할 수도 있지만, 눈먼 마법들에 맞아서 지상으로 추락하고 나면 생명을 보전할 수 없는 노릇.

다행히 마법사들은 다른 직업보다 레벨을 올리고 마력을 늘리기가 훨씬 어렵다.

북부동맹군에는 그 정도 되는 마법사들이 500여 명 정도밖에 되지 않았고, 마나도 소모해서 지친 상태라는 점이 조금 안심할 수 있는 부분이었다.

"금인이, 네가 와이번들을 책임져라."

"알았다, 주인."

"날개도 빌려줄 테니까 확실히 사냥해야 된다."

와이번들을 호위하며 함께 싸울 수 있도록 금인이에게 날개도 빌려주었다.

아까운 금덩어리인 금인이가 지상에 떨어져서 잔해 하나 남김없이 사라지는 것은 원치 않기도 했던 것.

"빙룡, 너도 놀지 말고 잘 싸워. 와이번들 잘 챙겨 주고."

"와이번들은 내게 맡겨라."

위드는 빙룡의 등에서 뛰어내렸다.

전장에서 그의 일거수일투족을 감시하던 자들이 소리쳤다.

어떻게든 전쟁의 신을 죽이고 싶은 이들!

"위드가 떨어졌다."

"저쪽이다!"

검사, 성기사, 전사, 워리어, 권사, 도둑, 암살자. 근접전이 가능한 여러 직업들이 위드가 떨어진 곳으로 불바다를 헤치고 달려왔다.

위드는 땅에 추락하면서 북부동맹군 소속 드워프를 밟았다.

"어떤 놈이야!"

항의하는 드워프!

위드의 무게가 실려서 생명력에 엄청난 피해를 보고, 혼란 상태까지 당한 것.

옆에 있던 다른 북부동맹군 유저들은 위드를 보면서 크게 경악하고 있었다.

"조각 검술!"

위드는 검으로 가볍게 드워프의 생명을 취했다.

회색빛으로 변하기도 전에 땅을 한 바퀴 구르면서 왼손을 저었다.

착!

무언가 잡히는 느낌이 들자마자 주머니에 넣는 솜씨!

'챙겼다!'

어떤 물건인지 메시지 창을 확인할 시간도 없었다.

담을 넘어 남의 집 금고를 털고 나서 돈다발이 얼마인지, 보석은 진품인지 아닌지 감정할 수는 없는 것.

주변에 적들이 널려 있었다.

"대신관의 축복!"

프레야 교단 대신관의 반지를 이용하여 스스로를 축복했다. 검 갈기, 방어구 닦기 등의 스킬도 꼼꼼히 빠뜨리지 않고 미리 써 두었다.

축복의 제한 시간은 단 20분.

"헤라임 검술."

검을 멈추지 않고 전진하면서 사용하는 연속 기술!

영웅의 탑 4층에서 얻은 고대 검술이다.

연속 공격의 횟수가 증가할 때마다 힘과 민첩이 늘어나서 공격력이 증대된다.

위드는 미친 듯이 달렸다.

'정면의 적은 싸구려 갑옷을 입고 있다. 검도 싸구려야. 장비로 추정 가능한 레벨은 최대 210 정도.'

잔챙이들은 바로 지나쳤다.

'네로이드 전사장의 투구를 쓰고 있군. 다른 물건들은 볼품없지만. 레벨은 250 정도. 갑옷이 많이 구겨지고 내구력이 떨어진 것을 보니 생명력도 크게 상해 있다. 투구가 떨어질 확률은 높지 않겠어.'

위드는 달리는 힘을 그대로 이용해서 검을 찔렀다.

푸욱!

갑옷의 이음새를 정확히 관통하는 검.

> 2차 연속 공격이 성공하였습니다.
> 힘이 40% 늘어납니다.

대장장이 스킬을 익힌 게 도움이 되었다.

갑옷이라고 해서 모든 위치가 동일한 방어력을 가지고 있지는 않다. 이음새나 얇은 부분, 그리고 중점적으로 내구력이 저하된 부분은 더 쉽게 뚫을 수 있다.

장비를 보고 그 사람의 레벨이나 전반적인 수준을 파악하는 것은 위드의 취미 생활의 일부였다.

다크 게이머 연합의 아이템 정보 게시판, 경매 사이트 등을 통해서 줄줄이 꿰고 있는 아이템들!

위드는 회색빛으로 변하는 유저를 스쳐 지나면서 찔렀던 검을 회수하지 않고 내려칠 준비를 했다.

그다음의 유저는 점찍어 둔 자가 있었다.

궁수!

활을 든 채 어쩔 줄을 모르고 있다.

푸른색 화살을 쏘는 매직 보우!

> 3차 연속 공격이 성공하였습니다.
> 민첩이 추가로 40% 늘어납니다.

위드의 헤라임 검술은 최대 8단 공격까지 가능했다. 공격이 성공을 거둘 때마다 더 엄청난 힘과 속도가 더해진다.

〈로열 로드〉에서는 현실을 그대로 반영했다.

스탯 힘을 올리면 근육이 낼 수 있는 최대치와 약간의 지구력이 늘어난다. 스탯 민첩을 올리면 근육이 내는 속도와 반응성, 정확도 등이 향상된다.

더 무거운 무게를 들 수 있게 되고, 100미터를 달릴 때도 훨씬 빨라진다.

그렇다고 해서 힘 스탯이 100이면 무조건 100의 공격력이 되지는 않는다.

최대 공격력은 맞지만, 여러 변수가 있었다.

제대로 힘을 사용했는지!

검을 휘두를 때 힘을 제대로 쓰지 않았다면 공격력도 당연히 발휘되지 못한다.

미끄러지거나, 상대의 무기를 피하는 등의 행동을 하느라 힘을 쓰지 않았으면 공격력도 약해졌다.

체중이 실리지 못해도 마찬가지였다.

체중이 전혀 실리지 않은 공격은 힘이 아무리 높다고 해도 큰 피해를 주지 못한다.

공격력은 체중에도 비례하기 때문에, 몸무게가 많이 나가는 오크나 바바리안 들이 상대적으로 근접전에서는 훨씬 강한 편이었다.

다만 몸무게가 많이 나가면 힘과 민첩이 그만큼 더 많이 필요했다. 민첩이 웬만큼 높지 않으면 몸이 둔해진다.

그리고 몸무게와 덩치는 비례할 수밖에 없으니, 전투 시에 그만큼 빈틈도 커질 수밖에 없다.

빙룡은 막대한 공격력을 가지고 있지만 그만큼 허점도 많고, 몸을 유지하는 데 힘도 많이 든다. 체력도 금방 지치는 단점이 있는 것이다.

반면에 드워프들은 몸무게가 얼마 안 나가기에 전투 시에는 잘 맞지 않아서 좋다. 하지만 힘이 세더라도 부족한 공격력을 보완하기 위하여 도끼나 망치 등 중병기들을 이용했다.

위드는 헤라임 검술로 네 번의 공격을 더하면서 3명을 더 죽였다.

마지막에 남은 것은 기사!

파호만의 창을 휘두르고 있었다.

묵색 창은 탄력이 대단하고, 꿰뚫는 힘이 강하다.

검과 창을 동시에 쓰는 기사들에게는 매우 비싸게 팔리는 아이템!

정확하게 찍어 놓은 상대를 남겨 놓은 것이다.

"내 창!"

위드는 헤라임 검술의 최종 공격을 기사에게 했다.

기사는 전광석화처럼 동료들을 격파하고 그에게 달려와서 당황해서 창을 들어 막으려고 했다.

막강한 검이 일직선으로 떨어지고 있었다.

그 순간, 위드의 손목이 뒤틀렸다.

어깨에서부터 들어간 탄력이 팔꿈치와 손목을 타고 흐르더니 검의 각도를 미묘하게 변경했다.

'파호만의 창이 깨지기라도 하면 안 돼!'

아이템을 아끼는 정신!

헤라임 검술은 횟수를 거듭할수록 강해진다.

마지막 여덟 번째의 공격은 3~4배의 파괴력을 가지고 있다고 봐야 된다.

한계 내구력을 초과하는 공격을 방어하다 보면 무기나 방어구가 깨지는 경우도 흔히 있다.

더구나 위드는 전력을 다해서 뛰어왔고, 몸무게를 가득 실어서 전진하고 있는 와중이었다.

헤라임 검술은 힘만이 아니라 민첩성도 동시에 향상시킨다.

이 상황에서도 높은 민첩성 덕에, 검의 방향을 뒤틀어서 완전히 바깥쪽으로 공격 범위를 바꾸어 놓았다.

"살았다!"

파호만의 창을 가진 기사가 겨우 한숨을 내쉬었다.

공격이 중간에 바뀐 것만을 확인한 매우 짧은 순간이라, 크게 빈틈을 드러낸 위드를 향해 창을 찌를 생각도 하지 못했다.

체중과 힘, 달려드는 속도까지 있었기에 공격 방향을 바꾸느라 크게 무리를 한 위드는 난관에 빠질 상황.

하지만 검에 모든 무게를 싣고, 자연스럽게 공중에서 몸을 회전시켰다.

헤라임 검술의 마지막은 취소된 게 아니었다.

기사의 생명력과 방어력을 무력화시킬 수 있을 정도로 한 바퀴를 돌아서 더 강해졌을 뿐!

쾅아아앙!

한 바퀴를 돌아 나온 검이 기사의 옆구리를 정확히 가격했다. 비명도 없이 회색빛으로 변하며 죽어 버린 기사!

샤샤샥.

위드의 손이 그 자리를 스치고 지나간 후에 남은 것은 없었다. 1쿠퍼도 확실히 쓸어 가는 정확한 손놀림.

"우으으……."

"진짜 위드다!"

근처의 유저들은 덤벼들 엄두도 내지 못했다.

그들 중에서는 파호만의 창을 가지고 있던 기사가 가장 강한 편이었던 것이다.

하지만 쉴 겨를도 없었다.

위드를 향해서 근접 전투가 가능한 거의 모든 직업들이 달려들고 있었기 때문!

말을 타고 있는 기사들은 다른 동료들을 밟으면서까지 달려왔다.

말이 좋아서 연합이지 조직력은 형편없는 모습이었다.

위드는 다시 목표를 정했다.

'공중에서는 볼 수 없었던 반지. 마나 회복 속성이 걸려 있는 반지다.'

옵션까지 파악하는 재주!

아이템이라면 물불을 가리지 않는다.

전장에서도 유별나게 비싼 아이템을 가지고 있는 적들을 놓칠 수 없다.

"콜 데스 나이트 반 호크!"

데스 나이트의 소환.

위드와 함께 무수히 많은 사냥을 한 반 호크는 나오자마자 덤비는 기사나 적들과 싸움을 개시했다.

"이쪽은 내가 맡겠다, 주인."

"헤라임 검술!"

전력을 다해서 공격하기에 중간에 취소되거나 머뭇거리기만 하면 중단되는 검술의 재사용!

위드는 전진하면서 적들을 차례로 베었다.

북부동맹군의 한복판이었으니 주변이 온통 적이었다.

"위드는 내 몫이다!"

"내 검을 받아라. 라이트닝 소드!"

공격 기술을 거침없이 사용하면서 덤비는 적들!

위드를 향해 적극적인 공세를 취하는 유저들은 레벨이 최소 200대 후반이거나 300대였다.

지쳐 있거나 생명력에 큰 손실을 입고 있지 않다면 한두 번으로 죽일 수 없는 자들이다.

헤라임 검술을 다 쓰고도 5명을 죽이는 게 고작이었다.

한 번이라도 당한 이상, 어느 정도 대비를 하는 것이다.

"조각 파괴술! 이 모든 것들이 힘이 되어라!"

> 조각 파괴술을 사용하였습니다.
> 걸작 조각상이 파괴된 고통! 슬픔! 예술 스탯이 5 영구적으로 사라집니다.
> 명성이 100 줄어듭니다. 예술 스탯이 1:4의 비율로 하루 동안 힘으로 전환됩니다.

전신의 근육에서 끓어오르는 힘!

명작이나 대작은 너무 크고 아까워서 감히 파괴할 엄두가 쉽게 나지 않는다. 걸작도 아까운 것은 마찬가지였지만 쓸 때는 써야 했다.

"15연환 참격!"

위드는 기합 소리를 내지르면서 덤비는 적들을 베었다.

증가된 힘으로 정확하게 치명상을 입히는 부위들만 공략!

원거리 공격 스킬들을 사용하는 적이나, 방어를 돌보지 않고 덤비는 암살자나 도둑으로 인해서 상당히 난처하기는 했다.

하지만 암살자나 도둑도 동료들에게 막혀서 공격하기 편한 건 아니었다.

위드는 적들의 사이로 뛰어들면서 스물다섯 이상을 베었다.

그때, 제법 강해 보이는 기사들만 열 명이 넘게 달려왔다.

위드라고 해도 간과할 수 없는 이들!

'레벨이 340은 되겠군.'

북부동맹군에서는 핵심 전력이라고 봐야 했다.

헤라임 검술의 3회의 공격은 일격에 죽일 수 있는 주변의 유저들을 상대로, 그다음부터는 기사들을 향해 다가가면서 휘둘렀다.

검이 쉬지 않고 적들을 향해 움직였다.

> 4차 연속 공격이 성공하였습니다.
> 힘이 추가로 40% 늘어납니다.

꽈과광!

기사의 갑옷의 어깨 부위에 검이 틀어박히면서 굉음이 터져 나온다.

맞은 기사도 놀라서 무릎을 꿇을 정도의 위력. 체력도 생명력도 멀쩡하던 그는 거의 초주검이 되어 공황 상태에 빠졌다.

갑옷과 방패 등이 완전함에도 불구하고 단 한 번의 공격에 빈사 상태로 저항조차 못하는 수준에 이르는 것은 처음 있는 일이었다.

> 5차 연속 공격이 성공하였습니다.
> 적을 혼란에 빠뜨립니다. 적의 투지를 저하시킵니다. 민첩이 추가로 40% 늘어납니다.

6차 연속 공격이 성공하였습니다.
힘이 추가로 50% 늘어납니다. 15%의 공격력으로 충격파에 의한 2차 범위 타격이 이루어집니다.

7차 연속 공격이 성공하였습니다.
민첩이 추가로 30% 늘어납니다. 힘이 추가로 20% 늘어납니다. 마나 1,500을 사용하여 원거리 공격이 이루어집니다.

기사들에게 한 대씩!

1명의 기사를 거의 죽이고, 3명의 기사들을 사망시켰다.

마지막 여덟 번째의 공격은 덤벼드는 기사들을 향해 한꺼번에 뿌려졌다.

"엄청난 스킬이다. 막아! 아니, 피해!"

기사들이 놀란 메뚜기 떼처럼 흩어졌다.

재빨리 피한 기사도 있지만, 범위 공격에 휩쓸려서 나뒹굴기도 했다.

위드의 근처를 벗어나지 못하던 약한 유저들까지 떼죽음을 초래!

원거리 공격 검술은 마나의 소모가 심하고 체력도 빠르게 닳아서 거의 쓰지 않는 기술이었다. 일점 공격술이나 기본 스킬만으로도 훨씬 오랫동안 효과적으로 스킬 숙련도를 올리면서 싸울 수 있는 것이다.

하지만 지금은 마나를 아낄 틈이 없다.

조각 파괴술로 인하여 공격력은 굉장해졌지만 생명력의 최대치나 체력, 방어력 등은 여전했다. 기사들에게 둘러싸이거나 위드를 노리는 다른 직업들에게 포위당하면 매우 불리해질 수 있었다.

"다소 과격한 사냥도 필요하지!"

위드는 집중력을 잃지 않고 그다음 적들을 탐색하기 위하여 주위를 훑어보았다.

물론 그러는 동안에 손과 다리가 분주하게 움직이며 죽은 이들의 아이템을 접수!

"우으으……."

"말도 안 돼. 레벨이 도대체 얼마이기에."

기가 질려 있는 유저들!

하지만 그 뒤로는 100여 개의 마법 공격들과 화살들이 한꺼번에 쇄도하고 있는 게 보였다.

위드가 헤라임 검술로 기사들을 베어 버리기 전부터 마법을 준비하고, 화살을 시위에 재워 놓고 쏘았던 것이리라.

위드가 싸움에 뛰어들자마자 살아남은 거의 모든 마법사들이 마나를 모아서 마법을 시전했다.

공격 마법이 피할 공간도 없이 사방을 무차별적으로 덮치고 있었다.

빛의 날개가 있다면 하늘로 솟구치기라도 했을 테지만 금인이에게 빌려준 후였다.

어딜 가도 눈에 띌 수밖에 없는 금인이는 훨씬 안전해졌겠지만 대신 위드가 공격에 노출되었다.

"실전에서 전투용으로 써 본 적은 없는 기술인데… 달빛 조각술!"

위드의 눈동자가 은빛으로 물들었다.

고급 조각술을 익히고 나서 습득한 비장의 스킬.

빛을 다루는 조각술!

이것도 마나의 소모가 필요하지만, 몸 전체에 빛을 둘러서 방어용으로 쓰거나 공격을 할 수 있다.

츠츄츄츄!

위드가 원하는 곳마다 붉고, 푸르고, 노랗고, 다양한 색상의 빛들이 쏘아졌다.

조각을 하는 것처럼, 더없이 아름다운 빛깔들.

각종 마법들과 화살들의 방향을 미세하게 바꾸어 내고 튕겨 냈다.

달빛 조각술의 스킬 레벨이 아직은 낮기 때문에 매우 적은 영향만을 줄 수 있었다.

'이대로 죽는 건가?'

위드도 심한 두려움을 느꼈다.

대부분의 마법에 적중당하고 나면 뼈도 못 추릴 것은 틀림없는 사실.

죽더라도 죽음을 거부할 수 있는 힘에 의하여 되살아날 수 있다. 안식의 동판. 언데드를 강화하는 그 권능이 발휘될 때가 진정한 진면목을 보여 줄 순간이다.

하지만 죽게 되면 바로 되살아나기에 장비를 떨어뜨리지 않더라도 레벨과 스킬 숙련도가 하락하리라.

아직 높지 않은 달빛 조각술, 그리고 정말 올리기 힘든 조각술이나 다른 생산 스킬! 위드가 익힌 수많은 스킬들의 숙련도가 저하될 것은 분명했다. 죽음을 준비하고 있었음에도 껄끄러운 것은 어쩔 수 없는 본능이리라.

달빛 조각술로 최대한 몸을 감쌌다. 죽은 다음에 되살아날 때는 마나가 필요하지 않기 때문이었다.

"눈 질끈 감기!"

위드는 맷집을 최대한 늘리기 위해 눈도 감았다.

"내가 지키겠다, 주인."

달려온 데스 나이트 반 호크가 방패를 들고 앞을 막았다. 그리고 마법이 그 일대를 뒤덮었다.

종전 협상

땅이 뒤집히는 연쇄 폭발과, 얼음 기둥이 생성되고 무너지기를 반복! 연기와 먼지가 걷히고 난 후의 광경은 북부동맹군의 오금을 저리게 만들었다.

모든 것이 남김없이 초토화되어 버린 그 땅에 위드와 데스 나이트가 서 있었다.

오직 그들이 서 있는 지역만이 멀쩡했다.

달빛 조각술 덕분에 마법의 공격 각도가 조금씩 바뀌었다. 그래서 위드를 맞히지 못하고 마법들이 중간에 서로 부딪쳐 폭발했다.

서로 다른 속성의 마법들로 인해 파괴력이 상당 부분 상쇄되었다. 궁수들의 화살 공격도 마법의 여파에 의해서 위력을 많이 잃었다.

그렇다고는 해도 폭발의 영향권에 휘말린 위드와 데스 나이트가 살아남은 것은 기적에 가까웠다.

맷집과 인내력, 방어 스킬, 방어구 그리고 달빛 조각술의 보호 덕분이었다!

데스 나이트와 함께 막으면서 폭발의 피해를 나누어 받았다.

특히 고대의 방패 내구도는 무려 25나 떨어져 있었다.

수리도 불가능한 최고의 유니크 방어구라고 할 수 있는 고대의 방패 덕분에 살았다고 해도 과언이 아니었다.

탈로크의 갑옷 등의 내구도도 심하게 하락해서 너덜너덜했지만, 깨지지 않은 게 다행이라고 여길 정도였다.

"내 고대의 방패를……."

애지중지하면서 아껴서 썼던 고대의 방패!

내구도가 25나 하락해서 이제 남아 있는 내구도가 261밖에 되지 않았다.

떨어졌을 중고 가격에 대한 참을 수 없는 분노.

위드는 진심으로 화가 났다.

"차라리 나를 죽일 일이지!"

레벨은 다시 올릴 수 있고 숙련도도 채울 수 있지만, 줄어든 고대의 방패 내구력은 올라가지 않는다.

위드의 생명력은 33%, 마나는 46%가량 남아 있었다.

통곡이라도 하고 싶지만 본전에 대한 생각 때문에 멈추지 않았다.

마법 폭발로 인해서 주변에는 살아남은 유저들이 없었다.

'눈먼 아이템들이…….'

위드는 뒤집힌 땅을 뛰어넘어서 북부동맹군을 습격했다. 물론 죽은 유저들이 가지고 있던 아이템을 챙기는 것도 잊지 않았다.

"헤라임 검술!"

모든 것을 동원해서 싸우고 있는 순간이었다.

위드가 전장의 주인공이었다.

모두가 그를 주시하고, 오직 그를 죽이려고 하는 전장에서 싸우는 기분!

데스 나이트도 활개를 치면서 활동했다.

마법사들의 공격이나 궁수들의 화살이 몇 번 더 날아왔지만 처음처럼 위협적이지는 못했다.

"위드 님께, 모라타에 대항한 자들을 죽여라."

"칼라모르의 기사들이여, 돌격!"

북부동맹군의 진영에서 칼라모르의 기사들이 열을 올리고 있었다.

그들을 막을 만한 고레벨 유저들은 모두 위드를 향해 달려 나간 후에 싸우다가 죽거나 마법 공격에 의해서 사망한 후다. 그중에는 지휘관급도 상당수라서 북부동맹군 전체에 구멍이 뚫린 것이나 다름없었다.

"죽여 버려!"

"우리 초보들을 괴롭히는 놈들이라니."

검치 들도 초보자들의 틈에서 벗어나서 적진을 헤집어 놓고 있었다.

킹 히드라와 이무기, 빙룡과 불사조의 대대적인 습격에 와이번들도 쏠쏠한 소득을 올리고 있다.

모두가 위드에게 관심을 쏟는 사이에 북부동맹군은 사방에서 무너지고 있었던 것이다.

위드가 의도했던 바이기도 했다.

한 번의 죽음을 미끼로 내걸어서 크게 이긴다.

그리고 그 죽음에서조차 다시 살아나서 인도자의 권능으로 강화되어 아이템을 습득하는 게 작전이었다.

"쳐라!"

"모두 죽이자!"

한번 무너진 균형의 추는 다시 되돌릴 수 없었다. 마지막 여력까지 잃어버린 북부동맹군은 삽시간에 허물어졌다.

적군과 아군을 가리지 않는 연이은 마법 공격과 동료들에 대한 불신으로 그나마 있던 전의마저 사라졌다.

"졌습니다. 살려 주세요!"

"우리의 패배입니다."

"모라타에 전쟁을 선포한 것을 사과할게요."

버티고 있던 북부동맹군 유저들도 무기를 거두고 항복의 뜻을 밝혔다. 특히 위드가 노래로 지목했던 이들이 사색이 되어서 먼저 항복했다.

북부동맹군의 병사들도 차례로 무기를 내리고, 공성전은 뜻하지 않은 방향으로 갑작스럽게 끝나는 듯했다.

초보자들이 녹슨 검과 나무 방패를 들고 환호성을 질렀다.

"우와, 이겼다!"

"모라타의 승리다. 만세!"

위드가 고개를 저었다.

"전쟁을 선포해 놓고 마음대로 돌아갈 수 있을 줄 아느냐!"

마나를 한껏 끌어모아 사자후를 터트렸다.

이렇게 전쟁이 끝나면 안 되었다.

모라타의 병사들을 모집하면서 썼던 돈과 경제적인 손실은 어찌하란 말인가.

물론 전쟁에서 패배한 측에서는 살아 돌아가기 위해서 몸값으로 상당한 배상금을 내놓게 되겠지만, 위드에게 흡족한 액수는 아니었다.

현금과 즉시 맞바꿀 수 있는 아이템들을 착용하고 있는 유저들이 한가득이다.

초보자들과 칼라모르 기사, 검치, 페일 일행 등이 활약해서 3만 명 정도를 줄였지만, 지치고 약해진 유저들이 넘쳐 난다.

땅바닥에 경험치와 현금이 두둑하게 쌓여 있는 셈!

여기서 그냥 전쟁을 끝낸다고 하는 것은 말도 되지 않는 일이었다. 복권에 당첨되고 나서 불우 이웃 돕기에 전액을 기부한 다음 날 아침과 같은 일이 아닌가!

"우와아아아아!"

"우리가 승리했다!"

"북부동맹군이 패배를 선언했다!"

하지만 초보자들에게는 위드의 흑심 가득 찬 사자후도 승리를 자축하기 위한 거만한 쇼로만 보이는지 그저 기쁨을 나눌 뿐이었다.

위드가 다시 사자후를 터트렸다.

"감히 모라타를 침범한 적들을 죽이자! 1명도 살아 돌아가는 사람이 없도록 하자!"

초보자들을 선동해야 했다. 그들 없이 칼라모르의 기사들이나 조각 생명체, 모라타 병사들로만 싸우려면 피해가 크다. 초보자들이 북부동맹군 유저들의 숫자를 그리 줄이지는 못했지만 난전을 유도하고 지치게 만들었기 때문이다.

혼란 속에서 검치 들은 암살자나 다름없이 활동하면서 쉽게 적들을 베어 버릴 수 있었고, 칼라모르의 기사들의 돌격은 상상 이상이었다.

멋모르는 초보자들이 만세만 외치고 있을 때에 눈치 빠른 북부동맹군의 유저들은 정신이 번쩍 들었다.

전쟁의 신 위드가 가지고 있는 악명을 감안한다면 외치는 소리가 북부동맹군의 전멸을 원하고 있음이 명백하기 때문이다.

북부동맹군 유저들이 두 손을 번쩍 들었다.

"위드 만세!"

"과연 모라타의 백작이십니다. 패배를 깨끗하게 인정합니다. 다시는 모라타로 쳐들어오지 않겠습니다."

"전쟁의 신 위드에게 패배해서 영광입니다. 가르침을 주셔서 고맙습니다!"

북부동맹군 유저들은 누구도 싸울 의사를 보이지 않았다.

⁂

방송국들은 흥미롭게 모라타의 전쟁을 방송했다.

—북부동맹군이 모라타의 경계를 넘었습니다. 하승태 씨, 섣부르지만 전쟁의 결말은 어떻게 될까요?

—전혀 섣부르지 않습니다. 저도 북부동맹군이 12만이 넘는 병력을 동원할 줄은 미처 짐작하지 못했는데요, 이 전쟁은 해보나마나 북부동맹군의 승리입니다. 북부에 있는 대다수의 길드들이 성공적으로 연합을 한 것 같습니다.

　CHN방송국에서는 딱 잘라서 북부동맹군의 승리를 점쳤다.

　—북부동맹군의 규모가 놀랍습니다. 모라타를 점령하기 위해서 군사비 지출을 아끼지 않았던 여러 길드 마스터들의 노력이 엿보이는 대목이라 하겠습니다.

　—공성 무기들이 많군요. 시청자 여러분은 오늘 내로 모라타가 불타는 장면을 보실 수도 있을 것 같습니다.

　—전쟁의 신 위드의 불패 신화도 여기서 끝인가요?

　—아쉽지만 그렇게 되겠네요.

　CTS미디어에서도 노골적으로 모라타의 패배를 전망했다.

　북부동맹군이 승리하면서 위드가 쓰디쓴 패배를 겪을 거라고 말하는 편이 시청률에 도움이 된다는 판단에서다.

　KMC미디어에서만 중립을 취하는 수준이었다.

　—북부동맹군이 상상외로 거대한 몸집을 드러냈지만 이것은 그만큼 위드의 명성이 크다는 것을 의미하는 것 같습니다.

　—오주완 씨, 무슨 말씀이시죠? 위드가 있기 때문에 북부동맹군도 저 정도의 규모를 만들 수 있었다는 건가요?

　—맞습니다. 이해관계가 다른 길드들이 어느 한 대상을 공격하기 위해 저렇게 뭉칠 수 있다는 자체가, 그만큼 위협적이었다는 뜻입니다.

　—그러면 전쟁의 양상은 어떻게 될까요?

　—북부동맹군의 당연한 우세로 보이겠지만, 전쟁은 정작 뚜껑을 열어

보기 전에는 알 수 없습니다.

　—위드가 이 전쟁을 이길 수도 있다는 말씀인가요?

　—지금 시점에서 꼭 그렇게 말씀드리기는 어렵습니다만, 전쟁의 신 위드가 지금까지 퀘스트에서 보였던 모습들을 되짚어 보자면 아무 대비도 하지 않았을 리가 없겠죠.

　오주완은 신중하게 지켜보는 편이었다.

　모라타의 승리까지 예상하지는 못했지만, KMC미디어에서 위드의 존재는 시청률의 은인이나 다름이 없었다. 국장부터 위드의 열성적인 팬이었으니 직장을 유지하기 위해서라도 험담을 할 수 없는 처지였다.

　칼라모르의 기사들이 나타났을 때에 방송국의 진행자들은 얼이 빠졌다.

　한 왕국의 최대 전력이라고 할 수 있는 칼라모르의 기사들이 이곳에 왜 등장한단 말인가!

　—설마하니 위드가 데려온 걸까요? 위드의 발이 넓다고는 했지만 칼라모르 왕국까지 뻗어 있을 줄은 몰랐습니다!

　—선두에는 콜드림입니다. 콜드림이 직접 칼라모르의 기사들을 지휘하고 돌격하고 있습니다앗!

　—콜드림과 위드는 또 무슨 관계가 있는 걸까요?

　방송국의 진행자들이 급히 목청을 높였다.

　메이런 외에는 콜드림이 위드에 의해서 해방된 것을 몰랐기에 이만저만 놀란 것이 아니었다.

　칼라모르의 기사들은, 전쟁에서 기사들이 어떤 역할을 하고 어떤 위력을 떨칠 수 있는지를 극명하게 보여 주었다.

철퇴와 대검을 휘두르는 무자비한 공격에 전광석화 같은 기동력, 악귀처럼 느껴질 정도로 잘 죽지도 않는다.

기사에 대한 꿈이 생기고, 기사 지망생들까지도 대폭 늘어나게 만들 정도였던 것이다.

칼라모르 기사들의 돌격으로 충격에 휩싸인 것은 북부동맹군의 유저들이 더 심했다. 공포란 아는 만큼 생긴다. 칼라모르의 기사들이 전쟁에서 발휘하는 파괴력을 텔레비전을 통해서만 봤던 유저들은 그 대상이 자신들이라는 사실에 경악했다.

뿔피리 소리와, 실제로 매우 빠른 속도로 돌격하는 칼라모르의 기사들.

당황스러움에 도망치거나 과잉 대응을 할 수밖에 없었다.

마법사들이 기사들을 잡는다면서 마법을 퍼부어 자멸을 자초하고, 모라타 성에서는 초보자들이 대거 밀려왔다.

레벨 300 정도의 고레벨 유저라면 초보자들은 100명이라도 간단하게 죽일 수 있었다. 체력만 뒤따른다면 지쳐서 쓰러질 때까지 계속해서 살육할 수 있다.

스킬을 사용하거나 칼질을 두세 번만 해도 초보자들은 죽었지만, 시야가 협소해져서 자기 주변이 아닌 곳은 신경을 쓰기 어려워졌다.

혼전에서 칼라모르의 기사들은 빛을 발하고, 검치 들은 자신보다 레벨이 높은 이들도 간단히 없앤다.

북부동맹군 유저들은 이미 자신들이 유리하다는 생각을 버렸다. 그들은 초보자들 때문에 발이 묶여 있는데, 모라타의 중간 레벨, 고레벨 유저들은 마음껏 활개를 치고 있었던 것이다.

전장 자체가 난전으로 변하면서 경험과 개인의 전투 능력이 중요해졌다. 초보자들을 모두 물리치고 나더라도 얼마의 유저들이 남아서 싸울 수 있을지 장담하지 못한다.

그리고 등장한 위드와 빙룡, 불사조, 와이번, 킹 히드라, 블랙 이무기!

전쟁의 신 위드가 싸움을 벌이기 전에 노래를 부른다는 건 매우 유명한 사실이었다. 오크 카리취의 전투를 그들도 무척이나 재미있게 보았지 않던가.

'진짜 전쟁이 이제 시작된다.'

'전신 위드의 참전이다.'

노래에 나온 아이템을 착용한 유저들은 북부동맹군에서도 엘리트라고 할 수 있는 최고의 유저들!

정확하게 그들을 집어내며 노래하는 여유까지 보였다.

그리고 이어진 전투에서 위드의 가공할 움직임과, 마법 공격의 충격! 마법 폭발에서 살아남는 광경은 위압감 그 자체였다.

북부동맹군은 싸울 의욕이 사라지다 못해서 더 이상의 무의미한 희생을 늘리지 않기 위해 서둘러 항복을 했다.

북부동맹군이 여러 세력과 길드의 연합이 아니라 1명에 의해서 지휘되는 군대였다면 더 효율적으로 끝까지 버틸 수 있었으리라. 하지만 여러 길드의 연합이라는 점으로 인해서, 한 길드가 먼저 항복하자 전체가 함께 쓰러지고 만 것이다.

―…….

―뭐죠, 전쟁이 어떻게 된 거죠?

―모라타의 승리입니다.

진행자들도 정신없이 빠져들어서 중간에 말수가 줄어들 정도였다. 정리를 해야 되지만, 모라타에서 꾸역꾸역 밀려 나오는 초보자들을 보면서 기가 차서 설명하기도 어려웠던 것이다.

인터넷 커뮤니티들의 게시물들도 폭주 현상을 일으켰다. 자신이 방금 작성한 글을 확인하기 위해서는 페이지를 20개 이상 넘겨야 되었다.

—전쟁의 신은 오늘도 패배하지 않았군요.
—칼라모르의 기사들 덕이 절반은 되죠.
—그 기사들을 데려온 것도 능력입니다.
—북부가 아직은 베르사 대륙에서 주류 세력이라고 할 수는 없습니다. 남부나 동부도 중앙 대륙에 비하면 힘이 많이 약한데 북부는 거론할 필요도 없겠죠. 하지만 오늘의 전쟁을 보니 북부에도 많은 발전 가능성이 있을 듯합니다.
—어떻게 하면 모라타처럼 빠르게 성장하는 도시가 될 수 있죠? 지난번에 방송에 나왔을 때만 해도 모라타는 그저 그런 시골 마을 수준이었는데 말이죠.
—방송을 빼먹지 말고 꾸준히 보세요.
—요즘에 방송 자주 안 보신 것 같군요. 모라타는 일주일이 다르게 바뀝니다.
—제가 모라타에서 시작한 유저인데요. 문화와 예술, 모험, 종교, 상업이 공존하는 도시입니다. 프레야 교단도 있어서 무지 편합니다. 북부라고 해도 크게 모자란 것 없고 잘 지내고 있습니다. 모라타에 꼭 한번 와 보세요.
—위드는 영주로서도 꽤 뛰어난 자질을 갖춘 것 같습니다. 북부에 유저들이 모여든다고 해도 저렇게 빨리 발전시킬 줄은 몰랐는데요. 조각품에 건물들도 엄청 많고, 무슨 예술 회관 건물인가요? 그거 완공되면 엄청나겠더군요.
—족발 다 먹었습니다. 역시 위드! 저를 전혀 실망시키지 않아요. 그가 싸우는 걸 못 봐서 조금 아쉽지만 또 기회가 있겠죠?
—저는 친구들이랑 같이 북부로 떠납니다. 이참에 모라타도 직접 가 보고 북부 구경이라도 해 보려고요.
—위쪽 분, 저랑 같이 가요.

전쟁이 끝나는 순간, 위드의 메시지 창이 시끄러울 만큼 연달아 올렸다.

적들이 항복했습니다.

모라타 주민들의 충성도가 3 오릅니다. 군사적인 힘을 과시하면서 인근 지역에 정치적인 영향력이 15 늘어납니다. 좀도둑이 사라지고, 도적 떼의 침입이 감소합니다. 치안이 13% 오릅니다. 모라타 내에서 일시적으로 소비가 활성화됩니다. 주민들은 승리를 기념하기 위하여 돈을 아끼지 않고 쓸 것입니다. 모라타에서 주민들의 자발적인 승전 기념 축제가 개시됩니다.

조각사 길드에서 전쟁 승리를 위한 기념품을 제작합니다.
비용 5,000골드 소모 예정.

바드 길드에서 전쟁에 대한 공연과 시, 음악을 만드는 대회를 개최합니다.
상금 규모 4,500골드.

베르사 대륙에서 모라타의 지역 명성이 75 오릅니다.
현재의 지역 명성: 469.
지역 명성은 소속된 국가나, 다스리는 영주의 명성이 높을수록 유리합니다. 전쟁의 승리와 패배, 생산물, 교역량, 퀘스트 수행의 빈도, 영주의 원정 퀘스트, 주민들의 규모 등 지역 명성에 영향을 미치는 요인은 매우 많습니다. 지역 명성이 높으면 모라타 출신 유저들이 퀘스트 수행 시에 얻을 수 있는 명성의 획득치가 조금 더 증가합니다. 상인들이 먼 지역의 교역소에 물품을 판매할 때에도 모라타의 물건을 조금 더 우대해 줄 것입니다.

지역 명성의 증가로 새로운 특산품이 등록되었습니다.
모라타의 섬유와 직물 외에도, 프레야 교단의 축복과 비옥한 땅이 만들어 낸
농산물들이 특산품이 되었습니다.

숙련된 양조 기술자들이 갖춰진다면 와인이 추가로 특산품으로 유명해질 가
능성이 매우 큽니다.

모라타에는 우량한 송아지들이 많이 태어나고 있습니다.
충분한 시간이 흐른다면 가축 중에서 소가 특산품이 될 수 있을 것입니다.

트리반 마을 주민 89명이 모라타로 이주합니다.
트리반의 주민들은 모라타가 이룩한 엄청난 문화에 푹 빠져 있습니다.

노로마 마을의 주민 85명이 귀화 의사를 밝혔습니다.
그들은 치안이 안정적인 모라타에서 살고 싶은 욕구가 큰 것으로 보입니다.

프레야 여신을 믿는 북부의 주민들 3,600명이 여신상 주변에서 살기 위해
이사를 시작합니다.

기술자들의 이주!
북부 마을들의 기술자들이 자식 교육을 위하여 모라타에 오고 싶어 합니다.
미래에 대한 가능성이 큰 모라타에서 아이들을 기르고 싶어 하는 것입니다.

에코반 마을의 주민들이 영주에게 시위를 하고 있습니다.
주민들은 모라타처럼 훌륭하게 영지를 다스리지 못하는 무능한 영주를 비난

> 합니다. 그들은 지금의 상태가 지속되느니 차라리 모라타의 영주가 와서 에
> 코반 마을을 다스려 주기를 바랍니다.

전쟁의 패배로 인한, 각 마을 주민들의 대규모 저항!

문화에 의한 종속 상태로 인해, 전쟁에서 패배하자 엄청난 희생을 치러야 했다.

포로 상태로 붙잡혀 있으면서도 영주들의 눈에서는 피눈물이 흘렀다.

> 창고 관리인이 열쇠를 들고 도주했습니다.
> 가족들과 함께 모라타로 이주하려는 것으로 보입니다.

영주들은 진형을 유지하고 있는 동안 조금 남은 사기를 유지하기 위해서라도 외부에 입단속을 철저하게 했다. 하지만 북부의 영주들끼리는 서로 같은 피해를 보고 있기 때문에 모를 수가 없는 처지였다.

"트리반 마을이 큰 피해를 입었다더군."

"케아트 마을도 멀쩡하지는 않아. 수확할 농부들이 모두 도망쳐 버렸다고 해."

"그럼 농사는?"

"빈스터 길드원들이 곡괭이를 들고 고구마를 캐야겠지."

"자네 마을은?"

"우리? 죽지 못해서 살 지경이야. 문화나 예술, 이딴 것들이 이렇게 위력을 발휘할 줄이야 누가 알았겠는가?"

중앙 대륙에서는 문화로 인한 소요 사태가 이 정도로 심하게

벌어지지는 않았다.

각 성들과 마을들이 대체적으로 기초적인 문화 수준은 이루고 있고, 인접 왕국 간에는 적개심이 있어서 괜찮았다.

예술가들의 도시 로디움조차도 자유 도시로서, 외딴 섬처럼 별도로 존재했다.

모라타처럼 특출하게 문화가 뛰어난 장소가 없었던 것이다.

영주들은 문화의 의미나 주민들의 만족도, 예술에 대해서 무감각했다.

하지만 북부의 영주들은 예술의 위력을 절감하고 있었다.

전쟁에서 지자마자 이렇게 많이 빼앗기다니 믿어지지가 않았다.

"이거야말로 문화 침략이 아니고 뭐겠나?"

"창칼보다 무서운 게 펜이라더니……."

전쟁의 뒤처리는 아직 끝나지 않았다.

위드와 길드의 마스터들, 영주들은 한자리에 모여서 종전 협상을 벌여야 했다.

전쟁을 끝내는 데 따른 배상금을 책정하는 자리.

북부동맹군 측에서는 수많은 포로들로 인해서 곤혹스러워하고 있었다.

적어도 7만이 포로로 잡혔다.

일반 병사들은 제외하더라도 유저들만 14,000명은 되었다.

전쟁 배상금을 책정하는 데에 크게 불리한 입장이었다.

스티렌이 먼저 말문을 꺼냈다.

"모라타의 영주님, 훌륭하게 모라타를 다스리시는 부분은 존경해 마지않습니다. 저도 〈마법의 대륙〉 시절부터 1명의 유저로서 위드 님을 존경했습니다."

초보자들과 포로들이 지켜보는 가운데 성벽 위에서 이루어지는 종전 협상이었다.

마법으로 소리를 증폭해서 그들의 대화를 모라타에 있는 모든 사람들이 들을 수 있었다. 방송국의 취재도 이루어져서 생방송 중이었다.

정치와 모략이 판을 치는 자리.

추후 위드가 아니더라도 다른 유저들이 명예의 전당 등에도 동영상을 등록해서 꾸준히 보게 될 테니 매끄러운 언변이 필요했다.

더구나 북부동맹군은 불리한 처지에서 배상금을 협의해야 한다.

스티렌의 아부에도 불구하고 위드는 꿈쩍도 하지 않았다.

'겨우 이 정도인가?'

아부는 상대방의 취향과 성격, 기분을 잘 파악해서 해야 된다. 가려운 부위를 긁어 주는 것처럼 시원하고, 너무 과한 칭찬에 부담스러워서 엉덩이가 들썩거릴 정도는 되어야 진정한 아부라고 할 수 있지 않은가!

협상을 개시하면서 품격 떨어지는 틀에 박힌 아부들은 식상함만 줄 뿐이었다.

"몬스터들이 널려 있는 북부의 모라타에 위드 님이 듬직하게 버티고 있어서 다행이라고 생각합니다. 하지만 우리 마을들이 모라타 때문에 얼마나 많은 피해를 보았습니까?"

"……."

스티렌은 문화와 예술로 인한 손실을 언급하고 있었다.

"많은 돈을 들여서 투자를 해도 모라타로 이주를 해 버리니 우리로서는 굉장한 손해를 보면서 살았습니다."

북부동맹의 영주들은 일제히 고개를 끄덕이면서 그 말에 공감의 뜻을 밝혔다.

돈을 들여서 투자한 인재들이 야반도주를 하였을 때의 안타까움을 모두가 겪고 있었던 것이다.

"모라타를 침공한 것은, 더 이상은 그러한 피해를 당하면서 살 수 없다는 공감대가 이루어졌기 때문입니다. 이번 전쟁의 패배로 인해서도 우리 마을의 주민들이 많이 이주했습니다. 그러니 이쯤에서 너그럽게 종전 협정에 서명을 해 주시지요. 다시는 모라타를 공격하지 않겠습니다."

스티렌은 말을 마치고 나서 슬그머니 눈치를 보았다.

전쟁의 신 위드의 악명이란 더 이상 내려갈 곳이 없을 정도로 최악이었다. 〈마법의 대륙〉에서는, 던전에서 말다툼을 벌이며 싸우던 커플도 위드만 등장하면 손에 손을 잡고 함께 도망칠 정도였다.

위드는 동정이나 자비심과는 거리가 멀었다.

눈에 띄는 대로 죽이고 빼앗고 불태워 버리는, 역사적으로 악랄한 유저!

위드는 팔짱을 끼고 눈을 가늘게 떴다.

할 말은 그게 전부냐는 태도였지만, 실제로는 쓰린 속을 달래기 위해서였다.

'내가 갖지 못한 아이템들… 잃어버린 보신이보다도 더 아쉽구나. 과연 오늘 밤 잠은 제대로 잘 수 있을지.'

위드의 얼굴이 악귀처럼 일그러졌다.

'평생 이 쓰라린 기억을 감당하고 살아야 되겠지. 매일매일 이 순간이 떠오르겠지. 노인이 되어서 재활용 쓰레기를 분리하면서도 오늘의 고통스러운 기억 때문에 괴로워할 거야.'

마판이 위드를 대신해서 나섰다.

"북부동맹군 여러분의 입장은 알겠습니다. 하지만 모라타의 입장에서, 전쟁에서 패배한 쪽의 사정을 모두 봐주어야 할 이유는 없습니다."

"하지만 우리는 낼 돈이 없습니다."

"아무 배상도 하지 않겠다는 뜻은 종전 협상을 끝내자는 말씀 아닙니까?"

"……."

"종전 협상을 여기서 끝내시겠습니까?"

마판이 강하게 나왔다.

종전 협상이 파국으로 끝나면, 항복한 포로들은 재판을 받게 된다.

물론 판정은 위드 본인이나 그가 직접 임명한 사람들이 내릴 것이다.

전쟁 과정에서 모라타의 병사나 유저를 죽였던 사람이라면 감옥이나 수용소에 갇히게 된다.

이러한 처벌을 면하고 싶다면 보석금을 내야 하는데, 만만한 액수는 아니었다.

그래서 끝까지 저항을 하다가 차라리 죽음을 당하는 경우도 많았다.

종전 협상으로 무사히 끝내지 않는다면 소속 유저와 병사들은 영주를 원망하게 될 것이다.

전쟁에서 패배한 쪽이 받아들여야만 하는 아픈 현실이었다.

"북부는 위드 님의 기여로 인해서 탄생한 곳입니다. 본 드래곤을 사냥해서 기후를 따뜻하게 만들고, 모라타를 통해서 모험과 개척을 시작하셨지 않습니까? 위드 님의 공적을 생각해서라도 북부의 마을들은 참았어야 하는데 프레야 교단의 보호가 끝나자마자 한꺼번에 몰려들었다는 것은, 모라타를 차지하고 싶은 탐욕에 눈이 멀었다고 볼 수밖에 없습니다."

마판은 냉정하게 북부동맹군의 영주들을 질타하고 있었다.

힘없는 상인에게는 최고의 쾌감을 안겨 주는 순간이었다.

전쟁 배상금을 뜯어내면 70%는 승리한 쪽의 유저들과 병사들이 나누어 갖는다. 나머지 30%는 영주의 창고로 들어가서 도시 발전에 쓰이게 된다.

모라타의 이득은 마판에게도 바람직한 것이라서 적극적으로 뜯어낼 태세였다.

마판이 단호하게 요구했다.

"유저 1인당 900골드, 그리고 병사들은 200골드의 배상금을 내십시오."

"말도 안 됩니다."

"그렇게 막대한 액수를 내라는 건 과한 요구입니다!"

북부동맹군 영주들은 펄쩍펄쩍 뛰면서도 머릿속으로 계산을 했다.

목숨값이었으니 합리적인 수준의 요구라고 할 수 있었다.

문제는 종전 협상에서 내야 되는 돈은 고스란히 소속 영주의 호주머니에서 나가는데 그만한 돈이 없다는 점!

중앙 대륙의 전쟁에서는 한 번의 싸움에도 몇천만 골드가 오고 가기도 했지만, 북부의 영주들은 대체로 가난한 편이었다. 중앙 대륙에서 자리를 잡지 못한 길드들이 이주해 와서 전 재산을 마을에 투자했으니 여유 자금이 남아 있지 않았다.

"그만한 돈이 없습니다."

"절반으로 깎아 주더라도 내지 못할 겁니다."

북부동맹군이 모은 12만 명의 군대는 중앙 대륙에서도 흔한 규모가 아니다.

반드시 이기리라고 생각했던 전쟁에서 패배를 하고, 또 보기 드문 막대한 인원이 포로로 잡혔으니 영주들도 난처하기 짝이 없었다.

포로들로부터 몸값을 거두어서 납부하는 방법도 있지만, 전쟁으로 이끌었던 영주들로서는 요구할 형편이 안 되기도 했다.

"그래도 1인당 900골드씩은 내야지요. 지금까지 베르사 대륙에서 벌어진 전쟁의 선례를 보자면 굉장히 합리적인 금액입니다."

마판은 영주들의 반발을 보면서 미간을 좁혔다.

낼 돈이 없다는 데에야 어찌할 수 없이 서로의 의견이 평행선을 달려야 했다.

위드는 팔짱을 끼고 잠자코 있었다.

'선이자를 70%쯤 떼고 신용도에 따라서 할부로 납부를 하게 시키면… 반값으로 낮춰 주더라도 매달 이득이 만만치는 않을 텐데. 그리고 연체 이자를 대폭 올리는 수법으로…….'

북부동맹군 영주들과 마판이 서로 곤란해하고 있을 때 위드가 상황 정리에 나섰다.

"배상금은 없는 것으로 합니다."

"네?"

마판은 경악을 금치 못했다.

휘둥그렇게 뜨인 두 눈동자는 진심으로 놀랐음을 드러냈다.

위드의 입에서 나올 소리라고는 절대로 믿기지가 않았던 탓이다.

북부동맹군의 영주들도 마찬가지로 전쟁 배상금을 받지 않는다는 말이 이해가 안 되는 표정이었다.

하지만 위드는 계산을 끝냈다.

'달라고 해도 줄 수도 없는 처지이고, 대출도 곤란해.'

북부 마을들의 영주들이 벌어들이는 수입은 뻔했다.

투자 비용도 거두어들이지 못했으니 이자라도 제대로 낼 리가 만무하다.

무리한 액수를 달라고 하면, 지금은 어찌 넘어가더라도 언젠가 다시 뭉쳐서 2차 모라타 전쟁을 터트리지 않으리란 보장이 없다.

모라타에서는 칼라모르의 기사들을 다시 쓰지도 못하지만, 다음 전쟁에 이겨도 이득이 없다.

그렇게 막다른 길까지 몰리게 되면 미래가 어두운 북부의 영주들이 마을을 처분하고 떠날 수도 있다.

위드가 보기에 북부동맹군의 영주들은 허울만 좋을 뿐 악성 채무자로 봐도 무방했던 것이다.

"배상금은 없고, 포로들은 즉시 해방해 줍니다."

"정말이십니까?"

스티렌이 지금 농담하냐는 듯이 물었다.

이렇게 유리한 처지에서 위드가 자비를 베푼다는 게 납득이 가지 않는 까닭이었다.

"더불어서 약속합니다. 모라타는 다른 마을을 침공하지도 않을 것입니다."

위드의 입장에선 거지들이나 다를 것 없는 마을들을 차지해서 영역을 확장해 봐야 이득이 없었다.

모라타는 백작령으로, 영토가 작지 않다.

영지들의 영역은 고정된 게 아니다. 영지들 사이에 남아도는 땅이 굉장히 많이 있었다.

문화가 확장됨에 따라서 경계도 넓어져서 아쉬울 것도 없었던 것이다.

"상업적인 교류도 제안합니다."

"네?"

"모라타에는 초보자들이 굉장히 많이 늘었습니다. 그것은 여러분도 아실 겁니다."

북부동맹군의 영주들이 고개를 끄덕였다. 직접 겪어 봤으니 누구보다 잘 알았다.

"앞으로 초보자들은 무기와 방어구, 잡화를 포함해서 대량의 자원을 필요로 하게 될 것입니다."

북부동맹군의 영주들에게는 부럽고, 배가 아프고, 무서운 부분이었다.

모라타를 좋아하는 초보자들이 성장을 함에 따라서 다시는 넘볼 수가 없게 될 것이다.

갈수록 강성해지는 모라타를 보면서 눈치를 살펴야 하리라.

"그런데요?"

"초보자들에게 필요한 자원들을 조달해 주셨으면 합니다. 여러분이 가지고 있는 광산이나 논밭에서 거두어들이는 것들을 모라타에 와서 파시면 됩니다. 사냥에서 획득한 물품들도, 초보자들에게 유용하다면 판매하셔도 됩니다."

상업의 허가와 세율 책정 등은 전적으로 영주의 권리다.

초보자들이 만들어 낼 거대한 시장을 북부의 영주들에게 개방하겠다는 뜻이었다.

어려운 협상을 이끌어야 해서 부담이 컸던 스티렌이 환한 표정이 되어서 말했다.

"이런 제안이라면 얼마든지 받아들이겠습니다. 저희에게 왜 이렇게 잘해 주시는 겁니까?"

"중앙 대륙은 상당히 멉니다. 상인들의 마차가 다니기에 시간도 많이 걸리고, 물품들의 가격도 훨씬 비싸집니다. 상인들도 이문을 남겨야 하니 어쩔 수 없겠지요. 우리 북부의 가장 큰 문제는 초보 유저들이 쓸 만한 무기들이 중앙 대륙의 몇 배의 가격으로 팔린다는 겁니다. 이런 일은 옳지 않습니다."

북부의 영주들이 눈을 마주치고는 고개를 끄덕였다.

"저희도 공감합니다. 좋습니다."

"하겠습니다."

마을마다 상단을 만들어서 모라타에서 장사를 한다면 북부 전체의 이권이 훨씬 커질 것이다.

"우리의 발전된 문화 때문에 많은 고생을 하고 있는 것도 압니다."

"……."

영주들에게는 서러움 자체였다.

문화를 따라잡지도 못하지만, 갈수록 주민들이 줄어들고 있으니 답을 찾기 힘든 문제였다.

"모라타에 영주 직속의 문화 사절단을 만들어서, 요청하는 마을에는 파견해 주겠습니다. 문화 사절단이 공연을 하면 여러분의 마을 주민들의 이탈도 감소할 것입니다."

공연을 하면 일시적으로 문화 수치가 크게 올라가고 주민들의 불만도 잦아든다.

사실 모라타 입장에서는 이제 남아도는 바드들이나 댄서들은 골칫덩이였다. 허구한 날 북 치고 하프를 두들기면서 연주를 하고 있었다.

이들을 다른 마을로 보내서 돈을 벌어 오겠다는 계획!

호움 마을의 영주가 물었다.

"하지만 모라타의 문화를 사절단만으로 따라잡지는 못할 텐데요? 근본적인 해답이 되지는 못할 것입니다."

위드가 잠시 그를 노려보았다.

물에 빠져서 허우적거리는 사람을 구해 주었더니 보따리까지 내놓으라고 하느냐는 듯한 사나운 눈빛이었다.

가벼운 태도의 변화였지만 회의의 분위기를 반전시키는 데에는 충분했다.

자꾸 베풀어 주면 그들이 대화를 나누고 있는 사람이 누군지를 잊어버린다.

협박이란 이런 식으로 하는 것.

그러나 입에서는 여전히 호의적인 말이 나왔다.

"모라타에서 화가나 조각사를 고용할 수 있겠죠. 모라타에는 특히 솜씨 좋은 조각사들이 꽤 많습니다. 만들어진 조각품이나 그림 들도 있으니 사 가면 될 겁니다."

예술품의 수출까지 노리는 위드!

빛의 탑이나 여신상 같은 것은 팔아먹을 생각이 없지만, 도시에 점점 늘어나고 있는 예술품들에도 활로가 필요했다.

그러지 않는다면 예술가들의 무덤, 로디움처럼 되지 말란 법도 없는 것이다.

위드가 낮게 가라앉은 목소리로 말했다.

"초보 유저들은 앞으로도 모라타에 많이 생길 것입니다. 하지만 그들이 성장해서 어디로 갈지는 누구도 모릅니다."

"……."

"모라타가 지금은 넓지만 어느 순간부터는 좁게 느껴지겠죠. 퀘스트와 한적한 사냥터를 위해서라도 여러분의 마을에 더 자주 방문하게 될 겁니다. 모라타를 보면 알겠지만, 작은 마을이 발전하는 것은 금방입니다."

위드는 잠깐 말을 끊었다가 다시 이었다.

"영주가 먼저 투자하고, 나쁜 마음으로 대하지 않는다면 그들도 여러분의 마을을 좋아할 것이고, 또 많은 초보자들이 여러분의 마을에서 시작할 수도 있을 겁니다. 잡화점을 세우고, 광장에서 장사를 하고, 갓 시작한 초보자가 분수에서 수통에 물을 채우는 광경을 흔하게 볼 수 있을 것입니다. 오늘의 전쟁으로 인해 초보자들에게 악감정을 가지지 않았으면 합니다."

할 말이 끝났다는 듯이 위드가 자리에서 일어났다. 북부의 영주들도 덩달아서 의자에서 일어났다.

그러자 성벽 아래에서 환호성이 터졌다.

"와아아아!"

"전쟁의 신 위드가 최고다!"

"위드 만세!"

초보자들과, 목숨을 구원받은 북부동맹군 유저들의 환호 소리! 모라타를 침범한 적들까지 품는 위드의 넓은 아량에 대한 찬사였다.

마판뿐만 아니라, 성벽 아래에서 기다리고 있던 페일 일행에게는 충격의 연속이었다.

위드가 빛의 탑을 만들면서 예술성을 보여 주었을 때만큼이나 달라 보였다.

"아니, 이게 무슨… 전혀 위드 님 같지 않은데요."

"자선사업가들이나 할 만한 말 아니에요?"

"어디가 심하게 아프신 건가? 길 가다가 넘어져서 조각품에 머리가 깨졌다든가……?"

마치 사람이 바뀌기라도 한 듯한 태도에, 위드의 정신 건강까지 염려될 지경이었다.

위드의 본모습과는 너무나도 달라서 이해하기가 어려웠다.

방송국의 취재나, 전쟁의 승리로 들떠서 다른 태도를 보일 사람도 아니었다.

제피만이 무언가 골똘히 생각하더니 고개를 끄덕였다.

'협상에서 굉장한 수익을 거두셨군.'

초보자들을 아끼는 영주!

북부 전체의 미래를 염려하고 있는 대영주!

그런데 정작 계산을 해 보면 위드가 손해 본 것은 없고, 앞으로 무궁무진한 이익을 얻게 될 것이다.

북부의 마을들은 필요한 물품을 판매하면서 이득을 얻겠지만 모라타는 세금 수입이 몇 배로 늘어난다.

중앙 대륙에서 가져오는 적은 물량의 교역이 아니라, 북부의 상거래가 활성화되면서 중소 상인들이 설 자리도 생겼다.

북부의 마을들은 전쟁을 벌여야 할 이유가 사라졌다.

문화적인 지원을 받으면서 주민들의 감소 현상도 사라지게 될 것이다.

인근의 광산에서 자원을 캐고, 기술을 발전시켜서 좋은 품질의 물건을 판매하는 편이 당분간 마을의 성장을 위해서 도움이 된다.

평화가 정착되면 북부의 발전은 가속화되리라.

지속적인 긴장 관계가 형성되고, 모라타 외에는 불안하다는 평가가 생겨 버리면 초보자들의 유입도 어느 순간부터는 그칠 것이기 때문이다.

북부 마을들이 특산품들도 개발하게 되면 상인들의 성장과 교역 규모는 훨씬 늘어날 것이다.

장기적으로 보면 북부의 상업 중심인 모라타에는 굉장한 이득이었다.

덤으로 초보자들이 좋은 장비로 빨리 성장할수록 소비하는 규모도 훨씬 커지고 납부하는 세금도 늘어날 것이다.

"그리고 예술품 판매에다 전쟁 방지 작용까지!"

각 마을들의 경제는 당분간은 모라타에 종속된다.

문화 성장을 위해 상당한 양의 예술품을 꾸준하게 수입해야 했다.

그럼에도 상품을 판매하고, 이득을 얻고, 투자를 할 수 있으니 북부 영주들에게도 나쁜 조건이 아니다.

하지만 모라타가 다른 길드나 세력에 넘어가면 교역에서 큰 손해를 보게 되니, 전쟁이 벌어지더라도 모라타의 편에 서야 했다.

모두 그 사실을 알게 될 테니 각 마을들 간의 국지전은 벌어지더라도 모라타를 향한 2차 전쟁은 벌어지지 않을 것이다.

제피는 위드의 새로운 면모를 본 것 같았다.

북부동맹군은 명백히 적이었다.

적들을 증오하지 않고 복잡하지만 합리적인 판단까지 내릴 수 있다니.

"전략이나 행정, 정책으로 내린 결론이 아니야. 역시 무서운 눈치와 잔머리야!"

착취를 할 때와 베푸는 척하면서 거두어들일 때를 정확히 구분한다.

위드의 돈에 대한 집중력과 결정은 어긋나는 경우가 거의 드물었다.

~~~※~~~

"신선한 풀죽입니다."

승리를 자축하는 축제가 벌어지는 모라타!

초보자들이 환희에 들떠 있었다.

위드도 마찬가지로 즐거웠다. 입꼬리가 올라가 있는 것만 보아도 알 수 있었다.

시청률이 폭발하고 있어요. 전쟁 영상의 생방송으로는 열 손가락 안에 들 정도의 시청률이에요!

메이런의 귓속말이 그를 즐겁게 만들었다.

KMC미디어를 비롯해서, 군소 방송국들까지 합치면 총 12개의 방송국들이 모라타 전쟁을 방송했다.

그들은 위드나 침공한 쪽 모두에게 광고비의 일정 비율을 중계권료로 지급한다.

돈, 현찰이 들어오는 것이다.

"참 아름다운 세상이야."

위드는 호의를 베풀어서 전쟁에 참여한 이들에게 풀죽과 풀술을 무제한으로 하사했다. 영주의 곳간을 열어서 모라타의 주민들과 유저들이 즐길 수 있도록 한 것이다.

아르펜의 특수 곡물 창고에 저장된 풀죽과 풀 술을 무료로 방출합니다.

모라타의 축제에 5만 골드를 사용합니다.

영주의 푸짐한 배려였다.

돈이 아깝기는 하지만 지금은 써야 된다.

거리에는 멧돼지나 사슴의 바비큐들이 구워지고, 풀 술이 담긴 나무통이 가득 쌓였다.

"마음껏 마셔라!"

풀과 잡다한 열매들을 섞어서 만든 새로운 특허 아이템!

나무껍질을 넣어서 쓴맛을 더하고, 상추와 복분자도 넣어서 영양가를 더했다.

위드는 약초학을 바탕으로 중급 요리사답게 끊임없이 술에 대한 연구를 하고 있었다. 그리고 급기야는 새로운 술 제조 비법으로 풀 술을 만들어 낸 것이다.

'술이 돈이야.'

술만큼 유통기한 길고, 보관 편하고, 잘 팔리는 상품도 흔하지 않다.

베르사 대륙에서 술만 전문적으로 빚는 직업이 각광을 받을 정도였다.

술뿐만 아니라 음식의 제조법도, 마법 스크롤만큼 비싼 가격에 거래되기도 했다.

맛과 영양가가 좋은 제조법을 만들어 내면 그 음식의 가치를 인정받아서 숙련도와 명성 등을 올릴 수도 있었다.

위드가 새롭게 만든 풀 술은 저렴한 재료들을 모아서 최대한의 영양과 맛을 추구하는 것!

"풀 술이다!"

"맛있는데?"

초보자들은 풀 술의 맛에 놀라워했다.

비싼 명주들과는 비할 바가 아니었지만, 없는 돈에 마시기는 좋은 술이었다.

"건배!"

"모라타를 위하여, 우리 초록모자 모임을 위하여!"

"진성초등학교 49회 동문회 여러분, 우리가 해냈습니다."

초보자들이 밝게 웃으면서 행복해했다.

도처에서 축제와 행사가 벌어지고, 반면 사냥을 하기 위해 떠날 준비를 하는 유저도 상당수 있었다.

전쟁을 경험하면서 무력함을 크게 느꼈다.

강해지기 위해서 도시 밖에서 사냥을 개시하는 초보자들.

위드에게는 긍정적인 현상이었다.

"저들이 다 나의 세금 줄이 되어 주겠지."

세금은 많이 거둘수록 좋다.

모라타의 유저들이 많아질수록 여러모로 긍정적인 효과가 발생할 것이다.

검치 들도 광장에서 거나하게 바가지에 풀 술을 따라서 마시고 있었다.

살아남은 북부동맹군의 유저들도 전부 철수하지 않고 모라타의 축제를 즐기고 있었다.

많은 사람들이 행복해하고 있을 때였다.

위드가 영주 성에서 음산한 분위기를 풍기며 영주의 권한을 발동시켰다.

"이틀간 도시 세율 2% 증가!"

띠링!

이틀 동안 임시 세율을 적용합니다.
상점에서 판매하는 물품의 세율이 5%에서 7%로 바뀌게 됩니다.

축제는 성수기라고 할 수 있다.

물건들이 많이 사고팔리고, 흥청망청 먹고 소모하는 시기.

적당한 세금 인상으로, 그동안 투자한 비용을 회수하기 위한 조치였다.

"이런 분위기에서 영주에게 따지려고 하는 사람은 없겠지."

공짜 풀죽과 풀 술을 지급하는 데에는 다 이유가 있었다.

세상에 진정한 공짜란 없는 법!

조각품의 역사

중앙 대륙의 영주들은 위드를 좋아하지 않는 편이었다.

"〈마법의 대륙〉에서 조금 명성을 날렸다고 해서 〈로열 로드〉에서도 함부로 구는 건 용납할 수 없는 일이야."

"전쟁의 신 위드? 중앙 대륙에 있었다면 일개 군단만 파견해도 잿더미가 되어 버렸을 군소 영지 영주에 불과한 주제에 말이지."

"잔재주에 불과한 퀘스트나 하면서 까부는 게 불쾌하군."

중앙 대륙의 영주들은 스스로를 피의 역사를 쓰면서 버텨 왔다고 생각했다.

〈로열 로드〉의 초창기부터 남들보다 두각을 드러내고, 유저들을 포섭해서 세력을 키웠으며, 전쟁을 승리로 장식하며 살아남았다.

영주들이 거느린 군대는 정예병만 8만이 넘는 경우도 많았다. 소속된 영토 내에서 활동하는 유저들의 숫자도 엄청났다.

"모라타 따위는 아무것도 아니야."

위드에 대한 반감과 질투!

퀘스트나 전쟁에서 유저들을 열광시키는 모습이나 그가 쌓은 명성은 생각만 해도 짜증이 날 지경이었다.

다수의 초보자들이 모라타를 근거지로 하는 것도 신경이 쓰였다.

"조각품이 살아서 움직이다니… 조각품을 만들면 그것과 비슷한 몬스터를 소환할 수 있는 건가? 퀘스트이거나 조각술에 뭔가 감춰졌던 비밀이 있었던 거야."

"어쨌든 북부는 슬슬 영양가 높은 노른자위 땅이 되고 있어. 중앙 대륙이 안정화에 이르기만 하면 모라타를 점령해 버려야겠군!"

단단히 벼르고 있는 영주들이 많았다.

하지만 헤르메스 길드의 바드레이만큼 이번 전쟁의 결과를 기다렸던 사람도 없었다.

바드레이는 일부러 텔레비전도 안 봤다.

평소처럼 사냥에 충실하면서 위드의 처참한 몰락의 소식을 기다렸다.

정보 담당 스티어가 북부의 동향을 주시하면서 보고를 하고 있었던 것이다.

모라타 전쟁 소식을 들은 바드레이의 표정은 변화가 없었다.

"위드가 승리를 했다라."

"예. 모라타의 피해도 크지 않습니다. 북부동맹군이 여러모로 무능했고, 단합도 잘되지 않았습니다."

"그래도 모라타의 전력이 그렇게 컸나?"

바드레이가 이해가 안 간다는 듯이 되물었다.

각 방송국마다 전쟁 며칠 전부터 양측의 전력을 분석하는 보도를 했다. 모라타에 대해서 듣기로는 분명 북부동맹군을 압도할 정도는 아니었다.

"위드가 대활약을 펼쳤나 보군."

"예. 그렇습니다. 정말 말로 표현할 수 없는 대활약을 펼쳤습니다."

"……."

"모라타의 유저들 대부분을 전쟁에 가담시키는, 사람을 끌어들이는 그 힘이나 능수능란한 전술, 칼라모르의 기사들을 부리는 것 등 어느 하나 빼놓을 수 없는 장면들입니다. 인터넷 게시판이 지금 난리가 났습니다."

바드레이는 여전히 담담한 얼굴이었다.

북부에서 벌어진 사소한 일 따위가 헤르메스 길드의 총수이며 하벤 왕국의 최고 권력자를 흔들어 놓을 수는 없다는 듯이 표정에 변화가 없었다.

하지만 내심은 그렇지 않았다.

'위드가 지휘한 전쟁에서 북부동맹군이 항복을 했다라……!'

바드레이의 기분을 망쳐 놓기에 충분한 일이었다.

"썩은 단검 팝니다. 배추도 잘 잘리고 몬스터 사냥에는 최고

예요."

"구부러진 철검 팔아요. 목검밖에 없는 분들, 이참에 든든한 검 하나 장만해 보세요. 싸게 드릴게요."

"생명을 지켜 줄 가죽 갑옷 팝니다. 가슴 부위는 찢겨서 없지만요, 다른 부분은 비교적 멀쩡해요."

적게는 몇 쿠퍼, 비싸도 5골드를 잘 넘지 않는 초보자들끼리의 거래! 와이번 광장, 빙룡 광장, 빛의 광장, 황소 광장에는 유저들로 북적거렸다.

미리 4개나 되는 광장을 더 만들었을 때에는 인적도 뜸하고 황량한 느낌까지 들었다. 하지만 모라타 전쟁으로 인하여 초보자들이 대대적으로 늘었다.

방송 후에는 〈로열 로드〉가 막 문을 열었을 때의 초창기처럼 초보자들이 밀려들고 있었다.

"보리빵 3개 남는데, 팔아요."

"그거 팔고 뭐 먹고 살려고 그래요?"

"무기부터 장만하고 어떻게든 버텨 보려고요."

"쯧쯧, 마을에서 물이라도 많이 드세요. 물로라도 배를 채우면 포만감이 잘 안 떨어져요."

"고맙습니다."

찬 바람이 지나고 난 후의 봄의 대지처럼 생동감이 넘치는 모라타였다.

초보 상인들은 특산품을 1~2개라도 사서 운송하고 있다.

파보가 짓는 예술 회관의 건설 현장에는 수만 명의 초보자들이 달라붙어서 전광석화처럼 일을 해치운다.

위드는 방학 기간 동안 해야 할 일이 많았다.

"조각품 복원도 끝마쳐야 되고, 사냥으로 레벨도 올려야 돼. 지금처럼 마음 놓고 집중할 시간이 겨울방학이 아니고는 없을 거야."

여행을 다녀와서 가뜩이나 짧아져 버린 여름방학!

"스탯 창!"

캐릭터 이름: 위드

성향: 도전적임　　　레벨: 368　　　　직업: 전설의 달빛 조각사!

칭호: 이무기를 사냥한 지휘관

명성: 29,726	생명력: 31,360	마나: 14,405
힘: 1,315	민첩: 1,005	체력: 159
지혜: 189	지력: 184	투지: 479
인내력: 695	예술: 1,621	카리스마: 360
통솔력: 672	행운: 215	신앙: 135+435
매력: 210+30	맷집: 419	정신력: 25
용기: 95	공격력: 5,329	방어력: 1,761

마법 저항: 불 27%, 물 31%, 대지 35%, 흑마법 50%

＊모든 스탯에 20개의 포인트가 추가된다. 예술에 추가로 80개의 포인트가 부여된다. 달이 뜨는 밤에는 30%의 능력치의 향상이 있다.

＊아이템 특화.

＊모든 생산 스킬을 마스터의 경지까지 배울 수 있게 된다. 모든 아이템 제조와 제련의 스킬에 우대 적용. 최고급 스킬들을 배울 수 있다.

＊특이하거나 예술적 가치가 높은 조각품을 만들면 명성이 상승한다.

＊조각품과 생산 스킬, 전투 경험, 퀘스트로 인하여 전 스탯이 113 증가한다. 조각품과 생산 스킬만으로 전 스탯을 100개 이상 증가시키면 대장인의 칭호를 얻을 수 있다.

＊착용하고 있는 바하란의 팔찌로 인하여 전 스탯이 15 증가한다.

위드의 레벨은 조각품에 생명을 부여한 탓에 다시 368이었다. 레벨을 올릴 때마다 힘과 민첩에만 모든 스탯 포인트를 분배하고, 나머지는 퀘스트와 장비, 조각품으로 알차게 올린 스탯들이다.

스탯 창만 해도 노가다의 흔적이 여실하게 남아 있었다. 〈로열 로드〉의 홈페이지를 보면 자기의 스탯을 자랑하는 게시판이 있다. 그중 누구도 따라오지 못할 정도의 스탯 창이었다.

"빙룡이나 금인이, 이무기나 킹 히드라는 물론이고 와이번보다도 낮은 레벨이야."

퀘스트를 하다 보면 레벨이 잘 오르지 않는 단점이 있다.

퀘스트의 성공에 매달리느라 준비를 해야 했으니 사냥에만 집중할 수 없는 환경이기 때문이었다.

레벨이 너무 낮아서는 강해질 수 없다.

공성전을 준비하면서도 병사들을 키우느라 전투를 거의 하지 않았으니 스킬 숙련도도 올리지 못했다.

"텔레비전을 보면 레벨 420대의 유저들도 꽤 될 거라는데… 이대로 멈춰 있을 수는 없지. 먼저 옥새부터 복원해 보자."

위드는 영주 성의 골방에 들어갔다.

"조각품은 마음이야. 진정한 마음이 깃들지 않으면 훌륭한 작품을 만들 수 없어."

조각 복원술을 위해서는 부수고 고치는 일을 반복해야 된다.

예쁘고, 화려하고, 귀한 조각상을 만들어서 그렇게 할 수는 없었다. 깨뜨리고 다시 복원을 하면서 노가다처럼 느껴질 수도 있기 때문이다.

"진정한 노가다란, 노가다를 하면서도 하는지를 몰라야 돼."

감정의 이입을 위한 조각품 선정에 고뇌의 시간 3초!

"이놈들이면 되겠군."

위드는 돈 귀신 조각품 7마리부터 만들었다.

이마에 돈을 달라고 쓰여 있고, 뻔뻔한 표정으로 돈을 맡겨 놓기라도 한 것처럼 손바닥을 내밀었다.

얄밉게 생겼을 뿐만 아니라 험악한 표정까지 지었다.

옆구리에는 일수 가방까지 들고 있는 영락없는 돈 귀신들!

표현과 묘사를 어찌나 세밀하게 했는지 걸작 조각품이 나왔다고 칭찬마저 자자할 정도였다.

위드는 완성된 조각품을 잠시도 바라볼 수 없었다.

"이야합!"

콱콱! 와장창! 퍼석!

조각품들을 밟고 던지고, 망치로 때려 부쉈다.

이단 날아 차기에 눈 찌르기, 관절꺾기, 목 비틀기까지 이어지는 연속기!

"이놈의 돈 귀신들!"

원한과 증오를 담아서 행하는 보복 행위였다.

> 조각품을 훼손하였습니다.
> 명성이 5 하락합니다.

위드는 다시 깨진 조각품들을 이어 붙이고, 완전히 파괴된 것들은 새로 만들었다. 방금 만든 조각품이라서 기억에 남아 더 쉽게 만들 수 있었다.

조금 전보다 더 얄미운 인상의 돈 귀신들이 금방 복구되었다.

"이 지긋지긋한 돈 귀신들!"

만들고 부수고의 반복!

시간이 정신없이 흘렀다.

> 조각 복원술의 스킬 레벨이 중급이 되었습니다.
> 조각품의 내구력이나 광택이 더욱 좋아집니다. 기억력이 좋아져서 지식이 20 오릅니다.

걸작 조각품으로 하는 수련이라서 초급은 무난하게 넘었다.

복원술이 중급이 되었을 때에는 돈 귀신이 슬슬 질려 왔다.

"더 참신한 조각품이 필요해. 내 증오와 열정을 더욱 끌어올려 줄 수 있는 걸로!"

이번에는 돈 먹는 하마 조각상을 제작했다. 누렁이만큼 큰 몸집의 하마가, 바닥에 떨어진 1쿠퍼짜리 동전들을 주워 먹으려고 하는 끔찍한 순간을 조각한 것이다.

돈을 먹으려고 하는 하마의 탐욕스러운 표정과 뱃살의 출렁거림까지 표현된 걸작!

돈의 소중함을 일깨워 준다면서 1,400이 넘는 예술적 가치를 부여받았다.

"죽어라!"

위드는 하마를 불로 태우고, 인두로 지지고, 거꾸로 매달았다. 역사적으로 인간이 행했던 온갖 잔혹 행위가 돈 먹는 하마에게 저질러졌다.

누렁이는 암소들과 뒹굴고 나서, 주인의 곁에서 잠을 청하기 위해 돌아와서 그 광경을 목격했다. 와이번과 금인이, 빙룡이는 영주 성의 창문에서 위드의 행동을 지켜보았다. 추위에 강한 빙룡이의 몸체까지 덜덜덜 떨고 있었다.

"주인의 말을 잘 들어야겠다."

"우리가 하마가 아니라서 정말 다행이다."

조각 생명체의 충성도 최절정!

위드는 돈 먹는 하마를 고치면서 조각 복원술을 중급 7레벨까지 달성했다.

나흘에 걸친 노가다의 결실. 학교에 가거나 다른 잡다한 일을 하지 않고 순수하게 〈로열 로드〉에만 투자한 덕분이었다.

"이제 아르펜 제국의 옥새를 복원할 때야."

위드는 옥새를 조심스럽게 꺼냈다.

부서지지 않도록 고급 천으로 잘 싸 놓은 귀한 조각품이었다. 오래 시간을 끌지 않고, 익숙할 때에 해치우려는 것이다.

"일단 이 조각품을 복원해야 되는데……."

스킬은 올랐지만, 사실 조각품을 많이 복원해 본 건 아니라서 어디서부터 손을 대야 할지 막막하다.

"게이하르 황제가 만들었던 장면을 조각품의 추억으로 보지 않았다면 시도하기도 어려웠겠지."

기억에 남는 조각품의 모습을 떠올리면서, 금을 바르고 옥을 이어 붙이기로 했다.

가지고 있던 전리품 중 고대 금화들을 녹인 후에 복원에 쓰기 위해서 준비했다.

"조각 복원술!"

스킬을 사용하면서 금을 찍어 바른다.

원래의 형태로 다시 만들어 내는 것이다.

파아아앗!

묵은 때가 제거되고, 황금빛 드래곤의 닳고 없어진 부분들에 복구의 손질이 가해졌다.

세월의 흔적으로 깨지고 균열이 간 부분도 보수했다.

"밑바닥도 고쳐야 되겠군."

대륙의 지배자를 상징하는 옥새였지만 도장 부분도 굉장히 중요하다.

위드는 마법으로 만든 접착제를 이용해서 도장을 찍으면 아르펜이라는 글귀가 나오도록 조심스럽고 꼼꼼하게 손질했다.

조각 복원술이라는 스킬에 의존하고는 있었지만, 아르펜 제국의 옥새는 오래된 골동품이라서 금방이라도 깨질 것처럼 위태로웠다.

그래도 조각 복원술 덕분에 고치는 와중에 옥새가 깨지거나 균열이 심해지지는 않았고, 예전의 자태를 점점 되찾을 수 있었다.

황금빛 드래곤을 잡고 찍는, 권위로 가득한 도장의 재현!

해지고 다 찢어진 청바지를 새것처럼 고쳐 놓은 수준이었다.

조각품을 복원하였습니다.
조각 복원술의 스킬 숙련도가 크게 향상되었습니다. 오래된 조각품을 복원하여 예술 스탯을 3 얻었습니다.

오래된 골동품치고는 말끔한 모습이었지만, 무언가 엄청난 조각품이라는 느낌은 들지 않았다.

"성공인가?"

위드는 옥새를 보면서 찜찜한 기분을 감추기 어려웠다.

마치 김치 없이 밥을 먹는 것처럼 뭔가 결정적인 부분이 빠져 있었다.

"감정!"

알 수 없는 황제의 옥새

베르사 대륙의 역사와 함께했던 귀한 옥새. 실력의 한계를 짐작하기 어려운 조각사가 만들었다. 믿음직스러운 조각사가 복원했지만, 세월의 한계로 인해 예전의 수준으로는 돌아오지 않았다.

내구도: 24/30

예술적 가치: 43,100

옵션: 기품 +95. 카리스마 +55. 병사들의 충성심과 사기의 최대치를 20% 증가시킨다. 소유자의 육체에 해로운 모든 마법들에 대한 저항력 55%. 귀족들과 기사들을 주눅 들게 만들 수 있다.

"복원이 완전히 되지는 않았군."

옥새의 부족한 부분만 채워 넣느라, 조각품의 느낌을 되살리는 데에 무감각했을지도 모른다.

오래되고 파손이 심한 조각품을 완전하게 복원하기 위해서는 게이하르 황제의 입장을 헤아려야 했다.

아예 다시 만드는 것처럼 혼신의 노력을 다해야 했다. 예술품을 고장 난 자전거 고치듯이 할 수는 없는 것이다.

"황금 드래곤은 제국의 권위와 통치력을 상징한다. 게이하르 황제가 막 만들었을 때 이 옥새는 밝은 빛을 뿌렸지."

작업을 재개하면서 위드의 손놀림은 더욱더 신중하고 느려졌다.

"황금 드래곤을 통째로 다시 만든다고 생각해야 해. 완전히 예전과 똑같은 형태로, 그리고 제국의 찬란함을 보여 줄 수 있도록 표현해야 한다."

조각술은 재질에 굉장히 민감하다.

거친 암석을 바탕으로 조각을 하면 투박한 자연미가 생기고, 대리석이나 청동으로 만든 조각품들은 재질이 매끄럽다.

작품에서는 조각한 물체에 대해 표현상으로 결정적인 차이를 줄 수 있었다.

황금은 무르고 약한 성질 탓에 조각하기가 상당히 어려운 재료였다.

가격도 비싸서, 완성된 조각품에 금칠을 하는 정도로 타협을 보는 경우도 많다.

완성된 황금 조각품은 귀금속 특유의 광채와 재질 덕에 더없이 아름답지만 흔히 발견하기는 어려웠다.

"게이하르 황제가 제국의 상징을 황금으로 만든 것에는 이유가 있어."

입체로 표현하는 모든 게 조각품이라면, 필연적으로 빛에 의해 좌우될 수밖에 없다.

대체로 건축에 쓰이는 조각품들은 많은 빛을 받아들일수록 장엄하고 웅장한 느낌을 준다. 하지만 바위를 이용해 동물이나 사람을 조각해 놓은 일반적인 조각품들은 너무 밝은 곳보다는 실내에 놔두는 편이 낫다.

조각품에 빛이 어디서 어떻게 작용하느냐에 따라서 전혀 다른 느낌이 되기도 한다.

밝음과 어둠까지 감안해서 만드는 것이 훌륭한 조각사, 빛을 터득한 조각사인 것이다.

황금빛 드래곤은 태양 같은 권위를 가진 빛을 지배하는 조각품이었다.

"빛의 조각술. 황제의 권위를 만천하에 뿌리는 조각품이다!"

황금빛 드래곤도 역시 빛의 조각술을 기반으로 만들어진 작품이었다.

위드도 빛의 조각술을 사용하면서 옥새를 복원해야 했다. 조각품의 고유한 빛을 되찾아 주기 위해서였다. 따라서 손놀림이 더욱 느려졌다.

손길이 닿는 부위마다 역사 속에 사라졌던 제국의 영광을 되살리듯이 황금빛 드래곤이 빛무리를 뿌려 낸다.

찬란한 아르펜 제국의 영광, 황금빛 드래곤의 부활.

위드는 할 수 있는 최선을 다해서 작품을 복원했다.

띠링!

알 수 없는 황제의 옥새를 복원하였습니다.
아르펜 제국의 옥새! 전 대륙의 지배자를 상징하던 물건이 긴 시간을 되돌려서 다시금 그 모습을 드러냅니다.

옥새를 복원함으로 인해서 조각술 스킬 숙련도가 3% 상승하였습니다.
조각 복원술 스킬이 중급 8레벨이 되었습니다. 손재주 스킬 숙련도가 9% 상승하였습니다. 예술 스탯이 37개 올랐습니다.

대륙의 지배자의 도장

베르사 대륙의 지배자가 가지고 있던 옥새. 조각술의 정점에 선 자가 만들었다. 옥새에 남아 있는 흔적을 통해서 오래된 것들을 추억할 수 있을 듯하다.

내구도: 38/60

예술적 가치: 49,400

옵션: 명성 +3,000. 기품 +105. 명예 +60. 카리스마 +70. 황제의 권위 사용 가능. 병사들의 충성심과 사기의 최대치를 25% 증가시킨다. 소유자의 육체에 해로운 모든 마법들에 대한 저항력 60%. 귀족들과 기사들을 주눅 들게 만들 수 있다. 기억력 좋은 황금새가 찾아오게 된다.

역사적 보물을 소유함으로써 스탯이 생성됩니다.
스탯, 기품이 생성되었습니다.

기품

왕족이나 귀족, 기사가 가지는 품위. 귀족 사회에서 기품은 대단히 중요하며, 주민들에게도 존경을 받을 수 있다. 주민들의 세금 납부에 대한 불만을 줄여 준다. 레벨 업이 될 때마다 스탯을 투자할 수 있다. 주민들의 요구 사항을 현명하게 처리하거나 국왕의 명령을 충실히 이행했을 때에도 스탯이 오른다. 보물과 예술품을 많이 보유하거나, 성과 별장을 건축해도 올릴 수 있다.

새로운 스탯을 얻었지만, 위드는 지금까지 그래 왔듯 힘과 민첩에만 모든 스탯 포인트를 분배하는 방식을 그대로 유지할 작정이었다.

기품 스탯은 옥새를 제외하고도 여러 무기나 방어구에 적용되고 있어서 딱히 올릴 필요를 느끼지 못했다.

"기품도 식후경이지. 먹고살 만해진 다음에야 기품 같은 데

관심이 생기는 거야.”

　그리고 다시 위드의 눈에 황제의 도장에 간직되어 있는 영상이 흘러들었다.

〰️✦〰️

　번성한 아르펜 제국!

　대리석으로 된 아름다운 신전들이 세워져 있고, 수많은 생명체들이 살아가고 있었다.

　조각품으로 만들어진 생명체들이 일을 하면서 인간들의 업무를 분담해 주었다.

　창을 들고 있는 조류가 군사가 되어서 몬스터를 퇴치했고, 큰 짐승들이 땅을 갈고 씨앗을 뿌렸다.

　하지만 그 대가로 인간들은 나태하고 게을러졌다.

　“노세. 노세. 젊어서 놀고 늙어서도 노세.”

　“여기 술 가져와, 술!”

　아르펜 제국의 수도에서는 대낮부터 고주망태가 되어 버린 인간들을 흔히 볼 수 있었다.

　게이하르 폰 아르펜 황제의 통치가 너무도 훌륭하다 보니 벌어지게 된 일!

　인간들의 삶이 편해지면서 검술과 마법, 학문이 퇴보하게 되었다. 조각 생명체들은 날로 학대와 착취를 당하고, 비참하게 부려지고 있었다.

　게이하르 폰 아르펜 황제는 슬픈 결단을 내렸다.

"내가 만든 생명체들이여!"

아르펜 제국의 전역에 있던 조각 생명체들이 그의 명령을 기다렸다.

"너희에게는 인간들의 말에 복종해야 할 의무가 없다. 누구의 명령도 따르지 말고 스스로의 자유를 가져라!"

조각 생명체들에 대한 해방 선언!

게이하르 황제가 죽고 난 이후로, 조각 생명체들은 누구의 명령도 따르지 않았다.

국경을 지키던 조류는 그들만의 왕국을 만들었다.

조인족들의 국가.

천공의 도시 라비아스에서 봤던 조인족들의 선조가 놀랍게도 조각 생명체였던 것!

그뿐만이 아니었다.

오크나 트롤, 오우거처럼 흔한 몬스터가 아니라, 정글이나 깊은 숲에서 살아가는 기기묘묘한 생김새와 색채를 가진 몬스터들. 그들의 선조들 상당수가 조각 생명체 출신이었다.

인간을 피해서 사는 조각 생명체들이 정글이나 동굴 속에서 마주쳤다.

"너 출신이 어디야."

"훗. 게이하르 황제께서 35세에 만들었거든."

"까불지 마. 난 25세에 제작되었어."

"선배님, 몰라 뵈어 죄송합니다."

해병대 기수를 능가하는 엄격한 선후배 체제!

조각 생명체들은 자신만의 세상을 구축하고, 시간이 흐름에 따라서 베르사 대륙에서 조화를 이루었다.

게이하르 황제가 만든 조각 생명체들의 일부는 몬스터로 불렸다. 영역에 대한 강한 집착을 가지고 있는 그들은 인간의 침범을 용납하지 않았기 때문이다.

인간들과의 분쟁도 벌어지게 되면서 멸망하거나 혹은 싸움에서 승리를 거두었다.

인간들 중에서는 몬스터를 만든 게이하르 황제를 원망하는 소리가 자연히 커지게 되었다.

베르사 대륙을 통일한 영광스러운 아르펜 제국도 조각 생명체들이 떠나가고 나니 빠르게 몰락했다.

그 후로 게이하르 황제와 조각술이 매도당하고, 역사서에서도 그들에 대해서 이야기하지 않게 된 것이다.

엄청난 시간이 지나고 나서 대부분의 조각 생명체들은 그들의 기원에 대해서는 잊어버리게 되었다. 하지만 깊은 동굴이나 바다, 하늘에서는 인간들을 피해서 여전히 생존하고 있었다.

⁂

위드는 두 번째로 나온 영상을 보고 가볍게 몸을 떨었다.

"조각 생명체들이 몬스터의 원조라니……."

몬스터의 일부에 국한되었을 뿐이지만, 이 사실이 알려진다면 조각술이 엄청난 지탄을 받을 것은 분명한 일!

조각사에 대한 경계심이 커질지도 모른다.

아직까지만 하더라도 조각사에 대한 인식은 좋은 조각품을 만드는 정도에 그치고 있었다.

위드는 억지로 입 꼬리를 올리며 썩은 미소를 지었다.

"하지만 굳이 알려질 필요는 없는 사건이군."

반드시 진실이 밝혀져야 좋은 것은 아니다.

때론 역사 속에 묻어 둬야 할 진실도 있는 법.

게이하르 황제가 수많은 조각 생명체들을 만들었고, 그들 일부가 자유를 얻어 몬스터화했다고 해도 사실 끔찍해할 만한 일은 아니다.

"나쁘게만 볼 일이 아니야. 이게 알려지지만 않으면 되니까."

우유를 다 마시고 나서 유통기한이 스무 날이나 지난 것을 봤을 때에도 위드는 웃었다.

"괜찮아. 알고 먹는 것보단 낫잖아."

사약도 모르고 먹으면 한약!

남들에게 들키지만 않으면 조각사가 비난받을 일은 없다. 다른 조각사가 이 사실을 알더라도 역시 입을 다물 것이다.

이거야말로 동업자 정신!

음머어어어어.

어느새 영주의 방으로 들어온 누렁이가 가늘고 길게 울었다.

목격한 소가 있었지만 입막음은 쉬웠다.

"정력 보강을 위한 약초 두 뿌리 줄게."

고마움에 금세 머리를 비벼 대는 누렁이였다.

주인을 닮아서 뇌물이나 보상에 약했던 것이다.

위드는 생각보다 베르사 대륙에 조각술이 지대한 영향을 끼쳤다는 것을 알고 내심 많이 놀랐다.

"조각술 퀘스트를 진행하면서 알게 되는 배경들이 굉장하군."

간단한 조각술 퀘스트들이야 스킬의 숙련도를 올려 주고 돈과 같은 약간의 보상 정도를 얻을 수 있을 뿐이다.

하지만 어느 정도 난이도가 높고 모험이 필요한 퀘스트들을 진행하다 보면 조각술이 베르사 대륙의 역사에서 어떤 역할을 했는지를 자연스럽게 알게 된다.

조각술 스킬의 가능성을 발견하는 것 또한 두말할 필요가 없는 일이었다.

인류의 역사에도 조각술은 많은 기여를 하였다.

원시시대에는 사냥감을 조각하여 용기를 북돋기도 했고, 선대로부터 사냥법을 전수하고 필요한 물품들을 제작했다.

조각술은 입체적으로 표현하는 모든 것들의 근본이 되었다. 반드시 존재할 수밖에 없는 예술이라는 점을 감안한다면, 베르사 대륙에서 이 정도의 위치라는 게 새삼 놀라운 것만은 아니었다.

유령선

"조각품에 생명 부여 스킬을 미리 알고 있지 않았다면, 이 추억을 보고 나서 게이하르 황제가 남겨 놓았을지도 모를 유산을 찾아야 된다고 생각했겠지. 감정!"

위드는 옥새에 조각품의 추억 스킬을 다시 사용했다. 그러자 니플하임 제국의 과거도 볼 수 있었다.

게이하르 황제가 만든 아르펜 제국의 옥새는 전란을 거쳐서 니플하임 제국으로 넘어갔다.

기사의 제국. 충직하고 명예를 아는 기사들은 척박한 북부에서 인간의 영토를 넓혔다.

그리고 꽤 긴 시간이 흘렀다.

융성했던 니플하임 제국에 대규모 몬스터 침입이 일어났다.

위드는 수도 모드레드의 성벽을 일거에 무너뜨리고 침공한 몬스터 군단을 볼 수 있었다. 본 드래곤을 비롯한 수많은 몬스터들이 인간들의 집을 무너뜨리고 주민들을 학살한다.

여기까지는 베르사 대륙의 역사서에 나온 내용 그대로였다.

그런데 수도 모드레드에 대한 마법 공격이 조직적으로 이루어졌다.

황궁으로 퍼부어지는 대형 화염 덩어리들!

황궁 기사들은 불타오르는 궁성을 빠져나왔다.

센데임 계곡에서 마녀 세르비안의 구슬을 사용하면서 최후의 항전을 했지만, 몬스터들을 이기지 못했다.

띠링!

니플하임 제국의 대리인 (2)

아르펜 제국은 게이하르 황제의 서거 이후 후손들과 신하들에 의해 사분오열되었다. 베르사 대륙의 지배자를 상징했던 이 인장은 황태자 누미르의 수중에 들어갔지만, 분열과 전쟁이 거듭되면서 주인이 계속 바뀌었다. 니플하임 제국은 마지막으로 이 옥새를 입수하여 200년 넘게 사용했다. 하지만 그들 역시 전란을 피하지 못했다. 본 드래곤을 비롯한 많은 몬스터들의 침공에 수도가 불타고 황족들은 모조리 죽임을 당했다. 갑작스러운 몬스터의 침입 외에 진정한 니플하임 제국 멸망의 이유에 대해 아는 사람은 남아 있지 않다. 하지만 게이하르 황제가 직접 생명을 부여한 황금새만은 제국의 멸망을 또렷하게 기억하고 있을 것이다. 황금새의 뒤를 쫓아서 제국을 멸망시킨 자들에 대한 복수를 하라.

난이도: S

제한: 총 3단계 퀘스트의 두 번째. 고급 조각술을 습득한 조각사 한정.

S급 난이도의 두 번째 단계 퀘스트!

낭만 시대 니플하임 제국의 건물 양식들을 감상하였습니다.

조각사로서 새로운 건물들을 관찰하게 됨으로써 소유하고 있는 마을과 성, 지역 등에 낭만 시대의 건물들을 지을 수 있습니다. 낭만 시대의 건물들은 예

술적 가치에 치중되며, 귀족들의 문화를 퍼트립니다. 기사들의 탄생을 촉진시키고 정치적인 영도력을 확장합니다. 특수 건물들을 건설할 수 있습니다.

구구구구구.

니플하임 제국의 과거를 보는 동안 황금새가 등장했다.

찬란한 황금으로 만들어진 새.

게이하르 황제가 남겨 놓은 조각 생명체!

시선을 떼지 못할 정도로 약동하는 생명력이 느껴진다.

사파이어로 만든 것 같은 푸른빛 눈동자와, 하얀 잔털이 있는 배는 백금으로 조각되어 있다. 이마에는 작은 왕관까지 쓰고 있었는데 무려 다이아몬드로 만들어진 장식품!

황금빛 동체가 움직일 때마다 선명한 아름다움을 몰고 다닌다. 조각사로서는 새로운 경지를 본 것에 대한 감탄이 나올 법한 작품이었다.

"꿀꺽."

위드는 군침을 삼켰다.

황금새를 잡아다가 팔기만 하면 그 돈이!

'몽땅 해체해서 귀금속 가게에 나눠 팔아도 돈이…….'

길거리에 굴러다니는 유니크 아이템을 본 것 같은 탐욕적인 눈빛.

"역시 게이하르 황제는 마음에 드는 사람이야. 보석이나 황금을 좋아하는 취향이 딱 좋군!"

위드는 납치를 실행에 옮기기 전에 잠시 주저했다.

'게이하르 황제가 만든 조각 생명체야.'

직업상 스승이라고 할 수 있는 황제에 대한 의리는 아침마다 나오는 눈곱만큼도 찾을 수 없다.

단지 꺼림칙한 부분이 있었다.

"황금새 정보 창!"

조각 생명체를 관찰합니다.
자세한 정보의 확인은 불가능합니다.

조각 생명체 이름: 세노리아 루세로니
성향: 자연　　　종족: 조류　　　레벨: 519
직업: 맑은 울음소리를 내는 추적자　　　칭호: 똑똑한 새
명성: 60
게이하르 황제에 의해 탄생한 생명체. 비슷한 시기에 만들어진 아르펜 제국의 옥새를 따라다닌다. 살이 통통한 지렁이를 좋아한다.
새들과 대화를 나눌 수 있다. 굉장히 빠르고, 검을 비롯한 각종 무기들을 이빨로 끊을 수 있다. 적에게 해독이 불가능한 독을 토해 낸다.
* 확인되지 않음.
* 확인되지 않음.

앵무새 정도로 작고 귀여운 몸집이었지만 레벨은 엠비뉴 교단을 쓸어버리던 킹 히드라 수준이었다.

'안 건드리기를 잘했군.'

위드는 입맛만 다셨다.

황금새가 탐이 나지만 길들일 수도 없었다.

조각 생명체들은 생명을 부여한 사람은 부모처럼 따르지만, 다른 이들에게는 길들여지지 않는다. 와이번이나 금인이를 그

렇게 오래 방치해 두었는데도 다른 주인을 만들지 않은 것만 보아도 알 수 있는 사실이었다.

구구구.

황금새가 위드를 향해 길게 울더니 영주 성의 창문 밖으로 날아올랐다. 니플하임 제국을 멸망시킨 적에게 안내하는 듯한 모습이었다.

위드는 와이번을 타고 황금새의 뒤를 쫓았다.

북동쪽 방향으로 바람을 타고 유유히 날아가는 황금새!

가끔씩 뒤를 돌아보면서 위드가 따라오는 것을 확인하더니 점점 속도를 올렸다.

불사조와 빙룡, 이무기도 뒤를 따라서 날아왔다.

산맥과 숲을 단숨에 넘고, 공중으로 이동하는 것이기에 편했다. 지상으로 달리거나 마차를 이용했다면 훨씬 어려운 경로를 거쳤으리라.

황금새가 이틀을 꼬박 날아서 도착한 곳은 결국 북동쪽 방향에 있는 해안가!

콰르르르릉, 콰과과광!

시커멓게 먹구름이 쳐져 있는 하늘은 폭우가 쏟아지면서 바다와 경계를 구분하기 어려웠다. 천둥 벼락이 칠 때마다 넘실거리는 파도를 볼 수 있었다.

"이곳이 끝이야?"

위드의 물음에 황금새가 맑은 소리를 내며 울었다.

구구구.

"더 가야 되는 거 아니고?"

꾸꾸.

"여기까지밖에 몰라?"

구구구.

"혹시 니플하임 제국을 무너뜨린 원흉이 여기서 배를 탔어?"

구구구.

눈치로 때려 맞히는 위드!

S급 난이도의 연계 퀘스트를 하면서, 1단계에서 엠비뉴 교단의 대사제인 페이로드와는 대화를 나누지 못했다. 그렇기 때문에 퀘스트에 대한 정확한 이해라든가 배경 지식은 전무하다시피 했다.

하지만 위드는 할머니와 함께 텔레비전을 많이 본 경험이 있었다. 드라마를 보면서 함께 죽일 놈, 살릴 놈 이야기를 하다 보면 시간 가는 줄을 모르고, 하루의 피로가 사라졌다.

드라마를 보면서 터득한 추리력!

"본 드래곤과 싸울 때도 엠비뉴 교단의 흔적을 발견할 수 있었어. 그리고 통곡의 강에서도 괜히 있지는 않았을 거야. 관련이 있겠지!"

위드는 대충 엠비뉴 교단의 정체에 대해서 눈치를 챘다.

베르사 대륙을 좀먹으려고 하는 악의 무리. 굵직한 퀘스트에는 빠짐없이 연관되어 있는 파멸의 교단이다.

위드도 엠비뉴 교단에 대해서는 나쁜 감정을 가지고 있었다. 대신관 페이로드가 아이템 하나 떨어뜨리지 않고 스스로를 희생해 가면서 죽었기 때문이다.

유니크급 아이템 하나만 떨어뜨려 주었더라도 은인, 성자,

바람직한 사제로 기억되었을 게 분명했다.

"인색한 놈. 최악의 흉물. 더러운 놈."

위드는 잠시 욕을 퍼부어 주고 생각을 이어 나갔다.

"엠비뉴 교단이 개입했다는 건 일단 분명하고… 몬스터의 침입도 그냥 일어나지는 않았을걸. 다른 조력자도 있었겠지."

몬스터를 부릴 수 있는 누군가가 필요하다.

드라마에서도 주연이 있다면 조연이 있어야 된다. 악역과 피해자, 음모, 다툼!

니플하임 제국은 피해자였다. 엠비뉴 교단과 다른 조연들에 의해서 몰락한 제국. 그리고 긴 시간이 흘렀다. 니플하임 제국이 재건되려면 그 악역들을 쓸어버려야 했다.

"완벽해. 완벽한 스토리야!"

위드는 스스로의 추리에 감탄했다.

엠비뉴 교단 혼자서 저지른 일이라고는 절대로 믿지 않았다.

악역 혼자 다 하는 드라마는 식상하고, 재미도 없다. 악역이 여럿일수록 스케일이 크고 훌륭한 드라마였으니까!

"인형 눈알처럼 착착 꿰어 맞춰지는군."

바닷가에 앉아서 아침이 될 때까지 기다렸는데도 폭풍은 사그라질 기미가 안 보였다.

위드는 베르사 대륙의 지리에 대한 게시판에서 이와 비슷한 정보를 본 것 같았다.

> **수도자의 도시**
> 동료가 없다면 절대 들어가지 말 것. 탐험자 레벨 376.

트리반의 안개 호수 지역
노랫소리의 유혹에 호수로 들어가면 죽습니다. 요정들을 사냥할 수 있음.
탐험자 레벨 312.

헤즈막의 부엉이 둥지
자살을 하고 싶다면 추천. 겨우 도망쳤음.
탐험자 레벨 389.

포코의 동굴
여기로 오세요. 좋습니다. 깔끔하게 죽습니다. 부엉이 둥지 갔다가 여기 들
어갔는데 난도질당해서 죽었습니다.
레벨도 하락했음. 탐험 후 레벨 388.

북부를 모험한 다크 게이머들의 목숨값으로 완성된 자료들.

탐험자의 짤막한 기록이었지만, 다음번 방문자들에게 기초
적인 도움 정도는 됐다.

북부의 북북동쪽에 있는 해안가
비바람과 함께 벼락이 심하게 쳐서 바다로 접근이 불가능. 부근 일대의 기후
가 매우 안 좋습니다. 퀘스트의 냄새가 물씬 풍기지만 위험해 보임. 바다에
서 몬스터들도 다수 발견.
탐험자 레벨 379.

게시판에서 봤던 내용을 바탕으로 한다면 천둥 벼락은 금방
그칠 것 같지 않았다.

"바다라……."

파도가 높고 거세기는 했지만 이대로라면 배를 만들어서 타

고 가야 될 것 같았다.

폭풍이 없더라도, 와이번을 타고 망망대해 위에서 탐색과 추적을 벌이기도 쉬운 일이 아니다. 와이번들도 휴식을 취해야 했고, 적대적인 공중 몬스터가 나타나지 말라는 법도 없는 것이다.

"배를 만드는 기술은 가지고 있지 않은데."

잡캐 중의 잡캐라고 할 수 있는 위드에게도 조선 기술은 없었다.

연관성이 있는 대장장이 스킬이 중급 5레벨이라서 목재들을 짜는 데에 도움은 되겠지만, 큰 배를 만들기에는 무리였던 것.

"조선 스킬도 가지고 있지 않으니 모라타로 돌아가야 되나?"

모라타에 해양 길드를 만들고 스킬을 배우는 것도 낭비가 심한 일이다.

중앙 대륙에서 스킬을 배워 온다고 해도 폭풍을 헤치고 지나갈 정도의 선박이라면 조선 스킬이 중급은 되어야 한다.

"배를 1척 사 올 수밖에는 없다는 건데……."

위드의 골치가 아파 왔다.

갑판에 와이번들을 태울 수 있을 정도의 배는 매우 비싸다.

돈을 아끼기 위해 속도가 빠른 배를 사지 않는다고 해도, 중앙 대륙에서 여기까지 끌고 와야 하는 문제가 남았다.

선원이며 항해사 등도 모두 고용해야 되는 것이다.

이래저래 곤란함을 겪고 있을 무렵, 시력이 좋은 와삼이가 말했다.

"주인, 바다에 무언가가 나타났다. 지금 이동하고 있다."

"바다에?"

위드는 눈을 가늘게 뜨고 폭풍이 치는 바다를 주시했다.

와이번의 말대로 조금 전까지는 없었던 무언가가 북쪽으로 항해하고 있었다.

높은 파도가 치는데도 상관없다는 듯이 고요하게 이동하고 있는 범선!

돛은 걸레처럼 찢겨 있고, 아예 중간부터 부러진 돛대도 보였다. 선체에는 커다란 구멍이 뚫려 있기도 했다.

비바람 때문에 자세히 보이지는 않지만 매우 낡고 오래된 중형 범선이었다.

"저런 상태로도 항해가 가능한가?"

위드는 고개를 갸웃거렸다.

방송에서 무역용 배들을 타고 다니는 상인들을 본 적 있다. 상품을 적재해야 하기 때문에 선박은 항상 최고의 상태를 유지하도록 관리한다.

저렇게 파손이 심하고 낡은 배로 폭풍을 뚫고 다닌다는 게 이해가 되지 않았다.

와이번이 더 관찰해 보고 나서 말했다.

"주인, 저 배의 갑판에 언데드들이 타고 있다."

"언데드라면……."

위드는 정신이 번쩍 들었다.

바다에서 돌아다니고 있는 배는 유령선이었던 것이다.

"무임승차를 할 수 있겠군!"

위드는 조각칼을 꺼냈다.

서걱서걱.

바위를 깎으면서 조각을 했다.

"깡마른 몸에 로브, 이마에는 붉은 보석이 박혀 있었지."

스켈레톤들과는 상당히 많이 싸워 보았다. 실제로 일으켜 보기도 했으니 구조나 생김새가 익숙했다.

하지만 스켈레톤과는 차원이 다른 느낌이 필요했다.

유로키나 산맥에서 싸웠던 리치 샤이어를 조각하는 위드!

단순 무식하고 과격하던 카리취와는 다른 모습이 필요했다.

"좀 더 작고 왜소한 골격으로. 타락하고 음험한 마법사, 목표를 위해서라면 수단과 방법을 가리지 않는 야비함까지 가진 리치여야 해."

위드는 불평을 쏟아 냈다.

"도대체 어떤 느낌인지 모르겠군. 선하게만 살아온 나로서는 조각하기 힘든 대상이 너무 많아."

조각칼이 스쳐 지나갈 때마다 리치의 모습이 점점 드러난다.

뼈 마디마디가 살아 있는 것 같은 생생함, 간교한 음모를 꾸밀 것 같은 해골의 얄팍한 뒤통수!

텅 빈 동공은 위아래로 좁았다. 째진 눈의 특징까지 조각하면서 리치의 모습을 고스란히 복원해 냈다. 리치 샤이어와 매우 흡사한 생김새.

하지만 간교함이 주는 느낌은 훨씬 배가되었다. 비열하게 썩은 이빨을 보이며 웃을 것 같은 해골 머리!

"아니야. 부족해. 굉장히 오랜 시간을 살았던 리치니까 뼈에 폼 나는 균열 정도는 있어야 어울리지."

보기 좋게 금이 간 해골. 구멍 난 자국도 만들어 주었다.

"훨씬 똑똑해 보이는군."

이마에는 쿠르소에서 퀘스트의 대가로 획득한 광산에서 캐 낸 루비를 박았다.

조금 있어 보이는 해골, 리치의 탄생!

띠링!

> 만든 조각품의 이름을 정해 주십시오.

"리치 샤… 아니야. 음."

위드는 심사숙고해서 이름을 지었다.

"바다에서 강할 것 같은 이름으로… 카리취에 꿀리지 않는 훌륭한 이름을 지어야 돼."

오크 카리취의 강력한 카리스마!

위드는 스스로 카리취라는 이름을 매우 잘 지었다고 생각하고 있었다. 하지만 이번에는 지성과 품위가 있어야 한다.

"일단 조각품의 이름은 '애꾸눈 리치'!"

> 만든 조각품은 애꾸눈이 아닙니다.
> 그래도 이름을 〈애꾸눈 리치〉로 하겠습니까?

위드에게는 선택의 여지가 없었다.

"그래. 바다에서는 무조건 애꾸눈이야."

걸작! 〈애꾸눈 리치〉상을 완성하였습니다!

암흑에 영혼을 판 리치 마법사! 숨이 막힐 정도로 놀라운 조각상을 만들었던 조각사의 새로운 작품이다. 과거 베르사 대륙을 혼란에 빠뜨렸던 리치 샤이어를 그대로 닮았다. 혐오스러운 리치를 조각한 것으로, 예술품이라 부르기는 다소 어렵다. 어울리지 않는 이름을 가지고 있다. 재능이 충만한 조각사가 잘못된 길로 걸어가고 있는 게 아닌지 의심되는 작품.

예술적 가치: 269

옵션: 〈애꾸눈 리치〉상을 바라본 이들은 생명력과 마나 회복 속도가 하루 동안 11% 증가한다. 지식과 지혜 20 상승. 민첩 10 증가. 힘 75 감소. 마법 발현 속도를 5% 빠르게 한다. 언데드들에 대한 지배력이 3% 증가한다. 다른 조각품과 중복해서 적용되지 않는다.

지금까지 완성한 걸작의 숫자: 86

조각술 스킬의 숙련도가 향상되었습니다.

명성이 12 올랐습니다.

투지가 1 상승하였습니다.

지식이 2 상승하였습니다.

"성공이군!"

걸작 조각품의 탄생!

위드의 용무는 조각으로 끝나지 않았다.

조각술의 비술을 쓸 시간인 것이다.

"조각 변신술!"

> 조각 변신술을 사용합니다.

위드의 키가 아주 약간 작아지고, 머리카락이 우수수 땅에 떨어졌다. 순식간에 대머리가 되고 몸은 앙상하게 마르더니 살점들이 떨어져 나갔다.

해골, 그것도 리치로 변신한 위드!

> 몸의 형태가 바뀌면서 현재 착용하고 있는 장비들의 상당수를 쓸 수 없게 되었습니다. 미스릴이나 신성력이 들어간 장비들은 입을 수 없습니다. 종족이나 형태에 따라 필요한 장비를 새로 구하십시오.
> 조각 변신술의 영향으로 지식과 지혜가 매우 높게 증가합니다. 힘과 민첩이 많이 감소하고, 예술 스탯이 삼분의 일로 줄어듭니다. 생명력과 마나가 대폭 늘어납니다. 체력의 한계가 사라집니다.
> 조각품에 대한 이해 스킬이 고급 3레벨이라서 완전한 리치로의 변신은 되지 않았습니다. 리치 전용의 생명력 흡수와 마나 흡수의 효율을 20%밖에 사용할 수 없습니다. 햇빛을 보면 생명력과 마나의 회복이 이루어지지 않습니다. 신성력이 더욱 치명적으로 나쁘게 적용됩니다.
> 조각 변신술이 풀릴 때까지 유효합니다.

장비들을 바꾸는 것도 간단했다.

리치가 되고 난 이후에는 성자의 지팡이가 타락한 성자의 지팡이로 변했다. 흑마법, 그리고 언데드를 위한 전용 아이템!

오른쪽 뼈 팔에는 성자의 지팡이를, 왼쪽 뼈 팔에는 네크로맨서의 마법서를 들었다.

"킬킬킬."

위드는 까맣게 썩은 이빨로 웃었다.

턱을 달그락대면서 웃는 파렴치한 리치의 꼴!

엠비뉴 교단의 마법사가 착용했던 로브를 입고 뱀파이어의 망토를 둘렀다.

마탈로스트 교단의 성물인 안식의 동판, 언데드를 특별하게 강화해 주는 아이템은 아직 꺼내지 않았다.

내구도가 3밖에 남지 않았기 때문이다.

위드는 검은색 천으로 한쪽 눈을 가리며 말했다.

"이름은 플런더럴이라고 해야겠어."

약탈자라는 이름!

위드가 리치로 변한 이유를 알 수 있게 해 주는 대목이었다.

"줄여서 더럴이라고 하면 매우 좋군. 왠지 더럽고 치사하다는 느낌이, 제대로 해적이야!"

음머어어어어,

와일이의 등에 타고 와서 이 모든 행각을 지켜보고 있던 누렁이가 길게 울었다.

차마 주인이 이 정도일 줄은 몰랐다는 서글픈 울음.

와일이가 날개로 감싸 주었다.

"괜찮아. 알고 보면 더 이상 실망할 것도 없는 사람이야."

음머, 음머어어어.

"너희는 여기서 기다려라."

바닷가로 걸어가니 비바람이 몰아쳤다. 앙상한 해골에 불과한 몸에 빗물이 튀었다.

로브와 망토가 빗물에 젖었지만 언데드, 그것도 리치로 변한 이상 감기나 피로를 걱정할 필요는 없다.

위드는 타락한 성자의 지팡이를 내밀었다.

"패스트 워터 워크."

물 위로 걸을 수 있는 마법! 네크로맨서의 마법서에 적혀 있는 몇 개 안 되는 기초 마법이었다.

파도 위를 걸어서 전진하는 해골의 모습.

몸이 가벼워서 마나 소모도 얼마 안 되었다.

"스탯 창."

캐릭터 이름: 위드		
성향: 언데드	레벨: 368	직업: 리치
생명력: 113,480	마나: 197,964	힘: 185
민첩: 361	체력: 무한	지혜: 1,463
지력: 1,128	투지: 479	지구력: 무한
인내력: 695	맷집: 419	통솔력: 672
죄의식: 388	매력: 210	

*생명력 흡수, 마나 흡수를 사용할 수 있다.

*언데드 지휘 능력을 조금 가지고 있다.

*신성 마법에 최악의 취약성을 보인다.

걸작 조각품으로 인하여 3%의 추가적인 스탯을 얻었습니다.

위드의 마나는 충분히 많았다.

"바다에서 지쳐서 죽을 일은 없겠군."

황금새는 길을 인도해 주지 않고 와이번들과 함께 해안가에 남았다.

귀하게 자란 황금새에게 비바람과 천둥 벼락을 뚫고 날라는 것은 무리한 요구!

위드는 유령선을 향해서 일직선으로 걸어갔다.

가까이서 보니 100년쯤은 된 것 같은 오래된 선체. 선원 유령들이 키를 두세 바퀴씩 제멋대로 돌리고, 있지도 않은 돛을 조절하고 있다.

우리는 크레이라의 선원들
아침저녁으로 럼주를 마시지
술에 취해 있으면 고향이 그립지 않아
말썽 많은 선장은 무인도에 던져 버리세

선원들의 노랫소리도 들렸다.

파도 소리와 매우 잘 어울리는 남자들의 목소리였다.

유령선은 크게 출렁이면서도, 배치고는 상당히 빠르게 움직이고 있었다.

일반 선박과는 다르게, 유령선은 그 자체로 살아 있는 몬스터라는 소문도 있었다.

위드가 선체로 다가가자 사다리가 떨어졌다. 망루에서부터 접근을 알아차리고 있었던 것이다.

위드는 밧줄을 잡고 선체로 올라갔다.

그리고 곧바로 자신이 조각했던 〈애꾸눈 리치〉상의 결정적인 오류를 알아차렸다.

"저는 부선장 니크입니다. 리치 마법사님을 환영합니다."

부선장이라고 자신을 소개한 선원 유령!

언데드들은 리치를 지극히 존경하고 따른다. 하지만 정작 중요한 것은 이게 아니라, 그의 왼쪽 팔이 없다는 것이었다.

부선장의 왼쪽 팔에는 대신 쇠갈고리가 달려 있었다.

애꾸눈과 더불어 외팔이야말로 해적의 영원한 로망이었다.

***

모라타에는 새로운 건물이 완공되기 직전이었다.

파보가 주민들과 초보자들과 함께 건설한 예술 회관!

2,000평도 더 되는 넓은 정원에는 조각상들이 세워져 있었다. 모라타의 조각사들이 영주에게 헌납한 예술품들이다.

꽃과 나무 들도 높은 곳에서 보면 자신들의 색채로 그림을 그려 놓고 있었다. 푸른 아이스 드래곤에 앉아 있는 위드의 모습이다.

벽에는 모라타의 현재의 모습이 그대로 벽화로 남았다.

앞으로 더욱 발전할 것이기에, 지금의 모습이 나중에는 그리운 추억이 될 것이란 것을 다들 알고 있었다.

"드디어 완성이다."

파보는 설레는 마음으로 현판을 달았다.

위드의 예술 회관

대략 2년 전부터 지금도 살아 있음. 아마 몇 번은 죽었을 것. 모라타의 영주. 베르사 대륙의 조각술계에 신기원을 새김. 모두가 외면하던 조각술, 엄청난 노가다로 스킬 숙련도를 향상시키고 많은 작품들을 남김. 프레야 여신상을 비롯하여 〈빛의 탑〉, 루의 신상 등이 대표적인 작품. 통곡의 강에서 원혼들을 위로하는 조각품들을 세움. 베르사 대륙의 평화를 위해 헌신하고, 조각술이 일반인에게 친숙하게 만드는 데 큰 공을 세움.

이 예술 회관은 건축가 파보가 친구들과, 위드를 존경하는 사람들과 함께 만들어서 헌납함.

설명까지 쓰여 있는 현판을 다는 순간, 파보의 건축 레벨이 2단계나 높아졌다. 모라타의 공헌도나 주민들과의 친밀도, 명성 등도 상승했다.

도시에도 긍정적인 현상이 생겼다.

모라타의 문화 발전도가 오릅니다.
예술 발전 속도가 3% 증가합니다. 문화적인 경계가 더욱 팽창합니다. 지역 명성이 15 오르고, 예술 회관이 대표적 건물로 지정됩니다.

모라타 주민들의 예술과 지식 전반에 대한 열기를 높입니다.
마법사와 예술가의 탄생 확률을 높입니다.

건축물로 소속 마을을 발전시킨다.

"드디어……."

파보는 보람을 느끼면서도 아직 예술 회관의 문은 굳게 닫아 놓았다.

위드의 이름을 붙이지 않은 조각품, 미완의 전설적인 조각품이 공개되면 엄청난 파장이 일어나게 될 것이다.

아직 문을 열 때가 아니었다.

리튼 왕국에 사람을 보내서 만돌과 그의 아내를 초대한 이후에야 예술 회관의 문이 열리게 되리라.

"나도 건축가로서 어느 정도 베풀면서 살아왔다고 자부하고 있었지만……."

파보는 그의 친구인 화가 가스톤에게 속내를 털어놓았다.

"공사비를 올려 받기 위해서 꼼수를 쓰거나, 불필요한 옵션들을 팔아먹지 않았다고는 할 수 없지. 나도 보통의 건축가이니 말일세. 그런데 겨우 1쿠퍼를 받기 위해서 이렇게 공을 들여서 예술품을 만드나? 조각사들의 마음은 이해하기 어렵군."

가스톤이 말없이 그의 어깨를 다독여 주었다.

화가인 그로서도 초상화를 좀 더 예쁘게 그려서 팁을 바라지 않았다고는 할 수 없었다.

"위드가 특별한 거야. 따뜻한 마음을 가진 청년이라네."

"그렇지. 지금은 어디서 뭘 하고 있는지 모르겠군."

"자네가 치졸한 궁수 페일인가?"

"사제복 입고 못된 짓만 한다는 이리엔?"

"어린애를 통째로 구웠다는 나쁜 마법사 로뮤나가 아닌가!"

토둠에서 나온 지 얼마 안 되었을 때에는 악명으로 인해 페일과 동료들에 대한 주민들의 반응이 나빴다.

"이까짓 일을 맡겼는데 무슨 보상을 200골드나 달라고 하는

가? 원래의 약속은 그랬지만 30골드만 받아 주게."

"의뢰를 이렇게 빨리 끝내다니 믿을 수가 없구만. 분명히 어떤 속임수를 쓴 것이겠지? 파단의 홀을 주기로 했지만 마음이 바뀌어서 안 주겠네!"

그래도 악독한 주민들에게 굴하지 않고 성실하게 퀘스트를 하면서 명성을 복구하고 친밀도를 올린 후에, 이제는 난이도가 제법 높은 의뢰도 할 수 있었다.

페일과 일행이 무기점으로 들어갔다.

"어서 오게!"

이리엔이 밝게 웃었다.

"손님들이 많이 늘어났군요. 장사가 잘되니 좋으시겠어요."

"몬스터와 싸울 사람들이 많아져서 좋지. 북부에도 어린아이들이 뛰어놀 수 있으면 참 좋을 텐데……. 무슨 일로 왔나?"

"맡기실 일이 있을까 해서 왔어요."

모라타에는 무기점도 다섯 곳으로 늘었다.

매달 들어오는 세금 수입의 일정 비율을 자동으로 재투자하면서 세 곳이 증가했고, 두 곳은 상인들이 직접 세웠다.

무기의 공급까지 함께하면 이문이 상당히 크다.

마판도 많은 무기들을 공급하면서 욕심을 낸 분야이지만, 지속적으로 무기류를 공급해야 하기 때문에 손을 떼었다. 대장간까지 함께 운영하면서 원료를 구해 와야 하기 때문에 규모가 큰 상단에서나 가능한 일이었던 것이다.

페일 일행이 방문한 무기점은, 가장 먼저 모라타에 자리를 잡은 곳이었다.

"우리 모라타를 지켜 준 은인들에게는 항상 부탁할 일이 있지. 요즘에 무기들이 많이 부족한데……."

무기점 상점 주인의 말에 페일과 다른 일행은 가만히 서서 듣기만 했다.

'별다른 퀘스트는 없나 보구나.'

무기 조달 퀘스트는 사냥을 통해서 얻거나 혹은 구입해서 해결할 수 있었다.

사실 초보자들이 너무 많아져서 무기가 필요하다는 의뢰가 끊이지 않았다. 고블린 등을 사냥해서 얻은 무기라도 수량만 맞춰서 납품하면 되고, 광장에서 웃돈을 얹어 주고 유저들로부터 구입해서 무기점 주인에게 줄 수도 있었다.

명성을 위해서는 그리 나쁘지 않았지만, 흔한 의뢰였다.

"예전 니플하임 제국 시절에는 굉장히 유명한 무기 장인의 가문이 있었는데 말이야."

"네?"

"기사들의 무구를 모두 그 가문에서 만들었지."

고급 퀘스트의 냄새가 물씬 풍기는 무기점 주인의 설명.

이리엔의 눈이 반짝였다.

"주인 오빠, 그 가문의 이름이 뭐예요?"

순진하던 이리엔이었지만, 퀘스트를 위해서는 조금의 애교와 관심이 감초처럼 작용한다는 사실을 깨닫고 있었다.

"비테오르 가문이었지. 제국이 몰락하면서 그 이름을 다시 들어 본 적이 없는데……. 후손이라도 어디 남아 있지 않을까? 비테오르 가문이 있다면 무기의 물량을 어느 정도 맞출 수 있어서 큰 도움이 될 텐데 말이야."

띠링!

명장의 가문

기사들의 검을 전문적으로 제작했던, 니플하임 제국의 장인 가문인 비테오르 가문에 대해 수소문해 보고 살아 있는 자손을 무기점 주인에게 데려와라.

난이도: B

제한: 비테오르 가문의 후예들이 사망하면 실패로 간주된다.

드디어 페일 일행에게도 난이도 B급의 의뢰가 떴다.

보통 유저들에 비하면 빠른 진전이었다.

위드를 따라서도 퀘스트를 하고, 모라타 방어전에 참여하면서 주민들과의 친밀도가 높아진 덕분이었다.

페일과 로뮤나, 이리엔, 메이런 등의 눈이 분주하게 서로 마주쳤다.

'할까?'

'하자.'

'실패하더라도 재미있을 것 같아.'

메이런은 특히 어려운 난이도의 퀘스트를 직접 할 수 있다는 데에 몸이 달아 있었다.

페일이 대표로 말했다.

"그들을 저희가 찾아와도 될까요?"

"그래 주겠나? 하지만 원래 제국의 수도였던 모드레드 근처는 지금은 몬스터들의 천국이라는 소문이 있어. 가능한 한 많은 사람들을 모아서 가게나. 자랑까지는 아니지만 내 의뢰라면

서로 들어주려고 하지 않을까?"

페일과 일행은 모두 '명장의 가문' 퀘스트를 받았다.

이 퀘스트는 더 많은 사람들에게 공유도 해 줄 수 있는 의뢰였다.

"우리끼리는 조금 불안한데……."

"위드 님을 데려갈까요?"

니플하임 제국의 수도였던 모드레드라면 사냥터로는 충분할 것이라는 계산.

명성이 높은 위드라면 여러 다른 퀘스트들도 받을 수 있을 것이다.

이리엔이 곰곰이 생각하다가 머리를 흔들었다.

"위드 님은 3개의 퀘스트를 다 하고 계실 거예요."

S급 난이도의 연계 퀘스트, 마탈로스트 교단의 퀘스트 그리고 로자임 왕국의 시녀에게 노래를 불러 주는 퀘스트까지!

마탈로스트 교단의 퀘스트는 다른 이들이 대신하고 있었고, 거의 끝부분을 진행하는 중이었다.

"그럼 검치 오빠들을 꼬여요."

수르카의 말에 반대의 뜻을 표시하는 사람은 없었다. 검치들이 간다면 든든하기 짝이 없다.

설득은 화령이 맡았다.

"같이 퀘스트 하실래요?"

검치와 검둘치는 유로키나 산맥에서 연애를 하는 중이라서 검삼치가 대표였다.

검삼치는 모라타에 있는 초보자들을 놔두고 먼 길을 떠나는 게 마땅치 않았다. 풋풋한 초보자들을 보면서 작은 도움이라도 주고, 수련장에서 제자들을 가르치는 맛도 있었던 것이다.

"내가 조금 바쁘……."

"이효정 아시죠?"

"탤런트?"

이효정은 최근 드라마의 여자 주인공을 맡아서 선풍적인 인기를 끌고 있었다. 선한 인상에 귀엽고 씩씩하기까지 해서 남자들이 싫어할 수 없는 배우였다.

"저랑 친구인데 직업이 바드예요. 효정이도 같이 가기로 했는데요."

"텔레비전에 나오는 여자 주인공이랑 같이 사냥을 하러 갈 수 있다니……."

"바쁘지 않으세요?"

"꼭 같이 가겠다."

세계적인 인지도나 외모, 음반 판매에 이르기까지 화령에게는 비교도 안 된다. 하지만 검치 들에게 화령은 엄청 예쁜 여자일 뿐, 가수라는 사실도 말을 하고 나서야 알 정도로 음악에는 무관심했다.

그런데 드라마에 자주 나오는 이효정이라니!

오로지 여자 배우를 보기 위해서 검치 들은 의기투합해서 함께 가기로 했다.

모라타에서 일단 모인 그들은 어색한 인사를 나누고 모드레드로 출발했다.

마판도 교역용 마차들을 끌고 합류해 있었다.

상인들은 레벨이 오를 때마다 살이 찐다. 넉넉한 체격이야말로 고레벨 상인이라는 증명이나 다름이 없다. 마판의 뱃살도 많이 늘어서, 뒤뚱거리면서 뛰어다닐 정도였다.

"그런데 우리 위드 님한테 들렀다 가지 않을래요?"

모라타를 나오자 화령이 갑자기 제안을 했다.

"모드레드에 가도 사냥을 할 거잖아요. 위드 님 있는 곳에 잠깐 들러 봐요."

"그럴까요?"

다른 일행도 위드가 뭘 하고 있을지 궁금하기는 마찬가지.

그들은 위드가 있다는 해안가까지 이동했다.

말을 타고 있었기 때문에, 며칠 야영은 했지만 무난히 도착할 수 있었다.

그들이 온다는 이야기를 듣고 위드가 와이번을 보내서 길을 안내해 주기까지 했던 것이다.

폭풍이 치는 해안가!

빙룡과 불사조, 늦게 달려온 킹 히드라, 이무기, 와이번들이 숲에서 사냥을 하고 있었다.

이곳에는 유저들이 거의 없었기에 대놓고 사냥을 했다. 하지만 위드의 모습은 볼 수 없었다.

화령이 고개를 두리번거렸다.

"위드 님은 어디에 계시죠?"

페일은 궁수라서 시력이 매우 좋은 편이다. 먼 거리에 있는 것도 선명히 볼 수 있었다.

"저도 못 찾겠는데, 어딨는지 귓속말이라도 보내 볼까요?"

그때였다.

넘실거리는 파도, 폭풍이 치고 있는 바닷가에서 선박들이 다가온다.

벼락이 떨어질 때마다 보이는 7척의 중형 범선!

메이런이 소리쳤다.

"배들이 다가오고 있어요!"

활짝 펼쳐진 찢어진 돛, 갑판이나 선체에는 커다란 구멍들이 뚫려 있다.

파도를 뚫고 해안가로 다가오는 유령선들.

갑판에는 유령 선원들과 칼잡이들이 돌아다니는 게 보였다.

뱃머리 부분에 애꾸눈 리치 위드… 아니, 더럴이 서 있었다.

유령 함대의 함장!

바람이 불 때마다 망토가 찢어질 듯이 펄럭인다.

그리고 리치의 어깨에는 황금새가 앉아서 깃털을 고르고 있었다.

캡틴 더럴

유령선의 방문자였던 위드는 어렵지 않게 부선장을 누르고 새로운 선장이 될 수 있었다. 자리를 차지하는 것은 부선장과의 가벼운 검술 대결로 충분했다.

> 유령선 마리아스호의 선장이 되었습니다.

> 네미비아해를 누비는 유령선의 선장에 취임했습니다.

> 특별한 경험으로 통솔력이 7 오릅니다. 카리스마가 14 오릅니다.

"원래 선장은 어디에 있나?"

위드가 턱뼈를 달그락대면서 물었을 때, 니크의 대답이 일품이었다.

"80년쯤 전에 무인도에 던져 버렸습니다. 아마 굶어 죽었을 겁니다. 킬킬킬!"

선장이 되고 나서는 할 수 있는 일이 많았다.

유령선의 무수히 많은 퀘스트!

보물을 찾아라!

다른 배를 습격하라!

큰 바다에서 가장 빨리 달리는 배!

돌고래 사냥!

위드는 안타깝게도 퀘스트를 3개 모두 받은 상태라서 진행할 수 없었다.

전투나 퀘스트를 통해서 유령선도 성장시킬 수 있었다.

"유령선 정보 확인."

유령선 마리아스

트리어 항구에서 페세이다 가문의 의뢰를 받아 조선 장인 타르넨이 만들었다. 중형 범선으로, 물자의 교역을 위해서 만들어진 상선. 바다에 나선 이후로 매년 불행한 사고가 발생한 탓으로 재앙과 불운을 상징하는 배가 되어 7년째 되는 해 선주가 팔아 버렸다. 범죄자들과 해적 출신 선원들이 밀무역을 위한 배로 사용하다가 9년째 되는 해의 여름에 폭풍에 휘말려 가라앉았다. 바다에서 죽은 선원들의 안식처.

속도: 3~5   선원 수: 35명(모두 죽어 있음)

대포: 42문(고장 39문)   적재 공간: 36/298   선체 내구도: 350/1,390

돛: 0/6   바람: -49   파도: -27

메인 돛을 비롯한 모든 돛이 제대로 된 구실을 하지 못한다. 해초들이 엉켜 있어서 속도가 느리다. 선체에 치명적인 구멍이 나 있고, 목재가 뒤틀렸다. 하지만 유령선의 상황은 더 이상 악화되지 않을 것이다. 바다의 불운을 몰고 다닌다.

위드는 근처의 바다에서 6척의 유령선을 더 지배 아래에 두었다.

인간에게는 절대 굴복하지 않을 유령선이었지만 언데드였기에 어렵지 않게 유령 함대의 함장까지 될 수 있었다.

조각 변신술, 죽음을 거부할 수 있는 힘 등을 가지고 있는 위드가 아니라면 아직 다른 유저들로서는 꿈도 꾸지 못할 일일 것이다.

"약탈을 하고 싶나?"

"우오오오오."

"빼앗고 싶다면 나를 따르라!"

"캡틴 플런더럴 만세!"

"나를 더럴이라고 불러도 된다."

"더럴, 더럴, 더럴!"

유령 선원들은 위드의 카리스마에 흠뻑 빠졌다.

하지만 조타나 돛을 조종하는 기술은 없었기에 부함장에게 맡겨야 했다.

그러고 나서 페일 일행과 검치 들이 온다는 말을 듣고 해안가로 돌아온 것이다.

해골이 애꾸눈을 하고, 멀쩡한 뼈가 있는 왼쪽 팔에는 갈고리까지 부착한 채!

마판이 부담스럽게 눈을 빛냈다.

"역시 위드 님!"

교역으로만 돈을 벌려고 했던 아둔한 자신을 비웃기라도 하듯이 또다시 새로운 도전 과제를 던져 준다.

유령선들을 이끌고 다니는 해적 선장 더럴!

"위드 님에게 더 열심히 배워야겠군."

페일이나 이리엔은 올 것이 왔다는 표정이었다.

'해적이라… 어울려. 완전히 천직이야.'

'동료라고 어디 가서 밝히기가 가끔 부끄러울 때가…….'

검치 들은 부러워했다.

"네가 유령선의 선장이라니… 크게 출세했구나."

"해적 더럴이라. 성공했군."

바다를 누리는 해적의 꿈. 일반 배도 아닌 유령선이라 더욱 환상적이다.

위드가 유령선을 끌고 다시 바다로 나갈 때에는 페일 일행이나 검치 들이 모두 배에 탔다. 퀘스트를 조금 미루더라도 이쪽이 훨씬 더 재밌게 느껴졌던 것.

다인도 배에 타면서 잠시 스쳐 지나갔지만 서로 가볍게 인사만 했을 뿐 말을 건네지는 않았다.

다인은 그저 먼저 다가와 주기만을 바라고, 위드는 그녀가 알은척을 해 주지 않아서 섭섭함을 느꼈던 것이다.

출항을 하고 바다로 나서니 거짓말처럼 날이 맑아졌다.

갈매기들과 돌고래들이 따라다니고, 부함장이 키를 돌릴 때마다 배가 방향을 틀었다.

유령선과 유령 선원들이 있으니 비싼 요트도 부럽지 않다.

제피는 낚싯대를 꺼냈다.

"바다낚시라… 고래라도 1마리 낚을 수 있으려나."

낚시꾼답게 자리를 잡고 낚싯대를 드리웠다.

위드도 낚시 스킬이라도 올리기 위해서 옆에서 작업에 동참했다.

"물고기를 낚으면 매운탕이라도 해 먹어야겠군."

"위드 형님, 유령선은 선원들을 먹이지 않아도 되니까 좋겠어요."

"사기를 유지하려면 술은 마시게 해 줘야 되더군."

검치 들은 갑판에서 일광욕을 즐기거나 바다로 뛰어들어서 수영을 하면서 따라왔다.

유령선은 그리 빠르지 않았기에 할 수 있는 놀이였다.

"검백이십칠치야, 수영하니 시원하냐?"

"개운합니다!"

"좀 더 스릴 있게 해 봐."

"그럴까요?"

칼로 옆구리를 그으면서 자해!

피를 흘리면서 수영을 하자 식인 상어들이 쫓아왔다.

"재밌겠군."

그 모습을 보고 검치 들이 바다에 풍덩거리면서 뛰어들었다.

파도에 직각으로 서 있는 상어의 지느러미들을 보면서 수영하는 기분!

뒤처지면 상어 밥이 될 뿐이었다.

"무슨 이런 사람들이 다 있지?"

화령의 친구인 벨로트는 당혹스러웠다.

해적을 꿈꾸는 리치에, 대책 없는 남자들과 함께 타고 있는 것은 다 쓰러져 가는 유령선이라니.

"아가씨, 몸에 좋은 우유입니다."

다리 한쪽이 없는 유령 선원이 다가와서 3년은 된 것 같은 썩은 우유를 내민다.

베르사 대륙에서 일반적으로 경험하기는 힘든 모험을 강요받는 느낌이었다.

화령은 그녀의 어깨를 다독여 주었다.

"금방 적응될 거야."

"응?"

"이렇게 놀면 의외로 재밌어."

화령도 일광욕을 즐긴다면서 갑판에 드러누웠다.

댄서의 화려한 드레스도 벗고, 가벼운 속옷에 짧은 앞치마를 덧입은 정도였다.

"아, 저도 살 좀 태우고 싶었는데… 이렇게 기회가 생길 줄은 몰랐네."

메이런이나 수르카, 이리엔, 로뮤나도 옆자리에 누웠다.

여기에서는 남자들의 시선을 걱정할 필요가 없었다.

유령 선원들은 제각각 맡은 임무를 하느라 바쁘고, 검치 들은 수줍어서 눈도 못 마주치고 있었기 때문이다.

어색해진 수련생들 몇 명은 객실로 향하는 문을 열었다.

"사냥이나 해 볼까?"

유령선 객실 탐험!

원래 바다에 돌아다니는 유령선은 인간들이 탄 배를 습격한다. 난파나 조난을 당한 배들에 서서히 접근하는 유령선이란 숨이 막힐 정도의 공포를 자아내기 마련이다.

객실에도 포획한 몬스터들이나 함정들이 숨겨져 있었다.

하지만 위드나 검치 들과 있으면 딱히 걱정되거나 심각한 기분이 들지 않았다.

몬스터들이 불쌍하게 여겨질 뿐!

"술이다!"

"진탕 마셔 보자. 회에 럼주라니, 여기가 천국이구나!"

검치 들 몇몇은 이미 선창 아래까지 내려가서 유령 선원들이 아껴 놨던 럼주까지 꺼내 마시고 있었다.

고위급 언데드인 리치, 그리고 위드의 카리스마와 지배력이 엄청나서 유령 선원들은 불만조차 드러내지 못했다.

선원들은 충성도가 낮아져서 선장을 무인도에 버리거나 바다에 빠뜨리기 전까지는 말을 잘 들었다.

위드는 낚시를 하다가 손가락을 까딱했다.

"부선장."

"예, 함장님."

지금은 유령 함대를 이끌고 있었기에 니크는 깍듯하게 위드를 함장이라고 불렀다.

"이 부근에 다른 배는 없나?"

선박 운송은 보통 강이나 바다에서 이루어지는데, 북부의 바다에는 교역 물자를 실은 선박들이 없었다.

눈에 띄는 배들은 기껏해야 작은 어선들 정도!

레벨이 20도 되지 않는 어부들은 눈에 차지도 않았다.

잡템까지 털어 봐야 구멍 난 그물과 물고기 몇 마리밖에는 안 나올 테니까.

"지도상으로 여기서 조금만 남서쪽으로 내려가면 네리아해가 나오기는 하죠. 그곳에는 배들이 많이 있습니다."

위드가 해도를 펼쳤다.

유령선의 선장실에 걸려 있던 오래전의 바다 지도를 이미 챙겨 두었던 것이다.

각 도시의 현재 발전 상태나 항구의 시설이 기록되어 있지는 않지만 지형은 파악할 수 있었다.

북동쪽에 있는 큰 바다의 이름이, 플라네티스해.

네리아해는 중앙 대륙 쪽으로 넓고 깊게 이어져 있는 안쪽 바다였다. 유럽의 지중해처럼 바다가 중앙 대륙에 있는 여러 왕국의 국경이 되어 주고 있었다.

네리아해에는 교역선들과 상선, 해적선들이 득시글득시글, 활발하게 활동을 하고 있으리라.

"사냥감이 많겠군."

"그렇습니다."

"해적이라… 후후후."

위드가 급하게 표정을 관리했다. 하지만 해골의 턱뼈가 빠질 정도로, 입이 찢어져라 웃고 있었다.

"네리아해로 가자."

"알겠습니다, 함장님!"

유령 선원들이 수신호를 보내면서 유령선들이 남서쪽으로

방향을 틀었다.

물살을 가르면서 몰려다니는 유령선.

위드는 근처의 섬에서 나흘간 정박했다.

무인도에도 많은 짐승들과 사냥감, 바다 괴물들이 있었다.

물과 음식을 보충하고 대장장이 스킬을 이용해서 대포를 수리했다. 나무를 잘라다가 선체도 손보고, 사냥감들의 가죽을 이용해서 바람을 잘 받을 수 있는 돛을 달았다.

조각술 스킬을 활용해서 애꾸눈에 외팔, 외다리의 해적 선수상까지 만들었다. 다 떨어진 옷을 입고 있는 허수아비 해적 같은 몰골이었지만 배의 형상을 고려하면 더없이 잘 어울렸다.

"유령선 정보 확인."

유령선 마리아스

트리어 항구에서 페세이다 가문의 의뢰를 받아 조선 장인 타르넨이 만들었다. 중형 범선으로, 물자의 교역을 위해서 만들어진 상선. 바다에 나선 이후로 매년 불행한 사고가 발생한 탓으로 재앙과 불운을 상징하는 배가 되어 7년째 되는 해 선주가 팔아 버렸다. 범죄자들과 해적 출신 선원들이 밀무역을 위한 배로 사용하다가 9년째 되는 해의 여름에 폭풍에 휘말려 가라앉았다. 바다에서 죽은 선원들의 안식처.

속도: 11~19	선원 수: 35명(모두 죽어 있음)	
대포: 42문(고장 6문)	적재 공간: 66/298	선체 내구도: 965/1,390
돛: 6/6	바람: -16	파도: 6

선체의 뒤틀림이 남아 있어서, 최고 속도로 올릴 경우 키가 제멋대로 돌아가게 된다. 바다의 불운을 몰고 다닌다. 선수상의 효과로 인해 모든 해상국들과의 적대도가 +20이 된다. 해적들의 존경을 받는다. 운항 중에 부상이 발생할 확률을 조금 줄여 준다.

마리아스호뿐만이 아니라 안달레아호, 스피너호 등 함대 전체에 가지고 있는 재료들을 최대한 활용했다.

조선 장인들만 손볼 수 있는 용골 등을 제외하고 수리할 수 있는 부분은 전부 고친 후에 네리아해로 들어갔다.

수르카와 메이런, 이리엔, 페일의 조용한 대화.

"그런데 우리 퀘스트는 어떻게 되는 거예요?"

"유령선을 타고 바다를 돌아다니는 것도 재밌잖아요."

"토둠에서처럼 또 악명만 잔뜩 쌓이는 건 아니겠죠?"

"어쩌면 그럴지도⋯⋯."

잘못 사귄 친구 때문에 온갖 퀘스트에 다 끼어들게 되는 그들이었다.

유령선의 선장

위드는 조각 변신술을 통해 리치 해적 더럴로 몸을 바꾸고 있는 상태였다.

리치의 마법이나 생명력, 마나 흡수 능력에 약간의 제약은 있었지만 어쨌든 고위 언데드! 유령 선원들은 위드가 한마디 할 때마다 몸을 와들와들 떨었다.

"제발 노여움을 푸시지요."

"밧줄에 돌과 함께 매달아서 저를 바닷속으로 던지시면 안 됩니다."

"상어가 출몰하는 지역입니다. 선장님, 저를 상어들의 먹이로 쓰지 말아 주십시오. 시키는 일은 무엇이든 하겠습니다."

"딱 2개 남은 이빨을… 설마 이것마저 다 뽑으실 겁니까? 부선장님처럼 외팔이로 만드시려고요?"

공포에 사로잡혀 있는 선원들.

위드가 이 기회를 놓칠 리가 없었다. 거만하게 어깨뼈를 활짝 펴며 물었다.

"너희에게 내가 누구냐?"

"이 배의 주인이시고 온 바다의 지배자이며 저희의 권리자이십니다."

두려움의 상징이던 유령선의 선원들이 손바닥을 비비며 아부를 했다.

약한 자에게 강하고 강한 자에게 약한 전형적인 모습이었다.

"후후후."

"켈켈켈!"

위드와 선원들이 놀고 있을 무렵, 페일 일행은 갑판에 서서 이상해하고 있었다.

"암초로부터 멀어지지를 못하는데 배가 가긴 가는 건가?"

"무지 느린데요."

유령선은 원래 느린 배였다.

위드가 대장장이 스킬로 손을 본다고는 했지만, 유령선은 낡은 골동품이었다.

중형 범선의 최대 수용 가능한 인원은 70명 정도!

페일 일행과 검치 들까지 태우고 있었으니 무게로 인해 배가 수면 아래로 깊이 가라앉아서 나아가지를 못했다.

12인승 엘리베이터에 8명만 타도 정원 초과가 되는 검치 들이었다.

"그리고 파도도 엄청 세네요."

"바람도 진행 방향과 거꾸로 부는 것 같고."

역풍에, 심한 파도, 암초들이 바닥을 긁고 해초들이 계속 엉켰다.

불운을 몰고 다니는 유령선!

쿠히이이잉.

이상한 소음과 바다에서 죽은 유령들이 밀려드는 공포의 배.

항해에 온갖 잡다한 악영향이 다 발생하고 있었다.

유령선은 그 자리를 빙빙 맴돌고, 위드와 선원들이 하는 이야기만 멀리까지 들렸다.

"내가 더럴이다."

"최고의 해적 더럴!"

"부유한 자들을 먼저 약탈하고, 가난한 자들과 아이들, 여자들도 가리지 않고 남김없이 싹 털어 버린다는 더럴 님이시죠."

"크켈켈켈."

위드는 거만하게 웃었다.

왼쪽 눈이 있던 자리에는 안대를 착용하고 이마에는 빨간 두건을 둘렀다. 귀가 있어야 할 구멍 난 부위에는 귀걸이까지 걸려 있다.

짤랑짤랑.

1실버를 묶어 놓은 귀걸이가 바람이 불 때마다 소리를 냈다.

"역시 해적은 이렇게 입어야 돼."

해적 그리고 리치로서의 낭만!

페일과 다른 동료들은 멀찌감치 떨어지려고 할 뿐이었다.

가장 어린 수르카마저 외면하게 만드는 차림새였다.

열이틀간의 지루한 항해가 이어졌다.

유령선의 속도가 느린 탓에 다른 배들의 3~4배나 되는 시간을 소모하고 나서야 네리아해로 들어섰다.

네리아해는 베르사 대륙 안쪽으로 깊이 들어가 있는 바다라서, 이곳에서부터는 낚시를 하는 배들이나 모험가들을 태운 배, 상업용 배들이 많이 오간다.

물론 그동안 유령선에 식량이라고는 거의 남아 있지 않아서 위드와 제피가 낚시 스킬로 조달해서 먹어야 했다.

낚시 스킬이 중급 4레벨!

호수나 강, 바다에서만 올릴 수 있는 스킬이라서 다른 것보다 스킬 레벨을 많이 올리지 못했다.

네리아해에서도 아침, 점심, 저녁으로 낚시를 하고 있었다.

"월척이다!"

옆에서 제피가 먼저 낚싯대를 걷어 올렸다.

"오호, 이번에는 조개가… 어라? 안에 진주도 들어 있네."

진주조개를 낚은 것이다.

위드는 힐끗 그 광경을 보았지만 해골의 턱을 묵묵히 다물고 있었다.

제피는 낚싯대로 작은 백상아리나 어린 고래, 골동품까지 건졌다. 하지만 위드가 낚는 것은 주로 갈치나 고등어, 운이 좋으면 참돔 정도였다.

미묘한 자존심 경쟁!

위드의 낚시찌도 깊이 아래로 내려갔다.

잠시 후에, 미끼를 물었는지 낚싯줄을 통해 손에 전해지는 느낌이 묵직했다.

'이번엔 나도 대형 어종이구나!'

바다에서는 힘이 넘치고 생명력이 가득한 생선들을 낚을 수 있다. 이런 생선들을 먹으면 생명력 회복이 빨라지는 요리를 만들 수 있고, 생명력의 최대치도 1씩 올려 준다.

물론 같은 요리를 여러 번 먹더라도 효과의 중복은 없었지만, 휴양을 하면서도 강해질 수 있기에 많은 유저들이 편안하게 음식과 휴식을 즐기는 편이었다.

위드가 낚싯줄을 힘차게 끌어올렸다.

"나도 월척이다!"

미끼에 이빨이 끼어 주둥이를 쩌억 벌리고 올라오는 소형 바다 괴물!

굵은 다리가 9개나 달리고, 얼굴까지 못생긴 바다 괴물이 낚싯대에 끌려왔다.

꾸에에엑!

바다 괴물은 위드를 향해 주둥이를 벌리고 위협을 하려고 했다. 하지만 몸뚱이는 리치인 데다 눈에는 기이한 빛이 번뜩거리고, 심지어 귀까지 뚫은 위드를 보고는 몸서리를 쳤다.

잔인함으로 따지자면 상대를 잘못 고른 셈이었다.

"맛있겠군!"

위드는 바로 바다 괴물을 칼로 난자해서 해물 잡탕의 재료로 사용했다.

바다낚시용 미끼나 낚싯줄 등 완전한 준비가 안 된 상태에서 작지 않은 성과이기는 했지만, 그사이에 제피는 두 팔로 안기도 힘든 참치를 건졌다.

사촌이 땅을 사면 배가 아픈 법!

"크흠."

위드가 잠시 후에 아무렇지도 않은 것처럼 헛기침을 하며 말을 걸었다.

"낚시 실력이 제법이야."

"별거 아닙니다, 형님."

"비싼 것들을 많이 낚던데……."

도자기나 오래된 술병, 보석을 물고 있는 물고기까지, 제피는 엄청나게 낚았다. 사냥을 하는 것과 비교해도 비슷할 정도의 수입을 올리고 있었다.

제피는 고급 낚시 스킬을 적극 활용했다.

바다낚시에서만 활용할 수 있는 미끼의 흔들림!

근방에 물고기가 접근하면 미끼로 쓰이는 새우나 지렁이, 다랑어 새끼들이 춤을 추며 유혹했다.

큰 물고기로서는 물지 않을 수가 없었다.

제피의 다른 고급 낚시 스킬로는 미끼 추적술도 있었다.

수면을 보고 있으면, 바다 깊이 잠겨 있는 낚싯바늘의 주변이 확대된 것처럼 보였다. 그 낚싯바늘을 마나를 통해 움직일 수도 있었다.

낚싯바늘로 바닷속을 유영하면서 먹잇감을 확인하고 가져오는 것이다.

소문으로는 〈로열 로드〉가 열리고 난 이후로 지금까지 낚시만 한 유저가 있는데, 그가 낚은 최대의 물건은 보물이 가득 실려 있는 침몰선이라고 한다.

낚시꾼도 무시할 수 없는 직업이었다.

제피는 좋은 것을 많이 먹어서 체력과 생명력이 높은 것을 이용해 적극적으로 전투에 가담한다.

하지만 여러 몬스터들이 모여 있을 때, 슬쩍 해당 몬스터에 맞는 미끼를 던져서 꼬드기는 것도 낚시꾼이 잘하는 분야였다.

낚시도 알고 보면 굉장히 깊이 있는 분야.

제피는 복잡하게 설명하는 것을 싫어해서 대충 대답했다.

"다 운이죠, 뭐. 제 행운이 700이 넘어서 그런가 보네요."

위드에게 예술 스탯이 있다면 낚시꾼에게는 행운이 있었다.

강가에서 느긋하게 낚시를 즐기면서 체력과 생명력을 늘리고, 엄청난 행운까지 가지고 있는 제피!

사냥을 할 때에도 몬스터들은 실수가 잦았고, 액세서리와 장비들도 훨씬 많이 떨어뜨렸다.

편하게 대충대충 사는 것 같은데도 남들보다 앞서 나가는 전형적인 얄미운 캐릭터!

제피가 낚싯대를 늘어뜨리면서 조심스럽게 말을 걸었다.

"그런데 형님, 유린이 말입니다."

"응?"

"혹시나 해서 물어보는 건데요, 유린이에게 남자 친구가 생긴다면 말이죠, 어떤 남자와 잘 어울릴까요? 그냥 형님의 생각은 어떤지 궁금해서요."

자신과는 관련이 없는 척 위드의 견해를 넌지시 물어보는 제피였다.

"유린이의 남자 친구라……."

위드는 곰곰이 생각하다가 대답했다.

"착해야지. 내 동생도 많이 아껴 주고."

"역시 그렇죠?"

위드는 여자아이의 일생을 다룬 인형을 만들면서 삶에 대한 깨달음을 얻었다.

유린의 나이가 아직은 어리지만, 세상을 향해서 나아갈 중요한 시기다.

남자도 만날 수 있고, 일에 대한 목표도 세울 수 있다.

유학도 원하면 다녀와야 될 테고, 꿈과 사랑을 위해 살면서 성공과 실패도 한다.

때로는 후회도 하고 그리워하면서 사는 게 인생이란 것.

"사랑싸움을 하더라도 폭력을 휘두르는 남자는 안 돼."

"하하하, 그럼요. 그건 당연한 거죠."

"연애하면서 손에 물 한 방울 묻히게 하면 안 되고."

"……."

"손에 물 묻은 자국이 발견되는 그날로 죽여야겠지."

"……."

무조건 여동생을 고생시키고 싶지 않은 오빠의 마음이었다.

~✾~

바다에서는 화령의 친구인 벨로트와 다른 여자들도 부쩍 친해져서 수다를 떨었다.

햇볕을 받으면서 갑판에 뒹굴거리며 많은 이야기를 나누고 있었다.

"그런데 위드 님 혼자서 유령선에 올라왔을 땐 엄청 무서웠을 것 같아요."

수르카가 그 상황을 상상해 봤다.

폭풍으로 하늘은 어둡고 비도 들이쳤으리라. 유령선에는 해초들이 뒤엉켜 있고, 부서진 곳이 많았을 것이다.

언데드 선원들이 있는 장소에 혼자 올라서다니!

"굉장히 무섭잖아요."

수르카의 말을 대부분의 여성들은 공감할 수 있었다.

공포 영화에 나오는 폐가, 혹은 그 이상이었으리라.

〈로열 로드〉의 게시판에도 주변에 유령선이 지나갔다면서 글을 쓰는 유저들이 있었다.

조용하게 스쳐 지나가는 유령선, 팔이나 다리가 없는 언데드 선원들과 눈이 마주쳤다는 게시 글들을 보면 소름이 끼친다는 댓글들이 많다.

밤에 혼자서 유령선에 탑승하려면 어지간한 간담으로는 어림도 없다.

화령이 혀를 살짝 내밀며 말했다.

"굳이 따진다면 위드 님은 공포 영화의 희생양이라기보다는……."

이리엔이 말을 받았다.

"공포 영화의 무서운 존재 쪽에 가깝겠죠."

유령 선원과 해적 들까지 착취해 버릴 무서운 재능!

때마침 위드의 사자후가 들렸다.

"일할 시간이다!"

항해를 하다 보면 하루 종일 무료함이 느껴질 정도로 한가하다고 생각하겠지만 이건 큰 착각에 불과했다.

태양이 막 지평선 위로 떠오를 무렵의 잠깐밖에 여유를 부릴 시간이 없었다.

유령 선원들이 일하기 위해서 재빨리 갑판에서 흩어졌다.

고기 잡는 그물을 치는 유령선들!

"바다는 자원의 보고라고 할 수 있지. 굳이 사 먹을 필요가 없어."

식사를 위해서 물고기들을 잡아야 했다. 위드의 명령이 떨어질 때마다 유령 선원들은 재빨리 움직였다.

위드가 언데드나 오크, 다크 엘프 등을 다룰 때에는 결단력 강하고 카리스마 넘치는 지휘관이었다.

하지만 아무리 험악하게 생긴 몬스터도 사냥하는 위드라도, 진심으로 무서워하는 존재는 있었다.

평생 절대 잊을 수 없는 기억으로 남아 있는 존재, 집주인.

집, 주, 인.

'커헉!'

월세로 살고 있을 때에는 매일매일 피가 말랐다.

바깥에 나갈 때에는 집주인이 있나 없나부터 살피던 눈치의 시절!

벽에 곰팡이가 끼고 보일러가 고장 나고 전등이 꺼져도 한마디 항의도 할 수 없었다.

집주인은 여러 말 하지 않았다.

"집 비울 거야?"

오죽하면 집을 처음 마련하고 난 다음 날 평생 지울 수 없는 악몽을 꾸었을까.

꿈에서 새로 산 집에 예전 집주인이 온 것이다.

"더 좋은 집으로 이사했으니 앞으로 월세도 매달 20만원씩 더 내게!"

위드는 꿈에서도 본능적으로 애원했다.

"저기, 며칠만…… . 곧 들어올 돈이 있는데 아직 못 받아서 요. 다음 달에는 꼭 늦지 않게 드리겠습니다."

위드를 한없이 약하게 만드는 존재가 바로 집주인이었다.

위드는 갑판에서 쪽빛 바다를 구경했다.

시야에 보이는 섬들이 부쩍 많아지고, 오가는 교역선이나 돛단배를 볼 수 있었다.

"어쨌든 네리아해에 오긴 왔군!"

검치 들의 몸무게 그리고 낡고 느린 유령선, 항해에는 부실한 유령 선원들, 복합적인 악영향으로 인해 간신히 도착했다.

근처에 행운의 상징인 돌고래가 등장하면 배도 훨씬 빨라진다. 하지만 그런 돌고래조차도 금세 앞질러 사라질 정도로 느린 유령선! 바다의 재앙인 유령선이지만 정작 타고 있다 보면 느려 터진 배에 불과했다.

"이대로라면 먼바다로 한번 나가려고 하면 2달… 아니, 3달도 걸리겠어!"

네리아해에 오고 나서야 심각함을 깨달았다.

겨우 돛 하나 달고 있는 돛단배들조차도 유령선보다는 훨씬 빠른 속도를 낸다.

유령 선원들은 먹지 않기 때문에 괜찮다고는 해도, 검치 들을 먹여 살리기 위해서는 낚시가 필수다.

며칠간 물고기를 잡지 못한다면 몽땅 굶어 죽어야 할 상황이었다.

식수를 구하기 위하여 섬이나 육지에 정박해서 개울가를 찾는 것도 일이었다.

초보 선장인 위드의 악영향도 컸다.

대장장이 스킬로 배를 고치고 조각상 등을 만들 수는 있었지만 중요한 항해 스킬이 없다. 제대로 항로를 잡지 못해서 유령선이 엉뚱한 방향으로 가 버리거나 해류에 휩쓸리는 일이 빈번하게 벌어졌던 것이다.

"아무튼 2~3시간 후에는 이피아 섬에 도착할 것 같으니까 미리 준비해 둬야 할 게 있겠군. 콜 데스 나이트 반 호크!"

"불렀는가, 주인."

"할 일이 생겼다. 따라와라."

위드는 선실 창고로 내려가서 바쁘게 손을 놀렸다.

"마셔라, 마셔!"

낚시 스킬로 잡아서 창고에 신선하게 보관하고 있던 생선들! 생선들에 억지로 물을 먹이고 있었던 것이다.

꾸르르륵.

데스 나이트 반 호크도 이제는 익숙한 손놀림으로 생선에게 물을 먹였다.

배가 통통하게 부풀어 오르고 무게도 많이 나가는 생선이 잘 팔리기 때문이다.

휴양의 명소 이피아 섬의 백사장은 뜨거운 햇볕과 파도를 즐기는 유저들로 북적였다.

"가끔씩은 이렇게 쉬어 줘야 해."

"여기가 낙원이구나."

천국 같은 휴식을 누리고 있는 그들!

베르사 대륙에서 가장 아름다운 8개 섬 중 하나로도 꼽힌 이피아 섬은 사시사철 관광객들로 북적이는 곳이었다.

바다를 향해 있는 그림 같은 숙박 시설과 맛깔스러운 해양 요리들이 일품이라서 관광객들이 끊이지 않고 찾아온다.

따사로운 햇볕과 쪽빛 바다!

바다에 몸을 담그고, 일광욕과 모래찜질을 한 후에, 밤에는 맥주에 바비큐 파티를 벌인다.

완벽하게 즐거운 하루가 될 수 있었다.

그 덕에 지루한 던전 사냥에 지친 유저들이 이피아 섬에 많이 방문했다.

그때 커다란 범선들이 이피아 섬 근처 바닷가에 나타났다.

바다에 아직도 떠다니는 게 믿기 어려울 정도로 노후한 7척의 범선!

바다를 항해하는 배들은 폭풍이나 여러 재난들을 피하고 행운을 기원하기 위하여 선수상을 달고 있다. 프레야 여신이나 돌고래, 물의 정령 등이 대표적인 선수상이라고 할 수 있다.

하지만 지금 나타난 범선들의 선수상에는 애꾸눈에 외팔, 외다리의 해적이 조각되어 있었다.

위드가 이끄는 유령 함대가 이피아 섬에 온 것이다.

이피아 섬은 네리아해의 바깥쪽으로, 넓은 바다와 이어진 곳에 있는 섬이라서 모험가들이나 상인들이 많은 곳이었다.

지평선의 끄트머리에서 등장해서 해안가에 도착할 때까지 엄청나게 많은 시간이 걸렸다.

쿠우웅.

콰지지지직.

해초들로 인하여, 그리고 해안가의 암초들마다에 부딪치면서 속도가 느려지고 있었기 때문이다.

유령선이 해안가에 닻을 내리고 정박하고 나서, 위드 일행은 작은 배로 갈아타고 이피아 섬에 상륙했다.

"생선 팔아요. 꽁치, 갈치, 연어, 참치, 고등어, 종류별로 다 있어요. 날이면 날마다 오는 기회가 아닙니다. 신선한 해산물들을 마음껏 맛보세요. 조개나 새우도 싸게 드립니다."

이피아 섬에서도 빠뜨릴 수 없는 장사.

열이틀간의 항해로 낚시 스킬을 한 단계 올리고, 산더미 같은 생선들을 판매하는 것이다.

"오빠, 저 사람 리치야?"

"진짜 리치가… 맞는 것 같은데? 이젠 리치가 장사를 하네."

외모만으로도 이목을 끌고 있는 위드!

휴양지에 놀러 온 잘생기고 예쁜 유저들이 많았지만, 위드가 받는 관심을 따라오는 사람은 없었다.

위드는 그럴 때일수록 자랑스럽게 해골을 내밀었다.

'이렇게 얼굴로 관심을 받을 때가 다 있군. 하기야 언젠가 이런 날이 올 줄은 알고 있었지. 그동안 내 외모가 주변 사람들 때문에 너무 가려졌던 거야.'

같은 남자가 봐도 잘생긴 제피. 그리고 페일은 생각보다 옷을 잘 입었다.

위드는 검치 들과 어울리면서 언제부턴가 그들과 함께 여성 유저로부터 외면을 받고 있다고 생각했다.

실제로 수르카나 이리엔처럼 오랫동안 같이 사냥한 사람들이나 마판으로부터 소개를 받은 화령 그리고 어떤 관계인지 아직은 애매모호한 서윤을 제외하면 다른 여자들에게 인기 있는 편은 아니었다.

'과연 남자는 꾸미기 나름이야. 자신감을 가지면 돼.'

위드가 웃으면서 생선을 팔 때, 여성 유저들은 슬슬 검 자루에 손을 올리고 있었다. 언데드를 본 성직자들의 번뜩이는 눈!

'경험치다.'

'정말 아이템을 줄까?'

언데드 사냥은 성직자에게 더 많은 경험치와 명성, 신앙심을 올려 주기에 여성 성직자들도 몰려들고 있었다.

당장이라도 검을 뽑고 싶어 손가락이 근질거리지만, 몬스터가 아닌 유저인 것 같기에 공격을 망설이고 있을 뿐이었다.

붉은색의 이름이 떠 있었으면 영락없이 베어 버렸으리라.

"마지막 정어리 2마리가 남았습니다. 북동쪽 큰 바다에서 잡아 온, 신선하고 맛도 좋고 영양가가 넘치는 정어리. 튀겨 먹어도, 볶아 먹어도, 삶아 먹어도, 구워 먹어도, 탕에 넣어도, 양념을 하건 안 하건, 또 날것으로 먹어도 비리지 않은 정어리를 특별 가격 23실버에 모십니다. 2마리를 모두 사는 분에게는 44실버에 드립니다."

어쨌든 구입만 하면 무조건 이득일 것 같고, 안 사면 두고두고 후회될 것처럼 느껴지게 만드는 상술!

위드는 생선들을 모두 팔아 버리고 나서 거리를 당당하게 활보했다.

'리치가 마을에 들어온 건 처음일 거야.'

최초라는 데에 대한 자부심이 있었지만 섬에 있는 경비병이나 병사 들의 눈빛은 썩 좋지 않았다.

언데드를 보고 놀라는 표정!

부정한 마법을 사용하는 네크로맨서들은 어느 왕국에서나 그리 환영받지 못한다. 리치도 네크로맨서의 상위 계열로 추측되고 있는 만큼 비슷한 대접을 받고 있었다.

유저들도 쑥덕거리면서 신기해했다.

"레벨이 엄청 높은 마법사인가 봐."

"네크로맨서의 2차 전직일까, 아니면 3차 전직일까?"

위드는 침묵을 지키면서 걸었다.

리치로서의 기품이나 품격을 유지해야 하기 때문이다.

그가 지나가고 난 자리에는 시체 썩는 악취에 생선 비린내만이 남았다.

페일과 다른 동료들은 휴양지도 여러 번 다녀왔다. 위드처럼 사냥과 스킬 숙련도에만 미쳐 있지는 않았기 때문이다.

"여기만큼 좋은 휴양지는 보기 힘들 것 같아요. 이피아 섬이 여름을 보내기에는 가장 좋다더니 정말이네요."

수르카가 부러운 듯이 말했다.

이피아 섬에서 일주일 정도를 보낸다면 얼마나 행복할까.

바다에는 산호들이 있고, 섬에는 야자수 같은 나무들로 가득 찬 작은 산이 있는데 경치가 더할 나위 없이 좋았다.

"멋지네."

로뮤나도 이피아 섬이 굉장히 마음에 드는 눈치였다.

바다에서 누릴 수 있는 즐거움, 사람들이 〈로열 로드〉에 빠져들 수밖에 없는 이유가 이런 데에 있지 않을까 싶었다.

한없이 자유롭고 편안하면서, 또 위험하기도 하다.

모험과 사냥 그리고 사람들과 친분을 쌓을 수 있으니 〈로열 로드〉의 매력에서 헤어 나오질 못한다.

모라타만 보더라도 이용자들이 부쩍부쩍 늘어나고, 또 행복해하는 걸 볼 수 있었다. 모라타의 이야기가 나올 때마다 화령이 환하게 웃으며 말했다.

"위드 님은 항상 주민들과 초보자들을 많이 존중하는 것 같아요. 다른 영주들은 그렇지 않던데 말이에요."

"……."

진실을 아는 페일과 마판은 굳은 얼굴로 있을 뿐이었다.

'어떻게 똑같이 위드 님을 겪었는데도… 우리와 화령 님의 생각이 이렇게 다를 수가 있지?'

'저게 바로 전문용어로 콩깍지라고 하는 건가. 한번 씌워지면 웬만해서는 벗겨지지 않는다는.'

벨로트가 제안했다.

"우리 해변이나 걸을래요?"

"찬성!"

"어서 가죠!"

이피아 섬의 해변은 인기 만점인 곳이다.

일부러 와서 대낮에 해변을 거닐어 보지 않는다는 건 말도 안 된다.

수영복 차림으로 돌아다니는 유저들, 간단한 가죽 복장을 입고 있는 유저들도 보였다. 일광욕과 모래찜질을 하면서 나른한 휴식도 취하고, 바다에 뛰어들기도 한다.

그렇게 보기 좋은 광경에, 사람들이 몰려 있는 게 보였다.

온몸이 근육질에 힘줄이 튀어나와 있는 검치 들이 수영을 하거나 모래사장에 누워 있었던 것이다. 해변에서 몸 자랑하는 남자들의 기를 팍 꺾어 놓는 광경이었다.

꿈ꙮ

위드는 해양 길드로 들어갔다.

배를 가진 선주들이나 상인들, 어부들, 바다를 터전으로 하는 많은 유저들이 이용하는 길드였다.

다른 길드처럼 교관도 있었고, 필수적인 스킬을 가르쳐 주는 훈련소도 있다.

　닻을 내리는 법, 폭풍우가 칠 때의 대처법, 돛을 조정하는 법 등 바다에 대해서 많은 정보들을 배울 수 있는 장소.

　위드가 뚜벅뚜벅 걸어갔을 때에도 교관은 놀라지 않았다.

　"항해를 위해서 왔나?"

　"그렇습니다."

　"무엇을 배우고 싶은가?"

　"빠른 항해를 위한 모든 것을 배우고 싶습니다."

　"욕심도 많군. 그럴 자격은 되나?"

　"물론입니다."

　항해 스킬은 대부분 몸으로 때우면서 배울 수 있었다.

　"그럼 따라오게!"

　해양 길드는 다른 길드들보다 훨씬 거대했다.

　위드는 교관의 가르침에 따라서 노를 젓는 법과 돛을 조정하는 법 등을 배웠다.

　배를 바다에서 빠르게 이동하게 하기 위해서는 바람을 잘 타야 한다. 즉, 돛을 조정하는 스킬은 항해사에게는 필수적이라고 할 수 있었다.

　유령 선원들이나 부선장 니크는 돛을 조정할 줄 몰랐다. 유령선은 알아서 먹이를 향해 미끄러져 간다. 재난이 있는 곳으로 찾아가기 때문에 돛을 조정하는 법은 위드가 배워야 했다.

　"배는 해류의 움직임에 따라서 다르게 반응하지. 먼바다로 나아가고 싶다면 해류를 잘 이용하고 민첩하게 키를 돌릴 줄도 알아야 해. 암초나 해양 동물들을 피하기 위해서는 필수적이라고 할 수 있어."

교관의 가르침에 따라 작은 배에서 키를 돌리는 것도 연습했다. 키를 돌릴 때마다 배가 원하는 방향으로 느리게 선회했다.

"수영은 할 줄 알지? 바다에 빠졌을 때에 수영을 할 줄 모른다면 그대로 빠져 죽게 되지."

물에 빠뜨려서 수영을 하는 방법도 연습시켰다.

원래 위드는 타고난 개헤엄 전문가였다. 저수지라는 무대에서, 악천후 속에서도 갈고닦은 수영 솜씨!

"모양은 이상하지만 아주 빠르고 효과적이군. 그만하면 발을 헛디뎌서 바다에 빠져도 죽을 일은 많지 않겠어. 이 정도면 항해에 대한 기본기는 터득했다고 할 수 있군."

띠링!

스킬, 항해를 습득하였습니다.

항해
이동 계열 스킬. 바다나 강에서 배를 다루는 전반적인 기술. 항해 스킬이 높아질수록 선체를 다루는 능력이 향상되어, 배에 추가적인 속도가 부여되고 역풍이나 해일의 영향이 줄어든다. 먼 거리의 항해나 대단한 발견, 재난 속에서 항해를 하면 스킬의 숙련도가 빠르게 늘어날 것이다. 중급 이상의 스킬 레벨을 가지고 있으면 선원들의 불만이나 충성도 저하를 억제할 수 있어서 먼 거리의 항해에 유용하다.
현재의 스킬 레벨: 초급 1. 배에 3%의 추가적인 속도가 부여된다. 역풍이나 해일의 피해를 1.5% 줄인다.

스킬의 획득에 따라 체력이 4 상승하였습니다.

스킬의 획득에 따라 통솔력이 6 상승하였습니다.

스킬의 획득에 따라 민첩이 3 상승하였습니다.

스킬의 획득에 따라 행운이 9 상승하였습니다.

항해 스킬은 섬이나 바닷가에서 시작한 유저들은 필수적이라고 해도 좋을 만큼 반드시 배우는 유용한 스킬이었다. 항해할 일이 많지는 않다고 해도 여러 스탯들을 함께 성장시킬 수있는 것이다.

"해도를 보는 법도 배우겠나?"

"바다를 항해하려면 꼭 알아야겠지요. 배우고 싶습니다."

해도를 보는 방법도 습득했다.

나침반과 배의 이동속도를 바탕으로 자신이 있는 정확한 위치를 계산하는 방법이었다.

중간에 특정 발견물이 있거나 항해를 하면서 해양 생명체와의 친밀도가 올라가면, 그들이 위치를 알려 주는 일도 있다고한다.

물론 최소한 초급 과정은 떼어야 가능했다.

스킬을 배우며 지혜와 지식 스탯을 3씩 늘릴 수 있었다.

"조선 스킬도 배우겠다면 가르쳐 줄 수는 있는데. 자네의 손재주라면 얼마든지 배울 수 있겠군."

"배우고 싶습니다."

스킬을 획득하면 최소한 몇 개씩의 스탯은 주어진다.

다다익선!

조선 스킬은 나무를 이용하여 작은 배를 직접 만드는 것으로 익힐 수 있었는데, 고급 손재주와 조각술을 가지고 있는 위드에게는 매우 쉬운 일이었다.

바다를 항해하는 배들은 기능성이 중심이 되어야 한다. 그에 따라 시행착오 없이 배를 제작하는 방법에 대한 경험담도 들을 수 있었다.

조선 스킬을 습득하고 난 후에는 체력과 지구력, 인내력이 5씩 늘었다.

위드가 아무리 잡캐라고는 해도 조선 스킬마저 중급이나 고급까지 키울 자신은 없었다.

'배는 제작하는 데 시간이 너무 많이 걸려.'

바닷가에서만 만들어서 팔 수 있으므로 제약도 심하다.

'이런 부분에서는 조각사가 훨씬 낫군.'

조각술에 대해서 긍정적인 부분도 발견!

⁂

사냥, 사냥, 사냥!

서윤은 덤비는 몬스터들을 베어 넘기면서 아이템들을 수거했다. 광전사답게 몬스터가 많을수록 더 큰 힘을 발휘할 수 있었다.

어떤 위험한 던전이라고 해도 그대로 뛰어드는 그녀!

"……."

서윤은 울림의 계곡, 영혼병의 능선, 선인장의 협곡을 단독으로 격파했다.

북부에서는 혼자서 최초로 사냥을 한 사람이라서 명성과 경험치, 아이템들을 더 많이 얻을 수 있었다.

고위 몬스터들이 즐비한 지역과 그 안에 있는 던전들을 사냥하면서 그녀는 퀘스트도 진행했다.

―제 새끼가 가출을 했나 봐요. 시간이 되면 찾아 주실 수 있으세요?

냇가에서 만난 사슴의 부탁!

서윤은 〈로열 로드〉에서 위드와 친구 등록을 할 때를 제외하고는 말을 하지 않았다. 그랬더니 얻게 된 스킬.

마음 대화술
동물이나 몬스터, 정령, 전설적인 존재들과 대화를 나눌 수 있다. 스킬 숙련도 외에도 친화력이나 카리스마, 매력의 영향을 크게 받는다. 간단한 의사를 전달할 수 있으며, 사냥한 종족과는 대화가 단절될 수도 있다.

동물이나 몬스터로부터도 퀘스트를 받는 서윤.

마을이 아니라 산속의 웅달샘에서도 퀘스트가 발생했다.

서윤은 그런 부탁을 들어서, 새끼 사슴 1마리를 구하기 위하여 온갖 던전을 헤집고 다녔던 것이다.

다행히 통구이가 되기 직전에 새끼 사슴을 구해 냈다.

─엄마가 보내서 오셨어요? 감사드려요. 그런데 저를 구해 줄 정도라면 꽤 능력 있는 분이겠군요.

새끼 사슴은 그녀에게 좋은 정보를 주었다.

─인간들이 좋아하는 보석 목걸이가 저쪽 숲에 버려져 있었어요. 아직 아무도 발견하지 못했다면 그대로 있을 거예요. 저도 그 목걸이를 다시 보고 싶네요. 엄마도 좋아하실 거예요.

보석 목걸이와 관련된 퀘스트 발생!

서윤은 목걸이가 있다는 숲으로 향했다.

죽음의 계곡, 위드와 함께 고생을 하면서 여행했던 장소와 멀지 않은 지역이었다.

'그가 아파서… 죽을 먹여 주기도 했지. 맛있었을까?'

당시 서윤은 굉장한 용기를 발휘한 것이었다.

처음으로 다른 사람을 위하여 요리를 했고, 직접 떠먹여 주기도 했다. 떨려서 간도 제대로 못 보고 그저 조심스럽게 먹여만 주었던 죽.

맵고, 짜고, 썼던 죽!

간호를 했던 사건은 서윤에게 있어서 따뜻한 추억이 되었다.

'행복했던 것 같아.'

위드와 함께 여행을 했다.

외롭다는 느낌도 받지 않았고, 때론 웃음이 나올 것 같은 기분을 억지로 참아 내야 했다.

'동굴 속의 조각품도 있었지.'

극한의 추위에서 서로를 걱정하며 웃어 보이는 연인들을 조각하는 위드!

학교에서 만날 수 있었기에 그립지는 않았다.

'그를 지켜 줄 수 있을 정도로 강해져야 돼.'

위드가 몬스터에게 맞아 죽는 것을 보고 싶지 않다.

서윤은 그래서 매일을 사냥터에서 전전하고 있었다. 전보다 훨씬 더 많은 시간을!

그녀는 뱀파이어의 초대를 받아서 토둠에도 다녀왔다.

토리도가 죽음의 계곡에서 위드를 초대했을 때, 서윤도 함께 있었다.

"아름다운 아가씨, 그대라면 언제든지 토둠을 방문하셔도 됩니다."

토리도는 위드가 없는 틈을 타서 붉은 장미 한 송이를 내밀며 서윤을 초대했다.

토리도는 매우 단순한 뱀파이어였다.

어리거나 예쁜 여자라면 바로 무한한 친밀도를 가졌던 것!

"아름다운 아가씨, 혹시 뱀파이어가 되실 생각은 없나요?"

띠링!

숨겨진 종족 '뱀파이어'가 될 수 있습니다.
종족을 바꾸면 뱀파이어의 특수한 능력을 사용할 수 있습니다. 단, 사망했을 때의 경험치 손실과 줄어드는 스킬 숙련도의 페널티는 3배로 올라갑니다.
뱀파이어가 되어 있는 동안은 무기 사용과 방어구 착용에도 제약을 받습니다. 하지만 뱀파이어는 신체 능력이 전사들과 비교할 수 없을 정도로 뛰어나고, 매우 큰 생명력과 전투 능력 그리고 마법 사용도 가능한 종족입니다.
뱀파이어 종족을 유지하는 동안 뱀파이어 퀸, 뱀파이어 로드 등으로 승급도 할 수 있습니다. 단, 일곱 번 사망하거나 심장에 은으로 된 못이 박히면 인간으로 완전히 돌아오게 됩니다.

서윤은 물론 거절했다.

낯선 사람을 경계하는 그녀로서는 토리도에게 목덜미를 물리고 싶지 않아서였다.

뱀파이어 왕국 토둠에서 사냥을 마치고 나올 때에는 토리도도 함께였다.

"과연 주인을 잘 만나야 돼."

위드와는 비교 자체가 불가능한 대상이었다.

잔소리도 안 하고, 폭력도 저지르지 않는다.

어여쁜 서윤과 함께 사냥터를 돌아다니니 토리도로서는 이처럼 행복한 일이 없는 노릇.

토리도가 이끄는 진혈의 뱀파이어족도 서윤과 함께 사냥을 하면서 성장하고 있었다.

이피아 섬의 저녁

"바다다!"

"아자자자! 일단 뗏목부터 만들어야지!"

이피아 섬에서 시작한 초보 뱃사람들!

그들은 벌목한 목재로 뗏목을 만들어서 바다로 나갔다.

항해사를 꿈꾸는 유저들로 인하여 이피아 섬의 목재 가격은 상당히 비쌌다.

숲과 산으로 들어가서 마구 벌목을 해 버리는 것이다.

"낚시라도 하면 일단 먹고는 살 수 있으니까. 나중에 먼바다를 넘나들며 모험하는 항해사가 되겠어."

"해적들이 황금을 숨겨 놓은 무인도라도 발견한다면··· 흐흐흐흐."

"진짜 모험이라면 역시 바다지!"

초보 유저들은 넝쿨로 통나무들을 엮어서 만든 배에, 돛이라고는 천 조각 하나 달고 겁도 없이 바다로 나갔다.

깃대에 새겨져 있는 여러 이름들!

　이피아 수송 상단
　베르사 대륙 해운 연맹
　발로이 해양 평화군

뗏목에 불과하지만 그래도 이름은 거창했다.

수르카가 부러운 듯이 말했다.

"엄청 활력이 넘치는 섬이네요."

바다가 보이는 맥주 가게에 앉아서 오렌지 주스를 마시고 있는 그녀!

제피도 지나다니는 여자들을 눈동자만 굴리면서 탐색하고 있었다. 이제는 억제하려고 해도 탐색이 거의 저절로 이루어지는 경지였다.

"멋진 휴양지에… 좋은 분위기입니다."

반경 100미터 내로 지나가는 여자들을 놓치지 않는다.

'살짝 허벅지가 두껍군. 짧은 곱슬머리보다는 어깨까지 찰랑거릴 정도로 폈으면 전체적인 인상이 살아서 예뻐질 텐데.'

여자들을 심층 분석까지 하는 제피!

'저 여자는 쓸쓸해 보여. 함께 온 다른 친구는 애인과 같이 있는 모양이로군. 혼자 간단히 마실 거리를 사러 온 것 같은데……'

본능이 앞설 때였더라면 자연스럽게 여자들에게 다가가서 친구 등록을 하거나 저녁을 함께했으리라.

하지만 제피의 엉덩이는 의자에 그대로 붙어서 떨어지지 않았다.

이제는 수많은 여성들과 비슷한 대화를 나누고 친한 척을 하고, 그렇게 짧게 사귀다가 헤어지는 데 신물이 났다.

재력, 외모, 학벌.

외제 차나 번화가에 있는 대형 오피스텔, 특급 호텔 회원권, 명품 시계와 옷. 남자로서 내세울 수 있는 무기로 탐색전을 펼치고 호감을 사기에도 질렸다.

마음이 움직이지 않으면 결국은 공허한 만남이었다.

'서로 잠깐의 외로움을 달래고 결국은 허탈해지고 말지.'

제피는 진정으로 사랑할 수 있는 여자를 만나고 싶었다.

이 세상을 다 갖지 못하더라도 언제나 함께할 사랑하는 사람이 있다면 행복해지지 않겠는가.

다만 알 수 없는 건 유린의 판단이었다.

'나를 좋아하기는 하는 건지…….'

시간을 같이 보내고 데이트도 가끔 하지만, 연인이라고 하기에는 무언가 부족한 사이.

'시간이 해결해 주려나?'

복잡한 생각을 하는 와중에도 제피의 눈동자는 여자들을 향해 끊임없이 돌아갔다.

'어? 저 여자 괜찮은데…….'

저절로 움직이는 고개!

"쯧쯧."

"저러니까 안 되지."

화령이나 메이런, 로뮤나 등이 그 모습을 고스란히 보고 있었다.

유린은 음료수를 마시면서 섬의 풍경들을 그리느라 신경도 안 썼다.

이피아 섬에서의 여름휴가!

〈로열 로드〉에서 이렇게 마음 편히 쉰 적이 과연 있기는 했던가.

～≪≫～

위드는 이피아 섬 앞에 배를 띄워 놓았다. 그리고 가소롭다는 듯이 주변의 뗏목에 걸린 깃발들을 보았다.

"뗏목들 주제에 거창하게들 노는군."

초보 유저들을 안타깝게 여기고 동정했다.

그가 타고 있는 배는 단순한 뗏목들과는 수준이 다른 쪽배였던 것!

크라켄도 때려잡는 대해적 더럴!

위드의 변신한 이름을 따서 지은 더럴호!

최초로 조선 스킬을 써서 만든 쪽배였다.

유령선은 너무 커서 초급 7레벨 이상의 항해 스킬이 있어야만 제대로 몰 수 있다.

스킬의 레벨이 너무 낮으면 엉뚱한 방향으로 배가 흐르거나 숙련도가 더욱 더디게 올랐으니, 일부러 간신히 한 사람이 앉아서 조종할 정도의 쪽배를 만들었다.

바다에 둥둥 떠 있는 것만으로도 약간의 숙련도는 오른다.

이레간 이피아 섬 근처를 돌면서 경치를 구경하고 항해 스킬도 3레벨까지 올렸다.

항해 스킬이 오를수록 배를 다루는 기술이 좋아져서 선박의 속도가 빨라지고 파도의 영향도 덜 받는다.

낮은 항해 스킬이었지만 쪽배를 다루는 데에는 능숙해졌다.

베르사 대륙의 시간으로 이레 만에 이피아의 항구로 돌아왔을 때였다.

띠링!

항해 스킬 4레벨!

"스킬의 레벨이 꽤 빠르게 오르는군!"

위드는 상당히 흡족했다.

생산 스킬이나 조각술에 비하면 매우 빠른 발전 속도라고 할 수 있었다.

짧은 기간이지만 위드처럼 독하게 항해를 했던 뱃사람도 없으리라.

"배가 손상되면 숙련도가 잘 오르지 않을까? 침몰 직전의 배를 몰면 숙련도를 더 줄 것도 같은데⋯⋯."

암초만 보면 노를 저어 맹렬하게 돌진!

배의 내구도가 바닥까지 떨어졌을 때, 조선 스킬을 활용해서 수리를 했다.

부서진 나뭇조각을 끼워 맞추고 밧줄로 감는다.

식량은 낚시를 해서 구하고, 식수는 비가 오면 받아서 사용했다.

얼마나 험하게 항해를 했는지, 이피아 섬 근처만 돌고 왔는데도 불구하고 쪽배는 누더기가 되어 있었다.

위드가 선착장에 내리자마자 알아서 가라앉는 배!

소유하고 있던 선박 더럴호가 침몰하였습니다.
명성이 35 줄어듭니다. 적재되어 있던 해초 4개를 잃어버렸습니다.

배야 새로 만들면 된다.

싸구려 쪽배였으니 인양하더라도 가치가 없다고 할 수 있다.

초보자들도 타지 않을 배였던 것이다.

"항해 스킬이 4레벨이 되었으니 이제는 소형 쾌속정도 몰 수 있겠군."

뱃사람들에게는 배를 한 단계씩 올려 가는 재미가 컸다.

더 높은 등급의 배를 타고, 돛도 추가하고, 선원들도 고용하여 진정한 먼바다로의 항해를 꿈꾸는 것!

위드는 전문적으로 항해 스킬을 키울 생각은 없기에 여기서 그칠 작정이었다.

다른 사람들이 이피아 섬에서 휴식을 즐길 수 있도록, 그리고 여동생을 위해서 며칠 머무르고 있었던 것뿐이다.

하지만 바다는 정말 매력이 있었다.

먼바다에서는 낚시로 낚을 수 있는 어종도 다르고, 바다의 색깔조차도 차이가 난다.

맑은 물 깊이 떠다니는 물고기가 보일 정도고, 산호초들은 신비로우면서도 왠지 마음을 밝고 가볍게 만드는 효과가 있다.

그렇게 항해를 하다 보면 아무도 발견하지 못한 무인도나 해양 생물을 발견할 수도 있는 것이다.

물론 대부분의 유저들은 상업 쪽의 계열로 들어가서 교역선을 끄는 선택을 하는 편이었다.

주로 국가 간 무역을 해서 큰돈도 벌 수 있고, 나중에 베르사 대륙을 돌아다니기에도 편하기 때문이다.

베르사 대륙에 유명한 격언이 있다.

모험가는 처음 발걸음을 남기고
전사들은 그 땅에서 싸우며
상인들은 앉아서 바가지를 씌운다.

베르사 대륙을 돌면서 특산품을 거래하는 상인이 가지 못하는 곳은 없다.

대륙에서 생산되는 막대한 물량의 병장기나 각종 물품들을 운송하는 상인의 위력이야말로 내세우지 않는 힘이라고 할 수 있다.

바다를 이용할 생각을 가진 상인 지망생들은 미리 항해 스킬을 익혀 두는 편이었다.

"어떤 명문 길드라고 해도 상인 조합의 뒷받침이 없으면 이루어지지 않을 테니까."

위드는 해양 길드로 가는 대신에 화령 및 다른 동료들과 함께 만나기로 한 선술집으로 향했다.

자하브를 찾아 노래를 배우는 퀘스트, 마탈로스트 교단의 잔여 퀘스트, 니플하임 제국과 관련된 퀘스트.

3개의 의뢰를 모두 진행하고 있으니 퀘스트는 할 수 없는 처지다.

그래서 이피아 섬의 명물이라고 할 수 있는 맥주를 마시며 해변에서 바비큐 파티를 하자고 했던 것.

위드는 다른 목적도 물론 가지고 있었다.

니플하임 제국의 퀘스트를 위해서는 정보를 모아야 한다.

휴양지라고 할 수 있는 이피아 섬이지만, 그만큼 많은 선원들이 방문하는 중요 기항지이기도 했다.

각 항구마다 가장 많은 정보를 가지고 있는 건 술집의 여종업원이었다. 바다에 관한 퀘스트 정보를 입수하기 위해서는 그들을 공략해야 했다.

술집에서 여종업원들에게 어떤 대우를 받느냐도 유저들에게는 민감한 경쟁의식을 불러일으켰다.

"유령선을 타고 간 사형들은 잘하고 있는지 모르겠군."

이피아 섬 주변에 있는 해적 섬 크로아!

작은 어선들이 전사와 성직자, 기사 등으로 구성된 사냥 파티들을 내려 주었다.

"오시느라 수고가 많으셨습니다."

"아니에요. 데려와 주셔서 고맙습니다. 여기 약속했던 3골드예요."

크로아는 매우 위험한 사냥터였다.

딱 절반은 해적들의 근거지였고, 각종 방어 시설은 물론이고 성채까지 지어져 있다.

그리고 섬의 나머지 절반은 몬스터들의 천국!

레벨 340 이상의 유저들만 살아 돌아올 수 있는 고레벨 사냥터로 분류되어 있다.

좁지만 안전한 상륙지에는 파티를 원하는 다른 유저들도 서 있었다.

조심스럽게 크로아 섬을 탐험하고 사냥하려는 유저들!

그런데 바다로부터 7척의 낡아 빠진 범선들이 위풍당당하게 다가왔다.

대해적 더럴의 유령 함대!

애꾸눈, 외팔, 외다리 해적이 황금을 손에 움켜쥐고 있는 멋진 깃발까지 달려 있었다.

뿌우우우우우우!

"적의 침입이다."

섬의 해적들은 기민하게 반응했다.

곳곳에서 비상을 알리는 뿔피리 소리와 고함 소리가 들렸다.

사냥을 하려던 유저들은 놀라서 일단 자리에 앉았다.

"어떻게 하죠?"

"일단 저 멍청이들이 죽을 때까지 기다리도록 합시다."

크로아 섬의 해적들을 건드리다니, 미쳐도 보통 미친 게 아니다.

크로아 섬이 어떤 곳이던가.

네리아해에서도 가장 악명 높은 해적들이 모여 있는 장소가 아니던가 말이다.

이런 크로아 섬이다 보니 사냥을 하는 유저들은 그다지 많지 않았다.

섬에서 사냥을 하는 것만으로도 충분히 자부심을 느낄 정도였다.

"미련한 놈들."

그들이 비웃고 있는 와중에도 해적들은 속속 해안가로 집결했다.

낡아 빠진 범선은 방향도 바꾸지 않고 그대로 직진이었다.

검삼치가 선장의 좌석에 앉아 있고, 부선장 니크가 배를 조종하고 있었다.

니크는 황송한 듯이 허리를 굽실거리면서 말했다.

"임시 선장님! 이대로라면 해안에 부딪칩니다만, 속도를 늦출까요?"

검삼치는 고개를 저었다.

"전속력으로 직진하라."

"알겠습니다요."

방향도 바꾸지 않고 직진!

해적들이 기다리고 있는 해안가의 모래톱에 정박했다.

크로아 섬의 해적들이 시미터와 밧줄이 달린 갈고리 등을 들고 유령선으로 접근했다.

"우와아아!"

유령선의 갑판과 구멍 난 선체에서 검치 들이 튀어나왔다.

해적들로 유명한 크로아 섬에 상륙작전이 벌어지고 있었다.

───◈───

이피아 섬의 술집들은 20개도 넘었다.

이피아 섬이 휴양지로 이름이 나 있기도 했지만, 긴 항해를 마치고 돌아온 뱃사람들이 맥주를 마시면서 피로를 푸는 곳이기 때문이었다.

보통 수영복을 입고도 들어갈 수 있는 해변 술집, 뱃사람들이 주로 가는 항구 술집 그리고 아늑하고 고즈넉한 분위기의 술집으로 분류되었다.

화령이 만나자고 한 술집은 '항구소녀의기다림'이라는 이름을 가지고 있는 분위기 있는 술집이었다.

"여기 맥주 한 잔 그리고 안주로는 말린 미역 한 가닥, 소금은 많이 뿌려 주세요."

주문을 마친 위드는 자리에 앉았다.

술집에는 잔잔한 음악이 흐르고 있었다.

'나쁘지 않은 분위기군.'

제피와 다른 동료들은 아직 도착하지 않았다.

위드는 손가락으로 말린 미역을 잡아서 썩은 이빨로 꼭꼭 씹었다.

언데드로 변한 이후에도 고소한 맛은 느낄 수 있었다.

평범한 언데드 해골이라면 맛도 몰라야 정상이겠지만, 조각 변신술로 몸이 바뀐 덕에 인간의 장점도 조금은 가지고 있는 것이다.

조각 변신술을 마스터하게 되면 그마저도 사라질지 모르지만, 맛이나 향을 느낄 수 있다는 데에 의미가 있었다.

위드는 맥주를 조금씩 아껴 마시면서 주변의 이야기들을 들었다.

"이피아 섬에 오길 잘했어. 내년에도 또 와야겠군."

"그때는 다른 친구들도 모두 데리고 오세."

"팔로윈이 데버릭 함대를 따라갔다고 하더군. 무슨 큰 퀘스트에 참여하려고 하는 건지 밝히지는 않았지만 자부심이 대단하던데."

"지금 치즈를 브렌트 왕국에 운송하면 큰돈을 벌 수 있을 것 같은데……. 그렇게 생각하지 않나?"

소소한 정보들이지만 모아 놓으면 큰 그림을 그려 볼 수도 있었다.

상인들이나 여러 직업을 가진 유저들은 술집에서는 어느 정도 허심탄회하게 속마음을 털어놓고 이야기하는 편이다.

다른 유저들이 듣고 이득을 얻을 수도 있지만, 자신들도 그런 도움을 받기 때문이다.

비밀이 아니라면 술집에서는 어떤 이야기든지 나누고, 좋은 정보가 있으면 마신 술값을 대신 지불해 주는 게 관례였다.

위드는 선술집에서도 음침하게 로브를 뒤집어쓰고 다른 사람들이 하는 대화를 엿들었다.

10분쯤 염탐을 하고 있을 때였다.

"근데 모라타의 영주는 매번 어디가 그렇게 바쁜지 몰라. 떠나기 전에 얼굴이나 봤으면 좋았을 텐데 말이야."

위드의 귓가에 근처 남자 바드들이 떠드는 소리가 들렸다.

"어디서 조각품을 만들거나 퀘스트를 하겠지. 다음에 모라타에 갈 때는 봤으면 좋겠군."

"전쟁의 신 위드라……. 마탈로스트 교단의 퀘스트를 다른 유저들에게 공유해 주었다면서?"

"원래 그런 퀘스트는 독점하고 잘 내놓지 않는 법인데 말이야. 배포가 굉장해."

"전투 계열 직업들은 좋겠군. 쉽게 경험해 볼 수 없는 그런 퀘스트를 단체로 받아서 한다니 말이지."

"몇백 명이 협력해서 퀘스트도 하고……. 재미있겠어."

위드의 뼈밖에 없는 좁은 어깨가 활짝 펴졌다.

마탈로스트 교단의 퀘스트를 단체로 공유받은 유저들은 의뢰를 해결하기 위해서 함께 뭉쳤다.

〈로열 로드〉에서 그런 퀘스트에 참여해 보는 것은 쉽지 않은 일로, 즐거운 경험이 될 것이다.

"모라타 영주에게 확실히 독특한 면이 있긴 하지. 돈을 버는데 집착하고, 어지간한 상인보다도 훨씬 장사를 잘한다잖아."

"아, 그런데 오늘 저녁에는 하이렌과 베너티의 공연이 있지 않나?"

화제는 금방 다른 곳으로 돌려지고 말았다.

술자리에서 다른 지역의 영주 이야기를 깊게 할 이유는 없을 테니까.

"중앙 광장에서 공연을 한다는군."

"드디어 중앙 광장까지 진출했나? 이 속도라면 여신상 앞도 얼마 남지 않았겠어."

"정말 멋진 공연을 하는 바드들이야."

하이렌과 베너티는 여성 바드들이었다.

연주와 노래를 함께하는 그녀들은 모라타에서 선풍적인 인기를 끌고 있었다.

문화에 대한 지속적인 투자 덕분에 바드들도 왕성하게 활동하고 있다. 베르사 대륙에 흩어져서 공연과 노래를 하기 때문에 모라타를 주제로 한 곡들도 많았다.

모라타는 즐거운 모험과 풍요로운 상업 활동의 중심지가 되고 있었다.

북부의 이야기를 이곳 이피아 섬에서 들을 수 있다는 사실 자체가, 그만큼 모라타에 유저들이 많아졌다는 증거였다.

위드의 퀘스트들이 방송되었을 때에는 술집마다 그에 대해 이야기꽃을 피웠으리라.

"여기, 종업원!"

위드는 술집의 종업원을 불렀다.

"네, 손님."

머리를 두 갈래로 땋은 여종업원이 금방 달려왔다.

"저쪽 바드들이 있는 테이블 말인데……."

"대신 계산해 주시겠습니까?"

"아니요. 말린 미역 두 가닥 보내 주세요. 계산은 나중에 올 동료가 대신할 겁니다."

"쳇! 알겠습니다, 손님."

무시하는 듯한 여종업원의 태도가 불량했다.

친밀도가 낮기에 벌어지는 일. 정체도 모를 언데드 해골에, 술도 사 주지 않는 위드는 비호감이었던 것이다.

"고맙습니다."

미역을 받은 바드들이 감사의 인사를 하고, 위드는 가볍게 손을 흔들어서 답했다.

그리고 곧 꾸깃꾸깃한 로브를 펴고 여종업원에게 걸어갔다.

"아가씨, 조각품 좋아하세요?"

친밀도를 쌓기 위한 작업!

위드가 여종업원에게 말을 걸자, 여러 유저들이 주의 깊게 그 모습을 지켜보기 시작했다.

바다에서는 항구에 있는 술집 여종업원과의 친분 관계에 따라서 필요한 정보는 물론이고 커다란 퀘스트도 얻을 수 있다.

여종업원과의 대화를 엿들으면서 참고할 만한 부분이 있는지 살피려는 것이다.

"제 이름은 안델리아예요. 그리고 조각품은 싫어하는데요!"

매섭게 퇴짜를 놓는 안델리아!

이런 수작을 한두 번 경험하는 게 아니었으므로 쉽게 넘어오지 않았다.

친밀도를 쌓기 위해서는 오랜 기간 얼굴을 익히거나 대화를 성공적으로 나누어야 한다.

그렇다고 여기서 포기할 위드가 아니었다.

이대로 좌절하고 물러난다면 수련소의 교관과 도시락을 나누어 먹거나 모라타 마을 장로의 하나뿐인 식량인 고구마까지 뺏어 먹지는 못했을 것이다.

위드는 뼈밖에 없는 손가락으로 탁자를 가볍게 두들기며 말했다.

"아름다우시군요."

"그쪽 같은 해골에게 칭찬을 들어도 기쁘지 않네요."

"어떤 남자를 좋아하십니까?"

"머리가 짧은 남자를 좋아해요. 그리고 댁처럼 머리가 한 가닥도 없는 남자를 가장 싫어하는 편이에요."

해골의 설움!

애꾸눈에 귀걸이까지 하고 있으니 외모로는 안델리아의 극심한 비호감을 샀다.

'해골이 멋있지 않나?'

위드는 여성들의 취향이 이해가 안 되었다.

이렇게 멋진 차림새를 도대체 어떻게 싫어할 수가 있다는 말인가.

두개골 부위에 금이 쩍 갈라져 있는 자연스러운 모습까지 우아하지 않은가.

오크 카리취 때부터 가지고 있던 약간은 남다른 미적감각이 여종업원과의 거리가 멀어지게 만들고 있었다.

위드는 방향을 바꾸기로 했다.

'아부는 쉽게 안 먹힐 거야.'

여종업원에게 아부를 하는 사람들은 매우 많았으리라. 약간씩의 호감을 올려 줄 수는 있겠지만 대대적인 친밀도 형성을 위해서는 특별한 방법이 있어야 된다.

'선물.'

여종업원들의 환심을 사기 위한 가장 빠르고 편한 방법!

다만 선물로 쌓은 친밀도는 오래가지 않았다. 다음에 술집에 와서도 선물을 하지 않는다면 금방 친밀도가 하락한다고 한다.

'선물은 아깝고.'

위드는 일단 직접 물어보기로 했다.

"그럼 무슨 이야기를 좋아하십니까?"

"저는, 음… 모험 이야기를 아주 좋아해요. 특히 바다에서의 모험 이야기요! 하지만 당신 같은 해골이 알고 있을 것 같지는 않네요."

모험이라면 위드도 굉장히 많이 다녔다.

바다는 아니더라도 여러 지역을 다니면서 했던 극악한 퀘스트들이 있는 것.

"제가 재미있는 이야기를 해 드리겠습니다."

"시간 낭비만 할 것 같아요."

"일단 들어는 봐 주세요. 로자임 왕국의 바란 마을에서 있었던 모험인데……."

모험 이야기의 시작.

여종업원의 환심을 사기 위해 말을 하기 때문에라도 술집은 항상 이야기로 넘쳤다.

끼루루!

막 모험에 대한 이야기를 꺼내려는 순간, 밖에서 황금으로 된 새가 날아들었다.

위드의 어깨에 앉은 황금새는 푸른 사파이어 눈동자로 안델리아를 보았다.

다이아몬드 왕관까지 쓰고 있는 깜찍한 모습!

참으로 절묘한 타이밍에 나타난 황금새였다.

술집의 손님들도 황금새를 보고 상당히 놀라워하며 웅성거렸다.

황금새를 데리고 다니는 유저에 대해서는 들어 본 적이 없었기 때문이리라.

"어머! 신기한 새네. 당신이 키우는 거예요?"

"그렇습니다."

항구소녀의기다림의 종업원 안델리아와의 친밀도가 조금 올랐습니다.

"만져 봐도 돼요?"

"물론이죠."

만진다고 해서 닳지는 않으므로 얼마든지 허락했다.

안델리아는 손가락으로 황금새를 가볍게 쓸어 보았다.

"이런 새가 있는 줄은 몰랐어요. 대단한 모험을 하고 계시는 분 같네요."

볼품없는 해골에서 대우가 수직 상승!

친밀도를 고정시킬 기회를 놓치면 후회하게 되리라.

"베르사 대륙의 고난에 빠진 이들을 도우면서도 바다에서의 모험을 꿈꾸면서 살았습니다. 이젠 조촐하지만 제 소유의 중형 범선과…….'"

바다의 재앙, 유령선을 강탈한 것이라는 말은 굳이 할 필요가 없었다.

상습적으로 물이 새고, 암초에 걸리며, 해초가 꼬인다는 말도 할 필요가 없는 것.

"제 말이라면 바다 괴물의 입속으로라도 뛰어들 만큼 믿음직한 선원들 그리고 동료들이 있습니다. 당장 제가 바다에 온 이유만 하더라도 이 황금새가 가리키는 곳을 찾기 위해서지요."

위드의 목소리가 은근하게 깔리려고 했다.

그래 봐야 해골 주제에 분위기를 잡고 있었지만, 기대감을 주는 여운을 남겼다.

"이 황금새가 가리키는 곳을요? 그곳이 어딘데요?"

"아쉽게도 아직 알지 못합니다. 하지만 니플하임 제국의 붕괴와 관련이 있다는 것만은 확실합니다."

"니플하임 제국이라…….'"

"들은 적이 있습니까?"

"저로서는 아주 오래 전에 존재했던 제국의 이름이란 것밖에는 모르겠어요. 하지만 북쪽 바다를 자주 항해했던 노스티라는 할아버지가 계세요. 그분에게 물어보면 저보다는 더 낫지 않을까요?"

"노스티 할아버지는 어디에서 만날 수 있습니까?"

"섬의 동쪽 별궁 근처에 사세요. 대낮에는 항상 집 앞에 나와 계시니 만나기가 쉬울 거예요."

위드는 뿌듯함을 느꼈다.

퀘스트에 대한 실낱같은 단서는 생길 수도 있고, 생기지 않을 수도 있다. 노스티가 니플하임 제국에 대해 모를 수도 있는 것이다.

'어쨌든 공짜로 얻어 낸 정보야.'

여종업원에게 선물을 사 주거나 돈을 주지 않고도 정보를 획득해 냈다.

위드는 어깨를 활짝 펼쳤다.

"이게 다 내가 잘난 덕이지."

끼루루루루룩!

위드를 따라서 웃고 있는 황금새!

조각술 마스터 게이하르 황제가 생명을 부여한 조각 생명체치고는 은근히 방정맞은 면이 많은 새였다.

'생명을 부여받은 놈치고 멀쩡한 녀석들은 정말 드물지. 새치고는 그래도 꽤나 똑똑한 녀석이야.'

위드는 새의 형상에 대해서는 미흡한 점이 많다고 생각했다.

눈길을 잡아끄는 아름다운 외모와 날개까지는 좋았다. 하지만 손과 발은 달려 있어야 그래도 실컷 부려 먹을 게 아닌가.

새의 형상은 부하로 써먹기에는 너무 불편하다.

"형님, 먼저 오셨군요."

제피가 낚싯대를 등에 지고 등장했다.

이피아 섬을 떠나기 전에 동료들과 오붓하게 술자리를 하기로 했으니 제피도 온 것이다.

"어서 오세요, 손님!"

그러자 여종업원 안델리아가 밝고 환하게 대접하는 모습!

"엄청 큰 물고기를 잡으셨네요!"

제피가 들고 온 꾸러미에는 각종 희귀한 물고기들이 담겨 있었다.

"실력이 굉장한 낚시꾼이신가 보네요."

"어머, 이렇게 큰 개복치는 처음 봐요."

제피의 주변에 몰려든 여종업원들!

"뭐, 이거 드릴까요?"

제피는 깐깐한 성격도 아니었기에 흔쾌히 생선을 내주는 모습이었다.

"건진 것들 중에 조개껍데기나 진주 가루, 갈아서 쓰면 피부에 좋은 해초들도 있는데, 필요하면 말씀만 하세요."

"어쩌면 좋아!"

"낚시꾼님, 어서 앉으세요. 궁금하거나 따로 필요한 건 없으세요?"

여종업원들 사이에서 제피의 인기는 가히 폭발적이었다.

'역시 이놈은······.'

위드는 말린 미역을 먹으며 유린에게 귓속말을 보냈다.

> ―유린아, 제피랑 자주 놀지 마.

유린은 그사이 그림 이동술을 통해서 다른 지역에서 방랑을 하고 있었기 때문이다.

오빠 말을 잘 듣는 착한 유린의 대답도 금방 도착했다.

> ―응, 그럴게.

이유도 묻지 않는 그녀!

제피의 연애 전선에 암운이 드리우는 순간이었다.

⸙

이피아 섬의 달밤. 일행은 맥주를 마시면서 많은 대화를 나누었다.

화령은 노래를 작곡하던 중의 숨겨진 이야기도 하고, 공연으로 여러 국가를 돌아다닌 사연들도 밝혔다.

"에펠탑을 처음 봤을 때가 열여섯 살 무렵이었을 거예요."

"에펠탑이라… 프랑스에 있는 철골 구조물 말씀이시군요."

"위드 님도 보셨어요?"

"여름 여행 때 가 봤습니다. 원래 여행 가면 에펠탑 정도는 봐야 되는 거 아닙니까? 사진이 잘 나오더군요."

프랑스, 이탈리아, 네덜란드, 독일, 영국 등등을 돌아다닌 이야기!

위드도 화령과 어울려서 대화를 할 수 있었다.

'역시 이 맛에 해외여행을 다니는군.'

잘난 척에는 최고라고 할 수 있는 해외여행!

영국 이야기를 하다 보면 괜히 무언가 있어 보이지 않나.

화령이 다닌 곳은 공연을 위한 대도시들 위주였고, 위드처럼 시골이나 지방은 거의 가 본 적이 없었다.

그렇게 화기애애한 이야기를 나누다가 화령이 촉촉한 눈빛을 보냈다.

"이제 시간이 된 것 같지 않아요?"

벨로트나 이리엔의 얼굴도 붉게 상기되어 있었다.

마판은 눈을 빛내면서 기다렸다는 듯이 고개를 끄덕였다.

"제 생각도 그렇습니다."

그들이 펼친 것은 정교하게 제작된 화투!

유린이 특별히 그려서 만든 화투 패였다.

술도 마셨고 분위기도 좋다.

사람들의 숫자도 많으니 완벽한 셈!

"점당 10골드예요."

"상당히 큰 판이 되겠군요."

⚜

다인은 혼자 일행에서 빠져나와서 달빛 아래의 해변을 거닐었다.

"잘 지내고 있었네."

위드는 동료들도 많이 있고 행복한 것 같았다. 병원에서 상상했던 그대로의 모습이었다.

"수술을 하기 전만 해도 내가 널 이렇게 좋아할 줄은 몰랐는데……."

영원히 세상과 이별할지도 모른다는 두려움으로 인해서 제정신이 아니었다. 다른 사람의 마음을 받아 줄 여유도 없었기에 아픈 대못을 박았다.

"아, 〈로열 로드〉가 별로 재미없네. 한동안 접속 못 할지도 모르겠어. 나중에 다시 올게."

위드라면 목숨을 잃을 수도 있는 수술에 대한 이야기는 처음부터 하지 않았을 것이다. 친구나 가족 들이 걱정하지 않게 조용히 혼자 수술을 했을 것이다.

다인은 누군가는 영원히 그녀를 기억해 주기를 바라는 욕심에 말을 꺼냈다. 솔직한 고백보다는, 특별한 사람으로 남고 싶어서 걱정을 끼친 것이다.

그 사실이 내내 미안해서 위드를 만나면 어떤 이야기부터 해야 할지 걱정이었다.

저주로 인해서 변한 외모를 일부러 되돌리지 않은 이유가 그것이었다.

하지만 지금 위드는 친한 동료들과 함께 다니며 정말 행복해 보였다.

미안했다는 이야기도 할 수 없었다. 그리고 지금도 다인을 좋아하고 있냐고 물을 수 없었다.

운명.

위드와 자신이 운명으로 엮여 있다면 반드시 다시 만날 수 있을 거라고 환상을 품었다.

위드가 라비아스에 추억으로 남겨 놓은 조각품을 보면서 기뻐하기도 했다.

"괜찮아. 위드가 잘 지내고 있는 걸 보니 나도 마음이 가벼워졌어. 이제 와서 나란 걸 밝힌다고 해도… 별로 의미는 없겠지? 이미 좋아해 주는 사람도 있는 것 같고."

다인의 눈가에 살짝 눈물이 맺혔다. 하지만 유쾌하게 웃으면서 씩씩하게 다른 곳으로 걸었다.

"나한테도 첫사랑인데. 원래 첫사랑은 이렇게 끝나는 걸까?"

배 위의 공연

다음 날 아침 해가 떠오르자 위드는 노스티를 만나기 위해서 동쪽 별궁을 향해 걸었다.

해변에서 화령과 벨로트, 이리엔, 페일이 따라가겠다고 나섰다. 다인은 파티에서 나가 다른 곳으로 갔는지 볼 수 없었다.

위드는 한기가 풀풀 도는 말투로 이야기했다.

"1,190골드를 따신 화령 님과 690골드를 받아 간 벨로트 님이 같이 가신다니 영광입니다. 이리엔 님도 제 돈 좀 따 가신 걸로 아는데… 810골드 정도 되나요?"

위드는 고스톱을 몇 시간을 치면서도 잃어버린 금액을 정확하게 계산하고 있었다.

화령이 웃으면서 말했다.

"에이, 고스톱 좀 친 거 가지고 왜 그러세요? 기분 나쁜 거 아니죠?"

"전혀 아닙니다. 그런데 1,190골드나 따서 기분이 참 좋으시겠어요. 자자손손 대대로 물려주고 싶으시겠군요."

고스톱에서 잃은 돈에 대한 뒤끝!

위드는 슬픔을 삼키면서 동쪽 별궁을 향해서 걸었다. 다행히 길거리에서 노스티를 만날 수 있었다.

그는 바람 부는 언덕에서 바다를 보고 있었다.

위드는 바다를 그리워하는 노스티에게 다가가서 친근하게 말을 걸었다.

"아저씨가 노스티란 분이신가요? 바다에 대해서 모르는 게 없으시다고 해서 왔습니다. 세월의 연륜만큼이나 위대한 것은 없죠. 바다를 꿈꾸는 젊은 뱃사람들에게 가르침을 주실 수 있으신지요."

입만 열면 나오는 노골적인 아부.

까다롭게 조건을 달거나 친밀도를 높일 필요는 없는지, 노스티는 쉽게 말을 받아 주었다.

"흘흘, 바다에 대해서 어떻게 모르는 게 없을 수 있겠나. 그래, 알고 싶은 게 뭔가?"

"북쪽 바다로 자주 항해를 하셨다고 들었습니다만……."

"우리 아버지를 따라서 어릴 때부터 배를 탔지. 그쪽 바다에서 자랐다고 해도 과언은 아닐세. 고향인 이피아 섬이 어색할 정도지."

"니플하임 제국에 대해서도 알고 계십니까? 그쪽 사람들이 바다로 나갔다면 어디에 있는지 알 수 있을까요?"

"니플하임 제국이라면 오래전에 북부에 있었던 제국? 모르겠네. 니플하임 제국이란 곳이 있었다는 말은 들었지만 그게 전부라네."

노스티는 알지 못했다.

하지만 위드는 포기하지 않았다. 퀘스트를 위해서는 작은 단서라도 나중에 큰 도움이 되는 법이다.

"니플하임 제국이나 그에 관련된 이야기를 알 수 있는 사람이 있을까요?"

바다에서 뼈가 굵고 머리가 하얗게 센 노스티라면 다른 지식들도 풍부할 것이라는 계산!

실제로 〈로열 로드〉에서 NPC들은 친밀도가 아무리 높더라도 자신이 아는 한도 내에서만 대답해 줄 수 있었다.

"북쪽 바다에도 작은 어촌들이 제법 남아 있다네. 니플하임 제국 출신 항해사나 어부 들이 살고 있을지도 모르지."

"이피아 섬까지 오는 동안에 어촌은 발견하지 못했는데요?"

"엄청난 추위와 몬스터로 인해서 대부분 섬으로 옮겨 가기는 했지. 바다를 잘 아는 사람이 아니고서야 찾기가 쉽지는 않을 거야. 해도를 가지고 있는가?"

"네."

"꺼내 보게. 내가 아는 항구들을 가르쳐 주지. 아마 북부에 남아 있는 항구들의 거의 전부일 거라고 생각하네."

노스티는 육지와 바다가 나와 있는 지도의 몇 군데에 동그라미 표시를 했다.

띠링!

플라네티스해의 항구 열두 곳의 위치가 해도에 기록되었습니다.

"젊은 뱃사람이라니 항해에 대한 기초적인 이야기를 해 주지. 먼저, 소용돌이를 만나게 되면 급하게 키를 돌리지 말게. 배의 옆면이 빨려 들어가게 되면 절대 회복하지 못할 거야."

> 항해 스킬의 숙련도가 25% 상승하였습니다.
> 조타의 효과가 영구적으로 1.2% 오릅니다.

"참, 그리고 부탁할 게 있는데, 모콘 마을에 들르게 되면 내 소식을 그곳의 대장장이에게 전해 줄 수 있겠나? 고향에서 잘 지내고 있다고 말이네. 다시 바다에 나가지는 못할 것 같다고 나 대신 말해 줘."

띠링!

> **노스티 할아버지의 연락**
>
> 노스티는 수명이 얼마 남지 않았다. 바다에서 만나 형제처럼 친하게 지내던 모콘 마을의 대장장이에게 소식을 전해 주기 바란다. 어려운 일도 아닌데, 친구의 소식을 듣게 된 모콘의 대장장이는 큰 호의를 가질 것이다.
>
> 난이도: D
> 보상: 모콘의 대장장이로부터 받을 수 있다.
> 제한: 모콘 마을의 위치를 알고 있어야 한다.

위드에게는 그야말로 반가운 의뢰였다.

'역시 대장장이 관련 물품이 가장 비싸지.'

모콘 마을은 어차피 퀘스트를 하기 위해서 가야 하기도 했다. 난이도가 낮다고는 하지만, 장비와 관련된 보상 의뢰는 항상 짭짤했다.

"알겠습니다. 소식을 반드시 전해 드리겠습니다."

퀘스트가 3개 가득 차서 의뢰를 받지 못할 상황이었다.

노스티가 어쩔 수 없다는 듯이 고개를 저었다.

"이미 맡은 일이 많은 것 같군. 해야 할 일을 많이 쌓아 두고 하지 않은 사람에게 새로운 일을 맡길 수는 없으니……."

화령과 벨로트는 슬그머니 눈치만 보고 있었다.

배운 게 있는지, 이리엔이 손녀처럼 노스티의 손을 다정하게 잡으며 말했다.

"저도 위드 님과 같이 가니 제가 전해 드릴게요."

"착한 처자로구먼. 그대처럼 착한 아가씨라면 믿고 맡길 수 있지. 꼭 전해 주기를 바라네."

띠링!

이리엔은 순수한 호의로 노스티의 연락을 전해 주고 싶을 뿐이었다. 뒤늦게야 자신의 행동이 초래할 결과를 눈치채고 위드의 표정을 살폈다.

해골이 무섭게 굳어 있었다!

위드가 말했다.

"810골드 정도를 따 가신 이리엔 님이 퀘스트도 대신 진행해 주시는군요!"

무한한 뒤끝의 시작.

하지만 위드가 받지 못할 퀘스트였으니 양보하는 게 맞았다. 무리한 고집을 부려서 동료들이 받을 수 있는 의뢰를 못 하게 할 수는 없었다.

"화령 님이나 벨로트 님도 퀘스트를 받으세요."

"그래도 돼요?"

"물론이죠. 제가 못 하더라도 다른 분들은 하셔야겠지요."

화령과 벨로트도 퀘스트를 받았다.

위드는 그냥 지나가는 말로 넌지시 이야기할 뿐이었다.

"이게 뭐 이리엔 님이나 화령 님, 벨로트 님의 잘못은 아니지 않습니까? 제가 지난번에 200원 비싼 소금을 산 적이 있는데, 다 그때 사치를 한 죄인 거죠."

⚜

노스티를 만나고 나서 위드는 곧바로 출항 준비를 갖췄다.

"해도에 표시된 북쪽 항구로 가야 되겠군."

유령 선원들은 먹지 않아도 되니 보급품이 따로 필요하지는 않았다.

문제는 검치 들이라고 할 수 있었다.

엄청나게 먹어야 하니 낚시로 식량을 구하기도 만만치 않았고, 체중이 많이 나가서 항해 속도가 심하게 느려졌다.

위드의 항해 스킬이 중급 이상이라면 배의 적재량을 초과하더라도 속도가 크게 떨어지지 않겠지만, 지금은 겨우 4레벨밖에 안 된다. 유령선을 여객선처럼 사람을 나르는 데 쓰기에는 무리였던 것이다.

위드는 검치 들을 향해 말했다.

"사형들, 이피아 섬에 남지 않으시겠습니까?"

"왜?"

도장에선 믿음직한 사형이었고, 모라타를 지키는 데에 큰 도움을 준 이들이었다. 그렇기에 야박하게 말할 수는 없었다.

어떻게 무겁다고, 많이 먹는다고 구박을 할 수 있단 말인가!

"어제 마신 맥주가 참 맛있더군요."

"이곳 맥주가 맛있다는 말은 나도 들었지."

"바비큐도 그만이었고, 밤낮을 가리지 않고 예쁘고 늘씬한 여자들이 아찔한 비키니 차림으로 돌아다니는데……."

"크흠!"

검치 들이 이야기에 집중하고 있는 게 느껴졌다.

위드는 그로부터 5분간 이피아 섬의 장점들에 대해 늘어놓았다.

지상 천국, 낙원, 없는 게 없고 뭐든지 할 수 있을 것 같은 이피아 섬.

"지난밤에 동료들과 해변에서 맥주를 마시고 있는데 여자들이 먼저 적극적으로 말을 걸어오더군요. 휴양지라서 그런 걸까요? 그렇게 귀엽고 예쁜 여자들이 먼저 말을 걸어 줄 거라고는 생각도 못 했는데 말이죠. 친구 등록도 5명이나 했습니다."

이피아 섬에서는 흔하게 벌어지는 광경이었다. 하지만 해골에 불과한 위드에게 먼저 말을 걸 여자는 없었다. 제피에게 친구 등록을 하자고 청한 여자가 5명이었던 것이다.

"으흠, 5명이나……."

"이피아 섬에는 여자들이 참 많기는 하더군. 해변만 가더라도 엄청나긴 했으니……."

검치 들의 의식도 많이 바뀌어 있었다.

사실 단체 생활을 하고 육체 단련을 하면서 여자들과는 정말 거리가 먼 삶을 살아왔다. 하지만 〈로열 로드〉를 하면서 여자들과 파티를 할 기회도 생기고, 대화를 나눌 일도 생겼다.

검치 들 중에서도 30명이 넘게 연애를 하고 있었으니, 이제는 더욱 안달이 나 있는 상태라고 할 수 있었다.

위드가 아쉽다는 듯이 말했다.

"정말 좋은 기회인데 안타깝네요. 사형들이 저를 따라서 바다로 나간다면 언제 이피아 섬으로 다시 돌아올지 모르지 않겠습니까? 몇 달이 걸릴지도 모를 항해인데요."

"……."

"용기 있는 자가 미인을 얻지만, 그것도 다 기회가 있어야 하는 것 아니겠습니까? 이런 기회는 놓쳐서는 안 되는 법인데. 바다에서의 모험도 굉장히 짜릿하겠지만 그래도 이런 휴양지에서의 연애 가능성은 엄청 높을 텐데……. 헛! 저기 미녀가!"

위드가 가리키는 곳으로 검치 들의 시선이 모두 돌아갔다.

남자인 이상 거부할 수 없는 본능!

미녀의 존재를 본 검치 들의 마음은 더욱 흔들리고 있었다.

솔직히 누가 이 마당에 항해를 하고 싶겠는가.

위드는 가식적으로 해골을 흔들며 고뇌하는 척을 하고 나서 말했다.

"사형들은 지금까지 〈로열 로드〉를 하면서 항상 퀘스트나 전투를 해 오지 않으셨습니까. 이피아 섬에서 사냥도 하고 일광욕도 하면서 쉬시는 게 어떨까요?"

"음, 위드야."

"예, 검삼치 사형."

"그래도 사형제들의 의리가 있지, 어떻게 너를 혼자 보낼 수가 있단 말이냐."

"저에게는 다른 동료들도 있지 않습니까. 그리고 저는 사형들이 정말 잘되기를 바랍니다."

위드는 필요 때문에 하는 말이라도 항상 진심을 담았다. 진심이야말로 사기 치기에는 그만인 것이다.

검치 들이 위드의 어깨와 손을 굳세게 잡아 왔다.

"고맙다!"

"넌 진정한 막내라고 할 수 있다."

검치 들을 그렇게 이피아 섬에 남겨 놓고 유령 함대가 출항했다.

위드나 마판 그리고 다른 동료들도 가지고 있는 재산을 탈탈 털어서 교역품들을 구입, 선실 창고에 채워 넣었다.

북부 항구들에서는 어떤 물건이 비싸게 팔릴지 알 수 없었으므로 다양한 물건들, 주로 생필품 위주로 사 모은 것이었다.

이피아 섬에서 출항한 지 나흘째!

유령선들의 속도는 이전보다 60% 이상 불어나 있었다.

당연히 쾌속선과는 비교할 수 없지만, 과거의 지루한 항해를 기억하던 사람들에게는 꽤나 빠르게 느껴질 정도였다.

"와아, 시원하다."

수르카가 갑판에 나와서 모자를 벗었다.

바닷바람에 검은 머릿결이 가볍게 휘날렸다. 항해를 하면서 이제야 어딘가로 간다는 느낌이 났다.

위드의 어깨에서 날아오른 황금새가 주변의 기러기와 갈매기 들을 끌고 왔다.

돛과 갑판에 가득 앉아 있는 새들의 추가 효과!

바닷새들로 인하여 항해 속도가 16% 빨라집니다.

네리아해를 살짝 벗어났을 때부터는 작은 암초들이 바다에 솟아 있었다.

위드의 항로 자체가 북쪽 섬들을 바탕으로 하였기 때문에 일반적이지는 않은 경로다.

"암초들을 조심해라. 우현 전타!"

위드는 암초들을 피하기 위해서 키를 돌렸다.

유령선을 완전히 조종하기에는 부족한 항해 스킬로 인하여, 배가 제멋대로 기우뚱거리거나 속도가 뚝 떨어지곤 했다. 하지만 예전보다는 훨씬 나은 느낌으로 조종할 수 있었고, 항해 스킬의 숙련도도 그럭저럭은 올라가고 있었다.

위드가 조종하는 유령선이 암초를 슬쩍 지나칠 때였다.

암초 위에 있던 매력적인 인어들이 손을 흔들었다.

상체는 아름다운 알몸이고 하체는 지느러미로 되어 있는 인어들은 네리아해가 아닌 넓은 바다로 나와야만 볼 수 있다.

인어들을 보는 일은 엄청난 행운이 있어야 되는데 그들을 만난 것이다.

"알로하!"

"반가워요, 인어 여러분."

페일과 마판이 열심히 손을 흔들었다.

인어도 사냥할 수 있지만 그럴 생각 따위는 전혀 없는 모습.

착하고 예쁜 인어였지만 매우 높은 레벨의 몬스터였다.

바다로 잠수하고 나면 추적할 수도 없으니 인어 사냥은 거의 불가능했다.

위드도 무심하게 슥 쳐다보고 말 뿐이었다.

'잡지도 못할 몬스터이니 그림의 떡이로군.'

로뮤나와 이리엔, 여성 유저들도 인어가 아름답고 신기한지 넋을 놓고 마냥 구경했다.

바다의 인어들로 인하여 항해 동안 전체 선박의 행운이 35% 오릅니다. 항해 속도가 최고 12% 빨라집니다.

희귀한 인어들까지 발견함으로써 유령선들은 더 빨라졌다.

항해 스킬의 숙련도가 상승하였습니다.

카리스마가 1 증가했습니다.

항해 속도가 빨라지니 숙련도도 훨씬 빨리 늘어난다. 스킬이 초급 5레벨이 되고, 통솔력과 인내력이 8씩 늘었다.

갑판에서는 벨로트가 예쁘게 세공된 피리를 불었다.

바드로서 그녀의 연주 실력은 상당히 뛰어난 편이라서, 유령 선과는 어울리지 않는 아름다운 선율이 흘러나왔다. 새들이 지저귀면서 좋아하고, 자잘한 물고기들이 바다 위로 뛰어올랐다.

인어들도 수영을 하면서 유령선을 따라왔다.

이곳에는 정령술사가 없기에 볼 수 없었지만, 바다의 정령과 물의 정령, 바람의 정령 들도 함께 그윽하고 감미로운 선율에 취했다.

바드, 어디서든 음악을 연주하는 음유시인이 보여 주는 멋진 광경이었다.

화령이 공주풍의 펄럭거리는 드레스를 꺼냈다.

"춤이나 조금 춰 볼까?"

"와! 언니의 춤 보고 싶어요."

수르카가 정말 기뻐하면서 환영의 뜻을 보였다.

그녀들은 유령선에 앉아 있는 동안에 딱히 할 일이 없어서 빈둥거리며 살인적인 수다를 떨었다.

다른 연예인에 대한 이야기서부터 최근 텔레비전에 방송되는 드라마, 영화, 음악, 정치, 경제, 사회, 기업, 외국, 혹은 다른 길드나 모험 이야기까지!

수다의 끝을 보여 주려 했다고 해도 과언이 아니다.

오죽하면 페일과 마판마저 낚시를 배우고 싶다고 위드와 제피의 곁에 함께 앉았을까.

급기야 처음에는 꺼림칙했던 유령 선원들과도 맥주를 나눠 마시며 수다를 떨 정도로 친해진 그녀들이었다.

"그럼 간단히 춰 볼게요."

화령이 가볍게 발끝으로 서서 인사를 하더니 갑판을 빙글빙글 돌며 춤을 추기 시작했다.

중세 시대 귀족들의 춤처럼 기품 있고 우아했다.

드레스와 음악, 모든 분위기에 더없이 자연스럽게 어울리는 화령만의 매력.

음악과 춤으로 인하여 유령선의 분위기가 더욱 흥겨워졌다.

선상 공연으로 인하여 전체 선박의 사기가 최대치가 됩니다.
체력 회복 속도가 일시적으로 빨라지고, 항해에 최고의 행운이 부여됩니다.

벨로트와 화령의 공연이 만들어 낸 효과!

갑자기 위드와 제피의 낚싯대에 잡히는 생선들의 질이 달라지기 시작했다.

하루에 1마리 잡을까 말까 한 희귀 어종들이 잡혔고, 유령선에서 흘러나오는 음악을 듣기 위해 인간에 대해 호감을 가진 여성 인어 떼가 몰려들었다.

바다에서만 사는 고래처럼 생긴 수인족들도 멀찌감치에서 따라왔다.

바다의 정령의 축복을 받아서 항해 속도가 17% 오릅니다.

물의 정령의 축복을 받아서 항해의 불안한 요소가 줄어듭니다.
암초와의 충돌, 소용돌이, 돌풍의 영향이 적어집니다.

바람의 정령의 축복을 받아서 돛의 최대 능력을 이끌어 냅니다.

유령선이 갑자기 쾌속선으로 변한 것처럼 빨라졌다.

음악과 춤, 문화의 위력이었다.

"와아!"

모두가 찬탄을 보내는 와중에 화령의 춤은 절정에 이르렀다.

어린 시절 고향에서 소꿉친구와 놀 때를 떠올리는 듯이 맑고도 그리운 느낌이 나는 피리의 음색.

경쾌하면서 발랄하지만 마음 한구석을 애틋하게 만드는 피리의 곡조를 화령은 더없이 우아한 춤으로 해석했다.

개구쟁이처럼 친구들과 뛰어놀던 어린 숙녀, 성장한 후에 사랑하는 남자와 행복한 결혼식을 치르면서 춤추는 것 같은 분위기. 다이아몬드가 박힌 목걸이와 귀걸이가 가볍게 흔들렸다.

길게 늘어뜨린 머릿결에 시선을 잠시 빼앗기고 있으면 꽃잎이 바람을 타고 날리면서 가슴 깊이 스며드는 향기.

"와! 예뻐요!"

"최고다. 벨로트 님의 연주도 놀라워요."

메이런과 이리엔이 아낌없는 박수를 보냈다.

조각사가 혼신의 노력을 다해서 작품을 만들어 낸다면 댄서와 바드 들은 음악과 춤으로 매력을 사방으로 발산한다. 존재자체만으로도 분위기를 바꾸어 놓을 수 있는 능력은 독보적이라고도 할 수 있다.

아무리 피곤하더라도 피로를 깔끔하게 씻어 주는 그녀들의 공연이었다.

항해 속도가 빨라지니 위드도 왠지 흥이 생겼다.

"음악과 춤이라……."

하프 연주는 어느 정도 할 수 있었다. 그리고 노래라면 빠뜨릴 수 없는 게 본인이 아니던가.

이마에 땀이 송골송골 맺힌 화령의 분위기는 빠져들 수밖에 없는 매력을 자아내고 있었다.

그녀를 보고 있으니 다른 여성들도 기분이 좋아졌다.

"언니, 저도 춤추고 싶어요."

"수르카야, 그럼 같이 춤출까?"

"무슨 춤을 출까요?"

"이리엔 님도?"

여자들이 자리에서 일어났다.

어느새 다 같이 춤을 배우는 분위기로 변해 버린 것이다.

그녀들에게 간단한 춤을 가르쳐 주다가 화령이 말했다.

"우리 제대로 된 공연 한번 해 볼래요?"

"공연요?"

로뮤나가 관심을 드러냈다.

제피와 페일, 마판도 계속 곁눈질하면서 그녀들의 춤을 구경했다. 어딘가 어색하지만 다들 귀엽고, 즐거워하는 모습이 보기 좋았다. 그런데 바드들처럼 공연을 하겠다는 것이다.

"음악도 있고… 어울려서 춤을 춰 보는 거예요. 연극처럼 스토리가 있는 공연을!"

관객으로는 인어들과 바다 생물들, 새들 그리고 눈에 보이지는 않지만 정령들이 있었다.

스토리를 정하기에 앞서 화령이 먼저 바라는 역할을 말했다.

"저는 공주요, 세상에서 가장 착하고 예쁜 공주."

여자라면 누구나 바라는 역할이었다. 복장으로 보나 분위기로 보나 화령처럼 공주 역할에 잘 어울리는 사람이 없었다.

로뮤나도 원하는 역할을 이야기했다.

"그럼 저는 대륙에서 가장 뛰어난 마법사를 할래요. 이리엔, 넌 뭘 하고 싶어?"

"난 사람들을 구해 주는 성직자!"

현재의 직업과 크게 다르지 않은 역할들을 바라고 있었다. 따로 분장을 하지 않고서도 공연에 어울리기 위해서였다.

메이런은 조금 특별한 생각을 가지고 있었다.

"의적 빌헬름 텔처럼 불의를 보면 참지 못하는 레인저가 되고 싶어요."

그녀는 동화처럼 악당과 싸우는 영웅을 꿈꾸었던 것이다.

수르카도 그런 영웅이 되고 싶다고 했다.

벨로트도 빠질 수 없는 분위기였다.

"저는 그럼 그런 영웅들을 노래하는 음유시인을 맡을게요."

불똥은 남자들에게도 튀었다.

제피는 머리를 긁적이다가 대답했다.

"공연은 잘 모르는데… 일단은 남는 역할을 할게요."

커플인 페일은 여기서도 티를 냈다.

"저는 메이런과 부부 궁수로 나와야죠."

마판도 바라는 역할은 있었다.

"전 세계에서 가장 많은 돈을 번 상인이 좋겠는데요."

바라는 역할도 가지가지!

바다 한복판, 유령선에서의 공연이라니 제법 낭만적인 일이 아닌가.

마지막 남은 위드에게 시선들이 몰렸다. 과연 위드는 무엇이
되고 싶은지 궁금했기 때문이다.

위드는 생각해 볼 것도 없다는 듯이 대답했다.

"대악당."

"······."

"세상을 지배하는 마왕 정도가 좋겠군요. 그럼 대본부터 만
들죠."

연극 자체가 대충 흥미로울 것 같아서 시도하는 것이었으니
오랜 계획 따위가 있을 리가 없었다.

저마다 바라는 역할에 맞춰서 쪽대본을 급하게 썼다.

대본을 쓰는 데 걸린 시간이 불과 15분이었다.

벨로트의 감미로운 하프 연주로 연극은 시작되었다.

"랄랄라."

머리에 꽃을 꽂은 화령이 춤을 추고 있었다.

맑은 웃음소리와 함께 유령 선원들과 춤을 추는 그녀!

공연의 1부 제목은 〈화령 공주와 30명의 유령 선원들〉이었
다. 유령 선원들은 술과 고기를 바치면서 화령을 위해서 춤과
노래를 했다.

"겔겔겔, 아름다우십니다."

"뭐든 시키실 일이 있다면 말씀만 해 주세요."

발치에 오래된 융단을 깔아 주고, 의자를 가져다주는 유령 선원들의 어색한 춤.

화령은 몽환적인 표정을 지으며 말했다.

"난 멋진 왕자님과 결혼할 거야."

그리고 멀찌감치 떨어져서, 위드가 데스 나이트와 함께 그 광경을 보고 있었다.

"반 호크."

"말하라, 주인."

"참 아름다운 아가씨다."

"그렇다."

"첫눈에 반했구나. 저 여자와 결혼을 한다면 좋을 텐데……. 정중하게 모셔 오너라."

데스 나이트는 뚜벅뚜벅 화령이 있는 곳으로 가서 말했다.

"마왕님께서 널 납치하라고 지시하셨다."

"어머, 정말? 그럼 어서 날 데리고 가…가 아니고 싫어."

유령 선원들이 화령을 지키기 위해 나섰다.

"킬킬, 공주님을 데려갈 수는 없다."

"우리부터 꺾어야 될 것이다."

데스 나이트는 묵묵히 검을 뽑을 뿐이었다.

언데드 중에서도 지휘관 역할을 하는 데스 나이트에 비하여 유령들은 열등한 존재에 지나지 않았다.

퍼버버버버벅!

위드에게 당했던 대로 고스란히 갚아 주는 데스 나이트. 연극이 아닌 실제의 폭력 행사!

페일이 조심스럽게 귓속말로 말했다.

위드 님, 이래도 괜찮을까요?

연극에는 리얼리티가 생명이니까요.

데스 나이트는 유령 선원들을 단숨에 물리치고 나서 화령을 위드에게 데리고 왔다.

"으흑, 마왕이다. 나는 나쁜 마왕과 결혼하고 마는구나."

해골을 보며 기구한 운명에 슬퍼하는 화령이었다.

위드와 함께 춤을 추는 그녀. 도망가는 미녀와 쫓아가는 해골. 웬만한 공포 영화를 능가하는 스릴과 서스펜스, 추격 장면들이 나왔다.

화령이 단검까지 던져 가며 거부하였지만 위드의 구혼은 절대적이었다.

"난 나이도 많고 착하지도 않지만……."

"싫어요!"

"가진 건 돈밖에 없소!"

"어머나!"

벨로트가 연주하는 음악이 촉촉하고 그윽하게 바뀌었다.

위드는 화령을 보며 말했다.

"샛별 같은 그대의 눈동자에 반했소. 그대처럼 몸과 마음이 아름다운 여자라면 못된 나의 심성도 바꿀 수 있을 것 같구려. 쌓여 있는 명품 보물들을 그대가 써 주면 기쁠 것 같소. 부족함이 많지만 나를 받아 주겠소?"

"얼마든지요."

마왕에게 사로잡혀서 슬퍼하던 공주는 마왕의 진심 어린 고백을 받고 결혼하기로 결정했다.

화령은 온갖 보석들과 액세서리들을 꺼내서 걸쳤다.

그리고 미녀와 해골의 댄스!

두 손을 마주 잡고 우아하게 춤을 추려고 했지만, 상당히 어울리지 않는 커플이었다.

뻣뻣하게 굳어 있는 해골의 뼈마디와 화사하게 웃고 있는 화령의 춤은 전혀 걸맞지 않았던 것이다.

벨로트가 연주하는 아름다운 가곡이 아까울 정도였다.

그리고 페일과 함께, 정의의 사도가 되고 싶었던 메이런이 등장했다.

"마왕! 우리 마을을 괴롭히는 너를 퇴치하기 위해서 왔다."

"음."

위드는 그저 사과를 던질 뿐이었다.

페일과 메이런은 번개처럼 시위에 화살을 재어서 사과를 쏘았다.

위드는 박수를 쳤다.

"너희의 솜씨에 감탄했다. 앞으로 5년간 세금 면제."

"고맙습니다, 마왕님."

유령 선원들이 최고의 의로운 궁수들이라고 박수를 치며 환호했다.

로뮤나도 등장해서 마법을 보여 주고 최고의 마법사로 존경을 받았다.

수르카는 멋진 주먹을 보여 주고, 마왕에게 인정받는 권사가 되었다.

이리엔은 그냥 와서 모두 함께 친하게 지내자는 기도를 했다. 중간중간 배운 춤과 노래를 했지만 어쨌거나 어색하기 짝이 없는 연극.

그리고 제피가 갑자기 나타나서 말했다.

"마왕님, 세금을 7배로 올렸습니다."

위드가 답했다.

"잘했구나!"

아무 역할이든 가리지 않겠다고 한 제피는 결국 마왕의 부하 신세였다.

앞잡이 역할을 충실히 하면서 유령 선원들에 대한 착취에 앞장선다.

연극이 끝날 무렵에 마판도 등장했다.

"마왕 폐하! 대륙 최고의 상인 마판입니다. 이번 상거래로 엄청난 돈을 벌었기에 세금을 납부하러 왔습니다."

마왕에게 부역하면서 막대한 돈을 벌어들이는 상인!

저마다의 꿈을 성공적으로 완성한 한 편의 연극이었다.

악독한 마왕의 추악한 꿈을 성공적으로 공연하였습니다.
관객들의 호응도: 67점
비도덕적인 공연으로, 참여한 배우들의 도덕적인 성향과 명성이 5씩 떨어집니다. 바다에서 공연을 접한 적이 없는 관객들은 적극적으로 환영할 것입니다.

바다 관객을 위한 부분에서는 합격점이었다.

"인간의 공연은 멋있어."

"나도 잔인한 마왕과 결혼을 하고 싶어질 것 같아."

인어들은 짤막한 감상평들을 냈다.

잘못된 문화 공연이 성숙하지 않은 관객들에게 잘못된 영향을 끼치고 있었다.

인어들은 공연에 대한 보답으로 바다 생물들과 함께 배에 달라붙어서 밀어 주었다.

덕분에 탄력을 받은 배는 최고 속도를 갱신하면서 무시무시하게 달렸다.

중형 범선의 뱃머리가 위로 들릴 정도로 치솟았고, 파도를 가르면서 앞으로 나아간다.

"이거 〈로열 로드〉 동영상 게시판에 올리면 절대 안 돼요."

"음, 대망신이에요."

무료한 항해로 인해 만들어 본 연극이었지만 이후로는 절대 하지 않기로 결심했다.

해녀 위드

"암초나 소용돌이에 휘말리면 안 되니 더욱 조심해야겠군."

위드는 큰 바다로 나가고 나서도 경계를 늦추지 않았다.

수평선까지 보일 정도로 탁 트인 바다라고는 하지만, 속도가 빨라지면 그에 따른 위험도 훨씬 증가한다.

암초나 해초에 자주 걸리는 유령선의 특성상 그 위험도는 더욱 커졌다.

"항해는 잠시라도 긴장을 풀어서는 안 돼."

위드는 제피와 함께 낚시를 하면서도 계속 주변을 경계했다.

자잘한 물고기들은 새들이 먹을 수 있도록 던져 주었다.

배에 추가 속도를 부여해 주는 행운의 새 떼는 먹을 것이 사라지면 다른 곳으로 가 버리기 때문에 부지런히 먹여 살려야 했다.

그렇다고 해도 검치 들을 먹일 때보다는 훨씬 편했다. 빵 부스러기나 요리하기 애매한 작은 생선을 던져 주면 되니까.

위드는 해도를 펼쳐 놓고 예상 항로를 그었다.

"다행히 중간에 기항해서 보급을 할 필요는 없을 것 같아."

유령 선원들이 술 조금 외에는 먹지를 않으니, 식수나 식량은 풍족하다 못해서 넘쳐 났다.

이피아 섬을 나올 때에 선실 창고에는 이틀 치 정도의 식량과 닷새 치 정도의 물을 챙겨 놓고 있었다.

최악의 상황에서도 아껴 먹으면 굶어 죽을 때까지 이레는 버틸 수 있었고, 또 각자 가지고 있는 식량들도 꽤 된다.

"목적지까지 바로 갈 수 있겠군!"

근검절약 정신을 바탕으로 식량을 많이 준비하지 않았는데, 낚시로 건진 물고기들을 말리고 소금을 뿌려 보관하자 식량이 1달 이상 먹을 분량으로 늘었다.

비가 올 때 수통에 물을 잔뜩 받아서 식수도 충분했다.

"폭풍만 불지 않는다면, 북쪽 섬으로 엿새 정도만 더 곧바로 항해하면 도착하겠어."

중간에 기항하지 않고 먼 거리를 단숨에 갈수록 항해 스킬의 숙련도가 더 많이 늘어난다. 그리고 가까운 거리를 자주 왕복하기보다는 한 번도 간 적 없는 오지를 찾아갈수록 잘 늘었다.

"엄청난 장거리 항해니까 숙련도를 확실히 올려 주겠지!"

항해 여드레째가 되던 날이었다.

위드가 제피와 함께 계속 낚시를 하는 동안, 시커먼 그림자들이 바다에 나타났다.

바다 괴물 군단이 쫓아오고 있습니다.

오랜 항해에, 배를 추격하는 바다 괴물들의 등장!

"전속력 항해!"

위드는 배의 속도를 최대로 올렸다.

유령 선원들의 반응이 걸작이었다.

"빨리 항해하래."

"닻을 내리면 되는 건가?"

"돛을 접어라!"

제멋대로 구는 유령 선원들!

오랜 항해에 의해 충성도가 줄어들고, 위드에 대한 반감이 커진 모습이었다.

하지만 그렇지 않더라도 유령선의 속도로 바다 괴물 군단을 따돌리는 건 무리였다.

"이대로는 따돌리기가 힘들겠군."

위드는 일단 유령 선원들을 잡아서 바다로 던졌다.

"놀지 말고 가서 싸워라!"

"선장님, 제발 살려 주세요!"

유령 선원들은 바다로 떨어지자마자 칼을 휘두르면서 허우적거리다가 바다 괴물에게 먹혔다.

그리고 금방 갑판에서 흐느끼며 등장했다.

"으흑, 선장님이 나를 버렸어. 바다 괴물에게 뜯어 먹혔어!"

유령 선원들은 배에 귀속되어 버린 상태라서 신성력이 아닌 한 사라지지 않는다.

위드는 유령 선원들을 바다로 계속 던지면서 바다 괴물의 추격을 회피하려고 했지만 놈들은 끈질기게 쫓아왔다.

"이러면 어쩔 수 없지."

바다에서의 싸움은 익숙하지 않아서 썩 내키지 않았다.

베르사 대륙의 여러 직업들은 각각의 특성에 따라 장점과 단점이 나뉘지만, 바다에서는 배의 성능에도 크게 좌우된다. 하지만 일반적으로 공인된 바다 최강의 직업이 있었다.

해군이나 해적, 낚시꾼은 물론 아니었다.

작살과 갈고리를 들고 바다를 자유자재로 돌아다니는 해녀들. 수중에서 식인 상어나 대형 바다 괴물도 사냥하고, 선박의 밑바닥에 구멍을 뚫는다.

엄청난 용기와 수영 능력, 바닷속의 던전이나 모험을 휩쓸고 있는 해녀들!

먼바다로의 항해에서 바다 괴물 지역을 통과할 때에는, 전투함의 호위를 받거나 해녀들 3~4명 정도를 거느리는 것이 필수적이었다.

하지만 유령선에는 해녀나 바다 괴물과의 전투에 익숙한 사람이 없다.

위드는 일단 그래도 견적부터 뽑았다.

"가죽은 쓸모가 없고, 고기는 먹으면 사라질 테고, 유통 기한도 그리 길지 않아. 잡템은 뭘 줄지 모르겠군!"

다크 게이머 연합의 정보 게시판에도 바다 괴물이 주로 떨어뜨리는 아이템 목록은 없었다.

"피할 수 없다면 물리치는 수밖에. 전원 전투 진형으로! 공격 준비가 되자마자 바로 전투 시작!"

위드가 결정을 내리자마자 동료들은 기다리고 있었다는 듯이 공격을 개시했다.

"라이트닝 샷!"

페일이 전격 계열의 힘이 깃든 화살을 연속해서 바닷속 그림자를 향해 쏘았다.

메이런은 돛대에 올라가서 바닷속으로 화살을 쏘았다.

선상에서는 민첩한 레인저의 특성을 발휘할 기회가 많지 않았지만, 어쨌든 지금은 원거리 공격이 필요한 시점이었다.

푸와아아아악!

번개의 힘이 깃든 화살이 바다 괴물의 몸통에 박혔다.

바다 괴물이 고통에 몸을 뒤틀 때마다 큰 파도가 일어난다.

괴물들은 화살 공격을 몇 차례 당하면서도 집요하게 쫓아왔다. 애초에 생명력이 높아 큰 피해를 입지도 않았다.

"속도는 가장 빠르게 유지!"

위드는 돛을 조정하고 속도가 늦춰지지 않도록 하는 데에 유령 선원들을 모두 투입했다.

바다 괴물의 숫자를 정확히 확인할 수 없지만 적게 잡아도 10마리 이상이었다.

로뮤나는 범위 마법 공격을 준비했다.

"스톰 라이트닝!"

바다 괴물들을 피해 달아날 때부터 오랫동안 주문을 외우고, 대량의 마나를 소모해서 만든 번개 마법!

유령선의 주위에 무작위로 벼락들이 떨어졌다.

바다 괴물들은 물속에 있었는데도 저릿저릿 몸을 떨었다. 벼락이 칠 때마다 대미지를 입고 있다는 증거였다.

쿠우우웅!

위드가 타고 있는 배에 첫 번째로 큰 충격이 가해졌다. 뒤쫓아 온 바다 괴물들의 공격이 개시되었다.

선체가 기우뚱 흔들거리면서 쌓여 있던 수통들이 미끄러져서 바다로 떨어지고, 배에 타고 있는 유령 선원들과 사람들은 균형을 잡기 위해서 뭐든 잡으며 아우성을 쳤다.

> 선체의 내구도에 36의 피해를 입었습니다.

바다 괴물의 공격을 상대하기에 유령선은 너무 느리고 약했다. 유령선의 속도가 조금 느려지자, 선체로 휘감아 오르는 바다 괴물의 다리들!

흡착력이 강한 빨판이 달려 있어서 돛대나 갑판의 물체들을 휘감았다. 바다 괴물들이 달라붙으면서 배의 속도는 더욱 느려지고 있었다.

내구도가 다 떨어지면 배는 침몰하고 만다.

"모두 떼어 내요!"

수르카가 돛에까지 달라붙은 바다 괴물의 다리에 묵직한 주먹질을 가했다.

불길에 휩싸이는 바다 괴물의 다리.

수르카의 장갑이 특별한 것이기 때문이었다.

바다 괴물의 다리가 오징어처럼 꿈틀거리면서 고소한 냄새를 피워 올렸다.

이리엔도 급하게 동료들에게 방어력 증가와 축복을 거느라 정신이 없었다.

"속사!"

페일과 메이런은 궁수와 레인저의 기본 스킬을 이용해 돛에 올라가서 바다 괴물을 향해 집중적으로 사격했다.

다리로 유령선을 휘감느라 바다 괴물의 본체, 문어 같은 머리가 갑판의 바로 옆에 붙어 있었기 때문이다.

유령 선원들도 손도끼와 칼을 들고 바다 괴물의 다리들과 싸움을 벌였다.

제피가 그나마 여러 바다 괴물들의 동시 공격을 막는 혁혁한 공을 세웠다.

"바다 괴물의 미끼로는 아무래도 육지에서 나오는 신선한 고기지."

바다 괴물은 생선보다는 피가 뚝뚝 흐르는 육류를 훨씬 좋아한다. 미끼에 대해서 해박한 제피는 긴급한 상황에 낚싯대에 삼겹살을 끼워서 바다로 던졌다.

수백 미터나 길게 늘어뜨린 낚싯줄을 따라서 바다 괴물들이 몰려들었다. 그 덕에 유령선에 엉켜 있는 바다 괴물은 2마리밖에 되지 않았다.

쿠우우웅! 와자자작!

바다 괴물에 의해서 파괴되는 선체. 내구력이 급속히 감소하고 있었다. 배가 파괴되어 물에 빠지고 나면 바다 괴물의 손쉬운 먹잇감이 될 뿐이다.

위드는 주문을 외웠다.

"음침한 어둠이 내린 창, 암흑 속에서 탄생하여 적의 심장을 꿰뚫는 창이여, 이곳에 나타나라. 다크 스피어!"

오우거의 허벅지 굵기만 한 흑색의 창이 바다 괴물의 머리를 향해 쏘아졌다.

본 드래곤에게도 사용했던 강력한 마법. 리치로서 사용하는 마법은 위력이 몇 배나 상승되어 있었다.

바다 괴물이 갑판에 억지로 오르면서 유령선에는 물이 차오르던 중이었다.

경사진 언덕처럼 배가 기울어져 있던 와중에 바다 괴물의 이마에 다크 스피어가 작렬했다.

퀘에에엑!

알 수 없는 비명을 지르면서 유령선을 붙잡고 있던 10여 개의 다리와 함께 떨어져 나간 바다 괴물!

"와! 마법이다!"

위드가 마법을 쓰니 오히려 동료들이 놀라워했다.

대부분의 싸움을 무기를 들고 최전선에서 치르던 그가 마법을 사용하는 경우는 흔하지 않았던 것.

원거리 공격 스킬조차도 잘 활용하지 않았기에 크게 의외였지만 지금은 육체적인 능력이 약했다.

쿠우우우우웅!

선체의 내구도에 21의 피해를 입었습니다.
보조 돛의 일부가 찢어졌습니다.

바다 괴물 1마리를 떨어뜨려 냈지만, 여전히 달라붙어 있는 녀석이 있다.

유령 선원들이 칼과 도끼를 휘두르고 페일과 메이런이 화살을 쐈지만, 영악하게도 머리는 배의 밑부분에 숨긴 채였다.

바다 괴물의 생명력은 육지의 몬스터와 비교할 정도가 아니다.

"형님, 이대로라면 당합니다!"

제피가 급하게 소리 질렀다.

낚시 미끼로 다른 바다 괴물을 유인하는 데 한계가 있었다. 놈들이 접근하는 것을 보고 낚싯대를 들어 올린다. 미끼를 먹어 버리거나 낚싯줄을 물면 곤란하기 때문이다. 그러면 큰 상어처럼 생긴 바다 괴물이 수면 위로 솟구쳐서 미끼를 먹으려고 들었다.

바다 괴물들의 지능은 전반적으로 낮고 둔한 편이지만 자꾸 반복되면 속지 않는다.

"곤란하군. 콜 데스 나이트!"

반 호크의 소환.

"불렀는가, 주인."

"바다 괴물과 싸워라."

"알았다."

데스 나이트는 나오자마자 검과 작은 도끼를 양손에 각각 들고 갑판을 뛰어다녔다.

데스 나이트의 암흑 스킬들은 바다 괴물의 다리를 그럭저럭 잘라 낼 수 있었다.

바다 괴물이 생명력 하락과 고통을 이기지 못하고 떨어져나가면서 유령선에 가해지는 부담이 훨씬 줄어들기는 했지만, 다시 위기가 찾아왔다.

바다 괴물이 배를 심해로 끌어당기는 것을 포기하고는 다리를 휘두르며 공격을 가해 온 것이다.

바다에서 갑자기 튀어나온 다리들이 유령선 갑판 위를 휘젓는다.

이리엔과 로뮤나는 방어 마법을 펼치고, 돛에 있던 페일과 메이런도 다리에 걸리지 않으려고 안간힘을 다했다.

"다크 스피어!"

위드는 다시 한 번 공격 마법을 외우고 수면을 가만히 주시했다.

바닷속에 있는 괴물을 맞히기란 매우 어려운 상황.

갑판에 서서 다리가 튀어나오기만을 기다렸다.

촤아아아악.

물줄기를 퍼트리면서 튀어나온 다리가 리치의 가녀린 뼈다귀를 휘감았다.

위드의 몸이 갑판에서 가볍게 공중으로 떠올라서 바다로 향했다.

"위드 님!"

"위드 님이 괴물에게 끌려가고 있어요!"

이를 발견한 메이런과 화령이 비명을 질렀다.

붙잡고 있는 다리를 향해 화살과 마법 공격이 조준되었지만, 잠깐의 틈도 주지 않고 그대로 물속으로 들어가고 말았다.

위드의 몸은 강한 흡착력을 가진 바다 괴물의 다리에 심하게 조여지고 있었다.

육체적인 능력이 뛰어나던 오크 카리취일 때라도 순수하게 힘으로 풀어내기는 어려운 괴력!

바닷속에서 발휘되는 괴물의 괴력은 엄청났다.

수중에서 특별히 강한 괴물.

물속이라서 위드는 더 넓게 살필 수 있었다.

짧은 순간, 멀리 제피의 미끼로 인해 몰려들어 있는 바다 괴물 떼가 보였다.

유령선보다도 큰 바다 괴물과 새끼 바다 괴물 들이 운집해 있는 소름 끼치는 광경!

당장 부근에만 하더라도, 위드를 다리로 칭칭 감고 있는 꼴뚜기처럼 생긴 바다 괴물과 다크 스피어에 한 번 적중당한 바다 괴물이 맴돌고 있다.

꼴뚜기 같은 바다 괴물은 위드를 보며 심하게 갈등하는 기색이었다.

'먹을까, 말까.'

상대가 언데드이다 보니 먹고 배탈이나 나지 않을지 걱정하는 듯했다.

육식을 즐기는 몬스터에게는 이런 장점도 있는 셈이었다.

'걱정하지 않게 해 주지.'

위드는 다크 스피어를 휘둘러서 몸을 감고 있는 다리를 끊어 내려고 시도했다. 하지만 강철처럼 단단하고 1등급 가죽처럼 질긴 다리는 상처만 생길 뿐 잘리지 않았다.

'다리는 바다 괴물의 공격 수단이자 가장 강한 부분이다. 이

것을 자른다고 해도 의미가 없어.'

바다 괴물의 다리는 수십 개나 되었으니 애써 하나를 자른다고 해도 무의미했다.

'심장을 노린다. 바다 괴물의 심장은 머리에 있을 테지.'

위드는 여유를 가지고 기다렸다.

생명을 가진 인간이라면 물속이라 숨이 막혀 죽을 테지만 언데드라서 그런 걱정을 하지 않아도 되었기 때문이다.

바다 괴물의 다리에 조여져 생명력이 감소하고 있었지만 참을 만한 수준이었다.

위드는 왼손을 바다 괴물의 다리에 올렸다.

"라이프 드레인, 마나 드레인!"

리치의 권능을 발휘합니다.
바다 괴물 오르테스의 생명력과 마나를 흡수합니다.

생명력이 369 회복되었습니다.

마나가 112 회복되었습니다.

생명력이 291 회복되었습니다…….

리치인 이상 버틸 만큼 버틸 수 있다.

물속이라서 움직임이 자유롭지는 않았지만 어쨌든 해볼 만한 셈이었다.

바다 괴물 오르테스도 더는 안 되겠는지, 마침내 주둥이를 크게 벌리고 위드를 끌어당겼다.

물에서도 익사하지 않고, 마비도 안 되고, 생명력까지 빨아들이니 배탈이 나는 것도 감수하고 먹어 치우려는 행동이었다.

뼈밖에 없어서 오독오독 씹어 먹을 수 있을 것이라 기대하고 머리부터 거꾸로 먹으려고 했다.

위드에게는 기다려 왔던 순간이었다.

오른손에 들고 있던 다크 스피어를 그대로 바다 괴물의 입속을 향해 던졌다.

바다 괴물 오르테스의 약점을 공격하였습니다.
치명적인 일격이 터졌습니다!

위드의 몸을 붙들고 있던 다리가 풀리고, 바다 괴물이 심해로 가라앉으려고 했다.

'그대로 놔둘 수 없지.'

과거에는 다크 스피어 한 번에 마나가 절반이나 소모되었지만, 이제는 마나의 양도 훨씬 늘어서 다른 마법도 얼마든 사용할 수 있다.

"리버스 그래비티!"

중력을 거꾸로 작용시키는 마법을 외우니, 바다 괴물이 오히려 위로 떠올랐다.

"플라이!"

하늘을 나는 마법까지 사용했다.

그러자 수면으로 강제로 밀려나오는 바다 괴물!

기다렸다는 듯이 로뮤나가 넓은 지역에 화염의 장벽을 치고,

페일과 메이런이 화살을 연속으로 쏘았다. 피하지 못하는 이상, 덩치 큰 바다 괴물은 맞히기 편한 표적에 불과했다.

> 바다 괴물 오르테스가 사망했습니다.

> 경험치를 습득하였습니다.

> 수영 스킬의 숙련도가 상승했습니다.

상당히 힘든 전투였지만 이때만을 기다리고 있었다.

위드의 해골에 검붉은 광채가 깃들었다.

리치!

언데드 마법사의 진짜 위력이 발휘되는 순간.

한 손으로는 바르칸의 마법서를, 다른 한 손으로는 타락한 성자의 지팡이를 들었다.

"일어나라, 눈감지 못한 잠들지 않은 원혼들이여. 여기 살아 있는, 그리고 너희를 죽인 자들에게 복수하라! 데드 라이즈."

수중이라서 붕어처럼 뻐끔대며 겨우 마법을 외웠지만 위력은 막강했다.

위드의 몸에서 마나가 썰물처럼 빠져나갔다.

대형 바다 괴물을 언데드로 만드는 데에는 많은 양의 마나가 필요했기 때문이다.

> 리치의 특성으로 인하여 네크로맨서 스킬의 위력이 30% 증가합니다.

금방 언데드가 되어 버린 바다 괴물은 다크 스피어를 맞고 공황 상태에 빠졌다가 다시 유령선을 공격하고 있던 동족에게 달라붙었다. 그러고는 강렬한 힘으로 조였다.

다른 바다 괴물은 여러 개의 다리를 심하게 버둥거렸지만 서로 엉켜서 좋은 표적이 될 뿐이었다.

위드의 마법 공격과 유령선 위 동료들의 무차별 공격에 의해서 다른 1마리의 바다 괴물도 곧 잡을 수 있었다.

'이번에는 2단계 네크로맨서 마법을…….'

1단계는 살아 있을 때 본연의 힘도 다 쓰지 못하고, 또 신성력에도 매우 약한 등 취약한 부분들이 많다.

"너희가 살아서 움직이던 땅으로 돌아오라. 이곳은 어두운 곳. 검고 부패한 땅. 영영 사라지지 않을 암흑의 율법을 모든 이들에게 새길 수 있도록 하라. 언데드 라이즈!"

바다 괴물의 몸에서 살점들이 모두 분리되더니 뼈만 남아 활동을 개시한다.

2마리의 바다 괴물이 다가오는 동족의 새끼들을 처리하고, 여러 마리로 늘어났다.

바다 괴물들이 주로 공격을 막는 방패 역할을 하고, 위드는 그 옆에서 거머리처럼 달라붙었다.

"라이프 드레인, 마나 드레인!"

야비하다거나 비겁하다는 등 그 어떤 말로도 표현할 수 없는 행동!

언데드를 이끌고 다니는 절망과 암흑의 군주인 리치로서의 위엄은 찾을 수 없다.

환경에 따라서 완벽하게 적응하여 살아남는 게 위드의 목적이었다. 생명력과 마나를 끝없이 흡수하고, 바다 괴물들을 언데드로 늘렸다.

높은 생명력을 가진 언데드, 수계 마법을 발휘하는 언데드, 달라붙어서 적들을 잡아끄는 언데드. 종류도 다양했다.

경험치를 습득하였습니다.

바다 괴물 오르테스가 적을 무력화시켰습니다.

바다 괴물 새끼 7이 파괴되었습니다.
다시 데드 라이즈 마법을 사용할 경우 절반의 마나로 일으킬 수 있습니다.

바다 괴물의 지느러미를 습득하였습니다.

매우 까다롭고 잡기 힘든 바다 괴물들이지만 네크로맨서 마법으로 인하여 훨씬 수월하게 사냥할 수 있었다.

경험치도 환상적이라고 할 만큼 잘 들어오고, 전리품도 마찬가지였다.

그런 식으로 언데드들이 늘어나게 되니, 나머지 바다 괴물들도 호락호락하지 않은 먹잇감이라고 생각했는지 일단은 물러갔다.

"휴우."

일행은 탈진해서 배에 주저앉았다.

"진짜 힘들다."

"생명력은 많이 안 떨어졌지만 무지 힘드네요."

어려운 던전 사냥도 많이 해 봤지만 흔들리는 배에서 이토록 긴박하게 싸운 적은 없으리라.

던전에서 사냥을 하다가 죽으면 다시 가서 아이템이라도 주울 수 있지만, 바다 한복판에서는 그것도 불가능한 일이었다.

선체의 내구도도 많이 떨어졌다.

다른 배들은 마리아스호가 습격을 당하는 것을 확인하고 멀리 돌아와서 피해를 받지 않을 수 있었다.

바다 괴물의 서식지 아멜라스 군도를 무사히 통과했습니다.

항해 스킬의 숙련도가 상승하였습니다.

명성이 160 올랐습니다.

바다 괴물을 사냥하고 나서 얻은 많은 경험치!

레벨이 368인 위드조차도 14%나 되는 경험치를 받았으니.

바다 괴물이 가지고 있던 아이템도 화려했다. 바다에서 나오는 보석류인 진주와 산호, 소화되지 않은 생선들의 지느러미, 거북의 등딱지, 먹을 수 있는 해초와 신선한 굴!

"선체에 손상만 가지 않더라도 바다를 돌면서 다 잡을 수 있을 텐데."

위드가 아쉬운 눈초리로 지나온 곳을 쳐다보았다.

사냥감만 있다면 지루함을 모른다. 바다 괴물도 도전해야 할 몬스터에 불과했으니까.

위드의 마나는 꾸준히 소모되고 있었다.

유령선의 바닥 밑에서 여전히 언데드 바다 괴물들이 따라오고 있었기 때문이다.

자잘한 생명체나 물고기들을 잡아먹을 때마다 약간씩의 경험치가 위드에게 돌아왔다.

네크로맨서 스킬의 숙련도가 증가했습니다.

조각 변신술이 유지되는 동안에 한해서였지만, 네크로맨서 스킬도 올릴 수 있었다.

네크로맨서는 베르사 대륙을 통틀어서 굉장히 강력한 직업에 속했다.

부하로 부리는 언데드들의 개체 수만 늘어나면 통상적인 마법사를 능가하는 공격력과 저주 능력을 가진다. 고레벨의 네크로맨서라면 일인 군단이라고 해도 과언이 아닐 것이다.

하지만 반면에 약점도 가지고 있었는데, 스킬을 올리기가 쉽지는 않은 편이다.

스킬 레벨이 오를수록 더 강한 몬스터들을 언데드로 만들어야 했고, 때때로 다른 유저들의 사냥감이 되기도 한다.

혼자서 대단위 전투를 벌이는 네크로맨서라면 전리품도 많이 얻을 수 있는 데다 레벨도 상당히 높다고 봐야 한다.

그렇기 때문에 암살자나 살인자 들의 표적이 되기 쉬웠다.

네크로맨서들은 죽음과 어둠의 힘을 다루기 때문에 사망했을 때의 피해도 더욱 크다.

스킬의 숙련도 저하와 레벨 감소.

성직자들의 치료도 통하지 않으니 전투 시에 죽을 가능성도 높고, 다른 직업과의 상성도 별로 좋은 편이 아니다.

언데드를 유지하기 위한 마나 소모가 심해서 자주 명상을 하거나 앉아서 쉬어야 했다.

언데드들을 대규모로 부리기에 딱히 활약할 기회를 찾지 못하게 되어 버리는 전사들도 네크로맨서와의 파티를 피하는 편이다.

위험한 사냥터들을 혼자 다닐 때가 많은 고독한 직업이 네크로맨서였다.

사라진 해적 함대

　아흐레를 더 항해하고 나서야 목적지인 크루거 항구 마을에
도착했다.

　바다 괴물의 서식지를 세 번이나 더 지나오며 57마리를 사냥
하는 과정에서 선체가 심하게 손상된 탓이었다.

　장거리 이동으로 위드의 항해 스킬도 한 단계가 늘어서 초급
6레벨이 되었다.

　"으와! 육지다."

　수르카가 반갑다는 듯이 가장 먼저 선착장에 내렸다.

　크루거는 아기자기하고 작은 항구였다. 그림처럼 지어진 집
들과 상점들이 있었다.

　크루거 항구를 최초로 발견하였습니다.
　혜택: 해양 길드에 알리면 발견자로서 명성을 얻을 수 있다. 교역소의 물품들을
　　　20% 할인된 가격에 구매할 수 있다.

위드는 먼저 술집부터 들어가서 정보를 모았다.

"니플하임 제국과 관련이 있는 사람이나 단체? 우리 섬에는 오랫동안 외지인이 오지 않아서 잘 모르겠군."

"정말 오랜만에 방문한 외부인이야. 경험 많은 선장이 아니고서야 크루거 항구에 대해서 모르거든."

크루거 항구에서는 생필품을 판매해서 돈을 벌고 바로 출항했다.

그리고 이틀 뒤, 르네이 항구에 도착했다.

크루거보다는 조금 큰 어선들도 있는 항구였다.

선술집에서 정보를 모으기 위해서는 술을 사 줘야 편하다.

선원들은 술을 한 잔씩 마시며 자신들이 알고 있는 이야기를 술술 풀어놓았다.

"뱃사람들은 자기 출신에 관해 이야기하는 것을 좋아하지 않소. 그런데 이름도 모른다고? 그럼 더더욱 찾기 힘들겠군."

"니플하임 출신의 뱃사람이라면 해적들 중에서 많겠지. 어부들이 폭풍 때문에 물고기를 잡지 못해서 해적으로 변했다는 이야기가 있거든. 우리는 어디 출신이냐고? 그건… 흐흐, 알면 신고하려고 그러지?"

"폭풍? 왜인지는 모르지만 니플하임 제국이 몰락하면서부터 생긴 것 같은데… 원래 그곳의 바다는 무척 잔잔했다고도 해."

확인되지 않은 소문들도 많았다.

"북동쪽 바다에는 몬스터들이 들끓는 섬이 있지. 상륙해서 식량을 구할 생각은 하지도 말게. 몬스터의 식량이 되어 버릴 거야."

"지느러미가 붉은 물고기를 봤나? 그놈의 고기는 연해서 먹기가 좋다더군."

"해적들이 주로 출몰하는 지역은 페로이안 만이야."

광활한 바다를 넘나드는 선원들은 허풍이 심했다. 확인을 위해서는 직접 가 보는 방법밖에 없었다.

그럼에도 조금쯤은 맞는 이야기들도 나오기에 참고할 만한 구석이 있었다.

위드가 레자드라는 아주 작은 항구에서 보급을 하고 있을 때였다. 선술집에서 술을 사 주었더니 늙은 어부가 고마워하며 마시고 나서 말했다.

"제독의 기질을 보이는 젊은이여, 아르메니아 해적단의 대장에 대해서 묻고 있는 것이오?"

"해적단에 대해서는 물어본 적이 없는데요."

"옛날에 내 할아버지에게 그 폭풍 치던 바다에 대해서 들은 적이 있소. 니플하임 제국이 몰락할 때 어느 한 남자가 그곳의 바다에서 해적의 의식을 치르고 배를 탔지. 그 후에 해적단의 단장이 되었다오. 대단한 마법사라는 소문이 있지."

위드의 머리가 영활하게 돌아갔다.

레자드는 폭풍이 치는 바다에서 가깝지만, 발견하기 어려운 섬의 뒤쪽에 있는 항구였다.

"아르메니아 해적단은 규모가 큽니까?"

"북쪽 바다를 실질적으로 제패하던 세력이었지."

"지금은요?"

"수십 년 전부터 찾을 수 없게 되었소."

위드는 일단 아르메니아 해적단의 뒤를 추적해 보는 수밖에 없다고 여겼다.

"어디로 갔는지도 알 수 없을까요?"

"북쪽을 향해서 아주 오랫동안 항해를 하다 보면 밤하늘에 오로라가 펼쳐지는데, 매우 뛰어난 선원들조차도 평생에 한 번 경험할까 말까 한다지. 그 오로라를 따라가면 대륙의 북부 지역에 도착하게 된다오."

모라타도 북쪽이었고, 중앙 대륙을 기준으로 한다면 레자드라는 항구도 북쪽에 있었다.

그런데 얼마나 더 북쪽으로 가란 말인가.

위드의 안색이 차갑고 파리하게 변했다. 설마 하며 떠오르는 장소가 있었기 때문이다.

'아닐 거야. 그곳만큼은 아니겠지. 절대 그럴 리가 없으니까. 내 운이 아무리 더럽다고 해도 거긴 아닐 거야.'

어부의 말이 이어졌다.

"큰 땅이 숨을 쉬고, 차가운 바다를 뚫고 들어가야 되는 곳. 아르메니아 해적단은 지골라스 지역으로 갔다는 소문이 있소. 그들이 가지고 있던 보물도 모두 그곳에 잠들어 있다는 이야기를 할아버지로부터 들었지."

> 퀘스트에 대한 정보를 입수하였습니다.

퀘스트에 대한 단서 획득!

지골라스.

이름만으로도 무시무시한 장소였다.

대륙의 10대 금역 중 하나였는데, 일단은 맹렬한 추위가 있는 빙하 지대!

어디 그것뿐이겠는가.

화산들이 끊임없이 폭발하고 용암이 흘러내린다.

출현하는 몬스터의 레벨도 주로 500대에서 600대 사이였으니 들어가는 자체가 죽음을 각오하지 않고는 불가능한 일.

위드는 크게 깨달음을 얻었다.

"아! 드디어 퀘스트가 날 죽이는구나!"

죽음의 길로 성큼성큼 걸어가서 마침내 목적지에 도달하기 직전이라고 할 수 있었다.

이미 관까지 짜 맞춰 놓고 땅까지 파 놨으니 그냥 숨만 멈추면 되는 상황!

"지골라스에 다녀왔던 우리 선조가 남긴 지도가 있는데, 그거라도 가져가시겠소?"

위드가 날카롭게 물었다.

"공짜입니까?"

"이제 와서 딱히 가지고 있어 봐야 쓸모도 없으니… 그냥 가져가시오."

어부는 집으로 들어가서 낡은 가죽 지도를 내왔다.

지골라스로 향하는 해도를 획득하였습니다.

지골라스 지역을 '대충 그린 지도 #1을 획득하였습니다.

지골라스 지역은 베르사 대륙의 북부에서도 끝이라고 할 수 있었다.

위드가 지도를 열자, 그 지역에 대한 영상이 흘러나왔다.

─※─

새하얀 얼음들이 얼어 있는 대지!

매머드나 대형 북극곰, 설인 들이 발자국을 남기면서 걸어 다닌다.

털이 긴 곰들이 얼어 죽어 있는 광경은 보기만 해도 섬뜩한 모습들!

과거 북부의 추위와도 비교할 수 없었다.

북부가 어린아이들이 아이스크림을 먹고 나서 춥다고 하는 정도라면, 여긴 그냥 냉동고였다.

사냥터라고 하기에도 비참한 수준. 보물이나 퀘스트를 위해 서가 아니라면 절대 올 필요가 없는 곳이다.

10만 명의 병사들을 데려온다고 해도 9만 명 정도는 얼어서 죽고 8,000명 정도는 굶어서 죽으리라.

똑똑한 2,000명은 빙하 지대에 도착하기도 전에 알아서 도 망칠 것이다.

하지만 지골라스 지역으로 넘어가면 춥지 않았다.

얼음도 거의 없고, 대기도 훈훈함이 느껴질 정도로 따뜻해 보인다.

큰 균열이 가서 땅이 갈라져 있는 지반에는 붉은빛이 비치 고, 증기가 올라왔다.

콰아아아아아아앙!

지골라스에 있는 산들은 수시로 용암을 분출하고 있었다.

혼돈의 전사, 괴인 이볼그, 네발로 기어 다니는 맹수 볼라드, 날개를 가진 테어벳.

그 외에 이름도 알 수 없는 극열대 몬스터들이 서식한다.

박쥐처럼 생겨서 가장 약체로 분류되는 테어벳의 레벨이 380 정도였는데, 만날 다른 몬스터에게 잡아먹히는 신세였다.

꿈틀거리면서 용암을 분출하는 화산들의 중심에는 화염 거인들과 던전의 입구도 있었다.

화산 지대 그리고 위험한 던전의 주변에는 빛나는 광석들이 많이 눈에 띄었다.

미스릴이나 금은처럼 귀한 광물들을 비롯하여 보석 광맥들이 많았던 것이다.

지골라스에는 희귀한 석재들도 바닥에 깔려 있다. 조각사에게는 반드시 가 볼 만한 장소였다.

───※───

지금까지 가 본 적이 없는 위험한 대지에 강력하기 짝이 없는 몬스터. 그렇다고 해서 여기서 퀘스트를 포기할 마음이 들지는 않았다.

"실패부터 먼저 떠올렸다면 불사의 군단과도 싸우지는 못했겠지!"

어떤 의뢰든 도전하지 않으면 성공하지도 못한다.

어쨌든 비관적이기보다는 긍정적으로 생각하기로 했다.

"그래도 감기에 걸려서 죽지는 않겠어. 몸이 불에 타서 죽는 게 백만 배는 더 낫지."

화염에 그슬리면 무기나 방어구의 내구력이 심각하게 낮아진다.

녹아 버리면 복구 불가능할 정도로 파괴되어 버리기도 하지만 대장장이 스킬이 있으니 어느 정도의 손상은 수리가 가능해서 괜찮았다.

"익숙하지 않은 바다보다는 육지라서 훨씬 버틸 만할 거야."

육지에서의 싸움이라면 조각 생명체도 부를 수 있다.

다만 먼 길을 돌아와야만 하겠지만!

"지금은 조각사가 아니라 리치니까 더 유리할 거야."

왠지 서글픈 장점이었다.

조각사는 전체적인 전력을 상승시키고 도시 발전에 엄청난 공헌을 할 수 있다.

다른 주민들과 유저들에게 힘을 줄 수 있는 직업이었다.

그에 비해서 네크로맨서는 시체와 마나만 있으면 싸울 수 있다. 조각품에 생명을 부여했을 때의 효과도 비슷하지만, 설혹 죽더라도 간단히 일으킬 수 있는 강화 좀비나 구울의 장점이 훨씬 큰 것이다.

네크로맨서는 현재까지 알려진 것 중에 전투력 자체는 최강의 직업이라고 할 수 있다.

마법사처럼 순간적인 범위 공격력이 넓은 것도 아니고, 검사나 기사처럼 스스로 발휘할 수 있는 무력이 뛰어나지도 않다.

하지만 언데드를 다루는 능력으로 일인 군단을 만들 수 있다는 면에서 다른 직업들과는 비교할 수 없는 장점이 있었다.

"고대의 방패는 안 쓰는 게 좋겠군."

총방어력의 30% 정도를 차지하는 고대의 방패도 쓸 수 없다.

"어쨌든 최대한 버텨 보는 수밖에."

믿을 것은 바퀴벌레보다도 독한 생존력밖에 없었다.

<hr/>

리튼 왕국의 셸지움.

만돌은 아내와 함께 수천 평이나 되는 거대 저택에서 살고 있었다.

그들이 살고 있는 저택으로 사람이 찾아왔다.

"모라타에 조각품이 만들어져 있습니다. 옮기기가 곤란하니, 그쪽으로 방문을 해 주셨으면 한다는 전갈입니다."

베르사 대륙에서는 주소지만 알면 간단한 연락을 전해 주거나 물건을 배달해 주는 업체가 있다. 그곳을 통해서 위드의 전갈이 도착한 것이다.

만돌은 그때야 아내에게 의뢰를 맡겼다는 이야기를 했다.

"괜한 일을 하셨어요. 위드라는 조각사가 유명하다고는 해도 본 적도 없는 내 딸을 어떻게 조각하겠어요?"

"그게……."

"알았어요. 당신이 정 그렇게 말한다면 가 봐요."

만돌은 함께 여행이라도 하면서 아내에게 즐거움을 되찾아

주고 싶었다.

"함께 떠나는 여행은 오랜만이군요."

"좋은 것 많이 보고, 맛있는 것도 많이 먹읍시다."

"그래요."

둘은 먼 길을 여행하면서 사냥도 하고 음식도 만들어 먹었다. 지극 정성을 다하는 만돌의 모습에 아내인 델피나도 가끔 미소를 지었다.

"여기가 모라타군요."

덥수룩한 수염에 산적처럼 생긴 만돌과는 달리 그의 아내인 델피나는 날씬하고 귀여운 미인이었다.

"그때 왔을 때보다도 많이 발전했군. 새로 지어진 건물들도 많고."

만돌은 위드에게 의뢰를 맡길 때에 모라타에 온 적이 있다.

'그때는 건물들과 사람들이 이렇게 많지 않았는데. 크고 화려한 건물들이 상당히 많아졌군.'

이제 모라타를 다 둘러보려면 며칠로도 부족할 것 같았다.

만돌은 불안한 마음에 말했다.

"설혹 조각품이 실망스럽더라도 화를 내진 말아 주오."

"저는 괜찮아요. 여기까지 오면서 참 좋았는걸요."

만돌은 일부러 천천히 모라타로 오면서 델피나의 기분을 풀어 주기 위해서 노력했다.

1쿠퍼짜리 조각품!

'설마 싸구려로 형편없이 만들어 놓은 건 아니겠지.'

먼 길을 여행해서 왔는데 만들어진 조각품이 볼썽사나운 수준이라면 그는 물론이고 아내의 상심이 엄청날 것이다.

'그의 양심에 맡기는 수밖에. 하지만 그리 착해 보이거나 양심적인 인물은 아닌 것 같았는데 말이야.'

만돌이 계속 불안해하면서 아내와 함께 모라타의 성문을 지나려고 하는데, 그들을 마중 나와 있는 소녀가 있었다.

"혹시 만돌 님이세요?"

"그렇습니다만……."

귀엽고 예쁜 소녀였다.

프리나라는 이름을 가진 그녀는 위드에게 구원받은 이후로 여러 가지 일을 했다. 꽃도 팔고, 옷도 만들고, 킹 히드라, 이무기의 고기를 요리해서 팔 때는 식당 일까지 거들었다.

현재는 안내인의 임무까지 맡은 것이다.

"영주님께서는 지금 급한 일이 생겨서 다른 곳으로 가셨기 때문에 만나실 수 없어요."

만돌의 머릿속에 의심이 스쳐 지나갔다.

'정말 싸구려를 만들어 놓고 도망간 건가?'

프리나는 그들을 향해 계속 말했다.

"대신 제가 그곳으로 안내할게요."

"그곳?"

"조각품이 있는 장소예요."

하기야 아무 곳에나 던져 놓지는 않았으리라.

막 시작한 것 같은 초보자들이 도처에 보이고, 도시 전체에 활기가 넘친다. 그 밝고 명랑한 분위기에 끌린 만돌은 빨리 도시 여행이나 하고 싶었다.

새로운 퀘스트와 사냥터가 속속 발견되고 있고, 근처 호수와 산의 경치가 그만이었던 것이다.

만돌과 델피나는 프리나의 안내를 받아서, 모라타에서도 중심 지역으로 들어갔다.

물고기가 사는 연못과 넓은 정원이 딸린 초대형 건물이 있었다. 위드의 예술 회관.

"이곳이에요."

"여기에 제가 이곳 영주님에게 맡긴 조각…품이 있다고요?"

만돌은 살짝 기가 질렸다.

예술 회관의 건물은 중앙 대륙 영주들의 별장보다도 크고 웅장하게 지어졌던 것이다.

"네, 여기서부터는 건축가 파보 님이 안내해 주실 거예요."

파보도 미리 와서 기다리고 있었다.

"제가 이 예술 회관을 지은 파보라고 합니다."

"저는 만돌, 이쪽은 델피나입니다."

만돌은 그들보다 훨씬 나이가 많아 보이는 파보를 보며 정중하게 인사를 했다.

"저희보다 훨씬 어른이신 것 같은데 말씀을 편하게 하시지요. 그런데 대낮인데 예술 회관의 문이 왜 잠겨 있지요?"

"아직은 개관을 하지 않아서 그렇다네. 이제 문을 열 테니 편하게 보시게."

위드의 예술 회관의 첫 손님은 만돌과 델피나였다.

정식 개관은 그들 둘이 나오고 난 이후부터였던 것이다.

그들이 오기만을 기다리며 잠겨 있던 문이 활짝 열렸다.

레자드 항구에서 지골라스에 대한 정보를 얻고 나서 출항!

모콘 마을에 들러서 대장장이를 방문, 위드를 제외한 다른 사람들의 퀘스트를 하려고 했다.

모콘 마을로 가는 내내 위드는 별로 말이 없었다. 다만 한숨을 칠백 번 정도 쉬어 댔을 뿐이다.

"휴우. 후우. 에휴. 아후. 콜 데스 나이트!"

"불렀는가, 주인. 누구와 싸우면 되는가?"

데스 나이트 반 호크를 소환했다.

"나야."

"응?"

"나와 싸우자."

낚시를 하다 말고 무고한 데스 나이트를 소환해서 죽도록 패기를 수십 차례!

"그냥 전투 스킬 숙련도나 올리려고 하는 거니 조금도 신경 안 쓰셔도 됩니다. 아직도 고스톱 쳤던 일 가지고 뒤끝이 남았다거나 하는 거 절대 아니니까요."

그런데 모콘 마을의 대장장이도 퀘스트를 내놓았다.

"철광석이 많이 부족해서 필요한 물건들을 만들 수가 없군. 예전 모드레드 부근에 좋은 광산들이 많이 있었다는데, 그곳의 철광석을 구해 올 수 있겠는가? 무한정 기다릴 수는 없으니 늦어도 4달 안에는 구해 왔으면 해."

난이도 C급의 의뢰.

사람들은 당연히 퀘스트를 받아들였다. 어차피 모드레드에서 명장의 가문 후예 퀘스트를 해야 되는 상황이기 때문이다.

그리고 다시 모콘 마을을 나와서 돛을 활짝 펼쳤다.

"지골라스 지역이라……."

베르사 대륙의 북부이기는 했지만, 극지방이었다.

대륙을 통해서 간다면 산맥과 큰 강을 지나야 했고, 마물이 넘치는 위험한 숲도 통과해야 한다. 바다로 가는 편이 훨씬 안전하다고는 할 수 있어도, 굉장히 먼 거리였다.

"더구나 폭풍이나 해류도 그리 좋지는 않다고 하니 갈 길이 만만치는 않겠군."

위드의 항해 스킬이나 유령선의 상태를 보면 썩 긍정적이지는 않았다.

여기에서 더 북쪽 바다에는 빙하들도 떠다닌다고 했으니 피하기가 정말 어려울 것이다.

"지골라스에 가기 전에 침몰할지도 모르겠어."

바다에 빠지면 그대로 얼어 죽을 수밖에 없는 처지였다.

유령선이 빠른 배는 아니었기에 닷새간 항해했음에도 북쪽으로 그리 많이 오지는 못했다. 역풍이나 해류의 영향을 심하게 받았고, 섬과 항구마다 들르면서 생필품들을 팔고 정보들을 모았기 때문이다.

"지골라스에 가다니 미친 인간이군."

나이 든 노파는 진지하게 물었다.

"죽으러 가는 건가?"

"……."

이틀이 더 지나고 나서 페일이 말했다.

"위드 님, 그런데 저희 퀘스트도 시간제한이 있어서요."

원래 모드레드로 가던 차에 위드의 퀘스트에 합류했다. 시간이 많이 지체되었으니 그들이 진행하던 퀘스트도 해야 했다.

"아니면 그냥 저희 퀘스트를 취소할까요? 지골라스 지역은 무지 위험할 텐데요. 저희가 필요할 겁니다."

페일의 호의에도 불구하고 위드는 마음 편히 받아들일 수 없었다.

배에서도 위드는 끊임없는 노가다로 스킬 숙련도를 올리고 있었다. 낚시, 조각술, 요리에 이르기까지 다양하게.

하지만 다른 사람들은 언제 도착할지도 모를 지골라스까지 경치나 구경하며 기다려야 한다.

더구나 지골라스까지 안전하게 도착할 수 있다고 장담할 수 있는 상황도 아니지 않은가!

그들에게 퀘스트까지 취소하라고 부탁할 수는 없었다.

"아닙니다. 지골라스는 제가 혼자서 찾아보겠습니다."

"저희가 빠지면 바다에서의 전투도 어려워질 텐데요."

"페일 님을 육지에 내려 드릴 때 조각 생명체들을 태우면 됩니다."

상대적으로 가벼운 금인이 정도는 태울 수 있다. 불사조나 빙룡, 와이번들은 지골라스까지 함께 갈 수 없으리라.

화령과 이리엔이 남겠다고 강력하게 주장했지만 위드는 받아들이지 않았다.

"모드레드의 퀘스트부터 하세요. 제 퀘스트는 혼자서도 충분하니까요. 미안해하실 필요 전혀 없습니다. 나중에 정 필요하면 유린이를 통해서 그림 이동술로 오시면 되니까요."

유린은 모라타에서 그림을 그리다가 이동술을 통해서 다시 합류한 뒤였다.

페일 일행은 그제야 납득했다.

모드레드의 퀘스트를 빨리 끝내고 위드에게 합류하면 될 테니까.

유령선은 육지를 향해서 전력 질주해서 동료들을 땅에 내려주었다.

작별을 나눌 때, 위드가 말했다.

"화령 님, 제 돈 1,190골드를 따셨으니 행운이 함께할 겁니다. 이리엔 님은 810골드 헌금하지 마세요. 나중에 되찾아올 테니까."

"……."

"그리고 690골드를 따신 벨로트 님은 따로 부탁드릴 일이 있으니 유령선에 잠깐만 남아 주세요."

"네?"

"별로 큰일은 아니고, 며칠 후에 유린이를 통해서 다른 일행에게 보내 드리겠습니다."

"그래요?"

벨로트는 의아해하면서도 일단은 남기로 했다.

위드는 치사하고, 뒤끝이 끝없이 많고, 심하게 돈을 밝히는 남자였다. 하지만 추잡하다거나 비열한 욕망을 품고 있을 것 같진 않았다.

위드에 대해 상당히 냉정한 평가를 내리고 있는 벨로트였다.

원래부터 친하던 화령이 전혀 걱정하지 않는 것으로 봐서도 안심이 됐다.

동료들을 떠나보내고 나서 쓸쓸한 표정을 짓고 있는 해골 위드. 벨로트가 힐끗 시선을 보냈다.

'동료들과 헤어지고, 나중에 우리도 떠나면 유령 선원들과 고독한 항해를 해야겠구나. 왠지 좀 측은해 보이는걸.'

위드의 입이 턱뼈가 덜그렁하고 빠질 정도로 크게 벌어졌다.

"이제 보물은 내 독차지로구나!"

"……."

그리고 유령선으로 다가오는 조각 생명체들이 있었다.

음머어어어!

누렁이와 금인이, 와이번, 불사조, 빙룡!

"금인이는 배에 타라."

"알겠다, 주인."

"와이번들, 일단 너희도 타 봐."

유령선에 육중한 체중의 와이번들이 타니 갑판에 발을 디딜 곳이 마땅치 않았다.

무리해서 앉으려고 하면 돛대가 부러질 정도였다.

"와이번들은 내려."

와이번들이 날아서 유령선을 떠날 때였다.

성큼성큼 걸어오는, 유령선보다 5배는 거대한 빙룡!

빙룡은 염치도 없이 유령선에 타려고 했다. 발로 짓밟아서 파괴하려는 것으로 보일 정도였다.

"동작 그만!"

딱 유령선을 밟기 직전에 빙룡이 동작을 멈췄다.

"넌 그냥 타지 마."

위드의 말에 왠지 아쉽다는 듯이 돌아서는 빙룡이었다.

<hr />

이현은 〈로열 로드〉의 홈페이지에 접속했다.

"숙련된 항해사가 필요해."

네리아해에서는 근처에 지나다니는 배들이 많아서 길을 잃어버릴 염려가 별로 없었다.

반면에 지골라스까지 가는 큰 바다에서는 현재의 위치도 모르고, 해류를 잘못 타 어디론가 쓸려 가기라도 하면 아득하기 짝이 없다.

방향을 조금만 잘못 잡아도 몇 날 며칠을 헤매야 될지도 모르고, 엉뚱한 곳으로 떨어질 수도 있었다.

"지골라스까지 정확하게 항해할 수 있는 사람이 필요한데……."

레벨이 높은 유령 선원들은 그저 전투를 어느 정도 할 뿐이었다. 돛을 조정하거나 키를 다루는 일에는 서툴기 그지없어서, 목적지로의 빠르고 정확한 항해는 불가능했다.

"유명한 선장이나 항해사라……."

이현은 〈로열 로드〉의 홈페이지에 있는 게시 글들을 검색해 보았다.

"어떤 단체나 길드에도 소속되어 있지 않으면 좋을 텐데."

그 와중에 눈에 띄는 게시 글을 발견했다.

제목: 더러운 항해사 놈들

플라네티스해에서 털렸습니다.

항해사를 고용했는데, 다른 선원들과 함께 하극상을 일으켜서 교역품도 모두 잃어버리고 배까지 뺏겼어요.

이름을 검색해 보니 완전 유명한 놈들이더군요.

헤인트, 프렉탈, 보드미르.

서로 친구인 것 같던데, 절대 고용하지 마세요.

다른 게시 글에도 그 이름이 있었다.

제목: 라네티스해의 칼 든 강도를 고발합니다

높은 레벨을 가지고 있으면서 남의 배나 탈취하는 놈들입니다.

착한 척 접근하는데, 뛰어난 실력 때문에 고용했다가 배도 잃어버리고 완전히 손해 봤습니다.

절대 속지 마세요. 여자 무진장 밝히고, 성격 더러운 놈들입니다.

주요 근거지. 베키닌.

모두 조심합시다

이현은 항해사를 구할 수 없다면 노예로 잡은 해적이라도 써야 될 판이었다.

"일단 선원 계약만 하면 되겠군."

선원 계약이 이루어지면 그 사람의 신분은 배에 귀속된다.

즉, 배가 침몰하지 않는 한 죽어도 다시 배에서 되살아난다.

그렇기 때문에 선원의 삶과 죽음을 결정할 권리는 선장에게 있었다.

단, 선원들도 얼마든지 하극상을 일으켜서 선장을 제압하고 배를 탈취할 수도 있다.

바다에서는 무슨 일이든지 벌어질 수 있는 것!

베키닌은 플라네티스해의 섬에 있는 항구였다.

"일단 선원 계약만 하면 돼."

항구 도시 베키닌.

테베라는 작은 해상 공국에 속한 도시로서 조선업과 무역이 발달했다.

플라네티스해에서 네리아해로 들어가기 위해서는 필수적으로 거쳐야 하는 섬이었다.

근처에 좋은 사냥터가 있는 섬들이 많고, 동부에 있는 브렌튼 왕국까지도 해류를 타면 빠른 배로 네댓새밖에는 걸리지 않았다.

"헤헤, 여기 술 한 병 더 주세요."

단정한 가죽옷을 입은 벨로트가 혼자 선술집에서 술을 마시고 있었다.

발그레한 볼에 귀엽고 맑은 눈, 순진한 인상이라서 진작 남자들의 관심을 끌고 있었다.

'흠.'

'여자 혼자서 술이라…….'

'동료가 오기를 기다리고 있나?'

남자 유저들은 술을 마시면서 훔쳐보았다.

항구 근처의 선술집이라서 남자 뱃사람들의 비율이 압도적으로 높다.

벨로트가 홀짝홀짝 술을 마시는 걸 보며 조금씩 용기가 생길 때, 먼저 일어난 남자 셋이 있었다.

헤인트, 프렉탈, 보드미르.

베키닌에서는 질이 좋지 않기로 유명한 항해사들이었다.

술과 여자를 심하게 밝히고, 바다에서 선장을 배신하고 배를 탈취한 경력도 있었다.

살인자와 일반 유저 사이를 오가기 때문에 악명이 자자한 그들. '베키닌의 3마리 미친 상어'라는 별명도 가지고 있었다.

그들이 벨로트의 옆에 앉더니 가볍게 말을 걸었다.

말문을 트는 역할은 그중에 가장 나은 외모를 가지고 있는 헤인트가 맡았다.

"베키닌은 처음인가 봐요?"

"네, 친구들을 따라서 온 지 얼마 안 되었어요. 헤헤."

첫말을 어떻게 받아 주느냐가 중요하다.

헤인트는 나쁘지 않은 시작이라고 생각했다. 벨로트가 거부감 없이 선하게 웃어 보였기 때문이다.

"친구들은 어디에 있어요?"

"항구에서 기다리고 있어요."

친구들이 있더라도 헤인트는 물러설 이유가 없었다.

벨로트처럼 선하고 예쁜 인상을 가진 여자라면 누구나 사귀고 싶을 것이다.

"친구들이라면 남자?"

"로뮤나랑 수르카… 아! 그림으로 보실래요?"

"그림?"

"아는 동생이 화가거든요. 초상화를 한 장씩 그려 줬어요."

"꼭 보고 싶네요."

벨로트가 배낭에서 그림을 꺼냈다.

붉은 모자를 쓰고 있는 발랄한 여자 마법사와 깜찍한 외모의
권사 그리고 눈이 휘둥그레질 정도로 매력적인 댄서 등.

'대박이다.'

프렉탈과 보드미르는 꿀꺽 침을 삼켰다.

벨로트만 꼬일 수 있어도 굉장한 일이었다. 그런데 미녀 군
단이라고 해도 과언이 아닐 정도의 친구들까지 있지 않은가.

헤인트의 미소가 더욱 짙어졌다.

"그런데 그림에 왜 항해사인 동료는 없나요?"

"친구들 중에는 항해사가 1명도 없어서요."

"다른 사람의 배나 여객선을 타고 왔겠군요."

"아뇨. 친구가 장만한 배를 같이 타고 왔어요. 초보 선장이거
든요."

"저런! 그럼 여기까지 오기가 힘들었겠군요."

베키닌 주변의 해류는 변화가 심해서, 솜씨 있는 항해사가
아니라면 꽤나 난처한 상황에 접하기 일쑤다.

"사실 많이 힘들었어요. 여기까지 오는 데 사흘도 더 걸렸거
든요."

"저런, 그랬군요. 솜씨 있는 항해사들이 도와주었으면 편했

을 텐데…….”

헤인트가 슬쩍 눈짓을 주었다. 그러자 짜인 수순처럼 프렉탈이 다음 질문을 했다.

“바다가 참 아름답지요?”

“네, 정말 예뻐요. 구름이 흘러가고, 밤에는 별들이 떠 있고… 바다 위로 뛰어오르는 물고기들이며 돌고래들을 보면서 다니는 게 정말 행복해요.”

헤인트가 다시 벨로트를 향해 그윽한 시선을 보내며 말을 받았다.

“바다란 참 멋진 곳이죠. 항해는 계속하실 겁니까? 그러면 저희가 조금 도와 드릴 수 있을 것 같은데…….”

“정말요?”

“베키닌 주변의 좋은 경치들은 우리가 모두 꿰고 있죠. 배에서 경치를 보면서 마실 술도 몇 병 가지고 있습니다.”

“정말 가고 싶은 곳이 있긴 한데요…….”

하지만 벨로트는 갑자기 죄책감을 느끼는 표정을 지었다. 정말 해서는 안 될 일을 하는 것처럼 굳어진 얼굴이다.

헤인트는 이것을 다르게 해석했다.

‘도와주겠다니 미안하게 여기는 건가? 착한 아가씨로군.’

벨로트를 비롯해서 이런 미녀들이 여행을 하고 있는데 약간의 고생이 대수겠는가. 기회가 생긴다면 함께하고 싶은 게 세 남자의 마음이었다.

“뭐가 문제인데요? 혹시 돈이 부족하거나 하는 거라면 걱정하지 않으셔도 됩니다.”

"솔직히 선원과 항해사가 필요해서 구하러 나온 건데, 염치가 없어서 부탁을 드리지 못했거든요. 정말 도와주실 거예요?"

"물론입니다. 그런 일이 있었다면 진작 말씀하시지요."

보드미르도 갑자기 끼어들었다. 다른 2명의 친구들만 벨로트와 대화를 나누자 질투를 느낀 것이다.

"그럼 항해 계약을 하시겠어요?"

"혹시 배도 가지고 있으십니까?"

"친구 소유인데, 좀 오래된 중형 범선이에요."

"오호, 그랬군요."

세 남자들의 눈빛이 의미심장하게 마주쳤다.

벨로트나 그녀의 친구들과 친해질 수 있다면 더없이 좋다. 하지만 그녀들과 잘될 기미가 보이지 않는다면 바다 한복판에서 배를 빼앗을 수도 있다.

벨로트나 다른 여자들을 죽이고 배와 아이템까지 획득할 수 있는 기회.

'좋군.'

'기가 막힌 기회야.'

세 남자는 조급해져서 말했다.

"항해 계약부터 하죠."

"일당은 얼마로 할까요?"

모든 게 그들의 것이라고 생각했으니 굳이 많이 달라고 할 필요도 없었다.

"하루에 5골드 정도면 족합니다. 아니, 뭐 그것도 안 받아도 상관없습니다."

미녀들과 여행도 하고 배도 빼앗을 기회인데, 얼마 안 되는 항해 수당 정도야 대수롭지 않았다.

"정말 잘됐네요. 제가 임시 부선장으로 항해 계약을 할 수 있어요."

벨로트가 미리 준비해 놓은 서류를 꺼냈다.

직함: 선원과 항해사
수당: 하루 1골드.
계약 기간: 목적지에 도착할 때까지.
베키닌 해양 조합이 이 계약을 보증함.
선장의 명령을 거부하거나 배에서 무단이탈하게 되면 선
원 자격을 박탈함.

띠링!

> 벨로트가 선장을 대신하여 마리아스호의 항해 계약을 제의합니다.

수당이 1골드밖에 되지 않았다. 그래도 빈말이지만 무료 봉사라도 하겠다고 한 마당에 따지고 든다면 쫀쫀한 남자밖에는 되지 않으리라.

헤인트, 프렉탈, 보드미르는 기꺼이 계약서에 서명을 함으로써 불합리한 항해 계약을 체결했다.

베키닌 해양 조합의 보증 아래에 항해 계약이 이루어지면 배에서 떠날 수 없게 된다. 무단으로 배를 이탈하면 베키닌 해양 조합에 의해 선원 증명이 취소되어서, 다른 배에 고용될 수 없다. 그들 소유의 배는 항구에 정식 입항할 수도 없게 되고, 항해 일감을 구하기 힘들어지는 것이다.

세 남자는 쫓기기라도 하듯이 급하게 자리에서 일어났다.

"그럼 배를 보러 갈까요?"

"네."

벨로트와 함께 항구로 가면서 장밋빛 상상들을 이어 나간다.

하지만 정작 항구에 도착해서는 약간 당황스러웠다.

수리한 흔적들이 역력하지만, 중형 범선은 아직도 손상이 심했던 것이다.

헤인트가 어처구니없어하면서 물었다.

"설마 이 배를 타고 오셨나요?"

"네. 무슨 문제라도 있나요?"

"아니요, 아무것도. 그냥 아가씨들과는 어울리지 않는 것 같아서 말입니다."

너무 오래되어 가격은 많이 나갈 것 같지 않지만, 어쨌든 중형 범선이다.

"먼저 올라가시겠어요? 저는 조금 있다가 갈게요."

"알겠습니다. 배에서 기다리고 있지요."

그들은 기쁜 마음으로 사다리를 통해서 갑판 위로 올라갔다.

'이제 우리 세상이다.'

'예쁜 여자들과 바다 여행이라……. 꿈에 그리던 일이 이루어지겠구나.'

그리고 이어진 당혹과 충격, 절망!

갑판에서는 세 남자의 하얗게 질린 표정을 볼 수 있었다.

그들이 탄 것은 유령선, 그것도 유령 선원들이 걸어 다니고 있는 배였던 것이다.

막연히 여자들끼리만의 여행은 아닐 수 있다고 생각했지만, 이것은 상상치도 못한 재난이었다.

"저기, 이 배가 마리아스호가 아닌 거죠? 저희는 벨로트 님의 배를 탔는데요."

더듬더듬 헤인트가 물어보자 유령 선원들은 기꺼운 태도로 대답해 주었다.

"쿠히히히힛, 이 배가 마리아스다."

"바다의 저주, 재앙, 마리아스호다!"

"그게 무슨 말… 설마 우리가 속았나?"

서둘러서 항해 계약을 하다 보니 묻지 않은 게 많았다.

"저기, 이 배는 어디로 가죠?"

"지골라스 지역으로 간다. 키히힛."

"지골라스 지역? 어디선가 들어 본 이름인데… 아! 설마 그 지골라스 지역?"

들어가는 일 자체만으로도 목숨을 내놓아야 한다는, 10대 금역으로 분류되어 있는 지골라스!

항해사로서 이름은 들어서 알고 있었다.

"맞다. 우리는 지골라스로 간다. 무서워? 키히히힛, 죽으면 너희도 우리처럼 될 거다."

"축복! 축복! 영원히 이 배에 남는 선원이 되어라."

유령 선원들을 보며 헤인트의 얼굴이 일그러졌다.

어쨌든 항해 계약은 이루어졌으니 도중에 취소할 수 없다.

무단으로 배를 이탈하면 결국 항구에서 일을 찾을 수가 없게 되니 받아야 할 불이익이 너무 막대했다.

프렉탈이 작게 속삭였다.

"문제없어. 선장만 죽이면 돼."

선장을 죽이고 항해 계약을 맺은 서류를 탈취하기만 하면 된다. 그러면 베키닌 해양 조합에서 문제 삼을 일도 없다.

"늘 하던 대로 선장을 죽이고 이 배나 빼앗자."

"오래된 고물선이기는 하지만… 그래도 그럭저럭 가격은 받을 수 있을 거야."

헤인트가 다시 희망을 갖고 물었다.

"이 배의 선장님은 어디에 있습니까?"

"어흐흐흑, 우리의 선장, 무서운 선장, 낚시하고 있다."

"어딘데요?"

"앞쪽으로 가 봐라."

세 항해사는 칼을 뽑아 든 채로 기세등등하게 이동했다. 당장에 선장을 베어 버리고 배를 팔아 버릴 작정이었다.

하지만 선장을 보는 순간 세 사람의 얼굴은 하얗게 질렸다.

몸이 해골로 이루어진 리치, 위드가 낚시를 하고 있었던 것이다.

데론해의 오로라

"위드가 퀘스트를 위해서 이동한 것 같습니다."

"황금으로 된 새를 따라갔습니다."

모라타에 있는 염탐꾼들은 소속 영지와 길드에 보고했다.

북부에 있는 길드나 영주 들은 물론이고, 중앙 대륙이나 서부 대륙에서도 염탐꾼을 한둘씩은 보내 놓았다.

위드의 동향에 대해 상당히 의식하고 있다는 증거였다.

각 방송사들과 해외 방송국들도 모라타에 정보원을 심어 놓고 실시간으로 살피고 있었다.

"S급 난이도의 두 번째 퀘스트인가?"

"드디어 진행하는 것 같군."

베르사 대륙에서 유일하게 S급 퀘스트를 진행하고 있는 위드였다.

B급이나 A급만 되더라도 대륙 전체에 일정한 영향을 미치게 된다. 한발 더 나아가 S급 난이도라면 매우 큰 변화를 가져오

게 되리라.

1단계 퀘스트만 하더라도, 마탈로스트 교단이 재건되었고 비밀의 무리였던 엠비뉴 교단의 지파 중의 하나가 괴멸됐다.

"북부에서 진행될 수 있는 S급 난이도의 퀘스트라면… 베르사 대륙에 그만큼 파급효과를 미칠 만한 일은 많지 않을 텐데."

"역사서에 나오는 성검의 획득? 최고급 화염 마법이 내재되어 있는 검이나 방어구를 얻을 수도 있지 않을까?"

"북부에는 아직 국가가 없으니 나라를 세우는 퀘스트가 나올 수도 있지."

여러 추측이 오가고 있었지만 위드가 퀘스트를 성공하기만 한다면 다시금 세간의 이목을 집중시킬 것을 누구나 짐작할 수 있었다.

S급 난이도 퀘스트를 완수한 최초의 유저라는 명예와 영광은 모든 유저들이 노리고 있었다.

방송사들끼리의 물밑 경쟁도 치열하게 벌어지고 있었다.

S급 난이도의 1단계 퀘스트는 규모 면에서 볼 때 어떤 전쟁 못지않게 거대했다. 킹 히드라, 이무기, 바르칸처럼 보통의 유저들은 찾기도 어려운 몬스터들이 대대적인 격전을 벌였다.

바르칸의 대활약에, 네크로맨서로 전직하는 마법사들이 다시 대거 발생할 정도였다.

하지만 방송국들은 위드가 연속해서 성공할 수 있으리라 기대하지 않았다.

1단계 퀘스트는 마탈로스트 교단의 성물들을 최대한 활용했고, 운도 많이 따라 주었다.

퀘스트의 성질상 단계가 올라갈수록 더욱 어려워질 것이다.

물론 실패하더라도 시청률은 따 놓은 것이나 다름없으니 그저 방송을 준비하고 있는 정도였다.

"해안가에서 사라졌다라……."

바드레이도 보고를 받았다.

헤르메스 길드에서도 위드를 집중 감시 대상으로 분류해 놓고 있었다. 굳이 바드레이의 지시가 아니더라도, 장로회의 결정에 의해 길드 차원에서 공식적으로 결정된 사안이다.

그가 베르사 대륙에서 50명도 안 되는 집중 감시 대상에 포함되었다는 사실만으로도 바드레이는 기분이 썩 좋지 않았다.

> ─바다라면 무슨 퀘스트일까?

바드레이가 염탐꾼에게 귓속말로 물었다.

헤르메스 길드에서 파견한 염탐꾼은 꽤 고레벨로, 와이번을 타고 가는 위드를 뒤쫓았다. 물론 도중에 뒤처지고 말았지만 위드가 일직선으로 움직인 덕분에 해안가까지 따라갈 수 있었다.

> ─어떤 퀘스트인지는 정보가 부족해서 알 수 없었습니다.
> ─그곳에서 추격이 끊어졌다면, 와이번을 타고 계속 이동한 건가?
> ─와이번을 타고 바다로 간 것은 아닌 듯합니다. 와이번들은 이 근처에서 사냥을 하고 있고, 해변에서 배의 흔적도 발견했습니다.
> ─배를 타고 바다로 갔다고?
> ─흔적이 남아 있습니다.
> ─배의 크기는?
> ─작은 나무배 정도로 보이는데, 깊은 물에서 큰 배로 갈아탔는지 여부에 대해서는 확신할 수 없습니다.
> ─바다로 나간 건 틀림없겠지?

―저뿐만 아니라 다른 길드에서 보낸 염탐꾼들도 여기서 흔적을 찾고 있습니다. 그리고 모라타에서부터 수백 명의 유저들이 합류한 발자국도 찾아냈습니다. 발자국을 보면 장비의 특성이나 직업에 대해서도 알아볼 수 있는데, 몇 명을 제외하면 모두 같은 직업을 가지고 있습니다. 모라타 전쟁에서 꽤 활약했던, 위드의 최측근들로 보입니다.

―알았다. 다른 보고 사항이 생기면 가장 먼저 알리도록.

―알겠습니다.

바드레이의 이마가 살짝 찌푸려졌다. 위드의 퀘스트가 그의 신경을 거스르고 있다는 사실을 부인할 수 없었다.

만의 하나라도 S급 난이도 퀘스트를 성공시켰을 때에는 모든 찬사가 위드에게 향하리라.

'그냥 죽여 버려?'

바드레이의 마음이 흔들렸다.

베르사 대륙에서 그의 직업과 레벨, 장비를 따라올 유저는 없다.

위드가 본 드래곤 등을 사냥하며 보여 준 전투 능력도 놀랄 만한 수준이기는 했지만, 바드레이에게 견줄 정도는 아니었다.

바드레이는 성직자나 마법사 몇 명의 도움만 받으면서도 비슷한 레벨의 몬스터들을 사냥해 왔던 것이다.

레벨 400에서의 3차 전직을 마치고 고급 수련관까지 통과한 그였다. 가상현실에서의 전투에도 익숙해져서, 어떤 방식으로든 몬스터들을 사냥하는 데 장애가 없다.

몸을 움직이는 부분에서 약간 부족하더라도 스킬이나 장비, 레벨이 있기 때문에 격차가 좁혀질 리가 없다.

바드레이도 많은 전장에서 상대를 굴복시키면서 헤르메스

길드의 총수라는 자리까지 오른 것이다.

그가 발견한 검술의 비기 2~3개만 보여 주더라도 위드는 죽은 목숨이었다.

"하지만 지금은 중요한 시기야. 패권 동맹을 발동시켜서 하벤 왕국의 완전한 지배권을 획득하기 전까지는 자리를 비우기가 어려워."

아직은 진정한 절망을 맛보여 줄 때가 아니다.

복수는 베르사 대륙을 독차지하고 위드를 몰아내는 것으로 이루어진다.

하지만 위드가 연속된 퀘스트 성공과 진행으로 상당히 고평가되고 있다는 점 때문에 기분이 좋지 않았다.

"칼라모르의 기사들도 어떤 퀘스트를 진행하면서 썼을 텐데, 여러 번 사용할 수는 없는 거겠지. 모라타의 유저들이 나서 주기는 했지만 그것도 자신의 힘으로 이긴 건 아닐 테고."

일부 유저들이 위드와 자신을 같은 반열에 놓고 견주는 자체가 심하게 불쾌했다.

레벨이나 장비, 세력, 어떤 것으로 봐도 비교가 불가능했다.

바드레이는 귓속말을 보냈다.

—해군 제독 드린펠트.
—예, 총수님.

헤르메스 길드의 해군 제독!

공식적으로는 하벤 왕국 제2함대의 함장을 맡고 있는 드린펠트였다.

—해 줘야 할 일이 있다.

—분부만 내리십시오.

—함대를 출항시켜서 북부로 가라. 목표는 위드다.

—척살령입니까?

—아니다. 한두 번 죽여 버릇을 고쳐 놓는 정도로만 하면 돼.

—알겠습니다.

위드가 배를 타고 바다로 나갔다면, 드린펠트를 시켜서 격침시킬 작정이었다.

바드레이는 명령을 내리고 나서 다시 생각했다.

'조금 부족할지도 모르겠군.'

바다는 굉장히 넓다. 드린펠트가 추격을 하더라도 위드를 언제 잡을 수 있을지 모른다.

바드레이는 헤르메스 길드의 대외적인 길드장 라페이에게 편지를 쓰도록 했다. 바다의 가장 넓은 지역을 차지하고 있는 해적 그리피스에게 보내는 제안이었다.

"전쟁의 신 위드가 바다에 있을 때 죽여 달라라……."

그리피스는 헤르메스 길드에서 보낸 편지를 읽었다.

대륙의 각 왕국에서 그에 대한 수배령을 내렸을 정도지만, 바다에서 그리피스의 권력은 막대했다.

직속 해적단만도 400여 척의 배들을 가지고 있었고, 중소 해적단들도 간접적인 영향권 아래에 두고 있다.

바다에서의 물자 수송을 위해서는 상인들도 그리피스에게 상납을 하지 않을 수 없는 처지였다.

해적단의 부단장 콜룸이 물었다.

"뭘 주기로 했는데 고민을 하십니까?"

"나쁜 거래는 아니야."

헤르메스 길드에서는, 위드를 세 번 죽일 경우 구할 수 있는 어떤 장비라도 제공하겠다는 의사를 표시했다. 방송에 나온 바드레이가 착용하고 있던 장비라도 주겠다는 것이다.

"정말이라면 보상이 굉장히 후한 편입니다."

"헤르메스 길드에서 거짓 의뢰를 하진 않겠지. 하지만 진짜 바드레이의 장비는 아닐 거야. 정말 자신이 쓰는 최고의 장비는 방송에서 내보내지 않고 비밀로 유지하고 있을 테니까."

"그럼 안 하실 겁니까?"

"아니, 당연히 해야지. 이런 기회가 흔히 오는 건 아니니까."

그리피스가 씩 웃었다.

헤르메스 길드만이 아니라, 중앙 대륙의 다른 명문 길드와 영주들도 같은 의뢰를 해 왔던 것이다.

유령 함대의 항해 속도는 상당히 빨라졌다.

숙련된 항해사들이 돛을 조정하고, 해류를 탔기 때문이다.

헤인트를 비롯한 세 항해사는 배에 탑승하고 나서 불안과 기대가 교차했다. 유령선을 조종하는 진귀한 경험, 유령 선원들과 같이 일을 하게 된 것이다.

항해사로서는 항구의 술집에 풀어놓을 이야깃거리가 커진 셈이었다.

하지만 지골라스 지역으로 가는 건 악어의 입속에 소금을 뿌리고 들어가는 것과 같았다.

"저기, 제가 다른 사냥터를 알고 있습니다."

"더 좋은 경치를 구경시켜 드릴까요?"

헤인트와 보드미르의 제안에도 불구하고 낚시만 하고 있는 위드! 유령선의 선장 더럴이라고만 알려져 있기 때문에 아직 그가 위드인 것은 알지 못했다.

음머어어어.

누렁이가 갑판에 배를 깔고 누워 있고, 금인이도 모자를 쓰고 따라서 낚시를 한다.

"대체 어디서 갑자기 리치가 나타난 거야?"

"고레벨은 고레벨일 텐데… 젠장, 완전히 고약하게 걸렸군."

항명은 엄두도 낼 수 없었다. 리치는 기습으로 쉽게 죽일 수 있는 부류가 아니다. 해저에서 따라오는 언데드 바다 괴물들만 보더라도 기가 질릴 지경이었다.

"리치로 전직이 가능했던가?"

"몰라. 베르사 대륙에 고레벨 유저가 한둘도 아니고, 완전히 재수가 없는 거지."

헤인트와 보드미르가 불만을 구시렁거리고 있을 때였다.

"좌현 전타! 암초들 대량 발견이다."

프렉탈이 전방을 감시하다 암초를 발견하고 소리를 질렀다.

촤르르르륵.

헤인트가 급하게 키를 왼쪽으로 돌렸다. 배가 휘청거릴 정도로 흔들리고, 암초들을 아슬아슬하게 비껴 나갔다.

베키닌에서 다른 유령선들은 해방시켜 버린 이후라서 따로 따라오는 배는 없었다.

"휴, 이것도 굉장한 경험인데?"

"그래, 내 항해 스킬도 엄청나게 오르고 있어."

헤인트와 보드미르로서는 놀라운 일이었다. 위드가 표시한 항해 경로대로 움직였더니 스킬 숙련도와 경험치가 마구 쌓이고 있었기 때문이다.

바다에는 던전이 따로 필요하지 않다.

항해사들에게는 항해 경로 자체가 던전을 신규로 발견한 것 같은 숙련도와 경험치, 명성을 안겨 주었다.

지골라스로 향하는 항해 경로대로 따라가니 쌓이는 숙련도는 일찍이 그들이 상상도 못 해 봤던 수준!

"이 항해, 따라오기 잘한 것 같은데?"

"그러게. 유령선이라서 경험치가 더 잘 오르는 것 같기도 하고 말이야."

"일단 충실히 명령을 따르는 척하면서……. 어차피 배를 몰 수 있는 건 우리뿐이니 말이야."

"음, 배를 탈취할 기회가 틀림없이 있을 거야. 무인도에 정박한다거나 했을 때 배에 남아 있다가 몰고 가 버리면 되지. 유령선의 선장! 크흐흐흐."

세 남자들이 은밀한 대화를 나누었다.

하지만 그들의 행동을 뻔히 보고 있던 누렁이는 불쌍하다는 표정을 지을 수밖에 없었다.

감히 위드를 상대로 더럽고 야비한 음모를 세우다니!

음머어어어어.

'주인이 얼마나 쫀쫀하고 치사하고 비겁한 부분에 정통해 있는데!'

세계적인 도박꾼에게 꼬마 아이들이 맞고를 치자고 하는 격이었다. 게다가 위드는 코 묻은 돈까지 가리지 않고 뺏어 갈 인물이 아니던가.

음흉한 속내야 어떻든, 보드미르의 계산은 어긋나는 경우가 없어서 꽤 빠른 속도로 북쪽으로 항해했다.

돛을 활짝 펼치더라도 역풍으로 인하여 최대 속도는 나지 않는다. 하지만 해류를 이용하고 있는 유령선은 바다를 꽤나 빠르게 가로지르고 있었다.

헤인트가 낚시를 하는 위드에게 와서 조심스럽게 불렀다.

"선장님, 말씀드릴 게 있습니다."

"음."

위드는 묵묵히 낚시만 했다.

낚시 스킬이 이제 중급 5레벨이 되고도 숙련도가 35%나 쌓였다. 손재주도 3% 정도는 늘었다.

최대 생명력을 늘리는 데에는 낚시만 한 스킬이 없었다.

"이제 하루 반 정도만 가면 해도의 삼분의 일쯤 지나는 셈이 됩니다. 예상했던 것보다도 이틀이나 빨리 가게 되는 거죠."

"흐음!"

위드도 무난한 항해에 대해서는 칭찬해 주고 싶었다.

지골라스로 가는 정확한 해도가 있다고는 해도, 세 항해사들의 실력이 없었더라면 꽤 고전했으리라. 인간성은 별로지만 실력은 어느 정도 인정해 줄 만했다.

위드는 어쨌든 고용주였다.

"계속 고생하게. 돌아올 때 보수는 넉넉하게 주지."

"알겠습니다."

헤인트는 넙죽 인사를 하고 물러났다.

이렇게 먼 거리를 항해하면서 하루에 1골드만 받는다는 건 있을 수 없는 일이다. 그 점을 은근히 표시한 것인데 위드가 먼저 알고 있다는 듯이 받아 준 것이다.

위드는 생각했다.

'이틀을 단축했으니 수고비로 1골드 정도는 더 줘야겠군.'

목적지인 지골라스까지 절반 정도 남았을 때부터는 파도가 심하게 거칠어졌다.

6미터, 7미터가 넘는 파도가 넘실거릴 때마다 유령선이 위로 솟구쳤다가 아래로 떨어지기를 반복했다.

"안 넘어지려면 뭐라도 잡아야겠다. 우히힛."

"이야앗! 살려 줘!"

유령 선원들이 갑판에서 미끄러지다가 바다로 내동댕이쳐졌다. 하지만 금방 원래 맡은바 임무 지역에서 다시 등장했다.

진짜 선원이었다면 영락없이 죽었거나 구출하기가 상당히 어려웠으리라.

해류의 변화도 심했다. 바다 한복판에 큰 소용돌이가 있어서 빨려들면 대형 범선조차도 산산조각이 난다.

"오른쪽으로! 크게 돌아라!"

소용돌이를 피하기 위해서는 정신을 놓을 수가 없었다.

거센 바다의 흐름을 타고 유령선이 절묘하게 기우뚱거리면서 북쪽으로 항해를 한다.

사흘을 더 이동했을 때에는 소용돌이가 치는 지역을 벗어날 수 있었다.

위드는 그때까지도 계속 낚시를 했다.

북쪽으로 갈수록 희귀한 보라색 어종의 물고기들이 잡히는데, 숙련도를 제법 많이 준다.

더구나 선장으로서 돛을 조정하는 일들을 도와주며 항해 스킬도 올리고 있었다.

"이제 얼마나 남았지?"

위드의 물음에 녹초가 되어 있던 보드미르가 대답했다.

"한 6할은 왔습니다."

"조금만 더 가면 도착하겠군."

"……."

"수고하게!"

짧은 거리도 아니고, 먼바다에서는 바다에 적응하는 수밖에 없다. 항해 스킬과 스스로를 믿고 배와 일체가 되어서 파도를 헤치고 나아가는 것.

힘과 용기, 도전 정신이 있어야 버틸 수 있는 험한 바다였다.

다행히 그 후로는 역풍도 불지 않고 파도도 원만해져서 이틀 정도 순탄한 항해가 이어졌다.

점점 추워지는 것이 몸으로 느껴질 정도가 되었다.

하늘에서는 비 대신에 굵은 눈송이들이 내렸다.

"이제 북쪽으로 정말 많이 왔구나."

헤인트, 프렉탈, 보드미르도 이렇게 멀리까지는 항해해 본 적이 없어서 덜컥 겁이 났다.

하지만 배를 되돌리기에도 너무 늦어서 계속 이동했다.

하늘은 맑고, 밤이면 달과 별들이 수없이 떠오른다.

대자연을 뚫고 이동하는 항해였다.

띠링!

> 데론해로 진입하였습니다.
> 항해 스킬의 숙련도가 증가합니다. 모험으로 인해 힘과 인내, 지혜, 카리스마 스탯이 6씩 늘어납니다. 명성이 260 늘었습니다.

항해사들은 처음 가 본 바다나 섬을 발견하면 명성이나 스탯이 오른다.

"보통은 2나 3 정도 오르는데 6이라니! 정말 굉장하군. 그것도 네 종류나 되는 스탯이 늘었어."

"데론해잖아. 그리고 베키닌에서부터 한 번도 쉬지 않고 왔으니까."

일반적인 항해는 이틀 정도 가면 항구에서 하루씩은 쉬어 주었다. 식료품도 보급하고, 휴식으로 선원들의 피로도를 낮추기 위해서이기도 했다.

유령 선원들은 썩 쓸 만한 일꾼들은 아니었지만, 육지와 고향을 그리워하는 향수병이나 피로도 부분에서만큼은 걱정할

게 없었다.

"킬킬, 인간 항해사들이 맛있게 생겼어."

"몸을 빼앗자. 몸을 뺏자. 영원히 바다를 떠도는 신세도 지긋지긋해. 인간의 몸으로 들어가고 싶어."

"쉬잇! 저놈들은 선장님의 먹이야. 선장님부터 한입 드시고 난 후에 우리가 먹어야 해."

음식은 위드가 조달했고, 물도 충분했다.

굶어 죽을 염려는 없고 웬만한 수리도 가능했으니, 원양항해에는 더없이 좋은 셈이었다.

조금 더 북쪽으로 올라가면서부터는 가끔 만나던 인어도 볼수 없었고, 돌고래와 새 들도 따라오지 않았다.

본격적인 데론해가 시작되면서부터는 살을 에는 듯한 추위가 시작되었다.

그리고 마침내 펼쳐진 오로라!

한밤중에 유령선의 위로 별들과 빛의 장막이 드리워졌다.

관록 있는 3명의 항해사도 넋을 잃고 쳐다볼 정도로 아름다웠다. 자연이 만들어 낸 빛의 위대한 아름다움은 전율이 일어날 정도였다.

> 데론해의 오로라를 발견하였습니다.

> 놀라운 발견으로 인해 명성이 350 올랐습니다.

> 예술 스탯이 28 상승하였습니다.

모든 스탯이 5씩 늘어납니다.

대자연의 힘으로 인하여 모든 상태 이상을 치유합니다.
열닷새간 체력의 최대치가 30% 늘어납니다. 모든 스탯의 최대치가 13%
증가합니다. 선박의 선회력과 최대 속도가 육지와 항구에 정박할 때까지
27% 증가합니다. 축복의 기운으로 인하여 해상 전투에서 추가적인 혜택이
부여됩니다.

넋을 놓고 오로라를 구경하고 있는 항해사와 유령 선원들.

위드도 오로라를 보면서 유년기의 동심마저 떠올렸다.

메말라서 바퀴벌레 1마리 살지 못한다던 그의 감정 샘이 갑
자기 솟구쳐 오르거나 하는 것은 물론 아니었다.

대자연의 힘이라고 할지라도 위드의 삭막함을 부드럽게 만
들 수는 없는 것.

"잘 봐 두었다가 나중에 써먹어야겠군. 모라타나 다른 곳에
서 그대로 빛의 조각술로 활용하면 되겠어."

어릴 때 돈으로 바꿀 수 있는 빈 병을 주웠던 정도의 기쁨.

여행자에게는 평생 기억에 남을 만한 오로라도 그 정도의 역
할밖에는 안 되었다.

밤하늘의 오로라가 갈라지면서 길을 열어 주었다.

위드가 지시했다.

"저곳으로 가자."

"알겠습니다, 선장님."

항해사들은 오로라가 알려 주는 길을 통해서 배를 몰았다.

암초도 없고, 해류도 평탄하고, 바다 괴물도 건드리지 않는

평온한 항해였다. 극도로 추워지고 있는 것을 제외한다면 별다른 불상사는 없을 것 같았다.

"으으, 추워!"

보드미르가 돛을 조정하면서 이를 딱딱 부딪치며 몸을 떨었다. 찬 바람을 많이 맞다 보니 감기에 걸리려고 하는 조짐이었다. 체력도 떨어지고 집중력도 저하되려고 한다.

위드는 미리 낚시로 잡은 새끼 고래의 껍질로 만든 로브를 겹쳐서 입고 있었기에 괜찮았다.

"다시 감기에 걸릴 수는 없지."

혹독하게 추웠던 북부 탐험을 두 번이나 했다.

지골라스 지역에 도착하면 추위보다는 오히려 더위를 걱정해야 할 판이지만, 그 전에도 몸의 상태를 최고로 유지할 수 있는 방법은 모두 준비했다.

예티의 털옷도 만들어 놓고 절대 버리지 않다가 이번에 입었고, 고래 로브까지 걸쳤다. 낚시를 해서 매운탕을 후끈하게 끓여 먹으니 북쪽 바다 항해도 할 만했다.

"……."

위드의 주변에 모여 있는 3명의 항해사들. 그들은 간절한 애원이 담긴 눈으로 위드를 보고 있었다.

헤인트가 대표로 말했다.

"딱. 따닥. 선장님."

뜬금없이 딱따구리가 등장한 게 아니라, 이빨이 부딪쳐서 나는 소리였다.

바다 사나이들은 대부분 반팔에 반바지를 선호했다. 활동하기도 편한 데다, 대부분 춥지 않은 기후에서 항해를 했기 때문이다.

"이대로라면 다 얼어 죽습니다. 저희가 입을 옷이 있으면 좀 주시지요."

"내가 왜 그래야 되는데?"

위드는 천연덕스럽게 되물었다.

사람 옆에 놔두고 혼자 먹기, 줬던 거 다시 뺏기 그리고 남들 일할 때 놀고 있기, 추워하는 사람 놔두고 혼자 따뜻하게 입기!

위드는 세상에서 가장 치사하다고 하는 행동 중에서 최소 세 가지를 한꺼번에 하고 있었다.

헤인트가 억울하다는 표정을 지었다.

"그럼 저희보고 모두 얼어 죽으라는 말씀이십니까?"

"살길은 각자 알아서 찾아야지. 선장이 항해사들 옷까지 마련해 주는 배가 어디에 있어?"

위드는 시큰둥하게 말할 뿐이었다.

항해사들에 대한 복지 혜택이 전무한 유령선!

유령 선원들은 말로만 추위를 탄다고 하니 괜찮았다.

"그래도 선장님이신데 어떻게 저희 좀 살려 주시죠."

"20골드."

"네?"

"하루 대여료야. 옷이 땅 파서 나오거나 하는 건 아니잖아."

"하지만 사냥으로도 얻을 수 있고, 낚시로 물고기 비늘을 모아서도 옷을 만드시던데요."

"싫으면 딴 데 가서 알아보든가."

더럽고 치사한 부분에서 신기원을 이루는, 얼어 죽으려고 하는 사람에게 옷 임대료 받기!

눈물을 머금고 임대료를 내야 했다.

"일주일치 선납에 보증금까지 500골드야."

항해사들은 옷을 빌린 후 따로 모여서 귓속말을 떠들었다.

—일단 지금은 참는다.
—계획이 바뀐 건 없어. 항해 계약이 있으니 지금은 얌전히 따르지만 기회
 는 온다.
—살인을 한두 번 해 본 것도 아니고, 기회만 생기면 그냥…….

배를 탈취하게 되면 이곳에 위드를 버려 놓고 그들끼리만 돌아갈 작정이었다.

뱃사람들은 그런 경우도 대비해서 간단한 조선 스킬 정도는 익히는 편이지만, 웬만큼 고생은 할 것이다.

—지금 우리가 당한 것의 백배는 복수를 해 줘야지.
—백 배 가지고 되겠어? 천 배, 만 배는 복수해 줄 거야.

지골라스의 모험가

위드의 예술 회관 정식 개관!

첫 번째 손님으로는 만돌 부부가 방문을 했다. 그리고 그다음 날부터 제대로 문을 열었다.

"여기에 위드의 조각품들이 있다고?"

모라타의 유저들은 위드의 조각품에 관심이 많았다.

여신상이나 빛의 탑의 효과를 사냥에서 항상 누리고 있었으니, 예술 회관에 아마도 새로 간직되어 있을 조각품이 기대되기도 했다.

입장료: 10골드

* 레벨 100 이하의 초보들은 3골드. 부하나 용병 NPC의 경우에도 같은 금액이 적용됩니다.

* 30인 이상의 단체 관람 시, 50% 할인.

입구에서부터 입장료 징수를 알리는 팻말이 붙었다.

노인이나 학생 할인도 없는 야박한 조치였다. 하지만 〈로열 로드〉에서는 노인이나 학생 들이 더 무섭다.

"늘그막에 할 일도 없고…… 신 영감, 레벨이 몇이우?"

"360 정도야. 헐헐."

"많이 올리셨구랴. 아랫마을 양로원 구 할배랑 비슷하겠네."

"어허, 나야 레벨 올리기 훨씬 힘든 마법사잖아. 비교할 것을 비교해야지."

자식들도 안 놀아 주고, 손자 손녀도 다 커 버렸다. 그렇다고 바둑이나 장기를 두면서 세월을 보내기도 지겹다.

텔레비전도 예능에서부터 가요, 시사, 드라마까지 다 꿰고 있는 노인들에게는 〈로열 로드〉야말로 새로운 세상!

현실에서는 갈수록 허리가 굽어지고 체력이 약해졌지만 〈로열 로드〉에서는 새로운 육체를 가질 수 있었다.

넘쳐 나는 시간으로 몬스터들을 때려잡는 할아버지와 할머니 들을 정말 쉽게 볼 수 있었던 것이다.

"그런데 입장료가 너무 비싸지 않아?"

"무슨 예술 회관 입장료를 10골드씩이나 받아?"

아침부터 모여 있던 모라타의 유저들은 불만이 잔뜩이었다.

괜히 입장해서 별로 볼 것도 없다면 후회가 막심할 것이기 때문이다.

"그래도 뭐, 10골드라면… 한번 보는 것도 나쁘지 않겠지."

"위드의 조각품으로 사냥에 도움도 많이 되었으니 속는 셈 치고 들어가 볼까?"

유저들은 입장권을 끊고 예술 회관의 안으로 들어갔다.

넓은 정원이 있는 지하 2층, 지상 5층짜리 건물이었다.

정원에는 편안하게 휴식을 취할 수 있는 공간들이 있고 다양한 조각품들이 세워져 있다.

사랑 고백을 하는 듯한 동상에서부터, 몬스터들을 때려잡는 동상, 아이들이 좋아하는 곰 동상 등이 있었다.

"샌드위치나 고기 판매합니다."

"예술 회관 정식 한번 드셔 보세요."

식당들도 문을 열고 있었다.

가족들이 편히 쉴 수 있는 휴양 공간이라는 점을 내걸고 장사를 하는 식당들!

바드들이 연주하고 공연할 수 있는 무대도, 비록 지금은 비어 있지만 이미 완성되어 있는 모습이었다.

"예술 회관이나 구경하고 나가자."

"빨리 보고 사냥이나 가자."

초보자들과 유저들은 우르르 몰려서 정원을 지나쳤다.

위드의 어떤 작품이 진열되어 있는지 확인하는 게 우선이기 때문이었다.

지하 2층에서부터 지상 2층까지는 일반 예술가들을 위한 전시 공간이었다.

모라타에서 활동하는 이름난 화가와 조각사 들이 자신들이 만든 작품을 전시해 두었다.

예술가들은 지금까지는 작품을 판매해서만 돈을 벌 수 있었다. 하지만 예술 회관이 문을 열었으니 이제부터는 진열을 하고 입장료를 나누어 받을 수 있게 된다.

더 많은 유저들에게 보일 기회가 생기고, 화가나 조각사로서 이름값을 높일 수 있는 기회였다.

"여기에 내 작품이 있군."

"보레햄, 이쪽이야. 여기 동쪽에서 온 흑돼지 조각품이 전시되어 있어!"

모라타의 예술가들은 지금 이 순간에 막대한 희열을 느꼈다.

"예술을 이 정도까지 아끼고 존중하는 영주는 베르사 대륙 어디를 뒤져 봐도 찾기 힘들 거야."

"본인이 조각사라니 우리의 심정을 잘 이해해 주는 게 아니겠는가?"

예술 회관이 개관하면서 모라타의 지역 명성이 60이나 올랐다. 전쟁을 해서 승리한 것 이상으로 명성이 늘었고, 문화 발전도도 비약적으로 증가했다.

덕분에 모라타 소속 예술가들의 작품이나 바드들이 만든 공연은 다른 지방에 가서도 조금 더 우대받을 수 있었다.

"모라타 음유시인들의 작품이라고? 어려운 길을 찾아왔군. 우리 마을에서도 공연해 주겠나? 20골드 정도 더 쳐주겠네."

"모라타의 조각품이라면 인기가 높아 상당히 잘 팔리지. 원래 7골드를 말했지만, 5골드는 당연히 더 주겠네."

아직 북부에 한정되어 있지만 예술가들은 충분히 보람을 느꼈다.

하지만 예술 회관의 진정한 가치란 역시 예술품들의 감상에 있었다.

제대로 진열된 예술품들의 가치와 옵션의 효과는 20%나 올라간다.

완전한 상태로 보존하기 때문에 시간이 지나더라도 훼손되지도 않는다.

조각품이나 미술품 들은 기본적으로 효과가 누적되어서 적용되지 않지만, 예술 회관에서는 달랐다.

어느 한 조각품이 힘을 크게 늘려 주고 다른 조각품은 민첩을 늘려 준다면, 모두 감상하였을 경우에는 이 장점들을 어우러지게 할 수 있다.

예술가들이 특색 있는 조각품, 새롭고 과감한 시도들을 할 수 있게 만들어 주는 것이다.

유저들도 좋은 예술품들을 한곳에서 둘러볼 수 있으니 비싼 입장료를 낸 보람이 조금쯤은 있다고 생각했다.

"그런데 비어 있는 곳들이 많네."

"아직은 초창기니 어쩔 수 없지."

"빈 곳도 많은데 그럼 그만큼 입장료는 깎아 줘야 되는 거 아니야?"

모라타에 있는 예술품들을 아무 구분도 없이 진열할 수는 없었다. 각 예술가들이 자원해서 내놓은 작품들과 관람객들에게 기꺼이 내보일 수준으로만 요구했더니, 많은 작품들이 전시되어 있지는 못했다.

관람객들은 3층으로 올라갔다.

위드가 만든 소소한 조각품들, 여행을 다니면서 본 몬스터나 성, 도시 들의 축소판이 있었다.

로자임 왕국 세라보그 성, 그라바 산맥, 바란 마을과 천공의 도시, 소므렌 자유도시로 향할 때 넘었던 바르크 산맥.

절망의 평원과 유로키나 산맥도 있다.

베르사 대륙의 지형을 작게 옮겨 놓은 것 같았다.

여행을 할 때마다 짬짬이 만든 거라 크기와 비율은 제멋대로였지만, 몬스터나 특별히 눈에 띄었던 나무, 저택 등의 작품이 있었다.

수량이 늘어나면서 가지고 다니기 힘들었던 조각품들을 몽땅 예술 회관에 놔두었던 것이다.

"엄청난 정성이 깃든 작품이로군."

"굉장히 많은 조각품이야."

관람객들은 위드의 작품들을 보면서 경이로움을 느꼈다.

한 인간이 할 수 있는 최대한의 노가다, 그것을 보는 듯했다.

4층의 삼분의 일 정도는 복도를 따라서 유리로 만들어진 방을 볼 수 있게 만들어져 있었다.

그리고 인형으로 만들어진 작품.

한 사람의 탄생과 죽음에 이르기까지의 과정들이 그 작품 안에 오롯이 담겨 있었다.

바느질 한 올 한 올이 틀어짐이 없고 고도의 집중력과 어울림으로 만들어진 작품.

한 아이가 자라고 성장해서, 그저 그걸로 끝나는 게 아니었다. 인간의 잠재력과 가능성, 시간이 지나면서 느끼는 행복과 삶의 소중함이 있다.

인형들을 보면서 한 사람의 인생을 생생하게 함께 겪은 것처럼 느끼게 만드는 작품이었다. 가족과 눈물과 아픔과 기쁨이 자연스럽게 인형들에 녹아 있다.

대부분의 관람객들은 작품을 설명하는 팻말부터 읽었다.

작품을 제대로 이해하기 위해서는 배경 지식을 습득하는 것이 필수였다. 그리고 나중에 다른 사람에게 말해 주기 위해서라도 팻말은 반드시 읽어야 했다.

보잘것없는 건축가 파보가 예술 회관을 짓게 만든 작품이다. 이 작품을 만든 예술가는 겸손하여 미완성으로 이름조차 짓지 않았지만, 평생 기억으로 남겨 두고 따뜻한 보람을 느낄 수 있게 되었다.

그리고 팻말의 밑에는 아마도 먼저 온 누군가가 남긴 듯한 작은 종이가 붙어 있었다.

저는 세상에 태어나지 못한 딸 때문에 조각 의뢰를 맡긴 사람입니다.

조각사에게 딸의 조각품을 만들어 달라고 하면서도, 미안한 말이지만 기대는 하지 않았습니다. 지푸라기라도 잡고 싶은 심정으로 의뢰했을 뿐……

조각품의 의뢰비는 겨우 1쿠퍼.

제 부탁을 받은 조각사는 저와 아내의 모습을 본떠서 이렇게 작품을 만들었습니다.

여러분이 보실 때에는 무엇을 느끼실지, 저는 모르겠습

니다.

하지만 이 조각품은 우리 부부에게 감동을 주었습니다.

우리가 살아가는 삶이 꼭 불합리하지만은 않다는 생각
이 듭니다. 지금 제가 살고 있는 시간에 여러분이 함께해
주셔서 감사합니다.

관람객들은 경건한 마음으로 인형들을 보았다. 각자가 자연
스럽게 누리고 있는 이 시간과 감정에 감사하면서.

띠링!

이름이 알려지지 않은 신화적인 조각품을 보았습니다.
예술의 꽃, 경이로운 예술품이라고 할 만한 작품. 이름을 알리지 않은 조각
사가 솜씨를 발휘하여 탄생과 죽음이라는 주제로 조각품을 만들었습니다.
그의 조각품을 보고 이해하는 자에게는 인생의 축복이 함께할 것입니다.
하루 동안 생명력과 마나, 체력의 회복 속도가 32% 늘어납니다. 생명력과
마나 최대치 36% 증가. 전 스탯 24 상승. 민첩과 용기가 추가로 늘어납니
다. 이동속도가 36% 빨라집니다. 먼 거리를 이동할 때의 효과는 더욱 큽니
다. 살아 있는 기쁨을 만끽하게 됨으로써 생명력이 영구적으로 500 증가합
니다. 지혜와 지식이 영구적으로 2 늘어납니다. 작품을 이해하기 위해서는
자주 관람하고, 세밀하게 살펴볼 필요가 있습니다.

예술 회관의 1층, 2층, 3층에서 관람객들이 계속 올라오고
있었지만, 4층의 관람객들은 자리를 떠날 줄을 몰랐다.

막 태어났을 때의 인형을 보고, 학교를 다닐 때, 결혼할 때,
아이를 가질 때를 다시 돌아본다.

되돌릴 수 없는 삶이기에 가장 소중하고 행복한 것이 아니겠
는가.

그저 살다 보면 지금이 보석보다 빛나는 아름다운 시간인지

를 모르고 지나가 버린다.

짝짝짝.

누군가가 작품을 보며 박수를 쳤다. 그 박수 소리는 금방 다른 관람객들의 호응을 받아 우레처럼 퍼졌다.

───※───

"여보, 이곳에서 사는 건 어떨까요?"

만돌의 아내 델피나가 모라타를 돌아보고 나서 제안했다.

만돌도 중앙 대륙에 있는 집으로 돌아가면 델피나가 다시 예전 기억을 떠올리지 않을지 걱정이 되던 참이었다.

"모라타가 마음에 드오?"

"네, 사람들에게서 활력이 느껴져서요. 그리고 모험이 있잖아요."

중앙 대륙에서는 각 길드들의 주도 아래 전쟁과 이권 다툼이 끝없이 벌어지고 있었다.

그에 비해서 북부는 정치적으로 안정되어 분쟁이 적다.

길드들도, 사람들도 모여서 퀘스트나 원정, 탐험을 많이 했다. 새로운 생산물이 만들어지고 사냥터가 넘쳐 났다.

"도시도 참 예뻐요. 이곳에 정착하고 싶어요. 그리고 우리, 예전처럼 같이 사냥도 해요."

"당신이 모라타에서 살고 싶다면 그렇게 합시다."

만돌은 모라타를 돌아다니면서 외곽에 2층짜리 주택을 구했다. 판잣집에서 둘이 오순도순 지내고 싶기도 했지만, 인기가 워낙 높아 입주가 어려웠다.

생애 최초 보금자리 판잣집!
2196호에서 입주 파티를 합니다.
여성 바드들의 기념 공연도 있을 예정입니다.
각자 먹을 것만 들고 오세요.

모라타가 훤히 보이는 조망까지 갖추어서 판잣집의 인기는
굉장했다.

비가 오면 천장에 빗방울 떨어지는 소리가 시끄럽게 들리고,
빗물까지 뚝뚝 새어 나왔다.

부실한 판잣집이지만 나름의 낭만이 있어서 모라타의 인기
주택이었다.

⚜

섬세한 감수성을 가진 여성 관람객들이 예술 회관에서 감동
의 눈물을 흘리고 있을 때였다.

"우현 전타! 이대로 가면 부딪친다. 속도를 늦춰!"

지골라스와 가까워질수록 혹독해진 추위는 마침내 커다란
빙하 조각들이 둥둥 떠다니는 위험한 바다를 만들어 냈다.

"정신 똑바로 차려. 배가 파손되면 우리 모두 얼어 죽는다!"

"프렉탈, 다음 빙하는 언제야?"

"10초 뒤. 오른쪽 방향으로 흐르고 있다."

"좌현으로 선회할 준비를 해라. 빙하를 빠져나가자마자 바람을 받도록 돛을 조정해."

항해사들은 빙하에 부딪치지 않기 위해 천신만고의 노력을 했다.

자연의 경이로움과 위험을 동시에 맛본다. 이토록 위험한 항해는 일찍이 해 본 적이 없었다.

음머어어어어!

빙하들을 보며 완전히 공황에 빠진 누렁이!

위드는 편안한 기분으로 낚시를 했다.

"예술 회관의 입장객이 기하급수적으로 늘고 있다라……."

파보로부터의 보고가 있었다.

하루 입장객만 해도 25,000명이 훨씬 넘었다고 한다.

입구에서부터 줄을 서서 기다리고, 새벽에도 예술 회관에 들어가게 해 달라는 관람객들이 넘쳐 난다는 보고였다.

"예술 회관도 돈이 다 되는군."

예술 회관의 건축비가 있기 때문에 파보에게도 상당한 배분을 해 주어야 한다.

작품을 전시한 다른 화가나 조각사 그리고 공연을 하는 바드에게도 이익금을 나누어 줘야 했다.

그럼에도 엄청난 흑자를 기록할 것은 두말할 필요가 없는 일이었다.

"일단 모라타와 북부에 있는 유저들은 적어도 한 번씩은 방문하겠지."

여자아이의 일생을 다룬 조각품은 스탯을 영구적으로 늘려 주는 효과가 있으니 누구나 한 번씩은 방문을 할 것이다.

"모라타에는 10골드가 부담되는 초보 유저들이 많지만 결국 다 들어오게 될 거야. 그리고 그들이 나중에 더 성장하게 되면 사냥을 할 때마다 예술 회관에서 작품들을 감상할 테지."

초보 유저들로부터 구한 가죽들이 모라타의 재봉 장인들에 의해 방어구가 되는 과정에서도 돈을 번다.

교역이나 세금도 핵심적인 수입원이었다.

하지만 예술품으로 거금을 벌 수 있다니, 이건 베르사 대륙에서는 거의 최초로 이루어진 수익 구조의 혁명이라고 해도 과언이 아니었다.

"예술의 힘이야말로 위대한 거야."

역사에 남아 있는 세계적인 미술가들, 조각사들의 이름을 누구나 1~2명은 알고 있는 시대였다.

작품을 통해서 관람객들을 모으고, 끝없는 돈이 창출되는 세상인 것이다.

"환상적이야. 아름다워. 멋지군. 역시 숭고하기 짝이 없는 조각사라는 직업!"

위드는 빙하들을 보며 웃어 주는 여유마저 가질 수 있었다.

"이렇게 관람객이 많다면 입장료를 매달 1골드씩 올려서 13골드 선으로 맞추고… 예술가들에게 지급되는 돈도 결국은 세금으로 다시 거둬들이면……. 크헤헤헤헤헤헤!"

극도의 위험에 처해서도 턱뼈가 빠지도록 웃고 있는 미친 해골이었다.

금인이와 누렁이조차도 위드를 정상으로 여기지 않을 때, 유령 선원들이 어깨뼈를 주무르며 아부를 했다.

"멋지십니다, 선장님."

"이 바다에서 선장님처럼 근엄하신 분은 없을 것입니다."

하지만 유령 선원들은 안 보이는 곳에서 위드를 욕했다.

"크헤, 여기까지 우리를 데려오다니. 마리아스호 선원들의 힘을 보여 주어야 해."

"깊은 바다, 빠져나올 수 없는 바다에서 선장을 버리자."

"선장을 버리자!"

"선장을 제물로 바치자."

유령 선원들은 먼 거리 항해를 하면서 점점 충성심이 하락했다. 훨씬 우월한 언데드인 리치가 아니었더라면 진작 배반 했겠지만, 두려움에 아직까지 참고 있을 뿐이었다.

콰지지지직!

빙하의 틈을 지나가느라 배의 옆구리가 길게 찢겼다.

바닷물에 잠기는 부분은 아니었지만 유령선의 상태는 갈수록 악화되었다.

헤인트가 선체의 상태를 확인하고 나서 말했다.

"선장님, 이대로라면 목적지까지 항해가 어렵습니다. 갈수록 더 많은 빙하들이 떠내려오는데 다 피할 수가 없습니다."

유령선보다 더 큰 빙하는 부딪치는 즉시 침몰할 수도 있을 만큼 위협적이었다. 하지만 바다에 떠 있는 크고 작은 얼음덩어리들도 배에 계속 부딪쳐서 피해를 누적시키고 있었다.

역설적으로 유령선에 끼어 있는 해초나 부유물들이 아니었더라면 더 큰 피해를 봤을지도 모를 일이었다.

"그러면 어떻게 할까?"

위드가 활짝 웃으면서 물었다. 예술 회관의 입장료로 벌어들이는 돈 생각에 하늘로 날아갈 듯한 기분이었다.

'배가 침몰하면 빙하들 위로 걸어가면 되고, 이 지역에 사는 큰 물개라도 잡아서 언데드로 만들어서 타고 가면 되지!'

물론 이 지역에는 과거의 모라타보다도 훨씬 심한 빙설의 폭풍이 몰아치기도 한다. 그렇기에 힘든 길이 이어지겠지만 긍정적인 생각만 하고 있었던 것이다.

"빙하들이 계속 떠내려오는 바다로는 더 이상 못 갑니다."

"그러면?"

"육지가 가깝습니다. 해도를 보면 육지에 큰 강이 흐르는데, 그곳을 통해서 지골라스까지 갈 수 있을 것 같습니다."

"그곳도 얼어 있지 않을까?"

북쪽으로 올라갈수록 빙하들이 커지고 넓어졌다. 추위로 인해서 바다가 얼어붙고 있다는 증거였다.

웬만한 강줄기라면 당연히 얼어 있을 테니, 배를 타고 지나기보다는 걸어서 이동해야 할 판이었다.

"저도 잘 모르겠습니다. 하지만 선장님이 가져오신 지골라스로 향하는 해도에는 얼지 않는 강이라고 적혀 있습니다."

위드의 결정은 빨랐다.

바다로 지골라스까지 갈 수 없다면 강을 이용해 보더라도 밑져야 본전일 것이다.

"그럼 강으로 간다."

유령선은 항로를 바꾸어서 육지로 향했다. 빙하들을 피하느라 시간이 지체되었지만 점점 갈수록 얼음덩어리들이 줄어들었다.

얼지 않는 강에 도착했을 때에는 물에서 얼음을 찾아볼 수 없었다.

육지에는 흰 눈이 두껍게 쌓여 있고 얼음이 뾰족하게 탑처럼 솟구쳐 있는데, 거짓말처럼 강물은 얼지 않은 것이다.

유령선의 온도도 왠지 훨씬 따뜻해진 것처럼 느껴졌다.

위드가 누렁이를 향해 다정하게 말했다.

"누렁아, 목마르지?"

누렁이는 기다렸다는 듯이 고개를 끄덕였다.

"이 강에는 따뜻한 물이 흐르니까, 마셔 봐."

"고맙다, 주인."

누렁이는 물통에 머리를 처박고 꿀꺽꿀꺽 마셨다.

"캬, 물맛도 좋다."

금인이가 자신에게는 마시란 말을 안 했다고 위드를 향해서 원망 어린 시선을 던질 때였다.

위드가 고개를 끄덕였다.

"마셔도 탈이 안 나는 물이었군."

"……."

"지골라스에서부터 내려오는 물인가?"

해도를 자세히 살펴보니 지골라스의 화산 지역에서부터 내려오는 강물이었다.

"유황 맛이 조금 난다. 그래도 맛은 좋다."

누렁이의 보고가 있은 후로, 위드는 배의 수통에 물을 가득 채우도록 지시했다.

얼지 않는 강을 거꾸로 올라가려니 배의 속도는 나지 않았지만, 빙하들을 피하지 않아도 된다는 부분이 큰 장점이었다.

3명의 항해사들은 구경을 위해 뱃머리에 달라붙었다.

"저놈들이 이 지역의 몬스터로군. 레벨은 얼마나 될까?"

"모르기는 해도 우리 수준으로는 어림도 없을 거야. 외모부터 보통이 아니잖아."

육지에는 털로 몸이 뒤덮인 커다란 몬스터들이 있었는데, 뿔이 굉장히 위협적이었다.

야수 종족들도 도끼나 얼음 창 등의 무기를 가지고 돌아다니며 괴성을 내질렀다.

유저들의 발길이 거의 닿지 않은 사냥터였지만, 상륙해서 사냥을 하는 건 미친 짓이었다. 몬스터의 레벨도 일단 보통은 아닐 것이고, 추위부터 먼저 이겨 내야 했다.

"굳이 무모한 싸움을 할 필요는 없지."

위드도 몬스터들을 보면서도 지나쳤다.

보온에 도움이 되는 고품질의 가죽을 전리품으로 획득할 수는 있겠지만, 미끄러운 빙하에서의 전투란 피하는 편이 좋다.

"빛의 날개를 쓰더라도 싸울 수 없을 거야."

서윤과 있을 때 빙룡을 타고 감기에 걸렸으니 공중전을 벌일 엄두도 내지 못했다.

"같은 잘못을 반복할 수는 없어."

위드는 간간이 생선이나 낚아 올리며 낚시에 집중하면서 유령선을 계속 이동하도록 지시했다.

지골라스에 가까워질수록 온도는 점점 뜨거워졌다.

강에서부터 수증기가 뿜어 나와서 안개처럼 감싼다. 대자연이 주는 한증막이었다.

햇빛이 비칠 때에는 무지개들이 발생했다.

"허어억!"

"목, 목이 마르다."

항해사들이 체력 저하와 함께 심한 갈증을 호소했다. 물을 마셔도 효과가 거의 없었다. 전투를 오랫동안 한 것처럼 몸에서는 땀이 줄줄 흘렀다.

헤인트가 다시 와서 사정했다.

"더 이상은 못 가겠습니다. 탈진 증상이 나타나고 있습니다."

반면에 위드는 멀쩡했다.

애초에 뼈다귀에 땀이 흐를 수는 없는 일. 언데드의 장점이었다.

세 항해사들은 인내력 스탯도 없거나 미약한 수준이라서 더위를 참기 어려워했다.

"쯧쯧, 형편없군."

위드는 한심하다는 듯이 이마를 좁혔다.

세 항해사들 때문에 손이 많이 가는 건 사실이지만, 그들로 인해서 유령선이 무사히 그리고 빠른 속도로 이동하고 있었다.

"뭐, 이 정도면 많이 왔으니 더 욕심을 부리면 안 되겠군."

"그럼 여기서 돌아가는 겁니까?"

"일단 배를 강가에 정박시켜 봐."

"알겠습니다, 선장님!"

항해사들은 강가에 배를 댔다.

그러자 위드가 말했다.

"선원들과 함께 상륙해서 얼음을 좀 가져와. 그러면 시원할 거야."

"아, 고맙습니다."

헤인트와 프렉탈, 보드미르도 여기까지 온 이상 지골라스는 보고 싶었다.

'그리고 저놈이 땅으로 내려갔을 때 배를 빼앗아서 도망치는 거지.'

'지골라스에 가면 버려두고 오자. 영영 그곳에서 벗어나지 못하게.'

세 항해사들은 이미 마음의 결정을 내린 후였다.

지금까지 저지른 수많은 나쁜 짓 중에서 왠지 이번은 그 즐거움이 몇 배는 될 것 같았다.

'다시는 돌아오기도 힘든 지골라스에 버려 놓는 거야. 크흐흐흐.'

'우릴 고생시킨 대가를 제대로 치르는 거지. 이 배도 **뺏어** 버리고.'

세 항해사들이 선원들과 함께 빙하에 내려가서 얼음을 캐고 있을 때였다.

마리아스호의 돛이 활짝 펼쳐지고, 누렁이가 땅에 묶어 놓은 밧줄들을 주둥이로 물어서 끊었다.

그리고 지골라스를 향해 이동하는 유령선!

위드가 선장의 자리에서 키를 돌렸다.

그가 가지고 있는 항해 스킬은, 이곳까지 오느라 7레벨이 되었다. 이제 유령선을 몰 수 있는 수준이 되어서 몰고 가는 것이었다.

대반전.

낚시만 할 줄 알던 이름뿐인 선장 위드가 당당하게 유령선을 몰다니!

"왜 배가 움직이는 거지?"

"돌아와요, 선장님!"

항해사들은 크게 외치면서도 절박해하지는 않았다.

그들은 물론이고 선원들까지 이곳에 있었다. 그 모두를 버려두고 갈 수는 없는 것이다.

"선장님이 가신다, 키히히히."

"우리도 가야지. 우리는 마리아스호에서 떨어질 수 없는 신세. 흑흑."

유령 선원들이 희미해지더니, 유령선에서 다시 나타났다.

"뭐, 뭐야. 정말 우리를 버리고 가는 건가?"

"여기에 우리만 놔두고 가 버리는 거야?"

그때야 세 항해사들은 발등에 불이 떨어진 신세가 되었다.

빙하에서 넘어지고 구르며 유령선을 따라서 강가를 달렸다.

"제발 구해 주세요!"

"태워 주시면 뭐든지 시키는 대로 다 하겠습니다!"

항해사들은 절박하게 외쳤다.

가해자의 입장과 피해자의 입장이 이렇게 다를 수 있음을 처음 느낀 것이다.

위드가 그들을 향해 말했다.

"너희를 버리고 갈 생각은 없다. 어쨌든 너희는 내 배의 항해 사들이 아니더냐. 나 더럴은 식구들을 버리지 않는다."

"정말이십니까?"

"선장님, 감사합니다!"

하지만 배는 멈추지 않았고, 위드의 말도 끝난 게 아니었다. 말은 끝까지 들어 봐야 아는 법.

특히 애꾸눈 해적 해골 위드의 말이지 않은가.

"지골라스까지는 얼마 남지 않았다. 나중에 다시 돌아갈 때 태우고 갈 테니 여기서 기다리도록 해라."

"여기는 몬스터들이 너무 많습니다!"

"안전한 배에서 기다릴 수 있게 해 주세요!"

위드는 그들의 말을 가볍게 무시했다. 그리고 시커먼 속셈을 드러냈다.

"돌아갈 때에는……."

"네?"

"가진 것을 다 내놔라! 너희가 지금까지 훔치고 빼앗은 보물들. 조금이라도 숨기고 내놓지 않는다면 절대 태워 주지 않겠다. 크하하하하!"

> 선원 계약이 해지되었습니다.

그러자 부선장 유령 니크가 굽실굽실 허리를 숙였다.

"과연 선장님이십니다. 키히히힐!"

안개로 자욱한 지역, 무지개들을 통과해서 들어가니 나타난 땅, 지골라스!

산들이 시커먼 연기를 뿜어내고 용암을 토해 낸다.

"제대로 도착했군."

위드는 몬스터들이 없는 지역으로 우회하며 지골라스를 관찰했다.

잠시 배를 타고 둘러본 바로는, 지골라스에는 알려진 것보다도 훨씬 많은 종류의 몬스터들이 있었다.

털이 없고 피부가 흰 곰들이 돌아다니고, 표범처럼 날쌔게 생긴 볼라드가 바위에서 포효한다.

큰 도끼를 휘두르는 혼돈의 전사들은 산에서 활동하고, 테어벳들은 그늘진 곳에 숨어서 먹이를 기다린다.

용암이 치솟는 곳에는 화염 거인들이 있다.

몸이 불과 용암으로 이루어진 거인들!

땅이 갈라져 증기를 뿜어내는 지역에서는 불의 악령과 빛나는 불 도롱뇽처럼 생긴 몬스터들이 산다.

"일단 대충은 알 것 같고. 아르메니아 해적단은 얼지 않는 강으로 오지 않았을 수도 있겠지."

근처에는 아르메니아 해적단의 흔적이 전혀 보이지 않았다.

위드는 일단 유령선을 몬스터들이 없는 지역에 정박시켰다. 그리고 밧줄을 통해 내려가는 순간이었다.

띠링!

땅으로부터 청량하고 신성한 기운이 올라와서 위드의 해골
을 뒤덮었다.

대지의 교단은 종족이나 직업에 따른 차별이 가장 적었다.

"여신의 축복치고는 약하군."

번영을 위한 농작물의 풍요로움과 적들을 물리칠 때에 위력
을 보여 주는 프레야 교단과 비한다면 조금은 아쉬운 편이다.

하지만 대지의 여신이 베풀어 준 축복은 지속 시간이 아주
길었다.

"열닷새라면 상당히 도움이 되겠어."

띠링!

지골라스로 향하는 신규 항로를 발견하였습니다.
항로의 개척으로 인하여 명성이 660 증가합니다. 모험의 성공으로 인해 전
스탯이 3 증가합니다. 용기 스탯이 12 늘어납니다. 항해 스킬의 숙련도가 증
가합니다.

호칭, '미지로 돛을 펼치는 유령 선장'을 얻었습니다.
바다 항해에서의 최대 속도가 7% 늘어납니다. 장시간 항해에도 선원들이 희
망을 잃지 않습니다. 새로운 섬이나 유물, 침몰선 등을 발굴할 시에 명성의 획
득이 더욱 커집니다. 왕이나 귀족의 항해 지원을 받을 수 있습니다. 통솔력과
카리스마가 20 늘어납니다. 바다에서 좋은 일이 발생할 확률을 높입니다.
제한: 항해 스킬 초급 5레벨 이상. 바다에서만 적용 가능.

위드는 보상에 흡족해하면서 바위틈으로 몸을 옮겼다.

'동굴! 동굴부터 찾아야 해.'

안전한 은신처부터 구하는 게 탐색과 사냥의 핵심이었다.

⊱⊰

헤르메스 길드, 붉은용병 길드, 흑사자 길드, 망치와모루 길
드, 프로암 연합 용병 길드.

그 외 89개의 거대 명문 길드들이 회합을 가졌다.

"그러면 패권 동맹에 대하여 모두 동의하시는 것으로 알겠습
니다."

헤르메스 길드장 라페이가 주도하는 모임!

다른 명문 길드들의 수장들이 고개를 끄덕였다.

"찬성이오."

"우리로서는 거부할 이유가 없지."

패권 동맹.

베르사 대륙의 명문 길드들을 하나로 엮는 것이었다.

"다음 달 1일에 대외적으로 공식 선포를 하겠습니다. 그리고 일주일 정도의 시간을 가진 후 행동은 각 길드들의 판단에 맡기겠습니다."

라페이의 말에 길드장들은 흡족한 미소를 지었다.

패권 동맹에 포함된 명문 길드들이 숨죽이고 비축했던 무력을 대외적으로 떨쳐 내는 시간!

동맹 길드끼리는 적대 행위를 일절 하지 않는 대신에, 포함되지 않은 길드나 성주 들에 대한 공격이 개시된다.

전면적인 영토 확장이 개시되고, 패권 동맹에 포함되지 않은 세력들은 살아남기가 어려울 것이다.

명문 길드들이 둘이나 셋, 소규모로 짝지어서 공격을 하기도 할 텐데, 여기에 버틸 수 있는 길드들은 중앙 대륙에서도 거의 없을 것이기 때문이다.

방어전이 훨씬 유리한 것은 사실이기 때문에 설혹 잠깐 막아 낼 힘을 가지고 있다고 하더라도 결과는 다르지 않다.

큰 먹잇감에는 더 많은 사냥꾼들이 들러붙는 것이니 이리저리 뜯어먹히는 신세가 되리라.

바드레이와 헤르메스 길드가 이 패권 동맹을 주도했고, 다른 명문 길드들보다 우위의 무력을 가지고 있었다.

헤르메스는 패권 동맹의 의장 길드가 되었고, 하벤 왕국과 칼라모르 왕국에 대한 배타적인 권리를 인정받았다.

베르사 대륙에는 평범한 유저에서부터 관광객들까지, 수많은 사람들이 있다.

사냥터와 아이템 거래, 상업, 세금, 이곳에서 벌어지는 막대한 이권을 독점하기 위한 명문 길드들의 대연합.

라페이가 준비되어 있던 술잔을 높이 들었다.

"올해가 지나기 전에 이 베르사 대륙은 우리 패권 동맹의 것이 될 것입니다."

명문 길드들의 길드장들도 술잔을 들었다.

"베르사 대륙을 위해!"

"우리 패권 동맹을 위해!"

조각사들의 유산

위드는 어렵지 않게 은신처로 사용할 만한 동굴을 구했다.

인위적이지 않은, 자연이 만들어 낸 동굴.

지각변동이 일어날 때 용암이 솟구쳐 나오는 구멍이었다.

깊은 내부로 들어가면 지하에서 엄청난 열과 함께 용암이 흐르는 것을 볼 수 있었다.

용암에서도 돌고래나 청새치처럼 뛰어오르는 몬스터가 있었지만 위드는 오래 쳐다보지도 않았다.

"안 돼. 보는 것만으로도 부정 탈지 모르니까. 설마 저런 놈과 싸울 일은 없겠지!"

싸우고 싶은 마음조차 전혀 들지 않는 몬스터들.

위드는 일단 지상 근처에 자리를 잡고, 황금새를 보았다.

"……?"

황금새는 고개를 갸우뚱하면서 왜 그러는지 궁금해하는 모습이었다.

"그래, 일단 새들이 자유롭다고 하니까 주변에 뭐가 있는지 정찰하기가 편하겠지."

위드는 황금새를 참고해서 작은 까마귀를 조각했다.

지골라스에는 화산재가 많은 데다 밤이 되어 어두워지면 까마귀가 눈에 띄지 않았기 때문이다.

"조각 변신술!"

위드의 몸이 급격하게 줄어들더니 깃털이 숭숭 자라나고, 새까만 눈동자를 가진 까마귀로 변했다.

몸의 형태가 바뀌면서 현재 착용하고 있는 장비들을 모두 쓸 수 없게 되었습니다.
소형 날짐승으로 변한 페널티로 인하여 무거운 장비를 착용했을 때의 민첩성이 매우 심하게 하락합니다. 최소한의 힘과 민첩성도 유지하지 못한다면 날거나 걷지 못할 수도 있습니다.

조각 변신술의 영향으로 지식과 지혜가 최저치로 떨어집니다. 대신 민첩성이 향상되고 빠른 비행을 할 수 있습니다.
불운이 따라붙는 까마귀의 특성으로 인하여 행운 스탯이 마이너스로 변합니다. 주변에도 불행을 퍼트리게 되므로 주의하셔야 합니다. 예술 스탯이나 손재주 등의 스탯을 쓸 수 없습니다. 생명력과 마나, 체력이 25% 감소합니다.
조각 변신술이 풀릴 때까지 유효합니다.

위드는 시험 삼아서 한번 울어 보았다.

끼야에아아아아아악.

매우 짜증 나고 불쾌한 소음으로 울부짖는 까마귀!

황금새와 누렁이, 금인이가 질겁하고 물러났다.

'어차피 정찰만 하는 용도니 상관없겠지.'

까마귀로 변신해서 전투를 한다는 건 말도 안 되는 일. 활동이 불편하기도 하지만, 딱히 부리로 쪼는 것 외에는 장비도 쓸 수 없는 것이다.

째액, 째재액, 째액, 째재액.

구령을 맞추면서 땅에 앉았다 일어서고, 날개를 폈다가 접는 작은 까마귀!

위드는 새로운 몸에 적응할 수 있도록 여러 자세들을 취해 보았다. 10분 정도 돌아다니고 나니 어색하기 짝이 없던 까마귀의 몸에도 익숙해진 것 같았다.

'슬슬 날아 볼까?'

위드는 넓은 공터를 질주했다.

다다다다닥.

비행기가 이륙하는 것처럼 잰걸음으로 내달려서 날개를 파닥였다. 그러자 한 바퀴 공중제비를 돌면서 치솟는 까마귀.

날갯짓이 어색하기는 했지만 한 번에 비행에 성공한 것이다.

날개를 파닥일 때마다 쭉쭉 공중으로 치솟았다. 그런데 위드가 향하는 장소에는 드레이크들이 빙글빙글 선회하고 있었다.

지골라스에서 파이어 드레이크들은 감히 명함도 내밀지 못할 정도로 약한 존재였다.

위드도 드레이크들과 싸워 본 적이 있다. 멋진 전투를 했었지만 현재 까마귀의 형편으로는 한입 거리도 되지 않으니 몸을 사려야 하는 신세.

위드는 방향을 바꾸어서 먼저 지골라스를 쭉 한 바퀴 돌아보기로 했다.

지골라스에는 엄청나게 많은 몬스터들이 서식하고 있었다.

가히 몬스터들의 천연 보고라고 할 수 있을 만큼 많았다.

〈로열 로드〉의 홈페이지에 올라온 영상은 장난이라고 할 수준이었다.

'정말 위험한 동네군.'

위드는 방정맞은 울음소리를 내지 않는 것은 물론이고 날갯짓도 조심했다.

까마귀로 변한 이후로 시야가 확 트여서 높은 곳에서 지골라스를 찬찬히 훑어볼 수 있었다.

지골라스는 고립된 섬이 아니었다.

모라타보다도 훨씬 넓은 화산 지역이 있고, 얼지 않는 강과 접하지 않은 다른 부분은 빙하와 이어져 있다.

지골라스와 빙하 지대 사이에는 넓은 완충지대가 있어서, 얼음이 심하게 얼지 않고 눈도 약간의 부위에 소복하게 쌓인 정도다.

'저곳이라면 덥지도 춥지도 않겠군.'

양측의 경계선에서는 지골라스의 몬스터들과 빙하 지대의 몬스터들이 수시로 싸움을 벌였다.

고위 몬스터들의 싸움이라서 바위가 쪼개지고 땅이 울릴 정도였다.

몬스터들의 싸움에 낀 어중간한 까마귀가 되고 싶지 않은 위드는 근처에도 가지 않았다.

'아르메니아 해적단을 찾아야 되는데…….'

까마귀로 정찰을 하면서 지형은 살필 수 있었지만 가까이 다가가기는 힘들었다. 화산 지역에서는 뜨거운 공기가 올라왔고,

또한 드레이크들이 맴돌고 있었기 때문이다.

넓은 지반이 갈라져 있고, 지하 골짜기에는 용암이 흐르는 지형.

대지의 균열이 심한 지역에 특이하게 오래된 탑이 있었다.

석재로 만들어진 탑이 20미터나 우뚝 솟아 있었는데, 화산 분출의 피해가 없는 것인지 일대가 비교적 멀쩡한 모습이었다.

'저기는 뭐지?'

위드는 조심스럽게 탑으로 날아갔다.

네발로 걸어 다니는 볼라드들이 근처를 지나다니고 있었기 때문에 금방이라도 도망칠 준비를 하고서였다.

하지만 볼라드들이 까마귀에 대해서는 신경도 쓰지 않은 덕분에 무사히 탑의 입구에 도착할 수 있었다.

탑의 입구에는 지골라스에 있는 몬스터들이 생생하게 조각품으로 만들어져 있었다.

게이하르 폰 아르펜 황제의 서거 이후, 제국이 분열되고 몬스터들의 침공으로 인하여 대륙이 혼돈에 빠졌을 때에도 조각사들은 조각칼을 놓지 않았다. 아름다움과 예술에 대한 열정은 어떤 위험이 닥친다고 해도 포기할 수 없는 것이다.

지골라스에는 베르사 대륙에서 찾기 힘든 귀한 금속과 석재가 많았다. 조각사들에게는 꿈과 같은 재료인 '살아 있는 금속 헬리움'이 발견되었다는 소식에, 대륙의 유능한 조각사들이 모여들었다.

게이하르 황제로 인해 얼마 전까지만 하더라도 대륙의 조각술은 굉장히 높은 수준에 도달해 있었다. 하지만 이곳 지골라스에 도착한 조각사들은 몬스터와 험난한 자연환경으로 인하여 목숨을 잃었다.

　　이 탑은 지골라스에 온 조각사들의 유산이다. 누군가는 반드시 헬리움으로 조각품을 만들 것이라고 확신한다.

　　　　　　　　　　　　　　　　—조각사 길드 13대 수장, 로야닌

> 조각사들의 역사에 대한 위대한 발견을 하였습니다.
> 이 사실을 조각사 길드에 보고한다면 큰 보상을 받을 수 있을 것입니다.

　지골라스에 만들어져 있는 조각사들의 유산!

　탑의 벽에는 조각사들이 칼로 새긴 글귀들이 있었다.

　이름도 알려지지 않은 조각사들이 대부분이지만, 매우 유명한 이도 있었다.

　　　조각사 데이크람, 헬리움을 조각하기 위해 이곳에 오다.

　위드가 아직 찾지 못한 베르사 대륙의 다섯 번째 조각술 마스터 데이크람.

　그의 흔적이 이곳에 닿아 있었던 것이다.

　위드는 잠시 고민하다가 탑으로 올라가 보기로 했다.

　'콜 데스 나이트!'

　부리를 가늘게 떨면서 중얼거렸음에도 데스 나이트 반 호크는 등장했다.

"주인, 이제는 희한한 모습을 하고 있군. 잘 어울린다."

"째애액!"

위드는 데스 나이트를 앞세워서 탑으로 들어갔다. 문도 만들어져 있지 않은 탑이라서 밖에서도 내부가 보였다.

딱히 위험한 구석은 보이지 않지만 혹시 모를 사태에 대비해서 데스 나이트부터 앞세우는 유비무환의 정신.

각 층마다 조각사들이 만든 무섭게 생긴 몬스터들이 눈을 부라리고 공격 자세를 취하고 있었다.

조각품이지만 실제처럼 위협적으로 보일 정도였다.

세월의 흔적 때문에 먼지가 두껍게 쌓여 있고, 지진으로 인해 지반이 흔들린 탓인지 탑도 미세하게 옆으로 기울어진 상태였다.

'몬스터 숫자가 굉장히 많군. 예전에 살았던 몬스터일까?'

몬스터 박람회라고 해도 과언이 아닐 정도로, 이름도 붙여지지 않은 몬스터들이 많았다.

곤충이나 바다 생물부터 대형 몬스터들까지 다수!

각 왕국들의 병사와 기사, 귀족 들을 실제처럼 생생하게 조각해 놓기도 했다.

탑의 꼭대기에는 로야닌이 만든 작은 불의 거인도 있었다.

조각된 지 아주 오랜 시간이 지났지만 영원히 타오르는 금속인 카스탈로 만들어서 여전히 그대로였다.

수많은 조각품들이 있는 조각사들의 유산, 폐허의 탑에는 적막감이 흐를 뿐 살아 있는 조각사는 없었다.

대신 다수의 걸작과 명작 그리고 4개나 되는 대작 조각품이 남아 있는, 조각사들에게는 더없이 위대한 장소였다.

  오래된 역사 속의 조각품들을 감상하면서 위드의 예술 스탯도 총 189개나 올랐다.

  조각술 스킬의 숙련도도 8%가 증가했다.

  조각사들의 유산을 발견한 엄청난 보상이었다.

  '데이크람이 남긴 조각술의 비기가 어쩌면 이 근처에 있을지도 모르겠군.'

  아쉽게도 폐허의 탑을 샅샅이 뒤져 보았는데도 데이크람이 만든 조각품은 찾을 수 없었다. 하지만 다섯 번째 조각술의 비기 그리고 광석들과 금속들을 위해서라면 지골라스는 꼭 한번 와 볼 만한 장소였다.

  위드는 조각사들이 유산으로 남긴 탑을 나와서 다시 지골라스를 돌아다녔다.

  조각사들이 탐험하다가 만들었을 조각품들이 가끔 발견되었다. 그러나 용암과 몬스터들에 의해서 손상되어 원래의 모습을 가늠하기란 무리였다.

  몬스터들과의 안전거리를 유지하기 위해 공중을 비행하는 상태로는 데이크람이 만들었을 조각품을 찾아내기 힘들었다.

  '그래도 조각품들의 길, 조각사들이 향했을 경로가… 조금은 보인다.'

  위드도 쉬지 않고 조각을 해서 자잘한 조각품들을 많이 만드는 편이었다.

  물론 자신이 만든 조각품들을 꼼꼼하게 챙겨 놓는 것은 필수. 작품에 대한 애착이 강하다기보다는 푼돈이라도 받고 팔기 위해서였다.

지골라스에 도착한 조각사들도 이동할 때마다 조각품을 만들었는지, 땅이나 바위 등에 새겨진 미세한 흔적들을 통해서 그들이 향했을 경로를 대충은 알 수 있었다.

이 땅 자체가 사라지지 않는 한 영원히 사라지지 않을 발자취들!

조각사들은 지골라스에서 세 번째로 큰 봉우리, 드레이크나 혼돈의 전사 등으로 인해서 까마귀로서도 가까이 다가가기 위험한 산의 협곡 부근으로 이동했다.

그곳에는 정말 오래된 버팀목으로 받쳐진 폐광인지 던전인지 알 수 없는 입구가 있었다.

'일단 조각사들은 여기로 향한 것 같고…….'

세심하게 돌아다닌 덕에, 아르메니아 해적단의 흔적도 찾아낼 수 있었다.

항해에 대해서 무지한 상태라면 더 알기 힘들었겠지만, 지골라스까지 오는 해도를 바탕으로 수색 범위를 좁혔다.

'얼지 않는 강으로 온 게 아니라면 빙하 지역에서 상륙해서 걸어왔겠지.'

지골라스와 빙하 지역 경계선 상공에서의 정찰!

공중은 엄청나게 추워서 부리와 날개에 서리가 앉을 정도였지만 꾹 참고 꼼꼼하게 정찰했다.

그 덕에 빙하 지역에 남아 있는 인간의 흔적을 확인할 수 있었다.

군데군데 몬스터들의 이동으로 흔적이 헝클어져 있거나 눈이 덮여 있는 경우도 많았다. 하지만 다수의 인간들이 지나가면서 많은 발자국을 남겨 놓았고, 얼어붙은 해적용 검도 떨어져 있었으니 명백한 증거!

'아르메니아 해적단은 저곳을 통해서 왔겠군.'

해적단이 지골라스로 들어오고부터는 흔적들을 알아보기가 어려웠다. 눈이 없는 지형에는 따로 남아 있는 것이 없었기 때문이다.

하지만 여러 차례 근방을 날아 본 결과 아르메니아 해적단들의 해골을 찾아내고, 최후로 유품을 남겨 놓은 장소에도 도착했다.

해적단은 지골라스에서 일곱 번째로 높은 봉우리로 향하다가 대부분이 죽은 것 같았다. 오래된 잡템들이 몬스터들이 머무는 근처에 버려져 있었던 것이다.

'빙하 지역에서부터 일직선으로 이동한 것으로 봐서는 목적지를 정하고 온 것이군. 그렇다면 이들도 근처 어딘가로 오려고 했다는 뜻일 텐데.'

대충 보기만 할 뿐이지 접근은 불가능했다. 몬스터들이 너무 많았기 때문이다.

위드는 일단 금인이와 누렁이가 있는 장소로 돌아와서 다시 해골로 조각 변신술을 펼쳤다.

"금인아."

"골골골, 주인, 왜 또 부르나?"

"내가 널 가장 믿는 것 알지?"

"그랬나?"

오랜 방치의 결과인지 금인이와의 친밀도가 많이 떨어져 있었다.

"전투준비를 갖춰라. 콜 데스 나이트!"

"주인, 언제든 싸우고 싶다."

데스 나이트도 소환.

누렁이를 타고 금인이와 데스 나이트를 호위로 삼으니 네크로맨서로서의 기본적인 구색은 갖췄다.

"스킬 확인!"

언데드 소환 중급 7 (65%)
시체를 활용해서 언데드를 만들 수 있다. 언데드의 종류와 숫자는 스킬의 레벨과 사용되는 시체에 따라 다르다.
1단계 언데드 소환에 대한 이해도: 1,187.
2단계 언데드 소환에 대한 이해도: 450.
3단계 언데드 소환에 대한 이해도: 11.

시체 폭발 중급 3 (41%)
시체를 폭발시켜서 주변을 파괴하는 매우 강력한 마법.

현재 조각 변신술을 펼치고 있습니다.
대상으로의 스탯과 스킬의 변환은, 원래 가지고 있던 스킬의 레벨과 숙련도를 바탕으로 상당한 페널티가 부여됩니다. 조각품에 대한 이해 스킬이 고급 3레벨로 상당한 혜택이 부여되어 있습니다.

그 외에도 각종 저주 마법과 호위 골렘 제작도 있었다.

"언데드 소환이 중급 7레벨이라니 괜찮군."

위드의 조각 변신술은 그 대상에 걸맞게 최대한 바뀌는 것이었다.

조각품에 대한 이해 스킬 덕분에 기존에 가지고 있던 주요 공격 스킬들이 상당히 낮아지고, 언데드 소환 등 네크로맨서 계열 스킬들이 늘었다.

"슬슬 사냥을 해 봐야겠군."

위드는 가장 만만한 데스 나이트부터 앞세웠다.

"내게는 형제나 다름없는 믿음직스러운 반 호크, 네가 가라."

"알겠다, 주인."

데스 나이트는 두말하지 않고 성큼성큼 그늘을 향해 걸었다.

위드의 기존 사냥법은 데스 나이트와 같이 싸움의 선두에 서는 것이었다.

"데스 나이트에게 맡기고 뒤에서 싸우는 건 익숙하지 않은데…… . 큰일이군."

네크로맨서이니 직업의 특성을 살려야 된다.

뒤에서 저주를 퍼붓고 시체를 일으키기!

"암흑 투기!"

데스 나이트의 몸이 특유의 오러를 발산하며 테어벳들이 숨어 있는 그늘로 뛰어들었다.

췌에엑!

끼에에엑!

어두운 그늘에서 갑자기 나타난 테어벳들이 데스 나이트를 공격하기 시작했다.

테어벳은 레벨 300대 후반 정도로, 살이 토실토실하게 올라

있는 박쥐처럼 생겼으며 집단생활을 한다.

위드는 테어벳들이 5마리나 6마리 정도 될 줄 알았지만, 무려 23마리 가까이 튀어나왔다.

"주인님의 명령이다. 너희를 암흑 군단의 병사들로 쓰겠다!"

데스 나이트는 사방으로 검을 휘둘러 테어벳들의 접근을 막으며 공격을 퍼부었다. 그러나 불규칙한 날갯짓을 하는 테어벳들이라 혼자서 일일이 상대하기는 무리.

테어벳들이 금방 데스 나이트의 몸에 달라붙었다.

끈끈한 점액질의 침을 내뱉으며 데스 나이트의 활동에 장애를 주었다.

독성이 있는지는 모르지만, 언데드인 데스 나이트에게는 육신까지 녹여 버리는 강력한 독이 아니고서야 소용이 없다.

위드는 그때까지 관찰을 하고 나서 고개를 끄덕였다.

"매우 어렵지만 잘만 싸운다면 잡을 수 있겠군."

테어벳들이 너무나도 강력하다면 데스 나이트를 내버려두고 도망칠 속셈이었던 것이다.

'물리적인 공격력은 레벨에 비해 꽤 약한 것 같아. 데스 나이트의 방어력 정도를 감안한다면, 활동을 억제하는 침 공격이나 맞히기 어려울 정도로 빠른 움직임만 경계하면 버틸 수 있다.'

공격이 어려울 정도로 현란하게 움직이는 테어벳들이 너무 많다는 점은 일단 부담이었다.

암살자나 모험가, 탐험가, 도굴꾼, 도둑 등이 탐색 스킬을 쓰지 않는다면 다 발견할 수 없을 만큼, 숨어 있는 테어벳들이 너무 많았다.

미끼로 던져 놓은 데스 나이트가 역소환되기 전에 전투에 참여해야 한다.

위드가 타락한 성자의 지팡이를 흔들며 주문을 외웠다.

"너희의 육체를 통해 언데드를 만들 것이다. 너희는 영원히 내 손을 벗어나지 못하리라. 네크로맨서의 선언!"

> 네크로맨서의 선언을 사용하였습니다.
> 언데드를 만들 때의 효과가 15% 증가합니다. 대상들의 신체적인 능력이 10% 저하됩니다. 대상들의 정신적인 고통이 10% 증가합니다. 대상들의 네크로맨서에 대한 적개심이 커집니다.

네크로맨서의 선언.

본격적인 싸움을 앞두고 시전하면 네크로맨서 계열 마법의 효과를 늘려 주는 고유한 기술.

일부 테어벳들이 위드를 향해 고개를 돌릴 때에도 데스 나이트는 심하게 공격을 당하고 있었다.

테어벳들이 10마리도 넘게 몸에 달라붙어서 물어뜯고, 꼬리의 침을 쏘고 있었던 것이다.

위드의 턱뼈가 따다다닥 소리를 내며 부딪쳤다.

"어둠이 깊게 내린 자리에서는 자신조차도 느끼지 못하리라. 편협한 시야! 영원처럼 내린 혼란과 운명적인 괴로움에서 빠져나오지 말라. 끝나지 않는 고통! 깊은 새벽에도 잠들지 못한 것처럼 피곤하고, 졸리고, 눈이 따갑고, 하품만 계속 나오리라. 피로 증가! 몸속 구석구석이 간지러워져라. 피부병 발생! 시체가 썩어 문드러져서 나오는 부패한 공기, 산 자들이 마실 수 없도록 넓게 퍼져라. 독 안개 소환!"

엄청난 수다와 더분 저주 마법의 연속적인 발현.

위드가 순간적으로 발휘한 저주 마법들은 애국가를 4절까지 단숨에 읽어 내리는 수준이었다.

저주 마법들을 쓰기 위해서는 일정한 준비 시간과 함께 정확한 주문, 마나의 운용이 필요하다.

위드의 저주 마법에는 1초의 머뭇거림도 없었다.

전투 중에도 조각 생명체들을 향해 퍼붓곤 하던 심한 잔소리가 저주 마법에 도움이 된 셈.

저주 마법들에도 딜레이가 있었지만, 상성이 비슷한 것들을 연결해서 사용했다.

연속으로 마법을 사용하다 보면 집중력이 상당히 떨어진다. 마법의 위력이 약해지는 건 물론이고 마법 주문이 실패하는 경우도 있었는데, 축복 덕분인지 저주 마법들이 모두 제대로 걸려들었다.

저주에 걸린 테어벳들이 눈에 띄게 약화되었다.

위드가 길게 숨을 돌릴 즈음에는 데스 나이트의 일격에 제대로 얻어맞아 죽은 최초의 테어벳이 나왔다.

위드는 머뭇거릴 틈도 없이 바로 주문부터 시전했다.

"시체 폭발!"

콰과과광!

테어벳의 시체가 폭발하면서 파편이 사방으로 튀었다.

네크로맨서 최강의 공격 기술이라고도 할 수 있는 스킬이었다. 폭발이 일어나면서 데스 나이트에 붙어 있던 테어벳 떼가 치명상을 입고 나가떨어졌다.

데스 나이트도 폭발의 범위에 들어갔지만, 오히려 몸에 달라붙어 있던 테어벳들이 완충 역할을 해 줘서 피해가 적었다.

마법의 사용으로 인하여 집중력이 심하게 떨어졌습니다.

위드의 눈앞이 갑자기 뿌옇게 어른거렸다.

지식과 지혜가 매우 높은 리치라고 해도 너무 짧은 시간에 지나치게 많은 마법을 사용한 대가였다.

체체첵!

테에!

테어벳들이 이제 새로운 적에 대한 적개심으로, 목표를 위드로 바꾸었다.

2마리만이 데스 나이트를 상대하고 나머지들은 날갯짓을 하며 몰려오고 있었다.

저주의 효과로 인해 활동이 눈에 띄게 느려지고, 방향을 잘못 잡고 저희끼리 부딪치기도 했지만, 공중에서 위아래로 움직이며 현란하게 날아들었다.

"금인아, 화살을!"

"골골골!"

금인이가 테어벳 무리를 향해서 연속으로 화살을 쐈다.

임대해 준 하이 엘프 예리카의 활!

화살이 적중되자 정령들이 나타나서 물을 뿌리고 돌개바람을 일으켜서 테어벳 무리를 저지한다.

정령들이 활약하는 아름다운 광경이지만, 테어벳들은 그런 저항마저 돌파하고 불과 6미터 앞에서 접근하려 하고 있었다.

"황금새, 너도 어서 싸워라!"

황금새는 들은 척도 안 하고 깃털만 골랐다.

위드는 아직 황금새와 친해지거나 인정을 받지 못했다. 그렇기 때문에 전투에 도움을 주려고 하지도 않는 것이다.

금인이가 황금 다리를 크게 들었다가 땅에 내려찍었다.

"골골이 불!"

땅에서 불꽃이 솟구쳐 오른다.

화염의 속성을 가지고 있고 무제한의 불을 일으킬 수 있는 금인이에게 지골라스는 전투 능력을 최대로 발휘할 수 있는 전장이었다.

단, 심한 불을 일으켰을 때에는 금인이 본인도 녹아 버릴 수가 있다.

금인이는 철저하게 자기 안전을 지키는 주의였기에 테어벳의 전진 경로에만 불을 피웠다. 하지만 테어벳들은 그대로 전진하며 불을 뚫었다.

지골라스에서 사는 몬스터였기에 불에 대한 내성도 매우 강한 편인 것이다.

일부 테어벳들은 연속된 충격에 피해가 컸던지 화염에 휩싸여 땅에 떨어졌지만, 금방 아무렇지도 않은 듯이 날아올랐다. 15마리도 넘는 적들이 위드와 금인이를 향해 날아오고 있었다.

위드는 테어벳들이 다가오는 순간 금인이부터 옆으로 밀쳐 냈다. 그리고 지팡이를 휘두르며 테어벳들을 견제했다.

위드의 검술은 상당히 정확한 편. 하지만 과도한 마법의 사용으로 눈앞이 아른거려 현란하게 이동하는 테어벳들을 모두 맞히기란 어려웠다.

더구나 지금은 검술 스킬이 언데드 소환이나 저주 마법 등으로 변해 있다.

종족도 리치였기에 전투에서의 힘이나 민첩은 크게 낮아서 무기에 실린 위력이 크지 않았다.

퍼버버벅!

테어벳들은 지팡이에 맞아도 튕겨 나가지 않고 날아와서 찐득찐득한 침을 뱉었다.

> 행동이 봉쇄됩니다. 이동속도가 80%까지 감소합니다.
> 움직일 때 필요한 힘이 95% 증가합니다.

테어벳들의 집중 공격을 받으며 육체적으로는 저항하기 힘든 상태가 되어 버린 위드!

근접전에 취약한 네크로맨서로서는 최악의 상황에 직면하고 만 것이다.

테어벳들이 위드를 향해 씨앗 같은 것을 뱉었다.

> 라이몬드 꽃씨가 심겼습니다.
> 빨리 제거하는 편이 좋을 것입니다.

> 라이몬드 꽃씨가 심겼습니다. 빨리 제거하는 편…….

> 라이몬드 꽃씨가…….

수십 개의 붉은 씨앗 같은 것들이 위드의 몸에 붙었다.

위드도 테어벳의 이런 공격에 대해서는 알지 못했기 때문에 어찌 대응할 수가 없었다.

라이몬드 식물이 성장합니다.
지골라스의 특수 식물로, 생명체의 영양분을 흡수하며 매우 빨리 자라는 특성을 가지고 있습니다.

손가락으로 떼어 내려고 했지만 옷과 뼈에 딱 달라붙어서 떨어지지 않았다.

불과 5, 6초 만에 꽃씨들이 쑥쑥 커졌다.

위드의 생명력을 양분으로 먹으면서 안으로 뿌리가 자라고, 밖으로는 줄기가 쭉쭉 솟아올랐다.

그리고 화려하고 멋진 꽃을 피웠다.

테어벳이 심은 라이몬드 꽃이 만개했습니다.

각각의 씨앗마다 푸른빛, 노란빛, 분홍빛 등 여러 가지 색깔의 꽃이 피었다. 꽃잎과 긴 수술에서는 꿀처럼 달콤하고 상쾌한 향이 퍼졌다.

콰과과과과광!

그리고 폭발!

위드의 생명력이 정신없이 줄어들었다.

비록 이곳 지골라스에서는 약한 축에 속하는 테어벳들이라 할지라도 싸워서 이기지 못한다면 시체를 얻지 못한다.

네크로맨서의 장점을 살리지 못할뿐더러 지골라스에서는 할 게 없게 되어 버렸다.

하벤 왕국 제2함대의 함장 드린펠트!

헤르메스 길드의 해군 제독이기도 한 그는 항구를 출발해서 네리아해의 입구로 향했다.

"이피아 섬에 나타난 유령선 함대, 그리고 리치가 위드일 가능성이 높다는 보고라……."

드린펠트는 해군의 정복을 입고 깃털이 꽂혀 있는 모자와 날렵한 검을 허리에 차고 있었다.

"어떤 퀘스트를 진행하고 있다는 데는 의심할 여지가 없군!"

드린펠트는 콧수염을 매만지면서 생각했다.

그는 〈마법의 대륙〉을 한 적이 없어서, 예전의 위드에 대해서는 소문으로 듣기만 했다.

그럼에도 〈로열 로드〉에서 보여 준 위드의 퀘스트나 전투는 상당히 피를 끓게 만드는 부분이 있었다.

"하지만 진정한 바다 사나이는 아니지. 바다에서 바다를 모르는 놈을 잡는 것은 아주 쉽다."

위드가 어떤 퀘스트를 진행하든 간에 상관없었다.

하벤 왕국의 제2함대, 37척의 대형 범선들을 끌고 나왔으니 단단히 쓴맛을 보여 주기만 하면 된다.

"〈로열 로드〉에서 최초로 위드를 잡는 것은 내가 될 것이다."

드린펠트도 레벨에 따른 서열이 1,200위 정도에 있는 랭커!

해군에 대한 지휘력을 위주로 성장시켰지만 일대일 결투에 있어서도 패배를 모르는 강자였다.

"골골골!"

일부러 의도한 것은 아니지만 금인이를 밀쳐 낸 것은 떨어져 있던 친밀도를 복원하기에 충분한 행동이었다.

'주인님이 자신의 목숨보다 나를 우선해서 돌봐 주고 있어.'

위드는 조각 생명체들을 과로는 시켜도 함부로 망가트리진 않았다.

금인이는 재룟값으로 인해 와이번이나 빙룡보다도 더 아꼈다. 그 마음이 찰나의 순간에 금인이를 살리는 선택으로 나온 것이다.

"주인, 조금만 참아라!"

음머어어어!

금인이는 위드를 구하기 위해 누렁이와 함께 테어벳들에게 달려들었다.

데스 나이트도 만신창이가 된 채 2마리의 테어벳들을 죽음으로 몰아넣는 중이었다. 데스 나이트의 레벨이 훨씬 높지만 움직임이 빠르고 좌우로 빙빙 도는 테어벳들을 처치하기란 쉽지 않은 것이다.

대부분의 테어벳들은 위드를 집중적으로 공격했다.

저주 마법에 네크로맨서의 선언, 시체 폭발은 살아 있는 생명체들로 하여금 극심한 적개심을 갖게 만들기 때문이었다.

놈들이 라이몬드 꽃씨를 뱉기만 하면 위드는 땅바닥을 굴러서라도 피했다. 조각사들의 유산이나 대지의 여신이 베풀어 준 축복이 없었더라면 일찌감치 전투 불능 상태가 되었을지도 모를 수준이었다.

할퀴고 쪼는 공격은 지팡이를 휘둘러 간신히 버텨 냈다.

그때 어깨에 내려앉은 테어벳이 악독한 얼굴로 위드의 목뼈를 주둥이로 물려고 했다.

"스톤 스킨!"

절묘한 순간 발휘한 방어 스킬.

영웅의 탑에서 얻어서 웬만한 물리 공격에 대해서는 엄청난 방어력을 가진 기술이었다.

쾅악!

뼈에 박힌 송곳니.

췌에?

테어벳은 돌을 씹은 듯 단단한 느낌이 이상한지 고개를 갸우뚱하면서도 계속 깨물었다.

다른 테어벳도 2마리나 달라붙어서 이빨로 깨물었다.

'차라리 다행이군.'

깨무는 동안에는 폭발하는 꽃씨를 심지 않을 테니 숨이라도 돌릴 수 있었다.

위드는 고통을 느끼면서도 자유로운 왼손으로 테어벳의 몸통을 잡았다.

"라이프 드레인, 마나 드레인!"

다른 테어벳들이 더 맹렬히 달라붙어서 깨물고 쪼았다.

위드는 아예 두 팔을 동시에 써서 테어벳들을 잡았다. 생명력과 마나 흡수로 버티려는 것이다. 지팡이를 휘두르는 건 공격력이 너무 약했고, 방어도 제대로 되지 않는다.

그런데 테어벳에게 물어뜯겨 잃어버리는 생명력이 더 많아서 죽어 가고 있었다.

눈빛이 약해지고 목숨이 경각에 달한 순간 떠오른 것은…….

'아이템! 시체 폭발을 시켜서 아이템도 얻지 못했는데…….'

줍지 못한 아이템에 대한 원통함.

죽음을 거부할 수 있는 힘으로 되살아나면 테어벳들에게 복수를 해 줄 수 있으리라.

음머어어어어어어어어!

그때 갑자기 누렁이가 포효하는 소리가 들리더니, 돌진해서 위드와 테어벳 떼를 한꺼번에 들이받았다.

황소의 돌진으로 인해서 위드는 나가떨어졌지만, 그 덕에 테어벳들의 공격은 잠시나마 피할 수 있었다.

위드는 두 손에 테어벳 1마리씩을 잡고 생명력과 마나를 계속 흡수했다.

여러 테어벳들이 이제는 누렁이에게도 달라붙었다.

그야말로 둘 다 땅바닥을 구르며 테어벳들에게 죽기 직전의 상황!

"주인!"

금인이는 언제 꺼낸 것인지 푸른 사파이어를 들고 있었다.

"보석 파괴!"

산산조각이 난 사파이어.

금인이는 사파이어에 깃들어 있는 광물의 힘을 이용하여 빙계 마법을 실현시켰다.

"사파이어 오브!"

먼지처럼 잘게 부서진 사파이어 조각들이 바람을 타고 사방으로 날렸다.

그리고 푸른빛과 얼음 조각들로 변해서 테어벳들을 강타!

"꽤애애액!"

위드와 누렁이, 데스 나이트도 사파이어 조각들에 휩쓸렸다.

먼저 저지르고 보는 건 주인의 행동을 고스란히 닮은 금인이였다.

> 결빙되었습니다.
> 초당 190씩 생명력이 감소합니다. 체력이 급속도로 줄어들지만, 언데드 상태라서 해당되지 않습니다. 이동 불가능! 마법 주문 불가능! 무기를 사용할 수 없습니다.

금인이의 마법은 테어벳들에게도 심각한 타격을 입혔다. 비행을 하는 테어벳들에게는 결빙으로 인한 속박이 심각했다.

위드가 펼친 저주들이 중첩된 마당에 결빙까지 되다니!

지골라스에서 사는 테어벳들은 빙계 마법에 대한 저항력이 전혀 없었다. 하지만 위드의 몸에 달라붙어서 물고 있는 끈질긴 4마리의 테어벳들은 떨어질 줄을 몰랐다.

위드도 오히려 이것을 반겼다.

'이판사판이다.'

결빙되어서 따로 전투에 참여할 수도 없는 처지였기에 몸에 달라붙은 테어벳들과 싸워야 했다.

"라이프 드레인, 마나 드레인!"

물고 물리는 관계.

생명력은 높아도 방어력이 약한 편으로 알려진 리치였기에, 엄청난 인내력과 맷집이 아니었더라면 물어뜯고 있는 테어벳들의 집중 공격으로 죽어 버렸으리라.

하지만 생명력을 흡수하면서 스톤 스킨으로 끈질기게 버텼다. 웬만한 워리어를 능가하는 방어력으로, 박쥐 떼에 물리면서도 버티고 있는 위드!

그사이에 훨씬 약화된 테어벳들을 데스 나이트와 금인이가 나누어서 1마리씩 처치했다.

누렁이는 얼어붙은 테어벳들을 네발로 마구 짓밟았다.

그렇게 위드의 생명력이 줄어들고 있을 때였다.

> 테어벳의 괴롭힘으로 인해 인내력이 2 상승하였습니다.

> 많은 타격으로 인해 맷집이 1 상승하였습니다.

생명력이 5% 정도밖에 남지 않았을 때에 늘어난 스탯들!

맷집 등을 늘리기 위해서는 항상 목숨을 걸어야만 했다.

데스 나이트와 누렁이, 금인이의 활약으로 인하여 멀쩡하게 남아 있는 테어벳은 8마리 정도였다.

위드의 생명력은 5%에서 8%를 오가고 있었고, 마나는 넘쳐 났다.

지골라스가 워낙 후덥지근하고 더운 지역이었기 때문에 결빙도 해제되고, 집중력도 정상으로 회복되었다.

물론 테어벳들도 마찬가지겠지만 상황은 바뀌었다.

네크로맨서들에게는 어떤 싸움이든 처음이 어려운 것.

위드가 승리의 쾌감으로 썩은 미소를 흘리며 마법을 외웠다.

"너희가 살아서 움직이던 땅으로 돌아오라. 이곳은 어두운 곳. 검고 부패한 땅. 영영 사라지지 않을 암흑의 율법을 모든 이들에게 새길 수 있도록 하라. 언데드 라이즈!"

땅에 쓰러져 있던 테어벳들이 언데드로 변해서 날아올랐다.

날개가 부러지고 목이 꺾인 테어벳들은 살아 있을 때의 절반 정도의 생명력과 3할 정도의 공격력 그리고 방어력을 가지고 언데드로 되살아났다.

위드의 몸에 붙어 있던 지친 테어벳들이 데스 나이트와 언데드들에 의해서 제거되고, 곧 그들도 언데드로 바뀌었다.

싸움이 끝나고 나니 잡은 테어벳이 무려 25마리나 되었다.

그중에서 24마리를 언데드로 만드는 데 성공한 것이다.

위드는 언데드 테어벳들을 공중에 3열 종대로 세웠다.

"너희의 군주는 나다. 나는 너희에게 피와 살을 주었고 내 허락 없이는 죽을 수도 없으니 영원히 복종하라. 영혼의 복종!"

언데드들의 최대 생명력이 15% 증가합니다.
조금 더 기민한 움직임을 보입니다. 네크로맨서의 명령에 절대적으로 따르게 됩니다.

언데드 축복 마법까지 든든하게 사용해 주었다.

네크로맨서의 진정한 전투는 지금부터라고 할 수 있었다.

위드는 데스 나이트와 언데드 테어벳을 앞세워서 몬스터가 있을 만한 다른 그늘로 향했다.

테어벳들 15마리가 습격을 가했지만, 숫자도 적고 조금 전

고전하던 것과는 상황이 매우 달라졌다.

"싸워라. 내 적은 너희의 적!"

위드는 전투를 지시하고 곧장 뒤로 빠졌다.

전투를 구경하면서 저주와 공격 마법을 적당히 퍼붓는다.

언데드들이 쓰러질 때마다 소환 마법도 펼쳐 다시 일으켰다.

데스 나이트도 훨씬 자유로워져서, 파괴력 강한 검술 스킬들로 테어벳들을 헤집어 놓았다.

금인이가 적절하게 지원해 주는 화살 공격에 힘입어 테어벳들이 1마리씩 언데드로 변했다.

기존에 가지고 있던 24마리의 언데드 테어벳들은 전투 중에 한 번이나 두 번 쓰러졌지만, 다시 일으켜서 멀쩡해졌다.

무한 회복과 재생산이 가능한 직업이 네크로맨서인 것이다.

위드는 다섯 차례의 싸움을 더 하면서 언데드 테어벳의 숫자를 89마리까지 늘렸다.

직접 사냥하는 것보다 경험치는 훨씬 적게 받았지만 사냥 속도가 다르다.

집단을 몰고 다니면서 두들겨 패는 방식이 네크로맨서의 사냥법인 것.

"주군께 영광을 바칩니다."

"주군을 위해 검을 들겠습니다."

일부 테어벳의 시체는 모아서 스켈레톤 메이지와 스켈레톤 나이트로 소환했다.

그렇게, 작지만 언데드 군단이라고 부를 수 있는 구색은 갖추었다.

"좀비들도 소환해야겠군."

다음 테어벳과의 전투에서는 시체들을 모아서 구울과 좀비를 만들었다.

구역질 나고, 어슬렁거리면서 느리게 걸어 다니지만 높은 방어력을 가지고 있고 산성 독을 뿌리기 때문에 네크로맨서들은 좀비들을 특별히 애용했다.

언데드들은 조합이 매우 중요했다.

죽은 시체를 그대로 되살려서 쓰는 테어벳들만 가지고는 최고의 효율을 보일 수가 없는 것이다.

하룻밤 동안 사냥을 지속하면서 위드가 거느린 언데드 군단은 엄청나게 증가했다.

테어벳 89마리, 스켈레톤 메이지 55마리, 스켈레톤 나이트 20마리, 좀비 40마리, 구울 5마리.

언데드들을 유지하는 데에도 일정한 마나가 들어갔지만, 테어벳이 아닌 좀비나 구울, 스켈레톤 메이지, 스켈레톤 나이트들은 싸구려라서 얼마든지 일으킬 수 있다.

마나 회복 속도를 10% 늘려 주는 패로트의 링을 손가락에 다 차고 있고, 마나의 최대치 55% 증가, 마나 회복 속도도 20%나 늘려 주는 니플하임 제국의 보물인 바하란의 팔찌도 착용.

결정적으로 대지의 여신의 축복으로 인하여 40%나 되는 추가적인 마나 회복 속도가 부여되었다.

언데드 군단을 유지하고도 충분할 정도의 마나였다.

사냥을 시작하고 나서 하루 만에 27%의 경험치를 올려서 레벨을 한 단계 올렸다.

그다음 날에도 29%나 되는 경험치를 모았다.

예전에도 잠깐 근원의 스켈레톤이 되었을 때 언데드 소환 스킬을 쓴 적이 있지만, 진정한 네크로맨서로서의 사냥은 이번이 처음이었는데 완벽하게 적응한 모습이었다.

구구구.

하지만 황금새는 네크로맨서로 언데드를 끌고 다니는 위드가 마음에 들지 않는지 멀리 떨어져서 앉아 있기만 했다.

위드가 움직이면 억지로 따라오기만 하는 모습이었다.

서윤의 도착

"언데드 군단을 지금보다 3배 정도 더 늘릴 수 있겠어. 유지하는 데 마나가 거의 들지 않는 스켈레톤 부대라면 훨씬 더 많이 늘릴 수 있겠지."

위드는 필요할 때면 리치의 마나 흡수 스킬까지 이용할 수 있으니 호랑이가 날개를 단 셈!

하지만 무작정 숫자를 늘리기 위한 욕심은 내지 않았다.

싸구려 스켈레톤들이 늘어난다고 하더라도 사냥 속도가 무한정 빨라지지는 않는다.

언데드들을 정비하는 데에도 약간의 시간이 필요하고, 다음 사냥터를 탐색하고 이동하는 데에도 시간이 필요하다. 중간에 쓰러진 언데드도 일으켜야 되고, 저주나 공격 마법도 펼쳐야 했다.

"활용도가 높은 스켈레톤 메이지 위주로 늘려 놔야겠어."

> 레벨이 올랐습니다.

위드는 밤낮 가리지 않고 사냥해서 또 1개의 레벨을 올렸다.

지골라스에는 넘치는 게 몬스터였다.

밤에 30% 강해지는 달빛 조각사의 혜택은 조각 변신술로 본모습을 바꾼 후에는 그대로 적용되지 않았다. 하지만 리치의 저주 마법과 흑마법이 밤에는 더 큰 위력을 발휘했으니 나쁜 것도 아니었다.

"드디어 레벨이 370이 됐군."

퀘스트를 하고 조각품에 생명을 부여하느라 항상 정체되어 있던 레벨이 사냥을 통해 오르고 있었다.

지골라스에 있는 몬스터들의 수준이 워낙 높아서 조각사나 검사, 기사 들은 버티기 어렵지만 네크로맨서에게는 최적의 사냥터인 셈.

하지만 마냥 좋은 일만 있는 것은 아니었다.

지골라스에서는 거대한 지진이 종종 일어났다.

"또 시작인가?"

큰 지진이 일어날 때마다 위드는 금인이, 언데드들과 함께 비교적 안전한 평지로 재빨리 몸을 피했다.

쿠르르르르르.

균형을 잡기 어려울 정도로 연속으로 땅이 흔들리고, 테어벳과 볼라드, 혼돈의 전사 들이 서식지에서 뛰쳐나왔다.

드레이크들은 화산 근처를 피해서 사방으로 날아갔다.

공중과 지상에서 몬스터들이 일제히 대피하는 것은 장관이기도 했지만 엄청나게 무서운 광경이었다.

예전에는 본 적이 없던 두더지처럼 생긴 몬스터들도 땅에서 튀어나와서 먼 곳으로 도망쳤다.

몬스터들이 공황에 빠진 것처럼 행동하며, 지진도 금방 잦아들지 않았다.

발끝을 타고 흐르는 진동이 커질수록 긴장감 또한 점점 높아지는 순간이었다.

금인이가 말했다.

"골골골, 땅에서 열기가 치솟고 있다."

"여긴 원래 뜨겁잖아."

"그게 아니다. 열기가 저 산 아래에서 땅을 뚫고 올라온다."

"그러면 설마……."

콰아아아아아아!

마침내 북쪽에 있는 큰 산에서 시커먼 연기와 함께 용암이 거꾸로 솟구쳐 오른다.

"화산 폭발이다!"

베르사 대륙의 장관!

빙설의 폭풍에 이어 화산 폭발까지!

불덩어리들이 지골라스의 이곳저곳에 떨어졌다. 큰 바위들이 녹아내리고, 몬스터들이 타 죽었다.

"물러나라! 피해라!"

위드는 언데드 군단에 지시를 내리고 최대한 강가로 붙었다.

화산이 폭발할 때 함께 공중으로 치솟았던 바윗덩어리들이 화염과 함께 혜성처럼 떨어져서 일대를 파괴하고 있었다.

세상의 종말에나 볼 법한 끔찍스러운 광경이었다.

화산에서는 용암이 거꾸로 힘차게 치솟았다.

큰 바위산이 불덩어리에 맞아서 상부에서부터 처참하게 무너질 때의 충격!

현기증이 날 정도로 무서운 광경이었다.

땅이 갈라져서 독한 증기가 뿜어 나오고, 개천에서 용암이 흐른다.

위드는 언데드들과 함께 그저 얌전히 강가에 머물렀다.

불덩어리에 맞아 죽기라도 한다면 그보다 더 억울한 일은 없을 것이기 때문.

"불난 집 구경도 멀리서 해야지. 이 정도 불이라면 고구마도 못 구워 먹겠군."

화산 폭발을 보면서도 고구마 구울 생각을 하는 위드였다.

장장 2시간에 걸쳐서 지진과 화산 폭발로 인해 용암이 흘러나왔다.

미처 재빨리 도망치지 못한 좀비나 구울 같은 언데드들은 불덩어리에 파괴되어서 숫자가 65마리나 줄었다.

그런 후에 땅의 움직임이 안정되고, 붉은 물처럼 흘러내리던 용암이 검게 굳었다.

테어벳들이 돌아오고 나서야 위드는 안심하고 강가 바위 뒤에서 고개를 들었다.

언데드들과 금인이, 누렁이는 화산재로 인해 검댕이 잔뜩 묻어 초라한 몰골이었다.

"베르사 대륙의 장관을 두 가지나 보다니 지독히 운도 없군."

경치로 유명한 곳보다는 목숨 줄이 왔다 갔다 하는 장소만 골라서 걸리는 불운을 탓했다.

~~~❦~~~

위드가 끌고 다니는 언데드의 개체 수도 800을 넘겼다.

잠깐 로그아웃을 했다가 다시 들어올 때에도, 일정량의 마나를 미리 투여해 놓으면 언데드들은 완전히 소멸되지 않고 기다리고 있었다.

그늘 아래나 관 속에 숨어 있거나 무덤을 파고 기다리면 언데드들의 유지에 따른 마나 소모는 삼분의 일 이하로 줄었다.

"남은 축복의 기간이 열이틀. 이대로라면 충분히 3개 정도의 레벨은 더 올릴 수 있겠어."

레벨이 오르면서 마나의 양이 증가하고, 언데드 군단을 데리고 다니는 효율도 늘어나고 있었다. 사냥 속도는 날이 갈수록 빨라졌다.

그로부터 여드레가 지났을 때에는 2개의 레벨을 올리고도 39%나 되는 경험치를 더 모을 수 있었다.

대지의 여신의 축복 효과가 아까워서 밥만 먹고 잠도 최소로 자면서 사냥에만 집중한 덕분이었다.

테어벳들은 짭짤하기 짝이 없는 몬스터였다.

레벨은 300대였지만 그늘진 곳에 숨어 있다가 집단으로 습격을 하니, 멀리 돌아다닐 필요 없이 대량으로 사냥할 수 있다.

네크로맨서로서 얻을 수 있는 시체들도 많이 생겼던 것이다.

테어벳들은 죽으면 보석이라든가 마법에 적용되는 희귀한 수정들을 떨어뜨렸다.

땅의 기운이 강성한 지골라스에서는 보석들이 정말 많이 나오는 편이라서, 깨알만 한 크기의 작은 보석들을 잔뜩 획득할 수 있었다.

"볼라드도 잡을 수 있을까?"

조금 더 레벨이 높은 볼라드에 대한 욕심도 생겼다.

위드는 모험을 하기로 결심했다.

만약에 죽는다면 죽음을 거부할 수 있는 힘에 의해서 다른 언데드로 되살아나겠지만, 축복의 효과는 사라지게 된다.

"테어벳들은 이제 안정기에 접어들었어. 마나도 남는 편이니 볼라드도 잡아 봐야겠군."

지골라스에는 아직 위드의 레벨로는 범접도 못 할 몬스터들이 많았다. 레벨도 높고 까다로운 공격을 할 뿐만 아니라, 지형 때문에도 사냥이 힘들었다.

하지만 먹이사슬의 최하에 있는 테어벳들을 잡으면서 관찰하니, 볼라드가 슬슬 만만해 보였다.

테어벳들을 사냥하는 볼라드를 보면서 충분히 잡을 수 있을 거란 자신감이 붙었다.

위드는 사냥을 더 하면서 일시적으로 언데드 군단의 규모를 40%나 늘렸다.

너무 많은 마나를 사용한 탓에 마나의 여유분이 간당간당했지만, 일시적으로 언데드 군단을 늘리는 데는 무리가 없었다.

"자랑스러운 나의 언데드 군단아, 저기 보이는 볼라드를 사냥하라. 짓밟아라. 그러면 내가 너희의 동료로 만들 것이다. 공격하라!"

위드는 바위 뒤에 숨어서 지시했다.

언데드들이 우르르 볼라드를 향해 달려들었다.

표범처럼 날쌘 볼라드가 지나간 곳에는 엄청난 화염이 일어났다.

언데드로 변하고 나서 불 저항이 약해진 테어벳들은 볼라드에게 쉽게 달라붙지 못했다.

볼라드가 펄쩍 뛰어서 구울과 좀비 들을 물어뜯으면 내부로부터 화염이 일어나서 육신을 태운다.

"하지만 싸움은 지금부터지."

볼라드들은 구울과 좀비 들이 가진 독에 중독되었다.

"본 실드!"

"본 애로우."

"에어 블러스터."

100마리도 넘는 스켈레톤 메이지들이 뼈로 된 장해물을 설치하고 마법 주문을 외웠다.

테어벳들도 볼라드에 달라붙고, 새로 소환한 스켈레톤 워리어와 스켈레톤 소드맨 등이 덤벼들었다.

위드가 사자후를 터트렸다.

"싸워라, 언데드들이여! 너희가 더 많다. 이 땅에 정의가 사라졌음을 증명하라! 힘과 무력이 전부인 세상. 더 많은 숫자로, 저 약한 놈들을 공격하라!"

볼라드들은 강하고 빨랐다.

하지만 위드의 저주와 스켈레톤 메이지들의 끝없는 마법 공격에는, 생명체인 이상 체력과 힘이 떨어질 수밖에 없었다.

위드의 언데드 군단 쪽도 스켈레톤 나이트와 구울 들이 480마리 넘게 소멸되었지만, 대기하고 있는 언데드는 900마리가 넘는다.

볼라드 1마리가 쓰러지고, 위드는 놈을 언데드로 일으켰다.

살아 있을 때와 비교해서는 훨씬 약했지만, 그럼에도 전투의 균형이 달라져서 볼라드들 4마리가 순식간에 죽었다.

경험치를 습득하였습니다.

고위 몬스터를 되살림으로써 네크로맨서 스킬의 숙련도가 향상되었습니다.

1등급 재봉 재료 볼라드의 가죽을 얻었습니다.

"꽤 많은 언데드를 잃었군."

경험치 1.6%에 볼라드의 가죽 획득!

"연속으로 볼라드를 사냥하기는 어렵겠어."

위드는 테어벳을 사냥하면서 언데드를 늘리고, 다시 볼라드를 잡았다.

볼라드의 시체를 활용하면서부터는 부하로 쓰는 언데드들의 질도 좋아졌다. 테어벳보다 훨씬 높은 생명력과 힘을 가지고 있었던 것이다.

언데드로 변하고 나서 고유의 특성인 불을 다루지 못한다는 점이 아쉬울 뿐이었다.

언데드 소환 스킬이 중급 8레벨이 되었습니다.
시체들을 소환하는 능력이 증가합니다. 더 많은 언데드들을 소환할 수 있으며, 고품질의 시체들을 다룰 수 있습니다.
1단계 언데드 소환에 대한 이해도: 1,219.
2단계 언데드 소환에 대한 이해도: 461.
3단계 언데드 소환에 대한 이해도: 17.
4단계 언데드 소환에 대한 이해도: 6.
언데드들의 최대 생명력과 공격력이 늘어납니다. 언데드 유지에 소모되는 마나의 양이 조금 감소합니다.

언데드 소환의 효과도 늘어나고 새로운 스킬도 획득했다.

4단계 언데드 소환 마법은 애니메이트 데드!

시체에게 세상을 떠도는 전사의 영혼을 부여해서 일으킨다. 뛰어난 전투 능력을 지님과 동시에 공포심마저 완전히 제거된 강화 언데드를 만들 수 있었다.

네크로맨서 관련 스킬은 다른 마법들보다 훨씬 올리기가 어려웠다. 흑마법이나 저주 마법, 언데드 소환 스킬은 숙련도가 좀처럼 늘지 않는 편이었다.

"언데드 소환 같은 네크로맨서 스킬도 올리면, 아마 다시 인간으로 돌아갔을 때 공격 스킬도 늘어 있겠지?"

어느 정도 페널티야 있겠지만 스킬의 레벨 업은 나쁘지 않은 부분. 언데드들은 체력이 무한하니 지치지 않았다.

"싸워라! 죽여라! 모조리 해치워라!"

언데드들이 늘어난 이후로는 테어벳과 볼라드의 동시 사냥까지 진행! 대지의 여신 축복 기간에 최대한 사냥을 해서 레벨을 373으로 만들었다.

언데드 군단을 이끌고 다녔으니 축복의 시간이 다했다고 해도 쉴 수가 없다.

다른 네크로맨서들이 하루나 이틀 정도를 사냥하는 것에 비해서 위드는 독할 정도로 사냥에 집중한 결과였다.

"이렇게 좋은 사냥터는 흔치 않아."

지골라스에서 깊은 지역으로는 들어가지 못하고 은신처 주변의 강가만 돌고 있었는데도 경험치와 아이템들이 짭짤한 편이었다.

네크로맨서였기에 다른 직업과는 비할 수도 없는 효율을 보인다.

"주인님의 명령이다. 적들을 섬멸하라."

볼라드와 테어벳 들을 지휘하는 데스 나이트 반 호크!

마법 재료가 없어서 골렘을 만들지는 못했지만 크게 아쉬울 것이 없었다.

가공되지 않은 흑광석을 획득하였습니다.

수정을 얻었습니다.

테어벳의 가죽 날개를 획득하였습니다.

솔리퍼의 꽃을 얻었습니다.

드워프의 볼라드 가죽 바지를 획득하였습니다.

여러 희귀한 아이템들도 입수!

"감정!"

드워프의 볼라드 가죽 바지

지골라스에 사는 볼라드를 사냥해서 나온 가죽으로 만든 바지. 드워프의 세심한 손길로 제작되었다.

내구도: 65/70

방어력: 58

옵션: 불에 대한 내성 28%. 볼라드의 적대감 증가.

탐험과 사냥을 하면서 영역을 확보하고, 가끔 조각품들의 흔적도 발견했다.

"감정!"

부서진 조각품

용암에 의해 녹아내린 조각품의 일부. 지골라스에서 나오는 반광석을 가공하였다. 완성품의 파편에 불과해서 원래의 형태를 파악하거나 복원하는 것은 불가능하다. 매우 작은 부분에 불과하지만 반드시 누군가의 손이 거쳤으리라 짐작된다.

내구도: 3/25

예술적 가치: 2

옵션: 복구 불가능.

조각사들이 만든 조각품들도 심심치 않게 주울 수 있었다.

지골라스에서 오랜 세월을 거치면서 손상이 너무 심했지만, 그것을 만든 조각사로서는 혼과 열정을 다했을 작품!

"이건 잡템으로도 못 팔겠군!"

위드는 부서진 조각품들은 그 자리에 그냥 놔두었다.

서윤은 토리도와 같이 동물들의 소리에 귀를 기울이면서 의뢰들을 해결했다.

―…필요해요. 약초를 조금만 구해 주실 수 있나요?

―친구와의 약속을 지키기 위해서 붉은 꽃을 따 가야 해요. 지혈에 도움이 되는 붉은 꽃을 아신다면 데려다주실 수 있겠어요? 조금 헤매도 괜찮아요. 제가 근처로 가면 냄새를 맡을 수 있을 거예요.

―밤마다 이상한 바람 소리가 들려요. 이유를 좀 알아봐 주세요.

동물들이 주는 의뢰들은 소소하고 귀여운 경우가 많았다.

몬스터들이 가득한 곳에서 한참을 헤매야 할 때도 있어서, 의뢰의 난이도는 절대 낮지 않았다.

―답례로 제가 아는 꽃들이 있는 장소를 알려 드릴게요. 그곳에 가면 인간들이 탐내는 꽃들의 뿌리를 가질 수 있을 거예요. 상처 회복에 도움이 될 것 같아요.

―옹달샘의 물을 마셔 보셨어요? 아주 시원해요. 마음에 드실 거예요. 새벽에는 흰 털 여우가 오기도 하는데, 어딘가 조급해 보였어요.

―안전한 숲길을 알려 드릴게요. 숲에서는 길만 제대로 알면 위험한 일이 많이 줄어들어요.

퀘스트 보상도 상당히 좋은 편이었다.

숲이나 산에 사는 동물만큼 그 지역을 잘 파악하고 있는 생물도 없다.

서윤은 직접 활용하지는 않았지만 광산이나 희귀한 몬스터들의 서식지, 숨겨진 보물들의 위치를 알 수 있었다.

"……."

서윤도 손짓을 하면서 동물들과 대화를 나누었다. 말을 하지 않아도 동물들의 뜻을 이해할 수 있는 점은 좋았지만, 의사 전달을 위하여 손짓으로 표현을 해야 되었다.

차근차근 손짓을 하고, 동물들을 쓰다듬어 주고, 친밀도를 쌓는다.

옹달샘에서 만난 흰 털 여우의 의뢰는 호기심 때문에 견딜 수 없다는 것이었다.

―엄마한테 들은 내용인데요, 푸레돈의 던전 끝에 가면 요정들이 만들어 놓은 차원을 넘나드는 문이 있대요. 그 문을 통하면 바라는 지역에 갈 수 있다는데, 정말일까요? 던전으로 들어가서 요정의 문을 통과해 보세요. 두 달이 지나도 다시 밖으로 나오지 않으면 엄마의 말이 사실이란 걸 알고, 제 호기심이 충족될 것 같아요. 보상요? 인간들은 꼭 그런 것을 바라던데, 제가 드릴 건 없네요. 나중에 다시 만나면 할머니가 숨겨 놓은 인간의 물건을 내드릴게요. 제게는 필요 없는 물건이지만 당신에게는 쓸모가 있을 거예요.

서윤은 사냥터라면 좋았기에 푸레돈의 던전으로 들어갔다.

"여기는 위험한 냄새가 물씬 나는군. 하지만 내가 있다면 괜찮지."

토리도와 함께 전투를 펼치며 던전의 끝에 다다른 서윤은 요정들이 만들어 놓은 문을 찾았다.

문만 열고 들어가서 2달 정도가 지나면 퀘스트가 성공!

서윤은 문을 열면서 가고 싶은 곳을 떠올렸다.

'위드, 위드가 있는 장소로……'

"다 죽여라! 나쁜 놈이 성공하고 다 가지는 게 세상의 이치지. 테어벳들을 쓸어버려라!"

위드는 언데드 군단을 이끌고 사냥에 전념했다.

상대하는 몬스터의 종류에는 제한이 있었지만 테어벳과 볼라드만 잡더라도 매우 짭짤했으니 불만이 없다.

지속적인 사냥으로 인해서 경험치와 네크로맨서의 스킬 숙련도도 오르고 있었다.

금인이와 누렁이, 데스 나이트 반 호크도 함께 사냥에 집중했다.

"지진이나 화산 폭발만 잘 피하면 여긴 정말 좋은 사냥터야."

위험하고 어렵더라도 보람은 있다.

현재의 시점에서 최적의 사냥터였으니, 대지의 여신의 축복이 끝난 이후에도 계속 돌아다니면서 사냥을 했다.

"조각품이나 요리, 대장장이, 재봉의 덕을 보기 어려운 점은 아쉽군."

언데드는 요리를 먹지 않았고, 조각품의 효과도 적용되지 않았다.

"좀비나 구울에게 좋은 무기나 방어구를 주는 건 사치야!"

언데드들에게는 네크로맨서 마법의 하나인 어둠의 강화술을 사용해 주면서 싼 맛에 대량으로 이용했다.

지골라스만 아니더라도 무기나 방어구를 언데드들에게 들려 줄 수도 있겠지만, 잃어버릴 염려가 컸다.

"천 옷은 화염에 금방 타 버리고 구멍이 뚫릴 테니 만들어 줄 수도 없어."

지골라스에서 획득한 재료 아이템들이 쌓이고 있었지만 정작 쓰지는 못했다.

위드의 자산이라고 하면 높은 스탯과 각종 생산 스킬이었다.

네크로맨서로서는 잘 적응하면서 지골라스에서 언데드 군단과 활약하고는 있지만, 보유한 재료들을 활용할 수 없다니!

사냥만 하다 보니 손재주조차도 도움이 안 되고 전투에 활용을 못 했다.

언데드 군단은 전투 지휘가 중요할 뿐이지, 다른 부분에서 추가적인 효과를 만들기는 어려웠다.

위드는 사냥의 효율을 높이기 위해서 곰곰이 생각하다가 새로운 방법을 찾아냈다.

"조각품! 용암에 의해서 조각품을 잃어버리지만 않으면 되는 거잖아."

빛의 조각품으로 공중에 조각품을 만들 수도 있었다.

"하지만 다른 몬스터들이 호기심을 느끼고 다가와서 파괴할 수도 있지."

감당도 못할 몬스터들이 모이는 건 바라지 않는 일.

"그러면 조각품을 만들어서 내 자신이 변신하면 되는 거야."

조각 변신술이 있으니 조각품의 효과를 직접 누리면 된다!

조각품이 주는 전체적인 상승효과는 누리지 못하더라도, 조각술을 활용할 수는 있었다.

"조각품의 재료로는… 여기에 나무는 일단 없고, 바위? 용암때문에 구멍이 숭숭 뚫려 있어서 생명력이 낮을 수 있어."

위드는 가지고 있는 재료들을 뒤적였다.

지골라스에서 사냥을 하는 동안 땅에 떨어진 수정들을 많이 확보할 수 있었다.

"감정!"

지골라스산 수정

조금 투명한 수정. 보석의 일종이지만 흔한 편이라서 비싼 가격에 거래되지는 않는다. 액세서리나 마법 무기, 조각품 등 여러 종류로 가공할 수 있다. 지팡이에 달면 마나를 증폭시키는 효과가 있다.

내구력: 15/15

재질: 2등급

옵션: 인챈터들은 낮은 등급의 마법을 하루 정도 봉인할 수 있다.

"리치라는 종족은 포기하기가 아까우니 새로운 해골을 만들자. 몸 전체가 수정으로 이루어져 있는 해골을!"

수정이 완전히 눈에 보이지도 않는 그런 재질은 아니었다.

날이 약간 어둡더라도 얼마든지 알아볼 수 있지만, 빛을 굴절시키는 효과가 있어 조금은 눈에 덜 띄었다.

몬스터들은 저주나 공격 마법을 받더라도 그것들을 건 사람을 발견하지 못하면 적대감이 늘지 않는다. 근접전에서 매우 취약한 네크로맨서로서는 특별한 장점이었다.

"수정은 마법 재료로도 많이 쓰이니까. 지금처럼 힘과 민첩, 체력은 거의 활용하지 않고 마법에 치중할 땐 도움이 되겠지."

수정은 450개도 넘게 가지고 있었다.

크기가 작아 바위를 가지고 조각할 때처럼 통째로 만드는 건 불가능할 테지만, 뼈를 하나씩 만들어 조립하면 된다.

"상당히 까다로운 일이 되겠지만, 사냥 중간마다 마나를 회복할 때 조각술을 펼쳐서 만들어야지."

다른 활용법도 찾을 수 있을 것 같았다.

"대장장이나 재봉 스킬도 그런 측면에서 보면 쓸 길이 많이 있을 거야."

대장장이라고 해서 백날 무기나 방어구만 만들 수는 없으리라. 지골라스라는 극한 지역에서, 필요에 따라서 다른 생산 스킬들의 활용성을 찾아내려는 것이었다.

"재료의 특성을 최대로 살려서 대장장이 스킬로 나만이 시도할 수 있는 악기를 만드는 거야."

위드는 조각술로 인해 예술 스탯이 매우 높았다. 그리고 노래는 최악이지만 하프 연주는 상당한 수준이었다.

소리를 들어 보면서 나무나 금속, 몬스터의 힘줄을 이용한 악기를 만드는 것이다.

전투의 용도로만, 그리고 높은 공격력과 방어력을 가진 병장기를 만드는 것을 주로 하는 대장장이 직업으로서는 가히 혁명과도 같은 일!

악기 제작은 누구나 생각할 수 있는 일이지만, 정작 자신이 고위 대장장이가 되고 나면 다른 이들과의 경쟁 때문에 시야가 협소해지고 만다.

예술 스탯도 낮거나 없을 테니 대장장이들이 위드처럼 생각하기는 쉽지 않았다.

"당장 들어가는 재료는 아깝겠지만, 장기적으로 보면 스킬을 올리는 편이 더욱 낫겠지. 그리고 그림 그리기 스킬도 재봉에 활용하면 좋을 거야."

위드는 그림은 못 그리지만 약초학 스킬은 붕대를 통한 상처 회복과 요리에 꾸준히 활용하면서 고급 2레벨이었다.

염료로 쓸 수 있는 식물과 약초를 구해서 방어구나 옷에 덧입힌다면 그 특성을 더욱 늘려 주리라.

다행히 베르사 대륙을 돌면서 구한 식물 재료들을 나중에 쓸모가 있을지도 몰라서 버리지 않고 말려서 간직하고 있었다.

돈이 된다면 팔았겠지만, 돈이 안 된다는 이유 때문이었다.

"어떤 직업이든 정성을 다해서, 그리고 베르사 대륙을 돌면서 각 재료들을 구하고 쓰임새를 직접 생각해 본다면 무궁무진한 가능성을 찾게 될 거야."

위드는 사냥을 하는 짬짬이 수정부터 가공했다. 뼈마디를 하나씩 만드는 것은 어찌 보면 어렵지 않은 일이기도 했다.

리치의 토대가 되는 해골도 그동안 사냥해 온 언데드들을 보고 기억해서 조각한 적이 있다.

대충의 골격은 알고 있었기에 따로 장애가 되는 건 없었다.

"수정들을 모았을 때 정확하게 어울릴 수 있도록 크기와 비율을 맞추는 건 약간 까다롭겠군."

위드는 자기 몸에도 대보면서 수정으로 된 뼈들을 만들었다.

"키를 조금 키울까? 아니야. 키가 커 봐야 더 많이 맞기나 할 거야."

현재의 체형을 가능한 한 그대로 유지하게 수정 해골 제작.

"머리를 초대형으로 하면 지식과 지혜 스탯이 높아지려나?"

조각 변신술을 사용하는 건 위드뿐이라고 알려져 있으니 실험을 해 봐야 했다.

해골의 머리가 정상보다 10배나 크다면 왠지 똑똑할 것 같지 않은가!

"초대형 머리를 가지고 있는 해골 네크로맨서. 매우 마음에 드는군!"

해골에는 큰 통짜 수정이 들어간다.

아쉽게도 위드가 가지고 있는 수정은 가장 큰 것이라고 해도 일반적인 해골보다 1.5배 정도가 클 뿐이었다.

인체의 비율을 생각한다면 그것도 매우 큰 편이지만 위드는 아쉽기 짝이 없었다.

"8등신보다는 3등신이 더 똑똑할 텐데……. 겨우 5등신 정도밖에는 안 되겠군."

큰 머리 해골을 거침없이 조각해 냈다.

수정을 깎아 내기 위해서는 예리하고 과감한 손길이 필요하지만, 위드의 조각술도 이제는 그간의 경험으로 인하여 웬만한 재질 정도는 무리 없이 다룰 수준이었다.

문화와 예술의 창조에는 발상의 전환과 상상력이 필수적이었다. 그리고 지칠 줄 모르는 노가다!

갈비뼈와 척추, 골반, 하체, 팔, 어깨, 머리 등의 뼈들을 모두 조각해서 맞추었다.

이빨에도 수정이 포함되어야 했다. 남다르게 큰 머리로 인해서 어금니와 다른 이빨들도 1.5배씩 더 컸다.

띠링!

> 만든 조각품의 이름을······.

"수정 리치!"

> 재료의 특징을 따서 〈수정 리치〉로 하겠습니까?

"그래."

> **걸작! 〈수정 리치〉상을 완성하였습니다!**
> 깨끗한 세공의 수정으로 만들어 낸 진귀한 조각. 그의 이름을 딴 예술 회관이 있을 정도로, 베르사 대륙에서는 첫손가락에 꼽히는 조각사의 작품이다. 영웅적인 모험을 하는 와중에 〈수정 리치〉를 만들어 냈다. 다만 험난한 모험의 과정 때문인지 고유한 예술적인 감정들이 많이 들어가 있지는 않다. 과거 베르사 대륙을 혼란에 빠뜨렸던 리치 샤이어를 그대로 닮았다. 혐오스러운 리치를 조각했지만, 수정의 아름다움으로 인하여 미려한 자태를 자랑한다. 무엇이든 조각할 수 있을 것 같은 조각사의 새로운 시도! 단, 예술적 감성이 낮고 비슷한 형상의 조각품이 이미 있기 때문에 조각술계의 평가는 그리 높지 않을 것이다.
> 예술적 가치: 219.
> 옵션: 〈수정 리치〉상을 바라본 이들은 생명력과 마나 회복 속도가 하루 동안 16% 증가한다. 지식과 지혜 42 상승. 민첩 12 증가. 힘 130 감소. 마법 발현 속도를 8% 빠르게 한다. 언데드들에 대한 지배력이 4% 증가한다. 다른 조각품과 중복해서 적용되지 않는다.
> 지금까지 완성한 걸작의 숫자: 87

조각술 스킬의 숙련도가 향상되었습니다.

손재주 스킬의 숙련도가 향상되었습니다.

명성이 15 올랐습니다.

지혜가 1 상승하였습니다.

머리의 비율이 다르지만 〈애꾸눈 리치〉상과 비슷하다 보니 조각술 숙련도는 거의 오르지 않았다. 애꾸눈 리치로 있을 때 조각품을 만들어서 예술 스탯도 낮게 적용되었다.

"손재주 스킬의 숙련도만 아주 조금 올랐군."

위드는 준비했던 스킬을 사용했다.

"조각 변신술!"

조각 변신술을 사용합니다.

위드의 온몸 뼈들이 투명해졌다. 머리는 그에 비해서 부쩍부쩍 자랐다.

뼈들은 옅은 보랏빛의 맑은 빛깔을 내고 있었다.

반대편이 그대로 훤히 보일 정도로 투명하면서도 형체가 남아 있는 신비로운 해골로 변했다.

조각 변신술의 영향으로 지식과 지혜가 조금 더 높게 증가합니다.
생명력과 마나가 15% 늘어납니다. 조각품에 대한 이해 스킬이 고급 3레벨

"흐겔겔겔."

수정 해골이 된 위드가 만족스럽게 웃으며 다시 사냥을 시작했다.

험한 지형의 지골라스에서 몰고 다니는 언데드 부대!

애꾸눈 리치일 때보다 사냥의 효율이 약간 좋아져서, 3단계 언데드 군단들도 소환했다.

데스 나이트들!

좀비나 구울 따위와는 비교도 할 수 없는 엄청난 양의 마나를 잡아먹지만, 전투의 선두에서 막강한 위력을 발휘한다.

"병사들이여, 진격하라. 언데드 군주 더럴 님의 명령이다!"

데스 나이트들은 하급 언데드들에 대한 통솔 효과도 있기 때문에 위드의 언데드들이 효율적이고 일사불란하게 움직였다.

테어벳과 볼라드의 사냥 속도가 훨씬 빨라지면서, 휴식 없는 사냥을 할 수 있었다.

◈

서윤이 요정의 문을 통과해서 도착한 장소는 지골라스였다.

'더워. 그리고 목말라.'

산의 정상에서부터 용암 줄기가 흘러내린다. 주변에는 공동묘지처럼 부서진 조각품들이 널려 있었다.

'여기는 어디지?'

서윤은 위드를 찾아보려고 했지만 부근에서는 발견할 수 없었다.

장난기 심한 요정들이, 위드의 근처로 바로 이동시켜 주지 않고 상당히 멀리 떨어진 곳에 떨어뜨려 놓은 것이다.

"뜨겁고 강한 놈들의 피 냄새가 나는군."

토리도와 함께 지골라스를 걸어 다녔다.

"몬스터가 숨어 있는 것 같다. 여기는 내가 앞장서겠다."

어두운 곳이나 바위 그늘로 향할 때는 토리도가 앞장섰다.

생명체의 피 냄새를 잘 맡는 토리도에게 은신하고 있는 적들은 무용지물!

토리도가 휘하의 진혈의 뱀파이어족들과 함께 테어벳들과의 싸움을 개시했다.

재건한 진혈의 뱀파이어족들은 많은 전투로 인해서 강해진 후였다.

"피 맛들이 별로군!"

토리도와 뱀파이어들은 그늘에서 마찬가지로 은신술을 펼치고 테어벳들과 싸웠다.

뱀파이어 퀸의 정신계 마법의 지원이 있고, 서윤도 검을 뽑아 들고 몬스터들을 사냥했다.

강한 생명체의 피를 마실수록 능력이 커지는 뱀파이어들!

로드인 토리도의 레벨이 서윤과의 모험으로 인하여 상당히 높아져 있었기에, 다른 뱀파이어들도 성장 잠재력이 높았다.

테어벳, 볼라드, 괴인 이볼그까지도 거침없이 사냥하는 서윤이었다!

레벨과 공격력, 방어력이 전체적으로 높아서 따로따로 다니는 괴인 이볼그는 토리도와 함께 쓰러뜨릴 수 있었다.

'여긴 위험해.'

성직자의 도움을 받지 못하는 서윤도 전투를 할 때마다 휴식을 취해야 했다.

그녀는 빨리 위드를 찾고 싶었다. 연약한 위드가 지골라스에서 고생을 하고 있을 것만 같아서였다.

네크로맨서의 한계

이현은 아침에 방 청소를 하며 곰곰이 생각했다.

"대학 졸업장의 가치가 무엇일까?"

취업을 위해서는 필수적이라고 할 정도로 대학 졸업장이 필요했다.

"대기업에 취직하고, 월급을 꼬박꼬박 받고, 명절날에는 보너스도 받고, 연말에는 상여금도 받는 그런 인생!"

이현이 눈물 나게 바라는 월급쟁이의 삶이 아니던가.

"연애도 하고, 차도 할부로 사 보고, 여름휴가철에는 북적대는 고속도로를 타고 여행도 떠나고 말이지."

대학 졸업장의 가치는 무궁무진했다. 하지만 졸업장만 있다고 해서 좋은 기업에 쉽게 취직이 되진 않는다.

"학점도 높아야 되고 외국어도 잘해야 해. 자격증도 몇 개는 갖고 있어야 남들보다 유리하고, 인턴 경력 정도는 만들어 두어야겠지!"

갈수록 한숨만 나왔다.

남들보다 나이도 많고, 고등학교 중퇴에 검정고시 출신이었으니 평범한 방법으로 남들처럼 살길 바라는 건 무리였다.

"대학교에 가는 게 이토록 고통스러울 줄이야."

졸업장은 벽걸이용 외에는 무용지물이 되어 버릴 가능성이 높았다.

이현이 캠코더와 기본적인 노트들을 주섬주섬 챙기고 집 밖으로 나갔을 때였다.

문 앞에는 서윤이 있었다.

여름방학이 막 끝난 이후라서 날씨는 아직 더웠다.

가벼운 청바지에 흰 반팔 셔츠를 입고 있는 그녀가 왠지 이상하게 느껴졌다. 눈부시게 빛나는 외모에 반해서 옷은 평범하기 짝이 없으니 더욱 청순하고 아름다웠던 것이다.

파티용 드레스를 입으면 여신처럼 예쁘고, 평상복을 입어도 시선을 마구 끌어당긴다.

그녀의 미모는 어떤 옷을 입어도 오히려 돋보이게 되어 버리는 수준!

이현은 퉁명스럽게 말했다.

"학교 같이 가게?"

서윤은 가볍게 고개를 끄덕였다.

학교에 함께 가고 싶어서 일부러 이현의 집까지 찾아온 것이니까.

이현은 씁쓸하게 대답했다.

"뭐, 그렇게 해."

도시락을 먹으면서 우렁 각시에 대한 꿈을 활짝 키웠다.

순수하고 착한 여자가 이현을 좋아한 나머지 몰래 밥을 해 준다!

그런데 서윤을 보면서 은근히 좌절하지 않을 수 없었다.

'그냥 큰 의미 없이 밥을 해 준 걸 거야. 내게 얻어먹은 게 있으니까, 그래서 보답 차원에서 한 거겠지.'

이현은 정류장에 가서 서윤과 함께 버스를 기다렸다.

학교까지 걸어갈 수도 있지만 지골라스에서 사냥을 하면서부터는 시간을 아끼기 위해서 버스를 타기로 한 것이다.

네크로맨서로부터의 마나가 끊어진 언데드들은 약화되어 시체로 되돌아가거나 소멸해 버린다.

더 오래 사냥하고 언데드들을 1마리라도 더 건지기 위해서는 버스가 필수였다.

"저, 저기, 저 여자 좀 봐!"

"예쁘다. 저렇게 예쁜 여자는 처음 봐."

서윤과 함께 있으니 그녀를 보는 사람들 때문에 길이 막힐 정도였다.

이현은 이제 그런 시선들에는 익숙해져서 그저 불편하기만 할 따름이었다.

"학교에 같이 가려니 안 좋은 점이 많군. 사람들이 너무 많이 쳐다보잖아."

서윤은 그 말을 듣고 모자에 마스크까지 착용했다. 그러자 사람들은 아쉬워하면서 가던 길을 갔다.

잠시 후에 도착한 버스를 탈 때였다.

이현이 버스 카드를 찍고 빈자리로 가려고 하는데 서윤은 우두커니 서 있기만 했다.

"왜? 교통 카드가 없어?"

서윤은 고개를 끄덕였다.

그녀가 언제 버스를 타 보았겠는가. 버스에 타는 자체가 처음이니 교통 카드를 가지고 있지 않았다. 이렇게 카드를 찍고 탄다는 것도 처음 안 것이다.

서윤은 종이에 글씨를 써서 보여 주었다.

　　버스를 처음 타 봐서요.

이현은 그녀의 것까지 계산해 주었다. 그리고 비어 있는 자리에 함께 앉았다.

"저기……."

"……."

"다음부터는 교통 카드 들고 다녀야 돼. 알았지? 교통 카드가 있으면 버스도 탈 수 있고, 지하철도 탈 수 있거든."

신신당부를 하는 이현이었다.

서윤은 그 말에 혹시나 하는 생각이 들어서 지갑을 꺼내어 열었다.

상당한 양의 현금과 세 장의 신용 카드.

블랙 프리미엄, 다이아몬드, 플래티넘 카드!

연회비만 100만 원이 넘고, 온갖 혜택들이 있는 카드들에는 교통 카드 기능도 당연히 있었다.

서윤이 그 카드들을 보여 주었을 때, 이현은 분노에 치를 떨어야 했다.

'당했구나.'

버스비를 대신 내게 하고, 그 후에 교통 카드를 보여 주는 잔인함!

과연 서윤이 아니고서는 저지를 수 없는 지독한 일이었다.

학교에 도착해서 이현이 첫 수업을 들으러 강의실로 갈 때였다. 서윤도 함께 따라왔다.

"왜? 캡슐공학 신청했어?"

끄덕끄덕.

3시간짜리 수업을 함께 듣고, 따스한 햇볕 아래 잔디 광장에서 도시락을 나누어 먹었다.

다음 수업을 들으러 갈 때에도 서윤은 따라왔다.

"혹시 가상현실에서의 사회구조론도 수강 신청했어?"

끄덕끄덕.

서윤은 이현이 배우는 수업들만 골라서 신청했다.

"형, 오랜만이야."

"오빠, 안녕하세요!"

박순조와 이유정, 민소라, 최상준도 가상현실의 사회구조론을 신청해서 강의실에서 만날 수 있었다.

수업이 끝난 후에는 학과생 전원이 대강의실에 모였다.

"오늘은 약속했던 대로 여러분이 해 온 과제를 확인하는 시간을 가져 보겠습니다."

300명이 넘는 학과생들이 있는 대강의실에 이현은 제일 앞줄에 앉았다.

'항상 제일 앞자리에 앉는 학생에게 F를 주기란 쉽지 않지.'

교수의 눈도장을 받기 위한 자리!

이현, 서윤 그리고 12명의 학생들이 가장 앞줄이었다.

"그럼 왼쪽에 있는 학생들부터 올라오세요."

주종훈 교수는 순서대로 학생들의 캠코더를 재생시켰다.

맑은 하늘과 푸른 바다 그리고 부모님과 조카들이 있는 바닷가였다.

"리조트에서의 가족 휴가라……. 재미있었겠군요."

교수는 영상을 확인할 때마다 짤막한 감상을 이야기했다.

"봉사 활동에 충실했군요. 보람이 컸겠어요."

"소극장에서 연극 관람이라……. 문화생활로는 좋군요."

학생들은 캠코더 촬영을 위해서라도 평소보다 보람 있는 방학을 보낸 것 같았다. 그리고 서윤의 차례가 되었다.

서윤의 방학 생활이 공개되는 시점에서 학과생들의 집중력은 더할 나위 없이 좋아졌다.

창문으로 밝은 햇살이 비친다.

서윤은 이불을 덮고 누워 있다가 눈을 비비면서 일어났다. 화장을 하지 않은 얼굴이지만 완벽한 미모에는 눈곱도 끼지 않았다.

왈왈!

그리고 반갑게 짖으면서 안겨 오는 개 1마리.

서윤이 개를 안고 쓰다듬어 주는 장면이 화면에 나왔다.

쫑긋한 귀와 날렵한 다리, 방정맞게 흔드는 꼬리까지, 어디

선가 많이 봤던 개였다.

이현이 주었던 몸보신이었다.

서윤은 수건을 들고 욕실로 들어갔다.

잠시 후에 세수만 하고 나왔을 뿐인데도 후광이 비치는 것 같은 외모!

방학 때에도 특별한 일이 없었으므로 말 그대로의 일상을 캠코더에 녹화하기로 하고 간호사에게 부탁했던 것이다.

서윤이 아침을 만들기 위해서 요리를 했다.

오므라이스와 닭 가슴살 샐러드를 만들기 위해서 재료를 내놓았다. 요리를 하는 것도 아름다운 그녀!

어깨까지 내려오는 고운 머리카락을 옆으로 하고, 도마에서 칼질을 했다.

모든 장면들이 CF였다.

그릇에 차려 놓은 요리들은 고급 레스토랑에서나 볼 수 있을 것처럼 예쁘게 장식되었다.

흰 테이블에 정갈하게 놓인 오므라이스와 샐러드 그리고 오렌지 주스!

카메라를 찍어 주는 간호사와 함께 식사를 했다.

이현은 생각했다.

'번거롭게 아침부터 뭐 얼마나 맛있게 먹으려고 요리를 해.'

여동생을 위한 음식을 준비하는 게 아니라면, 그는 간단히 먹는 편이었다.

서윤의 요리 실력은 이현과 함께 먹은 도시락을 만들면서 늘었지만 조금도 알아주지 않았다.

보신이도 테이블 아래에서 식사를 하고, 이제 식사를 마친 그녀는 설거지를 했다.

설거지를 하면서 물이 묻은 팔로 이마를 닦는 모습까지 예쁜 그녀!

"캬아!"

학과생 중 어떤 남학생은 감탄사까지 흘렸다.

서윤이 잠에서 깨어나서 가볍게 세수만 한 채로 요리를 하고 식사를 하는 장면들은 영화로 만들더라도 아깝지 않으리라.

그러나 이현의 생각은 달랐다.

'주방 세제는 반만 써도 될 텐데…….. 설거지하면서도 물이 너무 많이 튀는군.'

설거지를 마친 후에는 흔들의자에 앉아서 독서를 했다.

그녀가 읽는 책 제목은 《미술관 기행》이었다.

세계 미술관을 돌아보면서 예술 작품들과 예술가들에 대해서 공부할 수 있는 책이다.

학과생들이 과연 서윤이라고 할 때 이현은 다시 생각했다.

'다 설정이야.'

카메라를 의식해 과도한 연기를 펼치는 거라는 생각!

책을 읽은 후 캡슐에 들어가서 〈로열 로드〉를 하고, 정원을 산책한 후에 씻고 나서 침대로 향했다.

잠자리에 들어 이불을 덮고 불이 꺼지는 것으로 잔잔한 여운까지 남기면서 영상이 종료!

교수가 말했다.

"본인의 평범한 일상을 훌륭하게 표현한 작품이었습니다."

이현에게는 엄청난 충격을 안겨 주는 발언이었다.

그는 아프리카와 유럽까지 가 고생을 하며 영상을 찍어 왔는데, 서윤은 평범한 하루를 담아 온 것으로 칭찬을 받다니!

"그다음 학생."

이현은 시무룩한 얼굴로 조교에게 영상 테이프를 건넸다.

막 서윤의 것을 봐서, 다들 이현의 영상은 기대하지 않았다.

사실 학과생들의 대부분은 서윤을 보고 싶었다고 해도 과언이 아니다.

이집트와 아프리카, 유럽을 오가는 여행.

사륜구동 지프차로 사막을 횡단하고, 비행기와 호텔에서의 스카이다이빙, 오토바이, 모터보트, 해저 탐험 등의 익스트림 스포츠까지!

영상을 다 보고 난 후에 교수가 길게 말했다.

"원래 교수들이 과제를 내주면서 어느 정도 기대하는 범위가 있습니다. 하지만 이렇게 특별한 방학을 겪고 돌아온 학생이 있을 줄은 몰랐습니다. 과제를 내주지 않았다면 우리는 이 학생에 대해서 아직도 잘 모르고 있었겠죠? 남들은 겪어 볼 수 없는 특별한 여행을 하고 돌아온 이현 학생에게 박수!"

학과생들 중 몇몇이 떠들기도 했다.

"과연 프린세스 나이트야."

"MT에서도 대단했잖아."

이현은 박수를 받으면서도 기쁘지가 않았다.

자신도 그저 조용히 집구석에서 밥 먹고, 정원에서 기르는 가축들 밥 주고, 도장에 가서 체력 단련하고, 캡슐에 들어가서 사냥하는 그런 평범한 일상을 겪었더라면 훨씬 더 기뻤을 것이기 때문이다.

서윤이 부럽고 대단하다는 듯한 눈빛을 보내고 있었다.

이현은 그녀로부터 그런 부러움을 받는 게 기쁘지가 않았다.

'겨울방학은 기필코 집에서만 보내리라.'

이런 과제를 똑같이 다시 내줄 리도 없고, 내주더라도 그냥 눈사람이나 하나 만들면 된다.

'분량이 부족하면 동네 꼬마 아이들과 눈싸움이라도 하면 되겠지.'

겨울은 오직 집에서 보낼 것이라고 다짐을 하고 있는 이현이었다.

다른 학과생들의 영상은 대체로 단조로운 편이기도 했고 관심도 없었기에 이현은 꾸벅꾸벅 졸다가 자리에서 잠들었다.

서윤도 다른 영상들을 보는 대신에 딴생각을 했다. 겨울방학에는 그녀도 멀리 떠나 보고 싶었다.

믿고 의지할 수 있는 친구와 함께 떠날 수 있다면 참 좋을 것 같았다.

⚜

"유령선들? 해골 선장이 지휘하는 배를 물어보는 거라면, 잘은 모르겠소만 북동쪽으로 가는 것 같던데⋯⋯."

"이곳에서 어육들을 많이 사 갔지."

"말린 사과도 싸게 사 갔어. 흥정 솜씨가 제법이더라고."

이피아 섬에 도착한 하벤 왕국의 제2함대는 추적자들을 풀어서 정보를 입수했다.

함대에 함께하는 유저들만 230명 이상이다 보니 정보를 모으는 것도 금방이었다.

"북동쪽이라면 딱히 갈 만한 곳이 없을 텐데……."

네리아해를 나와서 북동쪽으로 가면 먼바다로 향하게 된다.

베르사 대륙의 동부를 터무니없이 멀리 돌아서 남부로 갈 수도 있지만, 그러자면 네리아해의 내륙 운하를 타는 편이 낫다.

"섬으로 가서 사냥을 하려는 걸까? 아니면 바다 항로와 관련된 퀘스트를 하고 있나?"

의도는 알지 못했지만, 드린펠트는 일단 유령선의 뒤를 쫓기로 했다.

북동쪽 바다에서부터는 직접 나서서 바다 생물과 새들에게 유령선의 방향을 물어보았다.

그리고 유령선의 항로를 뒤쫓아 도착하게 된 플라네티스의 항구들.

"이런 곳에 숨은 항구가……. 과연 위드라는 건가? 전 함대, 북쪽으로 전속 항해!"

항구에서 나온 하벤 왕국의 함대가 돛들을 활짝 펼쳤다.

함선마다 사각 돛이 16개씩 펼쳐지는 광경은 일대 장관이라할 수 있었다.

대형 함선들이 바람을 타고 바다로 나섰다.

유령선 추적!

유령선의 경로를 따라 북쪽 바다로 올라가고 있었다.

바다에서 가장 유명한 해적 그리피스!

그가 지휘하는 갤리선들과 중대형 범선들이 50척도 넘게 플라네티스해에 몰려 있었다.

해적들은 정규군이 오더라도 장렬하게 싸우다가 죽을 정도로 용감해야 되고 정보 입수가 빨라야 한다.

하벤 왕국의 함대가 자신들의 영역을 떠날 때부터 추적했다.

"하벤 왕국의 해군 제독 드린펠트가 직접 나섰다는 말이지."

그리피스와 해적들은 편안하게 하벤 왕국의 함대 뒤를 따르기만 하면 되었다.

"위드 사냥에 하벤 왕국의 함대로도 모자라서 우리까지 찾았단 말인가? 해적들의 자존심을 걸고 먹잇감을 넘겨줄 수는 없지. 가자, 대륙의 전설을 사냥하러!"

그리피스의 말에 해적단들은 크게 환호했다.

해적들은 보급이나 장비에 있어서는 정규군에 비해 열악할 수밖에 없다. 하지만 부족한 전력은 숫자로 메울 수 있었다.

해적들끼리의 긴밀한 정보교환을 통해서 네리아해의 바다 사나이들이 그리피스의 명령에 따라 모였다.

해적들에게는 1년에 한두 차례 있을까 말까 한 대집결이었다.

───※───

위드는 언데드 군단을 끌고 다니며 엄청난 속도로 사냥을 했지만, 정작 퀘스트를 위한 이동에는 한계가 있었다.

기본적으로 싸고 저렴한 언데드 군단이기에 볼라드들과 싸울 때마다 많은 희생이 발생했다.

"탐험은 쉽지 않군."

언데드 군단은 몬스터들로부터 무조건적인 적대를 받는다.

그렇기 때문에 끊임없는 전투를 해야 했다.

어느새 데스 나이트도 40마리나 소환했다.

위드의 레벨과 마나 회복력, 네크로맨서 스킬로 만들 수 있는 최대의 언데드 군단이었다.

하지만 그럼에도 불구하고 볼라드와 싸울 때에는 언데드들이 30마리에서 50마리씩은 죽었다.

"일단은 아르메니아 해적단이 향한 7번 봉우리 방향으로 가야 해. 하지만 중간에 볼라드를 스무 번은 사냥을 해야 하는데……."

볼라드와 싸울 때마다 언데드들의 규모가 감소한다.

하급 언데드들 위주로 죽었지만, 막상 하급 언데드들이 줄어들면 데스 나이트들도 죽는다.

"테어벳과 계속 싸우면서 이동을 하는 수밖에는 없겠군."

볼라드 4마리가 모인 곳에 광역 저주 마법 시전!

데스 나이트들이 덤벼들고, 스켈레톤 메이지들이 마법을 난사했다.

구울과 좀비 들이 대거 돌진하였으며, 언데드화한 테어벳과 볼라드 들의 전면 공격까지!

언데드 군단의 대공세로 전투는 승리로 이끌었지만, 불에 타서 다시 일으킬 수 없게 소멸된 언데드가 23마리였다.

다음에도 볼라드와 싸우고 그다음에도 싸우니, 처음에 비해 언데드들이 100마리는 줄어 버렸다.

"이대로라면 곤란한데."

위드는 근처에서 테어벳들을 사냥하고 다시 이동하려고 했지만, 7번 봉우리로 접근할수록 볼라드들의 숫자도 늘어나 이제는 5마리나 6마리씩 돌아다녔다.

거기에 까마귀로 변했을 때 관찰해 본 바에 의하면, 볼라드들을 뚫고 지나더라도 혼돈의 전사들이 나온다.

"어쩔 수 없군. 뒷일은 그때 가서 생각하고 당장 활용할 수 있는 것은 다 쓰는 수밖에."

위드는 마지막 보루라고 할 수 있는 안식의 동판을 꺼냈다.

마탈로스트 교단의 성물로 언데드가 소유하고 있으면 높은 생명력과 마나, 힘을 가질 수 있는 물건이었다.

"내구도가 겨우 3밖에 남지 않았는데……. 최대한 조심해서 써서 깨지기 전에는 돌려줘야겠지."

안식의 동판을 꺼내자 검푸른 기운이 위드의 몸을 감싸듯이 흘렀다.

띠링!

추악한 리치가 안식의 동판을 사용합니다.
일으킨 언데드들의 생명력이 25% 증가합니다. 이동속도가 38% 빨라집니다. 네발로 기어 다니거나 벽을 딛고 달리는 등 다양한 방법을 사용합니다. 맹독들을 뿜어내게 됩니다. 저항력이 증가합니다. 본능이 향상됩니다. 땅을 파고 숨은 언데드들은 네크로맨서의 마나 공급이 없더라도 더 오랜 시간을 참을 수 있습니다. 5단계 언데드 소환 스킬을 사용할 수 있습니다. 네크로맨서에게 복종하는 마녀 집단의 소환이 가능합니다. 네크로맨서 스킬의 효과가 55% 증가합니다. 특수 스킬 활용 가능. 암울한 묘지, 한밤의 귀곡성, 산성 호흡, 비탄의 자멸, 생명력 이전. 안식의 동판 내구도가 파괴를 얼마 남겨 놓지 않았습니다.

위드의 생명력과 마나, 지혜 등도 크게 증가했다.

지식과 지혜만 하더라도 300 정도씩이나 늘었고, 마나의 최대치가 2배는 높아졌다.

"일단 모두 쉬도록 해라."

위드는 언데드들로 향하는 마나 공급을 완전히 차단하고, 언데드 소환 마법도 해제했다. 그러자 좀비와 구울, 스켈레톤, 데스 나이트 들이 풀썩 땅에 쓰러졌다.

남아 있는 것은 데스 나이트 반 호크와 금인이뿐이었다.

"다시 일어나라. 지옥의 밑바닥에서 고통받을 너희를 내가 구원해 주겠다. 세상에서 누릴 수 있는 권세와 재물을 주겠다. 데스 나이트 소환!"

시체로 돌아간 스켈레톤들을 통해서 데스 나이트를 50기나 일으켰다.

원래 진짜 데스 나이트는 기사의 시체로 일으켜야 한다.

욕심 많고 부패한, 그러면서 불의를 저지르는 기사의 시체를 데스 나이트로 소환하면 효과가 훨씬 크다.

원래는 짐승의 것이던 뼈들을 데스 나이트로 일으켜 세우니 페널티가 적용되었다. 갑옷도 입고 있지 않았으며, 체격도 어딘가 빈약해 보였다.

그럼에도 몸에서 흐르는 자줏빛 오러!

> 네크로맨서 스킬의 효과가 강화되어 데스 나이트들의 힘과 생명력이 증가했습니다.

"최소한 레벨이 270 정도는 되는군."

위드는 이 정도로도 상당히 만족했다. 레벨이 270 정도라면 보통의 데스 나이트들보다는 훨씬 세다.

네크로맨서가 현재 최고의 각광을 받고 있지만, 무적은 아니었다. 언데드 군단을 끌고 다닌다는 매력이 있는 반면, 소환한 언데드 개체 하나하나의 질은 높지 않았다.

빠른 레벨 업과 대량생산, 대량 소비에 적합한 직업이었다.

"그대에게 우리에게 명령을 내릴 능력이 있는지 궁금하다."

소환한 데스 나이트들이 물음을 던졌다.

충성을 받기 위해서는 힘과 지휘 능력을 증명해야 한다.

위드는 번거롭게 여러 말을 하는 대신에 아르펜 제국의 옥새를 꺼냈다.

"황제의 권위!"

수정 해골에서 은은하게 비치는 광휘!

> 황제의 권위를 사용하였습니다.
> 영주나 국왕이 사용하면 외교적인 역량이 일시적으로 향상됩니다. 주민들의 반대를 권위로 억누를 수 있습니다. 기사 계급과 귀족들은 어떠한 명령이라도 따를 것입니다. 평민들의 충성심을 증가시킵니다. 통솔력 150% 증가. 카리스마 150% 증가. 일시적으로 전투와 직접적으로 관련되지 않은 스탯들이 40 증가합니다. 황제의 권위는 직접 전투를 치르기 전까지 자동으로 유지됩니다. 스킬을 취소하지 않고 전투를 치르면, 황제의 권위의 효과가 주인이 바뀔 때까지 지속적으로 감소합니다.

황제는 직접 선봉에 서서 싸우지 않는다.

황제의 권위 스킬을 활용하기 위해서는 반드시 필요한 조건!

데스 나이트들이 무릎을 꿇었다.

"명령을 따르겠습니다."

일단 충성 서약을 받았으니 쉽게 배반하지 않으리라.

더군다나 언데드의 군주인 그가 직접 일으켰기에 필요한 초기 과정은 끝났다고 할 수 있다.

위드는 흡족하게 웃으며 스킬을 취소했다.

"스킬 해제, 황제의 권위!"

수정 해골을 장식하던 광휘가 슬그머니 사라졌다.

"평소에 이 상태로 마을을 돌아다닌다면 제법 쓸 만하겠군."

위드는 언데드 라이즈로 여러 종류들의 언데드들도 일으켰다. 지난번보다도 최소한 레벨이 30%에서 40%씩은 높아지고, 힘도 좋아진 언데드들!

"가자!"

위드는 언데드들을 볼라드가 있는 곳으로 진입시켰다.

"데스 나이트들이 각자 나눠서 맡아라. 언데드들은 지원 공격에 집중해라!"

구울이나 좀비 들에겐 위드의 곁을 지키는 임무가 주어졌다.

스켈레톤 메이지들이 마법 공격을 하고, 금인이가 화살을 쏘았다.

데스 나이트들이 주력군이 되면서 볼라드 5마리도 약간의 피해만으로 잡을 수 있었다.

데스 나이트가 위험한 순간들도 있었지만, 그때마다 아슬아슬하게 위드가 가지고 있던 생명력을 옮겨 준 덕이었다.

"이제 사냥이 되는군!"

위드는 볼라드들의 시체를 이용해서 말들을 소환했다. 데스 나이트들이 탈 수 있는 공포의 말.

위드는 테어벳을 사냥한 다음에는 몬스터들의 발을 잠깐 묶어 놓을 하급 언데드를 소환하고, 볼라드를 사냥한 다음에는 데스 나이트와 마녀의 숫자를 늘렸다.

양뿐 아니라 질에도 신경을 쓰는 단계. 더럴의 마녀들이 소환되면서 전투에 사용되는 마법들이 다양해지고 위력도 강해졌다. 위드의 언데드 군단이 보여 주는 전반적인 수준이 훨씬 높아져 있었다.

"빠르게 진격해라!"

위드는 안식의 동판의 내구도가 다하기 전에 시간을 최대한 아껴서 전진했다.

볼라드들을 사냥하면서도 언데드의 전체적인 수량은 크게 줄어들지 않았다. 볼라드로 일으킨 시체들이 늘어나면서 전력 감소는 없다고 봐도 됐다.

"뼈들이 성장해서 온몸을 감싸도록 해라. 본 아머!"

시체에 여유가 생기니 데스 나이트들에게 마법으로 뼈 갑옷도 만들어 주었다.

저항력도 없고 방어력도 높지는 않지만, 부실한 갑옷을 걸친 것만으로도 데스 나이트들은 훨씬 편하게 싸울 수 있었다.

"시체들이 쌓이고 쌓여서 여기에는 생명체가 존재하지 않는다. 내가 만들어 낸 시체들의 무덤만이 있을 뿐이리라. 망자의 무덤!"

위드가 전투를 하는 지역에 묘비들이 솟아났다.

한정된 지역에서 네크로맨서 스킬을 강화하고, 언데드들의 회복력을 증가시켜 주는 지원 마법이었다.

마침내 볼라드들의 경계를 뚫고, 까마귀로 변신한 상태로만 올 수 있었던 조각사들의 유산이 있는 지역에 도착했다.

균열된 대지는 지하 300미터 아래까지 보이고, 그 밑에는 용암이 흘렀다.

"조심해서 걸어라."

위드는 대지의 균열을 피해서 몬스터들과 싸웠다.

지골라스의 악령, 데반의 영혼, 길을 잃은 성난 바바리안 들!

"악령들은 가능한 한 피하는 편이 좋겠군."

테어벳보다는 약하지만, 네크로맨서에게는 싸움이 끝난 후에 시체를 남기는 것도 중요했다. 지골라스의 악령이나 데반의 영혼을 피해서 바바리안들과 전투를 치렀다.

힘이 무척 좋은 바바리안 전사들은 데스 나이트들과 호각으로 싸웠지만, 위드의 저주와 마녀들의 공격까지 당해 내지는 못했다.

몬스터나 적들을 훨씬 많은 다수로 때려잡는 기분은 직접 느껴 보지 않으면 알 수 없으리라.

폐허의 탑에서는 잠깐 명상을 하며 마나를 최대한으로 회복했다.

이제부터는 정말 힘든 관문인 혼돈의 전사들이 있었다.

볼라드도 우습게 사냥하는 혼돈의 전사들. 이들을 뚫고 가지 못한다면 아르메니아 해적단의 위치까지 도달할 수 없다.

"놈들을 죽여라!"

언데드 군단이 우르르 혼돈의 전사들을 향해서 몰려갔다.

혼돈의 전사들은 8명!

레벨은 알려져 있지 않았다.

"썩은 시체들이여, 깨끗한 불로 정화되어라."

혼돈의 전사들이 언데드 군단을 향해 도끼와 채찍을 휘둘렀다. 채찍에 닿는 순간 만만한 좀비나 구울, 스켈레톤은 초고열의 화염에 의해 녹아 버렸다.

무시무시한 공격력이었다.

반 호크조차도 혼돈의 전사 셋의 합공에 간신히 2분 정도 버티다가 역소환되었다. 데스 나이트들도 혼돈의 전사들에 의하여 잔인하게 몸이 쪼개졌다.

어쨌든 놈들이 언데드들에 휩싸이는 것을 본 위드가 저주 마법을 외우려고 하는 순간이었다. 도망치든 계속 싸우든 간에 저주는 걸어 주는 편이 훨씬 유리하기 때문이었다.

"블링크."

혼돈의 전사들이 동에 번쩍 서에 번쩍 하는 식으로 날뛰었다. 단거리 텔레포트인 블링크를 시전하면서 마녀들이나 데스 나이트들을 참살하고 있었다.

위드가 범위 저주 마법을 감히 걸 수 없을 정도로 재빨랐다. 잠깐 머뭇거리는 사이에도 언데드들의 규모가 급속히 줄어들고 있었다.

음머어어어!

누렁이가 급하게 울면서 내달리기 시작했다.

"도망치자, 주인."

위드도 적극 찬성이었다.

"금인아, 튀어라!"

이럴 때면 굉장히 빠른 금인이는 빛의 날개까지 펼치면서 도주했다!

나중에 남은 병력을 추슬러 보니 땅에 묻힐 때가 다 된 것 같은 좀비 일곱과 데스 나이트 둘, 스켈레톤 10여 마리 정도. 위드가 도주를 한 이후로 네크로맨서의 지휘를 받지 않은 언데드들이 제멋대로 싸웠다고 해도, 처참한 수준이었다.

그에 비해서 능선에서 아무렇지도 않게 테어벳의 고기를 뜯고 있는 혼돈의 전사 8명은 멀쩡해 보였다.

"안 되겠군."

위드는 다시 언데드를 늘려야 했다.

조각사들의 유산이 있는 부근에서 테어벳과 볼라드를 사냥하면서 사냥에 집중했다. 그리고 언데드들이 늘어났을 때 재차 시도했다.

"복수를 위해 다시 돌아왔다. 놈들을 모두 죽여라!"

언데드를 모아 혼돈의 전사들에게 두 차례 시도를 더 해 봤지만 과감한 집중 공격으로 간신히 1마리를 사냥했을 뿐 실패!

혼돈의 전사 1마리를 사냥했을 때에도 위드가 언데드 라이즈 마법을 사용했다.

그러자 다른 혼돈의 전사들이 심하게 날뛰어서 위드의 목숨까지 위험해져 곧장 퇴각하는 수밖에 없었다.

"레벨 차이가 너무 나니까 내가 되살아나더라도 가능성이 희박해."

죽음을 거부할 수 있는 힘에 의해 위드가 부활하더라도 죽는 횟수를 늘리는 결과밖에는 나오지 않는다.

엄청난 스킬 숙련도 하락이 생길 수도 있지만 그렇다고 하더라도 싸우지 않을 수가 없었다.

위드는 언데드 군단을 최대로 끌어모았다.

"3마리만 죽이면, 그리고 저주 마법만 제대로 걸리면 승산은 있다."

하지만 너무 빨리 움직여서 저주 마법이 거의 안 걸렸다.

언데드 군단이 급속도로 줄어들면서 다시 퇴각!

네 번째 전투에서도 언데드 군단만 잃고 돌아와야 했다.

만약 네크로맨서로서 언데드 군단이 없었더라면 위드나 누렁이, 금인이가 죽었으리라.

"현재 존재하는 직업 중에서는 최강이라고 할 수 있는 네크로맨서인데……."

독자적으로 언데드 군단을 부릴 수 있으니, 시체들만 충분하게 갖춰진다면 개인으로서는 최강의 전력이라고 할 수 있다. 물론 엄청난 돈을 들여 용병을 구하는 경우도 있지만, 레벨이나 스킬만을 놓고 본다면 최강의 전투 직업이 네크로맨서였다.

다만 지금보다도 아주 레벨이 높아지고 스킬의 숙련도가 거의 마스터에 달한다면 이야기는 달라질 수도 있다.

네크로맨서는 값싼 언데드를 주로 제조했다.

본 드래곤이나 특수한 과정을 거쳐서 만드는 고위 언데드들도 있지만, 그런 언데드들이라고 할지라도 최강은 아니다.

공격력과 방어력이 뛰어나고 장비까지 좋은 검사들은 언데드들을 헤집어 놓을 수도 있고, 장비들이 받쳐 준다면 잘 죽지도 않을 것이다. 스킬 숙련도를 정말 올리기가 어려운 마법사들의 상급 마법 위력도 막강하리라 추측되고 있었다.

어쨌거나 현재로써는 최고의 직업이라고 할 수 있는 네크로맨서로서도 지골라스에서 원하는 대로 돌아다니는 것은 무리였다.

위드는 혼돈의 전사와 싸우기보다는 일단 언데드 군단을 데리고 사냥에 전념했다.

열이틀간 올린 레벨이 5개나 되었다.

> 안식의 동판 내구도가 1이 되었습니다.

안식의 동판 내구도도 결국 한계에 달해서, 부서지기 전에 배낭에 넣었다.

> 안식의 동판의 효과가 사라집니다.

언데드들이 원래대로 돌아오고, 스탯들도 원상 복귀되었다. 마나의 양과 회복 속도도 떨어졌다.

네크로맨서의 조종을 받지 못하는 일부 언데드들은 제멋대로 돌아다니다가 땅의 균열로 떨어져서 소멸되거나 몬스터들에 의해서 부서졌다.

5단계 언데드 소환 스킬을 쓸 수 없게 되었지만 먼저 소환해 둔 마녀들은 그대로 유지할 수 있었다.

"다시 테어벳이나 볼라드 사냥이나 해야겠군."

위드는 깊은 고민에 잠겼다.

네크로맨서는 통솔력이나 카리스마 스탯이 가끔 증가했다. 그래도 여러 스킬 숙련도나 인내력, 맷집 스탯을 올리기 위해서는 차라리 조각사로 돌아가는 편이 나을지도 모른다.

조각품을 10개 정도 만들고 생명을 부여한다면, 지금처럼은 아니더라도 테어벳 사냥도 꽤나 짭짤할 것이기 때문.

위드가 이래저래 갈등하고 있을 무렵 멀리서 다가오는 인기척이 있었다.

"여기는 몬스터들이 오지 않는 장소일 텐데."

능선 너머에서부터 검은 망토를 입은 창백한 얼굴의 후리후리한 미남자와 거짓말처럼 아름다운 여인이 걸어오고 있었다.

지골라스의 황폐화된 땅, 언데드들이 있는 장소를 향하여 걸어오는 둘.

"여기에 모험을 하고 있는 다른 유저가 있었나? 저 여자는 꼭 서윤처럼 예쁘군."

위드는 서윤처럼 예쁜 여자가 또 있다는 사실이 이해가 안 갔다. 저런 미녀가 5명만 되더라도, 전 세계의 자살률이 확 줄어들어 버릴 것이다.

"남자들은 특히 자살을 안 할 거야."

먼발치에서라도 그녀를 보면 가슴속에 차오르는 보람과 삶에 대한 의지가 생길 테니까.

절망에서의 구원자.

방에서 나오지 않는 은둔자들조차도 창문을 통해 서윤을 보면 집 밖으로 뛰쳐나올 것이다.

데스 나이트도 옆에서 한마디 했다.

"칠흑처럼 검은 옷이나 키 크고 창백한 얼굴은 토리도와 닮았다, 주인."

"그래, 많이 닮았군."

위드가 언데드 군단과 함께 지켜보는 사이, 둘은 그들이 있는 곳으로 걸어오고 있었다.

본 드래곤과 싸울 때 이후로 굉장히 오랜만이라서 장비가 바뀌어 빨리 알아보지 못했다. 하지만 얼굴을 충분히 확인할 정도로 가까이 다가오니 정말 서윤과 토리도였다.

⁂

드린펠트가 이끄는 하벤 왕국의 함대는 유령선의 항로를 그대로 따라왔다.

바다 생물들을 목격자로 하여 데론해까지 왔다.

"놀랍군. 바다에 대해서는 잘 모르는 걸로 알고 있었는데, 이렇게 먼 지역까지 모험을 한 건가?"

가까운 곳에 있을 거라는 예상과는 달리 굉장한 거리를 따라오면서 드린펠트는 위드에 대한 평가를 수정해야 했다.

데론해의 오로라와 빙하 지역까지 온 것이다.

"도대체 퀘스트를 위한 목적지가 어디이기에 이렇게 먼 거리를 온 거지?"

함대는 식량을 보급하기 위해서라도 몇 번 상륙해서 쉬어 주어야 했다.

드린펠트를 비롯해서 하벤 왕국의 유저들도 낚시 스킬 정도는 사전에 익혀 두었다. 바다 사나이들에게는 필수적인 스킬이라고 할 수 있지만, 함대 전체를 먹여 살릴 정도는 되지 않았던 것이다.

"함장, 춥습니다!"

빙하 지대를 항해하면서 준비되지 않은 선원들 중 많은 수가 독감에 걸렸다.

"정말 데론해까지 올 줄은 몰랐군. 선원들의 피해가 제법 크겠어."

드린펠트는 하벤 왕국의 함대를 끌고 이런 장거리 항해를 하게 될 줄은 몰랐다. 하벤 왕국 함대의 선원들이나 배에 피해라도 생긴다면 그가 고스란히 책임을 져야 했기 때문이다.

함대에 대한 지휘력을 유지하기 위해서는 일정한 성과가 필요한데, 자칫하다가는 문책을 당하게 생겼다.

부관이 염려스러운 듯이 말했다.

"지금이라도 돌아갈 수 있습니다. 위드에 대한 추적을 포기하고 귀환할까요?"

드린펠트는 고개를 저었다.

"아니야. 여기까지 와서 돌아간다는 건 이미 늦었다. 그대로 강행 돌파한다."

하벤 왕국의 함대는 빙하 지대를 억지로 돌파, 그 과정에서 273명의 선원들이 사망했다. 돛을 조정하고 관측을 하느라 가벼운 차림이었던 선원들이 추위에 그대로 노출된 영향이 컸다.

중간에 바다 생물들로부터 유령선의 진행 경로가 바뀐 것을 듣고 얼지 않는 강으로 함대를 이끌지 않았더라면 피해는 속수무책으로 커졌을 것이다.

"도대체 어디로 가고 있기에……."

드린펠트와 하벤 왕국의 함대에 속한 유저들 사이에선 의혹과 추측이 난무하고 있었다.

"무슨 보물섬이라도 발견한 건가? 황금이 지천으로 널려 있고, 좋은 무기들이 많은 장소 말이야."

"바다에 있는 모든 유저들이 꿈에서라도 바란다는 보물섬?"

"내 생각에는, 보물섬보다는 보석을 가득 싣고 있는 침몰선을 찾는 것 같아."

"위드니까 데론해의 어떤 전설을 쫓고 있을지도. 전설의 무기나 값을 따지기 힘든 보석 왕관 같은 물건이겠지."

"어디든지 갑시다!"

유저들의 사기는 높았다. 위드의 뒤를 쫓을수록, 가는 길이 험할수록 더 큰 보상이 기다리고 있을 것이기 때문이다.

왕국의 이익을 극대화하는 사략 함대의 특성을 가지고 있는 제2함대는 바다에서 타국의 배를 만나면 약탈하는 경우가 잦았다. 위드의 장비들은 물론이거니와 가능하다면 퀘스트도 가로채고 싶다는 기대를 품고 뒤를 쫓고 있었다.

모라타에 방문한 중앙 대륙의 상인들은 불만이 이만저만이 아니었다.

"저번만 해도 통행세가 3%밖에 되지 않았는데 왜 5%로 올랐단 말인가?"

"영주라고 갑자기 이런 식으로 세금을 올려도 되는 거야?"

상인들이 뭉쳐서 항의를 해 봤지만, 모라타의 유저들로부터 호응을 얻기는 어려웠다.

5% 정도의 통행세라면 상당히 저렴한 편이었다. 중앙 대륙에서는 15%, 20%, 심지어는 35%에 이르는 과한 통행세를 책정하는 경우도 있었기 때문이다.

더구나 통행세는 모라타의 상인이 아닌, 다른 지역 출신의 상인들에게만 부여되는 세금 항목. 모라타 지역 상인들에게는 반길 만한 일이기에 동조해 주지 않았다.

"이렇게 세금을 올리는 것은 납득할 수 없어."

"우리를 무시하는 것도 정도가 있지. 모라타의 영주는 우리 상인 연합의 배후에 누가 있는지도 모르나?"

상인들이 뭉쳐서 떠들썩하게 소란을 피웠다. 그러다가 누군가가 외쳤다.

"이렇게 우리끼리만 말할 게 아니라 영주 성으로 갑시다."

"가서 따져 봅시다!"

상인들은 영주 성을 향해서 우르르 몰려갔다. 물론 모라타의 영주인 위드가 자리를 비우고 있는 상황임을 알고 벌이는 일이었다.

그들은 경비를 향해 항의했다.

"갑자기 통행세를 높이다니 어떻게 이럴 수가 있소!"

"담당자를 만나러 왔소!"

중앙 대륙 출신 상인들의 명성이나 권력, 영향력은 엄청난 수준이었다. 경비병은 그들을 영주 성의 상업을 담당하는 부서로 정중히 안내했다.

"이곳이 모라타에서 상인 분들의 편의를 돌봐 주는 상업청입니다."

상인들이 문을 박차고 들어갔다. 하지만 지푸라기가 깔려 있었고, 암소들이 송아지를 돌보는 중이었다.

"무슨 상업청을 이런 식으로 꾸며 놨어! 담당자 어디 있지?"

상업청의 여물통에는 명패가 있었다.

모라타 상업청 대표 **누렁이**

누렁이는 현재 공석이었다.

"여기서 이럴 게 아니라, 어차피 통행세의 담당자에게 항의해야 하지 않겠소?"

"그게 맞는 거겠지."

상인들은 다시 나와서 재무청을 찾았지만, 금인이도 자리에 없었다. 조세1차장 등의 직함을 가진 와이번들은 높은 첨탑에 있으면서 가끔 모라타로 돌아왔다. 그래서 역시 만날 수가 없었다.

상인들은 명성이나 화술을 이용하여 설득하려고 했지만 대상이 없었다. 물론 와이번이 자리에 있다 한들 인간의 말을 느긋하게 제대로 들어 줄지도 의문이었지만.

"담당자가 모두 자리를 비우고 없다니. 그러면 모라타의 다른 중역을 만나 보는 건 어떻겠소? 어차피 모라타의 정책에 대해서 입김을 넣을 수는 있을 테니까."

"그게 좋겠군."

상인의 대표는 재무청을 나와서 군사청으로 들어갔다.

영주 성의 보수와 개량으로 인해서 신설 부서들이 생겼고, 담당자들도 모두 임명되어 있었던 것이다.

군사청 담당 **빙룡**: 불사조 사냥 중

위드는 각 요직에 조각 생명체들을 임명해서 실질적인 권력을 독차지했다. 그 때문에 상인들로서는 뇌물이나 협상을 통해 정책을 바꾸도록 압력을 넣는 것 자체가 불가능했다.

이것이야말로 독재 권력의 힘!

공헌도를 높게 쌓은 기사들이나 상인들이 훗날 높은 자리로 진출할 수도 있을 테지만, 현재는 위드 혼자 절대 권력을 행사했다.

감격적인 재회

위드는 유령선을 지휘하여 지골라스까지 와서 언데드들과 함께 사냥을 하고 있었다.

아르메니아 해적단도 추적해야 하고, 조각사의 한이라고 할 수 있는 헬리움도 조각해야 한다. 그런데 몬스터의 수준이 높아서 갖은 수단을 다 쓰면서 생고생을 하고 있던 차!

위드가 있는 장소에 서윤이 나타났다.

'여기는 어떻게 왔지?'

위드는 갑자기 등장한 서윤을 보면서 경계했다.

수정 해골, 종족상으로도 리치의 모습으로 바뀌어 있으니 다짜고짜 공격하지 말라는 법이 없다.

하지만 서윤은 가만히 그와 눈을 마주쳤다. 공격 의사는 조금도 없었다. 위드의 외모가 해골로 바뀌었고 언데드들이 주변에 있었지만, 데스 나이트 반 호크 덕분에 금방 알아보았다.

'다시 만났어.'

서윤이 언데드들의 사이를 헤치고 다리를 절며 걸어왔다.

'많이 다쳤군.'

위드의 눈가에 약간의 동정심이 어렸다. 척 보기에도 상태가 좋진 않은 듯했다.

위드를 만나기 위해 지골라스에서 숱한 전투를 치른 그녀는 생명력의 7할 이상이 깎였다. 심한 부상으로, 다른 유저들이라면 죽을지도 모른다는 두려움에 목숨이 아까워 회복될 때까지 휴식을 취했으리라. 그러나 광전사 서윤은 위드를 찾기 위하여 계속 처절한 싸움을 했던 것이다.

"어디 부상 부위를 보여 줘 봐."

위드는 오랜만에 붕대 감기 실력을 발휘하기로 했다. 약초를 적당히 으깨 넣은 붕대로 그녀의 상처를 꼼꼼히 감아 주었다.

위드의 붕대 감기 실력은 살아만 있다면 부상의 악화를 억제하고 생명력을 회복하게 만들 수준이었다. 붕대를 감은 후에 전투나 등산 등 격렬한 일만 하지 않는다면 부작용도 없다.

"더 아픈 부위가 있으면 말해."

위드가 치료를 해 주니, 서윤은 익숙하게 투구와 갑옷도 벗었다. 가죽 갑옷까지 벗고 속에 입는 가벼운 차림으로 장비들을 내미는 그녀였다.

"크흠."

위드가 헛기침을 하며 방어구를 받았다. 단순히 방어구의 수리를 맡기는 게 분명하지만, 그녀가 어떤 아이템을 쓰고 있는지 너무나도 궁금했기 때문이다.

위드는 무심한 척 변명하듯이 말했다.

"어디, 수리를 위해서 정보를 확인해 볼까? 수리를 하려면 장비에 어떤 재료가 쓰였는지, 내구도가 얼마나 되는지 등을 알아야 하니까."

그가 착용한 것도 프레야 교단에서 받은 탈로크의 믿음 갑옷이다. 유명한 드워프 대장장이가 미스릴로 만든 물건.

그 갑옷을 구하고 나서 얼마나 기뻐했던가.

"감정!"

미친 전사의 하프 플레이트

전쟁의 사형 집행자로 불리던 베인트의 마법 갑옷. 출처를 알 수 없고, 재질도 밝혀져 있지 않다. 고위 마법사들이 보호 마법을 새겨 넣었다. 가볍고 민첩하게 움직일 수 있으며, 전투를 위한 최적의 갑옷이다. 착용한 채로 오랫동안 싸울수록 소유주에게 강한 힘과 체력을 부여한다. 단, 전투가 끝난 후에는 급격한 체력 감소가 발생할 수 있다. 오랫동안 착용하고 있으면 눈물이 흐르게 만든다. 그리하여 '슬픈 전사의 하프 플레이트'라는 별명도 가지고 있다.

내구력: 58/190

방어력: 167

제한: 레벨 420, 힘 950. 광전사 전용.

옵션: 힘 +75, 민첩 +98. 마법 방어력 +59. 정령술과 마법의 피해를 억제한다. 전투가 지속되면 광전사의 특성을 배가시킨다. 힘 최대 45% 증가, 체력 45% 증가. 늘어난 힘과 체력은 모든 전투가 종료되고 10분 이상 휴식할 때까지 유지된다. 명성 -1,500. 도덕심 -30. 악명 +690. 몬스터들을 공포에 질리게 한다. 몬스터를 1마리 사냥할 때마다 일정한 양의 마나를 회복시킨다. 밤이나 고독할 때 가끔 눈물을 흘리게 한다. 울 때에는 생명력과 힘이 10% 강화된다.

위드는 웃음부터 나왔다.

"허허허."

탈로크의 믿음 갑옷보다 모든 면에서 완벽하지 않은가!

'쓸데없이 신앙이나 매력, 명성 같은 것이나 올려 주는 **탈로크의 믿음 갑옷**보다는 힘과 체력을 증가시켜 주는 이 갑옷이 월등하지. 명성이나 도덕심은 줄어도 돼. 악명이 늘면 또 무슨 상관이야.'

갑옷은 탁월한 보호 능력이 핵심이다. 소유주를 안전하게 지켜 주고 힘과 체력까지 늘려 주는 갑옷이라니!

투구나 가죽 갑옷, 부츠, 허리띠까지도 서윤이 쓰고 있는 장비는 모두 유니크 아이템들이었다.

위드와 헤어지고 난 이후 광전사로서 어마어마한 사냥을 쉬지 않고 하면서 레벨을 올렸다. 그 결과 예전에 착용했던 장비를 거의 모두 새롭게 바꾼 것이다.

위드는 감정할 때마다 아쉬움을 느낀 나머지 강렬한 유혹이 생겼다.

'확 들고 도망갈까?'

판매자만 찾을 수 있다면 거금을 벌어들일 수 있는 갑옷을 서슴없이 넘겨주다니!

갑옷이 슬그머니 배낭으로 들어가려는 순간이었다. 빤히 쳐다보는 서윤의 눈과 마주쳤다.

'그래도 우리 집까지 알고 있는데 도망칠 수 없을 거야.'

위드는 눈물을 머금고 수리를 해 주었다.

'잘 가거라, 아이템들아.'

안타까운 감정을 듬뿍 담아서 방어구 닦기 스킬까지 **활용**하여 새것처럼 번쩍번쩍 광까지 내어 돌려주었다.

"이제 멀쩡해졌으니 착용해 봐."

그러자 서윤은 갑옷을 입고 이번에는 무언가를 떠먹는 시늉을 했다. 명백히 배가 고프다는 얼굴이었다.

"지금 뭘 착각하고 있는 모양인데."

위드는 가볍게 손짓을 했다. 그러자 모여드는 엄청난 언데드 군단!

리치 네크로맨서로서 언데드 군단을 부하로 부리고 있다.

물론 대지의 여신의 축복 시간도 지났고, 안식의 동판을 활용하고 난 지금은 언데드들의 질이 많이 떨어졌다. 구울이나 좀비처럼 하급 언데드들이 훨씬 많아졌지만 질보다는 양이다.

"나도 이러고 싶진 않았어. 하지만 사람이 양심은 있어야지. 물에 빠진 사람을 구해 줬더니 수영장 정기 회원권을 사 달라는 것과 뭐가 달라."

위드는 사악한 말투로 중얼거리면서 언데드들이 더욱 모이도록 했다.

무력시위!

위드는 서윤만 보면 주눅이 들고 위축되었다. 힘에서 눌려 기도 펴지 못하고 살았다. 매 맞는 남자가 어디 다른 곳의 이야기가 아니었다.

하지만 이 관계를 새롭게 할 때도 되었다고 여겼다.

그렇게 서윤의 높은 콧대를 꺾어 주려고 하던 차에, 불현듯 드는 생각이 있었다.

'슬픈 전사의 하프 플레이트의 레벨 제한이 420이었지.'

위드는 대장장이 스킬로 인해서 장비들의 직업 제한이나 레벨 제한에 자유로운 편이다. 그렇기에 갑옷만 보고 바로 알아차리지를 못했다.

서윤의 레벨이 정직하게 420은 넘을 것이라는 사실을!

위드와는 레벨 차이가 상당했고, 그녀의 무시무시한 전투 능력은 익히 봐 왔다.

위드는 현실을 부정하려는 듯이 고개를 절레절레 흔들었다.

'나는 조각사들의 유산을 통해서 더 강해졌어!'

하지만 지금 만난 서윤도 조각사의 유산을 안 봤다는 보장이 없다.

결정적으로 네크로맨서는, 부하들은 엄청나게 강하다. 귀한 시체들과 어둠의 강화술 등을 통해서 강화된 언데드들이 있다. 언데드 군단이라고 해도 과언이 아니지만 정작 네크로맨서 본인의 육체적인 무력은 매우 약한 편이었다.

그녀에게 두들겨 맞지 말란 법이 없는 것.

서윤이 뭔가 찜찜함을 느꼈는지 검에 손을 올리고 있었다.

"무슨 요리를 해 줄까. 뭘 먹고 싶어? 예전에 비빔밥 만들어 주니 잘 먹던데, 거기에 싱싱한 횟감을 얹으면 정말 맛있겠지? 따로 챙겨 놓은 재료가 있을 거야. 배고프지? 지금 바로 만들 테니 잠깐만 기다려 봐."

위드는 태연하게 언데드들에게 물러가라고 손짓을 했다.

리치가 되고 나서 요리를 할 필요가 없어 처박아 두었던 식기들을 서윤을 위해서 꺼내야 했다.

지골라스까지 배를 타고 오면서 낚은 어류들과, 이곳에서 사냥을 통해 획득한 고급 식재료들을 사용해서 요리를 시작했다.

드린펠트가 이끄는 하벤 왕국의 함대는 얼지 않는 강을 통해 북상했다. 옅은 안개와 함께 길을 열어 주는 무지개, 신비로운 경치와 함께 강을 따라 올라갔다.

"이대로 가면 어디에 도착하는 거지?"

"위드는 어디까지 간 거야?"

함대의 유저들은 여러 가지로 추측하면서도 흥분을 억누르며 침착하게 전방을 주시했다. 하벤 왕국과는 엄청나게 먼 거리의 항해였기 때문에 저절로 긴장이 되었던 것이다.

좌측과 우측의 빙하 지역에 있는 몬스터들도 매우 위협적이었다.

고요하게 흐르는 얼지 않는 강을 따라가고 있는 하벤 왕국의 함대.

그때 빙하 지역에서 외치는 사람의 소리가 들렸다.

"우리를 구해 주세요!"

"살려 주세요, 여러분!"

드린펠트가 소란을 듣고 갑판으로 다가갔다.

"무슨 일이지?"

"조난자들이 있습니다."

부관의 보고를 들으며 망원경으로 확인해 보니 강가 근처에서 헤인트와 프렉탈, 보드미르가 손을 흔들고 있었다.

"저놈들은 누구야?"

"모르겠습니다. 어떻게 이곳에 있는 걸까요?"

"알아봐야 하니 일단은 태워 보도록."

"배를 강가에 정박시켜라!"

하벤 왕국의 함대, 기함인 케인 엘레스호가 강가에 멈추고 헤인트와 프렉탈, 보드미르가 사다리를 타고 올라왔다.

그들이 도망치지 못하게 하벤 왕국 유저들이 검을 뽑아서 들이댔다.

"어떻게 이곳에 온 것인지 말해라."

헤인트는 슬며시 눈치를 살피다가 사실대로 말하기로 결정했다. 하벤 왕국의 함대, 바다에서의 군신이나 다름없는 드린펠트가 보고 있었기 때문이다.

"저희는 베키닌의 선량한 항해사들입니다. 저는 헤인트, 여기 이 두 친구는 프렉탈과 보드미르라고 합니다."

부관 중 1명이 드린펠트에게 귓속말을 했다.

베키닌의 3마리 미친 상어들입니다. 평이 상당히 안 좋은 놈들입니다.

"저희는 그냥 술집에서 술을 마시고 있었는데 엄청나게 예쁜 여자가 유혹을 하지 않겠습니까? 그 유혹에 넘어가서 항해 계약을 하고 났더니 선장이 리치라서 도망도 못 가고 여기까지 왔죠. 수고는 우리가 다 했는데 매몰차게 버리고 혼자 가 버린 것입니다."

두서없는 이야기들을 종합해 보면 위드는 3마리 미친 상어들과 같이 이곳까지 왔다는 것이다.

부관이 궁금하던 것을 물었다.

"정말 리치의 모습을 하고 있었나?"

"예, 그렇습죠. 언데드 소환 마법도 사용하던데요. 유령선의 선장이었습니다."

"어떻게 너희를 버리고 혼자 가 버렸는데?"

"잠깐 방심하고 있는 사이에 배를 몰고 가 버렸습니다. 유령 선을 몰려면 상당한 항해 스킬이 필요할 텐데 언제 습득한 건지 모르겠더군요. 우리를 따돌린 걸 보니 웬만해서는 뒤통수를 안 맞는… 아니, 간교한 놈이지요."

"위드가 진행하고 있는 퀘스트에 대해서 알고 있나?"

"무슨 사라진 해적단의 뒤를 쫓는다며 10대 금역 중의 하나 인 지골라스로 갔습니다."

드린펠트는 3마리 미친 상어들을 통해서 정보들을 입수했다. 목적지를 비롯해서 희미하게 가려져 있던 부분들이 명확하게 밝혀지는 순간이었다.

'그 S급 난이도의 퀘스트가 틀림없다.'

부관이 계속 물었다.

"지골라스까지는 어떻게 가지?"

"어떤 항해도가 있었습니다. 북쪽 바다의 항구들과 지골라스 까지 가는 해류 등이 잘 표시되어 있는 항해도였죠."

"여기서 지골라스는 얼마나 먼가?"

"거의 다 왔죠. 하루 정도의 거리밖에는 남아 있지 않으리라 생각합니다."

드린펠트의 얼굴이 심각하게 굳어졌다.

위드는 이미 지골라스에 상륙했을 게 분명하다. 10대 금역 중의 하나인 지골라스까지 그를 따라가야만 하는 것인가.

'리치. 그리고 네크로맨서 마법도 쓰는군. 게다가 항해 스킬도 가지고 있고 어떤 특별한 퀘스트도 하고 있다.'

드린펠트는 위드보다도 지골라스 자체가 걱정이었다. 10대 금역에 함대 전체를 끌고 들어가는 것은 결과가 어떻든 간에 엄청난 피해를 낳게 될 것이기에 쉬운 선택이 아니었다.

그러나 너무 먼 거리를 왔기에 소득 없이 돌아갈 수도 없다.

헤인트가 중얼거렸다.

"그런데 그 리치의 정체가 무엇이기에 하벤 왕국의 함대까지 온 거죠? 유령선까지 거느린 고레벨에 네크로맨서와 관련이 있다면 정말 위드인가요? 뭔가 이상하다는 생각을 내내 하기는 했습니다만."

지골라스라는 말을 듣기 전에 함대를 귀환시켰다면 돌아갈 기회가 있었겠지만, 그들이 위드의 뒤를 쫓고 있었다는 사실이 베키닌의 3마리 미친 상어들을 통해 알려지고 말 것이다.

'놈을 끝까지 추적한다.'

드린펠트는 지골라스로 가기로 결정했다.

"이제 내려라."

"네? 저희가 아는 한도 내에서 다 말씀해 드렸는데요. 어떻게 이러실 수가 있습니까. 베키닌까지만 다시 데려다주시면 안 될까요?"

"죽고 싶지 않다면 당장 내려라!"

드린펠트는 3마리 미친 상어들을 다시 빙하 지역에 버리고 계속 지골라스로 향했다.

〈로열 로드〉의 게시판에 흥분되는 글과 동영상이 올라왔다.

나름대로 바다에서는 악명을 쌓고 있는 유저의 글이었다. 아는 사람은 그리 많지 않았지만, 그래도 〈로열 로드〉의 인기를 반영하듯이 초기 조회 수가 300은 가뿐히 넘었다.

유저들은 약간의 호기심 정도를 갖고 제목을 클릭했다.

우리는 베키닌의 꽤 능력 있는 항해사들이다. 그런 우리의 실력을 알아보고 전쟁의 신 위드 님이 함께해 달라는 부탁을 했다.
헤인트, 보드미르, 프렉탈.
우리 세 친구는 흔쾌히 그 제안을 받아서, 그분의 배를 몰고 바다로 나갔다.
그분의 배… 놀라지 마시라, 크흐흐흐. 낡은 유령선이다! 유령 선원들이 일하는 배에, 전쟁의 신 위드 님께서는 리치 네크로맨서이다.
나중에 알게 된 사실이지만 이피아 섬에서도 잠깐 머무르셨다고 하니 우리처럼 위드 님을 직접 만나 뵙는 영광을 누린 사람들이 제법 있을 것이다.
우리의 목적지는 긴 항해를 거쳐야 하는 북쪽 어딘가였다. 베르사 대륙의 10대 금역! 지골라스에 위드 님의 퀘스트가 있었던 것이다.

본문을 읽다 보면 동영상이 함께 흘러나오게 되어 있었다.

프렉탈이 직접 동영상 편집을 해서, 술집에서부터의 영입 그리고 리치인 위드의 모습, 유령선과 항해를 하는 장면들이 보였다. 빙하들을 피하고, 얼지 않는 강으로 접어드는 항해. 흰 눈밭과 빙하 지역의 몬스터들도 볼 수 있었다.

하벤 왕국의 함대가 찍힌 동영상까지 있으니 완벽했다.

위드의 지골라스에서의 모험 그리고 뒤를 따라가는 하벤 왕국의 함대!

베키닌의 미친 상어들이 올린 글의 조회 수가 폭발하고, 유저들은 KMC미디어의 시청자 게시판에 글을 올렸다.

⌘

위드는 토리도와도 어색하게 다시 만난 인사를 나누어야 했다. 한때 부하와 주군의 관계였지만 고생 끝에 뱀파이어 왕국 토둠까지 여행시켜 주고 자유를 되찾아간 뱀파이어 로드였다.

"오랜만이다, 토리도."

"그렇군, 위드."

"말이 짧아졌구나."

"길게 할 필요를 느끼지 못하니까."

"옛정이 있는데 심하군."

"미운 정조차 사라진 지 오래다."

"내가 없는 동안 잘 지냈는지 궁금했다."

"네가 없어서 더 잘 살고 있으니 걱정 마라."

토리도는 특유의 거만함을 보이면서 위드를 차갑게 대했다.

위드의 카리스마와 지배 능력을 완전히 벗어나면서 과거의 주종 관계에 따른 굴욕적인 시절에 대한 반감을 품게 되었다. 애초에 토리도는 드높은 자존심 때문에라도 상대가 여성이 아닌 한 명령을 잘 따르지 않는 것이다.

위드도 기분이 좋지는 않았지만 어쩔 수 없는 부분이라고 여겼다. 썩 기대도 않고 빈말이나마 서윤에게 이야기해 봤다.

"토리도 나한테 넘겨줄래?"

"……."

"닭 1마리 줄게."

닭 1마리로 흥정을 했지만 서윤은 고개를 저었다. 그리고 검으로 땅에 글을 썼다.

토끼도 1마리

위드의 집에 방문했을 때 보았던, 눈도 뜨지 못한 새끼 토끼가 여전히 아른거렸던 것이다.

"토끼를 달라고? 줄게."

서윤이 얼른 목에서 토리도가 봉인되어 있는 '검은 생명의 목걸이'를 풀더니 건네주었다.

> 검은 생명의 목걸이를 받았습니다.
> 뱀파이어 로드 토리도와 진혈의 뱀파이어족에 대한 소유권이 이전됩니다.

토끼 1마리로 복원된 과거의 주종 관계!

위드도 반쯤 장난으로 여기고 말했을 뿐 정말 목걸이를 주리라고는 생각지도 못했기에 놀랐다. 하지만 토리도의 충격만큼 클 수는 없으리라.

"아……."

뾰족한 송곳니가 훤히 보이도록 입도 다물지 못하는 토리도였다. 진혈의 뱀파이어족 앞날에 먹구름이 끼는 순간이었다.

그리고 주인 변경에 따른 정신교육이 개시되었다.

최고의 학벌에 유능한 강사진들의 비싼 사교육을 능가하는 효과적인 체벌 학습.

"맞자. 맞다 보면 깨닫는 게 있을 거다. 인생이란 게 별게 아니야. 깨지고 밟히다 보면 적응하며 사는 법을 익히게 되거든."

정신교육은 고스란히 결과로 드러났다.

"토……."

"예!"

"토."

"말씀만 하십시오, 주인님."

"토리도야, 어깨가 심히 결리는구나. 널 너무 많이 때려서 그런 것 같다. 전적으로 네 탓이다."

퍼버버버벅!

헤라임 검술, 15연환 참격!

해골로 변신한 이후라서 힘은 약했지만 급소만을 요소요소 때려 주는 족집게 같은 손길이었다. 보통 패서는 익히기 어려운 동작들이기도 했다.

"내가 널 진작 많이 팼어야 되는데. 어릴 때 맞은 기억이 평생 간다더라. 그게 다 조기 체벌의 중요성을 뜻하는 건데 옛말이 틀리지를 않아. 반 호크를 봐라, 얼마나 착실하고 말 잘 듣냐. 조금 레벨 높다고 반 호크보다 덜 때리고 우대해 줬더니 주인도 못 알아보고……."

칭찬을 받은 데스 나이트가 으스대듯이 고개를 치켜들고 서 있었다.

토리도를 초주검에 달할 정도까지 패고 난 이후에는 따뜻한 위로도 해 주었다.

"다음에 잘하면 되지. 이제부터는 말 잘 들으면 덜 맞거나 가끔 맞을 거야."

그렇게 정신교육을 마치고, 서윤이 사냥에 가세하게 되었다.

위드는 먼저 단단히 일렀다.

"여기서는 내가 하라는 대로만 하면 돼. 언데드들이 방패막이 역할을 해 주게 될 거거든. 위험하니까 놈들이 많이 약해졌을 때 싸워서 최후의 일격만 날려."

서윤은 알아듣는 건지 못 알아듣는 건지, 대답도 하지 않고 그의 얼굴만 빤히 쳐다보았다.

"일단 테어벳부터 잡아 보자. 너희 둘이 먼저 시작해."

위드는 반 호크와 토리도를 바위 그늘로 보냈다. 그러자 몰려드는 테어벳들!

반 호크와 토리도가 용맹하게 싸우는 사이에 언데드들이 개입한다. 테어벳들이 있는 주변을 에워싸고 마녀들과 스켈레톤 메이지들이 마법 공격을 퍼부었다.

나비처럼 불규칙하고 현란하게 날아다니는 테어벳들이었지만 집중된 공격을 이기지 못하고 금방 1마리씩 죽었다.

전투가 쉽게 돌아가는 것을 보고, 서윤은 검도 뽑지 않았다.

"흠, 역시 토리도가 가세하니 훨씬 쉽군."

토리도는 뱀파이어답게 생명력과 공격력이 굉장히 높았다. 손톱으로 적을 갈라 버리거나, 공격 마법과 현혹 마법도 사용하면서 사냥의 속도를 빠르게 했다.

위드는 가만히 쉬고 있는 서윤을 향해 말했다.

"겁먹지 마. 언데드들은 내 부하니까. 이 지골라스에서 혼자 돌아다니면서 많이 힘들었지? 이제부터는 나만 믿으면 돼."

서윤은 가볍게 고개를 끄덕일 뿐이었다.

그녀가 의지한다는 생각에 위드는 뿌듯한 기분이 들었다.

'그래도 여자라서 상당히 겁이 많은 편인가. 하기야 흉측한 언데드도 많고, 지골라스에서는 무서울 수밖에 없겠지.'

위드는 주문을 외우면서 전투를 지속했다.

저주 마법, 언데드 소환, 시체 폭발까지! 다양한 마법을 활용하면서 테어벳들을 사냥해 경험치와 전리품을 늘렸다.

서윤은 그때까지도 그냥 위드의 근처에 서 있기만 했다.

"이 정도라면 볼라드 5마리를 잡고도 피해가 크지 않겠군."

위드는 견적을 확실하게 뽑았다. 토리도가 돌아왔으니 사냥을 더욱 과감하게 진행할 수 있으리라.

"데스 나이트, 토리도가 앞장서라!"

언데드 군단을 이끌고 볼라드 5마리가 모여 있는 장소로 몰려갔다. 까만 몸에 불을 내뿜는 볼라드와의 싸움이 벌어졌다. 반 호크가 1마리, 토리도가 2마리를 맡도록 지시하고 나머지는 언데드들로 집단 구타를 해서 싸울 참이었다.

"1마리씩 집중 공격해서 최대한 빨리, 전투 시간을 짧게 가져가는 게 피해를 최소로 줄일 수 있는 길이야."

볼라드가 뿜어내는 열은 하급 언데드들을 순식간에 소멸시켜 버린다. 일반 스켈레톤이나 좀비로는 건드리지도 못한다.

하지만 그들을 내보내야 스켈레톤 메이지들이 안심하고 마법을 사용할 수 있다. 언데드의 손실이 큰 만큼 단기간에 총력전을 펼쳐야 피해를 줄일 수가 있었다.

"공격해라!"

능선을 넘어 언데드 군단이 꾸역꾸역 몰려갔다.

반 호크와 토리도가 각자 정해진 적들을 맡도록 달려가고, 스켈레톤 메이지들이 나머지 2마리에게 공격 마법을 시전했다. 스켈레톤 아처들도 화살을 쏘면서 지원했다.

그런데 서윤이 2마리의 볼라드를 향해서 바람처럼 달렸다.

위드가 급하게 경고했다.

"위험해! 볼라드들은 테어벳보다도 훨씬 강해. 언데드들이 있다고 해도 함부로……."

그때 서윤의 검에 어두운 핏빛 기운이 몰려들었다. 그리고 2마리의 볼라드를 향해서 휘둘렀다.

캐애앵.

캥!

볼라드들은 지금껏 들어 본 적 없는 소리를 내며 땅바닥을 굴러 나가떨어지더니 몸을 가누지 못했다. 위드가 언데드를 데리고 싸웠을 때는 보여 주지 않던 모습이다. 서윤의 검에 맞고 나서 단숨에 혼란 상태에 빠져 버리고 만 것이다.

'공격력이 얼마이기에 볼라드가 스턴 상태에 빠지지? 스턴 상태가 되려면 급소를 때리더라도 최소한 생명력의 20% 이상이 한꺼번에 줄어들어야 되는데.'

위드가 놀라고 있을 때, 서윤은 공격 스킬을 계속 시전하며 검을 휘둘렀다.

방어까지 염두에 두면서 여러 공격들을 조합해서 싸우는 위드와는 달랐다. 상대의 동작이나, 방어력이 약한 부위를 파악하지 않는다. 광전사답게 큰 힘을 모아서 강렬한 대미지로 연속 공격을 터트렸다. 빠르고 과격하기 짝이 없는 구타였다.

볼라드가 죽었습니다.

볼라드 1마리의 사망!

다른 1마리도 혼란에서는 풀렸지만 부상이 커서 서윤의 공격에 맥을 못 추었다. 더구나 광전사의 눈빛은 몬스터들을 매우 강렬하게 위축시키는 효과가 있다.

서윤의 거침없는 공격으로 볼라드는 말 그대로 도륙을 당했다. 한번 움직이기 시작한 서윤은 멈추지 않았다. 토리도가 감당하고 있던 볼라드 1마리에게도 스킬을 난사했다.

전투에 뛰어든 광전사에게는 '적당히'라는 게 없다. 본인보다 레벨이 훨씬 낮은 몬스터라도 최선을 다해서 압도적으로 때려잡는다. 체력과 마나를 아끼지 않고 싸울수록 더 빨리 회복되는 직업이라서 광전사들의 전투야말로 압도적인 것!

위드가 언데드 군단을 아끼면서 빨리 사냥하기도 바랐고, 또한 볼라드가 살아 있다 보면 만의 하나라도 그가 위험해질 가능성이 있었기 때문에 서윤의 공격에는 조금의 인정도 없었다.

서윤의 전투를 본 위드는 희비가 교차했다.

'서윤과 토리도가 합세했으니 혼돈의 전사들을 뚫고 퀘스트도 하고, 조각술의 비기도 발견할 수 있을지도.'

서윤이 3마리의 볼라드를 사냥하고 무심코 위드가 있는 곳을 보았다. 그것은 아이가 칭찬을 받고 싶어서 엄마를 보는 것과도 같은 본능적인 행동이었다.

위드는 턱뼈가 빠지도록 입을 벌리고 억지로 웃었다.

"잘했어, 서윤아. 아까 남겨 놓은 회덮밥 조금 더 먹을래? 참, 너 줄 토끼는 내가 깨끗하게 목욕시켜 놓을게."

불청객들의 등장

　서윤과 토리도가 가세하고 나서는 볼라드도 위협적이지는 못했다. 전투가 벌어질 때마다 언데드 군단을 상당히 줄여 놓았던 볼라드지만, 둘의 도움이 있으니 쉽게 사냥이 가능했다.

　위드의 전력이 2배 이상으로 불어난 수준이었다.

　'아니, 그보다도 더 센가? 언데드 군단의 규모가 커지더라도 전투에 집중시킬 수 있는 전력은 한정되어 있으니까.'

　위드를 지키는 최후의 보루 역할을 하며 구경만 하는 구울이나 좀비, 스켈레톤 나이트 들은 실질적인 도움이 안 됐다.

　'차라리 원거리 공격이 가능한 스켈레톤 메이지들을 늘리는 편이 낫겠군.'

　몬스터들을 제압할 수 있는 서윤과 토리도가 있으니 지원부대를 늘리는 편이 더 낫다.

　볼라드들과 싸울 때마다 소모되는 언데드들이 줄어들면서 위드가 이끄는 군단의 질도 높아졌다.

'들어오는 경험치나 전리품도 나쁘지 않아.'

볼라드의 절반 정도는 서윤이 처리했기에 경험치는 줄어들었지만 사냥 속도가 빨라졌다. 위드가 갖는 아이템도 늘어났으니 딱히 불만은 없었다.

"들어라!"

잡템을 들고 따라올 구울 부대까지 별도로 운용할 정도였다.

조각사들의 유산이 있는 장소 부근을 오가면서 엄청나게 빠른 사냥을 했다. 위드가 지골라스에서 올린 레벨만 해도 10개나 됐다. 서윤과 계속 사냥을 한다면 안정적으로, 더 빨리 레벨을 올릴 수 있으리라.

'스킬 숙련도는 그다지 늘어나지 않겠지만······.'

얻는 게 있으면 잃는 것도 있는 법!

위드는 계속 이 자리에 머무르고 싶었지만, 볼라드와 테어벳을 전부 사냥해서 다른 곳으로 옮길 필요가 있었다.

'얼지 않는 강이 있는 쪽으로 옮길까? 아니면 퀘스트를 위해서 아르메니아 해적단이 전멸한 7번 봉우리 쪽으로 가 봐?'

혼돈의 전사를 사냥하기 위해서 네 번이나 도전했지만 언데드들만 잃어버리고 도망쳤었다.

지금이라면 서윤과 토리도가 가세했으니 전투에 큰 도움이 되겠지만, 상황이 다소 변했다. 둘의 참여로 인하여 언데드 군단의 구성을 변화시켜야 했고, 최적의 효율도 찾아야 했던 것.

언데드들의 틈에 끼어서 전투를 하는 식으로 혼돈의 전사들을 잡는 건 무리였다.

"혼돈의 전사는 상당히 어려운 싸움이 될 텐데······. 일단 하루나 이틀 정도는 더 사냥을 해 봐야지. 서윤과 토리도에게도 혼돈의 전사와 싸울 수 있는 방법들을 가르쳐 놓아야 돼."

서윤이 그를 걱정하는 것에 대해서는 조금도 몰랐지만, 위드도 그녀가 죽지 않기를 바랐다. 혼돈의 전사를 사냥해야 하는 것은 전적으로 위드의 퀘스트 때문이다. 그녀가 도중에 죽거나 해서 죄책감이나 미안함에 시달리고 싶지 않았다.

"일단 내가 상륙했던 지점으로 잠깐 돌아가려고 하는데, 거긴 여기보다 몬스터가 조금 더 많아. 그 근처에서 사냥을 하고 와도 괜찮지?"

서윤에게 제의하자 그녀는 고개를 끄덕여 승낙해 주었다.

위드가 그녀와 함께 사냥을 하며 얼지 않는 강으로 돌아왔을 때에는 멀리 하벤 왕국의 함대들이 보였다.

"여기까지도 배들이 저렇게 많이 오나?"

지골라스는 중앙 대륙과는 굉장히 먼 거리에 있다. 그런데 하벤 왕국의 깃발을 달고 있는 함선들이 수십 척이나 장관을 이루고 접근하고 있었다.

위드는 사냥을 하느라 최근의 주변 상황에 대해서는 잘 몰랐다. 다수의 언데드들을 지휘하려면 해야 할 일이 어마어마해서 귓속말이나 길드 채팅도 다시 모두 꺼 놓은 상태였다.

위드는 찝찝함을 느꼈다.

"어쨌든 이곳에는 못 있겠군."

하벤 왕국의 함대가 오고 있는데 언데드 군단을 데리고 사냥을 하기에는 눈치가 보였다. 언데드 군단은 일반 유저들에게도 몬스터로 인식되었던 것이다.

"원래 있던 장소에서 사냥을 하게 다시 돌아가자."

은신처로 삼았던 동굴에서 잡템들과 아이템을 꺼내서 대지의 균열이 심한 조각사들의 유산이 있는 장소를 향해 돌아갔다.

⁂

"오오오, 이곳이 지골라스구나. 북쪽의 끝, 대륙의 10대 금역 중의 하나!"

하벤 왕국의 함대에서도 지골라스를 보면서 감탄하는 유저들이 많았다.

베르사 대륙에서는 공개된 정보와 몬스터들의 종류, 지형의 험난함, 거리 등 여러 가지들을 조합해 10대 금역을 지정했다.

무수한 강자들의 어떠한 도전도 꺾어 놓았던 금역!

바로 거기에 도착했다는 자부심이 생겼다.

지골라스에서는 나무 한 그루 없는 검은 화산들이 매캐한 연기를 뿜어내고, 가끔은 시뻘건 용암이 흘러내렸다. 돌아다니는 몬스터들은 극악하다고 해도 과언이 아닐 정도였다.

투지가 낮은 일반 유저들의 경우 먼 거리에서 고레벨 몬스터들을 보기만 했는데도 이미 위축되고, 힘과 민첩성 등의 스탯들이 하락했다. 특히 공포 상태에서는 스킬의 숙련도가 몇 단계씩 떨어졌다.

"언데드 군단입니다!"

"전방에 엄청난 언데드들이 몰려다니고 있습니다."

상륙도 하기 전에 정찰병들이 보고했다.

"위드가 이끄는 언데드 군단인가? 예상했던 것보다도 빨리 만나는군. 좀비, 구울, 데스 나이트, 마녀, 스켈레톤까지 종류도 다양하잖아."

"과연 위드야. 지골라스에서도 완전히 적응하고 사냥을 하고 있다는 증거로군."

"네크로맨서라고 해도… 어떻게 저렇게 많은 몬스터들을 끌고 다닐 수 있지? 몬스터 군단을 지휘할 수 있다는 건가?"

"우리에게는 희망적인 사실이야. 위드가 할 수 있다면 우리도 가능하다!"

하벤 왕국의 함대에 있는 유저들은 언데드들의 발견을 반가워했다.

헤르메스 길드의 고위층이 위드에 대해 견제하거나 반감을 가지고 있다는 사실 정도는 눈치가 없는 인간이 아닌 이상은 알았다. 지골라스까지 위드의 행적을 쫓아오면서도 몰랐다면, 권력 분쟁이 끊임없이 벌어지는 중앙 대륙의 유저라고 할 수 없으리라.

하지만 상당수의 유저들은 길드의 방침에 따를 뿐이었다. 아직은 위드와 적대한 것도 아니고 개인적인 감정이 있는 것도 아니다. 위드가 지골라스에서 사냥을 할 수 있다면 그들도 가능할 거라는 생각을 하면서 순수하게 기뻐했다.

"좋군."

드린펠트도 지골라스에 대한 부담을 조금은 덜었다.

"일단은 상륙해서 지역부터 장악하기로 한다."

그도 던전이나 아이템, 레벨에 대한 욕심이 있었고, 휘하 함대의 선원들에게 사냥도 시켜야 했다. 위드에 대한 추격은 그로 인해서 조금 늦춰지더라도 괜찮을 것 같았다.

"유령선이 여기에 있군."

유령선들은 위드를 기다리는 듯이 정박해 있었다.

"위드는 이곳을 다시 거치지 않고서는 중앙 대륙으로 돌아갈 수 없겠군."

드린펠트는 함대에서 대형선 세 척을 빼내서 유령선을 점거하도록 지시했다.

부관이 물었다.

"고레벨 유저들이 많이 있는 노스타호를 동원할까요?"

"그러는 편이 좋을 거야. 만약이라는 게 생길지도 모르니까."

"노스타호가 동원된다면 유령선 점거쯤은 식은 죽 먹기일 겁니다."

하벤 왕국의 함대에서도 노스타호는 고레벨 유저들이 대거 모여 있는 주축 함선이다.

"하지만 그들도 지골라스에 상륙하고 싶어 할 텐데요. 불만이 제기되지 않을까요?"

"노스타호를 내세워서 먼저 유령선을 점거하고, 그 후에는 NPC 병사나 기사 들로만 장악하고 있으라고 해도 되겠지."

"그렇게 조치하겠습니다."

꽈광! 콰아아아아앙!

잠시 후 유령선과 하벤 왕국 함선들의 포격전이 개시되었다.

유령선의 조준 능력은 형편없었고, 실컷 얻어맞다가 뱃머리를 들고 돌격해 왔다.

노스타호에서는 예상이라도 한 것처럼 물러나며 적을 끌어들이더니 유저들과 해군 기사들이 유령선으로 건너갔다. 그리고 어렵지 않게 유령선의 지배권을 빼앗을 수 있었다.

─◈❧◈─

"하벤 왕국 놈들이 상륙하고 있습니다."

드린펠트의 뒤를 몰래 따르던 해적왕 그리피스!

그에게 정찰병들의 보고가 들어왔다.

"지골라스에 상륙이라……. 용감하기도 하군."

그리피스는 멀찌감치 떨어져서 따라가고 있어서 앞에서의 상황에 대해서는 잘 몰랐다. 언데드들을 발견했다는 사실도 알 수 없었다.

워낙 조용히 이동한 덕분에 베키닌의 미친 상어들도 피해서 이곳까지 올 수 있었다.

"위드가 이미 지골라스에 상륙한 모양이지?"

"그런 것 같습니다."

부선장 콜룸이 대답했다.

하벤 왕국의 함대에 부관이 있다면, 그리피스는 해적단의 2인자를 부선장으로 중용했다.

"우리는 어떻게 할까?"

"이대로 기다리자니 좀이 쑤실 것 같은데요."

"하기야……."

그리피스에게 주어진 의뢰는 위드의 죽음이다.

원래 해적들은 강이나 바다에서 기다리다가 습격을 하는 게 보통이다. 하지만 여기까지 온 이상 그리피스나 다른 해적들이 마냥 기다릴 수만도 없는 일이다.

　"드린펠트가 상륙한다면 우리도 따라서 하자."

　"우리는 하벤 왕국의 함대와는 적대적인 관계인데요. 놈들이 공격을 하지 않을까요?"

　왕국 해군과 해적들은 바다에서 만날 때마다 싸웠다.

　해군으로서는 해적들을 잡는 것만큼 경험치와 공적을 빨리 올릴 수 있는 방법이 없었고, 해적들도 해군을 습격해서 전투함을 빼앗고자 했다.

　애초에 해군과 해적은 가까워지기 어려운 사이였다.

　배의 숫자와 유저들의 숫자로는 해적단이 하벤 왕국 제2함대보다 우세했지만 전체적인 질에서는 떨어졌다. 해상전이라면 몰라도 육지전에서는 하벤 왕국의 병사들, 유저들과 싸워서 이기기 어려웠다.

　"지금은 괜찮아. 바드레이의 의뢰이기도 하니 그의 이름을 팔면 우리를 공격하지 않을 것이다. 그래도 확실하게 하기 위해서 헤르메스 길드 측에 연락부터 해야겠군."

　그리피스의 해적들도 헤르메스 길드로부터 양해를 얻어 내기 위해 연락을 취하고 지골라스로의 상륙을 준비했다.

───※───

　"여기까지 와서 사냥을 하다니 독한 놈들이군."

위드는 하벤 왕국의 함대에 대해서 혀를 내둘렀다.

유령선 한 척을 단출하게 끌고 온 자신과는 비교할 수 없는 엄청난 규모의 원정이었다.

"2함대의 깃발이었으니 헤르메스 길드인가?"

지골라스까지 무력을 투입할 수 있는 여력, 헤르메스 길드의 힘에 대해 놀랄 수밖에 없었다. 악명이 자자한 헤르메스 길드와 마주친 것은 거의 처음이었다.

"하필이면 지금 올 게 뭐야. 이제 막 먹고살 만한데. 역시 있는 놈이 더하다니까."

조각사들의 유산이 있는 장소로 돌아가면서도 적지 않게 신경이 쓰였다. 하벤 왕국의 함대가 그를 적대한다는 사실은 까맣게 몰랐지만, 저렇게 많은 유저들과 어울려서 좋은 결과를 바라기는 힘들었다.

"이 세상에는 콩 한쪽도 뺏어 먹으려는 놈들이 넘쳐 나니까!"

대지의 균열이 있는 장소에 도착하니, 서윤이 먼 곳의 화산을 응시하며, 심장이 떨릴 듯한 아름다움을 보이며 기다리고 있었다. 위드가 좋아하는, 바람에 머리카락이 날리는 장면도 연출됐다.

"어험."

위드도 따라서 옆에 섰다. 언데드들도 그를 따라서 자세를 잡고 공포스러운 분위기를 연출했다.

묵묵히 서 있는 위드의 머리에 바람이 스치고 지나갔다.

해골에게 머리카락이 있을 리가 만무!

세기의 미녀인 서윤을 위협하는 사악한 언데드들로만 보이리라. 수정 해골의 모습을 하고 있는 위드를 퇴치하고 서윤을 구해야 할 것 같은 의무감이 절로 물씬 생겨나는 장면이었다.

"크흠, 사냥을 다시 하지."

위드는 언데드 군단을 끌고 볼라드들을 잡았다.

경험치가 짭짤한 몬스터였고, 가죽도 많이 얻을 수 있다.

서윤의 가세 때문에 저주나 시체 폭발 등의 스킬들을 마구 사용해야 했다. 서윤의 사냥 속도가 무척 빨랐고, 광전사라는 특징으로 인하여 대부분의 몬스터들은 그녀에게 먼저 덤비려고 했기 때문이다.

언데드의 총공세, 네크로맨서의 저주와 시체 폭발을 쓰면서 서윤을 지원하는 양상으로 사냥 방식이 바뀌었다.

'네크로맨서는 보통 다른 직업들과는 어울리지 못하는 편인데, 광전사와는 상성이 괜찮군.'

광전사라는 직업도 매우 희귀했다.

전직도 어렵고, 위험한 지역에서 오랫동안 혼자서 사냥을 해야만 스탯과 스킬을 늘려 제대로 성장할 수 있는 직업.

동료로 원한다고 구할 수 있는 직업은 아니었다.

"이대로 계속 사냥만 하는 것도 괜찮겠군."

사냥을 얼마나 많이 했는지, 대지의 균열이 심한 장소를 평정해 버렸다. 언데드 군단의 최대 장점은 미친 듯한 사냥 속도와 아이템 획득에 있었다.

"다른 장소로 가기 위해서는 혼돈의 전사를 사냥하는 수밖에 없는데."

화산들의 분화구 주변에는 던전들이 얼마든지 있었다.

대지에 큰 균열이 벌어지고 밑에는 용암이 흐르는 절벽 지형의 중간에도 던전이 있다. 사다리를 만들어서 타고 내려가야만 들어갈 수 있는 던전이었다.

  "던전은 안 돼."

  최초 발견자가 된다면 일주일간 2배의 경험치와 아이템의 혜택 등을 볼 수는 있으리라.

  하지만 던전의 몬스터는 그 지역에서 돌아다니는 필드 몬스터보다도 보통 한 단계에서 두 단계 이상 수준이 높다. 지골라스의 몬스터들만 하더라도 벅차기 짝이 없는데 무작정 던전으로 들어갈 수는 없는 노릇.

  "좁은 동굴이나 미로로는 언데드 군단도 끌고 가지 못할 테니 던전은 애초에 접어야 해."

  위드에게는 이래저래 선택의 여지가 많지 않았다.

  "잠깐 휴식을 하지. 동생 밥도 줘야 하고… 조금 있다가 다시 모이자."

  저녁을 먹을 시간이라서 서윤과 함께 1시간 동안 쉬기로 하고 로그아웃을 했다.

  ❧

  저녁은 강된장비빔밥에 미지근한 콩나물국이었다.

  양푼 냄비에 밥을 비벼 동생과 나눠 먹고 나서 이현은 컴퓨터를 켰다.

  "새로운 아이템이 많아져서 가격을 정하기가 쉽지 않겠군."

지골라스에서 사냥하면서 얻은 물건들은 새로운 것들이 많았다. 가죽은 직접 재봉을 해서 옷을 만들면 제작된 물건에 따라 가격이 매겨진다. 높은 채도와 선명함을 가지고 있는 보석들도 시세가 있지만, 아직은 쓸모가 밝혀지지 않은 아이템이나 복잡한 잡템 종류도 다수였다.

"물건이 거래되고 있어야 팔기가 편한데."

팔린 적이 없는 잡템이나 아이템 들은 구매자를 찾아야 하는 경우가 있었다. 상점에 내다 팔려고 해도, 취급해 본 적이 없는 물건은 제값을 안 쳐준다.

"잡템은 일단 마판 님을 통해서 처분하더라도 아이템은 확실히 알아야 해."

재봉사나 대장장이용 외에도 여러 직업들에 이득이 되는 아이템이 있을 수 있다.

필요로 하는 사람에게 파는 게 가격을 잘 받을 수 있으니, 〈로열 로드〉의 전반적인 직업이나 왕국, 마을 들의 상황까지 꿰고 있어야 했다. 본래는 상인들이 많이 하는 일이지만 이현은 확실하게 챙겨 두는 편이었다.

지골라스에서 얻은 아이템들을 가계부 작성하듯이 일목요연하게 정리하고 정보들을 모았다.

아이템의 가격이라는 게 고정되어 있지 않은 경우가 많다 보니 주의해야 했다. 돈을 많이 벌기 위해서는 몬스터를 사냥할 때 경험치만큼이나 얻는 전리품의 종류와 숫자에도 신경을 써 줘야 하는 것이다.

아이템들에 대한 정보를 모으다가, 잠깐 시간이 남아서 〈로열 로드〉의 게시판에도 접속했다.

제목: 지골라스에서 위드는 어떤 모험을 하고 있을까요?

이현은 자신의 이야기가 나오자 일단 클릭부터 했다.

"내가 지골라스에 있는 건 어떻게 알았지?"

항상 엄청난 퀘스트를 하는 위드가 무슨 모험을 하고 있을지가 궁금하네요. 리치로 변해 있다니 상상을 초월하는 일이지 않습니까?

게시물에 붙은 댓글들도 많았다.

┗ KMC미디어에서 방송 일정이 빨리 잡혔으면 좋겠습니다.
┗ 일단 믿을 건 방송뿐인 것 같죠.
┗ 여러분, 지골라스도 북부처럼 나중에 사냥이 가능해질까요?
┗ 위의 분, 그냥 포기하세요. 북부는 원래 역사적으로 그렇게 추웠던 게 아니라 임시로 이벤트가 발생했던 거잖아요. 지골라스는 가면 죽음입니다, 죽음.
┗ 헤르메스 길드를 통해서도 지골라스에 대한 정보가 나오지 않을까요? 드린펠트의 함대도 그곳에 도착했으니까요.
┗ 그리피스의 해적들도 도착했다는 소식입니다. 그쪽에 친구가 있어서 들었어요. 항해 중에는 목적지에 대해 절대 비밀을 엄수했는데, 지골라스에 상륙하고 나서는 그쪽 유저들이 말을 하고 있다는군요.
┗ 엄청난데요. 위드와 함께 10대 금역에 대규모로 유저들이 상륙했군요.

〈로열 로드〉의 게시판에는 지골라스에 대한 이야기가 주를 이루었다.

많은 유저들이 모험에 대한 환상을 가진다.

발길이 닿지 않은 새로운 땅에 지천으로 널려 있는 좋은 사냥터, 그에 따른 전리품과 경험치 그리고 위험과 역경을 이겨 내고 화끈하게 받아 내는 퀘스트 보상!

베르사 대륙의 전설이나 신비가 밝혀질 때마다 유저들은 열광했고, 게시판의 글은 읽을 수 없을 정도로 빠르게 늘어났다.

현재로써는 10대 금역 중의 한 곳인 지골라스, 위드와 하벤 왕국 함대, 그리피스의 해적단이 화제의 중심에 있었다.

제목: 신비에 대해 도전을 하는 것이 진정한 모험가의 자세죠.

모험가들이여. 무덤가에서 돈이 되는 유물이나 던전만 찾지 말고 더 넓은 땅을 헤매면서 전설을 탐험해 봅시다.

ㄴ 말이 쉽지, 글 쓴 분이 모험가 한번 해 보세요. 생전 가 본 적 없는 지역에서 개죽음당할걸요.
ㄴ 길이나 안 잃어버리면 다행.
ㄴ 고향은 아무나 떠나나?

제목: 이번에 다른 10대 금역에 대해서도 찾아보았습니다.

자료를 훑어보니 가공하기 짝이 없었습니다.
회사 측에서 공개한 것들만 봐도, 어떻게 이런 곳에 들어가서 며칠이라도 버틸 수 있을지 모르겠네요.
하지만 위드는 두려움이나 포기를 모르는 사람입니다. 언젠가 모든 10대 금역에 발자취를 남길 거라고 저는 예언합니다

ㄴ 10대 금역으로 위드가 다 가는 그날까지!
ㄴ 올해 내로 세 곳은 더 가겠죠?

제목: 위드의 퀘스트 내용 추측입니다.

갑자기 배를 타고 지골라스에 간 것은 퀘스트를 하기 위해서이겠죠? 리치가 된 것도 그중 일부인지 아닌지는 모르겠지만, 지골라스에서 모험을 할 정도 라면 퀘스트의 난이도가 굉장할 겁니다.
지골라스에서 아마도 무언가를 할 것 같네요.
과연 위드는 뭘 얻을 수 있을까요?

ㄴ 이런 추측은 나도 하겠음.
ㄴ 우리 집 강아지도 함.
ㄴ 제 사촌 동생도 하네요. 생후 8개월. 돌잔치 전임.
ㄴ 성공이냐 실패냐, 그게 문제인 겁니다. 그리고 우리는 어쩔 수 없이 또 밤을 새우고 방송을 봐야 할 테고!

많은 글들이 위드의 모험에 대한 이야기다. 하지만 하벤 왕국의 함대와 해적들에 대한 이야기도 나왔다.

제목: 유저들을 약탈하던 해적들이 왜 지골라스에 갔죠?

제목: 하벤 왕국 함대가 위드와 비슷한 시기에 지골라스에 도착한 까닭은?

제목: 밝혀진 사실. 하벤 왕국의 함대, 이피아 섬에서부터 위드를 추적해 왔다!

제목: 하벤 왕국의 함대와 해적단의 결탁? 적대적인 그들이 왜 싸우지 않는가.

유저들의 분석 글, 추측 글이 게시판을 점령하다시피 했다.

바드레이와 드린펠트, 헤르메스 길드에서도 일이 이쯤까지 커지리라고는 예상하지 못했다.

바다에서 유령선을 격침시키고 위드를 죽였다면 그다지 큰 소동으로 이어지지 않았을 것이다. 그러나 지골라스라는 새로운 모험이 크게 이슈가 된 마당에 하벤 왕국의 함대와 해적단이 위드를 쫓아갔다고 하니 다른 유저들의 의심을 샀다.

영원한 비밀은 없는 법. 하벤 왕국의 함대와 해적단의 진실이 점차 드러나는 글들이 올라왔다.

…제 친구가 하벤 왕국의 함대에 속해 있습니다.
저만 알고 있으라고 했는데, 위드의 퀘스트를 방해하고 그를 죽이기 위해서 쫓아간 거라네요.

└ 에이, 거짓말이죠?
└ 해적단에 있는 제 사촌 형도 비슷한 의뢰를 받았답니다.
└ 헤르메스 길드에서 위드에 대한 공개 척살령이 떨어진 건가요?
└ 하벤 왕국의 함대와 해적들이 그를 노리는 건 틀림없습니다.
└ 우와, 나도 끼고 싶다. 위드의 장비나 아이템을 뺏으면 대박일 텐데.
└ 저는 퀘스트부터 가로채고 싶은데 가능할지 모르겠군요. 한정된 재료를 모아 오라거나, 어느 곳을 발견하라는 등의 특수 퀘스트는 명성이나 몇 가지 조건들을 맞출 수만 있다면 남의 것도 가로챌 수 있다던데요.
└ 더러운 헤르메스 길드! 위의 분들 정신 차리세요. 평생 그들의 노예가 되고 싶습니까?
└ 지골라스에서 헤르메스 길드와 해적들이 위드를 사냥하려는 건가요?
└ 맞을 겁니다. 그러려는 의도로 갔을 테니까요.
└ 완전 나쁜 놈들이네.
└ 그놈들이 나쁜 짓 하는 게 어디 하루 이틀입니까?

게시판을 읽는 이현의 눈동자가 분노로 흔들렸다.

"왜 하필 나를……."

하고많은 사람들 중에서 근근이 입에 풀칠이나 하고 사는 그를 도대체 왜 노린단 말인가.

헤르메스 길드나 중앙 대륙의 명문 길드의 악행에 대해서는 피하는 게 최선이었다. 이현이 처음에 캐릭터를 로자임 왕국에서 만들었던 것도, 중앙 대륙에서는 텃세로 인해 사냥터를 얻기도 힘들기 때문이었다.

등이 휠 정도의 세금과, 명문 길드들의 횡포!

이현도 솔직히 신경이 많이 쓰였다.

헤르메스 길드는 베르사 대륙에서 가장 큰 세력을 형성하고 있고, 하벤 왕국에 대한 영향력도 엄청나다. 사냥터에서 눈에 거슬리는 자들은 그대로 죽여 버리고, 헤르메스 길드 소속이라는 간판을 내세워 제멋대로 행동했다.

세력과 힘을 등에 업고, 고레벨 유저들을 길드원으로 받아들이며 성장하는 길드.

지골라스에서 하벤 왕국의 함대를 만났을 때에도 그런 점 때문에 껄끄러워서 사냥터를 양보하고 피할 수밖에 없었다.

"정말 나를 죽이려고 쫓아온 건가?"

퀘스트를 빼앗을 수 있는 경우는 정말 한정된 조달 의뢰 정도에 국한된다. 퀘스트를 뺏기 위해서 먼 지골라스까지 항해하며 따라왔다는 건 말도 안 되는 이유.

칼은 휘두르지 않으면 금방 녹이 슬어 버린다.

권력과 공포를 잘 활용해야 길드의 체계가 유지되고 경쟁 길드들의 도발을 억제할 수 있는 것. 위드를 그 제물로 하려는 헤르메스 길드의 속셈이 쉽게 예측됐다.

"싸우지 않으면 좋을 텐데."

이현이 이마를 찌푸렸지만 그에게 이미 선택권은 없었다. 싸움을 하기 위해 지골라스까지 쫓아온 상대가 인사만 하고 돌아갈 리는 없으니까.

"그렇다면 어쩔 수 없이 싸워야 되나."

이현은 게시판과 다크 게이머 연합의 정보들을 뒤적였다.

"적을 알고 나를 알아야 도망이라도 치지."

헤르메스 길드의 횡포에 의해 죽어 간 다크 게이머들이 많았다. 이현은 그들이 올려놓은 자료들을 읽으면서 깊은 생각에 잠겼다.

<hr />

"보급 물자들을 내려라."

"쉬지 말고 움직여. 오늘 내로 목책이라도 만들어야 한다."

하벤 왕국의 함대에서는 유저들과 병사들이 분주하게 움직였다.

지골라스에 대한 정보는 깜깜한 상태. 몬스터나 지형에 대해서 전혀 몰랐다.

일반 모험가 파티나 개인이 돌아다니는 정도로는 몬스터들이 크게 반응하지 않는 경우도 있다. 하지만 인간들의 대규모 상륙이 벌어지면 민감한 몬스터들은 떼를 지어 습격하는 경우가 많았기에 경계하지 않을 수 없는 처지였다.

"언덕 부근에 상륙 기지를 건설하고 지골라스를 탐험하도록
한다."

드린펠트나 함대의 고위부에서는 최대한의 대비를 하기 위
해서 휴식과 정비가 가능한 개척 요새를 만들려고 했다.

편안한 잠자리를 확보해야 사기와 체력이 빨리 회복된다. 언
덕에 목책을 둘러놓으면 몬스터들의 습격으로부터도 훨씬 안
전해지니 천막을 치고, 가지고 있는 자재들을 이용해서 목책을
세웠다.

하벤 왕국 함대의 주력은 유저들보다는 NPC 선원들, 병사
들이다.

함대에 속한 유저들이 1달도 넘는 지루한 항해를 참아 내기
란 쉽지 않았다. 바다 사나이들은 자신이 소유한 배를 몰려고
하는 게 대부분이었던 것이다.

장시간 배를 타다 보면 사기 감소로 인해 온갖 일들이 다 벌
어지기 마련이다. 반란, 소요, 향수병 등 골치 아픈 일이 적지
않았다.

병사들과 해군 기사들을 지휘하는 드린펠트는 사기나 피로
도 등에 각별히 신경을 써야 했다.

"나무가 모자랍니다, 선장님!"

"함장님, 나무를 구할 수가 없습니다."

지골라스는 나무도 자라지 않는 척박하기 짝이 없는 환경이
었다.

드린펠트는 멀리 있는 몬스터들을 관찰하다가 대꾸했다.

"목책을 만들기 위해 배를 해체할 수는 없으니 돌이라도 구해서 쌓도록 해."

"알겠습니다."

유저들과 선원들은 바위들을 나르고 쪼갰다.

원거리의 항해로 인하여 피로가 굉장히 누적되어 있는 상태였지만 캠프를 만들기 위해서는 쉴 시간이 없었다. 무거운 돌덩어리들을 운반하고 벽을 세우느라 체력이 줄어들었다.

"정찰조들은 주변을 관측하라."

드린펠트는 철저한 대비를 위하여 정찰조도 가동했다.

5개의 정찰조들이 날렵하게 근처를 돌면서 몬스터들의 수량이나 돌아다니는 범위 정도를 파악해서 돌아왔다.

"특별한 위험 징후는 보이지 않습니다."

"주변에 돌아다니는 몬스터들이 지능이 뛰어난 보스급 몬스터의 통제를 받고 있지는 않은 것 같습니다."

드린펠트에게는 기분 좋은 소식이었다. 몬스터들의 대량 습격에 대해서는 어느 정도 마음을 놓아도 되었으니까.

"지형은 어떻지?"

"지형이 매우 안 좋습니다. 험한 암석 지대가 대부분이라서 이동 중에 습격을 당하면 곤란할 것 같고요."

울퉁불퉁한 암석 지대에서 전투가 벌어지면 체계적으로 싸우기 어렵다. 더군다나 하벤 왕국의 선원들은 육지보다는 바다가 활동하기 편했다.

"몬스터들을 우회해서 이동하다 보면 시간이 많이 걸릴 것같습니다. 그리고 이건 정찰을 하면서도 내내 궁금했던 부분인데… 과연 이곳이 안전할까요?"

정찰조들도 확신할 수는 없는 부분이었다.

주변 일대의 화산들이 시커먼 연기를 뿜어내고, 땅이 미미하게 흔들린다. 갈라진 대지의 틈으로는 용암까지 흘러내렸다.

"우리보다 훨씬 일찍 도착한 위드가 무사하니까 별일이야 없을 거야."

"그렇겠군요."

선원들은 밤까지 성벽을 만드는 데 투입되었다.

하벤 왕국의 제2함대 선원이 되려면 최소한 레벨이 250은 되어야 했다. 하지만 평균적으로는 200대 후반이거나 300대의 선원들이 대다수였다.

유저들만 46명, 병사들 590명.

그들은 천막과 목책으로 든든한 보금자리를 만들어 놓고 휴식을 취했다. 물론 번갈아서 불침번을 세우는 것도 당연히 잊지 않았다.

그러는 동안에 그리피스의 해적단도 헤르메스 길드의 수뇌부와 계속 상륙을 위한 연락을 취했다.

절대 허용할 수 없음.
위드에 대한 사냥은 하벤 왕국의 함대만으로도 충분함.

깐깐하기 짝이 없는 헤르메스 길드였다.

지골라스에 함대가 상륙하면서 사냥터 개척이나 유물 발굴이 가능해질지도 모르는 마당에 해적들이 발을 담그는 것이 썩

유쾌하게 느껴지지는 않았던 것이다.

그리피스는 양보안을 내놓았다.

헤르메스 길드의 함선에 대한 해적들의 모든 적대 행위를 금지하겠음.

허용할 수 없음.

던전에서 보물을 발굴하면 3할을 양보할 의사도 있음.

지골라스는 명백하게 우리 헤르메스 길드의 독자적인 영역임.

불과 몇 시간 먼저 상륙했다고 기득권을 주장하는 뻔뻔한 헤르메스 길드!

중앙 대륙의 명문 길드들이 다 그렇지만, 헤르메스 길드는 파렴치하다는 말로도 부족할 지경이었다.

아쉬운 것은 그리피스 쪽이었지만, 계속 질질 끌려다니다가는 협상을 원하는 대로 맺을 수 없음을 알았다.

그리피스는 최후의 통첩을 보냈다.

보물의 3할 정도라면 헤르메스 길드의 체면을 최대한 봐준 것임. 우리는 바다의 해적들. 하벤 왕국의 제2함대가 두려운 것이 아님. 우리의 양보에 대해서 잘 생각해 보고 성의 있는 답변을 해 주기를 기대함.

헤르메스 길드의 수뇌부에서는, 아쉽지만 허가를 해 주어야 했다.

하벤 왕국의 제2함대는 이미 지골라스에 상륙한 상태다. 상륙 후에 방어가 취약해진 함선들을 해적들이 공격하는 극단적인 일이 벌어진다면 큰일이 아닐 수 없는 것이다.

해적들은 상륙 허가를 받고 밤늦게 지골라스에 발을 디뎠다.

"해적왕님, 우리도 집을 만들까요?"

"그럴 시간 없다. 오늘은 그냥 저쪽의 신세를 지기로 하자."

그리피스와 해적들은 하벤 왕국의 함대에서 지은 성채 주변에 얇은 모포를 두르고 몸을 누였다.

언데드의 밤

　　하벤 왕국의 함대와 해적들은 아예 진을 치고 지골라스 점령
에 나설 기세였다. 위드가 하급 언데드를 소환하지 않는 이상
머릿수가 현저하게 부족했다.

　　하지만 좀비 같은 언데드들을 불러온다고 해도 의미는 크게
없을 것이다. 드린펠트나 유저들, 하다못해 선원들이라고 하더
라도 최소한 데스 나이트급 정도는 소환을 해 줘야 싸움이 될
것이기 때문이다.

　　"나도 동료들을 구해야 되는데……."

　　지골라스에는 여러 몬스터들이 있다.

　　몬스터라고 해도 무시할 게 아니다. 친밀도와 우호도를 많이
올려놓는다면 도움을 줄 수도 있다.

　　지성이 낮고, 식탐이 심한 몬스터에게는 맛있는 요리를 해
주면서 호감을 이끌어 낸다. 필요한 물건들을 선물하기도 하다
보면 친분 관계가 맺어져 위기를 보고 함께 싸워 주기도 한다.

"음, 저기……."

위드는 볼라드에게 말을 걸어 보기로 했다.

캬르르르!

하지만 곧바로 털을 곤두세우면서 덤벼드는 몬스터!

1,000마리 넘게 사냥하면서 가죽과 이빨, 꼬리 등을 챙겼고 고기는 육포로 만들었다. 이처럼 볼라드와는 씻을 수 없는 원수 관계가 되었으므로 말을 들어 보려고 하지도 않았다.

테어벳들은 박쥐형의 몬스터로, 인간의 말을 알아듣지도 못하고 집단을 이뤄 저희들끼리만 활동을 한다.

"테어벳들이라도 끌어들이면 도움이 될 텐데."

조각 변신술로 테어벳이 되더라도 그들의 언어를 모르니 무용지물이다.

"하지만 동료로 만들 수는 있겠군."

위드는 자신만만했다.

지골라스에서 오랫동안 사냥을 하며 적대도가 심하다는 것은 무조건 덤벼든다는 뜻!

반 호크나 토리도의 지골라스의 몬스터들에 대한 적대도도 굉장히 심했다. 발견하는 대로 고정된 영역을 벗어나서라도 싸우려고 할 것이다.

"최소한 30마리 정도씩 데려오는 건 문제가 없을 것 같고."

뒷감당이야 나중에 생각해 볼 일!

"한창 배가 고플 때 돼지고기를 구워 먹으면서 생삼겹인지 얼린 삼겹살인지 따지지는 않지."

그러나 몬스터들의 본의 아닌 도움이 있다고 하더라도 하벤 왕국의 함대나 해적들과 싸우기는 역부족일 것 같았다.

"가만히 내버려두면 내 뒤를 쫓아올 테고……."

사냥이나 퀘스트를 하다가 어느새 포위당해 있으면 꼼짝없이 죽어야 한다. 선제공격만이 그나마 불리함을 덜 수 있는 방법이었다. 적어도 상대들이 설마 위드가 먼저 습격을 할 것이라고는 예상하지 못할 것이기 때문이다.

"습격하는 날짜를 잘 잡아야겠군. 지골라스에 먼저 온 덕에 알아낸 모든 것들을 활용해야 돼. 화돌이 소환!"

폭력적이고 조급한 성품. 하지만 주인의 명령이라면 철저히 따르는 화돌이! 모라타에서 많은 정령술사들이 화돌이와 계약을 맺고 함께 사냥을 했다. 그 덕에 화돌이가 지상에서 발휘할 수 있는 힘도 조금 늘어나 있었다.

화돌이의 등장에 따라서 대기 온도가 더욱 올라간 것이 뚜렷하게 느껴질 정도였다.

"주인, 오랜만에 뵙습니다."

"오랜만이구나."

"크히힛, 여기는 매우 마음에 드는군요."

화돌이는 지골라스에 소환되고 나서 어린아이처럼 기뻐했다. 이 지역이야말로 화돌이를 위해서는 최적의 장소라고 할 수 있었다.

위드가 사냥을 하면서 화돌이를 일찍부터 소환하지 않았던 것은 몬스터들의 저항력과 마나의 효율 때문이었다.

지골라스에서는 화돌이가 강해진 이상으로 몬스터들의 화염 저항력도 높다. 때때로 화염 속성의 대미지가 오히려 몬스터들의 생명력을 채워 주는 역할을 해 버리기도 했다.

"흙꾼이 소환."

인상 좋고 착한 어른의 형상을 한 흙꾼이도 소환했다.

흙꾼이 역시 말을 잘 듣고, 몸을 던져서라도 정령술사를 헌신적으로 보호했다. 그 덕에 많은 계약이 이루어지고 발휘할 수 있는 힘 역시 늘었다.

모라타 주변에서는 흙꾼이와 화돌이가 최고의 인기 정령들이었다.

"부르셨습니까, 주인님."

정령들까지 부른 위드!

입가에는 야비한 미소가 맺혀 있었다.

"나를 먼저 건드린 게 너희니까. 정말 나는 싸우고 싶지 않는데 어쩔 수 없는 거야. 모두 너희 탓이야."

화끈한 책임 전가. 그리고 저지르기로 했으니 모든 비열한 방법들을 다 동원할 참이었다. 양심의 가책이나 혼란 따위는 원래 있지도 않았다.

"크흐흐흐."

위드가 무언가를 상상하며 웃는 것을 보고 누렁이와 반 호크, 토리도는 묵묵히 고개만 끄덕였다.

사람은 겪어 보면 안다고 했다. 이런 위기 상황일수록 인간성이 여실히 드러나게 된다.

'건드려서는 곤란한 나쁜 놈.'

'못되도 어떻게 이렇게 못된 인간이…….'

'천성일 거야. 인간들이 오지 않았으면 우리를 괴롭혔겠지.'

'정말 주인을 잘못 만났구나.'

⁂

드린펠트는 제2함대의 제독답게 야망을 크게 품었다.

"헤르메스 길드에서 입지를 점점 넓혀 가다 보면… 이 넓은 바다의 지배자는 내가 될 것이다."

〈로열 로드〉에서 레벨로는 1,200등 안에 드는 수준이었음에도 얌전히 길드의 명령을 따라온 것은 그런 이유였다. 위드를 사냥하라는 명령도 충실히 따르려고 했다.

하지만 욕심이 생겼다.

"지골라스에 도착하게 된 것은 기회야."

바드레이가 지배하는 헤르메스 길드에 거역할 의도는 없었다. 헤르메스의 실질적인 힘을 조금 아는 그로서는, 바다라고 해도 자유로울 수 없음을 알았다.

하지만 위드를 사냥하라는 명령을 이행하면서 사사로운 이득을 약간 챙기는 정도는 괜찮으리라.

"사람들이 지금 나와 내 함대를 주시하고 있습니다. 헤르메스 길드의 전체적인 명성을 높일 수 있는 기회라고 봅니다."

길드 내부의 인맥을 통해 고위층을 설득했다.

지골라스에 대한 사람들의 관심은 엄청나다. 인터넷과 방송을 통해 모험을 보여 준다면 시청률이 높을 것이다.

헤르메스 길드의 수뇌부에서는 필요한 토론을 거쳤다.

바드레이나 친위대는 길드의 큰 방향을 잡거나 목표를 지시할 뿐, 전반적인 길드의 운영은 대외적인 길드장 라페이에 의해서 결정되었다.

"허락한다. 헤르메스 길드의 힘을 보여 줘라."

방송국들과의 협상도 쉽게 이루어졌다.

여러 방송국들이 지골라스의 탐험과 사냥에 대한 방송을 실시간으로 중계하고 싶다고 했다. KMC미디어에서는 받아들이지 않았지만, 위드의 모험을 독점 중계하는 처지이니 충분히 이해할 수 있는 상황.

"드린펠트의 이름이 위드처럼 육지에도 퍼지게 될 거야."

하벤 왕국의 함대는 다음 날 일찍 일어나서 탐험 준비를 갖췄다.

"임시 성채에는 200명을 남긴다. 유저들 10명 그리고 병사 190명이 성채를 지키고, 방어벽도 보완해라."

드린펠트는 유저들과 선원들과 함께 탐험에 나섰다.

정예 선원들은 바다에서는 최고의 능력을 발휘한다. 그에 반해 육지에서의 전투 능력이야 다소 떨어지긴 하지만, 심혈을 기울여서 성장시킨 선원 부대였다.

그리피스의 해적단은 먼저 사냥을 하고 있었다.

"그쪽을 막아!"

"화살! 화살을 쏴라! 뜨거워서 원거리 공격이 최선이야."

"마법사는?"

"해적들에게 마법사가 어디 있어!"

볼라드에 의해서 해적들이 무참하게 죽어 나갔다.

해적들은 항해 스킬은 뛰어났지만, 하벤 왕국의 선원들에 비해서 레벨은 많이 낮았다. 레벨 400대의 볼라드를 잡으려고 하니 당연히 피해가 속출했다.

캬호오오오!

볼라드의 포효에 무기를 떨어뜨린 채 주저앉는 해적들도 부지기수!

그리피스나 해적단의 주축인 강습 해적, 국가 지명수배 해적들이 막고 있었기에 망정이지 일반 해적들로는 감당하기 어려울 정도였다.

하지만 해적들은 술집, 부둣가, 도박장, 골목길 등에서 쉽게 영입이 가능하기도 하고 성장도 더 빠르다. 선원들에 비해서 충성도가 낮고 정착하려는 마음이 약해서 조금만 소홀히 대해도 배를 빼앗아서 도망가 버리거나 돈을 훔쳐서 함대를 이탈해 버렸다.

그렇기 때문에 해적왕 그리피스는 해적들을 성장시키기보다는 심복으로 몇몇 해적 장수들을 뽑아서 그들만 관리했다. 수적 우세 그리고 거친 해적들을 바탕으로 몬스터들과 싸웠다.

부하 해적들의 희생이 있어야 해적 장수들의 통솔력과 지휘 능력이 더 빨리 컸다. 새끼 사자들을 절벽에 떨어뜨려서 살아남는 놈들만 키우는 것과 비슷한 방법이었다.

"몬스터의 수준이 높군."

구경하던 드린펠트나, 함대에 속한 유저들의 얼굴빛이 조금 굳었다.

"하지만 이 정도의 저항은 예상했던 바이기도 하지."

해군 기사 출신의 유저가 여유롭게 말을 받았다.

"물론입니다. 우리를 오합지졸이나 다름없는 해적들과 비교할 수는 없죠."

하벤 왕국의 함대에는 드린펠트 말고도 다른 고레벨 유저들이 여럿 있으니 해적들과는 다를 것이다. 그들도 볼라드를 사냥하기로 했다.

"공격 개시!"

함대에 셋밖에 안 되는 마법사와 열두 궁수들의 장거리 공격! 공격을 받고 덤벼드는 볼라드를 드린펠트나 해군 기사들이 요격하는 방식으로 싸웠다.

전투 와중에 선원 2명이 죽었지만, 해적들에 비해서는 약소한 피해였다.

드린펠트는 그 피해도 아까웠다. 선원 1명을 키우기 위해서는 많은 시간과 노력이 필요했기 때문이다.

"전투가 거듭될수록 익숙해질 것이다. 피해를 최소화하도록 해라. 전진하라!"

드린펠트는 부하들과 함께 사냥을 계속했다.

지골라스까지 와서 약간의 피해가 있다고 해서 구경만 할 수는 없다. 볼라드 사냥에서는 전리품이나 경험치의 획득이 쏠쏠했다.

유저들이나 해군 기사들을 중간마다 배치해서 선원들이 볼라드로부터 습격을 받지 않도록 했다.

"적응이 되니 볼라드 정도는 할 만하군요."

하벤 왕국의 함대에는 고레벨 유저들이 여럿 포진되어 있어서 볼라드를 놓치지만 않으면 무난하게 사냥할 수 있었다. 선원들은 지친 볼라드를 때리는 것으로 쉽게 레벨과 훈련도를 높였다.

드린펠트와 다른 유저들의 얼굴이 밝아졌다.

'10대 금역이라더니 다소 과장된 면이 컸어. 하기야 누가 여기까지 와 보기나 했을까. 지골라스에서도 사냥을 할 만하군.'

'이 전투들이 방송되면 내 인기가 더욱 높아지겠지.'

은근히 더 큰 어려움을 바랄 정도였다.

볼라드를 뚫고 그늘진 곳에 들어가니 갑작스럽게 테어벳들이 습격을 했다.

기습을 당한 선원들에게는 다소 버거운 전장이었다.

레벨이 300대 중반이나 후반이 아니라면 갑자기 자신에게 테어벳들이 덤볐을 때 버티지 못하고 죽는 경우가 많았다.

5~6마리의 테어벳에 둘러싸여도 죽지 않고 사냥이 가능한 유저는 드린펠트를 포함하여 28명 정도!

해적단에서는 15명밖에는 안 됐다.

테어벳은 매우 빠르고 현란하게 주위를 날아다니기 때문에 사냥이 굉장히 어려웠다. 바다에서는 잘 훈련되어 막강하기 이를 데 없는 선원들이지만 허무하게 잡아먹혔다.

"선원들은 뒤로 물러나라. 그리고 유저들도 자기 목숨부터 챙겨라!"

참다못한 드린펠트가 명령을 내리고, 그리피스도 비슷하게 명령을 했다.

부하들의 안전도 지키면서 천천히 모험을 진행하기로 했다.

지골라스의 상륙자들!

각 방송국들의 실시간 중계에서는 상당히 높은 시청률이 나오고 있다는 보고였다.

방송국의 시청자 게시판, 〈로열 로드〉의 인터넷 게시판들에 글도 많이 올라왔다.

—역시 10대 금역. 몬스터들의 레벨이 놀랍습니다. 하벤 왕국의 제2함대. 드린펠트를 비롯하여 주축 유저들이 모두 헤르메스 길드 소속입니다. 사실상 헤르메스 길드의 함대라고 해야지요. 그들이 느리지만 차근차근 전진해서 지골라스의 모든 것을 파헤쳐 주기를 기대합니다.

—볼라드와 용감하게 싸우는 해군 기사님의 이름이 포헨 님입니다. 정말 뛰어난 용기와 힘을 가지고 있는 헤르메스 길드원이시죠.

—10대 금역을 탐험하는 헤르메스 길드의 힘이 압도적입니다. 그들의 용기와 자신감을 본받고 싶어지는군요.

—이것 보세요, 알바들! 적당히 활동하세요.

—헤르메스 알바들 진짜 지긋지긋하네. 시청자 게시판도 장악했나?

—지골라스에 자기들이 처음 간 것도 아니고, 위드를 따라간 거면서.

—볼라드나 테어벳 정말 무섭네. 확 다 죽어 버려라!

—위드는 혼자서도 그 위험하다는 지골라스에서 활약을 하는데 단체로 몰려가서 무슨 자화자찬이 이렇게 심해!

10대 금역의 탐험이 스릴이 넘쳐서 시청률은 높았지만, 인터넷 여론은 드린펠트나 헤르메스 길드의 편은 아니었다.

하지만 다수의 시청자들이 헤르메스 길드의 탐험에 부러움을 느끼는 것도 사실!

드린펠트는 세부적인 계획도 세워 놓았다.

첫날에는 주변 지역을 사냥하고 전리품을 자랑하는 정도로 가볍게 끝낸다. 원거리 항해로 인해 체력과 피로도가 상당해서 선원들에게도 피해가 발생하겠지만 그 정도는 감수한다.

지골라스까지 쉽게 도착했다고 시기하는 무리가 있을 테니 약간 손해를 보는 모습도 보여 주어야 하리라.

　　둘째 날에는 본격적으로 던전 탐험을 한다.

　　던전은 더 높은 난이도를 가지고 있어서 쉽지는 않을 것이다. 많은 피해가 발생하겠지만, 무사히 던전 탐험을 끝냈을 때의 보상이나 방송 효과는 굉장할 것이다.

　　드린펠트는 지골라스의 위험한 던전을 정복해서 명예를 높이고 싶은 욕심을 가지고 있었다.

　　그리고 던전을 정복한 이후로는 본격적으로 지골라스에서 영역을 넓힌다. 더 넓은 지역까지 탐험을 하고, 위드도 본격적으로 추격한다.

　　시청자들이 보는 앞에서 압도적인 무력을 과시하면서 위드를 죽인다!

　　해군 기사 두셋을 보내서 실력을 측정해 보고, 상대할 수 있을 정도라면 일대일의 승부도 염두에 두고 있었다.

　　'물론 그 전에 많이 지치게 해 줘야겠지만.'

　　위드까지 죽이고 난다면 드린펠트의 명성은 하늘을 찌를 정도가 되리라.

　　정작 위드에 대해서는 크게 경계하지 않은 채로 그는 그렇게 지골라스에서의 계획을 완벽하게 세워 두었다.

　　둘째 날.

언덕에 있는 성채는 선원들의 노동으로 오우거가 두들기더라도 금방 파괴되지 않을 정도로 튼튼해졌다. 근처에는 해적들의 소굴도 지어져 있었다.

몬스터들을 사냥하면서 양측 모두 30명에서 70명까지의 피해를 입었다.

유저들은 죽지 않았지만, 선원들이나 해적들의 죽음은 상당히 아까웠다.

"베르사 대륙으로 돌아가기만 하면 복구할 수 있다. 선원들의 피해는 염두에 두지 마라."

"해적들은 몇 명이라도 뽑을 수 있을 것이다."

해군이나 해적도 명성이 중요했다.

명성이 높으면 실력 있는 선원이나 해적 들이 많이 지원한다. 그들을 헐값에 고용할 수도 있어, 지골라스에서는 다소의 피해를 감수하고 모험에 집중하고 있었다.

그리고 시작된 던전 탐험!

"선원들을 아껴야 되겠지만, 지금은 뭔가를 보여 주는 것도 필요하겠지."

드린펠트는 입구가 큰 던전을 골랐다.

"적당한 던전이면 좋을 텐데. 모험가나 발굴가를 데려오지 않은 게 조금 후회가 되는군."

지골라스에서도 너무 약한 곳을 고른다면 방송의 흥행을 위해서 좋지 않다.

하지만 던전에 대해서 조사도 하지 않고 선원들이나 몇 안 되는 마법사만으로 진입을 하려니 껄끄러운 부분도 있었다.

"오, 역시!"

"우리가 최초의 발견자가 되었어."

드린펠트와 유저들은 상당히 기뻤다.

최초라는 것은 어쨌든 가슴을 설레게 만드는 것.

"2배의 경험치에 2배의 아이템!"

"제독님, 며칠 더 여기서 사냥을 하고 싶어질 것 같은데요."

벌써부터 웃음꽃들이 활짝 피었다.

드린펠트도 방송이 나가는 것만 아니라면 던전 발견의 행운을 반가워하며 크게 웃었으리라.

"던전은 이곳 말고도 많이 있다. 전투에 집중하도록 해."

"알겠습니다."

보는 눈들이 많으니 제독답게 근엄하게 명령을 내려야 했다.

그리고 벌어진 전투.

우르르릉!

와지끈!

콰과광!

던전 내부의 함정과 몬스터들!

레벨 400대 후반에서 500대의 몬스터들까지도 튀어나왔다.

몬스터의 수준도 높았고, 자연적인 함정들이 많은 던전이었다. 천장이 무너져서 덮치고, 땅이 푹 꺼지기도 했다.

방송 때문에 어느 정도 난이도가 있는 던전을 바라기는 했지만 선원들의 피해가 많았다. 드린펠트나 해군 기사들이 위험을 무릅쓰고 앞장서서 최선을 다해야 했다.

"공격해라. 뚫어라. 우리는 최강의 헤르메스 길드다!"

몬스터들과 싸우면서 목숨을 잃는 선원들이 일고여덟씩 나왔지만 정말 흥분되는 긴장감과 스릴도 맛보았다.

그렇게 전진하던 와중에 용암 호수의 옆으로 빙 돌아가는 장소가 나왔다.

중심부에는 다섯 명의 불의 거인들이 잠들어 있었다.

—깨지 않은 것 같다.
—마법사들을 준비시킬까요?
—대형 몬스터에 지형이 나빠서 전투가 쉽지는 않을 것 같은데…….

불행하게도 마법사나 궁수처럼 원거리 공격이 가능한 직업들이 몇 명 안 됐다. 선원들도 활을 쏠 수는 있지만, 그 약한 대미지로 불의 거인에게 치명타를 입히기는 무리였다.

드린펠트나 해군 기사들이라고 해도 용암을 걸어서 거인에게 돌격할 수는 없다.

—일단 조용히 통과한다.

반신욕을 하듯이 몸의 절반을 용암에 담그고 수면을 취하는 불의 거인들.

드린펠트와 해군 기사, 유저들과 선원들은 암벽 아래에 나 있는 좁은 길을 살금살금 걸었다. 호수를 빙 돌아서 맞은편에,

다른 곳으로 향하는 입구가 있었던 것이다.

그러던 어느 순간!

투두둑.

미묘한 소리와 함께 선원들이 걸어가던 길의 끝 부분이 조금 무너졌다. 돌 조각들이 떨어져서 용암에 빠져들었다.

드린펠트와 해군 기사들은 반사적으로 불의 거인들을 살폈지만 미동도 하지 않고 깊이 잠들어 있었다.

'휴우, 다행이군.'

'괜찮군. 무사히 건너갈 수 있겠어.'

하지만 그때 사고가 벌어지고 말았다. 열기로 인해 땀을 흘리며 걷던 선원이 다리가 풀려서 미끄러졌다.

"으아아아아악!"

선원은 고래고래 비명을 지르면서 용암에 빠지고 말았다.

'이번에도 그냥 자겠지.'

'제발 자야 될 텐데.'

불의 거인들은 이미 눈을 떴다. 그리고 가장자리에 붙어 있는 인간들을 발견했다.

"나약한 인간들이 들어왔구나. 허락받지 못한 자는 나와 싸워서 이곳을 통과할 자격이 있음을 증명해야 할 것이다."

거인이 용암 속에 잠겨 있던 팔을 들어 올렸다. 손에는 두께가 2미터, 길이는 30미터나 되는 검을 들려 있었다.

어떤 검인지는 알 수 없지만 용암에도 녹지 않는 것을 보니 굉장한 강도와 열에 대한 저항력을 가지고 있으리라 짐작!

무기의 공격력은 대체로 무게와 강도에 비례하기 마련이다.

예리함이 없으면 상당히 큰 페널티가 생기기도 하지만, 불의 거인이 쓰는 대검이라면 그런 차원을 넘어선 무기였다.

"침입자에게 죽음을."

다섯이나 되는 불의 거인들이 대검을 휘둘렀다. 그러자 대검이 부딪친 암벽이 무너지고 바윗덩어리들이 추락했다.

문제는 그것만이 아니었다.

용암 호수에 누워 있던 불의 거인들이 들썩이면서 큰 움직임을 보였다. 서슬에 용암이 튀어 오르면서 드린펠트 일행은 날벼락을 뒤집어쓰고, 선원들이 지나가던 좁은 길은 불의 거인의 공격에 의해 파괴되어 갔다.

"끄아아악!"

"살려 줘!"

불의 거인의 일격에 선원들 15명이 저항도 못 하고 녹아 버렸다.

가공할 공격력! 볼라드 등과는 비교가 불가능한, 초거대 보스급 몬스터의 위용이었다.

"공격해라!"

마법사들이 미리 준비했던 마법들을 발출했다. 한 불의 거인에게 여러 종류의 마법을 집중시켰지만 거의 손상도 없었다. 오히려 분노를 돋우기만 한 듯, 검을 더욱 세차게 휘둘렀다.

드린펠트와 유저들은 불의 거인이 멀쩡한 것을 보고 외쳤다.

"도망쳐!"

"달려! 여기서 어서 빠져나가!"

불의 거인들에게 질린 유저들은 싸우는 것을 포기하고 입구로 줄행랑을 쳤다.

드린펠트는 이기더라도 애지중지 키운 함대의 상당분을 잃어버리는 싸움을 하고 싶지는 않았다.

"최대한으로 달려서 여길 벗어난다."

좁은 길에서 엉키고 뒤섞여서 용암으로 추락하고, 그 와중에도 불의 거인들의 공격은 계속 퍼부어져 피해가 속출했다.

난장판이 되어서 간신히 던전을 빠져나오고 나니 무려 76명이나 죽어 있었다. 부하들도 챙기지 못하고 저마다 살기 위해 도망 나온 최고의 굴욕!

유저들도 7명이나 죽었다. 시체조차 찾기 힘든 장소에서 죽었으니 잃어버린 아이템을 되찾기란 불가능할 것이다.

"크윽."

드린펠트가 주먹을 부르르 떨었다.

하지만 짜증이 날 뿐 던전으로 다시 들어가서 싸울 엄두는 낼 수 없었다. 해상전이라면 배가 부서지지 않는 한 선원들이 그렇게 쉽게 죽지는 않는다. 그런데 던전에서 선원들을 무참히 잃어 가며 싸우고 싶진 않았던 것이다.

—방송을 생각하셔야 됩니다. 많은 사람들이 보고 있습니다.

부관의 귓속말이 전해졌다.

드린펠트는 방송을 의식해 간신히 표정을 추스르고 말했다.

"지골라스의 던전은 무지막지한 난이도를 가지고 있군. 아직은 누구도 깰 수 없을 것 같다. 우리는 오늘 힘든 탐험을 했으니 철수해서 휴식을 취한다."

다른 만만한 던전을 찾아 탐험하기에도 의욕이 떨어져서 성채로 돌아왔다. 해적단도 던전을 탐험하다가 큰 피해를 입고 온 모습이었다.

서로의 실패를 보고 위안을 삼을 수는 있었다.

위드는 이틀간 앉아서 조각품을 만들며 때를 기다렸다. 그사이에도 서윤은 심심하지 않았다. 위드가 만든 조각품들, 지골라스의 몬스터나 유령선 같은 것들을 구경했다.

귀엽고 예쁜 설인이나 동물을 조각하면 손바닥을 내밀었다.

"……."

달라는 뜻!

위드는 떨리는 손으로 조각품들을 건네야 했다.

아깝고 싫었지만, 바싹 옆에 붙어 앉아서 조각품이 완성될 시기를 기다려 달라고 하는데 어떻게 거절할 수 있단 말인가.

여성에게는 항상 최고의 선물을 만들어 줄 수 있는 조각사!

바꿔서 말하면 만드는 작품마다 빼앗길 수도 있는 설움의 직업인 것이다.

'이놈의 직업은 괜찮은 것 같으면서도 사소한 곳에서 아쉬움을 남기는군.'

위드는 짐짓 큰 한숨을 쉬었다.

"조각사가 진심을 다해 만든 예술 작품이거든. 작품 하나하나에 내 마음이 깃들어 있으니 소중하게 간직했으면 좋겠어."

물론 공짜로 줄 마음도 없었다.

"그리고 우리가 상당히 친한 사이잖아?"

위드가 뻔뻔하게 평소라면 감히 할 수 없던 말을 했다.

서윤이 빤히 그의 얼굴을 쳐다보았다.

"수업도 같이 듣고, 밥도 같이 먹… 개도 주고, 닭도 주고, 이제 토끼도 줄 거고 말이야."

많이 주면 친한 사이라는 논리!

서윤이 긍정의 의미로 고개를 끄덕였다. 부끄럽지만 그녀도 친하다는 생각이 들었기 때문이다. 유일한 친구, 그리고 같이 있으면서 편안하고 즐거운 사람이 위드였으니까.

"근데 중요한 게 말이지, 가족이나 친한 사이일수록 돈 거래는 함부로 하는 게 아니야."

"……?"

"조각품이란 거 말이야. 팔면 네가 알고 있는 이상으로 엄청 큰돈을 벌 수 있는데 자꾸 달라고 하니까 줘야 되잖아."

위드는 그녀가 미안해하거나 조각품을 돌려주려 할 시간을 주지 않고 서둘러 말을 이었다.

"하나에 100골드도 넘는 귀중한 조각품들이지만 너한테 주는 게 아깝지는 않아. 그래도 주기만 하는 것도 모양이 이상해. 우리는 둘 다 어른이잖아. 돈이 오가는 부분에서는 깔끔해야 뒤탈이 없는 거, 너도 잘 알 거야. 다른 사람에게 파는 것보다는 친한 사람에게 주는 편이 나도 훨씬 바라는 바이니까. 대신 나중에 잡템으로 챙겨 갈게."

친한 사이니까 공짜로는 줄 수 없고 대신 잡템을 내놓으라는, 뭔가 애매한 설득력을 가진 논리!

지골라스에서 엄청나게 사냥을 해서 아이템들이 쌓여 있었는데도 잡템에 대한 욕심을 버리지 않는 위드였다.

서윤이 잡템을 주기로 하자, 위드는 더 부지런히 조각품을 만들었다.

'조각품으로도 쏠쏠한 돈을 벌 수 있게 되었군. 과연 예술의 길이란!'

서윤은 누렁이와 금인이, 황금새와도 많이 친해졌다.

누렁이는 위드보다는 서윤의 옆에 배를 깔고 누워서 편안한 표정을 지었다. 금인이도 마찬가지였고, 황금새는 아예 노골적으로 서윤의 어깨를 떠나지 않았다.

네크로맨서가 되어 있는 위드에게는 심한 반감을 드러내며 가까이 다가가지도 않는 주제에, 서윤이 머리와 턱을 만져 주면 고개를 들고 좋아하는 것.

위드도 황금새와의 친밀도를 조금은 높일 필요성을 느꼈다.

"하지만 네크로맨서의 직업을 포기할 수가 없어."

지골라스에서 버티려면 언데드가 필수라고 생각되었다.

레벨이 높은 몬스터들이 여러 마리씩 나오는데 조각사로 감당하기는 솔직히 어렵다. 대량 학살에 대량의 아이템 수거가 가능한 훌륭한 직업인지라, 바꾸기가 곤란했다.

"이게 다 너희를 위한 거야. 나 혼자 잘 먹고 잘살자고 그러는 게 아니야."

정말 변명 같은 변명을 늘어놓으면서 네크로맨서를 고수하는 위드!

황금새와는 영영 가까워지지 못할, 돌아올 수 없는 강을 건넌 것만 같았다.

그렇게 조각품을 깎으면서 시간을 보내고 있을 때, 소환해놓았던 정령 화돌이가 갑자기 붉은빛을 냈다.

"지골라스의 불의 기운이 강해지고 있습니다."

자연의 영향을 받는 정령들의 힘도 덩달아서 강해진 것.

"드디어 터질 때가 되었나."

흙꾼이도 뭔가 불안한 듯이 서성거렸다.

"주인님, 땅의 힘들이 충돌하고 있습니다."

대규모 화산 폭발에 필수적이라고 할 수 있는 지진까지!

위드는 조각품 깎던 것을 놔두고 자리에서 일어났다.

"이제 시작할 시간이로군."

정의나 명분은 그리 중요하지 않다.

나쁜 짓도 자주 해야 더 나쁜 짓을 저지를 수 있다.

위드야말로 〈마법의 대륙〉 시절부터 엄청나게 나쁜 짓을 많이 했다. 먹고살기 바빠서 얌전히 지냈다고는 해도 본성을 버릴 수 없는 법!

"언데드들이여, 움직여라. 오늘은 너희의 밤이 될 것이다."

⁂

드린펠트의 선원들이 지은 언덕의 성채가 우르르 떨렸다.

"이, 이게 뭐야? 땅이 흔들리고 있는 것 같은데. 지진인가?"

"넘어지지 않게 상체를 낮추고 균형을 잡아."

첫 지진은 심하지 않았기에 선원들은 땅에 엎드려서 빨리 지나가기만을 기다렸다.

드린펠트나 유저들은 크게 당황하지는 않았다. 넘어진다고 해도 생명력의 손실은 거의 없기 때문이다.

콰르르르르르.

그런데 두 번째, 세 번째 지진이 오면서 진동이 점점 거세졌다. 멀리 있는 산에서 바위들이 우르르 굴러 내려오고, 제자리에 서 있기도 힘들 지경이 됐다.

목책이 쓰러지고 아우성도 일어났다.

"지진이 점점 커진다!"

"뭐라도 잡아!"

"천막들이 무너진다. 안에 있지 마!"

거센 소동이 일어났다.

성채 주변에 지어 놓은 해적들의 소굴에서도 지진의 여파로 인해 우왕좌왕하고 있었다.

해적들은 위드가 발견한 동굴과 몇 개의 동굴들을 엮어서 소굴로 삼았다. 볼품은 없어도 방어에 용이하기 때문에 동굴을 근거지로 썼던 것이다. 하지만 지진이 일어나니 무너질까 걱정이 되어서 앞다투어 뛰쳐나왔다.

그때 대지가 갑자기 울음을 터트렸다.

지골라스가 통째로 흔들리는 지진.

그리고 화산들이 일제히 용암을 분출하기 시작했다.

방송국의 시청자 게시판과 인터넷 게시판은 지골라스의 던전에 대한 화제로 떠들고 있었다.

시청률도 높고, 생방송이 계속 이루어지고 있었기에 게시판에서 수다를 떠는 유저들이 많았다.

그러던 어느 순간, 갑자기 게시판에 글들이 빠르게 올라오기 시작했다.

폭발하는 화산에서의 전투

대지에서 지독한 열기를 가진 증기가 뿜어져 나온다. 지각의 일부는 지하로 가라앉았다.

지진으로 인하여 지골라스의 몬스터들이 생존을 위해 뛰어다니고, 지골라스에 있는 많은 화산들이 거의 동시에 용암을 공중으로 뿜어내고 있었다.

화산에서 분출된 용암이 비처럼 쏟아지고, 갈라진 땅으로 스며들고 넘쳐서 흘렀다.

지골라스의 장관인 화산 폭발!

본능을 위협하는 공포로 가득 찬 지골라스였다.

위드는 멀리서 이 광경을 보며 만족스럽게 웃었다.

"정말 멋진 경치로군!"

자신이 화산 폭발을 겪을 때는 최악이었다.

사냥도 중단하고 멀리 도망쳐야 했고, 그 과정에서 언데드들을 잃어야 했으니 그야말로 지긋지긋한 재앙!

하지만 다른 이들이 화산과 지진의 피해를 입으니 이보다 더 좋고 멋진 광경이 없다.

사촌이 산 땅의 가격이 떨어지면 소화가 잘되는 법!

"평생 동안 잊지 못하겠어!"

하늘에서 화산 폭발의 파편들이 운석처럼 사방으로 떨어진다. 마른하늘에 용암이 묻은 바윗덩어리들이 연기를 내뿜으며 지상을 강타했다.

슈우우우우, 콰과과광!

엄청난 굉음을 내면서 땅에 작렬하며 커다란 구덩이를 만들었다.

파편들은 하벤 왕국의 함대에서 만든 성채로도 떨어졌다. 공들여서 만든 목책과 성벽이 종잇조각처럼 박살 나고 유저들과 선원들이 사망!

"여기는 위험해."

"피해라! 강가로 도망쳐!"

몬스터들의 습격을 막는다고 쌓아 놓은 성채가 도망칠 때에는 장애물이 되었다.

지진으로 땅에 쓰러지면 하늘에서 추가로 용암 덩어리들이 떨어지는 것을 볼 수 있었다.

"으아아아아아악!"

낼 수 있는 최대한의 고함을 지르면서 장렬하게 선원들이 사망했다!

지골라스의 수십 개의 화산들이 동시에 분출을 개시하면서 파편들이 비처럼 떨어진다. 수천여 개의 소규모 운석들이 떨어지는 것처럼 위험하고 아름다운 광경이다.

위드는 지금까지는 화산 폭발이 일어날 때마다 안전한 장소에 있었지만 장담할 수는 없었다. 그가 있는 곳으로부터 불과 수십 미터 떨어진 곳에도 바위의 파편들이 떨어지고 있었기 때문이다.

"그래도 일단은 이곳만큼 안전한 장소도 없지."

여러 차례 화산 폭발을 겪으면서 확인한 생존의 안전지대.

위드는 산봉우리 뒤쪽에 달라붙어 있었다.

화산이 폭발해서 파편들이 날아오더라도 봉우리에 적중되어 피해가 거의 없다.

"여기서 이럴 게 아니라 배로 물러나자."

"화산이 잠잠해질 때까지 벗어나자."

얼지 않는 강에 정박해 있는 배로 피신하기 위해 유저들과 선원들이 나왔다.

하지만 그들이 봐야 했던 것은 대규모 언데드 군단이었다.

데스 나이트와 마녀들, 구울, 좀비, 스켈레톤 워리어, 스켈레톤 메이지, 유령 등으로 이루어진 언데드 군단이 흐르는 용암과 갈라진 땅을 배경으로 진격해 오고 있었다.

"언데드다!"

"언데드 군단이 밀려온다. 싸울 준비를 하자!"

좀비들이 팔을 휘적휘적 저으면서 달려왔다. 오는 도중에 불덩어리에 맞아서 박살이 나 버렸지만, 더 많은 언데드들이 그 뒤를 따랐다.

"크흐흐흣."

"히끅! 히끅!"

언데드들이 바윗덩어리에 맞아 부서진 벽을 넘어서 공격해 들어왔다.

용암 파편이 떨어질 때마다 밝은 빛이 나고 화염이 솟구쳤다. 그럴 때마다 언데드들과 치열하게 싸우고 있는 유저들과 선원들을 볼 수 있었다.

데스 나이트들이 입을 열고 미리 정해 놓은 말들을 했다.

"도망치지 않는다면 용암에 파묻혀서 모두 죽을 것이다."

"우리의 목적은 살아 있는 너희의 발목을 잡는 것. 도망치지 말고 우리와 싸워 다오!"

데스 나이트들은 위드가 알려 준 말들을 하면서 적들의 사기를 꺾어 놓고 있었다.

"화산이 더욱 크게 폭발하리라. 용암이 범람해서 이곳을 다 쓸어버릴 것이다."

하벤 왕국의 함대가 있는 언덕 위는 일반적인 몬스터의 침입을 방어하기에 용이한 지형이었다. 그와는 정반대로, 화산이 폭발했을 때에는 매우 많은 파편들을 뒤집어쓸 수밖에 없다.

물론 용암이 아무리 흘러나오더라도 그곳까지 잠길 리는 없었지만, 화산 폭발을 처음 겪어 보는 이들에게는 불안과 공포심을 극대화시켰다.

언데드들을 물리칠 수 있는 충분한 전력을 가지고 있으면서도 전투에 집중하지 못하고, 용암 파편을 피하고 도망칠 생각에만 몰두했다.

데스 나이트들이, 그리고 다른 언데드들이 성과를 냈다. 스켈레톤 메이지들의 마법이 적중하면서 선원들을 조금씩 죽음의 세계로 이끌었다.

"클클클!"

위드가 신나게 웃었다.

재난에 빠진 이들에게 나쁜 짓을 저질러야 제맛이라고 할 수 있다.

"배고픈 사람 옆에서 양념 치킨을 시켜 먹는 기분이로군."

금인이와 누렁이, 황금새, 서윤이 그 광경을 보고 있었다.

언데드들을 지휘하면서도 끊임없이 흡족하게 웃는다.

타인의 불행을 행운으로 여기고 기뻐하는 것이 놀랍지는 않았다.

원래 그랬으니까!

위드가 갑자기 남들에게 친절을 베풀고 초보자들에게 돈과 아이템을 나누어 준다면 오히려 더욱 놀라고 걱정스러울 것이다. 하지만 위드가 그렇게 변할 리가 만무했으니, 어떤 더 나쁜 짓을 꾸미더라도 이해해 줄 수 있는 사이였다.

화산 폭발이 더 거세지면서 선원들과 해적들은 엄폐물 밖으로 나오지 못했다. 언데드와 선원들, 해적들이 뒤엉켜서 전투를 벌이는 걸 구경할 수밖에 없다.

용암 파편들에 의해서 그들도 죽고 언데드들도 쓰러지고 있었다.

"슬슬 새로운 공격을 해 줄 시점이로군."

언데드들이 줄어들면서 마나가 회복되었다.

위드는 타락한 성자의 지팡이를 들고 성채들을 향해서 저주 마법을 외웠다.

"너희의 육체를 통해 언데드를 만들 것이다. 너희는 영원히 내 손을 벗어나지 못하리라. 네크로맨서의 선언!"

위드는 4개의 저주 마법들을 연속으로 시전했다.

신체 이상, 가려움증, 공포심 자극!

지골라스의 화산이 폭발했을 때부터 선원들과 해적들의 사기는 충격적으로 낮아져 있었다.

드린펠트나 해군 기사들은 화산 폭발에 대해서 전혀 아무런 대비도 하지 못했다.

언데드 군단을 상대하면서도 낮아진 사기를 더욱 떨어뜨리는 마법을 외웠다.

"그리고 우선 죽여야 될 상대는……."

위드는 성채에 숨어 있는 자들 중에서 성직자와 마법사 들을 목표로 삼았다.

유저들이나 해적들 중에서 신성력이나 마법을 쓸 수 있는 이들은 일곱밖에 되지 않았다.

배의 등급이나 선회 능력, 대포 탑재량이 중요한 해상전에서는 성직자들이 그렇게 필요하지 않다. 마법사도, 있으면 좋지만 배에서는 딱히 전투가 자주 벌어지는 편이 아니라서 잘 오려고 하지 않아 흔치 않다.

"시체 폭발!"

위드는 흰 마나가 모인 손을 흔들며 주문을 외웠다. 부상자들을 치료하는 성직자들과 마법사들의 주변에 마법을 집중시켰다. 그들이 모여 있는 곳에서 위드의 마나가 닿은 시체들이 마구 폭발했다.

네크로맨서에게도 뼈 투척이나 기본적인 공격 마법들이 있지만, 중견 마법사의 공격력보다도 훨씬 강력한 시체 폭발!

"크아아악!"

"마법 공격이다!"

"언데드 군단을 지휘하는 네크로맨서가 어디 있었나?"

"위드야! 위드가 숨어서 언데드 군단을 부리고 있을 거야."

화산 폭발로 정신이 없는 와중에, 이제야 위드에 대해서 알아차렸다.

시체 폭발은 살아 있을 때의 생명력을 기준으로 최대 10배나 되는 피해를 입힐 수 있다. 연쇄적인 시체 폭발로 인하여 방어력이 약한 성직자와 마법사 들이 떼죽음!

최소 60명 이상의 선원들이 크고 작은 부상을 입었다.

대량의 시체들을 한꺼번에 폭발시켜서 관련 마법의 숙련도가 증가합니다.

널리 이름이 알려진 해군 기사 오르반을 죽였습니다. 악명 13 증가!

노튼 왕국에서 지명수배된 해적 발라카를 사망시켰습니다. 명성 5 증가! 악명 8 감소! 노튼 왕국으로 가면 현상금을 받을 수 있습니다.

무고한 사람을 죽였습니다.

무고한 사람을 죽였습니다.

무고한 사람을 죽였습니다.

레벨이 올랐습니다.

악명이 1,980 늘어납니다.

타락한 성자의 지팡이의 효과로 인해서 흑마법이나 네크로맨서 스킬의 효과가 70%까지 강화됩니다.

살아 있는 인간들을 제물로 바쳐서 모든 스탯들이 일주일간 85개 늘어납니다. 마나의 최대치가 270% 증가합니다.

타락한 성자의 지팡이로 인해 악명이 추가적으로 2,010 늘어납니다.

네크로맨서로서 기록을 세웠습니다. 가장 빠르게 가장 많은 인간을 죽였습니다.

위드의 입가에 사악한 미소가 맺혔다.

"역시 나쁜 짓은 이 정도는 되어야 하지."

나쁜 짓에도 등급이 있는 법이다. 위드가 저지르는 나쁜 짓은 차원이 다른 것이었다.

선원들이나 해적들을 죽일 때마다 명성과 악명을 골고루 얻었다. 그리피스의 해적들은 말할 필요도 없었고, 드린펠트의 선원들도 악명이 높거나 살인자의 상태인 자들이 절반 정도는 됐다.

그들을 죽이면서 보통 때보다 더 많은 경험치와 명성, 악명 감소의 혜택까지 볼 수 있었다.

"위드가 저기에 있다!"

드디어 위드가 발견되었다.

바다에서 활동하는 유저들은 시력이 매우 좋은 게 특징이었다. 폭발하는 화산에만 관심을 두다가 주변을 살펴보니 위드가 마법을 외우고 있는 장면을 발견할 수 있었다.

다 떨어진 로브를 입고 타락한 성자의 지팡이를 들고 있는 수정 해골!

이마에는 선명한 붉은색으로 이름이 드러나 있었다.

위드

"다음 공격이 올지도 모르니 몸을 피해라!"

"아니, 놈은 혼자에 불과하니 그냥 공격해서 죽이자."

의견이 통일되지 않는 와중에 드린펠트가 결정을 내렸다. 화산 파편을 피해서 숨어 있다가 위드가 공격을 한다는 말을 듣고 밖으로 나온 것이다.

"돌격대를 편성해서 위드를 잡아라!"

그는 일찍 숨은 편이라서 언데드 군단이 이토록 큰 피해를 주었다는 것을 늦게서야 알았다. 갑작스러운 공격에 큰 피해를 입어서 화도 났지만, 위드를 잡고 싶은 마음이 더욱 컸다.

하지만 그때 북쪽 방향에서 데스 나이트 반 호크가 그들이 있는 성채로 돌진!

서쪽에서는 뱀파이어 로드 토리도도 달려오고 있었다.

문제는 그들 뒤에는 50~60마리에 달하는 몬스터들이 함께 달려오고 있다는 점!

테어벳이나 볼라드 정도는 귀엽게 느낄 수 있는 애교 수준이었다.

위드가 언데드 군단을 끌고 싸워서도 패퇴를 거듭했던 혼돈의 전사들이 짧은 거리를 연속으로 순간 이동하며 쫓아왔다.

"이번엔 지골라스의 몬스터 군단이다!"

일제히 비명을 지르는 성채의 유저들!

용암 파편을 피하기에도 정신이 없는데 언데드들에 뒤이어서 몬스터들까지 습격을 가하다니, 위드에게 이를 갈 수밖에 없었다.

가장 미운 짓만 골라서 한다. 당하는 입장에서는 환장할 수밖에 없는 노릇이었다.

"전원 전투준비를 하라!"

성채의 엄폐물에서 나와서 싸울 수밖에 없었다. 그리고 잠시후, 지골라스의 몬스터들이 그들을 덮쳤다.

하벤 왕국 제2함대의 정예 유저들, 그리고 해적들은 최악의 상황에서도 무기를 휘둘렀다. 동료들과 성벽을 의지해서 몬스터들에게 저항했다.

성직자와 마법사가 없음에도 불구하고 강인하게 버티는 용기를 보여 주었다!

지골라스의 모험을 생중계하는 방송국들의 시청률이 일제히 급등했다.

　화산 폭발과 지진에 모험대가 곤경을 겪을 때부터 늘어나던 시청률이, 위드가 공격을 개시하면서부터 동시간대 시청률 1위, 2위, 3위를 모두 차지했다.

　하벤 왕국 함대와 해적들을 공격하는 몬스터와 네크로맨서!

—위드가 그냥 당하진 않을 거라고 짐작했습니다. 그래도 기다리지 않고 먼저 공격해 버릴 줄이야.

—공평하지 못해요. 재난을 겪은 이들을 기습하다니, 너무 비겁한 거 아닌가요?

—대비하지 못한 이들이 바보죠.

—지골라스까지 갔으면 알아서 조심했어야죠. 부모님이 기저귀 갈아 줄 나이도 아닐 텐데.

—여럿이서 몰려가는 건 정당하고요?

—위드에 대해서 잘못 기대하시는 분들이 있는 것 같습니다. 무슨 영웅담에 나오는 기사나 전사를 생각하셨나요? 제대로 알려 드리자면, 〈마법의 대륙〉 시절의 위드는 사냥터의 몬스터들을 싹 쓸어버리는 것으로 유명했죠. 도전하는 길드들은 수단과 방법을 가리지 않고 짓밟아 버렸습니다.

—이게 바로 위드.

—위드의 악명이 괜한 게 아니죠. 〈마법의 대륙〉에서 위드라면 치를 떠는 유저들이 꽤 많아요. 날아오는 드래곤보다 지나가는 위드가 더 무섭다는 농담이 괜히 나왔겠어요?

—몬스터나 지형지물을 이용하는 건 위드의 고전적인 수법이죠. 진짜 최고로 비열한 수법까지도 서슴지 않고 사용하고, 적들을 질리게 하기 때문에 그렇게 강할 수 있었던 겁니다.

—잔인해서 좋아요!

일반 유저들만이 아니라 여러 길드와 귀족, 성주 들까지 방송을 지켜보았다.

─────※────

"클클클."

위드는 선원들과 해적들이 싸우는 것을 보면서 음흉하게 웃었다.

용암 파편에 맞아 죽으면서도 자리를 지키며 언데드와 몬스터 들과 싸우고 있었다.

숭고한 그들의 동료애나 전투 능력에 박수를 보내고 싶은 기분은 전혀 들지 않았다.

여기서 악역은 위드였으니까.

일반 선원들이나 해적들이 눈에 띄게 제대로 못 싸우는 것이 보였다. 저주의 여파도 있겠지만 사기가 심하게 떨어져서 전투 능력에도 적지 않게 영향을 주었다는 증거다.

드린펠트의 선원들, 그리피스의 해적들도 정상 때보다 전력이 많이 약화되었다.

집단 전투에서는 이러한 눈에 보이지 않는 사기들이 더 중요하게 적용되었다.

1,000명, 2,000명을 넘어가면 사기만으로도 몇백 명 정도의 힘을 더 낼 수도 있고 덜 낼 수도 있는 것이다.

"나쁜 짓은 이제부터란 말이지."

데스 나이트 반 호크는 어둠의 기사답게 활약을 했다.

적들 중에 따로 떨어져 있는 해군 기사들에게 덤벼서 승부를 벌였다.

강력한 공격 스킬로 빠르게 목숨을 끊고 도주!

위드는 반 호크의 생명력과 마나가 떨어질 때마다 마법을 사용해서 적절히 회복시켜 주었다. 네크로맨서였기에 휘하의 언데드에게 본인의 생명력과 마나를 전해 줄 수 있었다.

뱀파이어 로드 토리도는 은신술을 펼치면서 기습을 했다. 선원들의 목덜미를 잡고 날카로운 송곳니를 꽂았다.

한창 몬스터들과 싸우고 있다가 갑자기 나타난 토리도에 의해서 사망!

생명력과 마나를 최대치까지 채우고서 습격하는 뱀파이어 로드!

수하인 진혈의 뱀파이어족들도 등장했다.

성직자에 의해서 완전히 소멸될 염려가 없기 때문에 뱀파이어들은 박쥐로 변해서 활개를 쳤다. 하지만 공중에서 용암 파편들에 맞아 먼지처럼 흩어져 버리기도 했다.

"진혈의 뱀파이어족의 희생이 크군."

아직 대부분이 어린 뱀파이어들이다. 전투를 통해 성장을 하려니 부득이한 희생이 생길 수밖에 없다.

하지만 용암 파편을 뚫고 하늘에서 날아다니고, 공중에서 지상으로 습격을 한다.

선원들과 해적들의 방어벽까지 돌파해서 목덜미에 송곳니를 꽂는 것은 뱀파이어들에게는 굉장한 힘을 늘릴 기회였다.

위드가 있는 장소는 상대적으로 평온하기 그지없었지만, 드린펠트나 그리피스의 주변은 혼란 그 자체라고 할 수 있었다.

위드를 향해서도 가끔 공격이 들어오긴 했다.

"쏴라! 죽여라!"

명성에 눈이 멀거나 동료를 잃어 분노한 유저들이 화살 등으로 공격을 해 왔다. 물론 그런 눈먼 화살에 맞아 줄 위드가 아니라서 미련 없이 몸을 숨기고 마나를 모았다.

"누렁아, 누가 만들었는지 몰라도 참 잘생겼다. 우리 누렁이, 간식 줄까? 이리 가까이 와 봐."

누렁이는 어슬렁어슬렁 걸어왔다. 위드가 간식을 준다고 하니 반신반의하면서도 걸어오는 것이다.

위드는 누렁이의 목덜미를 콱 움켜쥐었다.

"마나 드레인!"

음머어어어!

누렁이의 마나 흡수.

친밀도를 생각한다면 바람직한 방법은 아니지만, 금인이와 누렁이에게 번갈아 흡수하면서 빠르게 마나를 회복했다.

"시체 폭발!"

대난전이 벌어지고 있는 성채에 널려 있는 시체들을 터트려 버렸다.

밀집해서 방어벽을 형성하고 있는 와중에 시체들이 폭발한다. 선원들이 열심히 만들었던 성채는 바윗덩어리들이 무질서하게 흩어지고 도처에 불이 붙어서 그 흔적을 제대로 찾기 어려웠다.

비열하고, 치사하고, 더러운 공격 방법이지만 효과는 만점!

"이제 슬슬 다른 마법도 구사해 볼까?"

위드는 데스 나이트를 소환하는 마법도 외웠다. 적진의 한복판에 언데드들까지 소환했다.

드린펠트는 선원들의 진형이 무너지지 않게 지휘하면서도 떨어지는 용암 파편들을 검으로 쳐서 부쉈다.

그는 함대를 이끄는 제독으로서 해상전에 능숙했다. 함선들을 이용해 진형을 짜고 적들을 포격으로 무너뜨리는 게 특기.

지상에서 이렇게 몬스터와 마법, 지형을 활용하면서 공격을 당해 본 적은 없었다.

설마하니 위드가 먼저 습격을 하리라고는 상상도 못 했다는 원인도 있었지만.

드린펠트는 여러모로 정신이 없는 와중에도 냉정을 되찾고 반격을 준비했다.

"너희는 이곳을 빠져나가서 위드만 죽여라!"

"알겠습니다."

믿을 만한 유저 2명과 함대에서 최고로 꼽는 해군 기사 8명으로 별동대를 구성했다.

성채를 빠져나가는 와중에 하늘에서 떨어진 파편에 맞아서 별동대 해군 기사들 2명 희생! 용암이 흐르는 대지를 건너고, 땅이 갈라진 곳을 뛰었다. 불바다를 헤치고 나가면서 3명이 더 목숨을 잃어야 했다.

발견되지 않으려고 먼 거리를 돌아가다 보니 피해가 더욱 커졌다.

"이제 거의 다 왔다."

해군 기사들은 검을 뽑아 들고 차분하게 산을 올랐다.

마법사나 네크로맨서는 근접전에 취약하다. 위드에게 가까이 다가가서 목숨을 취할 작정이었다.

하지만 그들이 오는 길목을 한 사람이 막고 있었다.

서윤, 그녀가 갑옷에 투구까지 쓴 채로 완전무장하고 기다렸던 것.

스르릉!

서윤이 망설이지 않고 검을 뽑았다.

화산 폭발, 지진, 몬스터들의 습격, 시체 폭발 등으로 드린펠트의 함대 전력은 반 이상이 줄었다.

살아남은 수는 유저들 15명, 선원들 219명!

부상이 심한 선원들 30여 명이 더 죽으면서, 처참하게 몰살을 당했다고 해도 과언이 아니었다. 죽은 유저들은 시간이 지나면 접속할 수 있지만 애써서 키운 선원들은 영영 잃어버릴 수밖에 없게 되었다.

특히 마지막에 위드가 소환한 독 안개가 골칫덩어리였다.

성직자나 샤먼이 없었기에 마법으로 해독을 하지 못하고 해독약으로는 중급 네크로맨서 마법을 감당하지 못해서, 부상이 심하던 이들이 전투 불능에 빠져 몬스터들에게 속수무책으로 목숨을 잃었다.

해적들의 피해도 엄청났다. 살아남은 해적 유저들은 30명이

겨우 넘었고, 해적 병사들도 152명밖에 안 됐다. 지골라스에 상륙했을 때의 숫자가 드린펠트의 함대보다도 훨씬 많았던 점을 고려한다면 떼죽음이라고 해야 마땅했다.

"위드!"

드린펠트와 그리피스는 위드라면 이를 갈게 되었다.

부하들의 처참한 손실도 화가 났지만 엄청난 시청률의 방송을 통해서 그들의 몰살이 적나라하게 까발려지고 말았던 것.

"반드시 죽인다."

"해적의 명예를 걸고 죽여 버리겠다."

성직자들과 마법사들이 살아날 때까지 나흘간 얼지 않는 강으로 철수를 단행!

위드는 그동안 느긋하게 강가 주변으로 돌아와서 얄밉게 사냥을 하면서 레벨을 올리고 언데드 군단을 불렀다. 호흡곤란을 일으킬 정도로 화가 나 있는 사람에게 고춧가루를 푼 뜨거운 물을 마시라고 주는 격이었다.

"이제 위드 척살을 목표로 한다."

드린펠트의 함대 그리고 그리피스의 해적들은 확실한 목표를 정했다. 길드 채팅이나 게시판에도 그들을 조롱하는 이야기들이 많았기에 명예 회복을 노리려고 했다.

위드는 이런 복수전도 익숙했다.

"진짜 나쁜 놈들에게는 복수도 당해 주지 않아야 되는 법!"

어설프게 나쁜 놈들이 여유를 부리다가 된통 당하고, 상대에게 자비를 베풀었다가 뒤통수를 크게 맞는다.

"빠르게 철수할 시기야."

위드는 죽은 이들이 다시 접속할 시간이 되자 약삭빠르게 대지의 균열이 심한 조각사들의 유산이 있는 장소로 사냥터를 옮겼다.

하벤 왕국의 함대와 해적들은 함부로 따라오지 못했다.

어떤 함정이 있을지도 모르고, 무엇보다 지골라스의 화산들이 다시 큰 울음을 터트리며 진동하고 있었다.

"계략에 주의해라!"

"철저히 조사하고, 화산 폭발에도 대비하자."

방심했던 지난번과는 달리 경계심이 많아진 모습이었다. 화산 폭발이 일어나고 난 이후 차근차근 영역을 넓혀 가면서 추격하려고 했다.

그러면서도 겉으로 드러난 것과는 다르게 암살조를 파견해서 위드의 목숨을 노리라고 지시했다.

"자존심 강한 놈들이니 그냥은 물러나지 않을 거야."

위드는 어떤 방식이든 보복이 돌아올 것을 이미 예상하고 있었다.

〈마법의 대륙〉에서 명문 길드들과 싸울 때에도 한 번의 패배로 끝나는 경우가 없었다. 위드는 그런 전투를 수없이 많이 겪어 본 경험자였다.

"주인, 인간들이 다가오고 있다."

뱀파이어 로드, 피의 군주인 토리도가 인간의 기척을 파악해 냈다.

"몇 명이나 되는데?"

"열이다. 뒤에서 쫓아오고 있다."

"강해?"

"저번에 피를 빨아 먹었던 놈 수준이다."

습격은 상대가 대비하고 있지 않아야 위력이 발휘되는 법.

언데드 군단 그리고 토리도, 반 호크, 서윤이 있는 이상 10명 정도의 해군 기사들로 구성된 암살조를 물리치는 데에는 어려움이 없었다.

암살조들을 역으로 함정으로 유인해서 섬멸하고 전리품을 주운 위드!

"기사들의 장비는 구하는 사람들이 많아서 비싸게 팔리지."

왕국 기사의 장갑, 단검을 꽂을 수 있는 허리띠 획득!

그 외에도 2개의 물품, 맹독의 단검이나 강철 갑옷도 나왔다. 강철 갑옷은 레벨 제한이 290에 걸려 있어서 중고 레벨 기사들이 착용하기에 좋은 것이었다.

"자, 이건 네 몫이야."

위드는 단검과 강철 갑옷은 서윤에게 주었다.

갑옷은 가장 비싼 축에 드는 장비다. 하지만 이번에 주운 것은 중요한 옵션들이 없어서 팔더라도 아주 높은 가격을 받기는 어려운 물건이었다.

'일단 공범을 만들어 놔야지.'

협력의 중요성도 잊지 않는 위드였다. 나쁜 짓도 둘이 하면 더 잘할 수 있다.

2차, 3차, 4차, 5차, 6차 습격전!

화산이 폭발할 때가 아니라 위드는 아침, 점심, 저녁으로 언데드와 몬스터 들을 모아서 드린펠트와 그리피스 등을 괴롭혔다. 언데드와 몬스터 들을 한 아름 모아서 풀어놓고 도망쳐 버리는 것이다.

그것도 그들이 몬스터들과 사냥을 하거나 뿔뿔이 흩어져 있을 때에만 습격을 했다.

지긋지긋하기 짝이 없는 공격이었다.

더럽고 치사했지만, 드린펠트와 그리피스는 그 언데드와 몬스터 들을 처리하지 않을 수가 없었다.

볼라드와 혼돈의 전사 들을 몰고 가면 아무리 튼튼하게 수비를 하더라도 10명 이상이 죽었다.

선원들이나 해적들은 한번 줄어들면 지골라스에서 보충하기가 어려웠으므로 위드는 그 점을 집중해서 공략했다.

언데드들에게는 선원들을 노리게 하고, 혼돈의 전사들과 싸우는 드린펠트와 다른 유저들의 전투를 구경했다.

드린펠트나 유저들, 해군 기사들은 혼돈의 전사들의 순간 이동으로 괴로움을 겪었지만 격전 끝에 물리치고 사냥을 계속하곤 했다.

유저들도 1~2명씩 차곡차곡 죽어 나갔다.

"전투 능력이 대단하군."

위드는 그러한 장면들을 주의 깊게 관찰했다.

드린펠트와 그리피스도 방어만 하지는 않았다. 반격을 가해 왔다.

"위드를 죽여라!"

"놈을 잡아라. 푸짐한 상금을 준다."

"놈이 가지고 있는 장비와 퀘스트를 빼앗자!"

그리피스는 결사대를 조직해서 직접 이끌고 우회해서 공격해 왔다.

몬스터나 언데드 들에는 개의치 않고 위드만을 척살하기 위한 조직.

"피해는 감수하기로 한다. 무조건 위드의 목숨을 끊어라!"

언데드들이 막으면 일부가 남아서 상대하고 나머지는 전진한다. 몬스터들의 공격은 몸으로 때우거나 두세 갈래 방향으로 흩어져서 따돌리고 위드를 쫓아왔다.

쫓는 자와 쫓기는 자의 싸움!

위드는 뼈마디를 달그락대며 부지런히 달렸다.

"내가 너희에게 잡힐 수는 없지!"

언데드라서 좋은 점이, 체력이 떨어지지 않는다는 것이었다. 게다가 힘이 약해서 물리적인 타격 능력은 떨어져도 몸이 가벼워서 뛰기는 좋다.

"네발 뛰기!"

네발로 바위산을 뛰어다니면서 도주하는 해골 리치!

"잡아라!"

"무슨 네크로맨서가 저렇게 빨라!"

"저놈은 지치지도 않나?"

추격대가 전력을 다해서 달려왔다.

지금까지는 거의 사용할 필요성을 느끼지 못했던 네발 뛰기 스킬이었지만, 만일의 사태를 생각해서 이동 시에도 사용하며 스킬의 숙련도를 올려놓았다.

스킬의 레벨이 중급에 오르자 산악 지형에서의 이동이 매우 효과적으로 변했다. 사자나 호랑이처럼 민첩하게 뛰어다닐 수 있게 되었다.

게다가 스킬의 레벨이 고급에 오르니 효과음도 생겼다.

따각따각따각.

말이 뛸 때 내는 말발굽 소리를 내면서 질주를 했다.

위드는 지골라스의 지리를 잘 알았고, 몬스터들의 위치도 꿰고 있었다. 추적대의 규모가 클수록 몬스터들의 시선을 끌게 되고 자연히 습격도 이루어진다.

"반 호크, 토리도! 싸워라!"

부하들까지 동원해서 추격대를 괴롭혔다.

"거친 파도의 습격!"

그리피스가 스킬을 사용할 때마다 볼라드와 테어벳 들이 우후죽순으로 쓰러졌다.

하지만 그러는 와중에 위드는 상당한 거리를 벌 수 있었다. 그 틈을 이용해 그리피스와 결사대에게 체력을 빨리 고갈시키는 저주 마법까지 시전했다.

그러면 그리피스도 더 이상 쫓아오지 못하고 얼지 않는 강 주변으로 돌아갔다.

위드도 큰 위험을 무릅쓰고 습격을 가하고 있었다.

"여러 번 쓰기 어려운 방법이군."

결사대에 길이 한 번만 가로막히더라도 죽어야 했다.

추격이 반복되면서 도망치는 경로나 몬스터들을 피하는 수법도 나날이 발전해 간다.

위드가 몬스터로 유인을 하려고 해도, 오히려 더 멀리 돌아서 오고 일부는 일직선으로 앞질러 간다.

쫓기는 쪽에서는 선택할 수 있는 도주로에 한계가 있는데 쫓아오는 쪽의 기술이 날로 늘었다.

선원들과 해적들의 피해가 커질수록, 그들은 정말 말 그대로 죽을힘을 다해 쫓아왔다.

"적당한 병력만 따라오면 유인해서 처리하려고 했는데 아쉽게 됐군."

서윤이나 누렁이, 금인이도 매복을 시켜 놓기는 했다.

소수만 끝까지 따라오면 확실하게 죽이고 아이템들을 가로채려고 했는데 호락호락하게 당해 주지는 않았다.

언데드와 몬스터 들을 데리고 습격을 하려고 해도 드린펠트가 정찰조들을 운영하면서 사전에 대비를 했다. 철벽처럼 방비가 탄탄해지고, 위드를 함정에 몰아넣어 잡으려는 태도가 역력했다.

6차 습격전에는 오히려 언데드들에게 당하는 척 끌어들이려는 음모까지도 사용했으니!

위드는 입맛을 다셨다.

"쉽고 단순한 작전으로는 이게 한계인가?"

그렇다고 실망까지는 아니었다.

〈마법의 대륙〉에서 명문 길드들을 처리했던 수많은 방법들 중에서 지골라스에서 가장 빨리 효과를 볼 수 있는 전술을 사용했을 뿐!

"일곱 가지 정도 더 남아 있는데 그걸 다 쓰자니 준비 시간도 오래 걸리고 내게 손해도 생길 수 있으니……."

열 번을 죽이더라도, 한 번을 죽으면 손해다.

위드는 서윤과 부하들을 데리고 조각사들의 유산이 있는 장소로 완전히 물러났다.

～✥～

드린펠트는 연이은 실패에 이를 갈았다.

정면 승부를 한다면 몬스터와 언데드 군단을 물리치고 충분히 위드도 죽일 수 있으리라.

"너구리가 따로 없군."

하지만 놈은 영악하게도 도망칠 경로를 최소한 대여섯 가지는 준비해 놓고 공격을 한다. 몬스터들의 함정이나 지형 등의 요인으로 인해서 다수의 병력을 운용하기는 무리가 있었다.

"무리해서 쫓지는 마라. 이곳을 바탕으로 영역을 넓혀서 놈을 잡는다."

드린펠트도 확실한 꿍꿍이는 있었다.

'지골라스에 막 도착했을 때에 놈은 이곳에 있었다. 우리보다 먼저 와서 익숙하다고 해도, 놈이 돌아다닐 수 있는 영역도 그리 넓지는 않다는 증거겠지. 그리고 무엇보다 다시 베르사 대륙으로 돌아가려면 이곳을 거치지 않으면 안 될 터.'

유령선과 얼지 않는 강은 드린펠트 함대가 완전히 장악했다.

"이 지골라스에서 사냥을 하며 영역을 넓혀 나가면 분명 놈을 만나게 된다."

무모한 추격은 드린펠트의 부하들에게 엄청난 피해를 야기하게 되리라.

지골라스의 즐비한 초고레벨 몬스터들 때문에라도 인내심을 발휘하고 있지만 위드를 용서할 마음은 추호도 없었다.

"끝까지 죽일 것이다. 그리고 다시는 베르사 대륙으로 돌아가지 못하게 하리라."

하벤 왕국 제2함대 제독의 무너진 자존심을 설욕하기 위해서라도 위드를 죽여야 했다.

드린펠트는 헤르메스 길드에 지원군도 요청했다.

지금은 대부분 해군 기사나 선원으로만 구성되어 있어서 언데드들을 내던지고 도망치는 위드를 쫓기에 효율적이지가 못했다.

'위드를 척살하는 데 지원 병력을 달라는 제안이라……'

헤르메스 길드에서는 잠시 토론을 거친 후에 긍정적인 대답을 보내왔다.

그들이 준비하고 있는 패권 동맹의 서막이 곧 오른다. 하지만 드린펠트의 실패는 곧 헤르메스 길드의 실패이기도 했다.

─위드가 리치로 활동하고 있다니 상급 성직자 10명과 상급 마법사 15명 그리고 그들을 호위할 수 있는 기사 10명을 보내겠습니다.

드린펠트가 바라던 범위를 넘는 수준의 지원이었다.

─고맙습니다. 반드시 위드를 잡겠습니다.
─원활한 추적을 위해서 어쌔신 8명, 도둑 4명, 발굴가 1명도 같이 보냅니다. 위드를 반드시 죽여야 될 뿐만 아니라, 지골라스에서 던전들도 파헤치도록 하십시오.

지골라스 전체를 장악하고 방송에서 힘을 과시하기 위한 헤르메스 길드의 과감한 파병이었다.

～◆◆◆◆◆～

　"이놈들이 어디서 내 욕을 하진 않겠지?"

　위드는 귀를 벅벅 긁었다.

　〈로열 로드〉에서야 많이 줄어들었지만 욕을 어디 1~2달 먹어 보았던가!

　"베르사 대륙에서는 착하게 살려고 했는데… 먼저 건드린 건 너희 쪽이야."

　위드는 많이 참으면서 살아왔다.

　조각품이나 여러 생산품들을 바가지를 씌워 팔고, 남들이 파는 물건의 가격은 사정없이 후려치고, 초보자들을 풀죽으로 부려 먹는 행위 정도야 살기 위해서 어쩔 수 없이 저질렀던 일!

　"어쨌든 놈들과는 돌아오지 못할 길을 간 것이로군."

　처음부터 용서해 달라고 해서 해결될 문제가 아니다. 허리를 숙이고 굽히고 들어가더라도 봐줄 리가 없었다.

　"일단은 놈들에게 잡히지 않기 위해서라도 계속 가 보는 수밖에. 토리도, 반 호크, 누렁이, 금인아!"

　"예, 주인님!"

　"전투준비를 갖춰라."

　언데드 군단은 최대로 늘려 놓았고, 토리도와 반 호크, 조각 생명체들도 싸울 준비가 완료되어 있다.

"드디어 혼돈의 전사들을 사냥할 시간인가."

퀘스트 해결을 위한 지골라스 탐험을 개시할 순간.

서윤에게도 혼돈의 전사와 싸울 방법을 일러두었다.

"놈들이 만약 방어 자세를 전혀 취하지 않으면 짧은 거리를 순간 이동하려는 거야. 특히 여러 마리일 때에는 가장 생명력이 낮아진 놈의 주변에 다른 놈들이 모여들거든. 그러니까 조심해야 돼."

혼돈의 전사의 전투 성향에 대해서는 언데드들과 싸울 때, 그리고 그리피스에게 싸움을 붙였을 때 충분히 관찰해 두었다.

"위험한 몬스터지만 실수만 하지 않는다면 잡을 수 있어. 언데드들을 모두 희생시켜서라도 놈들을 사냥한다."

튼실한 근육을 뽐내는 누렁이에게 반 호크가 탑승해서 기사의 전력도 최대로 발휘할 준비가 됐다.

금인이와 누렁이는 지난번에 혼돈의 전사와 싸울 때는 투입시키지 않았지만, 이제는 전부를 걸어야 하는 순간이었다.

아르메니아 해적들이 전멸한 장소로 가는 길목을 막고 있는 혼돈의 전사는 8마리!

위드는 통솔력 증가를 위한 사자후를 터트렸다.

"언데드들이여, 그리고 나와 함께하는 피의 군주, 죽음의 기사, 내가 생명을 준 누렁이, 금인이! 모두 공격하라!"

"크아아아앙!"

위드가 고함을 지르자 언데드들이 팔을 휘저으면서 적들을 향해 돌진!

어려운 일전을 앞두고 용기를 불어넣기 위한 네크로맨서의 함성이었다.

'상당히 멋있었지. 노래를 할 때와 더불어서 이 순간이 가장 멋이 있다니까.'

위드는 슬쩍 서윤을 보았다.

많은 전투를 함께해서인지 미리 양손으로 귀를 막고 있었다. 서윤에게는 그저 커다란 소음에 불과했던 것!

사자후의 소리가 끝나자 그녀는 검을 뽑고 전진했다.

혼돈의 전사와의 5차전이었다.

슬로어의 사연

"수백 번 패서 안 죽는 몬스터는 없다. 공격하라!"

위드는 언데드들을 혼돈의 전사들에게로 전진시키는 한편저주 마법을 준비했다. 혼돈의 전사가 휘두르는 도끼질에 언데드들은 대여섯씩 죽어 나갈 게 뻔했기 때문에, 빠르게 저주 마법을 성공시켜야 했다.

"어둡고 눅눅한 공기, 시체들의 악취를 담고 있는 바람이 불어라."

좀비를 많이 만들었을 때에만 사용할 수 있는 저주 마법!

공기를 탁하게 만들어서 체력과 생명력, 마나를 감소시키고 각종 면역력 저하와 함께 피부병도 일으킨다.

위드는 혼돈의 전사들을 향해 두 손을 뿌렸다.

"썩은 시체들의 호흡!"

더러운 악취가 몰려오는 마법이었다.

혼돈의 전사들에게 직접 적용시키는 저주 마법이 아니라 범위 전체를 오염시키는 네크로맨서의 마법.

서윤에게는 미리 면역 마법을 걸어 놓아서 괜찮았다.

언데드들이 진군했지만, 예상대로 혼돈의 전사에 의해서 도 륙을 당했다.

어차피 생명력과 체력을 저하시키는 용도로 강화한 좀비와 구울 들을 수량으로 밀어붙였다. 무작정 팔을 휘저으면서 돌진 하는 언데드들은 생명체에게 약간의 공포심을 선사함과 더불 어 전투 의지를 약화시키는 효과가 있었다.

"어둠이 깊게 내린 자리에서는 자신조차도 느끼지 못하리라. 편협한 시야!"

위드가 직접 혼돈의 전사들을 지정해서 사용한 저주 마법들 은 실패했다.

저주 마법이 사용되자마자 순간 이동을 이용하여 피해 버리 는 혼돈의 전사들.

"어둠이 깊게 내린 자리에서는 자신조차도 느끼지 못하리라. 편협한 시야!"

그래도 위드는 포기하지 않고 계속 마법을 사용했고, 혼돈의 전사들은 그때마다 눈치채고 순간 이동으로 피해 냈다.

편협한 시야는 저주 마법치고는 약한 주문이었다.

말 그대로 시야를 협소하게 만들어서, 네크로맨서를 잘 보지 못하게 한다. 다른 적들의 움직임이나 동료들의 위치, 마법 공 격 등도 늦게 알아차리도록 복합적인 효과를 발휘하는 주문이 지만, 그 효과가 오래 지속되지는 않는다.

빠르게 주문을 외울 수 있고 마나의 소모도 적은 마법을 사용하면서 순간 이동을 유도, 혼돈의 전사들의 마나 소모를 이끌어 내는 것이었다.

"놈들이 분산되었다!"

혼돈의 전사들이 언데드들 사이에 불을 질렀다.

도끼에 맞으면 화염에 휩싸여서 소멸되는 언데드들!

전사들이 땅을 향해 도끼를 휘두르면 타오르는 불의 방벽이 만들어졌다.

이러한 공격을 겸한 방어로 인하여 지난 네 번의 전투에서는 승리하지 못했다.

언데드들을 유지하고 있기 때문에 위드의 마나도 저주 마법이든 공격 마법이든 펑펑 쓸 만한 처지는 아니다.

"하지만 싸울 방법 정도는 알아냈지. 스켈레톤 메이지, 아처들 공격!"

불의 방벽을 만들고 싸우는 혼돈의 전사들을 향해 마법과 화살 공격을 집중시켰다.

서윤, 토리도, 누렁이와 반 호크가 적들을 하나씩 맡아서 싸우고, 남은 혼돈의 전사는 5명.

순간 이동을 펼치면서 위치를 바꾸려는 적들에게 저주 마법을 시전했다. 이미 있었던 위치가 아니라 다시 나타날 가능성이 높은 장소로!

"편협한 시야."

스켈레톤 아처와 메이지 들을 4마리씩 희생양으로 언데드 군단 사이에 포진시켜 놓았다. 순간 이동으로 나타날 가능성이 가장 높은 장소를 미리 만들어 두고 저주 마법을 작렬!

혼돈의 전사들은 나타나자마자 눈가에 푸른 안개가 덮이는 저주 마법에 걸렸다.

"둘!"

2마리를 성공.

"집중 공격."

저주 마법에 걸린 혼돈의 전사들에게 스켈레톤 메이지와 아처 들의 공격을 집중시켰다.

입으로 싸우는 게 네크로맨서라는 비난도 많지만, 빠른 상황 판단과 지휘력이 필요했다.

혼돈의 전사 둘은 협소해진 시야로 인하여 마법과 화살 공격을 다 피하거나 막지 못했다. 스켈레톤 메이지와 아처 들이 마구 퍼붓는 공격들이 효과를 발휘했다.

지난번에 8마리의 혼돈의 전사들과 싸울 때에는 이보다 훨씬 어려웠다. 언데드들의 수량이 무서울 정도로 급격하게 감소했던 것이다.

서윤과 토리도, 반 호크 등이 1마리씩을 감당하면서 언데드들이 훨씬 적게 죽어 나갔고, 여유가 생겼다.

금인이는 스켈레톤 아처 부대를 지휘하면서 한 지점으로의 일제 공격에 도움을 주었다.

"이제 슬슬 올 때가 되었군."

뭇매를 맞은 혼돈의 전사 둘의 생명력이 급격하게 줄었다.

"다섯, 넷, 셋, 둘, 하나. 지금쯤이다."

생명력이 삼분의 일 정도가 남았을 무렵이 되자 위드는 모아진 마나로 저주 마법을 시전했다.

"어둠이 깊게 내린 자리에서는 자신조차도 느끼지 못하리라. 편협한 시야!"

생명력이 줄어든 혼돈의 전사들이 있는 장소로 마법을 사용!

얼핏 이해하기 힘든 행동이었지만, 저주 마법이 발현되는 순간 절묘하게 근처에서 언데드들을 때려잡던 혼돈의 전사들이 순간 이동을 통해 모여들었다.

혼돈의 전사들에게 한꺼번에 저주 마법을 씌우는 데 성공!

언데드들은 사분의 일 정도가 줄어 있었다.

"좀비나 구울! 동료들의 희생을 아깝게 만들지 마라. 공격!"

한 지점으로 일제 공격을 했다.

혼돈의 전사들은 동료들을 지키기 위한 전우애가 굉장히 강한 편이었다.

"다친 놈들 중에서는 1마리만 공격하고, 하나는 남겨 둬라."

"알았다, 골골골!"

혼돈의 전사들의 습성을 최대한 활용하는 공격 방법!

그때에도 서윤은 혼돈의 전사 1명과 전투를 벌이고 있었다.

그녀와 싸움을 하던 혼돈의 전사는 동료가 위기에 처하자 순간 이동을 쓰려고 했지만 실패하고 말았다. 광전사의 직업 스킬, 상대방을 속박하는 기능으로 인하여 도망도 치지 못한다.

서윤은 평범한 공격 스킬들을 사용하면서 싸웠지만, 전투가 지속되면서 검에 붉은 기가 덧씌워졌다.

생명력과 마나를 불태워서 적을 향해 공격을 퍼붓는 광전사!

검을 휘두르는 일격 일격이 상급 스킬들을 사용하는 것처럼 흉험하기 짝이 없다.

큰 도끼를 휘두르는 혼돈의 전사가 수비에 급급하면서 밀려났다.

주변이 불바다가 되고 있었지만 서윤은 조금도 개의치 않는 모습.

체력이 바닥까지 떨어지고 난 다음에도 광전사는 적이 남아 있는 한 싸울 수 있다. 죽는 순간까지 광전사 본인도 몬스터도 도망치지 못하고 싸우는 무서운 직업이었다.

> 혼돈의 전사가 사망했습니다.

> 파티원 서윤의 사냥 성공으로 인해서 명성이 2 오릅니다.

> 경험치가 증가했습니다.

혼돈의 전사 1마리 사냥 성공!

사냥을 시작하기 전, 위드가 생명력이 바닥까지 떨어지고 나면 다른 혼돈의 전사들이 순간 이동으로 모여든다고 말을 해주었다.

"절대 조심해야 돼. 혼돈의 전사들은 곧 죽을 것 같을 때 더 위험하거든. 짧은 방심이 돌이킬 수 없는 죽음을 불러오지. 언데드들은 희생시켜도 다시 일으키면 되지만, 조각 생명체나 넌 죽으면 큰 손해니까 무리하지 마. 적당히 싸우면서 도망칠 준비를 완벽하게 해 놔."

같은 말을 열일곱 번이나 하면서 잔소리를 했다.

그랬는데 서윤은 혼돈의 전사가 가진 생명력이 절반 이하로 남았을 때 엄청난 공격을 한꺼번에 퍼부었다.

광전사 특유의, 마나를 2배나 빠르게 소모하면서 사용하는 공격 스킬들의 연타!

소위 광전사들에 대해 이야기하는, 눈에 보이는 것이 없는 상태가 되었을 때에는 스킬의 지연 속도도 절반 이하로 줄어든다. 그것을 이용하여 다른 혼돈의 전사들이 모여들 틈도 없이 빠르게 사냥해 버린 것이었다.

위드가 따로 일러두지 않더라도 그녀는 매우 많은 몬스터들과 던전, 사냥터 들을 전전해 왔다. 그래서 임기응변에도 능한 편이었지만, 서윤은 위드의 잔소리에 고마워했다.

그녀를 걱정하지 않았다면 애써 잔소리를 해 주지도 않았을 것이기 때문이다.

열일곱 번이나 같은 말을 들으면서도 내심 뿌듯해했던 그녀였다.

혼돈의 전사 1마리가 줄어들고, 나머지 2마리는 죽음이 임박한 상태!

위드는 반드시 승리할 수 있다는 자신감을 가졌다.

'언데드들의 피해도 생각했던 것보다 훨씬 줄일 수 있겠다.'

줄어든 언데드가 30%가 조금 넘었지만, 상급 언데드인 데스 나이트들을 비롯하여 정예부대가 건재하다.

위드는 새로 얻어 낸 혼돈의 전사 시체를 유용하게 활용하기로 했다.

4단계 언데드 소환 마법.

언데드들이 감소한 만큼 마나에 여력이 생겼다.

"지옥의 밑바닥에서 싸우고 있는 전사의 영혼, 네가 활용할 육신이 있으니 이곳으로 오라. 애니메이트 데드!"

혼돈의 전사의 시체가 땅에서 몸을 일으켰다. 외모는 살아 있을 때와 비슷했지만, 눈에서 시퍼런 광채를 드러낸다.

전투 영혼, 나이더만이 소환되었습니다.

나이더만
베르사 대륙의 역사에 이름도 남기지 못하고 죽은 자유 용병의 유령! 좋은 실력을 가진 나이더만은 무수한 전투를 거치면서도 살아남았지만, 결국 던전 탐험에서 목숨을 잃었다. 던전 탐험을 주도했던 귀족들은 나이더만의 남은 가족들에게 보상금도 지급하지 않았고, 시체조차 방치당한 나이더만은 귀족들에 대한 증오심을 품게 되었다.
특성: 용병 전사. 던전에 대한 공포, 귀족에 대한 거부감, 여러 종류의 무기를 활용할 수 있다.

육체적인 능력은 혼돈의 전사 그대로!

혼돈의 전사들은 부상당한 둘을 지키기 위해 2명이 남아 있었다. 나머지 셋은 순간 이동으로 언데드들 사이를 휘젓고 다니며 불바다를 일으키면서 전투를 했다.

서윤이 1명을 맡았고, 토리도, 반 호크와 누렁이가 각자 1명씩 쫓아다니면서 싸우는 중이었다.

언데드들을 지휘하기 위해서는 이름을 붙여 주는 것도 필요했다.

"앞으로 너는 카오스 워리어라고 부르겠다. 뱀파이어 로드 토리도가 쫓아다니는 놈을 처리하라."

"알. 았. 다."

나이더만은 순간 이동을 펼치면서 언데드들을 공격하는 혼돈의 전사를 상대했다.

도끼와 도끼가 부딪칠 때마다 불똥이 튀고 폭발이 일어나면서 호각으로 싸움이 벌어졌다.

혼돈의 전사를 제압하기는 힘들겠지만, 언데드인 이상 무한한 체력을 가진 나이더만이 버티는 데에는 무리가 없으리라.

순간 이동으로 도망을 치더라도 나이더만도 따라가면서 싸웠다.

삽시간에 대여섯 번의 순간 이동을 하며 격돌하는 둘!

"토리도, 넌 반 호크와 함께 싸워!"

"싸우던 놈을 마저 해치우고 싶다."

"전투 중에 명령 불복종이라니, 맞을까? 내가 때릴까, 네가 맞을까? 둘 중에 어떤 것을 선택할래?"

"명령을 따르겠다, 주인!"

위드는 나이더만이 싸움을 하는 동안에 부하들은 하나의 적만 담당하게 했다.

토리도도 혼돈의 전사와 박빙으로 싸울 수는 있었다. 하지만 토리도와 반 호크, 누렁이가 힘을 합쳐서 빨리 혼돈의 전사 하나를 해치우는 편이 낫다.

소환한 언데드는 성장을 하지 않지만, 부하들은 경험이 쌓이고 성장을 한다.

"지금은 혼돈의 전사들이 조금 힘들더라도 나중에는 얼마든지 이길 수 있도록 키워 주마."

부하들의 성장은 위드의 기쁨!

안전도를 늘리기 위해서라도 1명에 셋을 붙였다.

금인이와 스켈레톤 메이지, 아처, 언데드 군단이 1명을 사냥하고, 반 호크도 곧 공을 세웠다. 누렁이를 타고 질주하더니 현란한 검술로 혼돈의 전사의 목을 베어 버린 것이다.

"잘했다!"

둘이 더 죽고, 서윤도 하나를 처치.

적은 넷밖에 남지 않았고, 그나마 모두 상처를 입고 있었다. 1명은 심한 부상으로 죽음이 임박했다.

굳이 소중한 시체를 폭발시킬 필요도 없는 상황!

"멈추지 않는 피!"

간단한 저주 마법.

부상 부위로부터 피를 계속 흘리게 해서 생명력과 체력을 감소시킨다.

"마나가 조금 더 회복되면 나머지도 다 애니메이트 데드로 일으켜야겠군."

위드의 다섯 번에 걸친 전투가 드디어 성공적으로 마무리되려는 시점이었다. 흥이 절로 일어나고 기분이 좋아졌다.

위드가 크게 턱을 벌릴 때, 서윤은 귀를 막았다.

사자후!

"적들의 시체를 나에게 바쳐라! 나는 언데드들의 군주! 영광스러운 언데드들의 힘으로 전투를 승리로 이끌리라!"

혼돈의 전사들은 필사적으로 버텼지만 결국은 하나씩 죽는 신세를 벗어나지 못했다.

혼돈의 전사 무리를 사냥했습니다.

명성이 24 증가했습니다.

지골라스의 개척도가 0.3% 증가합니다. 개척도가 100%가 되면 적응력이 증가하여, 지역의 몬스터들을 상대할 때 방어력과 저항력이 올라갑니다. 개척도는 던전 탐험을 통해서도 늘릴 수 있습니다.

전투 경험으로 인해 불에 대한 저항력이 100일간 1.7% 늘어납니다. 저항력은 사냥이 계속될수록 누적됩니다. 최대 저항력 상태에서는 생명력의 저하를 크게 낮출 수 있습니다.

혼돈의 전사들의 적대감이 높아집니다. 불의 거인들과의 친밀도가 조금 오릅니다.

개척도는, 적용되는 지역에서 사냥을 하다 보면 다른 곳으로 옮기기가 싫어질 정도로 도움이 된다. 하지만 심심할 때쯤이면 화산이 폭발하는 지골라스에서 꾸준하게 사냥을 하기는 어려웠으니, 큰 의미까지는 없다고 볼 수도 있다.

"불의 저항력과, 불의 거인들과의 친밀도라."

위드도 상륙대의 모험 동영상을 보았다. 던전 탐험을 하는 도중에 깨어난 불의 거인에 의해서 처참하게 깨지던 모습.

화산 분화구나 용암 개천이 흐르는 장소를 지나다니는 불의 거인들의 위력은 독을 뿜어내는 킹 히드라급 이상이었다.

"이것도 나중에 쓸모가 있으려나. 도움이 되면 좋겠지."

위드는 긍정적으로 생각하기로 했다. 혼돈의 전사들이 죽었던 장소에는 아이템들이 떨어져 있으리라.

"이 순간이 제일 떨려."

아이템을 확인할 때는 항상 경건한 마음으로 잡념이 일절 없어야만 되는 것.

"제발 대박이 나와라."

첫 번째로 죽은 혼돈의 전사가 있던 자리에는 금화와 광물들, 뿔이 달린 투구가 나왔다. 힘과 방어력을 추가시켜 주는 옵션에 방어력도 좋지만 드워프처럼 작은 인종은 착용 불가 제한이 걸려 있었고, 쓸 수 있는 레벨도 440 이상이었다.

"두 번째로는……."

원하는 장비가 아닌 물건들만 나왔다. 혼돈의 전사가 착용하는 무기나 방어구가 아니라 횃불, 요리 도구, 화염탄의 획득.

"감정!"

화염탄

매우 조심해서 취급해야 하는 물건이다. 불의 정화가 봉인되어 있어서 던지면 크게 폭발한다. 불에 대한 저항력이 낮은 몬스터들은 큰 피해를 입을 수 있고, 건물이나 지형을 파괴하는 용도로도 사용 가능하다.
내구력: 3/3
폭발력: 205

화염탄 6개는 서윤과 반씩 나누기가 너무 아까웠다. 쓰기에 따라서는 활용도가 굉장히 높을 수 있는 물건이기 때문이다.

"흠흠, 이런 물건일수록 공정하게 분배해야지. 화염탄이 6개가 나왔는데 마침 우리도 여섯이니 1개씩 가지면 되겠군."

위드, 누렁이, 금인이, 토리도, 반 호크, 서윤을 따로 센 것.

위드가 원하는 대로 나누었더라도 서윤은 딱히 불만은 없었을 것이다.

불공평한 건 알고 있지만 아이템에는 큰 집착이 없는 그녀였다. 직접 전투로 몬스터들을 사냥할 뿐, 마법이나 아이템을 쓰지는 않는다는 점 때문이기도 하다.

하지만 위드도 염치가 있었던지, 서윤에게 2개를 주었다.

"열심히 싸웠으니 내 몫도 너에게 줄게."

토리도, 반 호크, 누렁이, 금인이는 당연히 화염탄을 잠깐 구경만 하고 회수.

세 번째와 일곱 번째로 죽은 혼돈의 전사들이 있던 자리에는 청색 도끼가 떨어져 있는 게 멀리서부터 보였다.

위드의 가슴이 콩닥콩닥 뛰었다.

"드디어… 못 먹어도 도끼구나."

확인해 보기 전까지는 방심해서는 안 된다.

감정 스킬을 사용하기 전까지는 길바닥에 널린 잡템 여기듯 하라는 명언도 있지 않던가.

"감정!"

혼돈의 도끼

지골라스의 전사들이 사용하는 도끼. 광석과 금속이 섞여서 만들어진 무기로, 불과 혼돈의 기운이 깃들어 있다.

내구력: 130/130

공격력: 175~191

"떴구나!"

대박 아이템의 등장!

도끼는 중병기에 속해서 무겁고 강렬한 파괴력을 가진 무기
다. 검이나 도를 쓰다가 어딘가 아쉬운 공격력에 도끼를 들면
다른 세상이 열린다고 한다.

물론 짧고 다루기가 어려워서 빈틈이 많이 드러난다는 단점
도 가졌지만, 사냥 속도를 위해 도끼를 사용하는 유저들도 부
지기수.

워리어들 중에는 특히 도끼 유저가 많은 편이었다.

"훌륭하군."

다른 혼돈의 전사들은 화염탄 외에 썩 좋은 물건들을 주지
않았지만, 도끼 두 자루를 획득했다.

그리고 애니메이트 데드로 시체들을 일으켰다.

8마리의 언데드를 유지하기 위해 마나의 30% 가까이를 소모
했다. 위드가 여러 마나 회복 속도를 늘려 주는 아이템을 소유
하고 있는 걸 감안한다면 엄청난 소모율이었다.

지골라스의 화산으로 올라가면서 다시 혼돈의 전사 6마리와
의 전투!

고급 언데드 카오스 워리어와, 지난번에 싸운 경험이 쌓여서

훨씬 쉽게 해치울 수 있었다.

화염탄 14개 그리고 다시 도끼 획득!

위드의 이마가 찌푸려졌다.

"혼돈의 전사 도끼가 훌륭한 무기이기는 하지만 물건이 이렇게 대량으로 풀리면 희소가치가 떨어지게 될지도 모르겠는데. 큰일이군."

고레벨 유저들은 한정되어 있다.

쉽게 나오는 만큼 너도나도 이 도끼를 들게 되면 가치가 하락할 수도 있지 않은가.

"방법은 하나뿐이야. 어서 사냥해서 도끼를 잔뜩 주운 다음에 먼저 다 팔아 버려야지."

남들보다 먼저 구해서 파는 것이 최상의 방법이었다.

혼돈의 전사들을 격퇴하면서 언데드 군단의 규모가 급격하게 줄어들었다. 애니메이트 데드를 사용해서 고급 언데드들로 대체해서 일으켰다.

4단계 언데드 소환을 시전하기에 네크로맨서 스킬이 낮은 편이었다. 그 탓에 언데드 유지에 따른 마나 소모율이 더 컸지만, 이제 양보다는 질을 추구했다.

순간 이동을 하는 혼돈의 전사들을 잡기 위해서는 마찬가지로 특수 기술을 사용하는 언데드들을 늘리는 편이 유리하기 때문이다.

언데드 카오스 워리어 스물을 만들어서 끌고 다니는 위드!

까마귀로 조각 변신술을 펼쳐서 관찰했던 아르메니아 해적단의 전멸 위치에 가까이 근접했다.

원래 황금새가 니플하임 제국을 멸망시킨 이들에 대한 추적을 맡았지만, 무슨 이유에서인지 협조를 하지 않았기에 직접 찾아야 했다.

"이 근처일 텐데."

위드가 헤매고 있는 사이에, 누렁이가 냄새를 맡더니 바닥을 긁었다.

지진이 일어나면서 땅이 겹쳐졌는데, 그 안에 아르메니아 해적의 시체들이 있었다.

백골밖에 남지 않은 시체들 중에서 고급 로브를 입고 있는 시체가 보였다.

"이 녀석이군."

위드는 감개가 무량했다.

퀘스트를 하기 위해서 지골라스까지 먼 거리를 따라오게 만든 원흉!

"말도 안 되게 어려운 의뢰였어."

멀기도 멀었지만 테어벳, 볼라드, 혼돈의 전사까지 사냥하면서 겨우겨우 도착했다.

"조각사 퀘스트치고는 이해할 수 없을 정도의 난이도인데."

조각사의 비기를 적극 활용하거나 매우 뛰어난 동료들의 도움을 받아야만 도착할 수 있으리라.

순간 위드의 머릿속에 스쳐 간 생각!

"설마 진짜 조각술의 비기를 활용하는 퀘스트였을까?"

1단계 퀘스트에서 엠비뉴 교단의 추적을 받을 때에도 어쩌면 조각 변신술로 따돌릴 수 있지 않았을까!

어찌어찌 지골라스에 조각사 혼자 도착하더라도 빈약한 전투 능력으로 뭘 하기는 어려웠을 것이다. 그런데 조각사들의 유산을 발견했다.

조각품에 생명 부여!

"이번 퀘스트에서도 게이하르 황제의 유물이 나왔으니 어떤 방식으로든 비기를 획득하지 말라는 법도 없겠지."

목조품을 통해서 습득하는 게 정석이었지만, 조각품의 추억을 가지고 게이하르 황제로부터 배우지 말란 법도 없다.

조각사들의 유산에 생명을 부여했더라면!

한때 베르사 대륙의 조각계를 떠받들었던 대가들이 생의 끄트머리에서 만든 작품들이었다.

가정에 불과했지만 대작 조각품들이 살아난다면 어떨까.

위드가 가만히 쪼그려 앉아 있으니 누렁이가 다가와서 머리를 비볐다.

이 누렁이나 금인이처럼 쓸모가 많은 녀석들이 10마리, 20마리씩 살아난다면!

대작 조각품.

조각사들이 만들어 놓은 유산이란 어쩌면, 그냥 작품을 남겨 놓은 것이 아니라 게이하르 황제의 후인이 도착하리라는 기대감이 아니었을까. 빈 몸뚱이로 지골라스에 와서 고생을 하던 조각사가 생명을 부여해서 부하들을 만들고, 끝내는 퀘스트까지 완수하는 감동적인 이야기가 완성되는 것이다.

네크로맨서로 변하고 나서 왠지 친밀도가 급격하게 떨어진 황금새도 설명이 될 것 같았다.

"아니야, 아니야. 역시 그럴 리가 없어."

위드는 강하게 고개를 흔들었다.

"그냥 말도 안 되는 추측에 불과해. 머릿속으로 생각한다고 해서 현실에 다 이루어지라는 법이 없잖아?"

세상에는 생각처럼 되지 않는 일들이 너무나도 많다. 하지만 위드는 보통 사람들이 하기 힘든 생각들을 행동으로 옮겼다. 해적 더럴로 변신해서 유령선에 타거나, 수정 해골로 변신한 후에 리치 샤이어의 마법서를 활용해서 사냥을 했다.

"절대 그럴 리가 없었을 거야. 상식적으로 어떻게 조각품에 생명을 부여하겠어. 조각품에 생명을 부여한다는 게 말이 되기나 해?"

음머어어어어!

누렁이가 바닥을 발로 긁으면서 울고, 금인이는 활을 들고 보초를 섰다.

생명 부여의 산 증거들!

위드가 조각품에 생명 부여를 적극적으로 쓰지 않았던 것은 레벨과 예술 스탯 하락의 페널티도 있지만 생명 부여 스킬이 퀘스트에 절대적으로 필요한 요인일 거라고는 생각하지 못한 탓이 컸다.

퀘스트를 해결하기 위하여 조각사들의 유산을 훼손하고 생명을 부여하느라 레벨도 다수 떨어지면 수지타산이 맞지 않을 수 있다는 걱정이 들었던 것이다.

본전에 대한 끝없는 애착!

하지만 퀘스트를 완료했을 때 받을 보상이라면 그런 어려움과 손해까지 감수할 만하지 않았을까?

"커허허험! 어떤 길로 가든 목적지에 도착하기만 하면 그만이지."

멍청하면 손발이 고생이라는 옛말이 틀린 게 없다.

그 말의 의미를 본인의 행동을 통해서 절실하게 깨달았다는 점이 안타까울 뿐.

위드는 고민을 날려 버리기 위해서라도 빠르게 손을 뻗었다.

미늘 로브를 습득하였습니다.

불의 거인 눈을 습득하였습니다.

로브는 고가의 아이템이지만, 습득한 이상 사라지지 않을 테니 퀘스트부터 확인할 필요가 있다.

로브의 아래에 작은 조각품이 있었다.

윤곽은 황금새와 매우 흡사하게 생겼지만, 흙먼지와 때가 많이 묻어 있었다.

위드는 수통의 물을 부어서 조각품을 씻었다.

그러자 드러나는 아름다운 은빛 색감. 보통 은이 아니라 미스릴과 백금으로 만들어진 조각품이었다.

끼루루루!

황금새가 헤어진 연인을 만난 것처럼 머리를 비볐다. 그리고 애틋한 눈빛으로 위드를 향해 무언가를 부탁했다.

위드는 일단 조각품을 확인부터 해 보기로 했다.

"퀘스트가 끝나야 되는데… 감정!"

그리고 아르펜 제국의 상징물에 간직된 추억이 흘러나오기 시작했다.

대마법사 슬로어.

몬스터들의 습격으로 불타는 니플하임 제국의 황궁에 그가 들어왔다.

안개가 자욱하게 깔려 있는 황궁!

기다리고 있던 제국 기사들이 명예를 버리고 암습을 가했지만, 슬로어는 방대한 마나를 뿜어내며 그들을 날려 버렸다.

그리고 신비의 새를 입수!

슬로어의 위치에서 상황을 지켜볼 수 있었다.

찬란한 니플하임 제국의 수도 모드레드가 몬스터들에 의해서 짓밟히고 무너져 갔다. 엠비뉴의 사제들과 야만족 용병들도 몬스터들을 지휘하며 싸웠다.

슬로어는 황궁을 돌아다니다가 별궁의 아래 땅속에서 오랫동안 봉인되어 있던 한 쌍의 검을 찾아냈다.

구름과 뇌전이 그려져 있는 검, 그리고 검집도 없는 붉은 검!

슬로어는 바다로 나가서 해적단의 단장이 되었다.

구름과 뇌전이 그려져 있는 검은 바다에 버렸고, 만반의 준비를 한 채로 해적들과 같이 지골라스에 왔다.

하지만 언제 당한 것인지 모를 독이 발작하면서 해적들과 함께 전멸!

조각품의 영상은 그것으로 끝나지 않았다.

긴 시간이 지나고 난 후에 어린 혼돈의 전사가 와서 그 검을 주웠다. 그리고 바로 근처에 있는 던전 입구로 들어갔다.

띠링!

니플하임 제국의 대리인 (2) 퀘스트 완료
대마법사 슬로어는 엠비뉴 교단과 결탁하여 니플하임 제국을 무너뜨리는 데 결정적인 역할을 하였다. 제자와 가족의 복수를 위한 무차별 응징이었지만, 그의 행동이 정당화될 수는 없으리라. 슬로어가 가지고 간 검은 '레드 스타'라는 이름으로 불린다. 레드 드래곤의 마법으로 만들어진 검으로, 어떠한 이유로 인해 세상에 나왔는지는 알 수 없다.

퀘스트의 보상으로 명성이 3,600 늘어납니다.

모험의 대가로 모든 스탯이 5씩 늘어납니다.

스탯 보너스가 20 늘어납니다. 원하는 스탯에 분배할 수 있습니다.

호칭! '극지의 탐험가'를 획득하였습니다.
어느 곳에서도 그의 발걸음을 막을 수 없습니다. 대륙의 금역에서 어려운 퀘스트를 완수한 이에게 부여되는 호칭! 험난한 지형을 걸을 때 체력의 소모가 60%까지 줄어듭니다. 금역에서의 저항력이 10%씩 증가합니다. 모험 스킬의 효과가 7% 증가합니다.

스탯과 신비의 새라는 조각품을 보상으로 얻었다. 그리고 S급 퀘스트의 마지막 단계도 드러났다.

띠링!

레드 스타의 회수 (3)
어린 혼돈의 전사가 가져간 무기는 매우 위험한 검이다. 드래곤의 장난으로 만들어졌지만, 방대한 마나가 봉인되었다. 지골라스에 살았던 고대의 마법사 임벌이 만든 마법진에 가져가면 몬스터들이 강력한 힘을 얻게 되리라. 임벌의 마법진은 지골라스의 가장 깊은 곳에 있다. 하루빨리 레드 스타를 회수하고 마법진을 보수하라. 성공하면 북부 여러 종족들의 감사를 받을 수 있을 것이다.
난이도: S
제한: 총 3단계 퀘스트의 마지막. 고급 조각술을 습득한 조각사 한정.

퀘스트를 수락하면 슬로어의 이야기를 볼 수 있습니다.

위드는 기왕에 여기까지 온 것이기 때문에 서둘러 고개를 끄덕였다.

"레드 스타를 획득해서 반드시 내 것으로… 아니, 평화를 지키기 위해 노력하겠습니다."

퀘스트를 수락하였습니다.

~~~~~✦~~~~~

니플하임 제국의 젊은 마법사 슬로어는 마법계의 떠오르는 천재였다. 그가 손을 대는 연구마다 성공을 거두었다.

몬스터들이 침입해 오면 가장 먼저 나서서 싸웠고, 인간 외의 다른 종족들과의 친분도 두터웠다.

그에게는 레티아 이벨린이라는 매력적인 약혼녀까지 있었다.

"내게는 당신뿐이오. 모든 것을 다 얻는다 해도 당신이 없으면 견디지 못할 것 같소."

슬로어와 레티아는 니플하임 제국의 명문 귀족들로서 결혼까지 약속했다.

전형적인 영웅의 상이었다. 얼굴 잘생기고 키 크고, 집안 좋고, 약혼녀 예쁘고, 마법까지 잘한다. 능력 있는 친구들까지 있었으니 남부러울 것이 없는 슬로어!

"황제의 명령이다. 슬로어는 몬스터 퇴치를 위해서 1달간 제테 지역으로 군대와 함께 이동하라."

"알겠습니다."

슬로어는 군대와 함께 제테 지역으로 이동해서 마법으로 몬스터 무리를 처치했다.

위드는 엄청난 마법으로 몬스터들을 떼죽음시키는 무서운 위용을 영상을 통해 볼 수 있었다.

슬로어가 큰 공을 세우고 수도로 돌아와 보니 믿기지 않는 일이 벌어져 있었다.

"레티아의 가문은 반역죄로 모두 참수되었다."

약혼녀의 집안이 풍비박산이 났다. 너무나도 명확한 증거들이 있었기에 슬로어라고 하더라도 어찌할 도리가 없었다.

약혼녀의 무덤에서 오열하는 슬로어였다.

그 후 그 슬픔으로 외부와 담을 쌓은 그는 연구실에서 마법에 매진했다. 니플하임 제국에 대한 복수심보다는 마법에만 몰입하며 세상에 대해 관심을 끊었다.

그리고 계절이 여러 번 바뀌는 모습들이 나왔다. 몰래 들려오는 음침한 목소리들.

"약혼녀의 죽음으로는 꿈쩍도 하지 않는군."

"슬로어를 타락시키기 위해서는 더 큰 절망을 주어야 해."

"슬로어를 왜 우리 편으로 만들어야 되지?"

"니플하임 제국을 무너뜨리기 위해서는 그와 그의 친구들부터 없애야 하니까."

"가족들을 죽이자."

"그러면 우리 편이 되겠군."

슬로어가 연구실에 있는 사이에, 그의 가족들도 목숨을 잃었다. 원인을 알 수 없는 병에 걸리거나 암살자의 습격을 받았다.

니플하임 제국에서 조사를 했지만 배후를 밝혀내지 못했다.

슬로어가 더 큰 슬픔에 빠져든 사이에, 제자들도 괴질과 암습으로 죽었다.

슬로어에게도 암살자들이 쳐들어왔지만, 그는 마법으로 그들을 잡아서 캐물었다.

"누구지? 누가 이런 짓을 하라고 지시했느냐!"

"니플하임 제국 만세!"

암살자들은 스스로 목숨을 끊었다.

그들의 품에서 나온 것은 철사자의 목걸이.

슬로어는 큰 의문을 가지고 직접 배후에 대해서 알아보았다. 그리고 마침내 철사자의 목걸이는 니플하임 제국의 황가를 지키는 비밀 조직의 증표라는 사실을 알아냈다.

"나를 견제하는 것인가?"

니플하임 제국을 위협할 정도의 대마법사로 성장한 자신을 파멸로 이끌려는 음모라고 생각했다.

슬로어는 그날 이후로 모습을 감추었지만, 세상에는 니플하임 제국에 몰래 반역을 기도하다가 약혼녀와 가문까지 잃어버리고 도망친 것으로 소문이 돌았다.

"정말, 정말이었나."

슬로어는 좌절한 채로 인간들이 거의 없는 장소에 정착해서 고독하게 살았다. 마법 연구를 계속하면서 때로는 감당하기 어려운 슬픔으로 제정신을 잃고 폭주하기도 했다.

어느 날, 그에게 엠비뉴의 사제들이 왔다.

"니플하임 제국에 복수할 기회를 우리가 드리겠습니다."

슬로어는 오랫동안 사람들과 접촉하지 않은 채로 외롭게 살면서 냉철한 이지를 많이 잃어버렸다.

"복수할 기회……."

"아무 죄도 없는 슬로어 님이 이렇게 된 것이 억울하지 않습니까? 우리의 조사에 의하면 이벨린 가문의 몰락도 황궁의 뜻이었습니다."

사제들은 증거로 녹슨 철사자의 목걸이를 보여 주었다.

"이벨린 가문의 폐허에서 찾아낸 것이죠."

"……."

"사랑하는 여자와 가족들, 제자들까지 잃어버리고 나서도 패배자처럼 이곳에서 은둔한 채로 지낼 것인지 복수할 것인지를 선택하십시오."

철사자의 목걸이에서는 엠비뉴 교단의 마력이 뿜어져 나오고 있었다.

슬로어를 현혹시키는 목걸이에서는, 니플하임 제국의 기사단이 그의 가문과 약혼녀의 가문을 불태우는 영상이 계속 떠올랐다.

"복수… 복수를 해야지."

"잘 선택하셨습니다. 우리와 함께한다면 니플하임 제국을 무너뜨릴 수 있습니다."

"그런데 너희는 누구지?"

"엠비뉴 교단입니다."

"마법서에서 분명 그 이름을 본 적이 있는 것 같은데. 어디…에서 봤지? 아! 악신을 숭배하는 무리가 아니었던가?"

"사람들이 잘못 알고 있는 것이죠. 우리는 그 잘못된 인식을 바로잡으려고 합니다."

슬로어의 이성이 약해져 있는 틈을 타서 세뇌 마법을 성공적으로 걸어 놓았기에 그 후로는 일사천리였다.

"나도 같이 참여하고 싶다."

슬로어는 엠비뉴 교단에 속해서 그들의 마법 무구들을 손봐주고, 그동안 연구했던 자료들도 넘겨주었다.

그리고 니플하임 제국과의 전쟁!

엠비뉴 교단은 몬스터들을 이용해서 군대와 기사뿐만 아니라 일반 시민들도 닥치는 대로 죽였다. 이미 이성을 잃어버린 채로 엠비뉴 교단의 하수인이 되어 버린 슬로어는 그것을 보면서도 저지하지 않았다.

예전의 친구들이 제국을 지키기 위해서 나섰지만, 슬로어와 엠비뉴 교단의 사제들에 의해서 목숨을 잃었다.

"드디어 이곳으로 돌아왔군."

불타는 황궁에 슬로어가 들어왔다.

욕심에 눈이 먼 그는 기사들을 물리치고 닥치는 대로 보물을 쓸어 담았다.

몬스터의 침입으로 인해서 엉망이 되어 버린 황궁은 이미 모든 보호 마법들이 깨진 상태였다.

별궁의 땅속에서도 두개의 검을 찾아냈다. 그것은 니플하임 제국에서 봉인한 물건이었다.

레드 스타.

그리고 예전에 베르사 대륙에 내려와서 큰 재앙을 일으킨 마족이 사용했다는 검, 드로어!

검들을 손에 쥐는 순간, 슬로어의 얼굴이 괴로움으로 가득해졌다. 엠비뉴 교단에서 걸었던 세뇌 마법이 해제되고 이성을 찾은 것이다.

"이럴 수가."

슬로어는 자신이 저지른 일들을 후회했다.

악신을 숭배하는 엠비뉴 교단에 들어간 이후, 전 대륙을 지배하려는 음모에 가담해서 니플하임 제국을 무너뜨렸다.

다시 되돌릴 수 없는 잘못이었다.

돌이켜 보면 아무도 모르게 은거했는데 엠비뉴 교단이 그를 찾아온 것부터가 이상했다.

"설마 이 모든 일의 배후에 엠비뉴 교단이 있었던 것이란 말인가!"

슬로어는 니플하임 제국을 재건하고 엠비뉴 교단과 싸우는 것에 자신의 남은 삶을 바치기로 했다.

"엠비뉴 교단과 싸울 힘을 얻어야 한다."

그리하여 마족의 검 드로어는 바다에 버리고, 레드 스타를 가지고 지골라스로 향했다.

마법의 역사에서 임벌은 화염 마법의 마스터로서, 그의 마법은 성을 통째로 녹여 버릴 정도였다고 한다.

역사상 가장 뛰어난 12인의 마법사.

임벌이 만든 마법진의 마나를 흡수하려는 계획이었지만 오랫동안 돌아가지 않으면서 엠비뉴 교단에서 잠복시켜 놓은 독이 발작하고 말았다.

"이대로 죽을 수는……."

ꜱꜱꜱꜱ

슬로어의 최후는 지골라스의 몬스터들에 의한 것이었다.

"드디어 마지막이구나."

대륙의 큰 재난에는 빠짐없이 이름을 올리는 엠비뉴 교단!

퀘스트를 진행하면서 배후에 숨어 있던 사연에 대해 알게 되었다.

난이도 S급의 연계 퀘스트는 결국 대규모 몬스터의 침입으로만 알려져 있던 니플하임 제국의 멸망 원인에 대해서 조사하고 뒷수습을 하는 것이었다.

"모든 과거를 깨끗하게 정리한 후에야 니플하임 제국의 건국 퀘스트를 할 수 있는 것이로군."

퀘스트를 진행하면서 게이하르 아르펜 황제에 대해서 자세하게 알게 되었고, 조각 생명체들에 대한 비밀, 황금새와 신비의 새, 조각사들의 유산도 찾아냈다. 조각사만이 할 수 있는 의뢰였고, 훌륭한 유무형의 자산들을 얻었다.

지골라스에서 보석과 광물도 많이 챙겼으니 퀘스트 중에 획득한 보상이 짭짤했다.

"그 어린 혼돈의 전사가 가지고 간 드래곤의 무기를 회수하면 되는 거군. 하여튼 어린애들이 문제야."

어쨌든 이곳에서 그리 멀지 않은 곳이라는 것은 감사한 일!

"퀘스트만 성공하면 드래곤의 검을 얻을 수 있다는 건가."

상상만 해도 심장이 빠르게 뛰고 호흡이 가빠지며 입가에서 침이 질질 흐른다.

드래곤 소드보다 좋은 검이 베르사 대륙에서 나왔다는 이야기는 들어 본 적이 없다.

"감정!"

그리고 챙겼던 대마법사 슬로어의 미늘 로브도 확인.

마법 지배력 확장과, 주문 시전 시에 마나 소모를 30% 줄여주는 효과, 한 단계 상위 등급의 마법을 사용할 수 있는 옵션이 달려 있었다.

"좋구나!"

위드는 활짝 웃으면서 서윤의 눈치를 보았다. 획득한 아이템을 독차지하는 부담감 때문이었다. 그러나 퀘스트를 통해 얻은 것이라서 공정하게 나누어 주기에는 아까웠다.

서윤은 위드가 가져도 아무렇지도 않다는 듯이 고개만 끄덕였다.

통곡의 강에서 사냥으로 얻은 위드의 마법사의 찢어진 로브는 옆구리가 훤히 트여 있었다. 재봉 스킬로 수선을 하려고 해도 옷감이 없고, 또한 마나를 늘려 주는 마법 로브라서 고치고 나면 손상이 일어나게 된다.

흉한 갈비뼈를 보이면서도 성능 때문에 입고 있었으니 어서 가려 주기를 바랄 뿐이었다.

"고마워."

위드는 왠지 서윤이 이때처럼 착하게 느껴진 적이 없는 것 같았다. 아이템을 혼자 차지하니 매우 흡족했던 것이다.

"감정!"

불의 거인 눈

매우 뛰어난 마법 재료. 화염 마법의 범위를 확장해 주는 지팡이를 제작할 수 있으며, 광범위 화염 마법을 사용할 수 있는 시약의 원료이다. 소유하고 있으면 화염 저항력을 올려 주고, 불의 거인들로부터 공격받지 않는다.
내구도: 30/30
옵션: 화염 저항력 5%. 불의 거인들로부터 인정을 받는다.

드린펠트가 공격당해 엄청난 피해를 입고 후퇴해야 했던 불의 거인들!

그들로부터 안전해질 수 있는 아이템이었다.

위드가 미늘 로브로 갈아입고 나서 말했다.

"이걸로 마지막 퀘스트를 위한 준비는 된 것인가?"

그런데 황금새가 애절한 눈빛으로 그를 보고 있었다.

꾸꾸꾸꾸꾸꾸꾸.

위드는 황금새와, 미스릴과 백금으로 조각된 신비의 새를 번갈아서 쳐다보았다. 곧 빠른 눈치로 상황을 판단할 수 있었다.

"너 이 녀석 좋아하는구나."

고고하고 꼿꼿하던 황금새지만 지금은 얇은 다리와 날개를 비비 꼬면서 부끄러워했다.

게이하르 황제에 의해서 황금새와 신비의 새는 비슷한 시기에 조각되었다.

황금새는 생명을 부여받고 게이하르 황제의 유물을 지키는 임무를 받았다.

수많은 시간을 거치며 신비의 새에 대해 정을 품게 된 바!

기품이나 우아한 품격, 매력까지 높았으니 자신에게 어울리는 대상은 신비의 새뿐이란 생각을 했다.

하지만 게이하르 황제는 이미 죽은 지 오래였고, 대륙의 조각술 수준은 퇴보를 거듭했다. 기껏 만난 조각사 위드는 가지고 있는 실력이 아깝게 네크로맨서로 변신하였으니 실망을 금치 못하던 황금새였다.

그런 와중에 신비의 새를 다시 만나게 되었으니 생명을 부여해 달라고 애원하는 것이다.

꾸루꾸루.

위드는 벌써 견적을 뽑아 놓은 상황이었다.

최저가 할인이나 약간의 에누리도 허용하지 않았으니, 황금새로서는 어려운 상대를 만난 셈이다.

위드가 말했다.

"조각술이란 참으로 심오하고 어려운 세계야. 즐겁고 아름답지만 진지한 탐구를 위해서 얼마나 많은 고생을 했는지 모르지. 하나의 작품을 위해서 예술가는 몇 날 며칠 밤잠을 이루지 못하고 고생을 해서 그렇게 살아가는 거지."

"……?"

누렁이와 금인이가 의아하단 표정을 했다.

스킬 숙련도를 위해서 잡동사니까지 끊임없이 이것저것 만들어 대던 위드에게서 나올 법한 말은 아닌 것.

서윤과 잡템을 바꾸기로 한 후에 온갖 귀여운 동물 조각품만 만들어 내던 위드가 아니었던가.

"정말 피나는 고통으로 얻은 조각술. 이 조각술을 써 주길 바라는 것이냐? 내가 싸울 때 도와주지 않고 방관하고 무시하던 너를 내가 왜 도와줘야 되지?"

꾸…꾸꾸.

"어디서부터 어디까지 잘못했는지 처음부터 끝까지 말해 봐. 하나라도 빠뜨리면 안 도와준다."

뒤끝과 야비함과 협박까지 두세 마디의 말에 몰아서 하는 고차원적인 기술!

황금새는 꾹꾹대면서 무언가를 한참이나 떠들었다.

위드는 고개를 끄덕였다.

"뭐, 알아들을 수는 없으니 이 정도로만 하지."

꾸꾸꾸꾸!

누렁이와 금인이도 새로운 동료가 생긴다는 기쁨에, 위드가 짐작했던 것보다 많이 이해심이 넓고 착하다는 생각마저 했다.

'알고 보면 속정까지 없는 그런 인간은 아니야.'

'은근히 마음이 여린 면이 있을지도.'

주인에 대한 평가를 다시 하고 있는데, 위드가 말했다.

"뒤로 취침."

"......?"

황금새는 영문을 모르면서도 얼른 뒤로 벌러덩 누웠다.

"동작이 느리다. 빨리빨리 못 하나! 옆으로 다섯 번 구르고 앞으로 취침!"

황금새에게 기합을 주는 위드!

황금새는 사랑을 위해 눕고 구르고 앞으로 기면서 기합을 받았다.

'먼저 높은 콧대를 꺾어 놓을 필요가 있어.'

친밀도를 높여서 부하처럼 부리더라도, 지금처럼 고고하다면 활용해야 할 시점에 써먹지 못한다.

"엎드려뻗쳐."

황금새는 날개를 이용해서 땅에 엎드렸다.

서윤도 말려 주고 싶은 마음이 약간은 들었지만, 그 모습이 너무나도 귀엽고 앙증맞은 나머지 구경만 할 뿐이었다. 그녀는 위드가 심한 짓은 하지 않을 거라는 확고한 믿음을 가졌던 것이다.

"하나 하면 내려가면서 꾸우, 둘 하면 올라오면서 짹짹."

꾸꾸꾸꾸.

"하나."

꾸우.

"둘."

짹짹.

"자동!"

꾸우, 짹짹, 꾸우, 짹짹.

황금새는 레벨이 500이 넘었기에 지치지 않고 민첩하게 움직였다.

새소리를 요란하게 듣던 위드가 박수를 쳤다.

"자, 그만 기상."

황금새는 벌떡 일어나서 사파이어로 만든 푸른 눈동자에 격렬한 환희와 기쁨을 드러냈다.

신비의 새. 게이하르 황제가 죽은 이후로 오랜 세월이 지나서 이제야 겨우 사랑하는 상대에게 생명을 부여하는 희망이 이루어지려고 했다.

"앞으로 너 하는 거 봐서 생명 부여해 줄게."

그러나 여기서 만족하지 않고 더욱 부려 먹으려는 위드였다.

"닭을 키워 봐서 내가 좀 아는데, 밥 먹기 전하고 먹고 난 다음이 많이 다르더라고."

이것으로 물불을 가리지 않고 전투에 가담할 부하 1마리 획득이다!

'레벨이 519나 되는 부하라니… 대박이군.'

이 퀘스트를 하면서 생명을 부여할 수 있어야만 얻을 수 있는 게이하르 황제의 유산!

새라는 종족 특성으로 볼 때 전투력이 그렇게 뛰어날 것 같지는 않았다. 하지만 레벨이 깡패라는 말이 있으니 누렁이나 금인이보다 잘 싸우리라.

'신비의 새도 생명을 부여해서 조만간 부려 먹어야겠군.'

무려 게이하르 황제의 조각품으로 아르펜 제국의 상징물이었다. 생명을 부여한다면 엄청난 부하 가 탄생하게 되리라.

황금새의 부탁이 없더라도, 퀘스트를 위해서 생명을 주었을지도 모를 위드였다.

"지금 기분으로는 정말 하기 싫은데. 황금새 네가 어떻게 하느냐에 따라서 생명을 부여해 줄 수도 있어. 그러니까 앞으로 잘해."

꾸꾸!

TO BE CONTINUED